COLLECTION « BEST-SELLERS »

PIERRE REY

LE GREC

roman

ÉDITIONS ROBERT LAFFONT
6, place Saint-Sulpice, 75006/Paris

Si vous désirez être tenu au courant des publications de l'éditeur de cet ouvrage, il vous suffit d'adresser votre carte de visite aux Editions Robert Laffont, Service « Bulletin », 6, place Saint-Sulpice, 75006/Paris. Vous recevrez régulièrement, et sans aucun engagement de votre part, leur bulletin illustré, où, chaque mois se trouvent présentées toutes les nouveautés — romans français et étrangers documents et récits d'histoire, récits de voyage, biographies, essais — que vous trouverez chez votre libraire.

AVERTISSEMENT AU LECTEUR

Dans le cours de ce roman, l'auteur s'est parfois librement inspiré de quelques personnages connus ou de quelques faits réels, auxquels la presse du monde entier et de nombreux ouvrages ont fait le plus large écho.

Sous cette réserve légitime, il importe de préciser qu'il s'agit d'œuvre de romancier et que les situations décrites, les dialogues, les lieux, les caractères, les réactions et les agissements des personnages principaux ou secondaires sont entièrement imaginaires.

S'il est vrai que ce livre est un roman de mœurs, l'évocation d'une certaine société de notre temps, le lecteur ne doit pas y voir pour autant ce que l'on appelle un « roman à clés », et moins encore une biographie ou un reportage.

Au début était le Verbe.

Puis apparurent les dieux. Homère fit trois petits tours, Praxitèle et Platon aussi.

Un long passage à vide s'étira ensuite pendant des siècles.

Et Satropoulos arriva. Pas le père, le fils. Socrate. Un jour que sa mère le frappait, beaucoup plus par habitude que par méchanceté, il lui dit avec colère :

« Tu ne sais pas sur qui tu oses porter la main ! »

Comme il n'avait que huit ans, sa mère, ébahie d'abord, ne put s'empêcher d'éclater de rire.

« Ah oui ! lui demanda-t-elle, et sur qui donc ? »

Socrate releva la tête et lui jeta au visage :

« Je serai le Grec le plus célèbre depuis Ulysse ! »

Ce qui lui valut une nouvelle gifle.

Puis il se mit en devoir de tenir sa promesse... Et il faillit y parvenir !

PREMIÈRE PARTIE

1

Des dalles de rocher pelées, d'une blancheur d'os, des amoncelle-
ments de pierres, un ciel bleu jusqu'au vertige et, deux cents mètres
plus bas, au pied de la falaise, le miroir brisé des vagues, aveuglant,
parsemé de flaques de lumière insoutenable, là où la mer, refusant la
brûlure du soleil, renvoyait ses rayons avec la puisance concentrée d'une
loupe et la violence d'une explosion. La Rolls était arrêtée sur le terre-
plein d'une corniche accrochée dans l'espace, incongrue dans ce paysage
accablant de mouvement suspendu et de temps liquéfié. Il devait bien
faire plus de quarante degrés. Vautré sur les coussins de la voiture,
Niki frissonna et diminua l'intensité de l'air conditionné. Machinalement,
il reboutonna l'un des pans de sa vareuse gris fer marquée, sur le
revers, du chiffre « S.S. ». Le sigle lui avait déjà valu bien des quo-
libets de la part des autres chauffeurs qui lui reprochaient, en plaisantant, d'arborer ces initiales. Niki s'en moquait. Il savait parfaitement
que la plupart le jalousaient, car les gens de maison, comme les chiens,
s'évaluent entre eux à l'importance de leur maître. Quant aux passants
qui dans les villes se retournaient sur la voiture, ils étaient trop impressionnés par sa splendeur pour manifester quoi que ce fût, sinon une
admiration résignée qui renforçait le mépris profond que leur vouait
Niki. Au-dehors, la chaleur crépitait, si forte qu'elle en devenait visible, arrivant à donner à ce décor brutal, mangé par la lumière trop
vive, des nuances adoucies par des vibrations tremblotantes de beige
et de gris. Niki se demanda s'il aurait le temps d'allumer une nouvelle cigarette avant l'arrivée de S.S. Son patron fumait beaucoup, mais
il ne tolérait que l'odeur des havanes, estimant que l'arôme des cuirs
de la Rolls s'accommodait mal du parfum commun des tabacs blonds.
Il ébaucha un geste vers sa poche, le suspendit. Son regard accrocha

13

sa montre : midi juste. A deux reprises, il avait essayé de faire quelques pas au-dehors, mais, très vite, avait dû y renoncer, abasourdi par le poids de la chaleur qui lui avait écrasé les épaules. Il se demanda comment un pays ausi pauvre avait pu donner le jour à un homme ausi riche.

Maintenant, il n'allait plus tarder. Niki scruta le ciel. Il le vit. Un point noir jailli d'on ne sait où, surgi de rien, qui déjà se rapprochait. Niki reboutonna sa vareuse, tapota le nœud de sa cravate, ouvrit la portière et bondit de son siège. L'appareil se mit à glisser lentement vers le bas, le long d'une verticale imaginaire et parfaite, dans un fracassant bruit de pales qui aspirèrent l'air torride. Il toucha terre à vingt mètres de la voiture. La porte fut déverrouillée, laissant passage à un homme en combinaison, Jeff probablement, qui tendit la main. Apparut alors un petit homme en noir, vêtu comme pour un conseil d'administration : alpaga noir, cravate noire et chemise blanche. Au-dessus des énormes lunettes d'écaille cachant le regard, ses cheveux très drus, couleur de fer rouillé, jetaient des éclats sourds. Niki se demanda si S.S. allait le saluer, lui faire un signe, un geste, quelque chose lui prouvant qu'il ne le considérait pas comme l'un des rouages de la voiture. Mais rien de tel ne se passa. Socrate Satrapoulos, perdu dans ses pensées, s'engouffra dans la Rolls sans même voir Niki. Lorsque le chauffeur eut réintégré son siège, S.S. laissa tomber seulement : « Au village, là-haut. » Niki, qui n'avait pourtant vu aucune maison, embraya doucement et s'engagea dans les premiers lacets d'une vague piste empierrée. Ça montait dur et la voiture avait le plus grand mal à se maintenir en seconde. Au bout de trois kilomètres, S.S. dit : « Tournez à gauche. » Niki obéit. Maintenant, il voyait. En haut de la montagne, perchées littéralement sur son sommet, des espèces de maisons blanchies à la chaux, se confondant, vues du bas, avec les reliefs de la roche. Où prenaient-ils donc l'eau ? On approchait. S.S. dit : « Stop. » Et ce fut tout. Il était déjà dehors, gravissant la pente qui le séparait des premières masures. Un éboulis le cacha bientôt à Niki.

En s'engageant dans le passage qui s'allongeait entre les murs, Socrate Satropoulos ne pouvait se défendre d'une sourde inquiétude. C'est sur ce terrain misérable qu'il allait devoir jouer sa partie, alors que ses atouts, si chèrement acquis, restaient au vestiaire et que chacun de ses pas le plongeait dans un malaise indéfinissable ou, plutôt, qu'il aurait très bien pu définir si une force incontrôlable ne s'y était opposée. Il se sentit nu, vulnérable et fragile. Ses chaussures noires, des chaussures à trois cents dollars, s'écorchaient aux petits silex éblouissants du sentier.

14

Quand il était gosse, il se trouvait un jour dans la banlieue d'Athènes, sur le terrain d'élection — une décharge à ordures — que les autres garçons avaient choisi comme haut lieu de leurs jeux. Tony proposa un concours, destiné à établir, d'une façon irrévocable, lequel d'entre eux urinerait le plus loin.

« Avec élan ? » avait demandé Socrate. « Sans élan », lui répondit-on. Il y eut de longues palabres pour préciser les règles permettant de contrôler la joute. Socrate, à juste titre, estimait que si Tony avait proposé la compétition, c'est qu'il était assez sûr de ses talents pour pouvoir la remporter. Et Socrate ne supportait pas que qui que ce fût pût remporter, en sa présence, quoi que ce soit. Pendant que la discussion s'envenimait, il réfléchissait intensément au moyen de ne pas être battu. Il le trouva : « Je n'ai pas envie de pisser tout de suite, j'ai déjà pissé il y a dix minutes. » On lui objecta qu'il se dérobait. Il riposta que l'idée du concours ne venait pas de lui, mais bel et bien de Tony. « D'ailleurs, ajouta-t-il, je ne demande qu'à participer. Accordez-moi quelques instants, le temps d'aller boire de l'eau à la maison, et je reviens. » Magnanimes, les autres acquiescèrent.

Socrate se précipita sur la place qui jouxtait le terrain vague, la traversa, s'engouffra dans la chambre de sa tante qui cria, de la petite cour intérieure où elle était en train d'étendre du linge : « Qu'est-ce que c'est ? » Socrate fourragea dans une boîte à couture, fit tomber des écheveaux de fils, des épingles et un métrage de dentelles, et mit la main sur ce qu'il cherchait. « C'est moi ! » répondit-il. Il entendit seulement « Peux-tu me dire... » et le reste de la phrase se perdit, car il s'était enfermé dans les cabinets, si l'on peut appeler ainsi un trou dans une plaque de ciment. Là, il se livra à une besogne mystérieuse, qui lui arracha des tics d'énervement.

Lorsqu'il revint sur l'aire de la décharge, il apprit qu'il avait été convenu que les concurrents se mettraient le dos contre la palissade, et qu'ils urineraient chacun à leur tour. La longueur du jet serait établie rigoureusement à l'aide d'un jeu de ficelles par tous les autres participants faisant office de commissaires. Socrate se déclara d'accord. Et le tournoi commença. En son absence, les autres avaient fabriqué de petits drapeaux formés de bouts de bois et d'un morceau de papier. Bientôt, les pavillons, plantés dans le sol, se déployèrent autour de flaques. Vint le tour de Socrate.

« Tu la caches ou quoi ? » interrogèrent ses amis, étonnés par un excès de pudeur qui ne leur semblait pas de mise dans un enjeu d'une telle importance. Adossé aux vieilles planches, Socrate ne dit mot, se concentrant, supputant ses chances en dépit de la prodigieuse arabesque du jet de Tony. Il donna l'impression de se gonfler littéralement, sous l'effet de deux actions contraires, rétention et évacuation, l'une et l'autre simultanées et violentes. Il resta quelques secondes encore en équilibre, puis se relâcha : Tony était battu. Plus tard, piégé par sa victoire, Socrate ne savait plus comment se débarrasser de ses copains pour s'isoler une minute et enlever ce tortillon de caoutchouc qui lui enserrait la verge et le blessait. Il n'avait jamais raconté cette histoire à personne. Mais pourquoi, en cet instant, lui revenait-elle en mémoire alors que, si souvent, pour ses triomphes, il avait suppléé par la ruse aux forces qui lui manquaient ?

Dans laquelle de ces cabanes à lapins pouvait-elle bien habiter ? A un homme, qu'il pressentit plutôt qu'il ne le vit, derrière la toile de sac protégeant l'entrée de sa maison, il demanda : « Athina ? » L'homme écarta son rideau, contempla S.S. et indiqua le haut du chemin : « La dernière. » D'un geste vague, Satrapoulos remercia.

Quelques mètres encore et tout, peut-être, allait se dénouer. Ou se compliquer, se durcir, il ne savait pas. Nul ne peut choisir son terrain quand la vie propose ses moments clés. Satrapoulos était sans doute l'un des hommes les plus riches du monde, mais dans la masure, ses milliards ne lui serviraient à rien, ni ses dizaines de milliers d'employés, et pas davantage ses flottes de pétroliers, ses mines d'étain ou ses exploitations aurifères, ni ses banques ni ses hommes de loi, ses hommes d'Etat ou ses hommes de main. Maintenant, il était devant la porte, petit cep noir dans les éclaboussures du soleil, et il ne pouvait pas se décider à entrer, indécis, malheureux, incertain, privé de ses moyens, dépouillé de sa superbe. Comme dans la maison où il avait demandé son chemin, l'ouverture était masquée par une toile de jute déchirée. S'il y avait quelqu'un à l'intérieur, on devait l'observer. Un bruit lui parvint, celui des brindilles de bois qu'on casse. Il hésita une dernière seconde et articula, d'une voix qu'il ne reconnut pas : « Il y a quelqu'un ? »... Pas de réponse. Toujours le craquement des branches rompues.

D'une voix plus haute et mieux assurée, il répéta : « Il y a quelqu'un ? » La voix d'une vieille femme lui répondit : « Qui est là ? » D'un geste, S.S. écarta le rideau. En un instant, son visage s'était métamorphosé. De soucieux, il était devenu affable, d'angoissé, détendu. « On peut entrer ? » demanda-t-il avec un grand sourire. Ses yeux essayaient de percevoir des détails, alors qu'ils ne captaient que de grandes formes sombres, une cheminée peut-être, et une silhouette devant. Il ôta ses lunettes, ce qui rendit à son visage ses dimensions originales : un nez, mais un nez surprenant, ne semblant pas faire corps avec les autres parties de la figure, comme

16

si le visage tout entier avait choisi de s'ordonner autour de lui — ainsi que, dans les villages, les maisons autour de l'église — les muscles peauciers s'y rattachant, le creux des orbites y prenant naissance, le dôme du front s'y appuyant. Bien entendu, le nez de S.S. était célèbre dans le monde entier. Ses relations y voyaient pour corollaire un phallus hors mesure, ce qui n'était pas, à proprement parler, une contre-vérité, mais n'était pas tout à fait exact non plus. Simplement, nul ne pouvait s'empêcher, même et surtout à contrecœur, de faire l'association nez-phallus. A quelques intimes, assez familiers pour pouvoir se permettre de lui poser des questions gênantes, mais qui secrètement le ravissaient, Satrapoulos répondait d'un geste plein de confusion, un geste et des battements de tête qui disaient non, alors que son sourire et son expression entière criaient oui. Pour rétablir dans le bas l'équilibre de ce visage fuyant trop vers le haut, deux sillons très marqués encadraient la bouche, large et charnue, aux lèvres volontiers scellées en affaires, gourmandes, enfantines et gloutonnes en amour.

Il voyait maintenant la vieille ; elle s'était arrêtée de casser du bois. Elle dit :

— Qui êtes-vous ?

Socrate susurra :

— Vous ne me reconnaissez pas ?

— Qu'est-ce que vous voulez ?

— Voyons...

— Je vous ai déjà tout dit.

— A moi ?

— Vous et les autres, vous venez pour la même chose.

— Pas moi. Je suis Socrate.

— Qui ça ?

— Socrate.

— Socrate ?... Socrate qui ?

— Enfin, maman, tu me reconnais...

Elle resta interdite, dépassée, ne comprenant pas.

— C'est toi, Socrate ?

— Puisque je te le dis.

La voix de S.S., malgré lui, s'était adoucie. Et il s'en voulait. Pourtant, cette créature usée, semblant faite du même bois noir qu'elle brisait, c'était sa mère. Il lui semblait inconcevable qu'elle ne l'eût pas reconnu du premier coup, que la voix du sang — quel bobard ! — n'eût point joué en sa faveur. Il est vrai qu'en ce jour d'août 1952, il y avait très exactement trente-trois ans qu'il ne l'avait pas revue. On change... Il revoyait la maison minuscule où il avait été élevé, dans le village de Moutalaski, perdu dans l'ancien pays de Cappadoce, en Turquie. Et une autre, plus tard, du côté de Salonique. Il se rappelait aussi l'appartement au pied du Pirée, derrière Nikéa, au bout de la rue Ikonioy, ses deux sœurs, son frère, sa mère qui les laissait seuls dans la journée pour aller travailler comme tricoteuse dans une boutique de lainages, son père, Alexandre, rêvant d'impossibles combinaisons pour devenir armateur, alors qu'il vivotait en employant quelques plongeurs qui allaient pêcher l'éponge. Et un autre village, en Turquie, alors qu'il était presque un bébé, et où des choses atroces avaient dû se passer, qui le tourmentaient parfois sourdement, sans qu'il puisse bien les préciser. En cette seconde, ne lui revenaient pas seulement des images, mais des odeurs, jalonnant l'espace où s'étaient situés les grands axes de sa vie, celle surtout du salon d'un coiffeur, à une autre époque, dans une autre bourgade, du côté de Smyrne, un mélange de violette, de transpiration, de vapeur d'eau et de crème à raser bon marché, au moment où l'homme vous enveloppait le cou des serviettes que sa femme mettait à bouillir une fois par semaine, le lundi, jour de fermeture.

— Ils sont venus, dit la vieille.

— Je sais maman, c'est pour ça que je suis là.

— Qu'est-ce qu'on me veut ?

— On veut me nuire, à travers toi.

— Je ne peux pas te nuire. Je ne peux pas t'aider. Je ne te connais pas.

— Moi, je peux t'aider.

— Alors, casse du bois.

S.S. s'empara de quelques branches. Maladroitement, il essaya de les casser. Athina les lui arracha des mains, avec une force insoupçonnable chez une femme de cet âge.

— Laisse ça ! J'ai eu un fils, peut-être, un jour, mais il est mort il y a plus de trente ans. Et si tu étais ce fils, je ne voudrais rien de toi, rien, pas même te voir !

— Maman...

— Maman !... Tu as attendu trente ans pour savoir si j'étais en vie ! Qu'est-ce que tu as fait encore comme bêtises ?

— Qu'est-ce que tu leur as dit ?

— Pourquoi ça t'intéresse ? As-tu réussi à te faire une situation ? (Malgré lui, S.S. ne put s'empêcher d'esquisser l'ombre d'un sourire)... Je le savais, que tu tournerais mal, je te l'avais assez répété !

— Tu me l'avais peut-être trop dit...

— Et ton frère, tu l'as aidé ? Et ton père ? Tu n'es même pas venu aux obsèques ! Et moi, regarde comme je vis !

— J'ai voulu l'aider ! C'est toi qui as refusé... maman.

Malgré lui le mot lui écorchait la bouche. Un mot qui l'étouffait au point que sa propre épouse, dès qu'elle était devenue mère, ne lui inspirait plus le moindre désir. Même plus question de lui faire l'amour. Impossible. Le cri de la vieille lui vrilla les tympans :

— J'attends rien de toi ! Personne attend rien de toi ! Garde-la, ton aide, j'en ai pas besoin. Je me suis débrouillée sans toi, je continuerai !

— Tu leur as parlé ?

— J'ai pas de comptes à te rendre ! Tu as voulu vivre sans tes parents, eh bien, continue !

— Tu peux pas comprendre...

— Ton père le disait, que tu avais des idées de fou ! Il avait raison ! Tu as rendu fou tout le monde autour de toi.

Socrate serrait les doigts de toutes ses forces sur un morceau de bois qui résistait à sa pression et refusait de rompre. Comme à sept ans, il ne put que balbutier :

— Maman... je t'en prie...

Et malgré lui, il hurla le reste de sa phrase :

— Tu ne t'es jamais occupée de moi ! Tu préférais mon frère !

Maintenant, la vieille pleurait, des sanglots secs, métalliques, insolites dans une gorge aussi usée.

— Va-t'en ! dit-elle... Va-t'en ! Ne reviens plus jamais !

— Ecoute...

— Va-t'en !

D'un geste, elle montrait la porte. Elle chercha ce qu'elle pourrait dire de définitif...

— Tu es... un démoralisé !

D'instinct, elle avait retrouvé son expression favorite : « démoralisé ». Cela ne voulait rien dire en soi, mais dans sa bouche, avec le recul du souvenir, les cinq syllabes se métamorphosaient pour Socrate en mot-cauchemar, celui de la discorde et de toutes ses révoltes.

Quand il avait quitté la maison, il avait seize ans. Pendant quatre années, il s'était enivré de cette liberté toute neuve et avait joui de supplanter son père, en jouant son rôle, en vivant ses rêves, en réussissant là où il avait échoué. Ce qui n'avait pas eu l'air d'épater sa mère, ni de l'émouvoir. Déçu et vaguement mal à l'aise devant l'indifférence du seul public qu'il souhaitait étonner, ne sachant plus très bien pour qui il devait prouver quoi, désireux de ne pas perdre son prestige tout en gardant ses distances, il s'était offert le luxe de leur envoyer de l'argent pendant quelques années. En y repensant, il se rendait compte que c'était beaucoup plus pour leur prouver qu'il en avait et leur faire sentir le poids de sa jeune puissance que par devoir filial.

Et puis ç'avait été le tourbillon, sa première affaire, son premier bateau, son premier milliard, sa première épouse. Que pouvait-elle comprendre à ce triomphe, cette étrangère en noir qui le traitait en petit garçon ? Il ne l'avait pas choisie pour mère, lui. Et qu'y pouvait-il, si au lieu de le baptiser Machiavel, elle l'avait prénommé Socrate ? A son niveau, comment pouvait-elle concevoir, même pas concevoir mais imaginer, son exceptionnelle ascension ? Dès le début de sa réussite, frêle encore, mais qui ne demandait qu'à s'épanouir, il avait considéré sa famille comme un poids, un morceau de fonte qui le tirait par le bas les jours de doute, quand il se demandait si, tel Icare, il n'était pas monté trop haut. Et voilà qu'aujourd'hui, à la suite d'un mauvais tour, son sort était lié à l'humeur de cette vieille paysanne dont il avait tant voulu rayer, férocement, le souvenir de sa vie. Pourquoi, comme tant d'autres, n'était-il pas né orphelin ?

Qu'avait-elle dit à ces types ? Et si elle leur avait parlé, combien de temps faudrait-il à Kallenberg pour exploiter ses propos ?

— Va-t'en !

— Une dernière fois...

— File, ou alors...

Incroyable : Athina avait saisi un bâton et l'en menaçait !

— Ne reviens jamais plus ! Et si je meurs avant toi, je t'interdis de suivre mon convoi funèbre ! Je te maudis !

S.S. était devenu blême, ne sachant pas très bien si le goût métallique qu'il avait dans la bouche provenait des mille injures qui se pressaient et tournoyaient sans qu'il pût les articuler. Cela l'aurait tant soulagé, de les lui jeter à la face, mais rien ne sortit. Il tourna les talons et franchit le seuil de la porte. Furieusement, il essayait de broyer le morceau de bois entre ses mains. Il allait lui falloir attendre des heures encore, la soirée de Londres, chez Kallenberg, pour savoir à quoi s'en tenir.

On pouvait tout dire de Raphaël Dun, sauf qu'il n'était pas beau. Immense, svelte, les cheveux légèrement argentés, il avait une façon animale de bouger qui faisait se retourner les femmes sur lui. A trente-deux ans, il avait encore les séductions de l'adolescence, son désarroi feint et ses incertitudes, ses volte-face et sa fantaisie. Parfois, il se demandait combien de temps encore durerait la grâce. Debout et complètement nu, il s'étira devant le miroir immense qui couvrait un panneau entier de sa chambre du *Ritz*. Il avait toujours été fasciné par les palaces, celui surtout de la place Vendôme, à tel point que pour ne pas en être trop éloigné lorsque ses pertes au jeu ne lui laissaient pas les moyens d'y résider, il avait loué le petit studio d'un quatrième étage de la rue Cambon, juste en face du dais du *Bar Bleu*. Les jours fastes, il n'avait qu'à téléphoner à la réception qui lui envoyait un chasseur pour prendre ses valises. Et lui-même, en changeant de trottoir, changeait d'univers.

Sa carte d'identité portait la mention « journaliste ». En fait, il n'était ni reporter ni photographe, bien qu'il eût tâté des deux avec des fortunes diverses. C'est peut-être pour cela qu'on le définissait comme il se définissait lui-même : grand reporter. Statut polyvalent, inodore, vaguement flatteur et passe-partout, dont l'absence de spécialisation l'avait rendu indispensable dans un milieu social hautement polyvalent lui aussi. Un milieu où le flou est de rigueur et dans lequel ne pas avouer ce qu'on sait faire, ou plutôt avouer en riant qu'on ne sait rien faire, signifie qu'on peut faire n'importe quoi.

Raph avait bâti sa vie sur cette ambiguïté. Ses parents étaient quincailliers — il n'y a pas de sot métier, certes, mais il cachait ses origines comme une tare, par délicatesse envers ses amis, qu'une telle ascendance aurait pu choquer. Quand il se demandait lui-même comment il s'y était pris pour sortir de ce guêpier, franchement et en toute humilité, il ne trouvait pas de réponse. La chance, peut-être, et un flair infaillible pour s'accrocher à qui il fallait, quand il le fallait, tout en ne rencontrant plus ceux qui auraient pu le gêner dans ses positions acquises de fraîche date. Sa spontanéité relevait de la mathématique : chaque sourire, chaque clin d'œil ou poignée de main était dosé et soupesé avec la précision d'une balance électronique. Raph divisait le monde en deux catégories : ceux qui pouvaient le servir, et les autres. Systématiquement, il ne fréquentait que les premiers. Comme il n'était affligé d'aucun talent, en dehors de son habileté pour le poker, il s'était taillé une réputation d'arbitre très flatteuse. On disait, à propos d'un film : « Et Dun, qu'est-ce qu'il en pense ? »

Et d'un peintre : « Il faudra que j'emmène Raph voir ses tableaux. »

Son port d'attache était New York, son lieu de villégiature, Accapulco, la ville de son cœur, Rome. Il était né à Paris, rue de la Folie-Regnault, dans le quartier de Charonne.

Un jour, il allait sur ses seize ans et, après avoir péniblement passé son certificat d'études, avait endossé, comme papa, la blouse grise des droguistes, un jour donc, une voiture de luxe s'était écrasée juste devant la boutique. Pendant qu'on appelait Police-Secours, il était sorti pour voir l'accident de plus près. L'avant de la calandre s'était encastré sous une camionnette de légumes en livraison. Au volant, il y avait une jeune femme superbe qu'il avait reconnue tout de suite, malgré le sang qui tachait son visage : Clara Marlowe, son actrice préférée. Bouleversé, il avait voulu s'approcher davantage, mais s'était fait rudement rabrouer par un agent de la circulation qui protégeait la voiture de la foule en attendant ses collègues. Le car était arrivé, et presque simultanément, une immense ambulance, dans laquelle des infirmiers en blanc, aidés par les agents, avaient chargé le corps. D'après ce qu'on disait autour de lui, Clara Marlowe n'était que blessée, et saoule comme une grive.

Raph ne le savait pas encore à ce moment précis, mais l'accident allait décider de son avenir. Une heure plus tard, deux garçons, jeunes, nonchalants et beaux, poussaient la porte de la boutique. Ils se présentèrent comme reporters à *Paris-Soir*. A Ralph, qui ne s'appelait pas encore Raphaël Dun, mais Paul Gueffier, ils demandèrent des détails sur la collision. « Venez prendre un verre avec nous, vous nous raconterez ça au bistrot. » Son père n'avait rien osé dire. Il avait ôté sa blouse et les avait suivis. On venait juste de déclarer la guerre, la vie n'était pas marrante, la droguerie non plus, son père était sinistre. Quand ils furent attablés, Paul fut ébloui par l'aisance des garçons qui étaient à peine ses aînés. Lui qui n'avait jamais osé pousser la porte de ce bar. Et eux, qui s'y comportaient, sans même y avoir jamais pénétré, il en était certain, comme s'ils l'avaient toujours connu. Quand ils eurent tiré de lui tous les tuyaux qu'ils souhaitaient, ils le remercièrent : « Dis donc, tu as l'œil ! Tu ferais un bon journaliste. On te laisse, car on nous attend à Cannes ce soir. » Voilà. Il n'en avait pas fallu davantage pour lui enfiévrer l'esprit et lui faire jeter au visage de ses parents, qui lui reprochaient son air absent lorsqu'il servait les clients, le grand mot de « vocation ».

— Tu as fini de t'admirer ?

Raph redescendit sur terre. Il l'avait oubliée, celle-là. Sans se retourner, il lui jeta un regard, dans le miroir. Nue elle aussi, à demi allongée sur les draps froissés dans la pose étudiée d'une odalisque. Blonde, vingt-cinq ans, une chaîne d'or autour de la taille, une autre, plus fine, autour de la cheville gauche, des yeux battus, violets, sur lesquels le rimmel avait coulé, un corps cuivré, presque trop parfait pour être parfaitement sensuel. Au pied du lit, gisant dans le mouvement même de leur chute, des vêtements, des chaussures, talons plats et tweed brun, cachemire beige. Elle et lui, ça durait depuis trois jours, sans que l'un d'eux eût vraiment réussi à prendre l'avantage, chacun fou de lui-même.

— Tu devrais t'habiller, mon chou.

— Je m'appelle Ingeborg. Pas mon chou.

C'était le moment pénible, celui où l'on doit se quitter, sans vraiment bien savoir comment prendre congé. Il avait été flatté qu'elle se jette à sa tête, car le compagnon qu'elle avait quitté pour lui — « mon mari », disait-elle — était un personnage en vue de la grande tribu du Tout-Paris, cinq cents pique-assiette se détestant cordialement sans pouvoir se passer les uns des autres. Raph tenta d'esquiver en douceur, en entrant dans son système :

— Ton mari va s'inquiéter...

Elle ironisa :

— Pourquoi ? Il sait très bien que je suis avec toi !

— Tout de même... Voilà trois jours que tu n'as pas quitté l'hôtel.

— Et tu as trouvé le moyen de t'absenter vingt-quatre heures.

— Le travail...

— Quel travail ?

— En Grèce, je te l'ai dit.

— Tu te figures que je t'ai cru ?

Raph haussa les épaules. Elles sont toutes les mêmes, songea-t-il. Et celle-là devait être pire que les autres. Mais il devait se contenir, prisonnier du personnage drôle et empressé qu'il jouait, lorsqu'il voulait les emmener dans son lit.

— Montre-moi ton passeport.

— Si tu veux.

Il alla le chercher dans le soufflet de sa valise. Peut-être aurait-il mieux fait de ne pas la laisser seule dans sa chambre pendant son absence.

— Tiens, regarde.

Avec un demi-sourire, mais l'œil acéré, elle examina soigneusement les cachets de la douane. Il ne lui mentait donc pas.

— Alors, tu me crois ?

— Elle était jolie ?

— Pourquoi dis-tu « elle » ?

— Je me trompe ?

— Ni oui ni non.

Il ne put retenir un sourire à l'idée de la vieille femme qu'il aurait dû rencontrer la veille, dans un endroit impossible, un village perdu de sauvages — genre de tourisme pour lequel Dun éprouvait une insurmontable aversion. Fidèle à l'une de ses multiples devises, « la cambrousse aux campagnards », il avait préféré ne pas bouger d'Athènes où de bons copains avaient organisé en son honneur un fantastique strip-poker, pendant qu'un obscur « confrère » local se chargeait à sa place de la besogne, trop heureux d'être promu au rang de collaborateur du grand Dun. Le sans-gloire s'était parfaitement acquitté de son travail, rapportant une information de première grandeur dont il ne pouvait soupçonner le prix. Dun l'avait royalement payé de sa poche : tout le monde était content. Après tout, les frais étaient pratiquement illimités, bien que la note pour la location d'un hélicoptère ait eu de quoi faire dresser les cheveux sur la tête. La fille se méprit sur le sens de son sourire :

— Ça t'amuse ? Tu m'enlèves la nuit à mon mari, tu me cloîtres au *Ritz* et tu t'en vas en Grèce dès le lendemain pour y rejoindre une femme ! Tu te fous de moi ?

Cette fois le rire de Raph éclata sans contrainte :

— Ingeborg ! C'est ridicule ! Vous êtes extraordinaires, les femmes ! Dès qu'on vous quitte, c'est pour aller en retrouver une autre !

— Tu viens de le dire toi-même.

— Mais c'était une vieille, pour le travail. Et je ne l'ai même pas vue !

— Tu me plaques six heures après notre rencontre pour aller rejoindre une vieille ? Et je vais avaler ça ? Tu me prends pour qui ?

Il hésita entre la colère et le fou rire. Son humeur badine prit le dessus. Il la rejoignit sur le lit et l'enlaça :

— Je te jure sur ta tête qu'elle avait plus de quatre-vingts ans.

— Non, jure-le sur la tienne. Une tante à héritage ?

— Si tu veux, oui. Quelque chose comme ça. Mieux que ça.

— C'est toi l'héritier ?

— Hélas ! non. Mais j'aurai peut-être une bonne pincée au moment du pactole.

— Tu le sauras quand ?

— Déjà, ce soir, j'y verrai plus clair.

— Elle va mourir ce soir ?

— Tu es folle ? Qui dit ça ?

— Tu es difficile à suivre, tu sais. Allez, raconte.

— Je ne peux pas t'en dire plus. Non, sérieusement mon chou, c'est secret.

— Me voilà condamnée à vivre avec un homme-mystère.

Il eut un frisson de panique : « condamnée à vivre » ? Où allait-elle chercher ça ? Dans moins de quatre heures, il serait dans l'avion de Londres. Par courtoisie, Kallenberg avait même proposé de mettre à sa disposition son jet privé. Raph avait eu le bon goût de ne pas accepter. A 9 heures très précises, coulé dans son smoking de chez Cardin — trois essayages sous l'œil du maître en personne — il ferait son entrée, sans elle évidemment, dans le fabuleux hôtel de Kallenberg, en comparaison duquel Buckingham Palace avait l'air d'une vieille et sinistre baraque, clinquante et sans charme. La soirée promettait d'être l'une des plus étonnantes qu'il ait vécues, et pourtant, il était payé depuis des années pour vivre ce genre de soirées. Comment allait-il se débarrasser d'Ingeborg ? Il lui avait tellement juré qu'il allait l'emmener dîner chez *Maxim's*. Elle dut flairer sa pensée :

— Comment veux-tu que je m'habille, ce soir ?

24

Il biaisa : « Ma foi... » Elle insista : « Long ou court ? » Cette fois, on y était. « Ingeborg... », commença-t-il. Elle riva sur lui ses yeux bleus, presque violets : « Oui ?... » Il se jeta à l'eau :

— On ira dîner demain. Ce soir, ça m'est impossible. Il faut que je parte pour Londres. Dans deux heures.

— Pour Londres ?

— Hé oui ! Pour Londres !

— Une autre vieille dame ?

— Ecoute... C'est en rapport avec l'affaire dont je viens de te parler. La soirée chez Kallenberg...

— Emmène-moi.

L'emmener ? Elle était complètement folle ! Les plus belles femmes du monde seraient là, les plus riches, les plus titrées, et d'emblée, sans avoir rien mérité, elle voulait faire partie de cet aréopage où il avait eu tant de mal à se faire admettre... La plaisanterie avait assez duré, il n'avait pas de comptes à lui rendre :

— Tu vas t'habiller bien gentiment mon chou...

Elle se rebiffa avec une sauvagerie dont il ne la croyait pas capable :

— Mon petit Raph, on va voir qui de nous deux est un chou. Si tu m'as trouvée assez bonne pour partager ton lit, je veux l'être aussi pour partager ta soirée. Et ne discute pas, ma décision est prise : j'irai.

Affolé par son aplomb, il lui jeta avec méchanceté :

— Maintenant, ça suffit. On a été très copains tous les deux, mais je vois que j'ai eu tort d'être gentil. Alors tu vas me faire le plaisir de filer. Et tout de suite !

— C'est ton dernier mot ?

— Je ne te dirai pas le dernier, tu trouverais que je suis mufle.

— Très bien.

Elle se leva du lit, alla à la coiffeuse et rajusta machinalement quelques-unes de ses mèches. Raph respira : ç'avait été plus facile qu'il ne pensait. Bien sûr, il allait se fâcher avec elle, ce dont il avait horreur, car il adorait conserver ses anciennes maîtresses, les revoir de temps en temps, entre deux voyages. Mais franchement, elle ne l'avait pas aidé ! Il la regarda distraitement faire quelques pas dans la chambre, superbe et nue. Elle se dirigeait vers la porte. Raph se sentit brusquement pétrifié. Incertaine, incrédule, sa voix croassa :

— Où vas-tu ?

— Je file. C'est bien ce que tu m'as demandé ?

Et sans un mot de plus, elle ouvrit la porte et disparut dans le couloir. Une décharge d'adrénaline submergea Raph et le fit se jeter à sa poursuite. Il entrouvrit la porte et l'aperçut, sur sa gauche, marchant tranquillement dans le couloir du *Ritz,* avec la même aisance que si elle avait été vêtue de pied en cap : un désastre. Il était connu dans le palace et l'administration fermait volontiers les yeux sur les notes qu'il payait souvent avec des semaines de retard. Il fallait surtout éviter le scandale. Il se lança derrière elle, criant son nom d'une voix étouffée : « Ingeborg... Ingeborg !... » Comme en un rêve, il la voyait s'éloigner, ses petites fesses roulant sur ses longues jambes, au rythme de sa marche tranquille et souveraine. Et soudain, le cauchemar : à l'autre bout du couloir, Marcel, le garçon d'étage, un plateau sur les bras, venait d'apparaître. Quant à Ingeborg, elle allait atteindre le palier de l'ascenseur, et là, plus personne ne pouvait dire ce qui se passerait. Marcel fut magnifique : il ne se retourna même pas sur elle, se contentant de saluer Raph comme si la situation avait été parfaitement normale. Devant l'air égaré de Raph, qui semblait lui demander secours, il laissa tomber d'un air très déférent :

— Avez-vous un problème, monsieur Dun ? Puis-je vous aider ?

Raph s'aperçut alors que lui-même était en slip. D'une mimique désespérée, il désigna la jeune femme qui, maintenant, avait appuyé sur le bouton d'appel de l'ascenseur. Marcel posa son plateau sur la moquette :

— N'ayez crainte, monsieur. Je m'en occupe.

Mais c'était déjà trop tard : là-bas, Ingeborg, sans même un regard derrière elle, entrait dans l'ascenseur. Le valet se précipita : « Madame ! Madame ! » La porte coulissa sans bruit. Marcel se précipita dans la cage de l'escalier, lançant à la volée :

— Je vais essayer de la récupérer en bas !

Pour lui-même beaucoup plus que pour le garçon qui ne pouvait l'entendre, Raph murmura :

— Il faudrait une couverture !... Une couverture...

Affolé soudain à l'idée des explications à donner, il se rua dans sa chambre, enfila un pantalon, un chandail à col roulé de soie blanche, une veste légère, saisit l'une de ses valises et fonça dans l'escalier de service pour se réfugier au plus vite dans son havre de la rue Cambon. Il ne fallait à aucun prix que le délire de cette folle lui fasse rater sa nuit chez Kallenberg.

Le petit Spiro cassait des amandes. Il était assis par terre, sur une plaque de lichen que contournaient des armées de fourmis rouges en marche. Sur ses genoux, un petit pot de miel, à sa droite, à même le sol, les amandes, à sa gauche, les noyaux. Quand les amandes seraient en nombre suffisant, il les mélangerait au miel à l'aide d'un bâton. De temps en temps, il devait repousser trois de ses quatre chèvres, venues assister à l'opération, leur envoyant des tapes sur le museau lorsqu'elles s'approchaient trop de son butin. Du coin de l'œil, Spiro guettait un gros lézard vert, écartelé de chaleur sur le blanc de la roche, à trois mètres de lui. Le jeu consistait à ne pas bouger, et pour l'un, et pour l'autre. Au moindre mouvement du garçon, le lézard filerait comme une flèche. Pour arriver assez près de lui et le prendre, il allait falloir se déplacer sur les fesses, sans se déployer, en une reptation insensible. Ce qu'il y a d'agréable avec les lézards, c'est qu'on peut leur empaler dans le corps, sur toute sa longueur, de longs bâtonnets rigides qui leur donnent, lorsqu'ils s'enfuient, une raideur de mille-pattes du plus haut comique. Spiro envisagea aussi, par paresse, de l'atteindre avec une pierre, ce qui aurait l'inconvénient, s'il ne ratait pas sa cible, de le priver du plaisir de l'empalement. Il hésitait sur ce choix épineux lorsqu'une colonne de fourmis, changeant sa trajectoire, se dirigea en rangs serrés vers ses amandes. A cet instant précis, Spiro enregistra simultanément trois choses : la marche des fourmis sur son déjeuner, la fuite du lézard et le bruit d'une voiture. Il était resté plus de trois mois sans en voir une et voilà que, en moins de vingt-quatre heures, c'était la troisième qui brisait le silence de sa montagne, sans parler des hélicoptères — son oncle, qui avait été dans la marine, lui avait donné le nom de ces étranges avions — qui par deux fois, la veille également, avaient atterri sur l'éperon rocheux dominant la falaise, très haut au-dessus de la mer. Dans son émotion, Spiro jeta précipitamment ses amandes dans son pot de miel, le posa au pied de l'olivier et se rua vers un éperon de pierres sèches sur lequel il s'aplatit.

Cent mètres plus bas, il voyait la voiture gravir la pente, en épouser les lacets avec une constance d'insecte affairé. Malheureusement, il ne pouvait pas voir qui était à son bord, alors que le jour précédent, il avait assisté, sans en perdre une miette, à l'arrivée d'inconnus, venus du ciel à deux reprises pour s'engouffrer dans des voitures, partir vers son village, revenir à leur point de départ et s'évanouir dans le ciel. Son oncle, à qui il avait demandé des explications, s'était borné à lui indiquer qu'il s'agissait d'un hélicoptère, se refusant à lui donner les clés de cet atterrissage et insistant même pour que Spiro oubliât ce qu'il avait vu. Maintenant, la voiture disparaissait en haut de la côte, au delà de laquelle se juchait, nichée au milieu des autres, sa maison à lui. Pensivement, le petit berger abandonna son poste d'observation pour retourner sous son olivier : malédiction ! Les chèvres avaient mangé toutes les amandes, léché le miel et laissé le pot aux fourmis qui grouillaient sur ses parois intérieures. Avec un cri de rage, Spiro fracassa le pot contre la roche, prit un long bâton et se lança à la poursuite de ses chèvres, égaillées sur une pente molle couverte de gentianes, et qui semblaient le narguer.

Lena Satrapoulos regardait Marc à la dérobée. Voilà dix minutes qu'ils ne s'adressaient plus la parole, chacun feignant d'être absorbé par ses pensées et grignotant distraitement ce qui se trouvait dans son assiette — poussin pané pour elle, steak tartare pour lui. Sous la table, Lena, par habitude, avait déchaussé son pied droit, mais celui de Marc n'était pas venu le rejoindre. Par la trouée de la terrasse grande ouverte, on voyait, au delà de la Seine, l'hôtel de la Monnaie, haché dans sa perspective lointaine et dorée par le flot continu des voitures glissant en premier plan sur le quai du Louvre. Parfois, le jeu des feux rouges rendait quelques secondes les rives du fleuve silencieuses. On entendait alors le pépiement des oiseaux exotiques, en cage dans la boutique jouxtant le restaurant, répondre à celui des moineaux, invisibles dans les platanes dont les feuilles étaient si drues qu'on avait peine à croire qu'elles pourraient tomber un jour.

Lena cherchait désespérément le moyen de rompre ce rideau d'hostilité qui s'était abattu entre eux, là, presque visible, avec pour frontières, la ligne imaginaire passant par le pot de moutarde, se faufilant jusqu'à la base de la bouteille de Château-Laffite pour venir mourir à l'angle supérieur du briquet de Marc. C'était curieux, comme les mêmes choses, placées dans un contexte différent, pouvaient prendre un sens opposé. Autant le silence de son mari lui permettait de ne plus être présente à ses côtés, autant celui de son amant la rendait pleine de lui. Il faut dire que S.S., sous ses dehors de potentat, était un angoissé chronique, se précipitant dans les phrases, comme s'il y cherchait refuge. Il lui arrivait, de peur qu'on lui coupe la parole, de boire précipitamment tout en faisant de grands gestes de sa main libre pour signifier à son auditeur qu'il n'avait pas encore tout dit.

Lena se souvenait parfaitement du jour où elle avait vu Satrapoulos pour la première fois. C'était près de quatre ans après la mort de son père. Elle était une petite fille de treize ans. Le Grec en avait près de quarante. Elle était entrée dans le bureau de sa mère pour y reprendre un de ses cahiers de classe qu'elle avait voulu examiner. De l'un des immenses fauteuils réservés aux visiteurs, elle avait vu dépasser la pointe d'un cigare et deux chaussures noires, incroyablement brillantes. Puis un petit homme noir, aux bizarres cheveux rouille, s'était dressé, et elle avait aperçu un nez, pas ridicule, non,. mais qui sortait vraiment de l'ordinaire. Comme la fillette n'était pas portée sur les quadragénaires au grand nez, elle avait fait une brève révérence, saisi le cahier que lui tendait sa mère et regagné sa chambre où l'attendait sa gouvernante anglaise — en Grèce, elles sont traditionnellement britanniques, car l'anglais est la langue dans laquelle on compte le mieux. Si on avait dit à Lena qu'un jour, elle épouserait le petit homme... Et pourtant...

La suite, elle en avait reconstitué une partie par les confidences que lui avait faites S.S., une autre en confrontant la version du Grec à celle de sa mère. Elle avait deviné le reste. Au moment où elle sortait de la pièce, Satrapoulos était resté debout, immobile, silencieux, hors du temps. Puis, redescendant sur terre, et gêné de sentir le regard de Médée Mikolofides peser sur lui, il avait demandé avec une brutalité trahissant l'excès de son trouble : « Quel âge a votre fille ? — Treize ans », avait-elle répondu « Pourquoi ? » Le Grec avait balbutié : « Elle est... elle est... je la trouve ravissante. » La mère de Lena, qui était au moins aussi fine que son interlocuteur, s'était empressée de changer de sujet. Le lendemain, Satrapoulos acceptait, ce qui n'était pas dans ses habitudes de jeune loup, de signer un contrat qui lui était défavorable. A l'intention de Médée qui pourtant ne lui demandait rien, il avait précisé : « Vous savez, ne vous imaginez pas que j'ignore où sont mes intérêts. » Médée, que la phrase de Satrapoulos venait de priver de la joie de sa victoire, devint brusquement glaciale. « Expliquez-vous ! » avait-elle exigé d'un ton de commandement. Après tout, elle était l'armateur le plus riche du monde et ne tolérait pas qu'un nouveau venu, aussi doué fût-il, lui parlât avec cette ambiguïté insolente : le solliciteur, c'était l'autre, pas elle. Curieusement, Satrapoulos, sans transition, était devenu humble, sans défense, presque enfantin. Il avait expliqué en bredouillant qu'il avait eu le coup de foudre pour la petite Helena, ce qui avait eu le don de choquer Médée. « Vous ne semblez pas vous rendre compte qu'elle a treize ans, et que vous... vous...

— Je sais, s'était exclamé le Grec, moi j'en ai trente-huit. Mais dans quatre ans, elle en aura dix-sept, et moi quarante-deux seulement, ce qui n'est pas si terrible comme différence. Je vous demande une seule chose, permettez-moi de l'attendre. » La veuve de Mikolofides se rendait bien compte qu'il était sincère. Très doucement, elle essaya de lui faire comprendre que cette union, dans l'état actuel des choses, était impossible, qu'elle ne dépendait même pas d'elle et qu'Helena, devenue jeune fille, aurait son mot à dire, ses choix à assumer. Mais Satrapoulos resta inébranlable, à tel point que Médée touchée alla même jusqu'à lui dire : « Ecoutez, je vais vous parler franchement. J'ai trois filles, et les deux autres sont aussi jolies que Lena. Si vous avez l'idée d'entrer un jour dans la famille, pourquoi ne choisissez-vous pas l'une de ses sœurs ? Pas Melina, non, elle n'a que quinze ans, mais Irène qui en a dix-neuf ? Le Grec secoua doucement la tête. « Madame Mikolofides, j'attendrai tout le temps qu'il faudra, mais j'attendrai, pour qu'un jour Helena puisse devenir ma femme. »

Il attendit quatre ans. Et ce fut le mariage. Lena était presque d'une beauté surnaturelle, mais elle était la dernière à sembler s'en apercevoir. Un mince visage fin, une peau transparente, des yeux immenses embusqués derrière une lourde frange de cheveux blond cendré, un petit nez fin et rectiligne, elle était l'incarnation de cette perfection esthétique, gravée cinq siècles avant Jésus-Christ par des génies anonymes sur la terre cuite des poteries. Pendant un an, le Grec, conscient d'avoir réussi à s'offrir le plus beau jouet de sa vie, fut le mari le plus fou qu'on puisse rêver, imprévisible, à la fois père et amant.

Puis sa nature reprit le dessus. Entre Lena et lui, il y eut désormais un téléphone, posé devant eux sur la table, pendant le petit déjeuner, au chevet du lit, en vacances. Et les voyages en coup de vent, qui l'emmenaient aux quatre coins du monde, pour deux jours ou une semaine, c'était selon, au gré des affaires, sans cesse plus exigeantes, plus énormes, plus cannibales. Lena, qui avait fini par s'habituer à ces excès de tendresse, se sentit soudain nue, froide, délaissée. Elle n'avait pas eu le temps de faire la transition entre l'affection de son père et la sensualité de Socrate. Elle était passée, sans heurts, sans rupture, des bras de ce père dans le lit de son mari, considérant ce dernier comme un père en second qui lui aurait fait l'amour. Et elle se retrouvait orpheline, malgré une grossesse survenue deux ans après son mariage, alors qu'elle ne voyait déjà plus Socrate qu'entre une étude de marché à Cuba ou la réunion de ses directeurs sur une côte d'Arabie Saoudite. A sa grande stupéfaction, elle avait donné le jour à des jumeaux, Achille et Maria, ce qui lui avait valu la désagréable impression de se sentir non seulement orpheline, mais fille-mère. Elle s'était refermée sur elle-même, vaguement intéressée par ces deux petites choses vagissantes, retrouvant machinalement les gestes de son enfance, s'enfermant des heures entières dans sa chambre pour y écouter des disques, aussi isolée par sa fortune, le nom de sa mère et la célébrité croissante de son mari, que si elle s'était trouvée sur une île déserte.

Comme lorsqu'elle était jeune fille, elle rêvait d'un prince charmant, à l'époque où ses sœurs, en riant, lui parlaient de son « fiancé » en se touchant le nez d'un geste significatif qui les faisait toujours éclater de rire. Ce n'était qu'un jeu, son union n'était qu'un jeu et, ses enfants, une mauvaise farce. Elle avait rencontré Marc au cours d'une croisière, juste après que sa sœur Irène eut épousé Kallenberg, ce qui avait enchanté Médée Mikolofides craignant de voir son aînée rester vieille fille. Pour Lena, Marc Saurel n'était pas un inconnu. A plusieurs reprises, elle avait rêvé sur son visage dans la pénombre du salon où sa mère faisait de temps en temps projeter les derniers films américains. Marc, qui était long, mince, musclé et fuselé, avait mieux fait sentir à Lena, par contraste, à quel point Socrate était court, lourd, trapu.

Malheureusement, Belle veillait. A lui seul, ce diminutif d'Isabelle était grotesque, car Belle, loin d'être belle, accusait facilement dix ans de plus que son mari — Lena était certaine qu'elle les avait — bien qu'elle affirmât, avec des mines sucrées de petite fille, en avoir trente-cinq comme lui. Passionnée de bridge, elle avait la particularité de jouer pour ainsi dire d'un œil, l'autre restant posé sur Marc en permanence. Quand elle parlait d'elle-même, elle ne disait jamais « je », mais « nous », pour mieux marquer ses droits de propriétaire exclusive, lançant par exemple : « Nous sommes rentrés parce que nous avions la migraine », « Nous détestons Modigliani mais nous adorons Cranach ». Comme si ce « nous » n'était pas suffisant, et afin que nul n'en ignore, elle truffait ses propos à tout bout de champ, pour un oui, pour un non, du mot « mari », précédé du possessif « mon » : « Mon mari a tenu à m'accompagner dans la salle de bains », ou : « Mon mari est resté à mon chevet pour me faire la lecture », ou encore : « Mon mari et moi, lorsque nous avons des aigreurs d'estomac », ou alors : « Mon mari est un enfant. Dès qu'il tourne, où qu'il soit, mon mari me téléphone plusieurs fois par jour, si par extraordinaire je n'ai pu le suivre. » — En appuyant lourdement sur « extraordinaire ».

Lena plaignait Marc sincèrement. Elle le sentait perdu, captif entre les mains de cette ogresse qui utilisait contre lui, pour mieux l'engluer, toutes ses séductions : son horreur des détails matériels justifiait la gouvernante — elle l'était —, son horreur des chiffres, des plans et des calculs, l'administrateur — elle faisait les comptes du ménage —, sa phobie de la précision et des rendez-vous, la secrétaire — elle minutait toutes ses entrevues —, son indifférence avouée pour le déroulement de sa carrière, l'imprésario — elle signait ses contrats. Il y avait pire : dans sa certitude de ne jamais être détrônée, elle se payait même le luxe de désigner à Marc, avec des commentaires appropriés, les femmes qui lui semblaient séduisantes. Et l'autre adorable idiot qui marchait dans son système, ne comprenant pas que cette sollicitude maternelle, ces soins constants, le châtraient beaucoup plus sûrement que ne l'eût fait un coup de rasoir !

Sans bien analyser cette impulsion, Lena éprouvait parfois un tel besoin physique de toucher Marc qu'il lui arrivait, lorsqu'elle se trouvait près de lui, de ponctuer les discours qu'elle lui adressait de petites tapes sur sa main à lui, ou sur sa cuisse ; gestes inoffensifs en apparence, mais très révélateurs pour un œil exercé — celui de Belle, entre autres — et qui lui faisaient passer dans tout le corps une espèce de délicieux frisson électrique. Belle n'était pas dupe, habituée à déceler chez les admiratrices de son mari, avant même qu'elles en aient eu conscience, la moindre convoitise. Dès le début de la croisière, elle avait flairé le vent, sans pouvoir se décider toutefois à considérer cette petite-bourgeoise non révélée, mais ravissante, comme une rivale de poids : elle trouvait Lena trop insignifiante, trop bête. Bien sûr, c'était agaçant de devoir rester toute la journée en pantalon et tunique — la cellulite — alors que cette petite dinde paradait sur le pont dans un minuscule deux-pièces, sachant très bien que son corps était sans défaut. Quant à Satrapoulos, fat comme tous les maris, il ne voyait rien, trop sûr des hiérarchies établies pour remettre en question les choses acquises, femme comprise.

Le premier matin, Lena sortait de sa cabine lorsque Marc avait jailli sur le yacht, d'un seul rétablissement, sortant de l'eau comme une apparition, ruisselant, bronzé, magnifique. Lena n'oublierait jamais le sourire étincelant qu'il lui avait adressé — en dehors du regard de Belle, accaparée par un raseur de marque, béni soit-il ! qu'elle avait plumé la veille au gin-rummy. Mieux qu'une promesse, ce sourire était une certitude. Il signifiait qu'un jour, elle et lui...

Lena, élevée d'une façon très stricte et quasi orientale, n'avait jamais connu l'étreinte d'un autre homme que son mari. En revanche, avant et après le mariage, elle en avait imaginé mille, dont les fantasmes, lorsqu'elle était seule dans sa chambre et qu'elle se caressait, la compensaient de ce que la réalité lui refusait. Il avait fallu une circonstance exceptionnelle, le cinquième jour de la traversée, au large des îles grecques, pour que la chose arrivât.

Belle, qui jouait une grosse somme contre un homme d'Etat, était sur le pont arrière, absorbée mais tranquille, car un instant plus tôt, elle avait vu Marc, seul dans la mer, nager autour d'une épave formée de quelques planches recouvertes d'une mousse verdâtre. En déplaçant sa tête d'une trentaine de degrés, elle pouvait l'apercevoir, passant et repassant sous le radeau d'un mouvement coulé et souple. Au même moment, Lena, se laissant glisser à l'eau côté tribord, contournait le yacht à la nage. Arrivée à la hauteur de la poupe, elle fit un grand geste de la main en direction de Marc, qui, lui rendant son salut, l'invita à le rejoindre par une mimique silencieuse. Satrapoulos était dans son bureau, son téléphone à l'oreille, ses dossiers contre son cœur. Lena se dirigea vers Marc d'une brasse nonchalante, parut changer d'avis, fit demi-tour, longea la coque jusqu'à la proue et attendit dans son ombre, se maintenant sur le dos par une paresseuse ondulation des hanches. De son côté, Marc faisait dériver son radeau, afin de ne plus se trouver dans l'angle de vision de Belle. La scène avait été parfaitement silencieuse. La suite aussi. Quand Marc, toujours poussant son radeau, arriva assez près de Lena pour la toucher, elle plongea, d'un coup de bascule vif, les jambes jointes et raides, formant un angle droit parfait avec la surface de l'eau, sans un remous. Six mètres plus bas, elle se retourna sur le dos et vit, très haut au-dessus d'elle, dans un chatoiement de violet et d'indigo, le corps de Marc, minuscule et délié, d'un rouge orangé très violent, bien que translucide. Autour du soleil de ce corps, rendu plus mystérieux encore par la réfraction, une réverbération de lumière blanche, mille fois brisée par le rythme lent de la houle et de l'écume. D'un coup de talon, Lena remonta de ses profondeurs vers cette féerie lumineuse, oubliant au cours de son ascension qui elle était, comment elle s'appelait, où elle se trouvait, le jour, l'année, et son mari au-dessus de sa tête, petit personnage écrasé dans les entrailles de son propre bateau, peuplé de marins sournois, d'invités ennuyeux et d'épouses légitimes. Plus rien ni personne n'existait, sauf ce corps couleur de feu vers lequel la propulsait l'ample battement de ses jambes.

Elle fit surface et s'accrocha au radeau. Les jambes de Marc frôlèrent les siennes. Ils étaient maintenant sous le pont avant du Pégase, dans une ombre bleutée, libérés de toute pesanteur, flottant mollement dans l'eau presque tiède, le cœur battant au rythme même de la mer et de la houle. 11 heures du matin... Sans que Lena eût songé à réfléchir, ou à protester, ou à s'expliquer, sans que Marc se fût départi de son sourire un peu trouble, elle sentit sa main se poser sur ses épaules, glisser le long de son dos, passer sur la surface plus rêche de son slip de bain, en écarter l'élastique. Tout de suite, ses doigts furent en elle. Suffoquée, elle saisit l'épave à pleins bras, comme pour mieux y prendre appui. Elle sentit le sexe de Marc, qui avait calé son ventre contre son dos, remonter le long de ses cuisses, très haut. Eclata alors un prodigieux feu d'artifice dont elle n'aurait jamais osé soupçonner qu'il pût être aussi inouï. Une minute à peine, mais si intense, si totale, hors du temps et hors de tout, qu'elle concentrait dans sa violence la dilatation explosive de toutes les parcelles de temps déjà vécues, de toutes les années de vie à vivre. Maintenant, elle en était sûre, Dieu existait et, pour elle, il aurait toujours le visage de Marc. Désormais, elle pouvait mourir sans regret : elle savait tout, elle avait tout vécu, elle connaissait toutes les vérités. Anéantie, épave elle-même, Lena, accrochée à ses planches comme une algue informe et molle, entendit dans un brouillard Marc lui chuchoter à l'oreille : « Je vous ferai signe. » D'un coup de reins, il avait plongé pour disparaître sous la quille du *Vagabond*.

Il était sur le pont depuis longtemps, se frottant le corps avec une serviette sous l'œil approbateur de Belle que Lena, toujours entre ciel et terre, entre la vie et la mort, n'avait fait encore aucun mouvement, la joue toujours collée contre le bois spongieux, le corps ondulant et bercé par le clapotis de l'eau salée. Quand elle reprit conscience, elle se hissa péniblement par l'échelle de coupée, comme une noyée et, en titubant, alla s'effondrer sur son lit, après avoir fermé la porte de sa chambre à clé, de peur que cette trop grande joie ne lui échappe.

Plus tard, il y avait eu d'autres éblouissements de ce genre — que Marc faisait naître avec une révoltante facilité — mais jamais aussi violents, purs et inattendus qu'en ce premier jour. On aurait dit qu'il se montrait avare, aussi bien de sa personne que de ses rendez-vous, ce qui décuplait le plaisir de Lena lorsqu'elle avait enfin droit à l'une de ces rencontres qu'il semblait se faire une joie de remettre à plus tard, toujours plus tard.

Hier soir encore, ayant pris pour prétexte la soirée de Kallenberg, elle avait débarqué à Paris, toute au bonheur de lui faire la surprise de sa venue, se promettant mille félicités de la nuit qu'elle allait passer avec lui : rien n'avait marché. Marc avait été introuvable. Par deux fois, elle s'était même enhardie à téléphoner à sa résidence de Saint-Cloud, où elle avait eu la malchance de tomber sur Belle. Elle avait raccroché aussitôt, et sa nuit au *Plazza* avait été épouvantable, malgré les gerbes de roses miraculeusement arrivées dans sa suite, alors que nul n'était censé soupçonner son passage. A l'aube, après avoir vainement appelé plusieurs boîtes de nuit où il aurait pu se trouver, elle avait avalé trois comprimés de somnifère et s'était engloutie dans un méchant sommeil dont elle était sortie trois heures plus tard, éreintée, la mine chiffonnée. A midi seulement, elle avait pu le joindre, dans un studio où il synchronisait un film tourné l'année précédente aux Etats-Unis. Apparemment, il n'avait pas eu l'air enchanté de l'entendre, encore moins de la savoir à Paris. Presque à contrecœur, il avait accepté de déjeuner avec elle, précisant que son temps était limité, son travail reprenant à 3 heures. Lena avait masqué sa déception sous un ton badin — n'importe quoi plutôt que ne pas le voir — mais le repas avait commencé en catastrophe. Marc semblait agacé, distant, froid, malgré les efforts qu'elle faisait pour le séduire. Peut-être était-il furieux des deux coups de téléphone anonymes que Belle lui avait sans doute reprochés ? Lena se décida à prendre un risque. Elle rompit le silence :

— Tu es fâché ?

34

De la pointe de son couteau, il faisait des ronds sur la nappe, ne semblant pas vouloir répondre. Finalement, sans lever les yeux — ce qui allongeait encore l'ombre de ses sourcils — il laissa tomber, d'une voix sourde :

— Non.

— Qu'est-ce que tu as ?

— Rien.

— Tu n'es pas content de me voir ?

— Mais si... mais si...

— Alors ?

Il leva les yeux sur elle, agressif :

— Alors, quoi ?

— Je ne sais pas, moi... Je viens à Paris exprès pour toi, je passe une partie de la nuit à te chercher, et quand je te trouve, tu me fais la gueule. Tu as quelque chose à me reprocher ?

— Quand tu viens, j'aimerais que tu préviennes.

— J'ai pu me libérer à la dernière minute. Je n'étais même pas sûre de pouvoir y arriver. J'espérais te faire une surprise.

— Tu as réussi. Et tu pourrais éviter de me chercher la nuit, comme tu dis.

— Ah ! c'est ça ?

— Oui, c'est ça ! Je travaille, moi, j'ai besoin de me concentrer sur ce que je vais faire, j'ai besoin de me reposer.

— Elle t'a fait des remarques ?

— Mais non. Tu penses ! On lui raccroche deux fois au nez, et elle va laisser passer ça !

— Tu as peur d'elle, hein ?

— Je m'en fous, d'elle ! J'essaie simplement de ne lui donner aucun prétexte pour me casser les pieds ! Et toi, tu les lui apportes sur un plateau !

— Qu'est-ce que tu voulais que je fasse ? Il fallait bien que je te joigne ?

— Pour quoi faire ? Comment veux-tu que je m'organise, si tu ne me tiens pas au courant de tes caprices ?

Lena espérait pouvoir conserver son calme. Finalement, les choses ne se passent jamais comme on l'imagine. Le soin qu'elle avait apporté à sa toilette, à son maquillage, le choix de son parfum, celui dont elle n'était pas folle mais qu'elle avait utilisé parce qu'il l'adorait, tous ces petits détails qui l'avaient occupée pendant des heures étaient maintenant balayés. Tant pis : elle n'avait qu'une idée en tête, se faire faire l'amour, tenir Marc dans ses bras, l'avoir à elle, tout cet après-midi. Le chauffeur de son appartement parisien ne viendrait la prendre au *Plazza* qu'à 6 heures pour la conduire à l'aéroport. Il était 2 h 10, cela lui laissait trois heures entières avant son départ pour Londres. Il fallait qu'elle les passe à tout prix avec lui, en tête à tête. Elle rusa, se fit humble :

— Marc, c'est vrai, j'ai eu tort. Tort de ne pas te prévenir, tort d'avoir appelé chez toi. Ne m'en veux pas, j'avais tellement envie de te voir.

— Ça va, ça va...

— J'étais persuadée que Belle serait restée à Eden Roc.

— Tu vois. Elle est venue.

Devant cette hostilité, Lena fit un dernier effort :

— Excuse-moi, Marc, je ne recommencerai pas. Vois-tu, ce qui compte, c'est que nous soyons là, tous les deux, avec un après-midi entier devant nous, pour nous parler...

Il la regarda, presque étonné :

— Comment ça ? Il faut que je retourne au studio, moi.

— Voyons, Marc, ils pourront bien t'attendre. Tu n'as qu'à y aller demain.

— Enfin Lena... Tu n'y penses pas ? On dirait que tu ne sais pas ce qu'est le cinéma. Je ne suis pas seul. Il s'agit d'une équipe. Si l'un de nous prend des vacances, les autres sont bloqués.

— Téléphone-leur...

— Tu plaisantes ?

— Dis que tu es fatigué...

Il lui parla avec la douceur que prennent certains médecins avec leurs grands malades :

— Ecoute-moi, Lena... Non, ne dis rien, écoute... Parfois, j'ai l'impression que tu as douze ans, que je dois tout t'expliquer, me donner un mal fou pour qu'en définitive tu n'y comprennes rien. Je n'ai pas épousé Satrapoulos, moi. Je ne suis pas milliardaire, moi, mais simplement riche. Et mon argent, je le gagne ! Est-ce que tu comprends ça ?

— Non. Je ne comprends pas.

— Ma chérie, je t'adore. Mais comment as-tu pu penser un instant que je sois un objet à ta disposition ?

— Et pour elle, tu n'es pas un objet ?

Elle avait presque crié sa phrase, penchée vers lui, tendue vers son visage. Un garçon, qui se tenait devant la table, une carte à la main, préféra s'esquiver : étant donné la tournure des événements, le fromage pourrait attendre. Cette fois, ce fut Marc qui fit un effort pour se dominer.

— Sois gentille, Helena — il l'appelait Helena les jours de drame — rentre à ton hôtel, fais-toi belle, amuse-toi bien chez ton beau-frère, et quand tu seras revenue de Londres, téléphone-moi. Je t'assure, on y verra beaucoup plus clair dans deux jours.

Lena sentit que la partie était perdue. La rage l'envahit devant

36

ce désir de lui qu'elle ne pourrait pas assouvir. Elle se révolta :

— Dans deux jours ? Ajoutés à tous les autres que je passe à t'attendre, à poireauter pour un signe de toi et accourir au premier appel, ça en fait combien, de jours ? Tu crois que ça va pouvoir durer, dis, tu le crois ?

Il regarda sa montre et laissa tomber froidement :

— Je crains d'avoir à partir tout de suite. On m'attend.

— On t'attend toujours, hein ? Tout le monde t'attend !

Le visage de Marc, sa silhouette étaient connus de la terre entière, mais encore plus à Paris : qu'un loufiat téléphone à un journaliste, que la moindre photo paraisse, que le moindre article soit imprimé sur cette scène ridicule, et il était foutu. Belle le terrifiait, lui menait la vie dure, le menaçait d'un ton sarcastique de le laisser tomber. Déchaînée maintenant, Lena hurlait de plus belle :

— Eh bien rentre chez toi ! Va la retrouver, ta maman ! Puisque tu es marié avec elle !

La phrase toucha si bien sa cible que Marc commit l'imprudence d'y répondre :

— Va plutôt retrouver ton papa !

Lena devint livide, se leva d'un bond, s'accrocha à la nappe sur laquelle se répandit le Bordeaux, et, jaillissant sur le trottoir bondé de touristes, fila droit sur le quai. Cent mètres plus loin, le feu venait de passer au vert. Il y eut des hurlements de pneus. Marc serra les poings, se dressa à son tour, priant le ciel pour que Lena n'ait pas roulé sous la marée métallique des voitures libérées. D'instinct, Lena, frôlée par un camion, était revenue sur le trottoir, saine et sauve, dans un fracassant concert d'avertisseurs et d'injures. Marc fut horrifié par son expression égarée. Il se précipita vers elle, elle le vit et cria : « Ne m'approche pas ! » Hagarde, elle chercha des yeux un refuge possible, pour lui échapper. Marc était sur elle, la saisissait, tentant de la maintenir de force dans ses bras, psalmodiant des « je t'en prie, je t'en prie » à n'en plus finir, auxquels elle répondait par des « laisse-moi » farouches, essayant de toutes ses forces de se dégager.

Ils étaient maintenant coincés entre des cages d'animaux. D'une violente secousse, Lena fit lâcher prise à Marc et se rua à l'intérieur de la boutique, emplie d'aboiements, de sifflements, de jappements, de grognements, sous l'œil inquiet du patron et de son aide. Lena arracha du mur une longue canne en bois munie d'un crochet, probablement pour fermer la devanture, et se mit à la faire tournoyer. Dans son mouvement pour la lui enlever, Marc provoqua un moulinet qui vint fracasser un énorme aquarium bourré de poissons exotiques. Une trombe d'eau se répandit sur le sol, glissant en flaque vers le trottoir, charriant des éclats de verre, des barbus de Sumatra, rouges, noirs et jaunes, des combattants de Chine, diaprés, arrosant les chevilles des cinq ou six clients se trouvant à l'intérieur, médusés, figés par le spectacle de cette violence soudaine. Et Lena, emportée par une colère qui la dépassait, osant enfin aller jusqu'au bout de ses actes, frappant à coups redoublés sur tout ce qui se trouvait à sa portée. Marc réussit à lui arracher son bâton. Alors, elle se précipita sur les cages d'animaux, les ouvrit, piétinant sans les voir les scalaires de l'Amazone, que le propriétaire et son aide tentaient de saisir, à quatre pattes, et qui leur glissaient entre les doigts. Déjà, une myriade de bengalis voletaient en aveugles dans la boutique, se heurtant aux perruches avec des piaillements fous, alors que des perroquets gris, lourdement, allaient se poser près du trottoir, sur les cages de la devanture.

Prestement, Lena faisait sauter les verrous des autres prisons, avec de grands gestes de la main pour en faire sortir plus vite les occupants. Des chiots partirent en gambadant, suivis de deux renards gris, d'une multitude de petits singes de Malaisie et de saïmiris qui disparurent, en deux bonds, dans les platanes, pendant que des couleuvres s'insinuaient dans les angles du magasin rempli d'eau, dans un grand tournoiement neigeux de colombes dont certaines prirent leur élan en direction du fleuve, survolant une troupe de hamsters, couinant de peur avant de passer sous les voitures qui les écrasaient, luttant de vitesse pour traverser la route avec des lapins, des rats, des volailles, zigzaguant dans tous les sens, se faisant broyer par des véhicules dont les conducteurs s'affolaient devant les bêtes de cette arche déserte. Les animaux qui n'avaient pas été déchiquetés se faufilaient entre les jambes des passants dont la troupe stupéfaite s'était grossie d'une façon incroyable, alors que tournoyaient au-dessus de leurs têtes des vols concentriques de tourterelles, étourdies par leur liberté, n'en voulant pas, cherchant maladroitement un refuge.

Dégrisée, aussi sereine qu'au réveil après une longue nuit, Lena se perdit dans la foule sans que personne songe à la retenir. Une petite vieille s'approcha timidement de Marc, hébété, comme si rien ne venait de se passer. Comme il ne la voyait pas, elle le tira par la manche, discrètement :

— Monsieur Costa... Vous êtes Marc Costa, je vous ai reconnu. J'ai vu tous vos films...

Marc resta sans réaction. Elle lui tendit un vieux carnet défraîchi, un stylo à bille, et ajouta, d'une voix coquette de vieille gamine enjôleuse :

— Si vous pouviez me signer un autographe...

Et comme Marc la regardait, elle précisa, sur un ton gourmand et nostalgique :

— Vous pensez bien que ce n'est pas pour moi... Je suis trop vieille... C'est pour Camille, ma petite fille.

2

Tout en pédalant, le garçon effleurait de sa main les cuisses bronzées de la fille. Elle n'était pas dupe et, de temps en temps, elle lui disait en riant : « Arrête ! »

L'extraordinaire yacht blanc n'était plus qu'à une centaine de mètres. A mesure que les détails s'en précisaient, le garçon criait d'admiration :

— Jamais vu ça !

— Arrête, je te dis ! Les marins nous regardent !

— Et alors ? Si j'ai envie de les rendre jaloux ?

Néanmoins, il retira sa main.

— Ah ! dis donc ! Si j'avais un truc comme ça à moi !

— Qu'est-ce que tu ferais ?

— Je vivrais dessus sans jamais toucher terre. Je ferais le tour du monde sans arrêt !

— Tu me quitterais, oui !

Il passa le bras autour de ses épaules :

— Idiote...

Ils avaient loué leur pédalo une demi-heure plus tôt. A un kilomètre de la minuscule plage où ils s'étaient embarqués, ils avaient contemplé le navire qui se balançait au large, presque irréel à force d'être parfait.

— On y va ?

— Chiche ?

— Chiche !

Ils étaient partis...

— Qu'est-ce que tu crois qu'ils font les propriétaires ?

— Là-dessus ? Rien. Ils se font servir. Ils bouffent du caviar au petit déjeuner, boivent du champagne et donnent des ordres aux quarante hommes d'équipage.

— Quarante ? Tant que ça ?

— Si tu crois que ça marche tout seul ! Quand je serai riche...

— Toi ?

— Et alors ? Si ça se trouve, le type à qui il appartient a commencé comme moi, coiffeur.

Maintenant, ils distinguaient parfaitement le pont. Quelques marins en blanc, appuyés à la rambarde, les regardaient approcher.

— Dis... Tu crois qu'on peut aller plus loin ?

— On est libres, non ? Je veux voir comment il s'appelle.

Ils apercevaient l'inscription peinte à la proue mais étaient encore trop loin pour la déchiffrer, bien qu'ils fussent déjà écrasés par la masse du yacht, blanche et bleutée.

— Qu'est-ce que vous voulez ?

D'instinct, ils arrêtèrent de pédaler. La voix venue du pont, très haut au-dessus de leur tête, les avait cloués sur place. Voulant crâner devant sa petite amie, le garçon lança avec superbe :

— Qu'est-ce que ça peut vous faire ?

Le marin répondit :

— Foutez le camp !

— Rentrons ! dit la fille.

Le garçon hurla :

— La mer est à tout le monde, non !

Sur le pont, il y eut un rapide conciliabule. Trois marins se détachèrent, dévalèrent l'échelle de coupée et sautèrent dans un chris-craft amarré contre la coque. Il y eut le bruit du moteur qu'on lançait. Le hors-bord se détacha de l'ombre et se dirigea à petite vitesse vers le pédalo. La fille répéta :

— Viens ! Allons-nous-en !

Le garçon eut un rire forcé :

— Tu t'imagines qu'ils vont nous couler, peut-être !

— Rentrons, viens !

Quand le hors-bord fut à cinq mètres d'eux, un des marins qui était à l'arrière leur jeta avec une expression amusée :

— Tu as raison mon gars ! La mer est à tout le monde.

A l'instant même, l'avant de la coque effilée jaillit de l'eau sous l'effet d'une accélération prodigieuse, la proue laissant échapper un énorme sillage d'écume qui labourait la mer. Le chris-craft vira à toute allure et fonça droit sur l'engin ridicule. Le garçon saisit la fille, qui hurlait, à bras-le-corps et se jeta à l'eau avec elle en un réflexe désespéré. Avec légèreté, le hors-bord fit un écart à la dernière seconde, repartit vers le large, fit un virage serré et piqua à nouveau sur les naufragés, qui entendirent les hurlements de joie des marins auxquels se joignaient ceux de l'équipage resté à bord. Pendant une minute, le hors-bord traça autour du pédalo des cercles concentriques. Accroché aux flotteurs, le garçon serrait les dents, impuissant, soutenant toujours sa compagne en larmes. Une fois encore, il entendit, crié d'un ton moqueur :

— Tu vois, la mer est à tout le monde !

La vedette s'éloigna. Le garçon tendit le poing :

— Salauds !

D'autres rires lui répondirent. A bord du chris-craft, l'un des hommes dit à celui qui tenait la barre :

— Remontons ! Si ce cornichon allait porter le pet et que S.S. l'apprenne, ça chaufferait pour nous !

Philosophe, l'autre lui répliqua :

— Qu'il aille se faire voir ! On s'emmerde tellement sur ce rafiot !...

Wanda jouait à ne pas se voir dans l'unique miroir de l'appartement qu'elle n'avait pas encore cassé, celui de la salle de bains. C'était un jeu étrange : Wanda passait devant le miroir en sautillant, de profil, essayant d'accrocher son image sans détourner la tête, en un dixième de seconde, fermant précipitamment les yeux quand la vision d'elle-même qu'ils captaient risquait de devenir trop précise. Parfois, elle l'abordait de dos, exécutant une pirouette rapide pour se retrouver face à lui, mais si brièvement qu'elle ne pouvait voir qu'une vague forme blanche, rendue plus floue encore par la vitesse de son mouvement.

Après plusieurs tours de cet épuisant manège, elle serra les poings, se mordit les lèvres et voulut s'obliger à s'immobiliser pour oser se regarder une bonne fois : impossible, c'était plus fort qu'elle, elle ne pouvait pas.

A pas lourds, elle retourna dans la chambre et s'affaissa sur le lit en sanglotant, frappant de ses deux poings fermés le matelas et les oreillers, dans une rage mêlée de larmes, de gémissements, d'injures et de phrases sans suite. Elle n'avait sur elle qu'un grand peignoir blanc, frappé sur le devant de la lettre « P », initiale du nom du bateau, le *Pégase*. Une heure plus tôt, elle avait renvoyé sa femme de chambre personnelle, pressentant depuis le matin la crise qui allait la secouer. Socrate l'avait laissée seule à bord. Elle était perdue. Cela la prenait de temps en temps, depuis son enfance, et ni le succès, ni la richesse, ni les perpétuels hommages auxquels elle était en butte n'avaient jamais eu la moindre influence sur ces états morbides et dépressifs qui la laissaient vidée, ravagée, étrangère à tout et absente à elle-même. Son physique sans égal avait beau lui avoir valu l'idolâtrie à vie de tous ceux qui l'avaient vu danser une seule fois, cela ne lui enlevait pas la panique qu'elle éprouvait devant sa propre image : elle ne se plaisait pas, elle ne s'aimait pas.

Pire : elle se détestait et, avec elle, tous ceux qui ne la détestaient pas. Plus on lui répétait qu'elle était belle, plus elle avait envie de se cacher, ou de mourir, comme sous le poids d'une intolérable insulte. Sur la vingtaine de films qui avaient été tournés pour immortaliser la perfection de son art, elle avait consenti à n'en voir qu'un seul, le premier et le dernier : épouvantée par la vision de cet insupportable double qui semblait la narguer sur l'écran, refusant de le reconnaître pour le reflet évadé d'elle-même — et dont son corps et son visage avaient pourtant fourni le modèle — elle s'était enfuie de la salle de projection, s'arrachant à un danger qu'elle n'arrivait pas à définir mais qu'elle percevait comme la menace d'un coup de couteau.

Depuis cette expérience atroce, elle n'avait plus jamais voulu se voir, pas davantage qu'on la voie en dehors d'une scène. Elle fuyait les lieux publics, qui lui causaient une angoisse viscérale, refusait de traverser une rue, était incapable de mettre les pieds dans un magasin. Pendant des années, les reporters avaient vainement tenté de la piéger, faisant le guet des nuits entières devant les différents palaces où elle élisait périodiquement domicile selon son caprice, son humeur ou les saisons, un jour ici, plus loin le lendemain, perpétuelle nomade, partout et toujours. Pourtant, elle ne dansait plus depuis des années, mais sa légende, tenace, lui collait à la peau et la poursuivrait probablement jusqu'à la mort. Ses pleurs redoublèrent. Aux approches de la cinquantaine — en tout cas, c'est l'âge qui était inscrit sur son passeport — elle craignait paradoxalement que cette perfection physique, source de tous ses malheurs, ne l'abandonnât.

Bien qu'elle eût passé sa vie à la renier, elle ne comprenait pas pourquoi elle tremblait à l'idée de la perdre. Pourquoi, au moment où l'âge s'apprêtait à lui sculpter une apparence inconnue — mais qu'elle redoutait secrètement — voulait-elle, désespérément, s'accrocher à l'ancienne, malgré les tourments qu'elle lui avait valus ?

Elle sauta brutalement du lit, se mit debout, ôta son peignoir et retourna avec résolution dans la salle de bains, décidée à savoir où elle en était réellement. Elle s'approcha du miroir. A l'instant où son image allait s'y réfléchir, elle sembla se ratatiner et en détourna promptement les yeux, n'en percevant qu'un contour mou et imprécis dans une vision marginale.

A pas lents, elle revint dans la chambre et prit sur l'unique commode l'objet dont elle ne se séparait jamais, une énorme paire de lunettes noires qu'elle chaussa, faisant passer l'extrémité des lourdes branches d'écaille sous sa chevelure dont elle corrigea le désordre par un tapotement de la main à la hauteur des tempes. Elle faillit retourner dans la salle de bains, hésita et vint se rasseoir sur le lit. Elle avait tâté de toutes les ascèses, espérant que des disciplines fumeuses et ésotériques viendraient à bout de ses angoisses. Sur un plan d'hygiène, jamais d'alcool, pas de viande, des légumes cuits à l'eau. Pas de maquillage non plus. En guise de robes, des draperies amples qu'elle faisait acheter par sa gouvernante dans des décrochez-moi-ça de banlieue, toujours assez bonnes pourvu qu'elles masquent cette silhouette abhorrée qui continuait pourtant à faire rêver trois générations d'imbéciles. Son luxe à elle, c'était de s'isoler en toutes saisons sur une plage déserte et de se jeter à l'eau toute nue, que la mer soit glacée ou pas, pour y nager avec volupté pendant des heures, défiant le froid et la fatigue, orgueilleuse jusqu'à la folie de ses ascendances russes.

Elle fut saisie d'un nouvel accès de rage et se tordit sur le sol, essayant de le mordre, roulant sur elle-même, se contorsionnant. Puis, elle se mit à quatre pattes, la tête pendant entre les épaules comme un poids mort au bout du cou, et elle la secoua dans tous les sens, poussant des gémissements, lèvres closes, les cheveux balayant les tapis précieux recouvrant la marqueterie du parquet. Enfin elle roula sur le dos, éleva ses jambes à la verticale, cambra les reins et ramena doucement le bout de ses pieds en direction de ses épaules, jusqu'à ce que ses genoux se trouvent placés de part et d'autre de son visage, qu'ils encadrèrent en touchant le sol. Elle se figea dans cette position, longtemps, statue immobile et minérale.

Au bout de plusieurs minutes, son corps, parcouru d'imperceptibles frémissements, sembla reprendre vie. A nouveau, ses jambes se dressèrent à la verticale pour revenir, en souplesse, à leur point de départ. Elle se remit enfin debout et amorça une troisième expédition vers la salle de bains. Cette fois, elle aborda le miroir de face, les yeux fermés. Elle fit glisser son peignoir mais garda ses lunettes sur le nez.

Mentalement, de toutes ses forces, elle se donna l'ordre de rouvrir les yeux, imaginant avec malaise ce qu'ils allaient voir : une grande femme presque maigre, un peu osseuse, le corps très blanc centré sur le pubis d'un noir absolu, le regard camouflé sous les énormes verres fumés. Au moment où elle allait oser se regarder, on sonna à la porte. A la fois furieuse et intensément soulagée, elle s'éloigna d'un pas de la zone dangereuse et rouvrit les yeux, sans que la blancheur du mur ait pu lui renvoyer quoi que ce soit d'elle-même.

Au-dehors, dans la coursive, on insistait. Elle s'approcha à pas de loup du hall d'entrée et ne bougea plus. Le timbre continua à grésiller, insupportable. Elle se mordit les lèvres et se boucha les oreilles un long moment. Progressivement, elle ôta les mains de ses oreilles. Le silence...

Furieusement, la sonnerie se remit en branle. Excédée, elle hurla :
— Qu'est-ce que c'est ?...
Une voix lui parvint :
— Ce sont vos œufs, Madame...

C'était Céyx, un maître d'hôtel qu'elle redoutait et détestait sans bien savoir pourquoi. Peut-être une allure équivoque, quelque chose de chafouin dans le regard. Il la dévisageait tout le temps quand il la servait. Insupportable. En riant, Socrate lui avait un jour raconté que, dans la mythologie grecque, Céyx était un type qui, par amour pour Alcyoné, son épouse, avait été métamorphosé en oiseau de mer. Si cela pouvait lui arriver, à elle ! Si elle pouvait s'envoler ! Elle bredouilla :
— Posez-les devant la porte...

Et d'abord, avait-elle même commandé des œufs ? Elle n'en avait aucun souvenir. Elle attendit, figée, espérant que l'intrus allait renoncer à forcer sa porte sous prétexte d'être aux petits soins, et partir. Mais la voix abominable ne se tut pas pour autant. Sur un ton de reproche affectueux et respectueux :
— Madame... Ils vont refroidir...

Lorsque Socrate n'était pas à bord — elle en avait la certitude maintenant — on se donnait le mot pour la torturer. A bout de nerfs, affolée, Wanda Deemount — la Deemount — cria d'une voix aiguë :
— Entrez alors ! Mais vite !...

Nerveusement, elle rabattit les pans de son peignoir. Céyx entra et s'inclina, tenant le plateau à bout de bras. Elle guetta une lueur d'ironie sur son visage, une ombre de moquerie qui lui aurait fourni l'occasion de le rabrouer, de se plaindre de lui... Mais non, il n'y en avait pas. L'autre était simplement impassible et la fixait d'un œil neutre. C'était horrible de le voir debout, son plateau à la main, et d'imaginer qu'il la jugeait. Sa fureur et son angoisse redoublèrent :
— Montrez-les-moi, ces œufs !

Céyx souleva le couvercle en argent massif qui recouvrait le plat. Méfiante, Wanda s'approcha et le flaira :
— Regardez ! On voit le jaune !... Vous savez bien que ça me dégoûte !
— Madame, c'est le chef...
Elle cria :
— Remportez-les ! Je ne veux pas voir le jaune !

Dans le dos du maître d'hôtel, la porte s'ouvrit et Satrapoulos entra dans la cabine. Wanda lui trouva l'air abattu. Mais quand il s'adressa au stewart, elle comprit au ton de sa voix qu'il était sur le point d'exploser de fureur :

— Que se passe-t-il ?

Céyx, sentant nettement la menace, balbutia :

— Je ne sais pas, Monsieur... C'est Madame... Les œufs...

— Qu'est-ce qu'ils ont ces œufs ?

Avec désespoir, Wanda lui dit précipitamment :

— On voit le jaune.

Après les rebuffades que sa mère venait de lui infliger, le Grec avait une envie féroce de s'en prendre à n'importe qui. A Céyx, par exemple.

— Faites voir !

A son tour, il examina le plat et rugit, bégayant de toute cette colère impuissante qu'il contenait depuis une heure :

— Qu'est-ce que vous foutez donc ? Pourquoi est-ce que je vous paye ?... Vous les avez vus, ces œufs !...

— Mais Monsieur... C'est le chef...

— Quel chef ?... Il y a un chef ici ?... Vous n'êtes même pas fichu de faire cuire un œuf !...

Wanda intervint :

— Je vous en prie, Socrate... C'est sans importance. Je n'en ai plus envie.

Satrapoulos hurla dans le nez du maître d'hôtel :

— Vous entendez !... Mes invités ne veulent même pas de la nourriture que vous leur présentez !... Où est-ce que vous vous croyez, dans une gargote ?...

Ecumant, les mots étant trop faibles pour le soulager, il plongea la main dans les œufs et les écrasa. Le jaune et de l'huile glissèrent entre ses doigts, maculant les manchettes de sa chemise, ce qui eut le don de faire redoubler sa violence :

— Vous appelez ça des œufs, vous !...

Il brandissait sa main souillée et dégoulinante à deux centimètres du visage de Céyx, qui était persuadé que le patron allait lui en barbouiller la figure. Il faillit le faire, mais, se ravisant, se contenta d'essuyer sa main sur le plastron de la vareuse immaculée du maître d'hôtel au garde-à-vous, la recouvrant avec volupté de graisse et de jaune d'œuf. Dans son désarroi, Céyx jetait un regard implorant à la Deemount, la prenant à témoin de cette navrante injustice. Le Grec aboya :

— A la cuisine !

Il prit Wanda, toujours en peignoir, par la main et l'entraîna sans qu'elle ait le temps de protester ou de résister. Ils traversèrent la coursive au pas de course et en jaillirent, Céyx sur leurs talons. Parvenus sur le pont, ils filèrent comme des flèches sous le regard étonné de quelques officiers et marins qui se rangèrent sur leur passage, claquant presque les talons. Le Grec entra dans la cuisine comme une bombe :

— Qui a préparé les œufs de Mme Deemount ?

Le chef, qui avait une certaine idée de la grandeur, écarta bravement ses aides et alla au massacre :

— C'est moi, Monsieur. Quelque chose qui ne va pas ?

— Rien ne va ! Il faut que ce soit moi qui vous apprenne votre métier, ou quoi ?

Le chef hochait la tête d'un air surpris, sans répondre.

S.S., sur un ton sarcastique :

— Alors allez-y ! Expliquez-moi la recette des œufs sur le plat. Je vous écoute !

L'autre se gratta la tête :

— Ben... c'est simple...

— Non Monsieur, ce n'est pas simple ! Ce sont les plats les plus simples qui sont difficiles ! Allez-y !

— Eh bien, je prends un plat rond, je verse deux gouttes d'huile !... Je fais chauffer...

— Comment ?

— A feu moyen.

— Continuez !

— Je casse mes œufs... Je rabats d'un coup de fourchette le blanc sur le jaune...

— En effet, c'était parfait ! Quelle réussite !

— ... Je laisse au feu une minute, je retire, je sale et je poivre.

Il y eut un long silence. Tous les yeux étaient braqués sur le Grec. Il eut un petit sourire supérieur et amer :

— Non, Monsieur ! Je suis désolé de vous le dire, mais vous n'avez raconté que des âneries ! Pour réussir des œufs...

Il regarda son costume d'alpaga noir, se tourna vers l'un des marmitons :

— Donne-moi un tablier, toi !

Le marmiton en prit un dans une pile, le Grec s'en ceignit les reins et l'attacha dans son dos. Sur le devant du tablier, on pouvait lire : *I'm a sweet baby*... Mais personne ne songea à rire. Au milieu d'une batterie de cuisine, S.S. s'empara d'un petit plat, régla à leur plus faible intensité les feux d'un réchaud à gaz, jusqu'à ce que la flamme devienne pratiquement invisible :

— Donnez-moi deux œufs.

On les lui donna.

— Du beurre !

On le lui tendit. Pour l'assistance, il se mit à commenter sa démonstration à voix haute :

— D'abord, jamais d'huile ! Une noix de beurre...

Il la mit dans le plat et posa le plat sur le réchaud où elle mit plusieurs secondes à grésiller...

— Quand le feu est très doux, le beurre ne flambe pas, ne se calcine pas, mais fond très doucement. Pourquoi ? Parce qu'il gardera le goût du beurre frais.

Tout le monde restait muet, fasciné...

— Il faut laisser à peine le temps au beurre de fondre. Ensuite, je retire mon plat du feu... Je casse mes œufs... Un... Deux... Je sale et je poivre (il coula au chef un regard qui en disait long)... pas après, mais AVANT !... Enfin, je recouvre le plat d'un couvercle. Et je remets au feu très doux...

Il se retourna vers le chef qui avait des crampes dans le cou à force de garder la tête rivée à ses gestes :

— Eh bien, Monsieur, quand je les retirerai, le blanc aura complètement recouvert le jaune !

Deux minutes se passèrent, dans un silence de mort. Satrapoulos saisit le plat, en retira le couvercle. Tout le monde se pencha : les œufs, dont on ne voyait pas le jaune, étaient recouverts d'une fine pellicule blanche translucide.

— Sentez ! ordonna le Grec... On se pencha. Du plat émanait une délicate et appétissante odeur de beurre.

— Voilà, Messieurs, comment on fait les œufs au plat. C'est Curnonski lui-même qui m'a donné la recette.

A Wanda :

— J'espère qu'ils vous plairont.

Il ôta son tablier *I'm a sweet baby,* posa les œufs sur un plateau et écarta d'un geste Céyx qui voulait le prendre...

— Laissez ça ! Je le porterai moi-même !

Il sortit, très digne, la Deemount à son bras gauche, le plateau sur la droite, les laissant tous sidérés.

Peggy Nash-Belmont était aux anges : dans une heure, son chauffeur la conduirait à l'aéroport de La Guardia. Enfin, le chauffeur de son beau-père, car elle voulait éviter d'étaler tout signe extérieur de richesse. En dehors de quelques intimes, nul ne savait qu'elle occupait ce fastueux penthouse de Park Avenue, dont elle avait transformé le toit en un jardin suspendu, formant serre l'hiver, terrasse l'été. Elle ne tenait pas à ce que ses confrères la voient d'un œil jaloux, ce qui est toujours nuisible à de bonnes relations de travail. Elle s'efforçait de conserver avec eux des relations strictement professionnelles, remettant sèchement à leur place ceux qui insistaient pour sortir avec elle ou la raccompagner.

Bien sûr, on savait qu'elle était riche. A New York, le nom de Nash-Belmont était la meilleure rime au mot « dollar ». Une dynastie de banquiers qui, avec les Pierpon-Morgan et les Rockefeller, tenaient l'Amérique dans le creux de leurs mains. Et quand, douze ans plus tôt, sa mère, qu'elle appelait familièrement Janet, avait divorcé de son père, ç'avait été pour épouser un Beckintosh, Arthur-Erwin pour le situer avec exactitude dans cette autre dynastie, au moins aussi riche que celle des Nash-Belmont, mais dont les seuls membres occupaient presque deux pages du *Social Register* de New York : quarante-six branches distinctes contre quarante-deux pour les Rockefeller, huit pour les Vanderbilt, deux seulement pour les Astor. En outre, chacun des rejetons de ce clan illustre descendait à part entière de la matrice originelle du *Mayflower,* et était indissolublement lié à l'histoire même des Etats-Unis. Un Beckintosh, Soames, avait été le grand héros de l'Indépendance, un autre, Williams, deux fois réélu comme président du pays, un troisième, Anthony, économiste de génie, avait établi un nouveau contrat social toujours en vigueur, à croire que, dans cette famille, la haute finance, mamelle nourricière, ne constituait en fait qu'un aimable passe-temps pratiqué à des moments perdus.

Une fois par an, Charles Beckintosh, le patriarche de la tribu, baptisé « Lobster » par ses ennemis, à cause de son teint prodigieusement rouge homard, battait le rappel de tous les Beckintosh épars dans tous les Etats. Ce jour-là, le 17 janvier, date anniversaire de la fondation de la banque mère, la *Save Beckintosh Trust,* on se réunissait dans la propriété de Charles, entre Boston et Cape Cod, trois cents hectares plantés d'essences rares, de fleurs sélectionnées et de bois précieux. La rencontre tournait rapidement à l'assemblée d'actionnaires, plutôt qu'à un meeting familial, chacun faisant le point sur ses avoirs, ses projets, son expansion, la chute de ses concurrents. Le vieux Lobster offrait traditionnellement une cravate aux mâles, une écharpe aux dames, et pour chaque enfant de moins de quinze ans, deux actions prélevées directement sur la banque. Après quoi, les limousines d'apparat emportaient leur cargaison de millionnaires dans leur propre résidence. Auparavant, chacun avait admiré la démarche gracieuse et légèrement « en dehors » de Janet Beckintosh, cavalière émérite ayant assimilé le « style Beckintosh » au point d'être prise pour modèle et de donner le ton au reste de la tribu, bien que n'étant pas née Beckintosh.

Quant au père de Peggy, Christopher Nash-Belmont, il était fou.

mais le fou le plus adorable, le plus beau, le plus séduisant que l'on eût connu, de mémoire d'Américain. Beau comme un dieu, rappelant, en plus raffiné, l'acteur Gary Cooper, il avait toujours été enseveli sous les hommages féminins. La mère de Peggy avait enlevé de haute lutte ce bourreau des cœurs, terreur délicieuse des jeunes filles de la haute société, à une cohorte d'héritières en folie, exaspérées et décontenancées par la résistance d'un séducteur assez fort pour avoir su, à plus de trente-sept ans, préserver son célibat. Bronzé à longueur d'année, excellant à tous les sports, charmeur, plein d'humour, un éternel sourire au coin des lèvres, Christopher, que ses amis avaient surnommé « le Christ », avait brusquement capitulé devant la grâce et le mystère de Janet, assez fine pour lui avoir tenu la dragée haute, refusant obstinément de devenir sa maîtresse pour mieux savourer la certitude d'être un jour sa femme, ou rien du tout. En ce temps-là, Janet et Christopher, tous deux citoyens britanniques, vivaient à Londres. Janet, elle non plus, n'était pas nimporte qui. Fille d'un puissant banquier, elle formait deux ans plus tôt, avec ses deux sœurs, Doris et Juliet, le trio le plus extraordinaire de la jeunesse dorée de Londres. Leur père leur avait offert à chacune une Bentley rigoureusement identique aux deux autres, sauf pour les avertisseurs qui se caractérisaient par un hurlement particulier, une note de la gamme : *do* pour Doris, *ré* pour Janet, *mi* pour Juliet, ce qui permettait de les identifier lorsqu'elles faisaient la course autour de Trafalgar Square ou sévissaient dans le voisinage de leur hôtel du Mall. Le mariage avait été l'événement de l'année. Le jour de la cérémonie, Janet avait douze demoiselles d'honneur. Elle était rayonnante dans une robe de chez Molyneux dont la traîne avait huit mètres de long. Deux pièces entières n'avaient pas suffi pour entasser les cadeaux parvenus du monde entier, sans parler de ceux des mille invités assistant à la réception. Le voyage de noces, commencé à Paris, promena le jeune couple dans toutes les capitales d'Europe, pour l'amener enfin, via les Bahamas et Nassau, à New York où il fut d'emblée choyé, jalousé, indispensable. Aucune maîtresse de maison n'aurait voulu donner une *party* sans être sûre que Janet et Christopher y assisteraient.

Quand fut venu le moment de repartir pour Londres, Janet, qui avait eu le coup de foudre pour New York, dit à Christopher :

— Pourquoi ne pas vivre ici ? Tu ouvrirais une nouvelle banque !

— Chérie, tu es fantastique ! Je n'osais pas te le proposer !

Ce fut aussi simple. Ils tombèrent dans les bras l'un de l'autre et achetèrent, le jour même, un splendide hôtel sur Park Lane. Deux ans plus tard naissait Peggy. En se réveillant à la clinique, sa mère, qui l'avait prise dans ses bras, s'écria avec horreur :

— Quelle affreuse chose ! Elle n'a pas l'air d'un bébé, mais d'une petite vieille ! C'est épouvantable, je l'ai eue trop tard !

Comme Janet venait d'entrer dans sa vingt et unième année, sa phrase eut le don de provoquer un immense éclat de rire parmi les infirmières et les médecins. Née dans une Rolls empaquetée dans un matelas de dollars, Peggy, de toute éternité, était destinée à être *ritzy,* selon la célèbre expression bostonienne désignant ainsi l'élite digne de faire du Ritz une espèce de résidence secondaire naturelle et à vie. Peggy n'allait pas tarder à justifier les espoirs placés sur sa tête. A deux ans déjà, elle avait son nom cité dans la chronique de Charlie Knickerbocker :

Peggy Nash-Belmont, écrivait-il, *est une blondinette adorable aux immenses yeux verts qui ne cillent pas sous le regard d'un homme. Elle m'a pourtant autorisé à la prendre dans mes bras, le temps de lui donner un peu de bouillie car Peggy, aurais-je oublié de vous le dire, fêtait hier son deuxième anniversaire.*

A cinq ans, Peggy, prise en main par sa mère, emportait son premier concours hippique. A huit ans, elle achevait un livre de poèmes dont la première partie, en vers libres, était un péan à la nature, et la seconde, en alexandrins, une déclaration d'amour à son poney favori, *Jolly Beaver.* A dix ans, elle avait son premier vrai chagrin d'amour, pour les yeux bleus d'un aviateur ayant osé, malgré les promesses qu'il lui avait faites, épouser une horrible fille brune de douze ans son aînée. Malgré cette déception, la vie s'était écoulée comme un conte de fées, dans des résidences somptueuses aux façades rappelant les hôtels français du XVIIIe siècle, des parcs sublimes, des parterres de fleurs peuplés de jardiniers souriants, et des longues voitures noires d'apparat, conduites par des chauffeurs assortis, à la casquette galonnée. Ou alors, pendant la période des vacances, sur d'immenses plages désertes, parce que privées, dans l'ambiance raffinée et irréelle de goûters d'enfants, de nurses autrichiennes aux longues jupes amidonnées, blondes, angéliques, sereines. Peggy avait eu dès sa naissance une nurse française, Anne-Marie, et nul n'aurait su dire si ses premiers balbutiements avaient été émis en anglais ou en français, en quelque sorte, ses deux langues maternelles. Ce qui était remarquable chez cette petite poupée blonde extrêmement douée, c'était le sérieux presque effrayant qu'elle apportait à toutes ses activités. Cela amusait fort son père, qui l'escortait régulièrement aux concours hippiques. Il disait d'elle avec fierté : « Elle est née sur une selle. » Et en fait, Peggy, à l'âge de six ans, damait facilement le pion, sur un parcours de jumping, à des enfants qui en avaient douze. On ne pouvait s'empêcher de la montrer du doigt avec admiration et attendrissement lorsque, sanglée dans sa veste de tweed cintrée, minuscules culottes de cheval et petit chapeau rond, elle traînait son poney avec les gestes chevronnés d'un jockey professionnel.

Un drame était survenu lors de sa quatrième année. Un jour d'avril, sa mère, qui s'était absentée pendant trois semaines, était revenue à la maison avec un bébé sur les bras. En souriant, elle avait dit à Peggy : « Regarde ta petite sœur. Elle s'appelle Patricia. » Peggy, que personne n'avait cru devoir prévenir de l'événement, avait fixé sa mère d'un air dur, incrédule, accusateur. Puis, elle avait éclaté en sanglots, tourné les talons et était partie en courant dans sa chambre, pour se jeter dans les bras de Coody, son ours en peluche. Son père l'y avait suivie, assez inquiet, tentant de lui expliquer qu'avoir une petite sœur était la chose la plus merveilleuse qui pouvait arriver à une petite fille. Mais, devant son air buté, il avait dû battre en retraite, après avoir promis de lui offrir un chien.

Dès le lendemain, « l'équipe » de Peggy, comportant déjà *Jolly Beaver*, l'ours *Coody* et *Pamela*, une immonde poupée en haillons, s'était enrichie de *Sammy*, un scoth-terrier noir de trois mois. Seul changement au train-train quotidien, *Pamela* fut rebaptisée *Patricia* et, très souvent, rouée de coups. En dehors de ce transfert passionnel, l'incident Patricia, en apparence, semblait oublié. Pourtant, deux mois plus tard, Peggy faisait une fugue. Dans la résidence familiale, le téléphone avait sonné. Une grosse voix d'homme avait expliqué à Janet Nash-Belmont : « Ici, le poste de police de Central Park. On a trouvé une petite fille. On ne comprend pas bien son nom, mais elle nous a donné ce numéro de téléphone. Est-ce qu'elle est à vous ? » Janet était arrivée au commissariat à la vitesse du vent, toute pâle. Un type en uniforme lui avait raconté : « Elle s'est tranquillement arrêtée près de moi, et elle m'a dit que *sa nurse s'était perdue.* » Le soir même, Anne-Marie était renvoyée dans ses foyers. Dès que Peggy avait su écrire, elle avait commencé la rédaction d'un journal personnel où voisinaient ses impressions, ainsi que des caricatures de ses gouvernantes et de ses précepteurs. A peine savait-elle lire, qu'elle dévorait *Le Petit Lord Fauntleroy* et *Les Aventures de Tom Sawyer.* A huit ans, elle raconta à sa mère qu'elle avait beaucoup aimé l'histoire du monsieur qui voulait se jeter du haut d'une falaise pour une dame.

— De quelle falaise parles-tu ?

Plus tard, l'ayant pressée de questions, Janet, abasourdie par une telle précocité, avait compris que Peggy venait de lire *Le Joueur* de Dostoïevski. « Mais, lui demanda-t-elle, as-tu bien compris tous les mots ? — Oui, répondit la fillette, tous, sauf *roulette.* »

A douze ans, elle avait lu quatre fois *Autant en emporte le vent,* lorsque éclata le coup de tonnerre : ses parents divorçaient. Désemparée, Peggy ne comprit pas très bien, ou plutôt, refusa de comprendre. Pourtant, deux ans plus tard, lorsque sa mère épousa Arthur Erwin Beckintosh, elle eut le cran de lui offrir un bouquet de fleurs, juste après la cérémonie. Ensuite, elle s'enferma dans sa chambre et pleura vingt-quatre heures d'affilée. Lorsqu'elle eut enfin les yeux secs, ce fut pour aller vivre avec sa mère à Merrywood, en Virginie, où son beau-père possédait la plus belle propriété des rives du Potomac. A la fin de l'hiver, on quittait Merrywood pour la résidence d'été de Greenwood, en Nouvelle-Angleterre, pour faire de la voile et nager des journées entières sur les plages d'Arthur Erwin Beckintosh.

Mais chaque dimanche, et durant la moitié des congés scolaires, c'était la magie : Peggy et Patricia couraient se jeter dans les bras de leur père, qu'elles idolâtraient. A leurs yeux éblouis, Christopher Nash-Belmont était le dieu possédant le don · de créer le plaisir à longueur de temps. Il aimait par principe tout ce que les deux fillettes adoraient, et se faisait un devoir de leur apprendre à apprécier tout ce qui le passionnait. Avant tout, il appliquait la règle d'or de Rabelais dans l'abbaye de Thélème : « Fais ce que voudras. » Mieux, il les encourageait à oser tout ce qui était habituellement interdit, grimper aux arbres, livrer des batailles de tartes à la crème, monter à vélo sans toucher au guidon. Dans son délire de père gâté et amoureux, il lui arrivait même de les emmener à Wall Street et de les faire asseoir à la place du caissier de sa banque. Quant aux gouvernantes, elles ne pouvaient que prendre un air pincé devant Pat et Peggy engloutissant régulièrement d'énormes ice creams cinq minutes avant le dîner. Les années n'avaient pas entamé la passion de Christopher pour Peggy. Aujourd'hui encore, les cadeaux somptueux qu'il lui faisait étaient célèbres à New York, à tel point qu'Arthur Erwin, pour ne pas être en reste, avait dû se piquer au jeu et rivaliser, par prodigalités interposées, avec les folies du père. Peggy recevait ces présents avec la sérénité de l'habitude, sans les désirer vraiment, bien qu'ils lui fussent, avec le temps, devenus indispensables. A force de recevoir sans rien avoir à demander, elle avait éprouvé le désir de se situer en faisant abstraction de son nom et de sa fortune, car on évalue sa puissance par ce qu'on prend, non par ce qu'on vous donne.

Sous le pseudonyme de « Scarlett », en hommage à son héroïne favorite, elle s'était présentée à un concours organisé par le *Harper's Bazaar,* créé, disait la publicité, « pour favoriser l'éclosion de jeunes talents », en réalité, pour faire monter le tirage en intéressant les lectrices à la rédaction même du magazine. Sur un thème imposé : « La journée d'un routier », elle avait gagné le premier prix. Mais, pour être première une fois de plus, elle avait mis tous les atouts dans son jeu : elle avait réellement passé une semaine de camion en camion, faisant du stop sur les nationales, dormant dans des cageots de légumes, un sac de marin sur l'épaule et des blue-jeans sur les fesses. Alors que les autres concurrentes s'étaient échinées à voir de la poésie où il n'y en avait pas, elle avait tout raconté, crûment. Les serveuses « montantes », les cuites au bord de la route, quand l'extrême fatigue vous empêche de dormir, les compteurs kilométriques que l'on trafique, le tonnage du fret sur lequel on triche, pour arrondir les fins de semaine, la sueur. Comme prix de sa victoire, elle avait été engagée. La directrice du journal s'apprêtait à recevoir une petite provinciale culottée. En son honneur, elle avait préparé tous les clichés d'usage à débiter sur un ton condescendant et protecteur, du style « Voyez-vous ma petite, le journalisme... » Et Peggy était entrée dans son bureau. La dame avait rengainé ses fleurs de rhétorique, car elle avait immédiatement reconnu la jeune fille. Avec étonnement, elle lui avait demandé pourquoi elle n'était pas venue la voir directement, puisqu'elle connaissait sa famille et qu'elle-même, en personne, se serait fait un plaisir, etc. Peggy avait répondu que les choses étaient très bien ainsi, qu'elle était ravie d'être engagée sur sa valeur et non pas sur sa bonne mine ou ses relations. Et elle s'était mise au travail.

On ne lui avait pas fait de cadeaux. Toutes les corvées rebutantes y étaient passées, de l'interview de la ménagère (« Quel lait vous mettez-vous sur le visage pour la nuit ? ») aux chiens écrasés, ou plutôt, puisqu'elle était la collaboratrice d'un journal snob, ce qu'il fallait faire et les précautions à prendre pour que « l'adorable petit compagnon de vos jours » ne fût pas écrasé. Et s'il l'était malgré tout, quel était le recours contre l'écraseur, et à l'aide de quelles compagnies d'assurances. Deux ans plus tard, elle était la vedette du journal, comme elle avait toujours été la vedette en tout, et sa rubrique, « Je sais », était celle qu'on dévorait en premier. Ce qu'il y avait de plus piquant à ses yeux, c'est qu'elle gagnait réellement sa vie.

Elle jeta un coup d'œil à sa montre et se dit que Julien, le chauffeur dominicain de son beau-père, était en retard. Mentalement, elle passa en revue la liste des robes qu'elle emportait. Elle sourit, en évoquant les trois énormes valises, les deux bagages à main et la mallette de maquillage, le tout pour une seule et unique soirée. Mais quelle soirée ! Fêter Noël un 13 août, une idée épatante ! Jennifer Cabott, la directrice du *Bazaar's,* avait paru courroucée et lui avait bien recommandé de ne ménager personne dans son article. Il faut dire qu'elle n'était pas invitée. « Vous comprenez — avait ajouté Jennifer — ces gens-là ne sont que des métèques sans éducation, qui se croient tout permis parce qu'ils ont de l'argent en guise de bonnes manières. Ne les ratez pas ! Allez-y ! Allez-y !... »

Peggy ne connaissait Kallenberg que de réputation, mais ce

qu'elle savait de lui était déplaisant : nouveau riche, parvenu à la puissance à force de coups de poker et de bluff, Grec de vocation, armateur de naissance, coureur de jupons et grand amateur de dots. Il semblait qu'il tirât sa force de son obsession : dépasser son propre beau-père, Socrate Satrapoulos, « le Grec », sur tous les terrains possibles, la mer, la finance, les femmes. Des amis lui avaient décrit l'hôtel de Londres, où elle serait reçue dans quelques heures, pour lui en vanter les richesses, Titien et Rubens dans les vestiaires, Tintoret ou Cranach dans les vestibules des salles de bains. On verrait bien. De toute façon, il en fallait beaucoup plus pour l'impressionner. On sonna à la porte, Maria alla ouvrir, c'était Julien. Aidé par la femme de chambre, le chauffeur chargea les bagages dans l'ascenseur de service. A son tour, Peggy sortit, trop sûre d'elle pour se regarder une dernière fois dans la glace. Elle dut descendre un étage pour gagner l'ascenseur du hall principal, car son appartement, un cube de verre juché sur un dôme de trente étages, n'avait aucun moyen d'accès en dehors d'un petit escalier intérieur, bourré comme une serre de plantes vertes. Dix minutes plus tard, elle était calée à l'arrière de la Lincoln noire, priant Julien de se hâter. Il était près de 4 heures de l'après-midi, et à Londres, environ 11 heures du matin. Elle s'était levée tard, pour être en beauté le soir même sur l'autre continent. Bon Dieu, cette voiture se traînait ! Une fois de plus, craignant d'être en retard, elle demanda à Julien d'accélérer. La Lincoln fit un bond en avant. Au moment où Peggy allait se rencogner sur ses coussins, il y eut une espèce de choc sourd, presque simultanément suivi d'un craquement. La lourde huit cylindres se mit à zigzaguer, sans que Julien semble pouvoir la maintenir sur la route. Puis, la Lincoln se remit en ligne. Peggy, les yeux rivés sur les épaules de Julien accroché à son volant, eut l'impression que le coup de frein désespéré lui entrait dans la chair. Mais les deux tonnes de la voiture étaient maintenant arrêtées sur le bas-côté de la route :

— C'est pas moi ! cria Julien, il a ouvert sa portière au moment où j'allais le doubler !

Peggy se retourna presque machinalement. A travers la vitre arrière, elle vit, deux cents mètres plus loin, une silhouette étendue sur le sol, immobile. Déjà, des automobilistes s'arrêtaient. Rapidement, un attroupement se forma. La voix de Julien éclata à nouveau, perchée deux tons au-dessus de sa tessiture normale :

— C'est pas moi ! C'est pas de ma faute !

— Qui a dit que c'était de votre faute ? articula pensivement Peggy.

— Madame, ne bougez pas... Il faut que j'y aille...

La voix de Peggy claqua, sèche :

— Restez à votre volant !

— Madame...

— Taisez-vous ! Est-ce que vous pouvez rouler ?

— Oui, madame, mais...

— Roulez !

— Mais madame... je l'ai peut-être tué...

— Roulez !

— Monsieur Beckintosh...

— Ce n'est pas M. Beckintosh qui est dans la voiture. C'est moi. Et je vous dis de démarrer !

Déjà, Peggy décrochait le téléphone, camouflé dans un coffret d'acajou, entre le bar et le téléviseur. Elle composa un numéro. Médusé, Julien, qui venait d'embrayer, risqua un coup d'œil derrière son épaule. D'une voix chevrotante, il demanda :

— La police ?

— Conduisez. Allô ? Je viens d'avoir un accident. A trois miles de La Guardia, direction New York-John's Beach. Un type au milieu de la route. Mon chauffeur n'a pu l'éviter... Ça m'étonnerait, j'ai un avion à prendre... une Lincoln... ne quittez pas...

Elle se pencha vers Julien :

— Le numéro de la voiture ?

— 72 87 NY 11...

Peggy répéta dans l'appareil :

— 72 87 NY 11... Peggy Nash-Belmont... Non, elle est à mon beau-père... Arthur Erwin Beckintosh... Oui... Vous avez quelque chose contre ?... Non ! Je vous répète que j'ai un avion à prendre ! Oui, c'est ça... Vous n'avez qu'à envoyer quelqu'un chez moi après-demain, 326 Park Avenue. Au revoir.

Elle coupa la communication en posant son doigt sur le combiné. Elle refit un autre numéro :

— Le patron s'il vous plaît, pour Peggy...

Julien venait de se ranger sur le bord du trottoir, dans l'aire des départs « International Lines ».

— Arthur ? On a eu un pépin sur l'autoroute... Un type qui s'est jeté sous les roues de Julien... Non, pas le temps. Il vous expliquera. Occupez-vous de tout, je compte sur vous. A mardi ! Je vous embrasse !

— Julien !

Le chauffeur se figea, une valise à la main, dans l'attitude enfantine des gosses qui jouent aux statues de sel...

— Vous allez immédiatement faire demi-tour et vous rendre sur les lieux de l'accident. Les policiers vous attendent. Ne vous inquiétez pas, M. Beckintosh est prévenu et s'occupera de tout. Appelez-moi un porteur.

Après tout, elle avait bien fait de ne pas rater son avion parce qu'un imbécile se trouvait sur sa route, et qu'un autre maladroit n'avait pas eu assez de réflexes pour l'éviter. Maintenant, si le type était mort, tant pis pour lui, ce n'était pas son affaire.

Des anonymes, il en mourait tous les jours par milliers dans le monde. Mais Kallenberg, tout métèque qu'il fût, ne fêtait Noël qu'une fois par an, la nuit du 13 août.

La pièce aurait pu être une salle d'école, un bureau de conférences, mais elle faisait irrésistiblement penser à une chapelle, bien qu'elle n'en fût pas une non plus. Devant une table recouverte d'une longue pièce de tissu orange, il y avait cinq rangées de chaises occupées par les vingt priviligiés qui avaient eu la chance insigne d'approcher « le Prophète », d'être reçus par lui, dames d'un certain âge et messieurs raisonnablement mûrs, tous vêtus avec une certaine recherche et visiblement soignés de leur personne. De temps en temps, l'un d'eux se levait sur un geste du maître, un homme remarquable à force de ressembler à n'importe qui, de taille moyenne, sec et nerveux, chauve, la soixantaine parfaitement conservée :

— Je vous écoute.

Invariablement, les discours du Prophète commençaient et s'achevaient par cette formule qui, chez lui, n'était pas un vain mot : à partir du moment où il avait dit « je vous écoute », il n'ouvrait absolument plus la bouche, se contentant effectivement d'écouter ce qu'on avait à lui dire sans jamais faire le moindre commentaire. Pourtant, malgré son apparence insignifiante, son pouvoir charismatique était tel que ses interlocuteurs oubliaient instantanément la présence environnante des autres témoins à l'affût de leur histoire, stupéfaits de s'entendre dévoiler à voix haute et en public des secrets si intimes qu'ils ne se les étaient jamais avoués à eux-mêmes. Puis, abasourdi d'avoir osé accomplir un acte aussi énorme, on retournait s'asseoir à sa place, redevenant auditeur anonyme après avoir été orateur.

C'était un mardi, que le Prophète avait baptisé le « jour de ses pauvres ». Chaque semaine, il consacrait un après-midi à recevoir collectivement et gratuitement ceux qui n'étaient pas assez riches ou importants pour le consulter en privé. Ainsi avait-il l'impression de se dédouaner vis-à-vis de la chance qui l'accompagnait depuis six ans. Ce jour-là, il laissait au vestiaire ses tarots, ses cartes du ciel et sa boule de cristal, ouvrant les portes de sa maison à « ses pauvres ». Rituellement, la séance durait de 14 à 18 heures. Appparemment, au nombre de fidèles qui attendaient leur tour depuis des mois pour être admis dans

le saint des saints, le mutisme total du Prophète avait du bon : ses
visiteurs le quittaient en état de grâce pour répandre la bonne parole
dans tout le Portugal, cette parole que précisément il n'avait pas dite.
Les autres jours de la semaine étaient consacrés aux affaires sérieuses,
à sa clientèle privée prête à lâcher n'importe quelle somme pour passer
une heure en tête à tête avec lui. Déjà célèbre pour le nombre de ses
têtes couronnées à l'hectare, la station d'Estoril tirait un renom supplémentaire de la présence dans ses parages du « Prophète de Cascais ».

Un homme d'une soixantaine d'années, grand et distingué, vint
se placer devant la table où officiait le mage... « Je vous écoute... »,
dit le Prophète.

L'homme réfléchit longuement, chercha ses mots et démarra d'une
façon déconcertante. Il dit :

— Je suis un con.

D'un signe de tête, le Prophète manifesta qu'il prenait bonne note.
Libéré par cet aveu qu'il contenait sans doute depuis des années,
l'homme en exposa les raisons en détail, invoquant sa vie qu'il avait
ratée, sa femme qui l'avait abandonné, ses enfants qui ne l'aimaient plus,
malgré les sacrifices consentis à leur égard pendant toute son existence.
Il était 5 heures justes. Par-dessus les têtes fascinées de ses consultants :
le Prophète vit le visage habituellement impassible de Mario, son maître d'hôtel, s'encadrer dans le battant de la porte et lui grimacer des
signes...

— Et pourquoi donc, continuait l'homme distingué, ai-je fait tout
cela au lieu de m'amuser comme les autres ? Au nom de quoi ?

Le Prophète le coupa d'un geste et invita Mario à venir lui parler. Pour que son domestique interrompît la séance, il fallait que son
motif fût sérieux. Le Prophète craignait toujours que, malgré ses précautions, un journaliste plus acharné que les autres ne parvînt à déter-
rer son passé. Avec malaise, il écouta ce que lui chuchotait Mario.
Son visage se rasséréna et, à son tour, il lui glissa une phrase dans le
creux de l'oreille. Mario acquiesça. Il se retourna vers les fidèles :

— Le Prophète vous prie de vous retirer.

Il n'y eut pas la moindre protestation. Les uns et les autres se
levèrent, dans un bruit discret de chaises raclant le sol, et se dirigèrent
vers la sortie, le sexagénaire distingué fermant la marche, décontenancé
d'en avoir trop dit, ou pas assez. Quand il fut certain que tout le monde
était parti, il quitta la « chapelle » située dans un coin isolé, en
dehors des bâtiments principaux. Il traversa un patio bordé de colonnades en céramique d'où la vue s'étendait jusqu'aux limites de sa résidence, la mer tout simplement, giflant éternellement les rochers déchiquetés en bas des collines souples parsemées de gazon, de mimosas,
d'eucalyptus et de glycines. Presque à regret, il s'arracha à ce spectacle dont il ne se lassait jamais et qui lui permettait de mieux savourer

le chemin parcouru depuis son arrivée en terre portugaise. Aujourd'hui, la roulotte minable de ses débuts était loin. Sa clientèle se composait de rois de tous bords, monarques authentiques, grandes-duchesses en exil permanent, géants de la finance, ténors de la politique mondiale dont aucun ne signait un seul décret sans l'avoir consulté. Il pénétra dans la maison, construite sur ses propres plans, gravit un escalier intérieur et poussa la porte de son bureau où l'attendait son visiteur. A peine était-il entré que le Grec se précipitait sur lui, bras tendus pour l'accolade et visiblement très excité :

— Mon cher ami, j'ai un épouvantable problème !

Le Prophète se dégagea en souriant de son étreinte :

— Je le sais.

— Il a trouvé ma mère ! Il veut me faire chanter !

— Asseyez-vous.

— S'il réussit, je suis coulé !

— Mes tarots m'ont déjà averti de tout cela. Calmez-vous.

— Il a envoyé des journalistes. Ils ont réussi à la découvrir dans le village le plus perdu de la Grèce !

— Voulez-vous boire quelque chose ?

— Qu'est-ce que je vais faire ?

— Ne vous tourmentez pas. La conjoncture nous est très favorable. Nous allons retourner à l'envoyeur la bombe qu'il nous destine.

Satrapoulos cessa de s'agiter et d'arpenter le bureau de long en large. Ce « nous » le rassurait. Il se sentait déjà moins seul.

— Vous êtes sûr qu'il n'est pas trop tard ?

— Certain.

Le Grec eut un soupir qui le libéra de la pression de cette journée. Il se laissa tomber dans un fauteuil, jetant au passage un regard bref et avide sur les cartes abandonnées près d'un vase de roses.

— Comment dois-je m'y prendre ?

— Vous allez tout me raconter dans le détail, tranquillement. Ensuite, je commencerai à vous faire le grand jeu. Dès qu'elles auront parlé, je vous dirai de quelle façon vous devez procéder.

Satrapoulos se détendit totalement : le Prophète lui coûtait sans doute des millions, mais il lui avait déjà rapporté des milliards. Quel type ! Il ne se trompait jamais !

3

— Tu as ton flash, Robert ?

— Oh ! écrase ! Ça fait quatre fois que tu me le demandes !

Jean-Michel se tut et se concentra sur la conduite. Derrière les deux Français, l'interprète souriait. Avec ce qu'on lui avait offert pour cette journée de travail, il allait pouvoir vivre sans rien faire pendant un mois. Lorsqu'il est dans son pays, le Grec pratique volontiers une espèce de bohème sédentaire, surtout dans les îles où chaque jour est un tout en soi et où la nourriture elle-même est fonction des saisons, des récoltes ou de la pêche. A trente kilomètres de là, sur le port, on l'avait tiré de son syndicat d'initiative, qui fonctionnait à mi-temps deux mois par an, parce qu'il parlait correctement le français. Il allait s'agir de traduire une conversation qu'ils désiraient avoir avec une paysanne d'un village perdu dont Skopelos, à ce jour, ne soupçonnait même pas l'existence. Les deux garçons, qui étaient journalistes, faisaient un reportage à propos d'un héritage, enfin, ils n'avaient pas été très clairs, mais Skopelos s'en moquait comme de son premier verre de raisiné — il avait eu un jour l'idée de calculer la quantité de raisiné absorbée dans sa vie, et était arrivé à l'impressionnant total de 14 600 litres. Qu'un corps humain pût engloutir autant de liquide le fascinait, et, à ce sentiment, se mêlait une sorte de fierté, celle d'avoir trouvé les ressources nécessaires pour pouvoir en boire autant.

Le photographe fit fonctionner son flash électronique, et l'éclair qui en jaillit fut ridicule dans l'énorme lumière du soleil, une allumette craquée au cœur d'un feu d'artifice. L'autre, celui qui conduisait, avait vérifié à plusieurs reprises le fonctionnement d'un magnétophone, sur lequel Skopelos avait pu lire *Nagra*. Il lui avait demandé de parler devant le micro de façon à régler le volume. Avec surprise, Skopelos avait entendu sa propre voix, ne la reconnaissant pas et ayant peine à croire qu'elle lui appartînt. Les deux Français avaient l'air nerveux, surexcités. La chaleur peut-être...

— Alors tu as bien compris, Skopelos ! Tu te bornes à traduire nos questions. De temps en temps, tu m'indiques ce que la vieille répond. Quand on retournera au port, tu traduiras en totalité tout ce qu'elle a raconté. D'accord ?

— D'accord.

— Parfait. Bon, on y est presque. Voilà les maisons. Je vais laisser la charrette ici. Allez, mec ! Tout le monde descend !

Les trois hommes s'avancèrent entre deux rangées de bicoques crépies à la chaux, aveuglantes. A un homme qui était sorti devant le porche de sa maison, Skopelos demanda où habitait une vieille dame nommée Athina. Sans mot dire, l'homme désigna la dernière maison de la rue, tourna les talons et rentra chez lui.

— Pas bavard, le vieux !

Skopelos sourit :

— Ils sont complètement arriérés dans ce coin ! Pas d'eau, pas de journaux, pas de radio. Il n'y a qu'une chose qui compte pour eux : leurs chèvres.

— Et leurs femmes ? s'esclaffa Robert.

— On les voit une fois le jour de leur mariage. Auparavant, elles ont payé la valeur d'un demi-million de vos francs pour avoir le droit d'épouser l'homme que leur père a choisi pour elles. Après la cérémonie, bouclées ! Elles font des enfants, soignent les chèvres et s'occupent de la maison.

— La belle vie. Faudrait qu'on amène les nôtres, pour les dresser. Ah ! on y est !

Maladroitement, Robert chercha une porte qui n'existait pas. Il n'y avait qu'un vieux rideau, fait de toile de sac déchirée. Robert l'écarta et distingua vaguement une vieille femme qui fourrageait dans un sac dont elle tirait des fèves.

— Demande-lui si elle est bien Athina Satrapoulos, lança Jean-Michel à Skopelos.

Ce dernier traduisit, la vieille opina du bonnet.

— Parfait, reprit Jean-Michel, on va pouvoir travailler. Allez, Robert, vas-y, mitraille ! Toi, traduis-lui ce que je vais lui dire.

Il s'adressa à elle, lui parlant sous le nez, haussant le ton d'instinct, comme si une personne aussi âgée ne pouvait être que sourde. C'était donc ça la mère du grand Satrapoulos, ce vieux débris ! Quel scoop on allait faire ! Un scandale mondial !

— Madame Satrapoulos, on vient vous voir à propos de Socrate... Socrate, votre fils...

Avant même que Skopelos ait pu traduire, la vieille lâcha en grec, très rapidement, huit à dix mots.

— Qu'est-ce qu'elle dit ? demanda Jean-Michel.

— Elle dit qu'elle n'est pas sourde, qu'il ne faut pas lui crier dans les oreilles.

Vexé, Jean-Michel se recula de deux pas tandis que Robert, sans se presser mais à une cadence régulière, fixait sur la pellicule le sol en terre battue, les fagots de bois, le chaudron de cuivre où bouillait l'eau pour les fèves, la cheminée noircie, la table bancale et la croix de bois noir, fixée sur le mur. La vieille parla à nouveau. Skopelos prit la parole :

— Elle dit...

— Arrête de dire « elle dit », le coupa Jean-Michel, ça simplifiera les choses.

— Elle dit : « Qu'est-ce qu'il a encore fait ? »

— Qui ça, il ?

— Ben... son fils...

— Demande-lui depuis combien de temps elle ne l'a pas vu ?

— Depuis plus de trente ans.

— Ils sont fâchés ?

— Elle dit que c'est un salaud.

La bande du magnétophone s'enroulait doucement sur sa bobine : les écrits s'envolent, les paroles restent.

— Est-ce qu'elle sait qu'il est riche ?

— Non, elle dit qu'elle n'en sait rien.

— Est-ce qu'il lui envoie de l'argent ?

— Jamais, non. Elle dit qu'il lui en a pris, au contraire.

La vieille ponctua vigoureusement de la tête les propos du traducteur.

— Comment était-il, quand il était gosse ?

— Sale. Et voleur.

— Est-ce qu'il aimait son père ?

— Il n'a jamais aimé que lui-même.

— Et à l'école, il avait de bons résultats ?

— On l'a renvoyé de partout. Aucune école n'en a voulu plus de huit jours.

— Pourquoi ?

— Il avait déjà le mal dans le corps.

— A-t-il jamais essayé de vous aider ?

— Jamais !

— Est-ce qu'il a des raisons précises de vous détester ?

— Il ne peut pas supporter les gens qui l'ont vu faible, sa mère comprise. Un jour, il m'a frappée.

— Vous êtes sûre ? Quand ça ? Pourquoi ?

— Il s'est jeté sur moi et m'a frappé. Son père est arrivé et m'a enlevée de ses mains.

— Il avait quel âge ?

— Treize ans.

Jean-Michel ne put s'empêcher de jeter un regard triomphant vers Robert : ce que disait la veille, c'était quelque chose d'énorme. Décidément, Dun avait le flair pour découvrir des sujets fantastiques. Il ne fichait rien la plupart du temps, mais quand il mettait la main sur une histoire, c'était une vraie bombe ! Il était snob, bien sûr, au point même d'en être puant, mais est-ce que cela comptait en regard de ses capacités professionnelles ? Robert demanda à Skopelos si la vieille accepterait de lui laisser faire des photos dans sa chambre ? Oui, elle acceptait volontiers, mais dans sa chambre, il y était déjà, la maison ne se composant que d'une seule pièce d'habitation qu'elle partageait avec les chèvres : c'était trop beau ! Jean-Michel envisagea les profits qu'il allait pouvoir tirer d'un tel reportage sur la mère inconnue et cachée du plus célèbre milliardaire des temps modernes. Grisé, il arrêta le magnétophone et lança pour les témoins, d'un air autoritaire :

— Bon ! On arrête tout pour l'instant. Fais-la sortir et tire quelques rouleaux de couleur devant sa baraque. Avec les chèvres, si tu peux, enfin, quelque chose de dégueulasse, qui fasse pauvre.

Et à Skopelos :

— Toi, dis-lui qu'on a tout notre temps. On va tout refaire, en reprenant les choses par le commencement. Demande-lui d'abord la date de naissance exacte de Socrate. Je veux tout savoir de sa vie, jour par jour !

Il le tenait, son *scoop* !

Dans la famille Mikolofides, on était si pathologiquement avare de père en fils qu'Ulysse Mikolofides avait décidé de ne pas avoir d'héritier. Il voulait être certain que nul ne lui survivrait pour jouir, sans lui, de sa fortune. Par ailleurs, il ne lui déplaisait pas d'être le dernier bourgeon de sa lignée glorieuse.

Malheureusement, sa femme ne l'entendait pas de cette oreille. Bien que soumise en apparence aux décisions de son époux, Médée insistait souvent, avec un entêtement douloureux, pour qu'il veuille bien lui faire un enfant. Avec le temps, son désir virait à la dépression maniaque. Elle rusait avec les périodes fatales, affirmant qu'il n'y avait aucun risque. Ulysse n'en croyait pas un mot. Méfiant, il continuait, les rares fois où il lui rendait hommage, à s'entourer d'un luxe de précautions inouïes.

Après trois ans de ce manège, il se trouva acculé à un choix : ou Médée devenait mère, ou elle devenait folle. Il la surprenait parfois, tricotant mélancoliquement de la layette devant une table encombrée d'ouvrages de puériculture et de revues sur les nurseries. Elle jetait sur lui un regard soumis mais chargé de reproches, et se remettait avec un profond soupir, une maille à l'endroit, une maille à l'envers, à ses chaussons bleu ciel et à ses barboteuses rose pâle. Un soir, incapable de supporter plus longtemps ses mines alanguies, il lui lança avec hargne :

— Monte dans ta chambre ! Je vais te le faire, ton enfant ! Et gare à toi si tu ne me donnes pas un garçon !

Elle le regarda avec un air d'adoration et gravit l'escalier si vite qu'elle manqua se rompre les os. Elle balbutiait avec reconnaissance :

— Oh ! Ulysse, merci ! Mon Dieu ! Tout de suite Ulysse !...

Un mois plus tard, rien. Plutôt vexé, bien qu'il ne voulût pas se l'avouer, Mikolofides se remit avec frénésie, dans les semaines qui suivirent, à ses devoirs conjugaux : en vain. Discrètement, il alla passer un examen qui le rassura : non, il n'était pas stérile. Il pria Médée de se soumettre à son tour à des analyses. Les spécialistes ne décelèrent aucune anomalie pouvant s'opposer à une maternité. Furieux, Ulysse se transforma alors en amant insatiable, maudissant les dieux de lui refuser ce qu'ils accordaient à n'importe qui : un enfant.

Pourtant, le ventre de Médée continuait à rester désespérément plat. Elle traversait les saisons dans une torpeur inquiétante, ne s'intéressant à rien, mangeant à peine, couvrant de cadeaux les rejetons de ses domestiques, faisant des dons somptueux à des orphelinats.

Deux nouvelles années passèrent avant qu'elle ne prononce le mot « adoption ». Elle se heurta à un refus formel d'Ulysse dont les vieilles craintes furent réactivées : il était déjà réticent pour un enfant de son sang, ce n'était pas pour aller léguer sa fortune à un bâtard né de père et de mère inconnus !

C'est alors que Nina mourut en couches. Nina était la sœur de Médée. A sa famille horrifiée, elle avait avoué que son futur enfant n'avait pas de père mais que, de toute façon, elle assumerait seule sa grossesse et ses responsabilités.

Le bébé était de sexe féminin. Médée se roula aux pieds d'Ulysse pour qu'il consente à l'adopter. Il répondit qu'il n'en était pas question :

— Si ç'avait été un garçon, à la rigueur...

Et il partit en voyage pour couper court aux jérémiades. Quand il revint à la maison, ce fut pour trouver un berceau installé dans la chambre de sa femme. Elle lui sauta au cou :

63

— Regarde notre enfant ! Je l'ai baptisée Irène !

Il ne put faire autrement que garder chez lui cette fille calamiteuse dont il était certain qu'elle serait pour lui une source de ruine plutôt que de profits. Résigné à jouer les papas aux yeux de tous, il apprit un jour avec stupéfaction que Médée était enceinte ! Cette fois, elle allait se racheter et lui donner ce fils qui le continuerait, en quelque sorte, et qu'il appellerait Ulysse, comme lui. Melina vint au monde. La rage impuissante de la première fois fit place au désespoir : il n'avait pas vu le pire !

Pour son deuxième essai réussi, Médée eut le mauvais goût d'accoucher d'une autre fille, Helena ! A l'idée d'affronter son mari après cette faillite dont elle se sentait obscurément responsable, Médée, l'espace d'un instant, avait songé à s'enfuir, sa nouveau-née dans les bras. Elle eut raison de ne pas le faire : frappé par ce dernier coup du sort, Ulysse, accablé, se montra presque compatissant. Puisque Dieu l'avait voulu, son devoir serait de veiller à ce que le patrimoine familial ne se volatilise pas entre les mains de ces « châtrées », comme il les désignait mentalement dans ses moments de colère.

Irène avait très mal passé le cap de la puberté, ayant, chose étonnante, des poils aux bras avant que d'en avoir sur le pubis — c'est ce qu'affirmait sa mère en tout cas. Comme on lui répétait sans cesse ce qu'elle devait faire ou ne pas faire, de timide, elle devint renfermée, de sournoise, mystique. Le soir, en cachette, elle s'enduisait les bras de crème dépilatoire, décidée à faire face à sa féminité. Bien entendu, personne ne lui avait révélé le secret de sa naissance et elle était réellement, socialement et psychiquement, la fille aînée des Mikolofides. Pourtant, comme on ne s'était pas privé de lui faire sentir à quel point on la tolérait, dans un cénacle que l'on eût souhaité voir s'enrichir de mâles, elle s'était sentie vaguement coupable de n'avoir pas comblé les espoirs fondés sur sa venue au monde. Plus tard, sous l'action conjuguée de la prière et de l'embrocation, les poils qui floconnaient ses bras avaient consenti à disparaître ; mais, par une espèce de compensation biologique, ils s'étaient anormalement développés dans la région pubienne et sur les cuisses, allant même jusqu'à ombrer l'ourlet pulpeux de sa lèvre supérieure. Avec horreur, elle avait entendu la cuisinière prononcer à ce propos le mot « moustache ». Ses yeux la consolaient un peu, d'un bleu-noir opaque, superbes, veloutés de cils presque trop longs.

Quand Melina était née, on avait recommandé à Irène, qui avait quatre ans, de se réjouir. Elle n'avait pas bien compris pourquoi, et, soupçonneuse de nature, avait pressenti confusément qu'elle allait devoir désormais partager la maigre tendresse que lui dispensait son père avec cette inconnue. Un soir, deux ans après cette naissance, elle avait éprouvé une joie énorme. Il était près de minuit et elle s'était brusquement éveillée dans la chambre qu'elle partageait avec sa sœur. Les yeux grand ouverts dans le noir, elle avait ruminé une idée qui la tenaillait depuis des jours. Elle avait allumé la veilleuse — ce qui lui était interdit — et à pas de loup, s'était approchée du berceau : Melina dormait, la bouche ouverte, sereine. Irène l'avait contemplée, longuement, puis, toute tremblante, comme on tremble lorsqu'on s'apprête à recevoir la réponse d'un mystère, elle avait soulevé les couvertures et débarrassé le bébé de ses langes, jusqu'à ce que ses minuscules jambes fussent à nu. Alors, elle les avait écartées précautionneusement, le cœur battant, pour apprendre enfin ce qui se trouvait entre elles : il n'y avait RIEN ! Ainsi, ses parents n'avaient aucune raison de lui préférer la nouvelle venue : rien, c'est le cas de le dire, ne la différenciait d'elle ! De soulagement et de bonheur, elle se mit à manger Melina de baisers et à la cajoler furieusement. L'enfant se mit à crier. Alertée par les pleurs, sa mère, flanquée de la nurse dont l'appartement était contigu, entra dans la chambre : « Regardez, s'écria-t-elle, regardez comme elle aime sa petite sœur ! » Le lendemain, l'histoire faisait le tour de la maison : à six ans, Irène se comportait déjà comme une vraie petite maman !

Quand Ulysse la prit dans ses bras pour lui caresser les cheveux affectueusement, Irène, pas dupe, comprit que cette faveur spéciale ne lui était adressée que par rapport à l' « autre ». Pour mériter de nouvelles marques d'attention, il allait donc falloir ruser et simuler un amour exagéré pour tout ce que son père aimait lui-même.

Elle s'était à peine remise du choc de Melina que naissait Helena. Par une grâce injuste, Lena, dès la première minute de sa vie, avait été belle. On s'extasiait sur le bleu profond de ses yeux, la perfection de son nez minuscule, le modelé délicat de ses mains, la finesse de ses cheveux, et Irène dut admettre que la vraie rivale, c'était elle. Aussi, cria-t-elle au miracle plus fort que les autres, affichant une idolâtrie qui lui provoquait des nausées, tant elle devait prendre sur elle pour étouffer ses sentiments réels. Elle participait volontiers aux opérations d'hygiène, lavant le bébé, guettant l'instant où chacun aurait le dos tourné pour lui pincer les cuisses, sauvagement. Pour justifier les cris de Lena, elle poussait la mise en scène jusqu'à refermer les petits poings de sa sœur sur une touffe de ses propres cheveux, comme si la victime, c'était elle. Elle avait alors un prétexte physique de souffrir pour avoir fait souffrir, et à ses pleurs authentiques, qui la libéraient, se mêlait le remords d'avoir accompli cet acte cruel dont les motifs profonds la dépassaient.

Irène devait se retrouver marquée pour la vie par cette ambivalence psychique, prenant radicalement le contre-pied de ses désirs, ne les dévoilant jamais, étouffant de les garder secrets, cultivant une exaltation dangereuse à ce point de bascule crucial où s'affrontent pulsion et culture dans le champ clos du cœur ; la guerre ne finissait jamais, entretenue par ses soins avec une ténacité d'autant plus perverse que le combat était sans raison, gratuit. Exemple de ce phénomène culpabilité-autopunition, il lui arrivait de se gaver d'un mets dont la seule vue lui soulevait l'estomac — les concombres entre autres — pour se châtier d'avoir eu envie de poisson grillé, qu'elle adorait, qui était là, devant elle, sur la table, et qu'elle refusait de manger. Quand une personne lui déplaisait, ce qui était fréquent, elle lui prodiguait mille attentions, feignant systématiquement d'apprécier ce qu'elle haïssait et, inversement, de mépriser ce qui l'attirait.

A cet épuisant régime, elle eut la satisfaction de faire sa première dépression nerveuse à seize ans, se réfugiant avec volupté dans cet état morbide, qui avait l'avantage inouï de lui redonner le premier rôle, celui que ses sœurs, tour à tour, lui avaient volé. C'était délicieux de voir défiler la famille à son chevet, inquiète, prévenante, et de la sentir à la merci de son humeur, quand elle souriait faiblement, pour mieux montrer le courage avec lequel elle acceptait son mal : désormais, elle connaissait le moyen infaillible de ramener à elle les sympathies défaillantes, les affections égarées. Elle n'allait jamais l'oublier : chaque fois qu'elle était en manque d'amour, elle se précipitait dans cette délicieuse forteresse, la maladie, d'où tentaient distraitement de la sortir des médecins opiniâtres et bornés, la bourrant, selon sa mine, de calmants, de fortifiants ou d'excitants.

Trois jours avant l'anniversaire de ses quatorze ans, Ulysse Mikolofides mourut d'un infarctus. Irène assista à l'arrivée du corps de son père qu'on avait ramené dans une ambulance après avoir vainement tenté de lui prodiguer des soins à l'hôpital. L'armateur était mort à son bureau, « frappé en plein travail », comme le précisait la version officielle — démentie par quelques mauvaises langues prétendant qu'il avait succombé à une absorption massive d'aphrodisiaques destinés à maintenir dans l'illusion une secrétaire particulière de dix-neuf ans. Alors qu'on s'interrogeait sur le sort des immenses richesses qu'il avait amassées, Médée réagit d'une façon foudroyante : se sentant investie d'une mission, elle réunit plusieurs conseils d'administration et annonça qu'elle continuait l'œuvre de son mari. Elle eut tôt fait de faire disparaître les quelques sourires polis égarés sur des visages sceptiques. Quelques licenciements et une autorité pleine de morgue vinrent à bout des collaborateurs récalcitrants. Les concurrents eux-mêmes s'aperçurent très vite qu'ils ne gagnaient pas au change. Médée, qui avait toujours vécu dans l'ombre de son mari, s'affirmait comme une femme d'affaires hors pair, capable de prendre des décisions instantanées, soutenue par un flair redoutable. Trois ans lui suffirent pour doubler le capital pourtant fabuleux légué par Ulysse. Pendant ce temps, les trois filles de la « Veuve », comme on l'avait surnommée, poursuivaient leurs études avec des fortunes diverses.

A vingt ans, Irène n'avait toujours pas reçu une demande en mariage digne d'être prise en considération. Craignant de rester vieille fille, elle se découvrit une passion furieuse pour le célibat alors que Lena, quatorze ans à peine, faisait déjà jaser : on chuchotait qu'elle avait ravagé le cœur d'un homme mûr, celui du célèbre Satrapoulos. Quand à Melina, seize ans, elle affolait les garçons du voisinage qui n'hésitaient pas, malgré les chiens, à franchir le mur de la propriété, pour apercevoir vaguement sa silhouette, entre les cyprès.

Néanmoins, Irène connut son jour de gloire à l'aube de sa vingt-deuxième année, perdant son pucelage d'une façon qu'elle était loin d'avoir imaginée avec un evzone dont elle dut soulever la jupe pour lui étreindre le sexe. Le militaire avait été requis par sa mère pour faire les cent pas devant la grille d'entrée, lors d'une réception. Il était assez bête pour méconnaître les usages, assez ignorant pour ne pas savoir qui elle était, assez fat pour se croire irrésistible. Irène, qui attendait sur le perron une tante haïe, avait remarqué son regard intéressé, qui pesait sur elle. Avec dédain et insolence, elle lui avait demandé pourquoi il la dévisageait ainsi. Très naturellement, avec un grand rire, il lui avait répondu : « Ce n'est pas ton visage que je regarde. C'est ton cul. Je le trouve superbe. » Irène en était restée muette de saisissement, n'arrivant pas à improviser une attitude appropriée à la situation : on ne lui avait jamais dit une chose pareille, et, secrètement, elle en était flattée. On lui parlait toujours de ses yeux, de son intelligence, de son sens du devoir, mais de son cul, jamais. C'était une découverte. A tout hasard, elle avait ri gauchement. Au cours de la soirée, elle répondit à peine aux compliments qu'on lui faisait — il n'était question que de ses yeux — s'enflammant au souvenir de cet animal brun, beau et ignare, dont elle avait déjà décidé que ce serait lui.

A 11 heures du soir, elle le rejoignit. Il l'entraîna derrière le mur, dans un angle, laissa tomber sans façon sa pétoire antique, et lui fit l'amour debout, comme un soldat, à la hussarde. Suffoquée, Irène lui rendit maladroitement son étreinte, ne sachant pas si ce qu'elle éprouvait était bon ou mauvais, un peu comme lorsqu'elle avait mangé des huîtres, la première fois. En tout cas, c'était quelque chose de parfaitement déconcertant, sans rapport aucun avec les situations qu'elle avait pu imaginer en rêve, du haut de son inexpérience.

La chose à peine terminée, l'evzone, sans reprendre son souffle, la fit pivoter prestement et, toujours debout, lui fit l'amour une seconde fois, à la grecque. Puis, rajustant sa fustanelle avec l'air canaille d'un travesti, il éclata de rire. Timidement, elle lui demanda pourquoi, se sentant déjà ridicule. Il lui répondit : « C'est parce que je suis heureux. » A tout hasard, elle décida de se sentir insultée par ce bonheur avoué. Elle le gifla et s'enfuit dans les buissons, entre les arbres, pendant que le soldat, interloqué, tâtonnait à quatre pattes pour retrouver sa carabine.

Plus tard, en essayant d'analyser les détails de cette scène, pour mieux lui conserver sa force, elle avait voulu comprendre les causes de sa persistance en sa mémoire, au delà de la magie de la « première fois ». Une image lui revenait toujours, dont le sens lui échappait, bien qu'elle s'imposât à elle avec une obstination irritante. Elle concernait les vêtements : elle portait cette nuit-là un pantalon du soir en soie noire, largement évasé du bas. Et cet homme, qui l'avait prise, une jupe blanche : il avait soulevé sa jupe, elle avait baissé son pantalon. Pourquoi était-elle tourmentée par ce détail ?

Un an après cette aventure, elle faisait la connaissance de Kallenberg, invité au mariage de Lena et de S.S. L'armateur allemand, qui avait une solide réputation d'homme à femmes — les héritières de la bonne société internationale l'appelaient « Barbe-Bleue » — avait alors un an de moins que Satrapoulos, bien qu'il en fût à son quatrième mariage. Sa plus récente épouse, une Américaine, était la veuve d'un magnat de l'acier dont il avait investi les capitaux flottants dans ses propres affaires de transports maritimes. Juste après la cérémonie, il avait eu une altercation très vive avec cette femme terne, plus âgée que lui et victime d'un embonpoint rebelle à tous les massages. Il faut dire qu'il était exaspéré par sa présence à ses côtés, estimant qu'elle le diminuait aux yeux de Satrapoulos, son rival et sa bête noire : non content d'épouser une beauté de dix-sept ans, le Grec se posait dorénavant en futur associé, voire même en légataire universel du colossal Mikolofides.

C'en était trop : quand sa femme quitta la réception, abreuvée de sarcasmes et blanche d'humiliation, Barbe-Bleue fit semblant de ne pas la voir. Elle avait été longue à comprendre qu'elle devait le laisser seul, mais maintenant, il se sentait redevenir lui-même. Il huma l'air dans une attitude de défi, les mains enfin libres, parcourant l'assistance d'un coup d'œil dominateur, cherchant sur quelle femme jeter son dévolu. Il lorgna sans vergogne en direction de Melina, demoiselle d'honneur en rupture de collège britannique, mais la horde fade de jeunes gens boutonneux qui l'entouraient le fit battre en retraite, avant même d'avoir attaqué. Irène, qui observait son manège, pouvait lire comme sur un écran le cheminement de ses pensées, et leur prolongement logique : elle attendit. Elle s'était réfugiée dans le coin le plus déserté de la salle, derrière le buffet, et prodiguait des grâces molles à deux popes crasseux et trois employés fidèles trop propres, invités là par charité. Kallenberg, l'ayant enfin repérée, s'approcha d'elle en souriant — comme s'il la découvrait —, l'invita à danser et la prit par la main, sous le regard inquiet de Médée Mikolofides qui, elle non plus, n'avait rien

68

perdu de la scène. Irène ne trouvait pas grande séduction à ce colosse blond, trop sûr de lui, parlant haut, sur un ton de commandement, mais elle avait été distinguée par lui, en public, et lui en était reconnaissante. Elle fut stupéfaite de vibrer dès qu'il la prit dans ses bras, avec une autorité et une brutalité telles qu'elle en eut le plexus envahi par une vague chaude. Elle sentait ses immenses doigts durs s'enfoncer dans la chair élastique de ses hanches, s'y attarder, en une espèce de rotation lente, sauvage et douloureuse.

A la fin de la danse, tout était joué : elle avait trouvé son maître, souhaitait qu'il le restât pour mieux lui faire payer l'émoi qu'elle venait d'éprouver. Kallenberg, de son côté, ne demandait pas mieux : comment n'y avait-il pas songé plus tôt ? S'il entrait dans la famille, il aurait le double avantage de pouvoir contrôler les manigances de S.S. et les mouvements de fonds de la grosse Médée, sa belle-mère.

Les choses ne traînèrent pas. Un mois plus tard, il engageait une procédure en divorce pour la quatrième fois de sa vie. Motif : cruauté mentale. Pas la sienne, celle de l'Américaine.

Entre-temps, la « Veuve » réfléchissait sombrement à la tournure des événements. D'un côté, elle était ravie de caser sa fille aînée. D'un autre, elle craignait que ces deux loups accueillis sous son toit ne se fissent des idées sur la façon dont ils pourraient disposer de son entregent et de sa flotte. Par ailleurs, et bien qu'elle se sentît invulnérable, il n'était peut-être pas mauvais d'avoir sous la main ces fous de la génération montante, qui deviendraient un jour — elle n'en croyait pas un mot — ses concurrents. Finalement, elle opta pour cette solution politique, se promettant de ne jamais quitter de l'œil ses deux gendres, et accepta de donner Irène à Kallenberg lorsqu'elle jugea bon de lui accorder sa main. Auparavant, elle avait fait faire une enquête sévère sur Barbe-Bleue, par les mêmes limiers qui lui avaient tout révélé sur Satrapoulos, fortune, tics et manies, vices, antécédents judiciaires, origines ; elle avait eu des surprises que, tous comptes faits, elle saurait bien utiliser un jour à son profit. Irène, en spectatrice attentive, assistait en coulisses à ces tractations officielles, à ces virevoltes intérieures, désireuse d'affronter et de mater son futur mari dans les plus brefs délais. Elle avait dû déchanter : Kallenberg était lisse comme un œuf d'acier, sans faille, invulnérable et insensible à tout élément extérieur à lui-même. Le soir de sa nuit de noces, alors qu'elle s'apprêtait à minauder et à lui faire tirer la langue pour obtenir ce qu'il attendait, il quitta la maison et ne rentra qu'à 5 heures du matin. Entre-temps, le savant maquillage d'Irène avait tourné, sa chemise de nuit transparente avait l'air d'un vieux chiffon, et elle avait dû prendre des tranquillisants à la chaîne pour ne pas exploser de fureur.

Quand Barbe-Bleue apparut enfin, l'air triomphant et défait, elle était allongée dans une espèce de semi-inconscience. D'instinct, elle lui avait tourné le dos. Il s'était dévêtu, ne gardant que son slip, s'était laissé tomber à côté d'elle qui, maintenant, faisait semblant de dormir, et l'avait retournée d'un seul jet, en la tirant violemment par les cheveux. Irène feignit de s'éveiller et de prendre cette brutalité pour une caresse. Elle lui sourit dans la pénombre, malgré la douleur de sa chevelure crochetée par sa main d'homme des cavernes, qui lui arrachait des larmes. « Tiens, fit-elle, vous voilà... Je m'étais endormie. » Il réagit d'une façon surprenante : « Réveille-toi, salope, et montre-moi ce que tu sais faire avec ton cul. »

Ce mot, qu'un homme prononçait devant elle pour la deuxième fois, avait eu le don de la libérer de ses inhibitions. Avait alors commencé une fantastique course au plaisir, elle, concentrée sur le souvenir de l'evzone, lui, grondant et rugissant à la poursuite de ses chimères personnelles, chacun faisant l'amour avec soi-même, dans une masturbation farouche par personnes interposées.

Aux grognements de son mari, s'ajoutèrent bientôt des coups, qu'elle reçut comme une offrande et qui eurent le don de redoubler son excitation. Quand il la pénétra enfin, elle sut tout, comprenant les ressorts de cette hargne, les motivations de ce désir de puissance : Kallenberg n'avait été doté que d'un phallus dérisoire, rendu plus ridicule encore par l'énormité de la carcasse à laquelle il était rattaché. Elle vit dans ce contraste une excellente occasion d'avoir sur lui un avantage : là encore, elle se trompait. Kallenberg, conscient de ce manque, le compensait avec férocité par une agressivité constante, qu'elle prît le visage de ses grands rires vainqueurs, de ses rages subites, de sa soif de conquérir et de dominer, du désir de frapper et d'humilier pour aller jusqu'au bout de ses limites.

Leurs rapports s'étaient donc établis sous le double signe de la haine et de la soumission, de la destruction et du sarcasme. Très vite, Irène s'était organisée dans cette guerre de chaque instant, dont l'enjeu était la survie de l'un et la mort de l'autre. Parfois, elle feignait de rompre, pour mieux le laisser s'engager, le contrant sèchement et sans pitié lorsqu'il était à découvert. A d'autres moments, quand elle se sentait du vague à l'âme, elle acceptait de subir sa loi sans réticence, et de cette soumission momentanée, tirait son plaisir. En fait, elle haïssait Herman. Cette idée qu'il avait eue de célébrer Noël un 13 août était tout simplement grotesque et blasphématoire. Elle n'avait, pour y faire face, que deux solutions : soit partir en voyage, ce qui était prendre le risque de faire jaser — « Kallenberg a répudié sa cinquième femme ! » — ou participer à la mascarade en faisant semblant de l'avoir organisée. De toute façon, les pillards qui envahiraient son hôtel historique du Mall laisseraient peu de choses intactes. Elle était sur son lit, perplexe, et avait étalé sur un plateau en or massif, cadeau de son deuxième anniversaire de mariage, des pilules multicolores à usages variés dont elle ne se séparait jamais, leur absence créant en elle une panique obsessionnelle. Le téléphone intérieur ronfla doucement, elle décrocha : « Ecoute-moi bien, grosse vache ! Je veux que demain tu aies une robe très sexy. J'en ai marre de tes tenues de mémère. Puisque tu ne peux faire rire personne, essaie au moins d'en faire bander quelques-uns ! »

Elle traduisit immédiatement le sens caché de ces paroles délicates : Herman devait se trouver dans son bureau, très probablement accompagné d'une putain, sa grande passion, et désirait s'assurer qu'elle était bien dans sa chambre. Elle eut une pensée ironique pour la fille : elle allait s'amuser ! Avec un sourire ambigu, Irène se versa un verre de lait, avala ses pilules dans un ordre rituel, les bleues d'abord, les roses, les jaunes, les vertes et les blanches ensuite. Elle s'allongea complètement sur le dos, s'étira et se mit à rêver qu'elle était belle, prostituée, et qu'elle faisait souffrir Herman.

Kallenberg ne l'avait jamais avoué en confidence, mais, parfois, son vœu le plus cher était d'être bourreau. Pouvoir tuer les gens légalement, sans encourir soi-même le moindre risque lui paraissait le comble de l'épanouissement. Mais les hommes étaient hypocrites. Qui donc, parmi eux, aurait osé affronter le poids d'un tel désir ? La morale les avait affadis, la religion, amollis. Il versa une énorme rasade de whisky dans son propre verre et le tendit à la blonde :

— Tiens, cochonne, bois !

Elle refusa d'une moue et le contempla d'un regard bizarre. Encore une qui savait.

— Tu n'aimes pas l'alcool ?

— Cela dépend quand, et avec qui.

— Qu'est-ce que tu aimes alors ?

— L'argent.

— Je t'ai payée.

— Qui vous dit le contraire ?

— Et si tu en avais, qu'est-ce que tu en ferais ?

— Je ferais marcher à quatre pattes des types comme vous.

— Tu es marrante, toi ! Tu aimes voir les gens ramper ?

— Oui.

— Les types comme moi ?

— Oui.

— Pourquoi ? Tu me trouves moche ?

— Non. Vous êtes même plutôt beau.

71

— Alors ?

— Vous êtes dégueulasse.

Il la gifla, d'un aller et retour foudroyant qui lui marqua immédiatement la pommette d'une tache bleuâtre.

— Et ça, c'est dégueulasse ? Qu'est-ce que tu en penses ?

Crânement, elle fit face, faisant appel à sa volonté pour empêcher ses larmes de couler, rester impassible. Kallenberg continua sur le même ton calme, comme si rien ne s'était passé :

— Tu irais jusqu'à faire quoi, pour de l'argent ?

Elle ne répondit pas, le toisant d'un regard qui ne cillait pas sous le sien — la souris qui prend la pose avant d'être déchiquetée par le chat.

— Eh bien, je vais te le dire, tu ferais n'importe quoi ! Tiens, regarde...

Il sortit de la poche de son pantalon une énorme liasse de billets, peut-être cinq mille livres.

— Tu vois... Il suffit que j'en détache quelques-uns, et, à mon commandement, tu danseras, tu ramperas, tu me montreras ton cul ou tu lècheras mes bottes. Par quoi veux-tu commencer ?

— Je voudrais mon sac.

— Réponds ! Par quoi commence-t-on ?

— Je vous prie de me donner mon sac.

Elle avait peur maintenant, ne songeant même plus à lui tenir tête, à tirer son épingle du jeu avant de lui fausser compagnie. Après tout, elle avait encaissé ses honoraires, et lui, à sa façon, avait réussi à lui faire l'amour, puisqu'il l'avait giflée : ils étaient quittes. Tout ce qu'elle voulait à présent, c'était s'en aller, partir vite.

— Tiens, conasse, prends-le, ton sac !

Il le jeta sur le merveilleux tapis de Chine, d'un rouge unique, acheté à prix d'or à des receleurs qui le tenaient probablement de voleurs de musées. Le petit objet hideux en plastique blanc et or, incongru, eut l'air de souiller l'œuvre d'art, jurant avec elle mieux que ne l'aurait fait un crachat ou un excrément de chien. La fille se courba, ramassa son sac, le serra contre elle et attendit, hors de la portée de Kallenberg.

— Allez, file ! Et ne fais pas cette tête. Je t'enverrai chercher un de ces jours.

D'une pression du doigt, il fit pivoter l'un des panneaux de la bibliothèque. Apparut une porte blindée qu'il ouvrit en formant une combinaison chiffrée sur un cadran. Il se tenait debout dans l'embrasure, colossal, énorme, attendant qu'elle sorte.

— Alors, qu'est-ce que tu attends ?

Elle n'osait pas passer devant lui et sa peur, perçue par Kallenberg, était un supplément de plaisir qui n'avait pas été prévu dans leur marché.

— Dépêche-toi maintenant, j'ai à faire. Quand tu seras au bas de l'escalier, dis au garde que tu viens de chez moi, il te laissera passer.

Elle le regardait, hésitante, comme on regarde une falaise dont on est sûr qu'elle va s'écrouler sur vous. Elle se décida brusquement, rassembla ce qui lui restait de courage et, d'un seul élan, passa devant lui. En éclatant de rire, il lui envoya une monstrueuse bourrade sur les fesses, qui lui fit dégringoler les marches sur ses hauts talons de bois. Elle entendit encore :

— Et tu as de la chance que le dégueulasse soit de bonne humeur !

Derrière elle, Herman reboucla la porte blindée. Dans son seul bureau, il y avait environ pour quatre millions de livres de tableaux. Un pullulement d'impressionnistes, raflés par ses agents dans le monde entier à grands coups de surenchères, Sisley, Renoir, Pissaro, plusieurs esquisses de Monet sur la cathédrale de Chartres et les nymphéas, et deux études de Degas sur la danse, et trois Lautrec, quatre Van Gogh, un nu magnifique et pourpre de Modigliani, immense, hiératique, mystérieux, un chef-d'œuvre de Gauguin de la période tahitienne, d'une matité sourde, trois figures debout sur une plage jaune cadmium, au loin, un cheval en liberté, blanc bleuté, et la mer violente, d'un cobalt brutal, et le ciel ocré, presque rouge. Pour faire pendant à ces modernes, trois ancêtres, une pietà de Raphaël, un dessin de Vinci, torse d'éphèbe beau à couper le souffle, un autoportrait de Rembrandt, réplique de *L'Homme au casque d'or* de la pinacothèque de Munich. Le tout, disposé dans un savant désordre, avec une négligence étudiée, sur les murs recouverts de boiseries précieuses, dont deux d'entre eux formaient cimaise.

Sur les deux autres, Kallenberg avait exposé des gravures représentant les premiers navires de commerce, à l'époque où la marine à voile s'apprêtait à rendre les armes devant la machine : le *Washington,* paquebot en fer gréé en brick, propulsion à roues, lancé en 1865 et transformé, trois ans plus tard, en bateau à deux hélices et trois mâts. Le *Lafayette,* sorti des chantiers la même année, à roues lui aussi, et le *Pereire,* trois-mâts barque prévu à roues mais réalisé, sur cale, à une hélice, rebaptisé *Lancing* par les Anglais qui l'avaient acheté en 1888. Kallenberg connaissait par cœur l'histoire de chacun de ces glorieux aïeuls, leur date de naissance, leur jeunesse, leurs voyages, leur mort, vingt-cinq ou quarante ans plus tard. La gravure du *Ville de Paris* ne signifiait rien pour ses visiteurs, tout illustres qu'ils fussent, mais Kallenberg, lui, le voyait cingler dans le Pacifique, au rythme haletant de ses huit cents chevaux, imaginant parfaitement les tractations qui avaient présidé à sa vente, à Brême, en 1888, avant qu'il ne devienne le quatre-mâts *Bischoff* et ne s'échoue dans l'Elbe. Un bateau, ce n'était pas une carcasse de métal, de toile et de bois, mais quelque chose de vivant, destiné à labourer la mer éternellement, et à assurer la fortune de ceux qui l'avaient armé. Dans le fond, les navires, plus encore que les œuvres d'art, lui procuraient sa vraie jouissance, la seule en tout cas qui soit purement esthétique. Viking dans l'âme, il considérait longuement les modèles réduits de ses pétroliers, avant que les chantiers ne les construisent grandeur nature, les palpant, les caressant amoureusement, les imaginant, une fois lancés, traverser le monde et faisant flotter ses couleurs.

Un jour, en Egypte, le gros Farouk lui avait dit :

— Je suis prêt à vous racheter toute votre flotte. Mais dites-moi, que ferez-vous de l'argent ?

L'argent, oui, mais pour quoi faire ? Finalement, tout tournait autour de la même question. Elle restait posée pour lui, qui pouvait tout acheter, ou pour la putain de Soho, qui n'avait qu'elle à vendre. Barbe-Bleue avait répondu d'un trait, sans réfléchir :

— J'achèterai une nouvelle flotte pour vous faire concurrence.

Maintenant, si on lui avait demandé pourquoi il voulait toujours faire concurrence à tout le monde, il aurait été bien embarrassé. Et après ? L'essentiel n'était pas de chercher à savoir « pourquoi » on courait, mais de courir, de sentir « comment » on courait. Dans sa famille, à Hambourg, on était pirate de père en fils depuis des siècles. Aussi loin qu'on remontait, on trouvait un Kallenberg debout sur un navire, à la poursuite d'une proie. Pour rompre la tradition, son père, qui sur le tard s'était piqué d'honorabilité, avait souhaité qu'il devînt diplomate, n'épargnant aucun effort pour qu'il y arrivât. Alors qu'il ne pensait qu'à la mer, Herman s'était vu exilé en Suisse, dérision dont il était le seul à goûter l'amertume. Il se lia surtout avec des fils d'émirs, des fils de banquiers, ne perdant jamais de vue son but unique, régner un jour sur les océans.

Lorsque, ses humanités terminées, son père l'envoya en Angleterre pour y poursuivre ses études à Oxford, il ne rechigna pas trop. Au moins, là, il était dans une île, et bien qu'il ne vît pas la mer, il en imaginait la masse autour de lui, au delà de ces déprimants pâturages, aux horizons limités par des collines molles, peuplées de vaches. Ses lectures favorites étaient les journaux de bourse dont les cours, aux fluctuations qu'il apprenait à prévoir, lui faisaient battre le cœur. Il se fit enseigner l'arabe, pressentant que cette arme lui serait utile plus encore que l'allemand, le grec, le français, l'anglais, l'espagnol et le portugais, qu'il parlait couramment, pour édifier son futur empire. Il y tenait. Il s'était résigné depuis longtemps à subir les désagréments de la petite déficience physique qui le gênait beaucoup lorsque, dans les vestiaires d'un terrain de sport, il était obligé de se dévêtir devant ses camarades. Il s'arrangeait pour toujours tenir une serviette enroulée autour de ses reins, attendant pour s'en dessaisir que l'eau fumante de la douche vienne l'asperger. Même avec ces précautions, il n'avait pu éviter une ou deux remarques ironiques qui l'avaient fait rougir, lui, le colossal Herman, jusqu'aux oreilles. D'un air méprisant, il avait répondu à ces trouble-fête qu'ils n'y connaissaient rien, que le volume au repos n'avait aucune signification puisqu'il s'agissait d'une espèce d'éponge qui se gonflait prodigieusement sous l'afflux du sang et que lui, Kallenberg, les mettait au défi de l'égaler lorsqu'il était en érection. Evidemment, il lui avait été impossible de tenir le même raisonnement aux premières filles qu'il avait honorées, et dont le mutisme à ce sujet l'avait plongé dans un malaise plus profond que des remarques précises. Une seule avait osé y faire allusion, une petite rousse qu'il avait draguée lors d'un bal à l'université. Elle lui avait dit en riant :

— Mais dis donc ! Tu es monté comme un ouistiti !

Il ne lui en avait pas voulu, préférant cette franchise tendre et sans malice aux silences pleins de sous-entendus. Et il s'était employé pour que ce détail fût oublié au cours de leurs ébats.

D'ailleurs, il faisait tout pour l'oublier lui-même, coléreux, agressif, fascinant son entourage par son aplomb, son culot imperturbable, premier en tout, prenant le pas sur autrui grâce à sa force physique, sa ruse, ses feintes et son charme, jouant les attendris pour mieux poignarder, les enfants perdus, ce qui attirait les femmes, trichant d'une façon éhontée à tous les jeux, sans peur et sans remords.

A la fin de ses études, son père lui demanda de quelle manière il allait aborder la « carrière » : le vieux Kallenberg, ivre d'orgueil, le voyait déjà troisième secrétaire d'ambassade dans une lointaine république sud-américaine. Froidement, Herman lui annonça qu'il ne serait pas diplomate, qu'il allait se lancer dans les affaires mais que, pour le consoler, il était sur le point d'épouser la femme d'un ambassadeur. Il l'avait rencontrée à un thé, elle avait trente ans, lui, vingt-deux. Elle avait été éblouie par son physique, il avait été subjugué par ses relations.

Immédiatement, il plaça les capitaux qu'elle avait de disponibles dans l'achat à Athènes de vieux rafiots destinés à la casse. Avec l'argent qui lui restait, il paya une équipe d'ouvriers, chargés de leur faire perdre leur allure d'épaves et de leur redonner une apparence de navires. Sur les carcasses pourries, on passa des couches de peinture si épaisses que les coques, aux joints disloqués, s'en retrouvèrent pratiquement soudées. Il ne lui restait plus qu'à créer une société de transports maritimes, à faire assurer sa flotte et à aller chercher le client. Evidemment, les hommes d'équipage couraient des risques, mais Herman n'avait pas cédé à la mode en usage chez certains professionnels véreux : dans un premier temps, faire maquiller d'abominables rafiots par des équipes de truands, spécialistes du camouflage et du naufrage en tous genres. Ensuite, mystifier les experts des compagnies qui assuraient ces carcasses retapées et pimpantes à un taux cent fois supérieur à leur valeur réelle. Après quoi, il n'y avait plus qu'à faire couler cette flotte fantôme. Des marins, complices de la combine, remorquaient les épaves au large, faisaient un trou dans la coque, lançaient un S.O.S., se faisaient sauver par les autorités maritimes et recommençaient un mois plus tard l'opération naufrage. Un bon truc consistait à se placer sur la route des navires de ligne et à se faire éperonner, ce qui conférait un cachet d'authenticité à la manœuvre.

Avec les gains de ces premiers frets, dont les tarifs étaient bien plus bas que ceux de la concurrence, Kallenberg acheta des navires solides, réservant une partie de ses capitaux à l'acquisition de chalutiers à la retraite dont les capitaines avaient reçu l'ordre de pousser les chaudières jusqu'à l'agonie. A vingt-quatre ans, alors que ses condisciples hésitaient toujours sur le choix d'une profession, Herman était riche. Sa réussite s'annonçait bien...

Au sommet de la hiérarchie dans laquelle il se hissait, se trouvait l'intouchable Mikolofides. Sur sa route, essayait également de lui mettre des bâtons dans les roues un garçon de son âge dont on faisait déjà grand cas, Socrate Satrapoulos. Kallenberg était bien placé pour savoir que le Grec usait, pour s'enrichir, de méthodes similaires, naufrageur de vocation et tout aussi dénué de scrupules. La compétition excitait Herman, qui la prévoyait à couteaux tirés, sans entraves d'aucune sorte, tapissée allègrement de peaux de banane par leurs soins réciproques. Ce qui l'agaçait, c'était l'avance imperceptible que Satrapoulos prenait constamment sur lui, comme s'il avait pu avoir les mêmes idées que les siennes, mais quelques heures plus tôt. Pourtant, S.S. n'avait ni sa séduction ni sa culture. Il était de manières frustes, petit, pas beau, plutôt roux et myope de surcroît. Simplement, il avait une espèce de génie pour détecter la bonne affaire, de préférence en marge de la légalité.

Barbe-Bleue s'en aperçut au moment de la guerre d'Espagne, manne de tous les armateurs, Mikolofides en tête, qui avaient transformé leur flottille de pêche en transport d'armes, leur faisant remonter de nuit les côtes d'Espagne pour livrer, indifféremment, aux franquistes ou aux républicains. Chaque fois que Kallenberg avait vent d'un marché à conclure, il se trouvait que Satrapoulos l'avait déjà enlevé la veille. Heureusement, les commandes ne manquaient pas et les livraisons lui rapportaient d'effarants bénéfices, immédiatement investis dans d'autres achats. Kallenberg jouait également en bourse, avec des méthodes qui faisaient frémir les observateurs, car elles auraient provoqué la ruine de n'importe qui. Ses rivaux attribuaient à la chance des succès obtenus par des systèmes de placement parfaitement illogiques en apparence. En réalité, ils obéissaient à une rigueur absolue. Barbe-Bleue s'était rendu compte qu'en matière de finances, les mêmes causes n'engendraient pas forcément les mêmes effets. Non à cause des incidences économiques, prévisibles parce que s'étant déjà répétées dans le passé, mais à cause des hommes qui, précisément, les avaient prévues. Si, dans une course de chevaux, trois personnes, et trois seulement, pouvaient connaître le nom du gagnant, elles se partageraient la totalité des mises de tous les autres parieurs. Si, par contre, un million de parieurs sont au courant de ces prévisions, chacun d'eux, bien qu'ayant misé le bon cheval, n'aura droit qu'à une somme dérisoire.

Aussi, Barbe-Bleue se méfiait-il des valeurs « sûres », sachant très bien qu'elles ne le seraient bientôt plus, condamnées à la baisse par le trop grand nombre de leurs supporters. C'est dans cet esprit qu'il avait misé sur l'émir de Baran. L'émirat de Baran, dans le golfe Persique, n'était qu'une langue de terre sans ombre ni eau, torride, peuplée de dix mille fanatiques en haillons, crevant de faim et d'un excès de religion. L'émir, Hadj Thami el-Sadek, qui passait pour un prophète, était un politique intransigeant, prêchant la pureté et la guerre sainte — il n'y avait pas de pétrole chez lui. Quand Kallenberg lui avait livré un bateau d'armes, six mois plus tôt, il avait été étonné d'apprendre que Satrapoulos, avant lui, avait pratiqué la même manœuvre à fonds bloqués, d'ordre purement tactique. Apparemment, son beau-frère n'avait perdu ni son temps ni son argent.

Appuyé par sa poignée de soldats fous, l'émir de Baran s'était rapidement imposé par ses perpétuelles références au Coran, invoquant Allah comme moteur de toutes ses actions, pratiquant une ascèse scrupuleuse, imposant par son verbe et la force de ses convictions. Elles allaient toutes dans le même sens : tous les cheiks ou émirs du golfe Persique devaient le prendre comme chef religieux et accepter son autorité morale, lui que nul ne pouvait suspecter de bas mobiles matériels. Les uns après les autres, ses confrères, qui lui devaient bien ça en raison de sa pauvreté, avaient accepté de se ranger sous sa bannière, ne sachant pas à quoi ils venaient de s'engager. Bientôt, l'influence de Hadj Thami el-Sadek grandit. En cas de litige, on le priait de trancher le débat. Avant même d'aller voir ses pairs, les ambassadeurs des pays étrangers venaient le consulter respectueusement, sachant bien que toute signature d'accord passerait par son caprice. En très peu de temps, il était devenu, à la grande rage de ceux qu'il représentait, leur porte-parole officiel. Conscient de la réalité de son pouvoir, il redoubla de ferveur religieuse, se posant en exemple aux sujets mêmes des autres souverains : une espèce de Gandhi, à sec sur un radeau dans une mer de pétrole.

Au niveau de ses affaires, Kallenberg était en concurrence directe avec plusieurs gouvernements, ceux des Etats-Unis, de l'Allemagne, de la France et de la Grande-Bretagne. Après de multiples contacts secrets, il réussit à se faufiler jusqu'à l'émir et lui joua une comédie humble et dévote, dont l'enjeu était d'obtenir un fantastique marché : le transport des millions de tonnes de pétrole brut en provenance de tous les émirats du golfe Persique. L'émir fut séduit par un homme qui parlait sa langue, était parfaitement au courant de ses travaux, de ses ambitions, et, en outre, pouvait citer des versets entiers du Coran. Néanmoins, il resta inébranlable à ses arguments, se réservant de prendre plus tard une décision qu'il jugerait conforme à la conjoncture politique — sa politique à lui. Lorsqu'il cita le nom de Satrapoulos, Kallenberg lui fit discrètement remarquer que c'était un homme sans religion, un athée, un agnostique, ce qui était bien dommage, étant donné les vastes qualités commerciales de son honorable concurrent. Sans avoir l'air d'y toucher, Barbe-Bleue chercha à savoir si les prix proposés par S.S. étaient tels qu'il n'y avait aucune surenchère possible. Son hôte s'indigna d'une préoccupation aussi bassement terre à terre : pour des raisons humanitaires, il avait écarté de l'affaire les plus grands pays du monde, se réservant d'en laisser le privilège à une entreprise privée, afin de rester neutre et de ne favoriser aucun gouvernement au détriment d'un autre. Son acquiescement n'était donc pas déterminé par une question d'argent, mais par un souci de convenances morales. Kallenberg se demanda jusqu'à quel point l'émir ne le prenait pas pour un imbécile : affolé par l'idée de cet énorme marché qui allait peut-être lui passer sous le nez, il décida de savoir jusqu'où il pouvait aller trop loin, et plaça sa botte, fleurie et venimeuse :

— Prince, les raisons que vous invoquez sont si nobles, si rares et si inattendues, que je me sentirais coupable de ne pas vous éclairer. Voyez-vous, l'homme avec qui vous me mettez en balance a épousé la sœur de ma propre femme. C'est dire que je le connais bien. Je crains, si vous lui donnez la préférence, que vos partisans apprennent des choses déplaisantes sur lui, qui risqueraient de discréditer votre choix.

— Quelles choses ?

Barbe-Bleue fut pris de court. Jusqu'à cet instant, la conversation avait plané sur les purs sommets de la rhétorique, et voilà que le vieux forban le poussait à des cancans.

— Eh bien... les femmes...

En souriant, Hadj Thami el-Sadek lui lança, le regardant droit dans les yeux :

— Si l'amour des femmes était un péché pour les Occidentaux, alors, vous seriez aussi un pécheur.

Kallenberg fut désarçonné : il ne s'attendait pas à ce que cet Arabe illuminé ait fait prendre des renseignements sur lui, et soit au courant de ses petites manies. Il fallait trouver autre chose, de plus musclé. Il eut une illumination : comment n'y avait-il pas songé plus tôt ? Il prit un air songeur et dit :

— Ce n'est pas aux femmes que je fais allusion, mais à la femme. Je m'explique. A Londres, des journalistes sont venus me voir. Ils souhaitent publier un reportage sur la seule femme qui soit vraiment digne de respect : une mère. Or, Satrapoulos laisse la sienne mourir de faim. Il ne l'a pas vue depuis trente ans, refusant de lui verser la plus petite obole. Si la nouvelle se répand, si le scandale éclate, il y aura, même dans les milieux financiers, des braves gens qui s'en indigneront. Les journaux du monde entier reprendront la nouvelle. Satrapoulos n'a pas que des amis (là, il allait peut-être un peu trop loin ?). Ses coups de bluff déplaisent à beaucoup de gens sur la planète. Il suffit d'un rien pour qu'une campagne se déclenche contre lui. Si elle a lieu, il sera discrédité. Et avec lui, ses proches.

— Vous dites que ce reportage est déjà fait, ou qu'on a l'intention de le faire ?

— Il est déjà fait : j'ai vu les photos de cette malheureuse créature.

— Pourriez-vous me les faire tenir ?

— Il faudrait que je retrouve ceux qui me les ont apportées.

— Pour un homme ayant votre abattage, ce doit être un jeu. Montrez-les-moi simplement. Ensuite, nous aurons une nouvelle conversation.

Quand Kallenberg se jeta dans son avion, il avait la tête bourdonnante. Il avait vaguement entendu parler, comme tout le monde, de cette mère invisible mais toujours vivante, menant quelque part dans les montagnes grecques une existence d'indigente. Mais était-ce bien vrai ? L'histoire n'appartenait-elle pas à la légende de S.S. ? Et si elle était authentique ?

Pour s'en assurer, Barbe-Bleue pensa immédiatement à Raph Dun, un pique-assiette insignifiant de la *jet society,* vivant au-dessus de ses moyens, mais parvenant à être partout, à se glisser dans tous les coups. Il se souvenait de lui parce que, au cours d'un cocktail, il avait eu le culot de prier Kallenberg de le rejoindre chez lui, au *Ritz,* pour y vider quelques verres avec des amis. Herman aurait refusé, bien sûr, n'eût-ce été la fabuleuse créature que Dun avait à ses côtés ce soir-là. Il était allé à la soirée et avait eu la fille, complaisamment fourrée dans son lit par les soins de ce petit *name dropper*. A trois ou quatre reprises, dans des endroits étonnants et qu'il aurait cru mieux protégés, il l'avait rencontré de nouveau, et ce petit minable s'était comporté envers lui d'une manière horripilante, comme s'ils étaient complices. Arrivé au *Hilton* de Djibouti, Kallenberg téléphona immédiatement à son bureau de Paris pour qu'on mette la main sur Dun et qu'on le lui amène. Le lendemain, les deux hommes se retrouvaient à Londres. Kallenberg, affichant une amitié débordante, avait demandé au journaliste s'il était capable de se montrer discret sur l'origine de ses informations. L'autre avait eu un joli mouvement de bras sur son cœur.

— Voilà, avait précisé Barbe-Bleue en baissant le ton, confidentiel, je peux vous donner un scoop mondial...

Il avait expliqué l'histoire, justifiant son comportement — après tout, le Grec était son beau-frère — par une horrible vacherie que ce dernier aurait commise à son égard, et dont il voulait tirer revanche. Dun avait marché comme un seul homme, grisé par cette entourloupette commise avec un allié aussi considérable.

— Bien entendu, avait ajouté Barbe-Bleue d'un air négligent, je prends tous vos frais à ma charge. Sachez d'abord si Mme Satrapoulos est toujours en vie. Si oui, je veux tout savoir sur elle. Vous pensez bien que j'aurais pu confier ce travail à mes détectives, n'était-ce la discrétion absolue nécessitée par l'entreprise, et la confiance totale que je place en vous (fermez le ban !). Quand vous serez en possession de ces documents, apportez-les-moi. Je vous dirai ce qu'il convient d'en faire. Peut-être ne vous permettrai-je pas de les publier tout de suite, mais soyez certain que vous ne perdrez pas le fruit de votre travail.

Trois jours après l'entrevue, Dun avait la réponse : oui, la vieille était en vie, dans un village perdu, oui, il l'avait vue, de ses yeux vue. Après cette mission de reconnaissance, il suffisait de lâcher les spécialistes. C'était chose faite depuis la veille. Dun, très excité, lui avait téléphoné pour lui apprendre la nouvelle. Il avait en sa possession un fantastique dossier de photos, et des révélations inouïes, enregistrées sur une bande qu'il avait immédiatement déposée dans le coffre de sa banque, ainsi que les clichés. L'événement était grandiose et, en y pensant, en évoquant ces documents que son secrétaire privé, dépêché à Paris, lui apporterait le lendemain matin en main propre, dans une serviette scellée, Kallenberg ne put s'empêcher de saliver littéralement. Certes, sa femme était une conne ; certes, la nature lui avait joué un tour sous un rapport précis, mais cette victoire en vue, ce triomphe, allait compenser bien des humiliations. Il y avait trop longtemps que S.S. méritait une leçon : il la recevrait demain soir, 13 août. Quel Noël ! En tout cas, pour Barbe-Bleue, le plus beau de sa vie. La tête du Grec, lorsque Herman déposerait les photos de sa clocharde de mère dans ses sabots ! De joie, Kallenberg décrocha du mur son petit préféré, une *Lucrèce* de Cranach se perçant le sein d'un poignard, et l'embrassa, promenant le bout de sa langue sur le minuscule téton sanglant.

Quoi qu'il puisse faire, Satrapoulos était coincé : s'il osait maintenir ses prétentions à l'affaire, malgré la menace de publication des documents, le scandale lui fermerait la porte de Hadj Thami el-Sadek. Il avait donc tout avantage à l'étouffer et, par voie de conséquence, à le laisser, lui, son beau-frère, traiter à sa place avec l'émir. Il n'y avait pour Satrapoulos aucune alternative : le marché lui échappait, il était coulé. Par ailleurs, Kallenberg n'ignorait pas que, en vue de ce pactole, il avait passé commande de trois pétroliers géants à des chantiers norvégiens : comment allait-il se relever d'un coup pareil ? A moins de les charger de bananes, ses bateaux étaient condamnés à rester à quai. L'idée fit hurler de rire Barbe-Bleue. Il se figea soudain car un éclair prémonitoire le frappa avec la force de l'évidence : désormais, il ne lui restait plus qu'à éliminer sa propre belle-mère, la grosse Médée, pour être le premier, pour régner sans partage sur toutes les mers du monde. Le souvenir de la putain l'envahit, chaud encore. Il décrocha le téléphone et sonna dans la chambre d'Irène : elle ne répondit pas. Parfait, libre à elle ! Il allait lui montrer comment un seigneur réveille une épouse rétive !

Machinalement, il caressa sa ceinture et sortit de son bureau.

4

Traditionnellement, les habitants de Londres passent pour être blasés. Pourtant, depuis 11 heures du matin, les passants s'agglutinaient sur le Mall, devant le n° 71, où se dressait un magnifique hôtel, dont certains savaient qu'il était la résidence britannique de l'armateur Kallenberg. Les plus anglais d'entre eux, ne voulant pas être pris en flagrant délit de curiosité, s'appliquaient à regarder sans tourner la tête, quitte à faire plusieurs passages d'un air innocent pour capter par bribes ce que leur œil ne pouvait percevoir d'un seul coup.

Il faut dire que le spectacle était étonnant : en plein mois d'août, par une chaleur lourde et suffocante, une nuée d'ouvriers s'affairaient à dresser devant le perron deux sapins de Noël, dont chacun mesurait plus de dix mètres de haut. Un détachement de cinq *bobbies,* transpirant autant que les travailleurs, demanda à la foule de s'écarter au moment où les arbres immenses, retenus par des cordages jaillissant des fenêtres de l'immeuble, se dressèrent enfin à la verticale : l'effet était saisissant. Un gosse demanda, avec un accent cockney à couper au couteau : « Eh ! les gars ! Est-ce que je pourrai apporter mes godasses ce soir ? » Des éclats de rire fusèrent. Une dame, son cabas sous le bras — probablement une femme de ménage — ajouta : « Si c'est pas malheureux ! Les riches, quand ils ont chaud, ils pensent qu'à faire semblant d'avoir froid. Et quand on se les gèle vraiment, ils vont se les dorer au soleil, et à poil ! » Il y eut de nouveaux rires. Encouragée, la matrone reprit, s'adressant à un ouvrier : « Tu auras beau y faire, tu feras pas neiger ! » L'homme s'épongea le front et laissa tomber : « C'est ce qui vous trompe, ma petite mère. Y va y en avoir, de la neige ! »

A 6 heures du soir, un camion de la B.B.C. arriva et se

rangea sur le trottoir. Des techniciens en descendirent, déroulant des câbles, choisissant les emplacements des caméras, faisant des marques à la craie sur le sol. A 8 heures, la nuit tomba et des ingénieurs firent des essais d'éclairage, vérifiant les projecteurs. La foule, qui s'était encore grossie de plusieurs centaines de personnes, poussa des « Oh ! » et des « Ah ! ». On déroula un tapis pourpre, qui masqua bientôt une grande partie du trottoir et, au-dessus de la porte d'entrée, on déploya un dais. Alors, trois camions frigorifiques arrivèrent, suivis de peu par dix géants de la garde royale, à cheval, en grande tenue, qui prirent place au pied des marches de l'entrée. Des camions, on se mit à extraire des blocs de neige que des hommes en salopette bleue étalèrent dans un rayon de vingt mètres autour de l'escalier d'honneur. D'autres, grimpés dans les .étages, mirent en batterie deux ventilateurs géants qui soufflèrent de la neige sur les sapins. Les badauds s'épongeaient le front, ravis lorsqu'un flocon glacé venait leur caresser le visage. Deux pères Noël barbus vinrent se planter au pied du perron, probablement nus sous leur houppelande.

A 10 heures du soir très précises, la première Rolls, immatriculée « corps diplomatique » et arborant un fanion aux armes du Koweit, vint se ranger devant l'hôtel. Deux hommes basanés, djellabah et lunettes noires, en franchirent les portières, tenues respectueusement par le chauffeur qui avait ôté sa casquette. Ils gravirent les marches, escortés par deux valets à la française, en perruque, porteurs de flambeaux grésillant sous la neige qui tombait drue. Un rêve, dans la nuit de la ville encore embrasée par la chaleur du jour : d'enthousiasme, les badauds applaudirent. Ils se détournèrent immédiatement en reconnaissant Betty Winckle, jaillie d'une Bentley, déshabillée par une robe du soir en paillettes blanches et diamants, au bras d'un cavalier inconnu, immense et bronzé, en smoking blanc. Les photographes crièrent « Betty ! Betty ! » et la star fut mitraillée sous tous les angles. En riant, elle retroussa sa robe pour que la traîne ne balaie pas la neige, et aux gens qui clamaient son nom, elle lança un percutant « Joyeux Noël ! » Une houle de rires secoua ses admirateurs.

Mais déjà, l'avenue était engorgée par les voitures qui faisaient la queue pour déverser leur chargement rare devant le 71. Il y eut des bousculades, et ce petit ballet comique et saccadé des chauffeurs se précipitant, des hommes aidant leurs compagnes. Une grosse dame couverte de bijoux glissa sur la neige, au moment où une voix anonyme criait : « Eh ! Maman ! C'est des faux ! » Elle chuta lourdement, pendant que plusieurs invités s'efforçaient de la redresser. Des valets arrivèrent à la rescousse, réussirent à la remettre sur pied et l'emportèrent, malgré son indignation. « Joyeux Noël ! » hurla la foule qui entrait dans le jeu. Illuminé de mille feux, l'hôtel rutilait, scintillant sous les éclairs de magnésium dont la lumière froide éclaboussait les branches basses des sapins, rendant à leurs cimes, restées dans l'ombre, une parcelle de leur mystère originel. La ronde des invités continuait. Les femmes, bravement, entraient dans le périmètre où tombait la neige, leurs coiffures protégées par des domestiques brandissant haut des parapluies. Les hommes riaient, s'interpellaient à haute voix, se reconnaissaient, faisant de grands gestes de la main, étonnés que certains soient de la fête, essuyant la neige sur leur plastron. Un passant en chemise — un aigri probablement — se toucha le front de l'index et murmura pour lui-même :

— Ben merde alors !...

Puis, il tourna les talons et se fondit dans l'obscurité moite et tiède de cette surprenante nuit d'août.

— Dis donc, ça te plairait de te faire un peu de fric ?

Le garçon d'une vingtaine d'années qu'on venait d'interpeller se retourna lentement, son verre d'Alton Bitter dans les mains. Il avait un petit visage pâle et fermé, des yeux sournois et méfiants. Malgré son jeune âge, son teint plombé trahissait le type qui sort de prison. Il jaugea les deux hommes qui se tenaient devant lui, des costauds qui, visiblement, n'étaient pas des flics. Il hésita un instant et décida de faire une réponse aussi stupide que la question :

— Qu'est-ce qui vous fait croire que j'ai besoin d'argent ?

— On te demande pas si tu en as besoin, mais si tu veux en gagner une pincée.

— Vous êtes dans quoi, au juste ?

— Eh ! Marre ! Arrête de jouer les duchesses. Tu veux ou tu veux pas ?

— C'te connerie ! Bien sûr que je veux. Mais attention, hein !... Ça dépend de ce qu'il faut faire.

Ses deux interlocuteurs échangèrent un regard bref. L'un, le plus grand, se nommait Percy. L'autre, plus large et trapu, s'appelait Wise. Ils avaient l'air de ce qu'ils étaient, de rôdeurs de quai, c'est-à-dire qu'ils ne détonaient nullement parmi les autres clients de l'*Anchor Tavern,* l'un des pubs les plus connus des docks, sur le Bankside. Ce fut Percy qui répondit :

— On veut faire une blague à des bourgeois. On veut chahuter un peu leur soirée, entre copains. Pour se marrer, quoi !...

— Fallait le dire que c'était pour une blague ! J'aime rigoler, moi ! Combien ?

— Dix livres.

— Qu'est-ce qu'il faut faire ?

84

— Tu viens avec nous. On te donnera des détails dans le camion.

Le garçon frappa le comptoir d'une pièce de monnaie pour attirer le barman. Wise, d'un geste large, l'arrêta, jeta cinq shillings sur le zinc et lui dit d'un air amical :

— Laisse ! C'est nous qu'on régale !

Ils sortirent, dans le décor lugubre des docks, hérissé de grues, de proues, de carcasses métalliques. Non loin du pub, une camionnette de livraison attendait, anonyme. La hayon arrière s'ouvrit :

— Allez, monte ! Tu vas faire connaissance avec des amis comme toi.

A l'intérieur, ils étaient déjà une dizaine, tassés sur deux banquettes, fumant et faisant circuler entre eux une bouteille de Seagram's, dont ils essuyaient le goulot d'un revers de manche, après y avoir bu. Au même instant, les premiers invités de Kallenberg commençaient à arriver sur le Mall. Depuis deux heures déjà, Percy et Wise faisaient la tournée des pubs. Ils avaient commencé par le *Waterman's Arms,* dans Glengarnock Avenue, pour écumer ensuite le *Round House* de la Wardour Street, et l'*Iron Bridge,* sur l'East India Dock. Partout, ils avaient choisi des hommes jeunes, qui pouvaient, à la rigueur, n'eût-ce été leur air dur et soupçonneux, passer pour des étudiants.

Percy et Wise étaient les hommes de main de Bill Mockridge, l'homme à tout faire de l'International Shipping Limited, une filiale britannique d'une compagnie panaméenne de transports pétroliers. Wise, qui n'était pas sot — il avait été expert en écritures avant de se retrouver en prison pour faux et escroquerie — se doutait que Mockridge travaillait pour le Grec, l'un des plus puissants armateurs du moment. Mais, comme il n'était ni curieux ni bavard, que Mockridge l'avait sorti du placard en payant pour lui une forte caution, il n'avait jamais fait part de son idée à quiconque, même pas à Percy, qui était pourtant son meilleur copain. Avec Percy, il accomplissait les boulots les plus bizarres, tour à tour agent électoral, briseur de grèves, mettant parfois la main à la pâte pour corriger des gens qu'il ne connaissait pas, mais dont Mockridge lui avait affirmé qu'ils « n'étaient pas réguliers ». Aujourd'hui, Percy et lui avaient été chargés de recruter une centaine de voyous au sujet desquels il avait reçu des instructions très précises. Sur la base de dix livres chacun, ils devaient le suivre sur le Mall, au 71, et mettre un peu d'animation dans une soirée de richards. Pas grand-chose : en bousculer quelques-uns et semer la merde. Instructions du commando : en faire assez pour que la police se dérange, mais décrocher avant qu'elle soit en vue. Wise se demanda si ses demi-sels se montreraient à la hauteur, s'il pourrait les tenir bien en main. On verrait sur place. En attendant, il allait leur faire un petit speech pour leur expliquer ce qu'il attendait d'eux. Après quoi, il leur distribuerait leur argent. La camionnette freina et vint se ranger devant un immense hangar désert, lugubre, dans lequel Percy et lui avaient planqué leurs autres recrues. Wise consulta sa montre : dans une heure, l'heure H.

Raph Dun demanda au chauffeur de sa Cadillac de location d'accélérer. Il venait de passer devant la résidence de Kallenberg et c'était de la folie furieuse, quelque chose de délirant : il y avait des grappes de gens qui se battaient sur le perron pour mieux voir les invités, leur demander des autographes, les toucher, les contempler de près, en chair et en os. Les voitures stationnaient sur trois files, ce qui l'avait fait hésiter. Il ne voulait à aucun prix faire une entrée anonyme. Il souhaitait que la Cadillac s'arrête devant l'entrée, là où tombait la neige, que son chauffeur lui en ouvre la portière et qu'on l'applaudisse, comme les autres, au moment où il sortirait de la limousine, les deux filles à son bras. L'une d'elles demanda :

— Raph... Tu crois que c'est de la vraie neige ?

— Oui ma poule, tu vas voir, ici tout est vrai, les bijoux, les tableaux...

— Gina, fait la blonde l'interrogeant, dis-moi si mes cheveux sont bien, en bas de la nuque.

— Parfaits, ils sont parfaits. Passe-moi ton rimmel...

Kallenberg lui avait dit : « Amenez qui vous voulez. Tous vos amis sont les bienvenus chez moi. » L'armateur rayonnait de chaleur humaine. Les documents qu'on avait déposés à son domicile le matin même l'avaient enchanté. Au téléphone, il avait ajouté : « A ce soir, mon cher ami, nous trouverons bien le moyen de nous isoler pour parler de tout cela. » Raph s'en était rengorgé. Il avait donné rendez-vous à Londres à deux actrices, Gina, qui était arrivée de Rome deux heures plus tôt, et Nancy, une Française qui tournait précisément en Angleterre : elles s'étaient surpassées, la brune en blanc, la blonde en noir, évoquant les deux moitiés d'un domino. Peut-être qu'avant la fin de la nuit, elles se transformeraient en chair fraîche, pour l'ogre. Fraîche... enfin... Raph, qui avait une longue habitude de ce genre de soirées, savait par expérience qu'à un certain moment d'une trop longue nuit, les peaux les plus jeunes se flétrissent, les moins jeunes tournent comme de vieux soufflés et les plus anciennes, sous les craquelures du maquillage, laissent apparaître le parchemin ridé de la façade. La Cadillac, qui avait terminé son deuxième tour du bloc, faisait un troisième passage. Raph jugea que son entrée n'était pas encore assez assurée.

— Faites un autre tour ! dit-il au chauffeur.

— Il est aussi riche qu'on le dit ? demanda Nancy.

— Encore plus que ça.

— Plus riche que Satrapoulos ? lança Gina.

Dun ne put s'empêcher de sourire :

— Disons qu'ils se valent. Mais vous savez, mes biches, dans les affaires, une foule de catastrophes peuvent survenir. Ça départage...

— Dis, Nancy, tu le connais toi ?

— Qui ça ?

— Kallenberg.

— Non. Et toi ?

— Non. Il est marié ?

Raph y alla de son grain de sel, les interrompant :

— Oui. Il est marié. Et t'imagine pas qu'il va t'épouser. Il baise, mais il n'épouse pas.

Il éclata de rire. Il enchaîna :

— Vous y êtes mes cocottes ? Prêtes pour l'entrée ? Alors on y va !

Il cria au chauffeur : « Stop ! »

L'autre réussit à se faufiler en deuxième position, ce qui n'était pas si mal. Il y eut un cri dans la foule : « Ecartez-vous ! » On entendait la sirène d'une ambulance. Elle fut bientôt derrière la Cadillac, lui faisant des appels de phares autoritaires pour prendre sa place. Le chauffeur de Dun dut se déplacer, avant que Raph et ses compagnes puissent mettre pied à terre. Il s'arrêta cinq mètres plus loin, bloqué par le trottoir sur sa droite, et à gauche, à l'avant et à l'arrière, par la marée de voitures. « Ne bougez pas ! cria le reporter... Je vais voir ce qui se passe ! » Il claqua la portière et vit deux infirmiers escalader au sprint les marches du perron, une civière sous les bras. Cinq secondes s'étaient à peine écoulées que les infirmiers, entourés d'une nuée d'hommes en smoking, gesticulant, réapparaissaient, ployant sous le poids d'une énorme bonne femme endiamantée, allongée sur la civière, son visage gélatineux et tressautant crispé de douleur. Malgré le tragique du spectacle, quelqu'un cria :

— C'est la mémère qui a glissé sur la neige ! Elle s'est cassé la jambe !

La foule éclata de rire. En se hâtant, les infirmiers enfournaient la civière dans l'ambulance, pendant qu'une voix lançait :

— La prochaine fois, maman, faudra apporter tes skis !

« Très drôle, pensa Dun qui enrageait d'avoir raté son entrée. Seulement, la mémère, elle vous emmerde. Et quand la fête battra son plein, vous serez déjà en train de ronfler dans vos clapiers ! »

Il se dirigea avec colère vers la Cadillac pour aller chercher les deux filles.

Amore Dodino faisait mentir la légende : il était chanteur et il n'était pas bête. Il faut dire aussi que sa voix était très médiocre. Il ressemblait à un cheval, un beau cheval. Il en avait la tête osseuse, allongée, les méplats du maxillaire, la crinière superbe, le torse raide du centaure vissé dans la cambrure des fesses, hémisphériques, semi-lunaires. Quand il esquissait le départ d'un léger galop pour aller serrer un ami sur sa poitrine, et l'embrasser rituellement trois fois sur les deux joues, droite, gauche, droite, on s'attendait toujours à ce qu'il hennisse. Et au lieu de cela jaillissait immanquablement de ses lèvres une phrase désopilante, inattendue, foudroyante, dont l'ami en question faisait les frais, ce qui la rendait plus drôle encore pour les personnes présentes. Ou alors, il balançait à Pierre une méchanceté sur Paul, courait embrasser Paul — droite, gauche, droite — et lui murmurait une atrocité sur Pierre. Moralité : les deux victimes riaient, sachant bien que chacune était l'objet du rire de l'autre, mais par cela même, se sentaient quittes réciproquement. Paradoxalement, les têtes de turc de Dodino vouaient à leur tourmenteur une passion farouche, reconnaissantes qu'il les ait prises pour cible. Amore, en effet, ne se moquait pas de n'importe qui. Plus encore que ses mots cruels — répétés, déformés et souvent embellis par ses admirateurs — son silence équivalait à une condamnation à mort dans le cercle fermé de la « café-society » internationale, où la mise au ban du groupe est plus assassine qu'un exil sous la monarchie. Dodino, sans l'avoir cherché réellement, s'était vu ériger en juge de cette caste, en grand maître ayant le pouvoir discrétionnaire d'agréer ou de rejeter. Malheur à qui lui déplaisait ! D'un mot, il faisait mouche, allant d'instinct rouvrir les vieilles blessures que les rires des témoins, ses complices, envenimaient jusqu'à la gangrène. Il était adorable, sans pitié, homosexuel comme l'enfer et si imprévisible que nul n'était certain de rester longtemps dans ses bonnes grâces.

Pour l'instant, il venait de jeter son dévolu sur une jeune femme éclatante qui croulait de rire en entendant ses saillies — à ce propos, il venait de lui dire : « Ma chérie, ce sont les seules qui, de ma part, soient capables de vous provoquer des spasmes ! » Peggy Nash-Belmont en hoquetait d'aise et trouvait Dodino « absolument fantastique ». Dès qu'un nouvel invité arrivait dans l'immense salon de Kallenberg, il l'épinglait avec art en trois flèches acérées et irrésistibles. Bien entendu, il connaissait son Gotha sur le bout des ongles et savait parfaitement qui était Peggy, son nom, son ascendance, sa fortune, les relations de sa famille, les mariages de son père, les prénoms de ses deux grand-mères, les diminutifs de ses sœurs, la situation de son compte en banque, le nom de son couturier, de son coiffeur, de son parfum. Pourtant, Dodino s'était comporté à son égard comme s'il n'avait jamais entendu parler d'elle. Peggy s'y était laissée prendre, qui s'imaginait avoir été « découverte ».

— Excusez-moi un instant, dit Amore à Peggy.

Il se précipita à la rencontre d'une énorme femme, vêtue de bijoux à travers le feu desquels on apercevait le hideux tissu vert pomme d'une robe de grand faiseur — « mais, sur elle... », songea Dodino. Elle avait des épaisseurs de chair là où on eût attendu des creux, et malgré la fabuleuse avancée de sa poitrine, réussissait à être encore plus large du bas que du haut. « Comtesse ! » gloussa Dodino. Elle glapit : « Dodo ! Mon petit Dodo à moi ! » Courbé sur ses mamelles comme l'alpiniste en dérive sur un roc, Dodino tentait d'atteindre son visage, frémissant de multiples bajoues — selon ses mouvements, le nombre de ses mentons décuplait. Un, deux, trois, ce fut l'embrassade. Le mari du dinosaure, le comte Manfred Lupus, souriait à l'arrière, d'un air niais, esquif frêle à la remorque d'un navire de guerre. En Allemagne, il dirigeait des milliers d'ouvriers et était propriétaire d'une grande partie du complexe de la Ruhr. Quand sa femme parlait, il se taisait. Quand il voulait parler, elle lui coupait la parole, la dernière chose qu'elle puisse encore couper, le reste ayant été symboliquement sectionné depuis longtemps. Déjà, Amore les abandonnait en pleine mer, caracolant vers Raph Dun :

— Tu es ici, toi ? On invite n'importe qui ! Présente-moi à ces créatures de rêve, oui, là (baissant la voix)... On t'a laissé entrer avec ces boudins ?

— Voici Gina... et voici Nancy.

— Adorables ! (à Dun, entre les lèvres)... Elles puent ! Vous voyez l'éléphant, là-bas ? La mère Lupus... Eh bien, j'ai peur qu'elle mette bas ce soir même ! Pourtant, on la dit androgyne. Il faudra que j'en parle à Jean... Jeannot ? Vous connaissez ? Rostand !...

Tout en parlant, Dodino passait une main insistante sur les fesses de Dun qui sourit :

— Retour d'affection ?

— Non mon chéri, retour d'âge. Je suis en pleine ménopause. Et ne me regarde pas comme ça ! On dirait que, toi aussi, tu es enceinte ! (aux deux filles) Ma parole, regardez-le ! Il a le masque !

Gina et Nancy s'esclaffèrent. Elles connaissaient Dodino de réputation et étaient prêtes à rire de n'importe quoi, pourvu qu'il ne pense pas qu'elles n'aient pas compris. Des valets passèrent, porteurs de toasts au caviar blanc, suivis d'enfants en perruque chargés de verres et de champagne.

Dans un coin de la salle, Satrapoulos se moquait de sa femme :

— Alors, il paraît que tu aimes les oiseaux au point de leur rendre la liberté ?

D'un air excédé, Lena feignit de se perdre dans la contemplation du Rubens accroché au-dessus de sa tête. Non loin de là, sous une madone de Giotto, Belle Costa enfonçait cruellement ses ongles dans la main de Marc :

— Tu ne t'en tireras pas comme ça ! Je veux savoir ce que tu faisais chez les singes avec cette guenon !

— Ecoute, Belle...

Au pied de l'estrade recouverte de velours grenat où se produisait un orchestre de chambre, Irène recevait les hommages de ses invités, leurs baisemains empressés, leurs compliments, sans cesser de lorgner rêveusement du côté d'un jeune lord écossais dont elle caressait de l'œil, entre le haut des chaussettes et le bas du kilt, les jambes solides et velues. Que n'aurait-elle pas donné pour soulever ce kilt... Elle soupira, lascive, calmée le matin à coups de tranquillisants — elle n'avait pas dormi de la nuit, Herman l'avait fouettée à coups de ceinture sans parvenir à ses fins — et dopée depuis 6 heures de l'après-midi aux amphétamines et au café noir. En dehors de cette bande de chair qui l'hypnotisait, elle voyait tout à travers un brouillard bleuâtre, pas désagréable, qui effaçait les rides de ses interlocuteurs, laissant leur visage dans le flou, en dehors de leurs dents, qu'elle percevait avec une netteté surprenante et que, machinalement, elle comptait. Un changement brusque de l'atmosphère la tira de sa léthargie : l'orchestre, soudain, avait cessé de jouer. Elle vit Kallenberg se dresser sur l'estrade. Il se mit à parler, les bras levés, mobilisant l'attention :

— Mes amis...

On l'applaudit. Debout contre Lena, S.S. eut une petite moue sarcastique. Barbe-Bleue continuait :

— En ce jour de Noël (rires)... j'ai tenu à vous faire une surprise. Eh bien... Mon cadeau, ce soir, le voici !...

Avec des gestes de prestidigitateur, il ôta l'étoffe recouvrant une surface plane posée debout contre un piano, pour en extraire une extraordinaire toile de Degas, « quarante figures » environ, deux danseuses à la barre. Il y eut un long cri d'admiration.

— Il est pour vous ! cria Kallenberg.

— Des enchères ! lança un plaisantin.

Herman eut un bon sourire :

— Non, il n'y aura pas d'enchères, mais une tombola. C'est l'un de vous qui va l'emporter. Au dos de votre carton d'invitation, il y a un numéro...

Des remous se firent dans la salle : on recherchait fiévreusement les cartons.

— J'ai gagné, hurla la comtesse Lupus, mais j'ai perdu mon carton !

Rires dans tous les coins, le comte se tassa un peu plus dans l'ombre de sa terrifiante épouse.

— Et maintenant, poursuivit Kallenberg, j'ai besoin d'une main innocente...

Personne ne bougea. « Eh bien... Eh bien !... » ironisa Herman. Il descendit les trois marches de l'estrade et, d'autorité, alla prendre Lena par la main. Remontant avec elle sur son podium, il clama :

— Certes, Lena Satrapoulos est ma belle-sœur. Mais la femme de César est au-dessus de tout soupçon !

La plupart des invités étaient au courant de la passion vouée par Lena à Marc Costa et de nombreux regards, vivement détournés, se braquèrent sur le Grec, apparemment impassible.

— Lena, veux-tu tirer un numéro, un seul ?

Il lui tendait une urne d'argent ciselé. Lena y puisa quelques morceaux de papier pliés en quatre, en garda un, laissa tomber les autres. Kallenberg déplia celui qu'elle avait choisi, et lut, à voix très haute : « 93 ». Pendant quelques secondes, il ne se passa rien, puis il y eut des murmures déçus, et un cri : « C'est moi ! »

« Par ici ! » ordonna Kallenberg. Peggy escalada les marches, Barbe-Bleue la prit par la main, lui baisa galamment le bout des doigts et lui dit, en l'embrassant : « Le Degas est à vous. »

On applaudit, pendant que Kallenberg essayait de placer son dernier mot au-dessus du tumulte :

— A tous et à toutes, je souhaite un joyeux Noël ! Et maintenant, la vraie fête va commencer ! Tous à table !

Dans le fond du salon, un immense panneau en palissandre coulissa, dévoilant une salle aussi vaste que la première où se situa une espèce de miracle : du sol, toutes dressées, recouvertes de nourritures précieuses, jaillirent des petites tables décorées de fleurs et éclairées de lampes à abat-jour rose.

— C'est « les Mille et Une Nuits », s'exclama Gina, qui avait des lettres.

— Non, rétorqua Dodino qui avait entendu sa réflexion, c'est le Châtelet... Fantasia chez les ploucs.

L'orchestre de chambre, jouant des cantates de Noël, ouvrit la marche pendant que des domestiques s'affairaient à placer les invités. Epanoui, Dun, qui en avait pourtant vu d'autres, pensa que c'était réellement une belle fête.

Entre deux compliments à ses hôtes, Irène s'esquiva furtivement jusqu'à son appartement privé. Elle venait de faire une gaffe qu'il lui fallait réparer à tout prix : son honneur était en jeu. Innocemment et sans malice spéciale, sa sœur venait de lui demander ce que son mari lui avait offert pour son « petit Noël ».

— Monte chez moi dans dix minutes et tu verras ! lui avait-elle répondu dans la foulée, sans réfléchir.

Or, précisément, Herman ne lui avait rien offert du tout. Pourtant, il ne ratait jamais une occasion de la couvrir de présents extraordinaires : bijoux fabuleux, tableaux de maîtres, robes de grand prix. Non pas qu'il voulût, par ces attentions royales, lui manifester une tendresse quelconque, mais parce qu'il considérait qu'elle était un objet lui appartenant et, comme tel, devant servir la plus grande gloire de son prestige. En outre, il menait depuis son mariage et par cadeaux interposés une lutte sourde contre Satrapoulos. Cette rivalité aboutissait à des situations cocasses, aucun des deux rivaux ne souffrant de voir la femme de l'autre mieux parée que la sienne propre. Il suffisait que Lena informe Irène de la dernière folie commise par Socrate pour que Herman fasse immédiatement une surenchère, ou vice-versa. En revanche, Kallenberg infligeait à Irène des scènes violentes pour des détails sordides, l'injuriant par exemple lorsqu'elle oubliait d'éteindre une lumière sous prétexte qu'elle allait le ruiner.

Quant aux bijoux, aussitôt offerts, ils réintégraient les chambres fortes des banques pour ne revoir le jour qu'à l'instant des réceptions. Herman, avec une monstrueuse mauvaise foi, prétendait que les Lloyd's refusaient de les assurer s'ils n'étaient pas à l'abri.

Toutefois, pour l'usage courant, Irène avait réussi à rafler quelques babioles d'une valeur globale de deux millions de dollars. Elle les gardait jalousement dans un coffre-fort camouflé au-dessus de son lit par la copie d'époque d'un Titien, *Vénus et Adonis*. Elle forma la combinaison et ouvrit le coffre après avoir déplacé le tableau. Nerveusement, elle en sortit quelques pièces : un pendentif en forme de poire, plusieurs bagues serties de diamants, des boucles d'oreilles en topaze, une parure de rubis. Sa main s'arrêta sur un superbe bracelet formé de turquoises et de diamants. Dans la lumière du coffre, le bracelet jetait des éclats bleutés et sourds. Il s'harmoniserait à merveille avec la robe de chez Chanel qu'elle portait, un nuage de mousseline céruléen. Elle chercha désespérément à se rappeler si sa sœur n'avait jamais vu le bracelet sur elle auparavant. Mais déjà, après deux coups discrets, la porte s'ouvrait, laissant passage à Lena. Irène n'avait plus le temps, il fallait qu'elle prenne le risque...

— Tiens, regarde...

— Une seconde... Tu as un peu de *blush-on ?* J'ai l'impression que j'ai une mine épouvantable...

— Mais non, tu es très bien... Viens voir...

— Irène je t'en prie, une seconde, je suis affreuse.

Lena disparut dans la salle de bains pendant qu'Irène piaffait. Elle reparut au bout de trois mortelles minutes :

— Montre...

Irène jeta le bracelet sur le lit. Sa sœur demanda :

— Cartier ?

— Non. Zolotas.

— Joli... J'en ai deux à peu près semblables, mais de chez Tiffany's.

— Tiens... Je ne te les ai jamais vus ?

— Pas le temps de les mettre. Les bracelets, c'est la manie de Socrate. Tous les huit jours, j'en ai un au petit déjeuner.

— Il manque d'imagination.

— Tu penses ! Il y a trois jours, pour le premier anniversaire de la naissance des jumeaux... tu vas voir, c'est amusant... Ma femme de chambre ouvre mes fenêtres vers 9 heures du matin. Je vois un énorme paquet entouré de faveurs qui me bouche le paysage. Je lui demande : « Qu'est-ce que c'est ? » mais elle s'en va sans répondre, en riant sous cape... Un truc énorme, peut-être six mètres de long, suspendu dans le vide. Tu penses, ma chambre est au troisième ! Je vais à la fenêtre, en bas, je vois un orchestre qui se met à jouer des sirtakis. Le truc qui était pendu à une grue se met à descendre, moi aussi. J'arrive dans la cour, j'arrache les papiers, je coupe les rubans... Une Rolls !

— Tu en as déjà trois !

— Attends ! Une Rolls blanche...

— Boph...

— Laisse-moi parler ! C'est là que ça devient marrant... Dans la voiture, à moitié étouffé, un chauffeur en grande livrée, un Philippin authentique que Socrate m'offrait avec la voiture !

Agacée, Irène la coupa :

— A propos... Et Marc ?

Lena la dévisagea avec des yeux ronds...

— Qui ça ?

— Marc Costa, l'acteur, il est en bas...

— Ah ! Marc ?

— Lena, pourquoi fais-tu l'idiote ?

— Montre-moi tes derniers bijoux...

La vanité l'emporta sur le désir d'égratigner. Irène se dirigea vers le coffre qui était resté ouvert :

93

— Viens voir ma bague.

C'était un énorme diamant blanc bleuté, pesant au moins trente carats, monté sur un simple anneau d'or.

— Il est superbe. Pourquoi tu ne le portes pas ?

— Crois-le ou non, mais il est tellement lourd qu'au bout d'une heure, je ne peux plus lever le bras.

Lena lança en riant :

— C'est terrible !

Et elle ajouta :

— Allez, viens, il faut qu'on redescende !

Se retournant :

— Dis donc... Tu peux me passer ton *blush-on* ? J'ai oublié le mien.

Irène hésita :

— C'est embêtant, je n'en ai presque plus, il faut que j'en achète demain. Attends, je vais t'en mettre un peu dans un morceau de papier...

La scène se jouait à huis clos. Malgré l'insonorisation du bureau, des éclats de voix, des rires de femmes, des bribes de musique et une rumeur confuse parvenaient aux deux hommes. Kallenberg, qui s'était composé un visage anxieux, marchait de long en large, s'arrêtant parfois pour jeter un coup d'œil à un tableau. Immobile, le regard masqué par ses éternelles lunettes, Satrapoulos ne perdait pas un seul de ses mouvements. Par où allait-il attaquer ? Barbe-Bleue biaisa :

— Je ne comprends pas que tu ne te sois pas encore constitué une collection.

Le Grec ne broncha pas et resta muet. Kallenberg reprit :

— Même si tu n'aimes pas la peinture sur un plan esthétique, c'est un remarquable placement de capitaux.

— C'est pour me faire un cours d'histoire de l'art que tu m'as fait monter ici ? s'étonna S.S.

— Non. C'est plus compliqué. Et très désagréable.

— Tu as des ennuis ? Irène ?

— Irène va très bien, merci. Il s'agit de toi.

— Je t'écoute. Je peux t'aider ?

L'ironie fit bouillir le sang de Kallenberg :

— Je crois que c'est plutôt toi qui as besoin d'aide.

— Qu'est-ce qui se passe ?

— Je vais jouer franc jeu. Je sais que tu t'intéresses de près à l'émir de Baran.

— Je ne devrais pas ?

— C'est ton droit le plus strict. D'ailleurs, moi aussi, je m'y intéresse.

— Non ?

Exaspéré par cette attitude persifleuse, alors qu'il avait tous les atouts en main et que l'issue du combat lui était connue, Kallenberg fit un effort violent pour se dominer, optant pour la tactique de la franchise bourrue, de la complicité brutale :

— Je ne vois pas pourquoi tu te défends alors que je ne cherche qu'à t'informer. C'est très embarrassant à dire...

— Dis-le.

— Je suis très embêté. Il ne s'agit pas seulement d'une question d'argent, mais d'une affaire d'honneur. Une affaire qui peut éclabousser la famille.

— Quelle famille ?

— Au cas où tu l'aurais oublié, je te rappelle que nous avons épousé les deux sœurs et que nous sommes beaux-frères.

— Est-ce que cela a quelque chose à voir avec l'émir de Baran ?

— Oui. Tu n'as pas que des amis, Socrate. Moi non plus, d'ailleurs. Notre puissance, nos flottes...

— Quel rapport ?

— J'y arrive. Pour des raisons que j'ignore mais que tu dois connaître mieux que moi, il y a un groupe de presse français qui veut te couler.

— Ah oui ! Comment ?

— Ta mère.

— Quoi, ma mère ?

— Ils l'ont retrouvée. Elle a parlé. Je n'ai pas à te juger, remarque bien, mais elle leur a dit que tu la laissais dans la misère, que tu ne lui avais jamais donné un sou. Ils ont fait un reportage complet, des bandes enregistrées, des photos.

— Alors ?

— Alors, ils ont l'intention de le publier.

— Comment sais-tu cela ?

— Ils ont cru que nous étions rivaux et que ces documents me feraient plaisir.

— Combien ?

— Combien quoi ?

— Combien les as-tu payés ?

Barbe-Bleue prit un air navré :

— Je te mets au courant et tu m'insultes. Tu sais parfaitement que la moindre ligne sur l'un de nous est reproduite dans le monde entier. Chacun de nous risque de souffrir dans ses affaires du scandale provoqué par l'autre.

— Où est le scandale ?

95

— Enfin ! Tu es fou ou quoi ? Penses-tu que, dans ta position, on puisse impunément laisser sa mère crever de faim ?

— Pourquoi ? Elle est morte ?

Kallenberg s'emporta. Il alla rageusement à son bureau — sur lequel Talleyrand avait conclu le congrès de Vienne — et en sortit une enveloppe qu'il jeta sur les genoux du Grec :

— Tiens, jette un coup d'œil !

Dans le même élan, il alla brancher un magnétophone sur lequel se trouvait la confession de la vieille Tina — c'était une erreur, il le savait, car ce geste trahissait la préméditation, mais il ne pouvait plus résister au désir d'abattre ses cartes. Dans le silence de la pièce, la voix d'Athina s'éleva :

« ... renvoyé de partout. Aucune école n'en a voulu plus de huit jours.

« — Pourquoi ?

« — Il avait déjà le mal dans le corps.

« — A-t-il jamais essayé de vous aider ?

« — Jamais !

« — Est-ce qu'il a des raisons précises de vous détester ?

« — Il ne peut supporter les gens qui l'ont vu faible, sa mère comprise. Un jour, il m'a frappée.

« — Vous êtes sûre ? Quand... »

D'un geste sec, Herman coupa le son :

— Ça te suffit ? La bande dure un peu plus de deux heures ! Et les photos, tu les as vues ? Tu la reconnais ?

S.S., qui les feuilletait en les tenant à la manière du joueur de poker sachant que son adversaire possède un full royal, hésita et laissa tomber :

— Pas très bien, non.

— Ça t'étonne ? Tu ne l'as pas vue depuis combien de temps ?

Socrate ne répondit pas. Kallenberg reprit :

— Je vais te le dire, moi : trente ans ! Ça aussi, elle le raconte. On change, en trente ans, surtout quand on vit dans une porcherie !

Le Grec posa un regard pensif sur Barbe-Bleue :

— Même lorsqu'on ne vit pas dans une porcherie. Tu veux quoi, au juste ?

— Te prévenir de la menace qui pèse sur toi. C'est tout.

— C'est tout ? Et Hadj Thami el-Sadek ?

— Ne joue pas au plus fin. Tu sais très bien que, pour des raisons politiques, il ne pourra jamais passer un marché avec un armateur dont la moralité n'est pas stricte... enfin... je veux dire, avec un homme compromis dans une affaire de la sacro-sainte famille.

96

Satrapoulos ne put s'empêcher de rire. Kallenberg le rabroua :

— Ça te fait rire ?

— Où est ta mère ?

— Pardon ?

— Je te demande où est ta mère ?

— Enfin... Tu sais bien qu'elle est morte !

— C'est vrai, excuse-moi, j'avais oublié. Tu as de la chance.

— En tout cas, sans vouloir te jeter la pierre, je peux te dire qu'elle n'a jamais été dans le besoin.

— Venons-en au fait. Si je comprends bien, tu me fais du chantage pour m'écarter d'un contrat ?

— C'est toi qui le dis. Je t'ai simplement informé. Maintenant, les décisions t'appartiennent.

— A qui profite le crime ?

Des hurlements de joie leur parvinrent des salles du bas : l'alcool aidant, on devait s'amuser !

— S'il y a eu crime, ce n'est pas moi qui l'ai commis. Je te répète que ma mère n'a jamais manqué de rien.

— Oui, je sais. Tu l'as déjà dit. Ces... journalistes... Tu les connais ?

— Non. J'ai simplement reçu une photo de ta mère, au courrier, avec un petit mot me dévoilant son identité.

— Combien crois-tu qu'à leurs yeux vaille ce reportage ?

— Je n'ai pas l'impression qu'on puisse les acheter.

— En y mettant le prix ? Ils voulaient bien te le vendre, à toi ? Dis-moi... Qu'est-ce que tu proposes ?

— Je ne sais pas. Je ne suis pas dans ta peau. Tu y tiens beaucoup, à ce marché ?

— Et toi ?

— Rien ne dit que c'est moi qui l'obtiendrai !

— Qui d'autre ?

— Dix autres ! Livanos, Niarchos, Onassis, Goulandris, les Norvégiens, n'importe qui, pourvu que l'Arabe soit payé ce qu'il demande. Nous ne sommes pas les seuls sur les rangs. Notre belle-mère elle-même peut enlever l'affaire. Et les Etats-Unis, les Français, l'Angleterre. Tu vois, ce n'est pas si simple.

— Eh non, ce n'est pas simple ! Qu'est-ce que tu ferais, toi, à ma place ?

— A ta place, d'abord, je n'y suis pas. Mais il me semble que je réfléchirais. Si le reportage paraît, tu rates l'affaire, et ça, tu le sais.

— Et s'il ne paraît pas ?

— Comment veux-tu les empêcher de le publier ?

— Oui, c'est vrai, tu as raison. J'ai bien peur d'être foutu.

— Je le crains.

— Eh bien, tant pis !

— Je crois que c'est la solution la plus raisonnable. Tu as raison de renoncer.

— Qui parle de renoncer ? Au contraire ! Foutu pour foutu, je n'ai plus rien à perdre. En ce moment, je ne sais pas comment tu te débrouilles, mais j'ai une partie de ma flotte qui reste à quai, sans chargement. Il faut que je trouve du fret. Et j'ai trois pétroliers géants en construction à Oslo.

— Tu vas laisser éclater ce scandale ?

Kallenberg s'en étranglait. S.S. devait bluffer, certes, pour le pousser à bout, mais quel aplomb ! D'une voix douce et résignée, ponctuée d'un geste d'impuissance, le Grec lui dit :

— Tu m'as juré toi-même que ces types ne se laisseraient pas acheter. Autant les laisser mettre leur menace à exécution, plutôt que la savoir en permanence au-dessus de ma tête. Qu'ils publient ! J'essaierai malgré tout de jouer ma chance avec l'émir.

Sous l'effet de la colère et du désappointement, Kallenberg se sentit virer au violet :

— Tu n'y penses pas ! C'est pour faire pression sur toi qu'ils veulent étaler ces documents ! Il y a quelqu'un derrière eux, ils n'oseraient pas !

— Qui ?

— Comment veux-tu que je le sache ? Mais je peux essayer de négocier, je peux chercher à savoir !

Satrapoulos se leva de son siège, épousseta des cendres imaginaires sur son pantalon :

— Au cas où tu rencontrerais ces types — c'est bien improbable, je le sais — dis-leur que je les emmerde, que je mène mes affaires comme je l'entends. Et que je n'aime pas être menacé.

— Tu as tort, S.S., tu as tort ! Tu ne te rends pas compte ! Pense à moi..., pense à Irène, à Lena...

— J'y pense, j'y pense. J'ai tout prévu. Si un jour j'étais dans le besoin, comme ma mère, ou s'il m'arrivait un malheur, je me suis arrangé pour que vous touchiez une pension jusqu'à la fin de vos jours.

— C'est idiot ce que tu fais là, c'est un désastre.

— On verra bien. Excuse-moi, il faut que j'aille retrouver Lena. Je n'oublierai jamais ce que tu viens de faire pour moi. Encore merci et joyeux Noël.

Avant que Kallenberg ait pu trouver d'autres mots pour le retenir, le Grec avait ouvert la porte et était sorti, dans une rafale de chansons, de bouffées de rires et de cris excités montant du rez-de-chaussée. Kallenberg alla s'asseoir un instant, jeta un œil déconcerté sur son Cranach, n'y trouva aucun apaisement, se releva, mit le magnétophone en marche : la voix de Tina le rassura. Elle disait :

« — Il s'est jeté sur moi et m'a frappée.

« — Il avait quel âge ? demandait le reporter.

« — Treize ans. »

Barbe-Bleue, qui avait été ébranlé par l'assurance de Satrapoulos, en fut tout ragaillardi. Il voulait jouer à la guerre ? Parfait ! Il allait lui faire le coup de Pearl Harbor. Bien sûr, il aurait préféré que le Grec acquiesçât en douceur, mais puisqu'il feignait de ne pas comprendre... Peut-être s'imaginait-il qu'il n'oserait pas aller au bout de ses menaces ? Tant pis pour lui. Kallenberg se dirigea vers la porte : il allait donner sur-le-champ le feu vert à Raph Dun.

Après l'ambiance glaciale de son entretien, Satrapoulos reçut en plein visage, avec la force d'une gifle, la chaleur et le bruit de la salle du bas. Le dîner était fini, le Dom Perignon et le Cliquot rosé 1928 avaient fait leur œuvre, mélangés imprudemment au whisky et à la vodka qui arrivaient, comme par magie, entre les mains des invités. Tout le monde se trémoussait sur les rythmes d'une formation de jazz qui avait chassé l'orchestre de chambre. Du regard, le Grec chercha sa femme et ne la vit pas. Il écartait des couples sur son passage, presque anonyme dans cette foule qu'il considérait comme une troupe de figurants, une espèce de décor à la partie qui venait de se jouer en coulisses. Seul, Dodino, à qui rien n'échappait, remarqua Socrate qui paraissait avoir perdu quelque chose :

— Le prolétariat est de retour parmi nous ! lança-t-il à l'éphèbe qu'il essayait d'hypnotiser.

— Qui est-ce ? demanda l'autre.

— Mais mon chou, tu débarques ! Il faut tout te dire ! Je vais t'expliquer...

Il pressa la main du jeune homme entre les siennes et entreprit de faire son éducation mondaine avant d'aborder le domaine de son éducation sentimentale.

Où pouvait donc être Lena ? Derrière l'estrade de la tombola, S.S. ouvrit une porte, découvrant un couloir desservant plusieurs pièces dont la plupart étaient fermées. Dans l'une d'elles, il entendit des bruits de voix. Avec précaution, il tourna la poignée : il perçut aussitôt l'odeur fade de la marihuana. Dans une chambre tendue de tissu bleu, trois garçons et deux jeunes filles, très jeunes, tiraient sur leur cigarette comme le font les écoliers dans les cabinets. L'une des filles, les jupes retroussées haut, était étendue sur le lit, se laissant tripoter par deux des garçons. Il referma la porte sans que personne eût proféré un mot, en ouvrit une seconde. Plongée dans une obscurité totale, la chambre retentissait de bruits divers dont l'origine ne laissa aucun doute dans l'esprit de S.S. sur le nombre des participants.

Au moment où il allait retourner dans le salon, il se trouva nez à nez avec Irène, jaillissant d'une porte au fond du couloir, qui débouchait probablement sur un escalier de service. Il voulut lui adresser la parole, elle ne lui en laissa pas le temps. Elle passa devant lui, rapide, n'eut pas l'air de le reconnaître ou plutôt, se comporta d'une façon bizarre, lui adressant un petit sourire mécanique ponctué d'un gloussement perlé. Eberlué, Satrapoulos se demanda ce qu'elle fichait là et d'où elle venait. Déjà, Irène avait disparu, happée par le bruit et la fureur de la salle de fête. Pensivement, il alla jusqu'au bout du couloir, entrebâilla la porte et jeta un coup d'œil : il n'y avait rien, sinon un Ecossais en grande tenue folklorique qui descendait l'escalier en se recoiffant. Le Grec s'effaça pour le laisser passer. L'Ecossais le toisa d'un air hautain, comme si S.S. eût été un employé, fit un signe de tête bref et courtois, dit « *Sorry...* » et disparut à son tour. Perplexe, Satrapoulos haussa les épaules et reprit le chemin de la rumeur, pour trouver Lena. Il la vit enfin, tout près, en grande conversation avec la fille brune qui avait gagné le Degas, et un grand type séduisant aux tempes argentées, qu'il ne connaissait pas. Il s'approcha du groupe, frôla du dos de la main les épaules nues de sa femme et s'excusa :

— Lena, je crois que nous allons prendre congé.

Elle se retourna et, s'adressant à ses compagnons :

— Voulez-vous me permettre de vous présenter mon mari. Monsieur Raph Dun, Miss Peggy Nash-Belmont.

Ce nom était familier au Grec.

— Etes-vous une parente de Christopher Nash-Belmont ?

— C'est mon père.

— C'est aussi l'un de mes bons amis. Je vais vous faire une révélation : vous et moi avons dû flirter ensemble. En tout bien tout honneur. Je vous avais rencontrée à un concours hippique où m'avait emmené votre père. Vous deviez avoir dans les six ou sept ans.

Dun y alla de son petit couplet. Se penchant vers Peggy :

— Décidément, chère consœur, vous laissez des traces profondes de vos passages !

Discrètement, Socrate pressa à plusieurs reprises la main de Lena. Ils prirent congé de Raph et de Peggy et longèrent le mur pour tenter de gagner la sortie.

— Et Irène ? demanda Lena, je ne lui ai même pas dit au revoir (elle se moquait parfaitement des convenances vis-à-vis de sa sœur, mais espérait faire un dernier tour pour apercevoir Marc qui, en présence de Belle, n'avait pas osé lever les yeux sur elle lorsqu'elle était passée à plusieurs reprises près de lui).

— Ta sœur a la migraine.

— Qui te l'a dit ?

— Son mari. J'ai bavardé longuement avec lui, dans son bureau.

— Vous avez parlé de quoi ?

— De peinture. Il veut me persuader de commencer une collection.

Ils parvenaient dans le hall, devant la porte monumentale que leur ouvrirent deux laquais.

— Tant pis, dit Lena, je la verrai à New York mardi prochain.

— Tu pars pour New York ?

— Trois jours seulement, les collections.

Le Grec ne l'écoutait même plus. Il n'avait qu'une idée en tête, quitter cette maison le plus vite possible. Kallenberg avait peut-être réussi à faire tomber de la neige en début de soirée mais lui, Socrate Satrapoulos, allait lui offrir un sacré feu d'artifice ! Les feux d'artifice, il adorait : c'était le plus beau cadeau qu'il pût faire à ce salaud de Barbe-Bleue pour illuminer sa nuit de Noël.

Bill Mockridge avait bien recommandé à Percy et à Wise de donner à l'opération l'apparence d'un chahut naturel et improvisé, quelque chose de jeune et de gai, style étudiant. Dans le hangar, sur les docks, Wise avait communiqué à ses casseurs ses ultimes instructions. Puis, par petits groupes de huit ou dix, ils s'étaient mêlés aux flâneurs qui guettaient, dans la nuit tiède, l'arrivée de retardataires ou le départ des premiers venus. Devant le perron du 71, la neige avait fondu, pas tout à fait cependant sur les sapins d'où s'écoulait l'eau, en filets minces. Devant l'hôtel, toujours le même brouhaha, la même ronde des chauffeurs essayant de retrouver leurs maîtres dans la cohue. Brusquement, sans que rien l'eût laissé prévoir, une ronde de jeunes gens se forma, avec la soudaineté imprévisible des mouvements de foule spontanés. Les deux agents qui étaient encore de faction, ainsi que les valets préposés à l'entrée, virent une bande de garçons escalader les marches en riant et en chantant, et s'engouffrer en tornade dans la résidence. Les badauds les encouragèrent de la voix.

« Allez-y ! cria l'un d'eux, avec un peu de chance, vous allez pouvoir bouffer du caviar ! »

Seul, l'un des flics eut une prescience du danger. Il essaya de barrer le chemin à la horde, exaspéré par la placidité de son collègue qui souriait devant cette blague.

— Les laisse pas entrer, John ! Ils vont foutre la merde !

Le nommé John haussa les épaules, agacé lui aussi par le côté service-service de son alter ego : quelle importance ? La soirée touchait à sa fin et avait certainement besoin d'un regain d'animation. Des dizaines de mômes — vingt ans à peine — se précipitaient maintenant dans l'hôtel, en rigolant, bousculant tout sur leur passage, domestiques compris. A l'intérieur, il y eut d'abord un moment de stupeur, puis la voix perçante de la comtesse Lupus se fit entendre :

— Ah ! qu'est-ce qu'ils sont marrants ! Dodino, invites-en un à danser !

Aux rires des malfrats, se joignirent les gloussements de joie des femmes du monde. Plusieurs garçons les plaquèrent contre eux, d'autorité, pour les entraîner dans une danse folle : l'orchestre redoubla d'énergie. Les couples se formaient, se défaisaient, tourbillonnaient et les maris, les légitimes ou les autres, plutôt mal à l'aise, feignaient d'opter pour le rire et la bonne humeur bruyante.

Soudain, tout se dégrada avec la rapidité d'une déchirure, comme lorsqu'on fend une étoffe d'un coup de rasoir et qu'on tire dessus, dans les deux sens. La comtesse Lupus, qu'un demi-sel maigre et pâle avait enlacée pour une gigue effrénée, voulut s'arrêter de « danser ». Son cavalier s'y opposa, la faisant tournoyer de plus belle. Le mammouth réussit à se dégager et gifla le voyou machinalement, comme elle aurait giflé son mari. Tout se passa très vite : le garçon blémit, envoya un violent coup de tête dans les mamelles de sa cavalière et s'accrocha à ses cheveux, à pleines mains. La scène était si inattendue que personne n'avait réagi : on n'avait encore rien vu. La chevelure de la matrone se détacha soudain de sa tête, laissant à nu un crâne presque chauve, parsemé de rares plaques de cheveux ternes. La vision était suffocante. La comtesse, à bout de souffle, le cœur battant à un rythme fou, n'esquissa pas un geste de défense lorsque son partenaire, pris d'hystérie, lacéra sa robe d'un geste brutal, la crochant au niveau de l'épaule et tirant un lambeau d'étoffe jusqu'en bas. Il y eut un silence horrifié — les musiciens eux-mêmes s'étaient arrêtés de jouer — devant cette grosse femme molle, pitoyable sans sa perruque, sans sa morgue, dépouillée du bouclier des apparences.

— Tiens, salope ! siffla la gouape.

D'un revers de main, il la frappa en travers de la bouche. La comtesse Lupus se laissa choir au sol avec le bruit mat d'un sac de farine. Le comte se précipita à son secours, comprit qu'il ne pouvait pas faire grand-chose, sinon laver l'affront. Avec le courage des faibles, il se rua sur l'agresseur, essayant de l'atteindre au visage dans un maladroit et inoffensif tourniquet de ses bras.

Mais déjà, l'Ecossais s'était avancé et, d'un seul coup de poing, étendait raide le jeune homme. Tout de suite, il eut deux autres garçons sur le dos. On avait compris maintenant qu'il y avait danger, que chacun devait se défendre pour éviter le pire. Partout, des grappes de combattants se formaient, pendant qu'un petit clan, entraîné par Percy, prenait les étages d'assaut, fracassant le mobilier, crevant les toiles de maître, brisant tous les objets à sa portée. Kallenberg, qui se trouvait avec Dun au moment où les événements avaient débuté, entrouvrit la porte de son bureau : ce fut suffisant pour que deux hommes happent son bras. Il se sentit tiré dans le couloir, plongea en avant, roula sur lui-même et, dans un même mouvement, décocha un terrible coup de pied à son adversaire le plus proche. Le type poussa un hurlement et pivota sur sa jambe cassée avant de s'écrouler. Déjà debout, Barbe-Bleue, sans prendre le temps d'évaluer les dégâts provoqués, lançait à la volée une manchette qui atteignit le deuxième homme en plein visage, lui fracassant simultanément la cloison nasale et l'arcade sourcilière gauche. Pétrifié, Dun vit Kallenberg se ruer à son bureau, en renverser un tiroir pour en extraire un automatique Beretta.

— Vous n'allez pas faire ça..., chevrota-t-il en bégayant...

— Je vais me gêner ! répondit Barbe-Bleue en se précipitant vers la porte.

Il y eu deux détonations et Kallenberg hurla à Dun :

— Appelez les flics, crétin ! Qu'est-ce que vous attendez ?

En tremblant, Dun composa le 999 sur le cadran et, d'une voix égale, dont il était sûr qu'elle ne pouvait pas venir de lui, s'entendit dire :

— Ici, la résidence de monsieur Kallenberg, sur le Mall, au 71...

Pendant ce temps, la horde continuait son saccage. Après son acte irraisonné, le comte s'était vu assailli par trois envahisseurs. Sur sa lancée, il avait essayé de faire front. Mais, vidé de toute énergie par sa décharge première, il avait fui de toute la vitesse de ses petites jambes dans un escalier qui l'avait mené tout droit à une terrasse, cul-de-sac où se terraient déjà plusieurs couples et quelques musiciens. A sa suite, les malfrats firent leur apparition, décidés à se venger sur cette proie facile qui ne pouvait plus leur échapper. Les yeux fous, von Lupus cherchait une issue, des secours, suppliant les témoins de lui venir en aide. Les femmes crièrent, les hommes les rassurèrent, mais personne ne broncha. Ses trois poursuivants avançaient sur lui en demi-cercle, l'acculant de plus en plus contre le parapet de la terrasse. Bientôt, le comte sentit la pierre du garde-fou contre son dos : il ne pouvait pas aller plus loin. Avec terreur, il entendit :

— Prenez-le par les jambes et foutez-le en bas !

Il voulut crier, gigoter, faire quelque chose, prier Dieu, appeler sa femme, n'importe quoi pour éviter la chute. Au lieu de cela, il restait debout, le corps secoué de longs tremblements, pétrifié par la peur. Il sentit que des mains s'abattaient sur lui, le soulevaient. Ses jambes quittèrent le sol et il s'accrocha, dans un réflexe ultime, aux cheveux de l'un de ses tortionnaires. L'autre se dégagea d'une secousse. De sa main libérée, il empoigna l'angle du parapet. Il avait maintenant les deux jambes au-dessus du vide, les fesses aussi, et le tronc. Dans un brouillard, il entendit une voix de femme hurler : « Ne faites pas ça ! Ne le lâchez pas ! Remontez-le ! »

Le « remontez-le » lui parvint decrescendo, car il avait déjà basculé de l'autre côté. Il sentit son corps heurter quelque chose, s'y agrippa de tous ses muscles, lâcha prise et glissa, inerte, sur les branches du sapin qui ployèrent sous son poids, libérant dans leur mouvement élastique les derniers paquets de neige.

A l'instant où il s'écrasait sur le trottoir, Wise, qui avait entendu les coups de feu, sifflait dans ses doigts pour donner le signal de la retraite. A quelques secondes près se passa alors une chose horrible. Le lord écossais, qui ne voulait pas s'avouer vaincu, gisait sur le sol, maintenu par deux adversaires. Sa résistance même, et son acharnement à se battre, firent se déchaîner ses adversaires, meurtris par ses coups et exaspérés par sa force physique. L'un d'eux sortit de sa poche un couteau à cran d'arrêt. L'Ecossais roula sur lui-même pour parer le coup qu'il sentait venir, n'offrant qu'une cible mouvante.

— Tiens-le bien ! jura entre ses dents celui qui tenait la lame.

Le deuxième homme s'arc-bouta, pesant de tout son poids sur le sternum de l'Ecossais. L'autre, d'un geste vif, releva le kilt au-dessus des cuisses, et, à travers le slip, lui trancha le sexe. Le châtré eut un cri abominable et se tordit. Percy, qui passait par-là, balança un méchant coup de pied à son homme de main, l'empoigna aux épaules, groggy, le releva et cria : « Calte ! »

Au moment où ils sortaient, Kallenberg tira sur eux à trois reprises et les manqua. Les invités, toujours dans le salon, pétrifiés, écoutèrent décroître le bruit de la cavalcade alors que s'élevaient les mugissements des sirènes de Police-Secours. Dodino était penché sur la comtesse, lui tapotant les joues, circonspect comme un pêcheur de crevettes tâtant la peau d'une baleine morte. Les premiers agents firent irruption dans le salon dévasté, jonché de bouteilles brisées, d'éclats de bois. Au pied de l'estrade, quelqu'un avait vomi. Des femmes sanglotaient. Les hommes, hébétés, leur bredouillaient des mots de réconfort, qui ne voulaient rien dire. Un groupe s'était formé autour de l'Ecossais, que des agents fendirent pour charger la victime sur une civière et l'emporter vers un hôpital. Sur la moquette, l'emplacement libéré apparut, rouge de sang. Blême, défait, les yeux brillants, son arme toujours à la main, Kallenberg, debout au milieu de la pièce, dit à un brigadier qui s'était approché de lui :

— Là-haut... Dans le couloir... J'en ai tué un.

5

Le petit Spiro venait de rentrer ses chèvres dans l'étable. La
nuit tombait. En général, il retournait chez lui plus tôt, mais la noire
s'était blessée au sabot de la patte antérieure gauche. Il avait dû la
porter, impatienté de la voir traîner lorsqu'il la reposait sur le sol.
Il s'était aussi attardé sur la colline, couché sur le dos, un brin de
paille entre les dents, regardant le ciel bleu et dur pendant des
heures, jusqu'au vertige, comme si sa contemplation avait pu lui
fournir des réponses aux questions qu'il se posait. La vie d'un jeune
berger est toute simple : les bêtes, la nourriture, le sommeil. Encore
faut-il que rien ne vienne troubler cet ordre immuable et séculaire.
Et Spiro était troublé. Il se demandait le sens des événements dont
il avait été le témoin, cherchant dans sa mémoire d'enfant des signes
qui auraient pu lui servir de références : il n'en trouvait pas. Ce
va-et-vient de voitures dans un village où il n'en passait jamais, ces
hélicoptères venus il ne savait d'où pour repartir sans laisser de
traces l'intriguaient et le plongeaient dans une sorte de sourde inquiétude. L'inconnu fait peur.

Il avait bien essayé, à deux ou trois reprises, de poser des
questions à son oncle, mais apparemment, ce dernier ne voulait pas
lui répondre. Pourquoi ? L'esprit ailleurs, il donna un tour au loquet
de la porte de l'enclos aux chèvres, et entra dans la pièce aux murs
crépis où son oncle et lui prenaient leurs repas. Parfois, l'oncle faisait
une soupe chaude, mais la plupart du temps, ils se nourrissaient de
quelques olives, d'un morceau de fromage blanc et d'oignons crus.
Deux fois par an, on tuait un chevreau dont on faisait rôtir des
quartiers entiers dans l'âtre. Sur la grosse table de bois, deux gobelets,
l'un, pour l'homme, plein d'un vin épais au goût de résine, l'autre,

106

pour l'enfant, de lait. Spiro, encouragé par son oncle, avait tenté de tremper les lèvres dans le vin : malgré son désir de se montrer viril, il avait dû recracher la mixture, sa gorge refusant de la laisser passer. Peut-être, quand il serait grand, arriverait-il à la boire ? Il s'assit à la gauche de son oncle. La phrase sortit de sa bouche malgré lui, sans que sa volonté y soit pour quoi que ce soit :

— Pourquoi Tina est-elle partie ?

L'homme, le nez dans son assiette, ne releva même pas les yeux sur lui. Ne sachant s'il avait entendu, Spiro répéta la question :

— Où est-ce qu'on l'a emmenée ?

— Mange.

Ce fut tout ce que le jeune berger put tirer de lui.

Au même moment, en Angleterre et dans la plupart des capitales européennes, les journaux du soir faisaient leur manchette sur la soirée de Kallenberg. Le matin même, l'armateur avait fait donner quelques coups de téléphone pour tenter d'étouffer l'affaire, estimant que l'étalage d'une nuit aussi tragique ne pouvait être, dans ses affaires, qu'une contre-publicité. Il avait été surpris de la réaction des interlocuteurs qu'il avait eus lui-même au bout du fil :

— Vous êtes trop modeste, lui avaient-ils répondu, vous vous êtes comporté en héros et il n'y a aucune raison de le cacher !

Il n'en avait pas été de même pour sa belle-mère, qui l'avait appelé à l'aube, folle de rage (informée par qui ?), lui ordonnant de renvoyer Irène à Athènes, le temps que le scandale soit apaisé. Barbe-Bleue avait filé doux : il s'en mordait les doigts maintenant. S'il avait pu savoir que la presse s'apprêtait à glorifier son meurtre, il aurait envoyé paître la vieille : de quoi se mêlait-elle ? En fait, il ne s'agissait pas d'une glorification à proprement parler, mais en tout cas, les propos le concernant étaient flatteurs pour son courage et ses réflexes. Il relut le titre du *Daily Express* : « Boucherie pour une nuit de Noël. » Evidemment, le mot boucherie...

Cela avait été une sensation délicieuse de tirer sur ce type. Il avait appuyé sur la détente, comme il l'avait fait des milliers de fois au stand, ou à la chasse, son sport favori. Le garçon avait fait une culbute, en une tension désespérée de tous ses muscles, fauché en plein mouvement. C'était autre chose que de tirer un canard ! A plusieurs reprises, avec des femmes surtout, Kallenberg avait dû se retenir de toutes ses forces pour ne pas aller jusqu'au bout, lorsqu'il serrait ses mains autour de leur cou, ou quand il les avait à sa merci, à ses pieds, dominant mal son envie de leur écraser le visage à coups de talon. Au lieu de cela, il faisait mine de plaisanter, les aidant à se relever, crispant ses doigts sur leurs cheveux, se demandant parfois si elles avaient pressenti que la mort les avait frôlées. Le *Sun* était plus nuancé : « Massacre chez un milliardaire. » L'article était rédigé d'une façon impersonnelle. Il y manquait les cris, le sang, l'odeur de poudre, la fumée bleue qui était sortie du canon de son arme, à deux reprises. Qui aurait pensé que Satrapoulos, en lui envoyant ses casseurs, lui fournirait l'occasion d'assouvir cette envie de tuer qu'il avait tant de mal à maîtriser ?

Le nom de son beau-frère lui était venu aux lèvres tout naturellement : mais était-ce bien lui qui avait monté le coup ? Kallenberg en ressentait la certitude dans chacune des fibres de son corps. Ce qui l'épatait, c'est que le Grec eût pu se venger avant d'avoir été touché, avant même d'avoir été informé. Jusqu'à la veille, il ne pouvait pas savoir que Herman disposait d'armes contre lui. Alors, comment avait-il eu l'idée de transformer la soirée en carnage ? Il y avait là quelque chose qui ne collait pas. Il relut l'article du *Sun* :

Au cours d'une nuit strictement privée destinée à fêter Noël le 13 août, une bande de voyous a envahi l'appartement londonien de l'armateur Kallenberg, terrorisant ses invités dont certains furent blessés en leur résistant. Avec un grand courage, M. Kallenberg, qui avait au préalable réussi à avertir la police, fit face aux agresseurs armés qui menaçaient son épouse, tuant l'un d'eux sur lequel on ne put découvrir aucune pièce d'identité. L'enquête devait prouver qu'il s'agissait de Bedel Moore, navigateur en chômage et repris de justice recherché par les autorités. L'arrivée des malfaiteurs, agencée comme un monôme d'étudiants, n'avait pas éveillé la méfiance des invités de M. Kallenberg...

Et plus loin : *Le comte Lupus, magnat de la Ruhr, a été sérieusement commotionné au cours de l'échauffourée : ses agresseurs l'on défenestré du troisième étage. Autre drame à déplorer, la très grave blessure de lord Intire sur lequel se sont acharnés avec sauvagerie trois hommes probablement drogués.*

Kallenberg, qui avait cru naïvement qu'il avait le monopole de la violence, était confondu que le Grec en ait fait usage à son tour, fût-ce par personnes interposées. De toute façon, il allait le payer très cher, et tout de suite.

Couché à 6 heures du matin, Barbe-Bleue s'était réveillé deux heures plus tard, rédigeant immédiatement un long mémoire pour l'émir, afin de l'informer par quels procédés on avait essayé de le compromettre. Wolf, son homme de confiance, s'était envolé quelques minutes plus tard vers l'émirat de Baran, à bord d'un appareil privé spécialement affrété par Kallenberg. Dans la serviette qu'il lui avait remise, il avait enfermé des doubles des photos prises chez Tina, ainsi qu'une copie de la bande magnétique ayant servi à enregistrer ses déclarations.

Barbe-Bleue avait précisé dans son mémoire :

« Malheureusement, il n'est plus en mon pouvoir — d'ailleurs, il n'a jamais été en mon pouvoir — d'arrêter le scandale. Je sais, de source sûre, que les documents concernant la mauvaise action de mon beau-frère sont sur le point d'être publiés. Dieu m'est témoin que j'ai fait ce que j'ai pu pour éviter cette épreuve à notre famille. Socrate Satrapoulos, lui-même, a été prévenu par mes soins de ce qui se tramait ; à mon grand étonnement, il n'en a pas paru affecté outre mesure. »

A 8 heures du matin, Kallenberg, après être resté plusieurs minutes sous une douche glacée, avait convoqué Dun. Raph, qui avait pris un appartement au *Westbury* dans New Bond Street, allait se mettre au lit quand le téléphone avait sonné. Il était vanné. Après la fantasia, il avait dû se rendre au commissariat où l'on souhaitait entendre son témoignage. Il y avait confirmé la version de l'armateur : Kallenberg avait été tiré hors de son bureau par deux hommes le menaçant d'un poignard. Il avait fait face à ses agresseurs, s'était dégagé, avait saisi son Beretta et s'en était servi. Oui, Dun avait tout vu, car il était sorti dans le couloir pour se porter au secours de l'armateur, après avoir appelé la police. On l'avait remercié pour son concours et, en rentrant à l'hôtel, il avait trouvé Gina et Nancy qui l'attendaient, anxieuses.

Crevé, tremblant encore, il s'était précipité dans la salle de bains, avait fait couler de l'eau chaude et s'était laissé frotter le dos, longuement, par les deux comédiennes, maternelles en diable. A peine s'était-il étonné de les trouver en peignoir, dans sa propre chambre. Distraitement, il les avait caressées à son tour jusqu'à ce que la sensation de plaisir qu'il tirait de ces gestes lui fasse oublier l'horreur à laquelle il avait été mêlé. Au moment de s'allonger entre elles, sur le lit, il avait entendu la déplaisante sonnerie du téléphone.

— Est-ce que cela ne pourrait pas attendre quatre ou cinq heures ? Je voudrais dormir un peu.

Kallenberg avait simplement répondu :

— Je vous attends tout de suite. Est-ce que je dors, moi ?

Il avait dû se rhabiller, malgré les protestations de ses deux amies dont il n'aurait jamais cru que, même sur ce plan-là, elles pussent s'entendre et être complices.

— Dormez un peu en m'attendant, mes biches. Je serai de retour dans une heure.

Il avait fait arrêter son taxi dans un bistrot, le temps de boire deux cafés très forts. Barbe-Bleue l'attendait, frais comme l'œil, éclatant d'énergie, rasé de frais et en costume gris clair, comme un homme qui vient de se faire masser après un parcours de golf. Il était immédiatement entré dans le vif du sujet :

— Ce qui s'est passé cette nuit m'incite à hâter notre projet. Quand, et où, avez-vous l'intention de faire publier les documents ?

Abruti de fatigue, Dun avait tenté d'être précis dans ses réponses :

— Il faut d'abord que les quotidiens soient informés. Je connais une agence de presse qui se chargera de ventiler les informations simultanément aux journaux du soir et du matin. Ensuite, les hebdomadaires. Il faut un certain délai pour l'impression de la couleur...

— Avez-vous des clichés en noir et blanc ?

— Oui, bien sûr...

— Alors, donnez-les ! Et la radio ?

— J'y arrive. Je vais contacter un ami de la B.B.C. pour qu'il passe une partie de la bande sonore ce soir même.

— Et les autres stations ?

— Si je ne donne pas l'exclusivité à la B.B.C., ils ne voudront peut-être rien passer.

— Foutaises ! C'est un sujet trop juteux pour qu'on ne l'exploite pas. Je veux que tout le monde sache ce qui se passe, en même temps.

— Je vais essayer de faire pour le mieux.

— C'est cela, faites pour le mieux.

— Je ne voudrais pas risquer, en me pressant trop, de négocier les documents à perte...

— Ne vous occupez pas de cela ! Si vous avez le moindre manque à gagner, vous me le signalez, et je vous verserai la somme en question multipliée par dix. Sans parler des nombreux frais que vous avez dû avoir.

Raph en était resté rêveur. Bien vendu, ce reportage valait une trentaine de millions. De quoi foncer à Monte-Carlo ou à Cannes, et y prendre sa revanche des pertes qu'il avait subies ces derniers mois. Il avait répondu :

— Je vais me reposer quelques heures et je mets tout cela en branle.

Kallenberg avait réprimé un mouvement d'exaspération : quand des affaires d'Etat étaient en jeu, ce petit connard pensait à aller dormir ! Il lui avait susurré, d'une voix trop douce qui jurait avec son exaltation :

— Monsieur Dun, si j'occupe aujourd'hui la situation que vous

110

savez, c'est parce que j'ai su passer outre, lorsque c'était nécessaire, à mes instincts élémentaires. Pour des raisons que vous ignorez, je tiens à ce que ces documents soient publiés dans les plus brefs délais. Voulez-vous vous en charger immédiatement ou préférez-vous que je le fasse faire par quelqu'un d'autre ?

En une seconde, Dun vit défiler sous ses yeux le spectre de ses multiples créanciers, les traites impayées qui s'accumulaient, la Ferrari qu'on allait lui saisir. Il réagit dans le bon sens :

— Vous avez parfaitement raison. En sortant de chez vous, je fais le nécessaire.

— C'est très aimable de votre part. J'insiste pour que vous me teniez au courant, heure par heure, de vos démarches. Dans une heure, vous devrez me renseigner sur la réaction des quotidiens.

— C'est que... Je crains que les rédacteurs en chef ne soient encore au lit, et que mon agence ne puisse les joindre.

Dun sentit qu'il était peut-être allé trop loin.

La réponse de Kallenberg le lui prouva :

— Monsieur Dun, qu'on les réveille ! Il y a des moments où j'ai la pénible impression que vous n'êtes pas très bien réveillé vous-même...

Raph avait essayé de rectifier le tir par une pauvre boutade :

— Quoi d'étonnant ? Je ne suis pas encore couché.

Et il avait ajouté précipitamment, car Kallenberg n'avait pas l'air d'apprécier :

— J'y vais. Je vous appellerai d'heure en heure.

En arrivant au *Westbury,* il se souvint que sa chambre était investie par les deux starlettes : il allait les virer sur-le-champ. Il entra dans son appartement, les filles dormaient. Il secoua Nancy :

— Allez, ouste ! C'est l'heure !

— L'heure de quoi ? parvint à articuler la blonde.

— L'heure de vous tailler ! J'ai du travail.

Gina fut secouée à son tour, poussa plusieurs gémissements et enfouit sa tête sous les couvertures.

— Quelle heure est-il ? demanda Nancy en se grattant les épaules.

— 6 heures de l'après-midi, mentit Raph.

— Mince ! J'ai l'impression de n'avoir dormi que dix minutes.

— Réveille ta copine, ou je vais chercher de la flotte dans la salle de bains !

— Raph, sérieusement, il est 6 heures ?

Elle saisit sa montre sur la table de chevet.

— Salaud, il n'est même pas 10 heures du matin !

Hargneusement, Dun, ivre de fatigue et d'énervement, lui mit les points sur les « i » :

111

— Marre ! Je vous dis de foutre le camp ! J'ai besoin de travailler, de me servir du téléphone. C'est confidentiel ! Tu comprends ?

Gina, qui s'était réveillée complètement, fit remarquer avec aigreur :

— On ne m'a encore jamais traitée de la sorte. Quel gentleman !

— Il faut un commencement à tout, aboya le reporter, hors de lui.

— Où veux-tu qu'on aille, demanda Nancy, à 10 heures du matin, en robe du soir ?

Déjà, Dun sonnait la réception :

— Raph Dun, au 429. Avez-vous un appartement libre à l'étage ?

— Ne quittez pas... dit l'employé, je vais voir...

Au bout de cinq secondes, il revint en ligne :

— Oui, Monsieur, le 427 est libre. A quelle heure arriveront les personnes que vous attendez ?

— Elles sont déjà là.

— Ah ! Combien de temps séjourneront-elles ?

— C'est pour la journée. Envoyez-moi une femme de chambre. Mes amies vont se rendre tout de suite à l'appartement.

Et il raccrocha, ajoutant pour les deux autres :

— Vous avez entendu ? Vous avez une immense chambre pour vous toutes seules. Même pas besoin de vous habiller. Vous n'avez qu'à traverser le couloir à poil.

Le souvenir d'Ingeborg, nue dans les corridors du *Ritz,* amena un sourire sur ses lèvres.

— Il se fout de nous, en plus ! maugréa Gina.

Dun se laissa tomber sur le lit, au-dessus de Nancy, et baisa Gina au coin de la bouche :

— Non, mon chou, je ne me fous pas de toi. J'ai un coup exceptionnel, fantastique, qui me tombe du ciel. C'est une question de minutes. Ce soir, je vous invite toutes les deux à dîner, avec Zanuck. Non, je ne blague pas. C'est pour me faire pardonner. Maintenant, vous allez faire dodo, et je viendrai moi-même vous réveiller dès que j'aurai fini mon travail.

— C'est vrai, cette histoire de Zanuck ? demanda Nancy, méfiante.

— Je te le jure sur la tête de Gina. On a rendez-vous avec lui au *Mirabelle,* à 9 heures.

On frappait à la porte. La femme de chambre passa la tête :

— L'appartement est prêt.

Quand Nancy et Gina furent debout, Raph leur claqua les fesses. Du bout de la langue, il effleura la pointe des seins de Gina, tâtant des mains le ventre de Nancy.

— Vous ne perdez rien pour attendre ! On va fêter ensemble le pognon que va me rapporter mon reportage.

— Sur quoi tu écris ?

— Tu verras ça dans les journaux.

En bâillant, les deux filles enfilèrent les peignoirs en tissu éponge de la salle de bains. Impatient, Dun leur tenait la porte de la chambre ouverte. Elles sortirent. Il leur lança :

— A tout à l'heure ! Dormez bien pour être en beauté ce soir !

Avec un profond soupir de satisfaction, il s'étira, décrocha le téléphone et dit à la fille du standard :

— Raph Dun à l'appareil. Vous allez d'abord me faire monter du café, des œufs, de la marmelade, le complet, quoi, ce que vous voudrez... Ensuite, ne me lâchez plus. J'ai cinquante coups de fil à donner. Appelez d'abord Victoria 25-03. Puis...

Il demanda toute une liste de numéros, tandis qu'il échafaudait son plan d'attaque. Quand il eut fini, il ne put s'empêcher, par habitude, de demander à la standardiste :

— Au fait, vous êtes blonde ou brune ? Non, non ! Laissez-moi deviner... Rien qu'à la voix, je peux le savoir... Parlez encore... Ça y est... j'y suis ! Vous êtes blond cendré !

— Vous avez perdu ! répondit l'employée en pouffant de rire. Je suis chauve.

— Fantastique ! C'est ça que je préfère ! A quelle heure quittez-vous votre travail ?

— A 10 heures, ce soir.

— Douze heures de présence ? Mais ce sont des négriers dans cet hôtel ! Vous avez une chambre ici ?

Elle le coupa :

— Je vous passe votre premier numéro.

Le visage de Dun devint attentif. Il défit le nœud de sa cravate. S'il jouait assez serré, les trente millions étaient dans sa poche. Au bout de cinq sonneries, il eut son correspondant :

— Allô ? Mike ? C'est Raph Dun... Ecoute-bien et réveille-toi !

— ...

— Je m'en fous ! Est-ce que je dors, moi ?

Voilà qu'il parlait comme Kallenberg, maintenant ! Il observa un silence, pour être certain que Mike avait bien repris ses esprits, et enchaîna :

— J'ai un truc... fantastique ! Incroyable... Le scop du siècle... Dis-moi d'abord merci de t'appeler... Tu vas pouvoir te payer deux ans de vacances !

Edouard Fouillet était directeur du *Ritz* de Paris depuis près de six mois, après avoir veillé pendant huit ans aux destinées de celui de Londres. En quittant l'Angleterre, il avait poussé un soupir de soulagement, heureux d'abandonner le vieux palace trop calme, ses salons immenses et ennuyeux, sa clientèle de vieillards distingués. A Paris, enfin, il allait vivre ! Durant son séjour à Londres, il s'était toujours arrangé pour venir passer ses week-ends à Enghien, où il était né, et où vivaient sa mère et son beau-père. Effectivement, l'hôtel de la place Vendôme était infiniment plus animé que celui de Picadilly : beaucoup plus de passages, des hôtes vraiment royaux, un restaurant excellent et, avant le dîner, très souvent, des cocktails brillants.

Seulement, cette incessante activité n'allait pas sans un certain laisser-aller, un certain coulage. L'argenterie fichait le camp dans les poubelles, où venaient la récupérer des extras indélicats, le linge disparaissait et il avait dû mettre à la porte un sommelier fameux, trop porté, sur ses vieux jours, à goûter, avant les clients, les nectars qu'il devait leur servir, bourgognes rares de la Romanée-Conti, bordeaux précieux à cinquante mille anciens francs la bouteille. Ces petits riens additionnés au fil des jours, finissaient par s'accumuler en pertes sèches considérables. Il y avait aussi les clients trop puissants pour qu'on exige d'eux qu'ils règlent leur note comptant — ce qui ne se serait jamais passé à Londres — et qui, d'un séjour à l'autre, oubliaient purement leur dette, choqués que l'on puisse leur réclamer de s'en acquitter. Il y avait surtout les exigences de plus en plus grandes de la nouvelle vague de fils à papa internationaux. Les uns rentraient froidement chez eux en emmenant six filles dans leur chambre, ce qui avait un effet déplorable sur le personnel. Les autres organisaient des surprise-parties qui se prolongeaient jusqu'à l'aube. Il avait même surpris l'existence d'un tripot clandestin dans l'un des appartements les plus luxueux. Evidemment, tous ces gens, fous ou pas, laissaient beaucoup d'argent dans la caisse, mais qu'il était loin le temps des grands-ducs ! Fouillet était évidemment trop jeune pour l'avoir connu, mais il en avait abondamment entendu parler par ses confrères. Désormais, et surtout depuis la guerre, n'importe qui pouvait avoir de l'argent. On voyait arriver des types ahurissants, marchands de bœufs enrichis, vulgaires et sans manières, s'empiffrant de caviar à l'heure où les gens civilisés boivent du thé. Fouillet, qui avait gravi un par un les échelons de l'école hôtelière, savait de toute éternité que le client a toujours raison. Tout de même, il y avait un certain seuil à ne pas franchir, au delà duquel tout sombrait dans la démence. Il se tourna vers son chef de réception qui attendait, sans mot dire, que son supérieur hiérarchique ait pris une décision.

— Franchement, Albert, quel est votre avis ?

— Je vous l'ai déjà donné, Monsieur. Il me semble difficile d'aller contre les désirs de M. Satrapoulos, qui est l'un de nos meilleurs clients, et dont tout le personnel n'a qu'à se féliciter.

— Combien nous laisse-t-il ?

— Il loue à l'année le grand appartement du haut, y séjourne deux ou trois fois par an et inonde les employés de pourboires.

— Tout de même, la réputation de la maison...

— Qui le saura ?

— Il suffit qu'un liftier quelconque en avertisse la presse pour que nous devenions la risée de Paris.

— Aucun liftier n'entre dans les appartements, Monsieur.

— Et les femmes de chambre, et les valets, ils n'entrent pas dans les chambres, peut-être ?

— Je pense qu'en leur faisant personnellement des recommandations, j'obtiendrai d'eux une discrétion totale. Certains sont dans la maison depuis vingt ans et aucun d'eux ne tient à perdre sa place.

— Vous me garantissez le silence ?

— Je pense pouvoir le faire, oui.

— Parfait. Je place donc l'opération sous votre responsabilité.

— Je vous remercie, Monsieur. Je vais donner des ordres pour qu'on libère le 504.

— Le 504 ? Pourquoi ? Je croyais que Mme Satrapoulos résidait au 503 ?

— Certainement, Monsieur, mais son... disons son invitée, occupera le 504.

— C'est inouï ! Vous le connaissez, vous, ce Satrapoulos ? Quand il est à Londres, il ne descend pas chez nous, mais au Connaught. Comment est-il ?

Albert réfléchit un instant. Comment définir le Grec ? Il fit un effort :

— C'est un petit bonhomme rouge et noir, entre quarante et cinquante ans, très généreux. Comment dire ?... C'est un type qu'on ne remarquerait jamais, et pourtant on ne voit que lui là où il se trouve. Même les gens qui ne savent pas qui il est... Comme si l'exceptionnelle banalité de sa personne le désignait à l'attention.

— Il a des manies ? Enfin, je veux dire, il boit, il amène des filles, il aime les petits garçons... vous voyez ?

— Quand il passe, il est toujours entre deux avions. Non, je n'ai jamais rien entendu dire de tel sur lui.

— Pourtant, cette demande...

— Je vous ferai remarquer qu'il n'y est pour rien. Il a simplement exigé qu'on procure à sa mère tout ce qu'elle désirait, qu'il ne fallait la contrecarrer en rien. Il a bien précisé : ses moindres caprices.

— Je vous remercie, Albert. Je m'incline, vous m'avez convaincu. Simplement, je vous demanderai d'être discret et de faire monter... l'invitée de Mme Satrapoulos par l'ascenseur de service.

— Très bien, Monsieur. Je vais m'en occuper.

Albert sortit du bureau d'Edouard Fouillet, laissant son directeur accablé, torturé par la décision qu'il venait de prendre : elle allait à l'encontre de tous ses principes personnels. Pis : à contre-courant de la déontologie hôtelière.

Pour avoir résisté à ce qui lui était arrivé, il fallait que Tina Satrapoulos, malgré ses soixante-quinze ans, eût une constitution solide et le cœur bien accroché. De si longues années vécues au rythme des jours et des nuits, sans repère général du temps sinon les saisons, sans autre anxiété que l'immédiat dans ses détails les plus humbles et les plus quotidiens, le repas, les chèvres, la cheminée qui tirait mal, les fagots à rentrer, le linge à rapiécer, l'herbe pour les lapins, et soudain, en un rien de temps, l'irruption du monde extérieur dans cette vie végétative, un monde qu'elle avait fui et dont les échos furieux et saccadés ne lui parvenaient même pas, un monde de menaces, d'imprévus, d'actions ahurissantes dont elle ne pouvait deviner les buts ni les mobiles.

Elle buvait du lait dans sa cabane lorsque les deux hommes avaient fait irruption. Visiblement, c'étaient des étrangers, elle aurait pu s'en apercevoir à vue de nez, même s'ils n'avaient pas porté leurs blouses blanches : qu'est-ce qu'ils voulaient ? En Grec, ils lui avaient dit que tout était prêt, qu'elle n'avait plus qu'à les suivre. Les suivre ? Où cela ? Il y avait plus de trente ans qu'elle n'avait quitté sa montagne. Sans ménagement, elle les avait priés de sortir, arguant que c'était l'heure de son dîner et que, justement, elle était en train de boire un bol de lait. Ce discours n'avait pas eu l'air de les convaincre. Ils l'avaient écoutée, gravement, immobiles comme des statues, hochant la tête d'un air compréhensif et bienveillant. Devant ce mutisme souriant, Tina s'était emportée et les avait menacés d'un tisonnier. Depuis longtemps déjà, sa pensée consciente ne fonctionnait que par à-coups, petite étincelle suffisante pour éclairer ses problèmes journaliers, mais pas assez vivace pour comprendre l'incompréhensible. Parfois, son esprit se fixait des journées entières sur un minuscule sujet, par exemple, une écharpe, que son mari lui avait offerte et dont le souvenir lui permettait de ruminer pendant des heures, fermée à tout ce qui n'était pas ce souvenir, plus puissant, riche et coloré dans sa réminiscence que la réalité banale dont il était nourri. Quand, par

116

extraordinaire, une voisine engageait la conversation avec elle, Tina suivait sans peine le déroulement de son propos, jusqu'à ce qu'elle décroche, l'espace de quelques secondes suffisantes pour que son interlocutrice s'en aperçoive :

— Hein ? Qu'est-ce que vous dites ?

La voisine répétait et Tina reprenait sans peine le fil de son discours. Avec le temps, ces absences s'étaient allongées, laissant place à la rumination permanente ou à de longs moments de vide, sans notion de durée, d'où elle ne sortait que pour accomplir les gestes nécessaires à sa survie : manger, dormir, froid ou chaud, les bêtes. Des signaux, beaucoup plus que des images, des mots ou des idées. Elle ne voyait absolument pas où ces hommes voulaient l'emmener, ni pourquoi : elle était bien dans sa maison et n'avait nulle envie d'en bouger. D'ailleurs, existait-il quoi que ce soit en dehors de cette maison ?

Elle s'était mise en colère, leur ordonnant de partir. En réponse à sa rage, ils avaient échangé un signe et s'étaient avancés, un à droite, l'autre à gauche. Ne sachant sur qui frapper en premier, elle avait eu une seconde d'inattention, dont ils avaient profité pour la désarmer et la saisir sous les deux bras. Elle avait hurlé :

— Mes chèvres ! Je ne leur ai encore rien donné à manger !

Ils l'avaient rassurée, lui jurant qu'« on » allait s'en occuper, et l'avaient entraînée au-dehors. Le soir tombait, il faisait doux, l'horizon était rose et on voyait déjà les premières étoiles. Chose curieuse, aucun de ses voisins n'avait passé la tête, malgré ses cris. Impuissante, pratiquement soulevée par les deux hommes, elle avait longé la douzaine de maisons sans qu'aucun secours ne lui vienne. Quand la dernière masure fut dépassée, elle vit une grande voiture blanche sur les flancs de laquelle était peinte une immense croix rouge. Bien entendu, elle savait ce qu'était une ambulance et sa fureur avait redoublé :

— Lâchez-moi ! Vous êtes fous ! Je ne suis pas malade ! Lâchez-moi !

Une grande jeune femme blonde, à l'air très doux, en blouse blanche elle aussi, lui avait fait un large sourire amical, comme si elle avait été heureuse de la voir. Elle lui avait dit :

— Nous ne vous voulons pas de mal, Madame Satrapoulos... au contraire ! Simplement vous offrir un beau voyage et quelques jours de vacances... Nous savons que vous en avez besoin.

Tina s'en était étranglée. Son esprit fonctionnait au summum de sa puissance, comme si les interminables heures de vacuité l'avaient préparé à se défendre mieux, le moment venu. Elle hurla :

— Des vacances ! En ambulance ! Lâchez-moi !

Elle avait crié le nom d'Alexandre, son mari, auquel elle n'avait pourtant pas pensé depuis des années. Comme s'il avait pu la protéger... De force, les deux hommes l'avaient hissée à l'intérieur de la fourgonnette, faisant la moue devant son odeur de vieille femme sale. Seule, la blonde n'avait pas paru s'en soucier, la cajolant, lui murmurant des mots rassurants. Puis, pendant qu'un troisième larron faisait démarrer la voiture, elle lui avait tendu un verre rempli d'alcool :

— Buvez... Cela vous détendra.

Tina avait feint d'obéir, avait avalé une gorgée et craché le tout au visage de la femme. Elle n'avait pas semblé s'en offusquer, lui disant simplement :

— Oh ! Madame Satrapoulos ! Comme c'est vilain !

Ce qui avait eu le don de ranimer la rogne de Tina. Toutefois, dans le regard de cette blonde, quelque chose l'alerta. Derrière elle, dans son dos, elle sentait que les types en blouse blanche se livraient à une action mystérieuse, qui la concernait. Le temps de détourner la tête, l'un d'eux l'avait entravée, sans perdre pour autant son exaspérant sourire. L'autre lui attrapait les jambes, malgré son dégoût visible. La femme lui retroussa la manche du haillon qu'elle portait et lui enfonça une seringue dans le bras. « Salope ! » eut le temps de crier Tina. Puis, les visages de ces gens s'estompèrent, elle les voyait flous, ils se démultipliaient, voilà maintenant qu'ils étaient six. Six, comment était-ce possible, dans une ambulance aussi petite ? Engourdie, Tina se laissa aller...

— Qu'est-ce qu'elle pue, la vieille ! C'est dégueulasse !

— On voit bien que vous ne vous êtes jamais occupé de vieillards. Laissez-moi seule avec elle maintenant. Je vais me débrouiller...

— Si vous avez besoin de nous, on est à côté. Vous n'avez qu'à appeler.

— C'est ça. D'accord...

L'infirmière attendit que les deux employés soient sortis de la pièce. Puis elle commença la besogne la moins ragoûtante, surmontant sa nausée : déshabiller Tina.

Par la porte entrouverte de la chambre, elle entendait couler l'eau dans la salle de bains. Elle avait forcé sur les sels odorants, aux senteurs de pin et de lavande, sans grand espoir toutefois qu'un seul nettoyage pût suffire à débarrasser Tina de cette odeur violente, agressive et animale qu'elle devait dégager depuis des années. La chair de ses jambes, une fois dépouillée des vieux bas rapiécés, apparut, douce, étonnamment blanche, sauf aux endroits où la crasse formait des plaques presque solides à force d'être épaisses. La vieille grogna quelque chose, ouvrit les yeux, n'eut pas l'air de comprendre où elle était. Elle articula le mot « soif ». Maria, avec un grand sourire, lui tendit un verre plein d'un liquide glacé, au goût sucré :

— Buvez, Madame Satrapoulos. Après, nous irons faire votre toilette.

Tina engloutit le contenu de son verre et, machinalement, fit un mouvement destiné à aider la blonde qui lui ôtait sa robe.

— Vous allez me laver ? lui demanda-t-elle.

— Oui, répondit Maria, vous laver d'abord, pour que vous soyez belle et parfumée. Ensuite, nous ferons bien d'autres choses. Des choses agréables, que vous aimez. Vous allez voir...

— Des choses que j'aime ? Qu'est-ce que j'aime ?

— Quand vous les ferez, vous les aimerez. Relevez-vous maintenant... Marchez... Je vous aide... Votre bain est prêt.

Maria avait passé ses bras sous les aisselles de Tina, la soutenant, sans cesser de lui sourire ou de lui parler, malgré l'insupportable odeur qui émanait d'elle. Après tout, la vieillesse était peut-être un naufrage, mais pourquoi serait-elle un péché ? Elle-même, un jour, si Dieu le voulait, serait vieille. Qui la laverait ? Les deux femmes s'arrêtèrent sur le seuil de la salle de bains. Tina jeta à Maria un regard interrogateur. L'infirmière hocha la tête d'un air rassurant :

— Vous allez voir comme c'est bon.

On ne voyait pas l'eau, mais une montagne de mousse dont l'odeur luttait avec celle de Tina. La vieille femme, complètement nue, se sentait sans défense aucune. D'ailleurs, elle n'avait pas envie de se défendre. Elle flottait, douce, moelleuse, soumise, comme un enfant qui s'abandonne parce qu'il sait qu'on va le gâter. Cette blonde avait l'air si gentil... Elle s'assit sur le rebord de la baignoire, soutenue par Maria qui la fit glisser dans l'océan de mousse. Tina se souvint qu'il lui était arrivé de se laver, autrefois. Encore faut-il savoir pour qui on a envie d'être propre : quand on vit seule, ça sert à quoi, d'être propre ? Une fois dans l'eau, elle se détendit, retrouvant en une sensation fugitive la jouissance d'un bain de mer qu'elle avait pris, à l'âge de vingt ans, dans une Méditerranée tiède... Brusquement, la densité de l'eau lui enlevait le poids de son corps, lourd et douloureux. C'était quelque chose d'ineffable. Maria, doucement, lui savonnait le dos, luttant contre sa répugnance, se donnant une foule de raisons pour ne pas s'enfuir.

— Les cheveux maintenant.

— Aussi ?

Sur les touffes grises, sèches et cassantes, Maria étendit du shampooing.

— Ça pique ! dit la vieille.

— Fermez les yeux. Laissez-vous aller. C'est bon...

C'est vrai, que c'était bon. Tina sentait les doigts légers de

119

l'infirmière lui masser habilement le cuir chevelu. C'était comme une caresse.

— Où sommes-nous ? demanda-t-elle.

— A Athènes.

— Pour quoi faire ?

— Nous allons repartir pour Paris. Vous allez voir... Vous avez des robes splendides qui vous attendent. Et des bijoux.

— Des bijoux ? Où ça ?

— Ici, dans cette maison.

— J'aimerais avoir des bijoux. Mais je ne me souviens plus à quoi ça sert...

— A être belle.

— Je ne suis pas belle. Je suis vieille. Comment vous appelez-vous ?

— Maria.

Maria eut un sentiment de triomphe. En une heure à peine, elle avait presque apprivoisé la bête sauvage. Cette victoire lui donnait raison. Elle prétendait que la douceur peut obtenir des miracles, aussi bien sur les animaux que sur les humains.

— Moi, je m'appelle Tina, dit la vieille. Athina.

— Je sais, Madame Satrapoulos, je le sais.

— Qu'est-ce que vous me voulez ?

— Relevez votre jambe... là... encore un peu...

— Qu'est-ce que vous me voulez ?

Plus tard, drapée dans un peignoir éponge d'un blanc immaculé, Tina avait regardé les robes que Maria avait sorties d'une armoire :

— Voulez-vous les essayer ?

— Moi ?

— Mais oui, vous ! Elles sont pour vous.

L'infirmière en avait étalé quelques-unes sur le lit. La vieille s'en approcha, méfiante — une belette flairant un piège. Elle s'enhardit à les toucher. Sa main, rêche et maigre, saisit le tissu, le froissa, l'abandonna. Elle fit une seconde tentative, le caressant cette fois. Puis elle souleva une robe et la porta à hauteur de ses yeux, marmonnant une litanie muette. Et vint le triomphe de Maria : sans qu'elle ait proféré le moindre mot d'encouragement pour l'inciter à faire ce geste qu'elle espérait, la paysanne usée, magiquement, retrouva l'obscur réflexe de toute femme devant une parure. Elle se drapa de la robe, s'approcha de l'armoire à glace et se regarda longuement, étonnée que le miroir veuille bien lui renvoyer cette image oubliée, déchue, cette image qui se prononçait au passé mais qui s'écrivait toujours Athina Satrapoulos. Doucement, Maria s'approcha, lui saisit la main :

— Je vais vous aider à la passer.

La vieille se laissa ôter son peignoir, sans réagir, mais quand elle fut nue, elle détourna la tête du miroir. Habilement, Maria lui passa la robe. Tina restait rigide comme un mannequin.

— Ne bougez pas ! dit Maria. Elle courut à un tiroir, en sortit quelques bibelots et lui enroula un collier de perles autour du cou.

— Asseyez-vous sur le lit maintenant... Les chaussures...

Elle en prit une paire, au hasard, les lui enfila sans difficulté et déclara :

— Allez vous regarder... Allez-y ! Vous êtes superbe !

Elle la guida devant l'armoire. Tina resta muette, les yeux rivés sur ce reflet qui ne lui disait rien. Après s'être longuement contemplée sans que son visage eût la moindre expression, elle eut une réaction qui déconcerta Maria : elle éclata de rire, un rire qui la plia en deux et lui fit venir les larmes aux yeux. L'infirmière, inquiète, lui demanda :

— Elle ne vous plaît pas ?

La vieille rit de plus belle. Elle s'arrêta net, dévisagea Maria d'un air sévère et lui dit, l'index tendu, accusateur :

— Où sont mes vêtements ?

— Mais... Madame Satrapoulos... Ils étaient si usés... Je les ai jetés.

Tina éructa :

— Vous les avez jetés ! Et elle marcha droit sur elle, menaçante.

Figée, mal à l'aise, Maria ne trouva rien d'autre à dire ou à faire qu'étendre les bras devant elle en un geste apaisant. Elle reçut immédiatement un coup de griffe qui lui brûla la joue. Machinalement, elle porta la main au-dessous de sa pommette, la retira et regarda ses doigts pleins de sang, avec stupeur. Dépassée, elle éleva la voix en direction de la pièce mitoyenne :

— Pouvez-vous venir une minute... Vite !

Elle ne voulait pas montrer à Tina à quel point l'avait affolée la brutalité de son attaque, et en même temps, elle n'avait pu s'empêcher de crier le dernier mot : « Vite ! » La porte s'ouvrit. Apparurent les deux hommes, probablement restés aux aguets. Ils se saisirent de Tina, lançant à l'infirmière, avec une pointe de moquerie :

— Alors ? Qu'est-ce qu'on en fait maintenant ?

Interdite, Maria, se tenant toujours la joue, jeta un regard étonné à la vieille qui essayait furieusement de briser l'étreinte de ceux qui la maintenaient :

— Ce n'est pas bien ce que vous avez fait là, Madame Satrapoulos... Non... Ce n'est vraiment pas bien...

— Pourquoi me laissez-vous seule si longtemps ?

Le Grec réprima un mouvement d'impatience. Il était vanné et se demandait avec inquiétude comment tournerait la vilaine affaire déclenchée par Kallenberg. S'il venait passer deux heures sur son bateau, ce n'était pas pour subir des reproches alors qu'en temps ordinaire il ne pouvait déjà pas tolérer la moindre question.

— Pourquoi ne m'avez-vous pas accompagné à Londres ? Je vous l'avais proposé.

— Vous savez bien que j'ai horreur de ce genre de soirée. Vous semblez soucieux ? Avez-vous des ennuis ?

Il posa les yeux sur Wanda. Elle avait l'air sincère :

— Des masses.

Il lui prit la main et la baisa doucement :

— Vous avez bien fait de ne pas venir. Tout s'est terminé d'une façon épouvantable. Vous lirez les journaux... Parlez-moi plutôt de vous. Qu'avez-vous fait ?

— Oh !... Moi... Je me suis ennuyée... J'ai lu... J'ai regardé la mer...

Il gardait sa main dans la sienne. Elle était avec lui comme un enfant et, pourtant, elle était et resterait jusqu'à la fin des temps, tant que les hommes auraient une mémoire, la plus belle femme du monde. Il la connaissait depuis cinq ans déjà et faisait tout pour qu'elle ne lui échappe pas, la comblant de cadeaux qui la laissaient indifférente, envoyant un avion la chercher au bout de la terre, pour qu'elle revienne à bord. Au début, Lena avait manifesté de l'humeur. Puis elle s'était habituée, considérant à son tour la Deemount non plus comme une personne vivante, mais comme une légende prisonnière d'un argonaute. Pas une rivale, un mythe. Il est vrai que les relations de Socrate et de la Deemount se situaient à un niveau que n'aurait pu comprendre l'homme de la rue. Il l'avait aperçue à New York, à la fin de la guerre, alors qu'elle sortait de son hôtel pour s'engouffrer dans une voiture. Ce jour-là, il s'était juré de l'approcher, de la conquérir et de la garder captive. Il avait appris qu'elle gardait un appartement à l'année au *Waldorf,* où elle séjournait entre deux vagabondages. A prix d'or, il avait loué la résidence contiguë à la sienne, au dernier étage de la plus haute tour du palace. Fiévreusement, il avait consulté le Prophète pour savoir à quel moment il avait le plus de chances de ne pas se faire éconduire en l'abordant.

Un jour, l'heure H était arrivée. Par le concierge dont il avait acheté la complicité, il savait qu'elle allait sortir d'un moment à l'autre. C'était maintenant ou jamais. Il allait et venait dans sa chambre, bouleversé à l'idée de faire trois pas sur le palier, le cœur étreint par une émotion qui lui rappelait le premier rendez-vous de son enfance : Marpessa, quatorze ans, maigre, sale, insolente, superbe. Sauf qu'aujourd'hui, il n'avait pas rendez-vous. Comment allait-elle réagir quand il lui adresserait la parole ? Il préféra ne pas y penser, estimant qu'il improviserait... s'il en était capable. Il fonça dans la salle de bains et, bien qu'il eût été fin prêt pour cet instant attendu depuis des mois, il rectifia le nœud de sa cravate noire, vérifia soigneusement si nul débris de tabac ne souillait ses dents, courut jusqu'à la porte d'entrée et l'entrouvrit. La porte en face était toujours close. Il hésita, sortit dans le couloir, fit quelques pas indécis, se dirigea mollement vers l'ascenseur, ne sachant pas s'il devait faire mine, quand la Deemount apparaîtrait, d'y monter ou d'en descendre. S'il avait l'air d'en descendre, il lui serait pratiquement impossible d'amorcer une conversation. En revanche, s'il feignait d'y monter, il pourrait dévaler une cascade d'étages à ses côtés, dans la petite cabine tendue de velours bleu nuit, respirer son parfum, se repaître de sa présence, la frôler peut-être. Mais lui dire quoi ? Quels mots ? Il ne savait plus ! Il en avait tellement préparé depuis si longtemps qu'ils lui faisaient défaut au moment crucial. Il enragea de posséder tant de pouvoirs dans autant de domaines, sauf le plus minable d'entre tous, celui de dire à une femme qu'elle lui plaisait, précisément parce qu'elle lui plaisait ! Pourquoi était-il donc si audacieux pour conquérir ce qui le laissait de marbre — l'argent par exemple, ou d'autres femmes, parfois — et si timide dès qu'il avait vraiment un désir précis ? Pourtant, il avait la certitude que, s'il franchissait ce premier pas, il réussirait là où les autres avaient échoué, dans ce domaine précis où ceux qui étaient jaloux d'elle affirmaient méchamment que la divine créature n'avait jamais été gâtée.

Quel âge pouvait-elle avoir ? Sacrilège ! Il s'en voulut de s'être posé la question : est-ce que les rêves ont un âge ? Il était encore un jeune homme quand il l'avait vue dans un de ses premiers films. Comme des millions d'hommes en même temps que lui, il avait été frappé au cœur par l'intensité de sa beauté, douloureuse à force d'être parfaite. Il s'était juré de l'approcher, de lui parler, de la connaître et, à l'époque, de la vénérer. Par la suite, alors que lui-même se hissait aux sommets de la puissance, il avait envisagé de vivre son rêve d'une façon plus réaliste : après tout, cette femme n'était qu'une femme, et ceux qu'elle avait supportés à ses côtés n'étaient pas des dieux, mais des hommes, comme tous les hommes qui se pliaient à sa loi à lui, jour après jour.

Il s'était fait tenir au courant de ses moindres déplacements, tissant autour d'elle un invisible réseau d'informations qui lui étaient transmises du monde entier par des hommes à sa solde, mais reculant toujours l'instant de l'aborder. Il avait longuement hésité à lui faire des cadeaux somptueux, dignes de lui et dignes d'elle, pour finalement choisir la banale solution des fleurs à jet continu, qui ne risquait pas de la froisser. Il n'avait pas osé se faire connaître, imaginant mal que son pouvoir et son nom aillent jusqu'à la faire fléchir comme la première venue. Maladivement timide quand il s'agissait d'elle, ne pouvant se résigner, malgré tous ses raisonnements, à la considérer autrement que l'inaccessible symbole de ses jeunes années.

Sentant fondre son courage, il tenta farouchement de se persuader qu'elle mangeait, que ses pieds touchaient terre, qu'il lui arrivait de dormir. Etait-ce possible ?

Le bruit de la porte qui claquait le tira de ses songes : elle était là, alors qu'il se trouvait à mi-chemin de l'ascenseur et de son appartement. Saisi de panique, oubliant totalement s'il avait décidé de partir ou de faire semblant d'arriver, il resta planté stupidement au milieu du couloir, figé, pendant qu'elle arrivait droit sur lui, vêtue d'un très simple et léger manteau de toile beige, ses éternelles lunettes de soleil sur les yeux. Elle passa tout près de lui, comme un étincelant navire de haut-bord passe à côté d'un naufragé : sans le voir. Sans un regard, elle s'engouffra dans l'ascenseur, ne vérifiant même pas s'il était à l'étage. Il y était, visiblement destiné, de toute éternité, à se trouver là à l'instant précis où elle daignait apparaître. A nouveau, il se retrouva seul, battu de vitesse par les événements. Il remarqua alors que les roses qu'il lui avait envoyées étaient toujours devant sa porte et que, pas plus que lui, elle n'avait semblé les voir. Il se sentit vulnérable et fragile : c'était raté... A ce moment, il l'ignorait encore, mais il n'allait plus la voir pendant un an.

— A quoi pensez-vous ?

— A vous. A la façon dont j'avais essayé de vous approcher avant de vous connaître.

Wanda eut un petit rire :

— Existiez-vous seulement avant de me connaître ?

Il l'observa avec gravité :

— Parfois, je me le demande.

Lâchant sa main, il ajouta :

— Je suis fourbu. Je prends un bain et je me change. A tout de suite.

Il rejoignit son appartement, la tête pleine d'elle, plus du tout dans le présent. Un peu plus tard, alors qu'il se savonnait distraitement, lui revinrent en mémoire les détails de la deuxième rencontre. A Rome cette fois, chez des amis communs qui connaissaient sa passion pour elle. A toutes les craintes dues à son premier échec s'ajoutait une autre hantise : sa petite taille. La Deemount avait une bonne tête de plus que lui. Pendant que la maîtresse de maison les présentait l'un à l'autre avec une insupportable ironie, il essayait désespérément, tout en bafouillant de vagues formules de politesse, de gagner à reculons les premières marches d'un escalier intérieur : s'il y arrivait, il était sauvé !

S'éloignant en crabe tout en tenant un grand discours dont la Deemount feignait de ne vouloir rien perdre, il la contraignit à le suivre jusqu'à ce que sa main pût enfin empoigner dans son dos la rampe de l'escalier. Discrètement, de la pointe du pied, il tâta derrière lui : cette sacrée marche était bien là où elle devait se trouver ! Quand il la sentit sous sa semelle, il porta tout le poids de son corps sur son pied droit et garda un impossible équilibre, n'osant pas encore placer son autre jambe au même niveau. Un invité vint à son secours en le poussant involontairement : il en profita pour gravir deux marches d'un coup. Wanda n'avait toujours pas bougé de place. Il respira mieux. Maintenant, c'est elle qui devait lever la tête pour l'observer. Le voyait-elle ? A l'abri derrière l'écran de ses immenses lunettes noires, les yeux de Wanda restaient invisibles. Elle n'avait rien perdu du puéril manège de Satrapoulos et, paradoxalement, était attendrie qu'un homme aussi puissant se comporte avec une telle gaucherie. Elle voulut l'aider. Se haussant sur la pointe des pieds, elle lui dit à l'oreille :

— Voulez-vous que nous allions sur la terrasse ? Avec tous ces gens, j'entends à peine ce que vous me dites...

Cinq minutes plus tard, ils parvenaient à l'atteindre. La nuit venait de tomber et, de tous côtés, dans l'espace, s'allumaient des points de lumière, comme pour une immense fête sans objet. Le Grec invita la Deemount à s'asseoir sur une balancelle, s'arrangeant pour qu'elle se trouve face à l'un des projecteurs. Mais à peine assise, elle lui demanda gentiment de changer de place, gênée par la lumière trop vive. A son tour, il se trouva brutalement éclairé en plein visage, ne percevant plus de sa silhouette qu'un délicieux contour. Embarrassé, il se tortilla, sentant qu'il devait parler mais ne trouvant rien à dire, anéanti par la réalité de ce désir exaucé : l'approcher.

— Parlez-moi de vous, Monsieur Satrapoulos...

Il se trouva tout bête de lui avoir laissé prendre le contrôle des opérations. Il répondit platement :

— Que voulez-vous que je vous dise ?

— Ce que vous ne dites pas aux autres. Je ne sais de vous que ce que j'ai lu dans les journaux et par expérience, je sais que les journaux mentent. Qui êtes-vous ?

Il resta muet. Elle reprit :

— Je sais que vous êtes armateur, que vous êtes marié..., très occupé... Quelle vie menez-vous ?

Il faillit répondre : « Une vie de con. » Pourtant, cette définition ne reflétait pas exactement sa pensée. Alors, quoi ? En général, on

125

lui demandait plutôt combien il gagnait, mais qui il était... Des mots lui vinrent aux lèvres, inattendus, mais qu'il ne prononça pas, des phrases qui expliquaient tout en bloc, ses voyages, ses combats, sa perpétuelle et inexplicable course en avant, sa solitude morale, son génie de la finance, ses angoisses, son désir éperdu de trouver quelqu'un à qui parler, et qui le comprenne, sans faire semblant comme l'avait fait Lena. Au lieu de tout cela, il s'entendit simplement répondre :

— Je suis souvent très seul.

Du fond de sa névrose, Wanda avait été bouleversée par l'humilité de cet aveu derrière lequel elle percevait tant de choses qui lui étaient communes et la concernaient. Elle aussi était seule, abominablement seule parmi des myriades d'hommages dont aucun n'était jamais parvenu à la réchauffer. D'une voix douce, elle avait murmuré :

— Je vous comprends très bien, Monsieur Satrapoulos... Vous croyez aux astres ?

— Hein ?

— Je vous demande si vous croyez aux astres.

Le Grec ne voulait pas dévoiler trop vite ses batteries. L'expérience lui avait appris qu'en amour, comme dans les affaires, il fallait toujours garder une arme au cas où l'adversaire, semblant terrassé, ferait volte-face pour mordre. Il n'osa donc pas avouer qu'il ne croyait qu'au Destin et que le Prophète jouait dans sa vie le rôle du conseiller le plus intime.

— Et vous, vous y croyez ?

Elle eut l'air surprise :

— Comment ne pas y croire ? Les plus grands y ont cru, tous ceux qui de tout temps ont fait le monde. Nous sommes si peu de chose...

Il écoutait, stupéfait qu'une créature aussi fameuse fût aussi vulnérable. Wanda avait pris son silence pour une mise en doute :

— Tout est écrit. Vous ne me croyez pas ?

— Je crois tout ce qui vient de vous.

— Vous avez raison. Je ne sais pas mentir.

— Vous n'avez jamais menti ?

— J'en suis incapable.

— Même par vos silences ?

— Un silence n'a jamais été un mensonge.

Elle prononçait l'anglais avec un accent assez rauque et dur qui faisait battre le sang dans les tempes du Grec.

— Quel est votre prénom ?

— Socrate. Dans mon dos, mes employés m'appellent S.S., mes deux initiales. Et mes concurrents, le Grec.

— Vous êtes réellement grec ?

Il eut un sourire :

126

— Evidemment, puisque je suis armateur.

Maladroitement, il ajouta :

— J'ai vu tous les films qui ont été tournés sur vous... quand vous dansiez.

Elle se raidit imperceptiblement. Trop tard pour reculer, il se jeta à l'eau :

— Vous n'aimez pas qu'on vous en parle ?

A cette époque, il ne pouvait pas savoir. Pourtant, au lieu de se lever et de fuir comme elle l'eût fait avec n'importe qui, elle avait répondu, après une hésitation :

— Non.

Il y eut un silence qu'aucun des deux ne pouvait rompre. Il se maudissait d'avoir prononcé cette phrase stupide de collégien maladroit. Elle parla la première :

— Aimeriez-vous que je vous parle de vos bateaux, de vos bilans ?

— Non, excusez-moi. Bien que...

— Bien que quoi ?

— Ce n'est pas tout à fait pareil.

— Ah non ?

— Mes bilans n'ont jamais bouleversé personne.

— Mes films non plus.

— Je croyais que vous ne mentiez jamais ?

Elle eut un mouvement pour se redresser, il la retint :

— Non, je vous en prie ! Ne m'en veuillez pas si je vous ai blessée.

Il retenait sa main dans la sienne, bouleversé par ce contact qui le faisait trembler. Elle la retira :

— Vous n'avez rien pu ressentir parce que je n'ai jamais rien donné. Ce qui vous a touché, c'était une image, ce n'était pas moi.

Soudain, entre le projecteur et lui, il y avait eu plusieurs ombres :

— Socrate, je voudrais absolument vous présenter...

L'instant très rare était brisé. Quand les pitreries mondaines avaient pris fin, il s'était précipité à la recherche de Wanda : elle avait disparu ! Il suivit son premier mouvement et, sans pudeur, planta là tout le monde pour courir derrière elle. Il l'avait rattrapée devant son hôtel, mais elle était déjà lointaine et semblait ne plus le connaître. Pourtant, il allait passer, quelques heures plus tard en sa compagnie, la nuit la plus insolite de son existence. En général, il se vantait de ses conquêtes, comme tout Grec viril qui se respecte, et les racontait en détail à quelques rares amis de confiance qui lui rendaient la pareille. Mais cette fois, qui l'aurait cru s'il avait dit la vérité ? Et comment aurait-il pu oser la dire ?...

Il était en peignoir de bain quand on frappa à la porte :

— Madame Deemount demande si vous êtes prêt ?

Curieusement, il fut agacé de voir à quel point les états d'âme de Wanda dépendaient de sa présence. C'était une responsabilité qu'il n'avait précisément pas envie d'assumer ce soir-là. Il cria :

— Dites-lui que je viendrai dès que je serai prêt.

Et, illico, il décida d'aller se saouler chez Epaphos, un ancien marin qui tenait une boîte interlope dans une ruelle perpendiculaire aux quais du Pirée. Le Grec y avait ses aises, aucun journaliste n'avait jamais réussi à y mettre les pieds et, quand l'orchestre se déchaînait, ça chauffait ! Il décida de filer à l'anglaise sans donner la moindre explication. Il enfila dans l'ordre une chemise, une veste et un pantalon dont il bourra les poches de liasses pour distribuer aux musiciens et payer la casse de la vaisselle, quand la fête serait finie. Et merde pour Kallenberg ! Il sortit à la dérobée, mit un doigt sur ses lèvres en croisant ses marins — ni vu ni connu ! —, gagna l'échelle de coupée sur la pointe des pieds et sauta comme un jeune homme dans le canot où l'attendait déjà son second. Et merde pour tout le monde !

Il était 7 heures du matin. Jack Robertson, secrétaire particulier du secrétaire général de la Tate Gallery s'adressa à sa femme, entre ses dents, sans cesser de tourner sa cuillère dans sa tasse de thé :

— Eve, voulez-vous, je vous prie, regarder dans la boîte aux lettres si le journal est arrivé ?

En haussant les épaules, son épouse, en peignoir douteux, se dirigea vers la porte, l'ouvrit et parcourut l'allée dallée de trois mètres de long qui la séparait de la barrière d'entrée de son pavillon. Elle prit dans la boîte un exemplaire du *Daily Express,* ne lui jeta pas un regard et revint dans le living-room, l'air maussade. Elle ne pouvait pas supporter que son mari soit égoïste au point de faire du bruit en se levant, alors que sa propre mère à elle dormait toujours dans sa chambre du premier. Ce n'était pas la première fois qu'elle avait des accrochages avec Jack à ce sujet, mais on aurait juré qu'il faisait exprès de faire le plus de bruit possible pour lui déplaire, pour la provoquer. Après tout, elle était chez elle. Même lorsqu'on est marié depuis trente ans, ce genre de précision a son importance. Si ce n'est dans la maison de leur mère, où iraient-ils donc habiter ? Est-ce que Jack avait été capable d'économiser suffisamment pour acheter quoi que ce soit ? Non ? Alors ? Pourquoi ne comprenait-il pas qu'il était toléré, et que le fait d'être hébergé comporte en revanche quelques devoirs ?

Elle jeta le quotidien sur la table. Jack feignit de ne pas voir la façon agressive dont elle le lui avait lancé. Il arracha la bande postale et parcourut la une d'un air suprêmement détaché, sa tasse de thé dans la main droite. Il s'attarda sur une photo qui occupait trois colonnes : on y voyait une vieille femme, debout sur le perron d'une maison en ruine, mangeant on ne sait quoi dans une gamelle que lui disputaient des chèvres. La légende précisait : « C'est sa mère ! » La mère de qui ? Jack s'énervait régulièrement sur les titres racoleurs des journalistes, misant sur la curiosité de leurs clients obligés de pousser plus avant leur lecture pour se faire une idée de la chose annoncée. Il trouvait le procédé déloyal, d'autant plus ce jour-là que, en fait d'explication, la mention : « Voir notre article en page 8 », en lettres minuscules, suivait l'embryon de légende. Jack, maugréant, fut obligé de reposer sa tasse pour utiliser ses deux mains. Quand il eut trouvé la page 8, il hocha la tête et fit :

— Hum... Hum...

— Quoi ? aboya Eve.

Le secrétaire du secrétaire général laissa tomber :

— Ce n'est pas convenable.

— Quoi donc ?

Il la regarda, avec dans l'œil une lueur féroce :

— C'est ce milliardaire, ce Grec, Satrapoulos...

— Eh bien ?

— Il laisse sa mère mourir de faim.

— En effet, ce n'est pas convenable. C'est même criminel.

Jack Robertson toisa son épouse et lança sa flèche, le dernier petit plaisir qu'il pouvait s'offrir, avec la bière brune :

— Ce n'est pas à cela que je fais allusion. Chacun est libre de faire ce qu'il lui plaît avec sa mère. Je pense simplement qu'il n'est pas convenable d'étaler la vie privée des gens dans un journal.

Midi, rue de Lourmel, Paris-XVe. *France-Soir !* Une dame s'approche du vendeur. Elle tend ses pièces de monnaie et s'empare de l'édition toute fraîche. Elle l'enfouit dans son cabas, entre des bottes de poireaux et deux salades. Elle entre dans un bistrot, s'accoude au comptoir et commande un café. La serveuse le lui apporte.

— Bonjour Madame Thibault !

— Ça va, petite ?

Elle met trois sucres dans sa tasse — une manie contractée pendant la guerre, provoquée par la panique d'en manquer —, touille le mélange soigneusement et avale le café d'un trait, d'un mouvement

129

sec en renversant la tête, comme un verre d'alcool. Elle repose la tasse dans sa soucoupe, allume une gauloise, sort son journal de son sac à provisions, le déplie et commence à en tourner les feuilles sans les regarder vraiment, jusqu'à ce qu'elle arrive à la page hippique. Elle la déchire en prenant bien garde de ne pas l'abîmer, froisse distraitement le reste du quotidien qui choit à ses pieds, dans la sciure du bar. Elle extrait de ses cheveux un crayon noir, bloqué entre sa nuque et l'angle externe de son oreille gauche, caché jusqu'à présent par les mèches raides. Avec attention, elle pointe les partants de la sixième course de l'après-midi, à Auteuil. Elle est indécise, ne sachant sur quel champion porter son pari. Puis elle marmonne :

— Et merde ! *Boule-de-suif !*

Elle traverse la salle du café, salue un type en gilet de flanelle assis derrière un guéridon de marbre :

— Ça roule, Emile ? Tiens, voilà ! Tu me les mets sur *Boule-de-suif* dans la sixième.

Elle lui jette un billet, il écrit quelques mots et lui rend un carton qu'elle empoche. Elle revient au zinc et dit :

— Donne-m'en une autre.

La serveuse lui apporte un second café dans lequel elle laisse tomber quatre sucres, qu'elle fait fondre pensivement. Sous sa semelle, elle sent un relief. Elle retourne le pied et aperçoit un mégot rivé au cuir par du chewing-gum. Elle dit : « Saloperie ! » et s'essuie sur la une du journal qui se déchire.

Son regard est arrêté par un cliché sur cinq colonnes représentant une vieille clocharde bouffant à la même gamelle que des chèvres. A cet instant, Mme Thibault voit le journal à l'envers. Du bout du pied, elle le fait pivoter et lit le titre de la photo : « Son fils est milliardaire, elle vit de charité. » Elle se baisse péniblement, car elle a un lumbago chronique, jure parce que le chewing-gum s'est accroché à ses doigts, s'en dépêtre enfin, en hypocrite, en l'écrasant sous le rebord du comptoir, et lit la légende : « Cette pauvresse en haillons a pourtant donné le jour à l'un des hommes les plus riches du monde : le milliardaire armateur Socrate Satrapoulos. Nos reporters ont découvert l'indigente sur une colline, dans un hameau de soixante habitants du nord de la Grèce. Pour toute ressource, elle n'a que le lait de ses chèvres et quelques lapins. Son fils, qu'elle n'a pas vu depuis plus de trente ans, ne lui a jamais versé aucun subside *(suite en page 4).* » Mme Thibault hoche la tête, allume sa seconde gauloise au mégot de la première et déclare à la serveuse qui ne l'entend même pas, car le bruit de l'eau giclant sur les verres qu'elle lave l'en empêche :

— C'est dégueulasse, les riches ! On se crève à leur torcher le cul quand ils sont mômes, et quand ils ont du pognon, ils se le

130

gardent comme des salauds, sans même en filer un peu de temps en temps à leur vieille !

Huit heures du matin. Médée Mikolofides est allongée toute nue sur la table que son masseur a placée dans un angle de la chambre. Le masseur vient régulièrement tous les jours œuvrer sur ce corps énorme. Il ne tarit pas d'éloges sur la forme physique de sa cliente bien que la vieille ressemble à un gros poisson mort et huileux. Elle a des poils plus qu'il n'en faut, qu'on devine prêts à partir à l'assaut du ventre, de la poitrine et des bras, comme tout le monde, mais aussi du dos, des vertèbres lombaires aux vertèbres cervicales. Sous ce duvet brun, la peau est molle, malsaine. Les doigts du masseur s'y enfoncent sans qu'aucune élasticité se manifeste. De la viande restée trop longtemps sans voir la lumière du jour : comme beaucoup de Méridionaux, Médée déteste le soleil. Arc-bouté au-dessus d'elle, le masseur geint et souffle :

— Moins fort, Michael, moins fort...

— Fatiguée ?

— Embêtée.

Médée pense au scandale auquel elle a été mêlée : quel besoin son gendre a-t-il de donner des fêtes ? A quoi bon vouloir éblouir ? Et éblouir qui ? Est-ce qu'elle a cherché à en installer, elle ? Et pourtant, n'est-elle pas l'une des femmes les plus riches du monde ?

— Soyez gentil, Michael, branchez la radio. Je veux entendre les cours de la Bourse.

Une vieille habitude. Pourtant, ce matin, l'esprit de « la veuve » est ailleurs. Elle a encore en mémoire les éclats de sa conversation avec Kallenberg.

Elle ne l'a pas ménagé. Elle lui a dit tout ce qu'elle rêvait de lui dire depuis longtemps. L'autre l'a laissé faire, acceptant d'être tancé comme un petit garçon. Il n'a eu qu'un moment de révolte, lorsque sa belle-mère lui a donné l'ordre de renvoyer Irène à la maison. Il a répondu : « Avec plaisir ! Et qu'elle y reste ! » Médée a demandé à parler à sa fille. Irène est venue, bien longtemps après — elle était soi-disant dans son bain — alors que les aiguilles tournaient, et que la note du téléphone s'allongeait : pourquoi les enfants gaspillent-ils l'argent que leurs parents ont eu tant de mal à gagner ?

— Non, maman, il n'est pas question que je vienne en Grèce. Mon mari a des ennuis et je ne veux pas déserter le navire !

Son mari... Un bellâtre ambitieux et grande gueule, incapable d'agir avec méthode, forçant la chance jusqu'au jour où il se casserait la figure... Entre-temps, le masseur a mis le poste en marche, et pendant qu'elle se fait triturer l'épine dorsale, « la veuve » entend :

— ... découverte dans le nord de la Grèce. Elle vit de lait de chèvre et de racines, et accuse son fils de ne lui avoir jamais porté assistance...

Qui ça ? Médée prête l'oreille tout en étouffant un gémissement :

— Moins fort, Michael ! Moins fort, quoi !

Le speaker enchaîne :

— Nous n'avons pu encore joindre Socrate Satrapoulos, mais vous allez entendre les accusations portées contre lui par sa mère...

La vieille s'est dressée comme si elle venait d'apercevoir une vipère glissant entre les mains de Michael qui lui aussi a entendu. Tous deux se figent, attendant la suite. Elle vient. C'est une litanie d'insultes, soigneusement provoquée par le journaliste :

— Comment était-il quand il était gosse ?

— Sale. Et voleur.

— Est-ce qu'il aimait son père ?

— Il n'a jamais aimé que lui-même.

— Et à l'école, il avait de bons résultats ?

— On l'a renvoyé de partout. Aucune école n'en a voulu plus de huit jours.

— Pourquoi ?

— Il avait déjà le mal dans le corps.

Médée se retourne vers Michael qui écoute avec avidité. Elle rugit :

— Alors ? Qu'est-ce que vous attendez pour me masser ? Je vous paie pour quoi ?

Michael fait un geste vers elle. Elle le repousse avec rage. Elle saute de la table et part au galop vers la sortie :

— Nom de Dieu ! Je vais savoir ce que c'est que cette nouvelle connerie !

Au moment où elle s'apprête à sortir, Michael intervient :

— Madame Mikolofides... Prenez au moins cette serviette... Vous êtes nue !

6

Lorsque l'avion atterrit à Baran, le Grec précisa à son pilote :

— Ne vous éloignez pas de l'appareil. Restez à votre poste avec le radio. Ils seraient capables de faucher l'avion ou de le démonter pour le revendre en pièces détachées.

Sur la piste, Satrapoulos aperçut une voiture qui venait dans sa direction, une Rolls, bien entendu, portant un fanion aux armes de Baran. Il se pinça violemment les narines et souffla très fort, pour déboucher ses oreilles. Il entendit alors le chuintement des pneus de la voiture sur le goudron en ébullition. Un homme en sortit, ouvrit la portière arrière et s'effaça pour laisser passer S.S... Socrate, dès qu'il avait lu les journaux du matin, avait appelé Hadj Thami el-Sadek, le priant de le recevoir de toute urgence. Il se trouvait à Rome où il avait vendu onze pétroliers fatigués à un consortium d'hommes d'affaires italiens. Lena, après la soirée de Londres, avait tenu à se rendre en France, invitée pour un long week-end à Saint-Jean-Cap-Ferrat par des amis français. Quels amis ? Elle ne le lui avait même pas dit. Il n'allait pas la revoir de quelques jours, car elle lui avait annoncé qu'elle partirait pour New York aussitôt après.

— Avez-vous fait un bon voyage ?

Satrapoulos jeta les yeux sur son compagnon, dont il savait qu'il était le conseiller très écouté de l'émir de Baran. L'homme était jeune, vêtu à l'orientale, et parlait un anglais sans accent : études de droit international à Londres, probablement, avant de retourner faire la loi chez lui.

— Excellent, je vous remercie. J'ai eu le prince ce matin, et il m'a annoncé qu'il était en parfaite santé.

— Oui, parfaite, bien qu'il ne néglige pas sa peine.

— C'est un homme remarquable et un souverain très avisé. Puissions-nous avoir les mêmes en Europe.

L'Arabe sourit :

— Vous ne manquez pas de grands hommes.

— Oui, tant qu'ils ne sont pas au pouvoir. Ensuite, ils sombrent dans la démagogie pour être réélus. Quelle grandeur peut résister à ce régime ?

— Vous semblez regretter la monarchie ?

— Je déplore simplement que le système démocratique pousse tout pouvoir vers la démagogie.

Le conseiller lança avec humour :

— Ma foi, ce n'est qu'une situation inversée. Jadis, vos monarques poussaient le peuple à la courtisanerie. La bassesse a changé de camp, c'est tout. Il s'agit d'une affaire de nombres.

A son tour, le Grec sourit. La voiture filait sur une route plate, dans un paysage parfaitement plat où il n'y avait rien, strictement rien. Le sol, le ciel, le soleil. Et en dessous, peut-être, le pétrole, bien que les forages n'aient jamais rien donné jusqu'à présent. Avaient-ils eu l'idée d'en faire effectuer dans la mer, au large ? La route semblait se dérouler dans du vide, droite dans un espace sans limite, semblant partie de rien pour arriver nulle part. Baran, c'était à dix kilomètres. A l'inverse des agglomérations européennes, rien n'indiquait que la ville existât, aucune approche, aucun faubourg. Simplement, elle était là, on y entrait comme dans un mur, par une avenue large bordée de buildings modernes, une douzaine. Au bout de l'avenue, la route s'arrêtait tout net après deux kilomètres rectilignes dans le sable. Et là encore, il n'y avait plus rien, qu'une vague piste qu'on devinait aux traces laissées par les caravanes au long des siècles.

— Le prince m'a prié de vous déposer à votre résidence. Il se tient à votre disposition pour avoir l'entretien que vous souhaitez quand il vous plaira.

— Malheureusement, il me sera impossible de profiter de son hospitalité. Des tâches très importantes m'attendent. Je dois être à Athènes ce soir même.

— Comme il vous plaira.

L'Arabe aboya un mot au chauffeur, puis, se tournant vers Satrapoulos :

— Nous allons donc nous rendre immédiatement dans la maison du prince.

Satrapoulos ne put s'empêcher de penser que Thami el-Sadek avait du génie. Pour entretenir sa légende d'ascète, il recevait ses sujets dans une cabane toute nue, sans meubles, sans lit, sinon une natte posée à même le sol. Il lui arrivait même très souvent de résider là des semaines entières, piégé par son personnage, se nourrissant de

134

quelques dattes, buvant du thé et de l'eau. A tel point que, en le voyant si frêle, ses relations brûlaient d'envie de lui apporter un colis de charcuterie et quelques bouteilles de bon vin. En revanche, les hôtes d'honneur — qui passaient obligatoirement par la cabane avant d'être hébergés — étaient soumis au régime du chaud et froid psychique. Après l'impression voulue de misère volontaire que leur avait laissée el-Sadek, ils se retrouvaient transportés dans un palais féerique, tout en marbre rose, dont le patio était une piscine parsemée de nénuphars et de pétales d'orchidées dans laquelle se déversaient en murmurant des jets d'eau limpide. Autour de la piscine, des fleurs et des orangers, des citronniers et des palmiers-dattiers croulant sous les fruits, des oiseaux exotiques enfermés dans des cages d'or. Quant aux appartements, ils auraient pu servir de cadre aux Mille et Une Nuits.

Haute laine et mosaïques, fenêtres ogivales, tapisseries sublimes, objets d'art chryséléphantins, marbres rares et accessoires en or massif dans les immenses salles de bains. Les hôtes de l'émir avaient à leur disposition des esclaves nubiens, torse nu et pantalon mauresque bouffant, sans parler de leur masseur privé qui, dès le matin, venait les mettre en condition. Satrapoulos se doutait bien des efforts consentis pour faire sortir ce palais hors du sable, et cette eau, dans un désert aride où la moindre goutte valait dix fois son pesant de pétrole. La voiture ralentissait :

— Nous sommes arrivés.

Le Grec descendit dans une minuscule ruelle, coupée en deux par l'ombre et le soleil, puits d'un côté, fournaise de l'autre. Il pénétra dans une maison quelconque, aux murs crépis, suivit un long couloir où stationnaient des indigènes, absolument immobiles dans leurs djellabahs : la garde personnelle de Hadj Thami el-Sadek. On ne voyait sur eux aucune arme, mais S.S. n'ignorait pas que, dans cette partie du golfe Persique, on avait sacrifié le folklore à l'efficacité. Quelque part, camouflées sous les plis des robes, se dissimulaient sans doute les armes automatiques dernier cri — peut-être même livrées par l'un de ses propres cargos. Devant une petite porte en bois clouté, deux hommes s'inclinèrent et lui livrèrent passage. Pour la deuxième fois de sa vie, Satrapoulos était admis dans le saint des saints, pièce monacale et exiguë, rigoureusement nue hormis une natte et quelques coussins jetés çà et là sur le sol. L'émir l'attendait debout, les bras tendus pour l'accolade. En anglais, d'une voix chuintante, il lança au Grec :

— J'espère que mon frère a fait un bon voyage. Je me sens très honoré qu'il l'ait fait spécialement pour venir saluer le vieil homme que je suis.

Toujours le langage fleuri, qui déconcertait tant les Occidentaux et les assassinait ou les dépouillait plus sûrement avec ses fleurs de réthorique qu'une agression sur un grand chemin, à la mitrailleuse lourde. Ce n'était plus « dites-le avec des fleurs », mais « tuez-le avec des fleurs ». El-Sadek avait un accent bizarre, séparant les diphtongues en deux sons au lieu de les prononcer d'un seul jet.

— Altesse, c'est moi qui me sens infiniment honoré d'avoir eu la faveur d'une audience. Je ne me serais pas permis de la solliciter, connaissant le prix de chaque minute de votre existence, si ce que j'ai de plus cher au monde, après l'amitié dont vous voulez bien m'honorer, n'avait été menacé.

L'émir sourit et écarta les bras, dans un geste d'apaisement :
— De quoi s'agit-il ?
— De mon honneur.

Cette fois, les palabres préliminaires étaient terminées : on entrait dans le vif du sujet. Comme un potache qui révise un examen, Satrapoulos avait consulté ses dossiers pendant le voyage, cherchant de quelle façon il aurait le plus de chances de ranger son interlocuteur dans son camp. Il avait trouvé, se réservant de placer sa botte à bon escient. Il estimait que la fin vaut les moyens, et ces moyens, il ne les négligeait jamais. Il allait d'abord falloir s'expliquer sur un point, ensuite, retourner à son avantage une situation que le Prophète de Cascais et lui-même avaient jugé bon de laisser s'envenimer. Le Grec toussota, ouvrit sa serviette et en sortit une pile d'articles de journaux fraîchement découpés. El-Sadek l'arrêta d'un geste :
— J'ai déjà pris connaissance de ces documents ce matin.

Satrapoulos en fut tout déconcerté. Il n'aurait jamais cru que le service d'information de l'émir fût aussi efficace. Désarçonné, il ne put que balbutier :
— Tous ?

El-Sadek sourit de plus belle...
— Mais oui. Tous.

Je suppose que Votre Altesse ne s'est pas laissée abuser un seul instant par ces révélations mensongères et diffamatoires.

Geste vague de l'émir qui pouvait vouloir tout dire, mais que Socrate interpréta immédiatement par : « Cause toujours, tu m'intéresses, je t'attends au tournant. »

— Voyez-vous, continua-t-il, c'est souvent dans notre propre famille que se cachent nos ennemis. Il ne fait aucun doute qu'on ait cherché à me compromettre et à me faire déconsidérer aux yeux de Votre Altesse par le biais de cette machination.

L'émir eut une repartie admirable de vice :
— Je ne savais pas que vous teniez en aussi haute estime l'opinion que j'ai de vous.

Satrapoulos, qui n'avait rien à envier à el-Sadek sur le plan de la comédie, avait pourtant sur lui un avantage : il vivait ses mensonges. Dans des affaires délicates, il lui arrivait de se brancher sur une ligne supérieure, à très haute tension, ce qui lui permettait, momentanément, d'être profondément imprégné de ce qu'il avançait, vivant réellement, de toutes ses fibres, la situation inventée, oubliant le postulat de départ. Et souvent, l'ombre d'un doute se glissait dans l'esprit de ses partenaires, un doute qui les forçait à baisser leur garde, ce dont il profitait avec génie. Il prit une longue inspiration, regarda el-Sadek droit dans les yeux, sentit que ce courant qu'il appelait à la rescousse l'envahissait, et sa réponse fut prête :

— Altesse, nous vivons dans un monde dur, un monde où chacun de nous oublie qu'il a été enfant. Nos intérêts guident notre vie, pendant qu'on laisse en friche ce que nous avons de plus précieux en nous, notre sens de la dignité. Les relations que j'ai nouées avec vous sont des relations d'affaires, soit. Et quand je vous ai connu, les affaires passaient au premier plan, c'est la vérité.

L'émir l'écoutait sans mot dire, le fixant de ses petits yeux noirs et rusés. S.S. reprit son souffle :

— Puis, j'ai eu le bonheur de vous approcher, et j'ai appris par la rumeur publique de quelle admirable façon vous viviez, ce que vous prépariez, vos buts politiques, votre sagesse. Alors, j'ai compris une chose : des affaires, j'en fais tous les jours. Mais des hommes comme vous, je n'en ai jamais rencontrés. L'intérêt que j'ai à rester votre ami s'efface devant l'admiration que je vous porte. Si vous pensez que je vous flatte, tant pis. Je ne suis pas un orateur, je n'ai pas une grande culture, je m'exprime très mal. Mais je m'y connais en hommes. Je vous ouvre mon cœur simplement, avec maladresse, mais avec sincérité.

Satrapoulos se tut, bouleversé par son propre discours. Sans le quitter du regard, l'émir demanda d'un ton feutré :

— De quelle famille voulez-vous parler ?

— Une famille ?

— Vous m'avez dit : « C'est souvent dans notre propre famille que se cachent nos ennemis. »

— Altesse, il m'est très difficile de vous en parler.

El-Sadek eut une moue amusée :

— Vous êtes pourtant venu pour cela.

Et il ajouta, d'une voix très douce :

— Alors ? Quelle famille ?

Décidément, il ne l'aidait pas ! Le Grec se jeta à l'eau :

— La mienne, Prince.

— Voulez-vous me dire qu'un membre de votre famille a cherché à vous nuire ?

— Effectivement, c'est ce que je dis.

— Et qui donc ?

Satrapoulos se demanda jusqu'à quel point l'autre allait le prendre pour un imbécile. Néanmoins, il entra dans son jeu :

— Herman Kallenberg.

— J'ignorais que vous fussiez du même clan.

Le Grec estima qu'el-Sadek forçait un peu la note. Il ne put s'empêcher de laisser tomber le masque une seconde, précisant d'une voix plus sèche (mais à quoi bon, n'avait-il pas tous les atouts à la portée de la main, dans sa serviette ?) :

— Votre Altesse est trop bien informée pour ne l'avoir pas su, elle a dû l'oublier. Kallenberg est mon beau-frère. Son épouse est la sœur aînée de ma femme.

— En effet, je l'avais peut-être oublié... Et... en quoi votre beau-frère est-il votre ennemi ?

— C'est lui qui a fait éclater contre moi cette ridicule et déshonorante campagne de presse.

— C'est très fâcheux... Bien entendu, je suppose que vous en avez la preuve.

— Bien entendu. C'est par lui que j'ai appris ce qui se tramait contre moi.

— Peut-être voulait-il vous rendre service, afin que vous empêchiez ce scandale qui allait l'éclabousser lui-même ?

— Absolument pas. S'il m'en a informé, c'était pour mieux me faire comprendre que lui seul avait les moyens de l'arrêter.

— Si je comprends bien, vous affirmez que M. Kallenberg, dans un premier temps, a allumé la mèche d'une bombe destinée à vous perdre. Et dans un second, vous a proposé d'éteindre lui-même ce qu'il venait d'allumer ?

— C'est bien cela, Prince.

— Mais dites-moi... Pourquoi ?

— Pour que je me retire d'un marché à son profit.

— Vraiment ? Et lequel ?

— Le transport du pétrole brut des différents émirats du golfe Persique qui sont précisément placés sous votre haute autorité morale.

— Je crains que M. Kallenberg et vous-même ne m'accordiez des pouvoirs que je n'ai pas.

Il prit un long temps, et poursuivit :

— Où a eu lieu cette conversation que vous avez eue avec M. Kallenberg ?

— A Londres, le soir même où il a donné la fête qui s'est terminée dans les conditions que vous savez.

— Oui... J'en ai entendu parler. Et mes conseillers aussi, dont j'ai peur qu'ils soient, comme vous le dites en Europe, « plus royalistes que le roi ». Effectivement, cette fête, ajoutée à la campagne de presse déclenchée contre vous, ne fait pas une très bonne publicité à votre famille. Vous me disiez que cette conversation avec votre beau-frère s'était déroulée à Londres. Y avait-il des témoins ?

— Altesse, je ne pense pas qu'une tentative de chantage puisse avoir lieu devant témoins.

— Vous avez parfaitement raison. Mais je ne puis m'empêcher de le regretter. C'est très fâcheux, vraiment.

— Dois-je comprendre que Votre Altesse met ma parole en doute ?

— Qu'allez-vous chercher là ! Je ne l'ai jamais mise en doute. Personnellement, jamais. Mais je ne suis pas seul. Les autres ?

Le Grec avait-il sous-estimé les capacités du vieux ? Toujours est-il que les choses ne se passaient pas du tout comme il l'avait souhaité. Peut-être avait-il déjà signé avec Barbe-Bleue ? Mais que lui avait donc proposé l'autre, qu'il ne puisse lui proposer lui-même ? Sur le plan du scandale, S.S. s'était arrangé pour que Kallenberg et lui soient à égalité. Quel jeu jouait l'émir ? Et s'il n'avait pas encore signé, voulait-il simplement faire monter les enchères ? Ce fut el-Sadek qui enchaîna :

— Ah ! Monsieur Satrapoulos !... Comme il est triste de voir des familles désunies...

Il avait dit cela d'un air patelin et navré. Le Grec, voulant se rebiffer, tomba dans son piège :

— Le hasard des mariages, la loterie des caprices des femmes n'ont jamais réellement formé ce que l'on appelle une famille. La famille, ce sont des gens qui appartiennent à votre sang.

El-Sadek le contra en beauté, suave :

— Mais je n'ai jamais dit autre chose ! En parlant de familles désunies, je ne faisais allusion qu'à vos rapports avec Madame votre mère. Et croyez bien que je ne cherche ni à m'y immiscer ni à connaître les motifs de ce qu'on vous reproche.

Le Grec se retint de bondir, mieux valait rester calme. Il hocha la tête avec compréhension :

— Altesse, j'ai lu, comme vous dites, ce qu'on me reproche. Si cette chose était vraie, je serais un monstre. Tout homme n'a qu'une mère dans sa vie. Tout homme qui abandonne sa mère dans le besoin n'est pas digne de vivre.

Voilà que lui aussi, gagné par l'ambiance, tombait dans le lieu commun et la fleur de rhétorique ! Il poursuivit, d'une voix posée et amère :

— Toutes les informations que vous avez lues sont fausses. Elles sont la preuve que l'amour de la possession et de la puissance peuvent dégrader un être humain. Au moment où ces photos truquées ont été prises en Grèce, ma mère, la vraie, se trouvait à Paris, à l'hôtel Ritz, avec deux valets de chambre et sa gouvernante. D'ailleurs, regardez...

Fébrilement, il sortit une liasse de documents de sa serviette :

— Regardez cette vieille paysanne, là, sur la photo... Comparez maintenant avec le vrai visage de ma mère...

Il montrait un cliché représentant une dame âgée, élégamment vêtue, parée de bijoux, l'air très fatiguée — pour tirer le portrait de l'irascible Tina, les deux sbires de Satrapoulos avaient dû la bourrer de tranquillisants.

— Altesse, ces deux personnes ont-elles quelque chose de commun ?

L'émir se pencha sur les clichés, flairant l'entourloupette, ne sachant très exactement d'où elle venait mais appréciant le sel de la situation, deux hommes richissimes venant à lui pour lui faire des grâces et dont le sort, en grande partie, dépendait de son bon plaisir et aussi, évidemment, des sommes ou autres avantages qu'ils seraient prêts à lui verser pour emporter le contrat. Il feignit de se concentrer longuement sur les photos :

— Effectivement... il ne s'agit visiblement pas de la même personne.

— Demain, Prince, le monde entier le saura. Chacun apprendra par quels procédés on a voulu me perdre, chacun pourra apprécier.

— Quelles sont vos intentions ?

— Attaquer en diffamation tous les journaux, je dis bien tous, qui se seront faits l'écho de cette fausse nouvelle. Et bien entendu, les contraindre à passer un rectificatif égal en surface à ce bobard. Mes avocats s'en occupent déjà.

— Et M. Kallenberg ?

— La justice immanente l'a déjà puni.

— Quand passeront vos rectificatifs ?

— Les premiers, demain, dans les quotidiens. Quant aux magazines internationaux, lors de leur prochaine parution. Ce soir, les stations de radio européennes diffuseront la conférence de presse que va faire ma mère à Paris.

— Voilà qui est une belle vengeance.

— Pas une vengeance, Altesse, une simple justice. J'ai tenu à ce que vous en soyez le premier averti pour que cette traîtrise ne puisse ternir, à travers l'amitié dont vous m'honorez, l'admiration que vous portent vos fidèles.

— Je vous sais gré d'avoir pensé à cet aspect du problème. Et je vous suis reconnaissant que vous puissiez me fournir l'occasion de vous justifier aux yeux des miens. Voyez-vous, nous avons gardé chez nous une moralité intransigeante... médiévale. Il m'aurait été très difficile, voire impossible, de poursuivre nos relations si les

140

accusations qui étaient portées contre vous n'avaient été fausses. Aucun de mes sujets n'aurait pu tolérer sans malaise que je reçoive un homme n'accomplissant pas son devoir envers la personne sacrée de sa mère. Le fait que vous soyez là témoigne de la confiance que je vous porte.

— Je voudrais que vous m'accordiez une autre faveur insigne, demanda le Grec d'une voix humble.

— Parlez.

— Tous mes navires ne tournent pas à plein. Je voudrais que vous m'autorisiez à faire une navette permanente avec des cargos-citernes qui apporteraient à Baran des milliers de tonnes d'eau douce. Il n'est pas juste que les arbres ne poussent pas dans un pays aussi attachant.

— Ah ! Monsieur Satrapoulos... c'est un gros problème !...

— Bien entendu, pendant que ces bateaux tourneraient, je ferais, avec votre autorisation, effectuer de nouveaux forages.

L'émir ironisa :

— Pour trouver du pétrole, merci bien !

— Non, Altesse. Pour trouver de l'eau. Si vous me le permettez, dans huit jours, cinquante de mes ingénieurs seront sur place.

Voilà un langage qu'entendait el-Sadek. En souriant, il rétorqua, ouvrant la voie à tous les espoirs du Grec :

— Mais dites-moi, si votre flotte transporte de l'eau, comment pourra-t-elle, dans le cas où nous conclurions un marché, acheminer le pétrole des différents émirats que je contrôle ?

Le cœur de Satrapoulos cogna très fort dans sa poitrine : allait-il enlever le morceau ? En tout cas, il semblait tenir le bon bout. Sur un ton badin et indifférent, l'émir continuait :

— A propos, savez-vous que M. Kallenberg m'a fait des offres supérieures à celles que vous m'aviez proposées ?

On abordait enfin les choses intéressantes...

— De combien ?

— Dix pour cent.

— C'est beaucoup d'argent.

— Certes. Mais ce sont beaucoup de bénéfices. D'ailleurs, après ce qui s'est passé à Londres, il m'est désormais difficile de traiter avec votre beau-frère. J'ai eu également des offres américaines...

— Au même tarif que Kallenberg ?

— Dix pour cent en plus.

— Je vous propose dix pour cent en plus de ces dix pour cent.

— Pouvez-vous faire un effort supplémentaire ?

— Pas dans le sens que vous pensez, non. Mais avant que cette déplorable affaire n'éclate, je voulais vous faire une surprise... Si vous l'acceptez, bien entendu. Et si c'était oui, vous me porteriez chance.

— Je vous écoute.

— Voilà. Je pense que, dans dix ans, toutes les conceptions que nous avons sur la marine marchande seront périmées. Pour un tonnage égal, le nombre de navires sera moindre. Plus les cargos sont grands, moins ils occasionnent des coûts de fret. Jusqu'à présent, leur tonnage le plus grand n'a jamais dépassé dix mille tonnes. J'ai l'intention de faire construire des pétroliers de plus en plus énormes. Trois sont actuellement en chantier en Norvège, dont l'un est un géant. En port en lourd, il atteindra dix-huit mille tonnes et sera le plus grand du monde. Je voudrais le baptiser de votre nom : *Hadj Thami el-Sadek*.

L'émir s'attendait à une discussion très serrée de marchands de tapis, mais pas à ce genre de proposition. Elle le flattait et l'éblouissait, allant au-devant de ses ambitions les plus secrètes.

— Je suis très honoré que vous ayez songé à me confier ce parrainage. J'accepte de grand cœur.

— Merci, Altesse. Mais ce n'est pas tout...

Le Grec avait gardé son offre la plus juteuse pour l' « allegro vivace » final, une offre à laquelle même un gouvernement n'aurait pu résister. Il distilla ces paroles que but el-Sadek, de plus en plus fasciné :

— Si notre collaboration prend forme, je souhaiterais placer les trois quarts de ma flotte sous pavillon de Baran.

Cette fois, malgré toute la ruse et le contrôle du vieillard, Satrapoulos lut dans ses yeux qu'il était estoqué. Pour cacher son trouble, el-Sadek feignit de réfléchir avant de laisser tomber :

— Noble ami, votre offre flatteuse comporte des avantages et des inconvénients. Je ne peux prendre seul une pareille décision. Il faut que j'en réfère à mon conseil.

Le Grec se retint pour ne pas rire : son conseil ! Quelques types en guenilles qu'il manœuvrait comme il le voulait, qui exécutaient ses ordres avec adoration. Il regarda l'émir : il rêvait. Et S.S. était bien trop fin pour ne pas savoir de quoi. El-Sadek faisait des calculs vertigineux... Dix pour cent plus dix pour cent plus dix pour cent, cela faisait trente pour cent... Le plus grand pétrolier du monde à son nom, le *Hadj Thami el-Sadek*... Et des dizaines de navires faisant flotter l'étendard de Baran sur toutes les mers du monde, son étendard...

C'était le début de perspectives fabuleuses, peut-être même la reconnaissance à l'O.N.U. de l'Etat de Baran, ce qui lui permettrait de tirer un maximum des gouvernements auxquels il accorderait sa voix, lors des votes décisifs. Actuellement, il lui était impossible d'exercer ce genre de chantage ; tout au plus pouvait-il se permettre de flirter avec les uns et les autres sans accorder de préférence à aucun. Il ne tenait pas à se faire bouder par les Américains pour avoir favorisé les Russes, ou être mis en quarantaine par les Européens pour un marché passé avec les Japonais. Son seul recours était de traiter avec des armateurs privés, assez puissants pour l'alimenter en armes, assez riches pour assurer son indépendance financière. Dès le début, Kallenberg ne lui avait pas paru faire le poids. Trop vaniteux, trop préoccupé par sa propre personne, de l'effet qu'il produisait sur autrui. Satrapoulos lui semblait plus rusé, plus mûr, plus efficace. Ne venait-il pas de le prouver en retournant en sa faveur une situation qui lui était contraire ? C'est sur lui qu'il fallait miser et prendre appui, jusqu'au jour où il serait assez fort pour se passer de ses services et jouer sa propre carte sur le plan de la politique mondiale. Ils verraient alors ce qu'était un vrai cheik, et ce que pourrait donner l'union — sous la bannière de Hadj Thami el-Sadek — de tous les émirats de l'Arabie Saoudite ! Il revint sur terre, oubliant les fausses réticences qu'il avait manifestées et l'état d'attente dans lequel il voulait maintenir l'armateur :

— Bien entendu, vous me payerez en dollars à un compte suisse numéroté dont je vous donnerai le chiffre.

— Altesse, jubila Satrapoulos, bien entendu. Il sera fait comme il vous plaira.

— Tout est donc parfait... Et maintenant, mon frère, si vous voulez vous reposer, vos appartements vous attendent.

S.S. fut contrarié par cette invitation qui n'était pas prévue au programme. Il avait projeté de rentrer en Europe le soir même, à Genève plus précisément, où il avait pris rendez-vous avec ses banquiers pour le lendemain. El-Sadek dut sentir sa réticence secrète. Pour une raison inconnue, mystérieusement, il insista :

— Vous me feriez un immense honneur en acceptant mon hospitalité.

Engagée de cette façon, l'affaire était mal partie : Socrate ne pouvait refuser sans risquer de le blesser. Au diable les banquiers ! Un marché pareil valait bien quelques sacrifices. Il s'inclina :

— Altesse, vous répondez à mes vœux les plus intenses. Votre invitation est un immense honneur pour moi. Je l'accepte avec bonheur, puisque vous ne m'en jugez pas indigne.

Quand le Grec sortit de la ridicule petite maison, ébloui de joie par la victoire qu'il venait de remporter, il faillit esquisser un pas de sirtaki devant le conseiller qui lui tenait grande ouverte la porte de la Rolls : c'était plus fort que lui, mais chaque fois qu'il gagnait une partie, il lui fallait se retenir pour ne pas danser !

Vu de près, c'était une petite planète brune, hérissée de cratères dont certains suintaient l'humidité. Vu d'un peu plus loin, on constatait qu'il s'agissait du mamelon d'un sein, énorme, cerné d'une île violacée qui faisait sur la peau, malgré son hâle, une violente tache foncée. Selon que le sein s'avançait ou s'éloignait, le Grec en percevait de multiples visions différentes qui ouvraient les portes à des délires variés. Parfois, la pointe lui frôlait le visage, les lèvres et il se retenait de toutes ses forces pour ne pas le prendre à pleine bouche, le sucer, en sentir le goût.

En fait, il était affreusement gêné par la situation tout à fait imprévue dans laquelle il se trouvait. Ce n'était pas désagréable, non, mais il n'osait pas se laisser aller à un plaisir qu'on le forçait presque à prendre. Il refusait confusément d'entrer dans la peau du personnage qu'on voulait lui faire jouer.

Les filles, pourtant, avaient l'air de trouver sa position naturelle. Il était allongé dans l'eau fumante d'un bassin, creusé à même le sol d'une gigantesque salle de bains et des dizaines de mains le savonnaient doucement, insistant sur les zones sensibles de son corps, juste assez pour l'énerver, pas assez pour le détendre. En restant l'hôte de l'émir pour la nuit, il n'aurait jamais imaginé qu'il se retrouverait livré pieds et poings aux pensionnaires d'un harem.

Il voulait prendre, non qu'on le prît, et il se sentait idiot, frustré de n'avoir pas l'initiative, mal à l'aise d'être passé à côté de ce qui, à ses yeux, était le propre de l'homme : conquérir. Là, il n'y avait rien à conquérir, il n'y avait qu'à se laisser faire, être objet, redevenir enfant, ce qu'il avait en horreur et ce à quoi, dans le plus secret de son âme, il aspirait avec révolte. Il avait beau refouler cette idée, elle l'envahissait malgré lui, assiégeant sans pitié sa mémoire : il avait trois ans et sa mère le lavait. Il percevait par bouffées la force de ce sentiment ambivalent qui le poussait à s'abandonner au plaisir de cette caresse, en même temps qu'il était saisi par une terrible envie de fuir. Il avait l'impression que les filles pouvaient lire ces pensées sur son visage, et il en avait honte.

Et encore, le plus dur était fait. Quand il était entré dans sa chambre, il avait réellement pénétré dans un tableau d'Ingres, peuplé d'odalisques aux gorges gonflées, anachroniques et souriantes, dont certaines faisaient de la musique, d'autres, des bouquets de fleurs : comment une telle scène pouvait-elle être réelle, à l'ère des jumbo-jets ? Quelques-unes s'étaient approchées de lui et, en transparence, sous les voiles qui les recouvraient, il avait vu la tache sombre du pubis, là où le tissu collait au corps, au hasard des mouvements. Certaines s'étaient agenouillées devant lui, délaçant délicatement ses chaussures.

144

Il avait horreur de cela, mais n'avait pas osé les repousser. Chacun de leurs gestes était une caresse qui lui faisait passer un frisson de la pointe des orteils à la racine des cheveux. Puis, elles l'avaient étendu sur une couche immense, recouverte de peaux de bêtes souples et fraîches et avaient entrepris de le dévêtir.

Le Grec n'en menait pas large. Il puisait la plus grande partie de son assurance et de sa force à contraindre les autres, par le charme, la persuasion, la colère ou la douceur, promenant autour de sa personne une aura de luxe et de puissance à laquelle il était difficile de résister. Et il y avait les mots, dont il avait appris depuis longtemps l'art de leur faire dire ce que ses interlocuteurs souhaitaient entendre, même si c'était le contraire de ce qu'il pensait. Or, depuis qu'il était entré dans cette chambre, aucune parole n'avait été échangée, aucune phrase, réduisant la scène dont il était le héros involontaire à la dimension souveraine d'un acte pur.

Les rares fois où il avait ouvert la bouche, pour accompagner un geste timide de protestation, elles l'avaient regardé en souriant, sans répondre, comme si elles avaient été muettes ou n'avaient pas compris. Pourtant, certaines étaient des Européennes et devaient connaître l'une des langues que Socrate avait parlées. Comment avaient-elles pu être dressées au point de se comporter réellement en esclaves ? S.S. ignorait à laquelle de celles qui étaient penchées sur lui appartenaient les mains qui lui dégrafaient son pantalon.

Par saccades, il éprouvait une irrésistible envie de fuir : il n'aimait pas son corps, le trouvait non accordé à son intelligence, en retard sur les élans de son cœur, enveloppe ratée et indigne de ses aspirations esthétiques. Il était souvent furieux de penser que n'importe quel connard anonyme, bellâtre de quartier ou ravageur de plages, possédait, sans l'avoir acheté ni mérité, ce que son argent lui-même n'aurait pu lui obtenir, vingt centimètres de plus. Bien sûr, il affectait de mépriser les « grands cons », comme il le disait parfois à propos de Kallenberg, mais secrètement, il les jalousait, même lorsqu'ils rampaient devant lui et qu'il leur donnait des ordres. Il savait parfaitement qu'une fois allongé auprès d'une femme, il pouvait leur rendre des points, mais la plupart du temps, il fallait vivre debout. Quand on lui ôta son slip, il était si contracté que, malgré ce harem chauffé à blanc, il n'était pas en état de turgescence, ce qui le gêna encore plus. Des mains le prirent sous le dos, sous les aisselles, il fut redressé et littéralement porté jusqu'au trou d'eau bleue et parfumée où on l'allongea avec délicatesse, le soutenant à mesure qu'étaient immergées certaines parties de son corps. Maintenant, les doigts qui le palpaient dans un océan de mousse s'attardaient avec une précision diabolique sur tous les endroits sensibles. Sans bien savoir pourquoi, désespérément, il essaya de résister à la sensation voluptueuse qui l'envahissait, comme si y succomber eût été la plus horrible des défaites. En vain, il essaya, pour lui barrer le chemin, d'évoquer la trogne des banquiers suisses, puis le scandale dont il avait failli être la victime, puis le visage haineux de sa mère lorsqu'elle l'avait maudit, puis... puis rien.

Un sentiment de fureur le submergea : puisqu'elles le traitaient comme un bébé, il allait leur montrer, à ces salopes, qu'il n'en était pas un, qu'il n'avait pas peur d'elles. Avec un grognement, il saisit à pleine bouche le bout de ce sein obsédant, pendant que ses deux mains, filant droit entre des cuisses vers des sexes inconnus, cherchaient à s'enfoncer, plus loin, toujours plus loin. Avec un gémissement, deux des odalisques basculèrent au-dessus de lui dans le bassin et l'étreignirent passionnément, dans un nuage de mousse.

A son réveil, une idée le tarauda : les ai-je toutes honorées ? Depuis longtemps, il n'avait connu un assouvissement aussi total. Les putains le laissaient toujours un peu sur sa faim. Il n'était jamais certain qu'elles ne simulaient pas le plaisir que, dans sa rage, il voulait leur faire prendre à tout prix. Mais les filles de ce harem n'étaient pas des putains. Il s'agissait davantage de femelles sevrées, dressées pour l'amour comme des chiens pour la chasse. Il ne chercha même pas à savoir l'heure. Il allongea le bras. Dédaignant le plateau de victuailles posé près de lui, il saisit un cigare et l'alluma. D'un œil rêveur, il en suivit les volutes de fumée, tentant de chasser un souvenir qui lui était déplaisant. Pourquoi en avait-il honte ?... N'était-il pas resté le meilleur ami de Wanda ? Aux yeux du monde entier, il était son amant. Pourtant, ils étaient deux au moins à savoir qu'il ne lui avait jamais fait l'amour : elle et lui.

Il ne s'en était vanté à personne, elle non plus, car en se découvrant, chacun d'eux avait mis le doigt sur la faille de l'autre, passagère — unique même — chez le Grec, permanente chez Wanda...

Ils étaient dans un lit, dans le plus grand hôtel de Rome, après cette soirée imbécile où il l'avait laissé filer. En la rattrapant dans le hall d'entrée, alors qu'elle prenait ses clés chez le concierge, il avait feint l'étonnement de la voir résider sous le même toit que lui. Leurs appartements étaient contigus — il avait payé assez cher pour ça ! Platement, jouant le tout pour le tout, il lui proposa de prendre un verre. A sa grande surprise, elle accepta :

— Volontiers. Venez donc me rejoindre dans une demi-heure. J'ai envie de me changer.

146

Quand il sonna chez elle, elle lui ouvrit la porte en peignoir :

— Allons dans ma chambre. Si cela ne vous choque pas que je vous reçoive couchée...

Il la suivit, le cœur battant. Elle s'allongea sur son lit sans plus de manières...

— Alors ?...

Elle le regardait d'un petit air ironique, comme si elle lui imposait un examen. Comme il ne répondait pas, abasourdi de vivre en direct cet instant qu'il attendait depuis si longtemps, elle lui dit simplement :

— Voulez-vous vous étendre auprès de moi ?

Il en fut sidéré. Il avait amoncelé une multitude de tactiques, répertorié les mille ruses dont il était capable et voilà qu'en trois mots, elle le dépossédait de ces armes :

— Vous préférez peut-être rester assis ?

Il se sentait dans l'état d'esprit du type qui va au bordel pour la première fois et qui ne sait pas ce qu'il doit faire. Autant entrer dans son jeu : il s'allongea.

— Voulez-vous quitter vos chaussures ?

De la pointe de son escarpin droit, il appuya sur le contrefort de la chaussure de gauche qui tomba sur la moquette. Même opération pour celle de droite. Il s'aperçut qu'il retenait son souffle, crispé, ayant totalement perdu l'avantage de l'offensive.

— Vous pouvez vous mettre à l'aise si vous voulez. Regardez, moi, je n'ai rien là-dessous.

Elle écarta les pans de son peignoir et il crut que les yeux allaient lui tomber de la tête : effectivement, elle n'avait rien. Il apercevait la pointe de ses seins sans oser permettre à son regard de descendre plus bas, vers le triangle sombre du pubis.

— Enlevez donc votre chemise...

Du bout des doigts, elle la déboutonna avec lenteur. Le Grec la laissait faire, épouvanté brusquement de se sentir aussi paralysé, incapable de proférer un mot ou de prendre une initiative quelconque. En un éclair, il saisit l'abîme qui existe entre les deux formes verbales, « prendre » ou « être pris ».

— Vous savez, vous pouvez vous mettre nu aussi. Cela ne me gêne pas...

Horrible... Voilà qu'il découvrait la pudeur ! Lui qui était si fier de ses attributs ne pensait plus qu'à les cacher, comme s'il eût été anormal qu'il les exhibât. C'était trop bête ! La vierge, c'était lui !... Avec des gestes précautionneux, rabattant le drap sur son corps, il acheva de se dévêtir, terriblement mal à l'aise.

— C'est si difficile ?

— Avec vous, oui...

Tiens, il retrouvait l'usage de la parole...

— Qu'est-ce que j'ai de spécial ?...

— Je ne sais pas... C'est bizarre...

Même le contact de sa peau provoquait en lui une sensation de panique.

— J'avais cru comprendre que vous me désiriez... Me suis-je trompée ?

Il eut le courage d'affronter son regard : elle ne se moquait pas de lui. Au contraire, elle était presque trop grave.

— Oui, je vous désire. Peut-être trop.

— Alors prenez-moi.

Il referma ses bras sur elle, sentit son ventre coller au sien, fit tous les gestes qu'on accomplit habituellement dans un cas semblable : rien. Dix minutes encore, il la caressa mécaniquement, en proie à une terreur violente. Ses réflexes ne jouaient plus, il était frappé d'impuissance. Pour se libérer, il aurait fallu qu'il la secoue, qu'il l'insulte ou qu'elle le morde, mais rien de tout cela n'arrivait. Elle se laissait faire, sans rien manifester, et il fuyait ses yeux, honteux, misérable, catastrophé par cette épouvantable chose qui lui arrivait pour la première fois.

— Socrate...

Il se détacha d'elle, définitivement vaincu :

— ... Vous voyez... C'est difficile... Pourtant...

— Pourtant quoi ?

— J'aurais tant voulu !...

Il s'entendit avouer, dans un souffle :

— Moi aussi.

— Vous, c'est différent...

Elle avait une voix sourde, profondément triste, poignante.

— Différent en quoi ?... demanda-t-il.

— Oh ! ça ne fait rien, je suis maudite. J'espérais qu'avec vous...

— Je ne sais pas ce que j'ai... C'est la première fois que ça m'arrive... Je ne comprends pas...

— Ce n'est pas grave... Demain, vous pourrez. Avec quelqu'un d'autre...

— Avec vous !

— Non, pas moi. C'est moi qui ne peux pas. N'ayez pas de regret. Si vous aviez pu, c'est moi qui me serais dérobée. Je n'ai jamais fait l'amour, vous comprenez...

— Jamais ? s'étonna-t-il.

— Non. Jamais avec un homme.

Il y eut un long silence. En certaines occasions, les mots, entre eux, exigent un silence qui leur rendra leur poids. Elle ajouta :

— Je ne peux pas supporter qu'ils m'approchent... Vous... vous êtes le premier.

Timidement, il la reprit dans ses bras. Elle ne l'en empêcha pas et vint nicher sa tête contre son épaule. Elle lui chuchota à l'oreille :

— J'ai honte de vous l'avouer, mais je n'ai connu, je ne peux connaître... que des femmes.

Au moins, il était fixé : quinze partout.

— Est-ce que ça nous empêche d'être des amis ?

— Non. Je voudrais tant être votre amie.

Depuis ce jour, si lointain déjà, il ne l'avait même plus effleurée, fût-ce du bout des doigts. Mais leurs liens, dominés par cette idée sous-jacente d'un acte interdit, étaient d'une solidité à toute épreuve. C'est peut-être pour cette raison que les amours meurent, pas les amitiés : en amitié, on ne va jamais jusqu'au bout de son attirance, on ne peut en faire le tour complet. On a toujours faim de l'autre. En amour, on se rassasie trop vite. Vérité qu'il avait payée cher pour l'apprendre : elle avait écorné sa vanité. Heureusement qu'une nuit comme celle qu'il venait de passer le dédommageait de cet agaçant épisode : on ne fait pas tous les jours l'amour à un harem au grand complet. Il s'ébroua. Avant de prendre congé de l'émir, il tenait à lui manifester sa gratitude.

En descendant de l'avion, Peggy était d'une humeur de chien. Elle avait espéré pouvoir débarquer à New York avec son Degas sous le bras. Ses nouveaux amis européens l'en avaient dissuadée avec force, lui jurant que les droits de douane étaient si exorbitants qu'ils défiaient l'imagination. La mort dans l'âme, elle avait dû se résigner à le laisser en dépôt à la Chase Manhattan de Londres, décidée à le passer en fraude à la première occasion, dès qu'on lui aurait indiqué la combine.

Elle n'avait pratiquement pas fermé l'œil depuis quarante-huit heures, mais l'excitation de la soirée chez Kallenberg avait chassé d'elle toute idée de sommeil. Elle avait profité du vol pour mettre au clair les notes dont elle allait tirer son reportage, un angle original, quelque chose de fameux qui n'aurait rien à voir avec le fait divers sinistre dont les quotidiens allaient abreuver leurs lecteurs. Elle chercha Julien des yeux au contrôle des passeports, ne le vit pas mais le retrouva un peu plus tard, montant la garde à la réception des bagages. Catastrophe : à ses côtés, il y avait deux types qu'elle ne pouvait pas encaisser parce qu'ils lui avaient fait des avances à plusieurs reprises. Un nommé Heath, rédacteur en chef adjoint du

Bazaar, bellâtre imbu de son importance, et un petit photographe pâle dont le culot monstrueux lui faisait horreur. Heath s'avança, un sourire qu'il devait juger irrésistible sur les lèvres :

— Hello !

— Hello !... rétorqua Peggy d'une voix sans timbre et sans chaleur. Puis, au chauffeur :

— Julien ! Voici mes tickets. Portez les bagages à la voiture.

— Peggy..., intervint Heath.

Elle détestait qu'il l'appelle par son prénom.

— Oui ?

— Jennifer Cabott m'a chargé de vous dire...

— Plus tard ! Vous voyez bien que je débarque !

— C'est une question de minutes !

— Ne me faites pas rire...

Le photographe pâle s'était rapproché, espérant bien que son patron allait perdre la face devant cette débutante snobinarde.

— Peggy !... Le type à interviewer repart de New York dans trois heures.

— Quelle importance ? J'irai le voir demain, où qu'il se trouve.

— Peggy !... On boucle dans deux jours ! On a tout essayé, rien à faire, il ne reçoit personne... Il n'y a que vous qui...

— Pas de pommade ! Je suis fatiguée.

— Jennifer ne compte plus que sur vous ! C'est un scoop !

— Qu'est-ce qu'il fait ?

— Politique.

— Comment il s'appelle ?

— Baltimore.

— Connais pas. Dans ce foutu pays, il y a des milliers de Baltimore.

— Scott Baltimore ! C'est le propre fils d'Alfred Baltimore II ! cria presque Heath d'un ton de reproche.

Peggy étouffa un sourire : pour la prendre en défaut sur le Gotha américain, il aurait fallu que ce prétentieux se lève tôt ! Elle connaissait parfaitement les tenants et les aboutissants du clan Baltimore. Elle prit un air étonné :

— Quel intérêt, ce... Scott ?... détachant la dernière syllabe comme on se débarrasse d'une mucosité gênante.

— Il n'a que vingt-deux ans et il se présente à la députation ! Il vient de fonder un parti politique, les « Novateurs » !

Peggy se retourna vers le chauffeur :

— Julien, amenez mes bagages à la maison.

Et à Heath :

— Allons-y. Je vous accorde une heure, pas une minute de plus. J'ai envie de prendre un bain.

150

— Merci Peggy ! Merci !

En rencontrant le regard de son photographe, Heath regretta d'avoir prononcé ces mots : le petit crevard avait l'air de se foutre de lui ! Il aurait voulu pouvoir lui dire merde, mais, aux Etats-Unis, les Nash-Belmont n'étaient pas de la crotte, et on ne trouvait pas des Peggy à la pelle sous le sabot d'un cheval. Il se contenta de bougonner :

— Allons-y...

Maria était nerveuse. Elle n'avait pas fermé l'œil de la nuit, mais son contrat précisait formellement qu'elle ne devait pas quitter Athina Satrapoulos d'une semelle, ni jour ni nuit. Elle avait donc été contrainte de partager la chambre de la vieille dame. Toutes les fois où elle s'était sentie gagnée par la somnolence, elle avait fait un énorme effort pour en émerger. L'estafilade qui barrait sa joue était là pour lui rappeler que sa cliente était dangereuse.

Dans le courant de la matinée, Tina avait manifesté le désir de tricoter et des valets lui avaient apporté ce qu'il fallait.

Maria ne l'avait pas quittée de l'œil, sachant très bien que, dans ses mains fripées, les terrifiantes aiguilles seraient des armes redoutables. Sans la perdre de vue, elle était restée vissée au téléphone, donnant ses ordres pour qu'on active la venue de l'invitée de Mme Satrapoulos. L'idée lui paraissait à la fois cocasse et absurde, parce qu'elle créait un précédent dans un palace et mettait dans une position fausse les larbins fielleux : à mourir de rire.

Enfin tout était réglé. L'invitée serait là dans moins d'une heure. On était allé la chercher en Grèce par avion spécial, hélicoptère spécial et personnel spécialisé. Des hommes en bleu étaient venus dans l'appartement voisin, le 504, afin de tout préparer. Maria sentait rejaillir sur elle des miettes de la puissance de Satrapoulos. Elle n'avait qu'à parler pour être obéie, interprète docile des plus subtils désirs de la mère de l'armateur. Le *Ritz* semblait lui appartenir, et son personnel, et son directeur dépassé par les événements. Pour cacher le désarroi dans lequel le plongeaient les fantaisies de la vieille, il avait fait inonder l'appartement de fleurs, les dédiant à Maria avec un grand sourire hypocrite. L'infirmière savait très bien qu'Edouard Fouillet était coincé : ou il en passait par les caprices de Tina, ou il encourait les foudres du Grec. A tout hasard, il avait essayé de la flatter, lui faisant des compliments sur l'efficacité de sa thérapeutique, alors qu'on s'apprêtait à nager en pleine folie. Maria n'avait pas répondu à ses avances désespérées, se retranchant froidement derrière la phrase :

— Madame Satrapoulos est une femme remarquable et extrêmement originale.

Après tout, Maria n'était qu'un instrument dans cette mise en scène à grand spectacle sur laquelle le rideau allait bientôt se lever. Elle soupçonnait que, au delà de la farce, devait se situer des intérêts dont elle devinait l'importance sans bien en saisir les arcanes. Elle était payée, elle jouerait le jeu, espérant en tirer ultérieurement des avantages, rester par exemple au service permanent de Mme Satrapoulos.

Il y eut un remue-ménage dans l'appartement voisin, des éclats de voix. Sans doute, la décoration qui était imposée pour l'arrivée de l'invitée avait-elle déplu à l'un des artistes-maison. Tina croisa ses aiguilles d'un mouvement vif qui les firent cliqueter et, d'instinct, Maria fut sur ses gardes. Mais non, tout allait bien, la vieille était tranquille. C'était stupéfiant, ce changement : quarante-huit heures plus tôt, elle avait vu apparaître une clocharde dépenaillée et puante, et maintenant, elle avait pour vis-à-vis une gentille dame aux cheveux gris, coquette dans sa robe noire, tricotant paisiblement et la regardant avec un bon sourire. Quelle métamorphose ! Tout de même, il ne fallait pas trop s'y fier, les volte-face risquant d'être foudroyantes. Maria l'avait appris à ses dépens.

Pourvu que Tina ne pique pas une crise au moment de la conférence de presse... Elle aurait lieu à 18 heures. D'ici là, on aurait le temps de la calmer. Pendant que l'interprète lui traduirait les questions des journalistes, il faudrait que Maria se tienne derrière elle, prête à tout. Dans la tasse de café, ce matin, elle avait fait dissoudre deux comprimés de tranquillisants. Elle lui en donnerait deux autres vers 15 heures. Il convenait que Tina soit juste assez éveillée pour répondre aux questions, mais pas trop, afin de ne provoquer aucun scandale. Il y eut un nouveau choc sourd au 504, et un bruit de dispute. Maria décida d'aller voir ce qui se passait. Elle jeta un coup d'œil sur Tina, presque charmante dans sa bergère, ses pelotes de laine à ses pieds. L'infirmière lui adressa un sourire très doux et lui expliqua :

— J'ouvre la porte pour voir ce qui se passe. Ils sont en train de préparer l'appartement... Ne bougez pas...

— Elle arrive quand ?

— Elle sera là dans moins d'une heure.

— Elle aura faim. Il faudra la faire manger.

— Ne vous inquiétez pas. Tout est prévu.

La promesse de cette arrivée imminente semblait avoir calmé Tina. Elle hocha la tête, satisfaite, et se remit à son tricot. Maria ouvrit la porte mitoyenne et passa le bout de son nez dans l'entre-bâillement : ce qu'elle vit était si énorme qu'elle ne put retenir un éclat de rire. Elle repoussa doucement le battant pour ne pas être aperçue et épia à nouveau ce qui se passait. Un type se révoltait :

« Faut pas me prendre pour un imbécile ! Y a des choses que je peux pas faire ! » disait-il en français avec un accent très drôle et haut perché.

Maria faillit s'esclaffer. De peur d'être surprise, elle referma complètement la porte, sans bruit, et se retourna. Tina était juste derrière elle, à moins d'un mètre. La vieille venait d'uriner debout, à travers sa robe, sur le tapis d'Orient. A la main, elle tenait l'une de ses longues aiguilles d'acier et fixait le cou de Maria, d'un air absent.

La Pontiac s'arrêta devant le Metropolitan Museum, à l'angle de la 5e Avenue et de la 81e Rue. De l'autre côté du trottoir se dressait l'hôtel Stanhope. Peggy jeta à Heath :

— Vous pouvez filer.

Elle claqua la portière. Au photographe :

— Vous, suivez-moi !

Résolument, elle pénétra dans le hall de l'hôtel, le minus pâle sur les talons — en cours de route, elle avait appris son nom, Benny. Heath lui avait dressé un tableau si sombre de la situation qu'il avait réussi à la piquer au jeu : là où les autres avaient échoué, comme d'habitude, elle se devait de réussir. Des grappes de journalistes venaient de se casser le nez sur la porte de Baltimore gardée par deux gorilles. Elle venait de trouver le moyen imparable d'être reçue sur-le-champ et n'était pas fâchée d'avoir un témoin qui ne manquerait pas d'aller répéter sa prouesse.

— Une minute !

Elle s'appuya sur un comptoir de marbre et, sans se cacher de Benny, tira de son sac un carnet de chèques sur lequel elle tira cent mille dollars à l'ordre de Scott Baltimore.

— Pas bête..., ricana le photographe. Vous croyez que ça va marcher ?

Peggy lui jeta un regard hautain et haussa les épaules. Sur un bloc, elle inscrivit de son écriture enfantine : « Pour les Novateurs, de la part d'une admiratrice passionnée qui est actuellement devant votre porte et qui aimerait vous féliciter. » Dans une enveloppe adressée à « Scott Baltimore », elle plaça le billet et le chèque.

153

— Allons-y, montons !

L'ascenseur les emmena au huitième. Peggy dit à Benny, qui commençait à être impressionné :

— Restez camouflé dans le couloir. Comptez dix minutes et venez me rejoindre chez lui.

Elle vira dans le hall et aperçut aussitôt les deux gorilles devant une porte, tentant de repousser l'assaut de ses nombreux confrères. Elle marcha droit sur eux. Quand elle fut près des gorilles à les toucher, elle tendit l'enveloppe, le visage dénué de toute expression :

— Veuillez remettre ce pli à Scott Baltimore. J'attends la réponse.

— Je vais le laisser à sa secrétaire.

— Non. Tout de suite. Et en main propre.

A son tour, le gros type fut snobé par l'autorité des yeux verts de Peggy. Il eut une vague moue, consulta son collègue et se glissa dans l'appartement. Une minute plus tard, il était de retour, l'air surpris :

— Mademoiselle, vous pouvez entrer...

Il y eut un concert de protestations dans les rangs des journalistes :

— Et nous alors !

Souverain, le gorille les toisa :

— Faudrait pas confondre la presse et les membres du Parti !

Au bout du couloir, Benny, chargé de ses appareils, constata avec stupéfaction que la petite garce avait réussi la première partie de son programme. Il consulta sa montre et se mit à compter les minutes.

Peggy regardait Scott et le trouvait si jeune que c'en était presque un péché de le jeter en pâture aux requins de la politique : qu'avait donc à voir cet adolescent avec des histoires d'élection ? Il était long et mince, beau garçon, des yeux bleus superbes, un petit sourire railleur, un air de franchise déconcertant. Son chèque à la main, il interrogea gentiment :

— Qui êtes-vous ?

Trois mots à peine, mais suffisants pour accrocher l'attention, une voix chaude et prenante, merveilleuse.

— Je m'appelle Peggy Nash-Belmont.

Aucun des deux ne lâchait les yeux de l'autre... Derrière la porte du salon, on entendait les éclats d'une discussion très vive...

— Je vous ai vu monter à cheval.

— J'ai entendu parler de votre père.

154

Il y eut un nouveau silence. Puis Scott, désignant le chèque qu'il tenait toujours à la main :

— C'est une blague ?

— Pas du tout. C'est pour payer dix minutes de votre temps.

Il fit la grimace :

— Je vois. Vous travaillez pour quel canard ?

— Le *Bazaar*. Ça vous choque ?

— Cent mille dollars n'ont jamais choqué personne !

Il se mit à rire et Peggy ne résista pas à sa séduction.

— Qu'est-ce que vous voulez savoir ?

— Tout ! Votre âge, votre signe astral, ce que vous mangez au petit déjeuner, la marque de votre eau de toilette, la couleur de votre pyjama...

— Non, sérieusement ?

— Je suis très sérieuse. Cinq millions de femmes lisent ma chronique chaque mois. Elles votent.

Il sourit :

— Et vous, votre eau de toilette ?

— « Heure Bleue ». Guerlain.

— Pyjama ?

— Ça, c'est mon affaire !

— Tiens, tiens... Vous voyez que ce n'est pas si facile de répondre aux questions ! Mariée ?

— Ça se saurait.

Derrière la porte, de nouvelles rumeurs leur parvinrent :

— Il faut que j'y aille... J'ai un train dans deux heures et on n'a encore rien fait. Ecoutez...

Il réfléchit un instant :

— Je pars tout à l'heure dans le Missouri. Demain soir, je repasse par New York, incognito. Est-ce trop tard pour votre article ?

— Non, c'est bon.

— Voulez-vous qu'on soupe ?

— D'accord.

— Voulez-vous au Barbetta, vers 11 heures ?

— Parfait.

— La nourriture y est dégueulasse, mais le décor est sympathique.

— Tant mieux. Je n'aime pas manger.

— Encore bravo pour le coup du chèque ! Tenez... Reprenez-le...

Peggy s'en saisit.

— Et si je ne vous l'avais pas rendu ?

Elle eut un sourire :

— En sortant d'ici, j'aurais fait opposition.

Tous deux éclatèrent de rire :

— Je ne sais pas si vous êtes bonne journaliste, mais vous auriez fait un fameux politicien !... A demain ?...

— A demain.

Il lui fit un signe de la main et lui lança joyeusement :

— Je retourne chez les fauves !

Il fut happé par un tourbillon de cris et de fumée lorsqu'il ouvrit la porte du salon. Peggy dut se frayer un passage pour rompre le barrage des reporters. Elle dit à Benny :

— Nous avons rendez-vous demain. Je vous téléphonerai de l'endroit où nous serons vers les minuit, vous n'aurez qu'à venir.

Elle ne tenait pas à ce que le petit photographe pâle aille prévenir des copains dans son dos. En le regardant s'éloigner, elle essaya de trouver l'adjectif qui convenait pour qualifier les yeux de Scott... Elle n'en trouva qu'un, qu'elle rumina dans l'ascenseur :

— Epatants ! Il a des yeux épatants...

7

En trente ans d'hôtellerie, Edouard Fouillet n'avait jamais vu une chose pareille ! La scène se passait dans l'entrée de service du *Ritz*. Devant le monte-charge, il y avait une cage assez vaste. Dans la cage, une chèvre toute noire, avec un peu de blanc au-dessus des sabots. Autour de la cage, deux hommes en salopette, le directeur du palace lui-même et Albert, le chef de réception. L'un des hommes en bleu insistait :

— Je vous dis qu'elle est nerveuse ! Elle veut sortir. Si on la libère pas, elle va ameuter tout votre sacré hôtel !

— Vous êtes fou ou quoi ? Croyez-vous que le *Ritz* soit un endroit où le bétail se promène en liberté ?

— Je vous répète que je lui passerai un licol !

Albert eut la mauvaise idée de faire de l'esprit :

— Si vous voulez bien m'excuser, Monsieur, je vais regagner mon bureau. Après tout, je ne suis que le chef de réception...

Fouillet retourna sa colère contre son employé :

— Justement ! Recevez cette chèvre avec les mêmes égards que pour n'importe quel client !

Et il ajouta, amer et pincé :

— Des hôtes à 60 000 F par jour, on les soigne !

— Comme vous voudrez, Monsieur.

La chèvre se mit à donner des coups de corne contre les parois de sa prison. Un des livreurs s'énerva :

— Alors, décidez-vous ! Je la fais sortir ou pas ?

Dépassé, Fouillet jeta un regard presque implorant vers Albert, qui accepta le S.O.S. et prit les rênes en main :

— Vous me garantissez qu'elle ne va pas s'échapper dans les couloirs de l'hôtel ?

— Je garantis rien du tout ! Nous deux, Marcel, on est payés pour l'amener ici, en bas, au rez-de-chaussée. Syndicalement, on aurait même pas dû franchir le hall de votre baraque. Alors, hein ? On veut bien rendre service, mais faudrait savoir !

Le directeur eut le geste des vaincus : il baissa les bras, résigné. Puis, à Albert :

— Accompagnez ces messieurs, je vous prie, jusqu'à l'appartement 504.

A l'aide de tenailles, l'un des livreurs arracha les clous qui maintenaient fixée la partie supérieure de la cage. Immédiatement, la chèvre esaya de bondir, mais l'autre veillait. Prestement, il lui passa une corde autour du cou et donna du mou. La Poilue — tel était le nom de baptême que lui avait octroyé Tina — en un seul jet de ses pattes arrière, se libéra, allant droit sur Fouillet pour lui flairer les mains avec méfiance. Le directeur allait tourner les talons, dégoûté, lorsqu'il se figea : par l'escalier de service venait d'apparaître lord Seymour, l'un de ses plus gros clients. Derrière lui, une petite môme de vingt ans, l'air timide. Le vieux gentleman ne devait pas tenir à traverser le hall d'honneur en offrant le bras à ses conquêtes, d'autant plus que son épouse, partie pour Londres depuis huit jours, allait revenir à Paris le lendemain. Il y eut un silence embarrassé de part et d'autre, tandis que Fouillet s'inclinait. Le lord le rompit. Se retournant vers sa compagne :

— Voyez-vous, chère, le Ritz, outre ses qualités, exploite un remarquable restaurant.

Et désignant la chèvre à Fouillet :

— Cher ami, veuillez m'en réserver un cuissot pour mon dîner de demain.

Il y eut alors ce qu'on appelle un certain flottement, tandis que lord Seymour s'esquivait et que sa petite amie lui glissait à l'oreille :

— Oh ! John chéri ! Comment pouvez-vous être aussi cruel !

Lena avait lu les journaux, comme tout le monde. Elle était allongée sur les rochers, au-dessous de la piscine d'Eden Roc. Un gros monsieur, avachi non loin d'elle, avait déployé le *Herald Tribune* de la veille et elle avait lu son propre nom en grosses lettres à la une. Quand le type était parti pour piquer une tête, elle s'était emparée des feuilles toutes poisseuses : « La mère abandonnée de Satrapoulos. » Ainsi, Socrate avait une mère... Elle se trouva idiote d'avoir cette pensée, mais elle ne pouvait se résigner à imaginer son

158

mari enfant. Il ne lui avait jamais parlé de lui-même. Avait-il eu un père ? L'homme sans passé... Socrate ne vivait qu'au présent et au futur, négligeant toutes les formes d'imparfait et de passé composé, comme s'il avait eu le pouvoir de renaître et de se réinventer chaque jour, tout neuf.

Elle regarda la photo de la vieille femme et se demanda quel âge elle pouvait bien avoir... Soixante-quinze ? Quatre-vingts ? Le cliché n'était pas très net, et à l'endroit du visage s'étalait une goutte d'eau. Elle se rendit compte avec stupeur qu'elle ne savait presque rien de Socrate, ni où il était né, ni quand, ni comment. Si l'histoire était vraie, comment était-il possible qu'il laissât sa mère mourir de faim, abandonnée, alors qu'ils avaient des propriétés partout, qu'ils n'habitaient jamais, et où elle aurait pu couler des jours heureux ? S'il lui avait dit quoi que ce soit, Lena aurait compris. Peut-être avait-il eu honte de lui parler de ses débuts ? Pourtant, il savait qu'elle n'était pas attachée à l'argent, qu'elle ne demandait qu'à se dévouer. Elle aurait aimé connaître cette femme, s'en faire une seconde mère, la faire parler de son fils. Socrate était si mystérieux...

A Londres, chez Kallenberg, il lui avait fait quelques allusions à peine voilées sur la scène qu'elle avait eue à Paris avec Marc. Etait-il au courant, ou avait-il voulu tâter le terrain pour en savoir davantage ? Après cinq ans de mariage, Lena s'était lassée de S.S. Au début, elle l'avait aimé avec ferveur, comme un dieu. Il représentait pour elle la levée de tous les interdits, la porte qui vous conduit hors de l'enfance et de ses devoirs, pour vous faire entrer dans le monde des adultes, et de ses pouvoirs.

Sa lune de miel avait été fabuleuse. Socrate lui avait tout appris, avec patience, avec douceur, et elle s'était montrée une élève docile et passionnée. Elle ignorait alors que S.S. avait pris des dispositions pour ne rien faire pendant six mois, n'imaginant pas que ces voyages, ce farniente, ces croisières et ces fêtes auraient un jour une fin. Puis, un matin, alors qu'ils prenaient leur petit déjeuner à Portofino, il lui avait dit en plaisantant que ses vacances étaient terminées, qu'il allait devoir reprendre le collier pour « gagner la vie de sa femme ». Oui, c'est cela qu'il avait dit : « Il faut bien que je gagne la vie de ma femme. »

Dès le lendemain, elle ne le voyait plus qu'entre deux avions, entre deux continents. Elle avait posé des questions, cherché à savoir, mais rien : comme à une petite fille, Socrate lui avait expliqué qu'un homme avait des obligations et des tâches à accomplir. Il avait ajouté :

« Regarde ton père. Est-ce que tu l'as vu souvent ? »

Non, elle ne l'avait pas vu souvent, mais elle ne faisait pas l'amour avec son père. Pour se faire pardonner, son mari l'avait couverte de cadeaux, dont elle ne savait que faire, et qu'elle gardait dans un coffre. L'expérience lui avait appris un peu plus tard que tout ce qui fait la valeur de la vie, tout ce qui est beau — bijoux, œuvres d'art — est destiné à être enfermé dans des coffres, ces cercueils des objets. Et à son propre sujet, c'est l'impression qu'elle avait eue, un an après la naissance des jumeaux : elle était une parure de luxe enfermée dans un coffre, pour le plus grand plaisir d'un nommé Satrapoulos. Il n'avait jamais exigé d'elle quoi que ce soit sur le plan de la vie conjugale, ni d'être fidèle ni même de se méfier. Il ne lui avait pas appris que les autres existaient. A ses yeux, les liens du mariage suffisaient à la protéger contre toute tentation, tout écart. Elle pouvait aller et venir où bon lui semblait, partir pour la Californie ou la Jamaïque sans prévenir personne : il ne lui demandait jamais rien. Puis, elle avait fait la connaissance de Marc, et voilà...

Maintenant, elle se trouvait nantie d'une belle-mère mystérieuse. Elle voulut appeler Socrate pour lui demander des éclaircissements, mais se souvint qu'elle ignorait où il se trouvait. En quittant Londres, il lui avait vaguement parlé d'un voyage éclair à Rome et au Proche-Orient. Il fallait qu'elle trouve un moyen de le joindre, qu'elle sache. Elle posa le journal au moment où son propriétaire retournait vers sa serviette, ventre arrogant et poil humide. Il lui dit :

— Gardez-le, je vous en prie. Je m'appelle Smith et j'ai des usines de papier, en Oregon...

Lena le toisa d'un œil dur. L'ennui, avec ces plages en commun, c'est que n'importe qui pouvait s'arroger le droit de vous adresser la parole. Elle regagna sa cabine, passa un pantalon de toile verte, un chemisier blanc et remonta l'allée qui menait à l'Hôtel du Cap. Elle demanda à un groom de lui ouvrir l'appartement de ses amis, s'empara du téléphone.

Elle eut d'abord Rome, où le directeur de la compagnie de transports de son mari lui dit que M. Satrapoulos avait assisté à une conférence la veille au matin, mais qu'il était ensuite reparti pour le golfe Persique à bord de son avion privé.

— Où ça ? demanda-t-elle.

— A Baran, lui répondit-on.

A la fille du standard, elle demanda de lui obtenir la communication avec l'aéroport de Baran — s'il y en avait un... Vingt minutes plus tard, elle l'eut en ligne. On lui répondit dans un mauvais anglais que l'avion de M. Satrapoulos avait décollé la veille au soir.

— Pour où ? cria-t-elle presque, énervée par la chaleur et la longue attente.

Très loin, au bout du fil, au bout du monde, l'homme lui dit qu'il n'en savait rien. Découragée, elle raccrocha. Où pouvait-il bien

160

être ? Un instant, elle eut l'idée de partir immédiatement pour la Grèce, afin de vérifier si sa prétendue belle-mère existait vraiment. Elle y renonça, craignant que Socrate ne lui reprochât d'avoir agi sans l'avoir averti. Mentalement, elle essaya de se mettre à sa place, de reconstituer le trajet qu'il avait accompli ainsi que ses points de chute éventuels. Elle demanda Athènes, l'obtint. Le valet de chambre de Socrate ne l'avait pas vu, non, mais Monsieur lui avait précisé « qu'il lui rapporterait ses cigarettes favorites de Genève ».

— Etes-vous bien sûr qu'il vous a dit cela ? interrogea Lena dont les jointures se crispaient sur l'appareil.

— Oui, Madame. Je suis formel. Monsieur me l'a dit.

Par les volets entrebâillés, elle apercevait un couple enlacé, en tenue de bain, qui descendait lentement l'allée menant à la plage.

— Merci Niko... Merci beaucoup.

Marc, où es-tu ? Elle appuya plusieurs fois sur la fourche du téléphone. Elle eut la standardiste et la pria de lui passer un numéro à Genève, celui de son appartement. Quelques minutes après, elle parlait à Socrate. Il eut l'air très étonné de l'entendre :

— Où es-tu, à Saint-Jean-Cap-Ferrat ?

— Non. A Eden Roc, à Cap d'Antibes.

— Tes amis sont là-bas ?

— Socrate, j'ai lu les journaux.

— Moi aussi.

Un long silence. Puis, Lena :

— C'est vrai ?

— Qu'est-ce que tu crois ?

— Est-ce que c'est vrai ?

— Pas un mot de vrai.

— Alors, tu n'as pas de mère ?

Elle entendit éclater, à Genève, le rire de son mari :

— Je ne t'ai jamais dit que j'étais orphelin !

— Tu ne m'as jamais dit non plus que tu avais eu des parents.

— Tu connais quelqu'un qui peut venir au monde sans la collaboration de ses parents ?

Elle était déconcertée par ce ton badin et joyeux, alors que, sur tous les journaux, la nouvelle s'étalait, qu'il aurait dû prendre au tragique. Comme elle restait muette, il lui demanda :

— Lena, je suis très pressé. Je viens tout juste d'arriver et il faut que je reparte. Dis-moi... Que veux-tu savoir ? Parle... Je te répondrai...

Elle eut conscience d'être stupide, à mesure que les questions montaient à ses lèvres et qu'elle les refoulait. C'était si énorme, ce qu'elle avait à demander à un homme dont elle était l'épouse depuis plus de cinq ans. Néanmoins, elle avala sa salive, frotta ses yeux qu'elle sentait brouillés de larmes, et se décida :

— Ta mère est-elle toujours en vie ?

— Oui.

— Est-ce la dame dont parlent les journaux ?

— Non.

— Tu en es sûr ?

— Oui.

— Sais-tu où se trouve ta mère, maintenant, tout de suite ?

— Oui.

— Où ?

— A Paris. Au Ritz.

— Etes-vous fâchés ?

Très loin, elle entendit sa respiration, perçut son hésitation. Finalement, il articula :

— Un peu... oui...

— Qu'est-ce que tu vas faire pour éviter le scandale ?

— Il est trop tard pour l'éviter. Mais pour le faire oublier, je vais en faire éclater un autre.

— Donc... la dame, sur la photo... ce n'est pas ta mère ?

— Non.

— Tu me le jures ?

— Je te le jure.

— Alors... Pourquoi ?... cette histoire ?

— Demande-le à Kallenberg.

— Herman ?

— Ecoute, Lena, puisque tu aimes bien lire les journaux, ne manque pas d'acheter ceux de demain. Et écoute aussi la radio ce soir... Maintenant, il faut que je te quitte.

Elle eut peur qu'il raccroche. Elle ne savait plus que lui dire mais, pour une raison obscure, avait envie de le garder au bout du fil :

— Quand nous verrons-nous ?

— Je ne sais pas. Tu m'as dit que tu devais partir pour New York...

— Je n'ai plus envie d'y aller.

— Viens me rejoindre à Rotterdam, j'y serai ce soir. Tu veux ?

— Je ne sais pas. Où puis-je te joindre ?

— A l'appartement.

— Socrate...

— Oui ?

— Est-ce que tu aimes ta mère ?

Il eut un petit rire triste, curieux, et lui dit :

— Je l'adore... Et toi aussi je t'adore. Au revoir.

Il y eut un déclic. Lena garda l'appareil en main, sans bouger. Sur l'allée, le couple avait disparu depuis longtemps. Ils devaient se baigner. La voix de la standardiste la tira de sa rêverie :

— Avez-vous été coupée ? Désirez-vous une autre communication ?

— Passez-moi le concierge...

Elle l'eut :

— Oui Madame Satrapoulos, à votre service.

— Pouvez-vous me louer un avion qui soit prêt à décoller dans deux heures de Nice, destination Paris ?

— Mais bien entendu, Madame !

— Parfait. Trouvez mon chauffeur et dites-lui de venir me prendre dans une demi-heure au bar de la piscine.

— Je m'en occupe immédiatement. Merci Madame.

La décision de Lena était prise : elle allait vérifier sur-le-champ ce que Socrate venait de lui dire. Puisque sa mère était au *Ritz,* il n'y avait aucune raison pour qu'elle ne fasse pas sa connaissance.

Raph Dun était assez vaniteux pour répéter tout ce qui pouvait augmenter son prestige, mais pas assez fou pour aller révéler qu'il était à l'origine de cette fantastique histoire dont les journaux étaient envahis. Il souffrait de ce silence forcé, de cette modestie obligatoire. Il aurait voulu pouvoir prévenir ses relations, devenir lui-même l'objet d'un article ou bien, organiser un cocktail dont le carton aurait porté la mention : « Ralph Dun vous invite à célébrer l'un des plus beaux coups de sa carrière : la découverte de la mère de Satrapoulos. » Au lieu de cela, il avait été contraint de demander à ses correspondants de garder le secret : « Oubliez-moi, je ne vous ai jamais donné cette information. »

Lorsque le scandale se serait tassé, il envisageait de prendre sa revanche. Dans les conversations, il orienterait subtilement ses interlocuteurs sur le sujet roi. Lorsqu'on lui poserait des questions, il prendrait le sourire mystérieux et lointain de ceux qui savent, mais qui ne peuvent rien dire, afin que chacun se doute de sa participation à l'affaire, sans qu'il l'ait lui-même précisée formellement. Un prix Nobel de physique qu'il interviewait un jour avait eu cette formule : « Celui qui ne sait rien affirme. Celui qui doute parle. Celui qui sait ne dit rien. » Ainsi va le monde, gouverné par ceux qui se taisent, parce qu'ils savent. Raph se tairait donc. La mort dans l'âme...

Il écarta d'un geste l'édition du matin des grands quotidiens européens qui jonchaient son lit.

Le téléphone sonna : c'était Bill, le directeur de la rédaction de *Flash* :

— Qu'est-ce que tu fous ce soir à 6 heures ?

— Je suis pris. Et les autres jours aussi. Et même toute l'année. Je me suis mis en congé. Qu'est-ce qu'il y a ?

— L'affaire Satrapoulos.

— Fantastique, hein ?

— Ouais... Fantastique. Tellement fantastique qu'on est obligés de foutre en l'air toute l'édition de samedi.

Dun glissa brutalement de son nuage :

— Répète !

— Toute l'histoire est bidon. Zéro. Satrapoulos attaque tous les journaux qui l'ont passée. Les photos qu'on a eues, c'est pas sa vieille. Un coup monté...

— Qu'est-ce que tu racontes ?

— C'est comme ça. Nous, dans le fond, on s'en fout. On va faire notre numéro sur sa vraie mère.

— Quelle vraie mère ?

— Tu es saoul ou quoi ? Je te dis qu'il y a maldonne ! On va se retourner nous-mêmes contre l'agence qui nous a refilé le tuyau. Etant donné le prix qu'on avait payé l'information, ça va leur coûter cher !

— Tu n'es pas bien, non ? Qu'est-ce qui te fait croire...

— Oh ! écrase ! Si tu veux voir la vraie vieille, va ce soir au *Ritz,* elle donne une conférence de presse. Tu veux couvrir le sujet, oui ou merde ?

— Tu es sûr de ce que tu dis ?

— Oui, coco. Et si je te demande le boulot, c'est pas pour tes talents, mais parce que tu vis presque sur les lieux du crime. Il me faut tout ce soir à minuit. Je t'envoie Bob pour les photos. Et secoue-le pour qu'il shoote ! Allez, salut, et sois à l'heure !

Dun était devenu livide. Il jaillit hors de son lit et sauta dans un pantalon.

Lena ne s'était pas fait annoncer. Elle avait traversé le hall du *Ritz* jusqu'à l'ascenseur, sans que nul se songe à lui demander quoi que ce soit. A elle seule, son allure valait tous les passeports. Elle appartenait à cette race de femmes qu'on peut rouler dans la boue d'un ruisseau, abandonner toute nue sur le trottoir : d'instinct, le premier flic qui la retrouvera ne l'emmènera pas au poste, ne lui demandera pas son adresse, mais la conduira jusqu'au palace le plus proche car, de toute éternité, c'est là qu'elle doit résider. Elle le savait. Arrivée au 5ᵉ étage, elle enfila le long corridor et demanda à une femme de chambre qui passait, les bras chargés de fleurs :

— Madame Satrapoulos ?

L'employée la dévisagea, jeta un regard d'envie au bracelet en brillants et répondit :

— 504, Madame.

Distraite, elle se trompait d'un numéro, confusion excusable puisque Tina Satrapoulos occupait, avec sa suite et ses invités, deux appartements voisins, le 504 et le 503. Lena remercia d'un sourire et poursuivit sa marche. Arrivée devant la porte, elle eut une légère hésitation : avait-elle raison d'entrer de plain-pied dans les secrets de Socrate ? Elle sonna. Un valet en livrée entrebâilla l'huis d'un air soupçonneux :

— Madame ?

— Madame Satrapoulos ?

L'autre voulut refermer la porte précipitamment. Craignant que son mari ait donné des consignes pour ne laisser entrer personne jusqu'à la conférence de presse, Lena, avec volubilité, déclina son identité :

— Je suis Mme Satrapoulos et je dois voir ma belle-mère tout de suite.

Le valet voulut expliquer que la vieille habitait l'appartement d'à côté, mais Lena ne lui en laissa pas le temps : elle poussa la porte. Elle eut sous les yeux un spectacle incroyable. De l'ameublement de la chambre, il ne restait que les lambris, la moquette, des fleurs et quelques tableaux de la fin du xviiiᵉ siècle, représentant des monuments romains délabrés, œuvres de ruinistes attardés, suiveurs nostalgiques et lézardés de Hubert Robert. Sur une dizaine de mètres carrés, la moquette disparaissait sous une litière de vingt centimètres d'épaisseur, foin frais coupé et herbes sèches. Au centre de ce gazon artificiel, une espèce de parc à bébé, immense. Appuyée à ce parc, une grande jeune femme blonde en blouse blanche d'infirmière. Entre les parois du parc, une chèvre toute noire, avec un peu de blanc au-dessus des sabots, et une vieille dame, en noir également, avec du blanc sur le jabot et quelques bijoux en or, sobres et d'assez bon ton. La dame, agenouillée, trayait la chèvre, tirant alternativement sur les pis de l'animal, à une cadence souple et rythmée que seule peut donner l'habitude. Tous ces éléments épars, Lena ne les avait pas saisis l'un après l'autre, mais globalement, dans un lourd silence scandé par le bruit du lait giclant en jets durs dans un récipient de métal. L'infirmière fut la première à réagir :

— Madame...

Lena la repoussa d'un geste :

— Je suis la femme de Socrate Satrapoulos.

Et elle s'avança en direction de la scène bucolique, une émotion sincère ayant remplacé son étonnement premier. Tina continuait à traire, concentrée sur son action. Elle n'avait pas encore retourné la tête. Lena lui dit d'une voix douce, en grec :

— Madame... Je suis Helena, votre belle-fille...

Comme elle ne bronchait pas, Lena ajouta :

— La femme de Socrate... Votre fils...

Alors, la vieille, toujours penchée sur sa besogne, laissa tomber à l'intention de l'infirmière :

— Faites-moi sortir cette saleté.

Dun regardait la vieille dame, consterné : comment était-ce possible ? Satrapoulos avait dû avoir vent du coup fourré, d'une façon ou d'une autre, et il y avait de très fortes chances pour que cette Tina-là ne soit pas la bonne.

Au début de la conférence, l'infirmière avait demandé aux journalistes présents d'avoir la courtoisie de bien vouloir ne pas fumer. Au début... Puis, un type avait sorti sa pipe, mine de rien, et l'avait allumée. Un autre avait camouflé sa cigarette entre ses doigts, dans le creux de sa paume, comme au collège, en tirant en cachette de voluptueuses bouffées. Les autres avaient suivi et maintenant, dans l'appartement rapetissé par les quarante personnes qui s'y pressaient, il y avait une fumée à couper au couteau. Chacun avait abusé de l'invitation de l'infirmière qui leur avait demandé s'ils « désiraient prendre un rafraîchissement ». Le scotch, le gin, la bière et la vodka coulaient à flots, dans un va-et-vient de garçons d'étage débordés et traités par-dessus la jambe.

Assise dans une bergère, légèrement pâteuse à cause des tranquillisants qu'on lui avait administrés à haute dose, Tina regardait d'un œil morne la horde qui lui faisait face, clignant des yeux comme un vieux hibou lorsqu'elle était aveuglée par un flash. L'encadrant solidement, Maria à sa gauche, l'interprète à sa droite. Derrière le fauteuil, les deux hommes de main de Satrapoulos qui avaient fait spécialement le déplacement d'Athènes. Consigne pour tous : au moindre écart de Tina, renvoyer tout le monde en prétextant qu'elle était fatiguée. D'ailleurs, l'interprète avait précisé dès le début de l'entretien que Mme Satrapoulos relevait de maladie, qu'elle était fragile et que le choc reçu, s'ajoutant à la lassitude naturelle de son âge, avaient émoussé ses qualités de résistance. L'interprète était un petit bonhomme jeune, à lunettes cerclées d'acier, l'air très convenable, le cheveu court, l'œil rond et indifférent. En fait, il ne l'était pas, n'en montrait rien mais jubilait intérieurement car sa fortune était faite. Si tout se passait bien, c'est-à-dire comme on lui avait demandé que cela devait se passer, il encaisserait, dès la sortie de la conférence, un magot susceptible de le faire vivre trente ans sans rien faire, uniquement en touchant les intérêts de son capital.

Il avait été choisi par le Prophète de Cascais lui-même, qui avait jugé indispensable de le mettre dans le coup si l'on voulait qu'il joue son rôle à la perfection. Le Prophète l'avait sermonné pendant deux heures avant qu'un avion vienne le prendre pour l'emmener à Paris sur les lieux de ses futurs exploits. Pour l'instant, il s'en tirait bien, aidé dans son travail par la passivité de Tina, gavée depuis plusieurs jours de tranquillisants et de calmants. Sous l'avalanche des questions qui lui étaient posées, il restait impassible, se bornant à les traduire à l'usage de Tina et à en fournir la réponse aux journalistes. Seulement, entre ces demandes et ces réponses, il accomplissait son travail, menant le jeu qui lui convenait, affirmant d'un air neutre le contraire de ce que Tina venait de lui dire ou prenant à contre-pied les phrases des reporters. Si une autre personne que lui avait parlé grec dans l'appartement 503, voici ce qu'elle aurait entendu :

JOURNALISTE. — Aime-t-elle son fils ?

INTERPRÈTE, A TINA. — Pourquoi détestez-vous Socrate ?

TINA, A L'INTERPRÈTE. — C'est un démoralisé.

INTERPRÈTE *au journaliste*. — Mme Satrapoulos adore son fils.

Un dialogue de sourds qui s'échelonnait depuis deux heures en des centaines de questions, allant toutes dans le sens souhaité par S.S. Mais. en dehors de Maria et des deux gorilles, nul ne pouvait apprécier le superbe travail d'intoxication du petit interprète.

Vaguement, Dun flairait anguille sous roche, ne se résignant pas à accepter cette réalité qui le privait de son triomphe, du prix de ses efforts, et allait sans doute le brouiller avec Kallenberg. Il était resté au fond de la pièce, guettant l'instant où se présenterait la faille : il n'y en avait pas. Par ailleurs, il lui était difficile d'intervenir directement. Il ne voulait pas prendre sur lui le risque de se faire remarquer par des questions intempestives et trop précises qui lui brûlaient pourtant les lèvres.

N'y tenant plus, il glissa à son photographe :

— Demande à l'interprète qu'il nous montre le passeport de la vieille.

Bob, avec arrogance et une certaine ironie dans l'œil, transmit sa demande. L'interprète sembla choqué, mais se pencha vers Maria pour lui demander d'aller chercher le document. Maria sortit du salon, se rendit dans la chambre et en revint, tenant l'objet. Elle donna le passeport à l'interprète, qui le transmit à Bob, qui le fit circuler de main en main, jusqu'à ce qu'il arrive à Raph. Dun l'examina longuement. Indiscutablement, il était authentique, portant les cachets de plusieurs pays.

Bien entendu, il ignorait qu'il avait été fabriqué à Londres deux jours plus tôt, par des faussaires qui avaient demandé le prix fort pour cette véritable œuvre d'art. La mort dans l'âme, il le tendit à son voisin qui le fit circuler à nouveau, en sens inverse, le circuit s'achevant à son point de départ, Maria. Se produisit alors, dans le silence qui suivit cette scène, un événement insolite : on entendit un bêlement. Il y eut un énorme éclat de rire parmi les personnes présentes, chacun cherchant dans l'œil de son voisin la confirmation de ce qu'il avait entendu. Les têtes se tournèrent d'abord vers la cloison d'où le bruit semblait être provenu, puis vers l'interprète, qui se permit de sourire pour la première fois depuis le début de la séance. Il eut un geste impuissant de la main et avoua :

— Messieurs, c'est à la direction du *Ritz* qu'il faut demander des explications. Pas à Mme Satrapoulos : elle vous en a assez fourni !

Les rires reprirent de plus belle et les journalistes se précipitèrent vers la sortie, sans même prendre congé : ils avaient tiré de la vieille tout ce qu'ils voulaient, la sauterie était terminée, bonsoir ! Maria se mordit les lèvres pour ne pas pouffer à l'idée de La Poilue, évadée de son enclos et broutant la moquette...

— Qui sème le vent récolte la tempête.

Ayant dit, le Prophète de Cascais jeta un clin d'œil complice à Satrapoulos. Le Grec, surtout lorsqu'il était victorieux et de bonne humeur, n'était pas imperméable à l'humour. Mais son vis-à-vis avait-il réellement de l'humour ? S.S. n'avait encore jamais réussi à déceler si son « gourou » débitait ses aphorismes et sentences au premier degré ou au huitième. Parfois, il lui semblait que le Prophète baissait le masque, l'espace d'un instant fugitif, d'un trait, d'une repartie un peu vive ou drôle, mais c'était si rapide que Satrapoulos n'était jamais sûr de n'avoir pas rêvé.

De son côté, le Prophète avait appris par expérience qu'il ne faut pas descendre de son piédestal. Ne jamais rien livrer de sa vie privée, ne jamais manifester de doutes, ne laisser aucune prise au client sous peine de perdre l'ascendant qu'on a sur lui. Avant tout, afficher à son égard une bienveillante sollicitude, sans tomber dans le piège toujours tendu de l'amitié offerte. Hilaire, qui était un tendre, souffrait souvent de cette attitude qui lui était imposée par l'éthique de sa profession. Certains jours, il aurait souhaité ne pas tirer les cartes à sa pratique, mais aller vider une bouteille en sa compagnie, parler littérature, philosophie, théologie, n'importe quoi, sauf cartes du ciel ou maisons zodiacales. En dehors des énormes avantages matériels que lui dispensait son art, sa position présentait bien des désavantages, à commencer par tous les discours sur lui-même qu'il était obligé de refouler malgré l'envie abominable de s'en libérer. Le commerce du désarroi ne lui donnait pour autant aucune certitude : qui le rassurait, lui, lorsqu'il était inquiet ou angoissé ?

— Mon cher ami, votre tactique a été magistrale, du début à la fin. Je suppose que vous avez vu les journaux ?

Le Grec brandissait la une du *Tribune* : « Les dessous de la guerre de l'or noir. » Pour se tirer du mauvais pas où ils s'étaient mis en publiant une information fausse, les quotidiens occidentaux avaient forcé la note dans le style « nous avons été abusés ». Abusés par qui ? Ils ne le précisaient pas, mais laissaient supposer qu'à travers la personne de l'innocent Satrapoulos, ils avaient été victimes de la guerre des cartels du pétrole. Commencée en fait divers sordide, l'histoire prenait maintenant une dimension internationale : on se plaisait à rendre hommage à la probité professionnelle du Grec. Des « groupes rivaux » s'étaient abaissés, pour le déshonorer, à inventer et à monter de toutes pièces ce pauvre roman de la mère délaissée et du fils indigne. Des excuses suivaient, et des photos de Tina, séjournant au *Ritz* de Paris pour faire du shopping, parée des beaux bijoux que lui avait offerts son fils pour son récent anniversaire. Non seulement S.S. était lavé, mais on le félicitait pour la manière digne et courageuse dont il avait fait face à cette involontaire diffamation : il ne fallait pas l'imputer aux journalistes. Leur bonne foi avait été « surprise ».

En réalité, les avocats du Grec avaient dû montrer les dents pour que paraissent immédiatement les rectificatifs, menaçant les uns et les autres de représailles terribles. Les responsables des grands quotidiens avaient tenu des conférences houleuses et prolongées pour décider ce qu'il convenait de faire. La rage au cœur, ils avaient dû s'incliner et rédiger ces foutus démentis qui les faisaient passer pour des imbéciles : le fait d'être tous logés à la même enseigne ne les consolait pas du tout de l'affront subi. De Rome à Amsterdam, de Paris à Munich, les téléphones avaient crépité pour que l'on sache enfin qui était l'instigateur réel de ce gigantesque pétrin. Mais à la S.I.A. de Londres — Scoop International Agency — où avaient abouti les doléances exaspérées, Mike avait fait un barrage, refusant de révéler le nom de son informateur. La maigre estime qu'il vouait à

Dun n'en était pas la cause, mais plutôt un fabuleux désir de vengeance qu'il ne voulait laisser à quiconque le soin de partager avec lui. Bien entendu, la S.I.A. allait devoir rembourser les sommes perçues et tirer une croix sur cette affaire juteuse, sans parler du préjudice moral, de la confiance perdue pour longtemps. Tout se paierait...

— Et maintenant ?

Satrapoulos eut un sourire affectueux :

— Et maintenant quoi ?

— Qu'allez-vous faire ? A quoi allez-vous vous attaquer ?

— Le monde est grand, la mer est vaste.

— Avez-vous confiance dans cet émir ?

— Aucune. C'est un illuminé, un fanatique. Mais j'ai confiance en son amour de l'argent et de la puissance. Tant qu'il aura le premier et espérera la seconde, il se tiendra tranquille et respectera son contrat.

— Ce n'est pas suffisant.

— Que voulez-vous dire ?

— Il faut vous l'attacher davantage, de façon qu'il ne puisse pas rompre le lien quand il en aura envie. Croyez-vous que Kallenberg va laisser tomber la partie comme ça ?

— Non.

— Il nous faut donc agir très vite pour qu'il ne nous prenne pas de vitesse.

— Que peut-il faire ? Il est hors du coup.

— C'est vous qui le dites. Ce qu'il n'a pu obtenir par la persuasion, il peut l'avoir par d'autres moyens.

— Lesquels ?

— L'émir doit avoir des points faibles. Votre beau-frère peut s'y attaquer.

— J'ai un contrat.

— Pour les Arabes, ce n'est que du papier, zéro.

— Alors, quoi ?

— Comment règne-t-il, votre type ?

— Il a une espèce de pouvoir religieux et un ascendant certain sur tous ses pairs.

— Basé sur quoi ?

Satrapoulos commençait à voir où le Prophète voulait en venir. C'était adroit. Il répondit :

— Sur une vie ascétique, un soi-disant désintéressement, une marque de fabrique de prétendue pureté.

— Vous y êtes ?

— Presque.

— Vous voyez bien qu'il y a toujours un moyen...

170

— Oui, mais... comment ?

— Il faut d'abord que je consulte mes tarots et votre carte du ciel pour savoir quel est le moment le plus favorable. Ensuite, nous réglerons les détails de l'opération. Et je vous garantis que, cette fois, vous le tiendrez solidement !

— Croyez-vous que Kallenberg ait pu avoir la même idée ?

— Pas encore, non. Mais dans huit ou dix jours. Autant être les premiers. Voyons cela...

D'un geste coulé, le Prophète étala les cartes sur la feutrine rouge de sa table de voyance. Le Grec le regardait, fasciné, avide de savoir à quelle sauce il allait devoir accommoder son destin.

Après cette incroyable conférence de presse, Raph Dun avait préféré se mettre au vert et disparaître pendant quelque temps. On était dans la deuxième partie du mois d'août, période paradoxale où les passions s'accroissent à mesure que le soleil perd de sa force, jusqu'à ce que l'automne fasse rentrer tout le monde dans le rang. Il n'avait même pas pris la peine de téléphoner à Orly pour avoir l'horaire des avions en partance pour Nice. Il avait empilé quelques affaires d'été dans un sac de cuir de chez Vuitton, afin que nul n'en ignore, et s'était fait conduire en taxi à l'aéroport. Une heure plus tard, il survolait les monts du Lyonnais, tâchant de résoudre un délicat problème : chez qui débarquer ?

La difficulté consistait à ne froisser personne. Il connaissait trop de monde, sa silhouette était célèbre sur la Côte d'Azur et il risquait de fâcher dix personnes pour avoir choisi de résider chez la onzième. Il se fia donc au hasard, son grand maître, à peu près certain qu'une rencontre fortuite le tirerait de son embarras. Il avait jugé plus prudent de ne pas téléphoner à Mike, sachant bien que le rédacteur en chef de la S.I.A. exigerait la restitution immédiate des sommes qu'il lui avait avancées. Malheureusement, cet argent était déjà parti dans la poche du directeur d'un garage où sa Ferrari était tenue en gage pour cause de traites impayées.

La vie était difficile... Il y avait pourtant un moyen de rétablir l'équilibre, un moyen miraculeux, incomparable : le Palm-Beach de Cannes où il lui était arrivé très souvent de pénétrer sans un sou et sans espoir de crédit et d'en ressortir, toutes dettes payées, avec un très joli paquet. Evidemment, ça ne marchait pas à tous les coups, mais où était le risque ? Il ne pouvait pas perdre, puisqu'il n'avait rien. Par conséquent, il ne pouvait que gagner. Lancinante, une petite voix essayait de placer son couplet démoralisant : « Et si tu t'endettes encore plus ? » Mais Dun refusait de l'entendre. Il avait déjà assez d'ennuis pour accepter la marche funèbre d'un sermon et laisser détruire le peu d'enthousiasme qui lui restait. Il verrait bien s'il était en forme.

A trois reprises, il avait eu l'homme de confiance de Kallenberg à l'appareil, mais s'en était tiré en contrefaisant sa voix, prétendant qu'il « était le secrétaire de M. Dun, mais que M. Dun était parti en reportage ». L'autre lui avait demandé, d'un ton sec, d'avoir la bonté de prévenir son patron qu'il devait joindre Herman Kallenberg par tous les moyens et de toute urgence : qu'ils aillent au diable ! Après tout, il n'était pas responsable de ce fiasco. Derrière ce micmac, une main innocente avait tiré les ficelles, et Kallenberg était mieux placé que lui pour savoir à qui elle appartenait. Naturellement, s'il s'était rendu en personne dans le village de la vieille, il aurait pu vérifier si les clichés rapportés par ses reporters représentaient vraiment la mère de Satrapoulos. Mais Dun n'était pas égoïste. Il aimait que chacun participe à ses entreprises. Son rêve aurait été de donner des ordres, de faire réaliser ses idées sans mettre lui-même la main à la pâte. Il concevait parfaitement un univers forgé à son caprice, dans lequel son verbe aurait été générateur de grandes actions accomplies par des milliers d'exécutants. Les basses besognes le rebutaient, et l'assommaient les contacts avec des gens de condition médiocre que les nécessités de sa profession plaçaient parfois sur sa route, entre lui-même et ses fins de mois. Pourquoi devait-il justifier son existence par un travail, au lieu d'être nourri par ces millionnaires qui le trouvaient si drôle, ou ces femmes ennuyeuses, désœuvrées et ennuyées qui lui juraient ne pas pouvoir se passer de lui ? En dehors de leur argent, qu'est-ce qu'ils avaient donc, tous ces gens-là ? Et sans lui, qui les amusait, que feraient-ils de leurs soirées ?

— Voulez-vous un jus de fruits ?

— Champagne.

Il regarda l'hôtesse qui l'avait immédiatement repéré parmi les autres passagers, mais ne lui trouva rien qui puisse l'exalter. A tout hasard, pour voir, il la rappela :

— Mademoiselle !

— Monsieur ?

Il l'obligea à se pencher vers lui et lui glissa à l'oreille :

— Vous descendez à quel hôtel ?

Sur le même ton de confidence, elle lui glissa :

— Je retourne à Paris tout à l'heure et repars pour Londres ce soir...

— Ah !...

172

Dun était dépité. Ce mot Londres avait provoqué une crispation de son estomac. Il répondit :

— Dommage... On se reverra peut-être sur une autre ligne...

— Peut-être. Voulez-vous que je vous donne mon téléphone à Paris ?

— Oui, oui... Si vous voulez...

Sur un ton distrait. Il n'en avait rien à faire, de son téléphone à Paris : c'était exactement comme s'il avait déjà couché avec elle. Dans un bouquin de Huysmans qu'il avait lu — il était resté enfermé pendant trois jours dans une chambre du Quartier latin avec une étudiante américaine qui faisait des études en Sorbonne sur la littérature française au XIXe et, entre deux étreintes, avait dû l'aider à s'imprégner de l'ouvrage qui était titré *A rebours* — dans ce bouquin, donc, il y avait un type qui s'appelait Des Esseintes, un personnage épatant, bien que le livre soit plutôt rasoir. Ce Des Esseintes, c'était un cas : pas d'ennuis d'argent, un valet de chambre, une cuisinière, un hôtel bourré d'objets rares, inutiles et raffinés parmi lesquels une tortue vivante dont la carapace était enchâssée de pierres précieuses de telle façon que la lumière, lorsque l'animal se déplaçait pour aller bouffer ses feuilles de salade, s'accrochait aux joyaux et en renvoyait le reflet dans l'appartement, comme ces boules de faux cristal tournoyant, le temps d'un tango ou d'une valse musette, dans les bals nègres du XVe arrondissement. Un jour, Des Esseintes doit partir pour Londres — merde ! encore Londres ! Ses bagages sont prêts, à ses pieds. Il est en avance, assis dans un fauteuil. Son larbin lui apporte un xérès et, pendant qu'il le sirote, il imagine son voyage, la gare Saint-Lazare, le ferry-boat, le train, la gare Victoria, ses amis qui l'attendent sur le quai, leur voiture, ce qu'il mangera le soir, de quoi ils parleront, la journée suivante, qu'il passera d'une certaine façon, dans tel musée et tel salon de thé, tel restaurant, et le retour, dans l'ordre inversé de ces futilités déprimantes, la voiture des amis, l'adieu des amis à Victoria Station, le ferry-boat, la gare Saint-Lazare, son salon enfin. Quand son maître d'hôtel vient le prévenir qu'il est l'heure de s'en aller, il lui répond :

— Non merci, je ne pars plus. Je suis déjà de retour.

C'était exactement le sentiment que Raph éprouvait souvent : il était déjà de retour, revenu de tout sans y être forcément allé. Quand il était las, les femmes lui devenaient insupportables, mijaurées mièvres en mal de mots et dont il pouvait supputer, à certains détails du visage, grain de la peau, forme et couleur des yeux, dessin de la bouche, plantation des cheveux, tout le plaisir qu'il en pourrait tirer. Parfois, son imagination allait si loin qu'il les avait possédées avant même de les avoir étreintes. Dans ces conditions, à quoi bon faire un effort ?

— Nous allons atterrir dans quelques instants... Nous vous prions d'attacher vos ceintures.

Par le hublot, Dun voyait la mer et la longue langue de plage, serpent ocre-jaune ondulant contre le cobalt de l'eau... A peine arrivé dans le hall de l'aéroport, il tomba sur Lise, grande famille et petite cervelle — les Loeb, pipe-lines en tous genres.

— Qu'est-ce que tu fais là ?

— J'arrive, tu vois.

— Tu restes longtemps ?

— Sais pas encore.

— Tu vas à Cannes ?

— Peut-être. Je ne sais pas.

— Formidable ! Viens avec moi !

— Où ça ?

— Chez Danielle. On s'emmerde, on est cinq filles.

— Danielle qui ?

— Dis donc, tu as la mémoire courte ! Danielle !...

Danielle Valberger, la plus belle propriété de la Côte. Elle avait voulu mourir pour Raph. Enfin, elle s'en était vantée. Et même, paraît-il, avait vraiment essayé de le faire. Dun, qui la considérait comme une tragique, genre qu'il vomissait entre tous, avait jugé plus sage de partir en voyage, le temps que la crise se tasse.

— Elle va bien ?

— En pleine forme !

— Qui sont les autres ?

— Il y a Mimsy... Eliane... Marina... Ça fait trois... Danielle et moi, cinq. C'est marrant de te rencontrer, ce matin encore on a parlé de toi. Il était terrible, ton reportage.

Raph sentit la petite araignée lui mordre l'estomac une fois de plus :

— Quel reportage ?

— Sur Harlem.

Il l'avait oublié, celui-là... Il avait la sensation que tout le monde était au courant de son ratage. Il poussa un soupir, à demi rassuré :

— Qu'est-ce que tu viens faire ici ?

Lise ouvrit de grands yeux et s'exclama :

— Zut ! J'allais oublier ! T'as pas vu Nicole dans l'avion ?

— Nicole qui ?

— D'Almerida.

— Pas vue, non. Tu es marrante, toi, avec tes prénoms. Comment veux-tu que je m'y retrouve ?

— Salaud, tu les connais toutes. Elle a dû rater l'avion. Allez, viens, je t'embarque !

— Qui t'a dit que je venais ?

174

— Tu as déjà vu un homme refusant une invitation dans un harem ?

— Pourquoi êtes-vous seules ?

— C'est le père de Danielle. Il a dû rentrer à Paris. Il a accepté de laisser sa descendante dans son domaine, à condition que ses gentilles petites camarades lui servent de duègnes. Leur tête, quand elles vont te voir !

Dun hésitait, perplexe. Lise insista :

— Viens d'abord te baigner et prendre un verre. Si tu nous trouves trop moches, tu pourras toujours aller voir ailleurs. Tu as une bagnole, non ? J'ai la mienne. Pas de bagages ? Parfait ! Tu comprends, c'est moi qui suis de corvée. On a tiré au sort entre nous pour savoir qui viendrait attendre Nicole. Chouette ! Un homme au pensionnat !

Il y a tout de même de bons moments dans l'existence. Raph était en maillot, couché sur un matelas pneumatique, un verre de scotsh à la main. Son radeau dérivait lentement dans la piscine, poussé par des mains bronzées, fines, délicates, aux ongles soignés et effilés. Sur le patio, un électrophone moulait de la musique de jazz. Droit devant lui, la tête tournée vers le ciel, il apercevait la pointe d'un cyprès et les ovales minuscules et argentés des feuilles de la plus haute branche d'un olivier d'âge canonique — il paraît que l'architecte qui avait construit la villa l'avait ordonné autour de cet arbre vénérable. Les deux jambes de Raph pendaient mollement dans l'eau tiède, le whisky coulait glacé dans sa bouche et lui explosait ensuite dans la gorge en petites boules de feu. L'instant était si rare qu'il en oubliait presque Kallenberg, l'humiliation subie et les ennuis qui tôt ou tard allaient s'abattre sur lui. Après tout, il s'en fichait ! Qu'on continue à le pousser ainsi, au bout du monde sur son matelas flottant, son verre à la main, les pieds dans la flotte et ces menottes délicates dans ses cheveux, que pouvait-il souhaiter de mieux ?

Maintenant, les cinq filles l'entouraient, jouant avec perversion les mères de famille attentionnées envers un beau bébé, feignant de se prendre à leur simulacre pour mieux jouir du trouble provoqué par ce corps long et musclé, ce corps d'homme. Même Danielle s'y était mise, appuyant sans rancune sa tête brune sur son épaule, afin que ses amies, qu'elle surveillait du coin de l'œil, ne lui volent pas ce creux.

— Là... Il est beau, disait Marina, c'est mon gros poupon.

Et doucement, du dos de la main, elle lui frôlait la poitrine en un va-et-vient lent et agaçant. Même les doigts de Mimsy, qui lui passaient et repassaient dans les orteils, causaient à Dun un profond changement de son métabolisme. La tête toujours tournée vers le ciel, il palpait de la main une épaule, une cuisse, sans bien savoir à qui elles appartenaient. Sensation divine... Pourquoi était-il né à Paris fils de droguiste, au lieu de voir le jour au pays des harems ? Dans le fond, l'Occident aussi pouvait offrir des instants de grâce. Il aurait voulu les épouser collectivement :

— Voulez-vous vous marier avec moi ?

— Laquelle de nous ? répondirent les filles en riant...

— Toutes les cinq !

— Oh ! Il est affreux ! On le flanque à la mer ?

Au delà de la piscine, il y avait une pelouse sur laquelle s'échinaient à longueur d'année des jardiniers. Elle descendait en pente douce jusqu'au rivage, bordée de lauriers-roses et de sauge. Sur la plage privée, on avait construit un minuscule embarcadère contre lequel se blottissait un hors-bord.

— Tu es bien, salaud ? demanda Lise.

— Ça me rappelle un reportage que j'ai fait dans les mines, du côté d'Hénin-Liétard. En moins douillet.

— Tu sais qu'il y en a beaucoup qui voudraient être à ta place ?

— Il faut les faire venir, mon chou... Il faut les faire venir...

Après tout, entre un milliardaire authentique et lui, quelle différence ? Il vivait dans les mêmes endroits, fréquentait les mêmes personnes, savourait les mêmes mets, tutoyait les mêmes gens, s'habillait chez le même tailleur et roulait dans les mêmes voitures. Bien sûr, les autres payaient pour cela. Ils avaient les milliards. Et alors ? Il se dédommageait en se laissant faire la cour par leurs filles et l'amour par leurs femmes, ou leurs maîtresses. Qui était le mieux nanti, eux ou lui ? Il se rendit compte brusquement que ces mains caressantes taquinant son corps des pieds à la tête commençaient à produire leur effet. Ces petites garces le faisaient-elles exprès ? Une ultime vague chaude dans tout le ventre le prévint que la cote d'alerte était dépassée. A l'instant où il commençait à braver la décence, il poussa un cri d'Indien et hurla, en se laissant basculer dans l'eau :

— Vous ne m'aurez pas ! Je ne serai pas l'objet d'un viol collectif !

Les jeunes femmes éclatèrent d'un rire un peu faux, un peu trop bruyant, tandis qu'il s'éloignait d'elles en se laissant glisser au fond de la piscine.

8

Depuis quarante-huit heures, tout était prétexte à Kallenberg pour piquer de terrifiantes colères, qui le laissaient épuisé, violet de rage, au bord de l'apoplexie. Son entourage, pourtant habitué à ses déchaînements de violence, ne l'avait jamais vu dans cet état. Chacun filait doux, rasait les murs et faisait l'impossible pour ne pas avoir affaire à lui. Il se trouvait toujours à Londres quand il avait lu la presse, écho de son désastre personnel. Le choc avait été si profond qu'il l'en avait traumatisé, provoquant un énorme silence là où, logiquement, on eût attendu une explosion. Herman s'était enfermé dans son bureau, drogué par sa défaite, incapable d'en connaître les causes ni d'en tirer la leçon. Momentanément...

Une heure plus tard, il émergeait de son anesthésie, faisait chercher Dun, ne le trouvait pas et, à défaut, pour passer sa hargne sur quelqu'un, fonçait comme un taureau dans l'appartement d'Irène qu'il trouvait nue dans son lit non défait, couchée sur le dos, le visage masqué par une épaisse couche de boue de beauté. Rien de répréhensible à cela, mais il n'allait pas perdre du temps à chercher un prétexte valable. Il lui hurla dans l'oreille :

— Je cours à ma ruine, on me harcèle de tous côtés, on se ligue contre moi, et tout ce que tu trouves à faire pour m'aider c'est de t'enfouir le groin sous du purin !

Irène eut un frémissement de plaisir à l'énoncée de la nouvelle : Herman avait des ennuis, quelqu'un s'était montré son maître, lui avait rabattu son insupportable caquet, l'avait maté ! Elle répondit :

— Qui te harcèle, mon chéri, qui te ruine ? Dis-moi tout !

Tout en parlant, elle se levait, tâtonnait autour d'elle pour trouver une serviette éponge, crut la tenir alors qu'elle venait de mettre la

177

main sur la robe blanche de Dior qu'elle avait ôtée quelques instants auparavant et s'en essuya le visage, distinguant petit à petit, à travers le masque qui s'était collé à ses cils, la silhouette d'Herman. Elle reçut un lourd coup de poing dans les côtes, qui lui coupa le souffle. Kallenberg écumait :

— Grosse vache ! Tu as vu à quoi tu t'essuyais !

Irène saisit l'occasion de le mettre encore plus hors de lui, de marquer des points. Grimaçant de douleur sous la boue, elle prit un air qui se voulait mutin et gourmanda Herman :

— Mon chéri, si tu as vraiment des ennuis, ce n'est pas le moment de flirter. Raconte-moi !

Herman, perdant le peu de contrôle qui lui restait, la frappa à nouveau, dans la région de l'estomac :

— Ah ! tu crois que je flirte ! Tiens ! Vieille bouse !

Simultanément, cette situation de violence attisée par l'attitude d'Irène l'excitait, comme toutes les fois où il sentait un être à sa merci, fût-ce sa propre femme. Il lui empoigna un sein à pleine main, le tordit. Irène poussa un cri déchirant et fit une dernière tentative, un suprême effort sur elle-même :

— J'aime quand tu as envie de moi...

Et brusquement, ne pouvant plus résister à la douleur d'un nouveau coup, elle se mit à crier d'une voix aiguë :

— Salaud ! Crapule ! Sale brute ! Je voudrais qu'on te casse la gueule, je voudrais qu'on te fauche jusqu'à ton dernier sou, qu'on te troue le ventre !

Le sourire revint sur les lèvres de Barbe-Bleue :

— Parfait... Là, au moins, je te retrouve. Enfin te voilà naturelle !

Et il sortit de la pièce pendant qu'Irène sanglotait et déchirait de rage la robe qu'elle venait de souiller. Il retourna dans son bureau, passa plusieurs coups de téléphone pour lancer son enquête le plus discrètement possible.

A propos de l'« affaire », l'un des journaux avait titré un entrefilet : A QUI PROFITE LE CRIME ? En aucun cas, il n'y était fait mention de Kallenberg, sauf pour rappeler qu'il avait été lui-même, quelques jours plus tôt, victime involontaire d'un scandale provoqué par d'autres. Mouvement d'extrême gauche destiné à saper le prestige d'hommes qui étaient des pivots importants de l'économie internationale ? Manœuvre politique ? Guerre des armateurs ? Le signataire des lignes s'interrogeait, envisageant plusieurs hypothèses dont aucune n'était la bonne puisqu'il mettait dans le même panier, sous l'étiquette de « victimes », les responsables réels de la démolition réciproque : Satrapoulos et Kallenberg. Au moins, sur ce plan-là, Barbe-Bleue était tranquille : on ne soupçonnait pas davantage Satrapoulos d'avoir saboté son petit Noël que Kallenberg d'avoir exhumé la mère du Grec. Pour l'instant, tout se passait donc en famille.

Le soir, Barbe-Bleue décida qu'il partirait le lendemain pour la Côte d'Azur. Avec Irène. Dans la Baie des milliardaires, derrière Eden Roc, entre Cannes et Antibes, il possédait une propriété magnifique où il ne mettait pratiquement jamais les pieds. Il estimait que s'y rendre en cette période où les « congés payés » y achevaient leurs vacances mornes détournerait utilement l'attention des plans de revanche qu'il mijotait. Il aurait à jouer les maris fidèles le temps de fignoler sa contre-attaque. Irène fut priée de partir le matin, Herman préférant régler quelques détails avant de prendre un avion l'après-midi.

A son arrivée à Nice, il lui advint une chose bizarre, qu'il mit plus tard sur le compte de sa fantastique colère rentrée. Son chauffeur l'attendait dans le hall et s'excusa d'être venu le chercher dans une voiture de louage : il avait entendu un bruit bizarre dans le moteur de la Cadillac et l'avait donnée à réviser.

Kallenberg demanda :

— Quand sera-t-elle prête ?

Le chauffeur fut surpris d'une telle question, son patron ne mettant jamais le nez dans les babioles de l'intendance :

— Elle l'est déjà, Monsieur, je viens de leur téléphoner. J'irai la prendre dès que je vous aurai déposé.

— Allons-y tout de suite.

Etonné, le chauffeur ne fit aucun commentaire et mit le cap sur Nice. Arrivé dans le garage, il pria Barbe-Bleue de l'attendre et se rua dans les étages supérieurs pour récupérer la Cadillac. Kallenberg se dégourdit les jambes et contempla vaguement des employés qui astiquaient une Bentley. Au bout de cinq minutes, il commença à s'impatienter, agacé de se trouver là. Dix minutes... Exaspéré subitement, il galopa jusqu'au quatrième et découvrit son chauffeur coincé dans un virage de la rampe d'accès.

D'un geste, Herman lui intima l'ordre de lui laisser la place. Se glissant au volant, il entreprit de dégager la Cadillac, braquant à droite, à gauche, avançant et reculant sans grand succès. Pour lui venir en aide, le chauffeur voulut le diriger dans ses manœuvres, ce qui vexa Kallenberg, dépité d'échouer là où un autre n'avait pu réussir. Il lui hurla quelque chose à travers la portière, que le chauffeur n'entendit pas car le moteur, brusquement, s'emballait. Explosant de fureur, Barbe-Bleue arracha l'aile avant de la Jaguar qui le maintenait prisonnier. Pour se dégager définitivement, il voulut remettre en prise le levier de vitesse de la boîte automatique, fit rugir à nouveau les 350 ch, se trompa d'un cran et enclencha la marche arrière : comme une fusée, la Cadillac bondit dans le garage, dans un hurlement de pneus, traversa tout l'étage en moins de deux secondes et percuta la paroi de verre formant mur après avoir défoncé la lourde barre de protection. Sur sa lancée, la voiture folle jaillit de la façade de l'immeuble, à vingt mètres au-dessus de la rue, son arrière s'inclinant de plus en plus vers le vide, dans un effrayant et lent mouvement de bascule provoquant la panique des passants.

A l'instant précis où elle allait plonger, elle resta accrochée, pendante, à la poutre d'acier tordue du garde-fou. Sortant d'un cauchemar, le chauffeur, qui n'avait pas eu le temps d'esquisser un geste, se précipita pour porter secours à Kallenberg. Il se pencha au-dessus de l'énorme brèche et aperçut, à travers le pare-brise pulvérisé, son patron, blême, le visage plein de sang, osant à peine respirer de peur de décrocher la Cadillac. Barbe-Bleue tourna vers lui un regard morne et interrogateur :

— Vous pouvez y aller, Monsieur... Doucement... Elle ne peut pas tomber...

Kallenberg amorça un mouvement de reptation, incertain :

— Allez-y, Monsieur... Prenez ma main...

Il s'y accrocha, parvint à surgir des débris du véhicule et reprit pied sur la terre ferme. Muets, des employés du garage l'entouraient : il ne les vit même pas, lançant simplement à son chauffeur, l'œil fixe et vide :

— Réglez les détails avec ces messieurs, Hubert. Payez.

Il s'ébroua, s'essuya le visage à l'aide d'un mouchoir et s'éloigna dans un immense silence, sans que nul ne fasse un geste pour le retenir.

Trois quarts d'heure plus tard, il arrivait à la villa, le sang coulant toujours d'une entaille à l'arcade sourcilière. Il tendit un gros billet au chauffeur de taxi qui n'avait pas osé lui poser de questions :

— Ça va... Gardez.

Irène, qui était en train d'essayer des maillots de bain dans le salon, le regarda passer, interdite :

— Herman !

Il ne lui répondit pas et se dirigea vers la salle de bains. Elle y pénétra sur ses talons :

— Qu'est-ce qu'il y a ? Qu'est-ce que tu as fait ? Qu'est-ce qui t'arrive ?

Il avait l'air sonné, hébété. Il ne réagit pas quand elle s'empara d'une serviette pour lui essuyer sa plaie :

— Tiens-la plaquée sur ton front... Attends... Ne bouge pas...

Elle ouvrit une petite armoire murale, en tira du coton, de l'alcool à 90°, du mercurochrome, examina la blessure, la nettoya :

— Ce n'est pas profond...

Enfant enfin, le gigantesque Herman se laissait faire docilement, ce qui faisait monter au visage d'Irène des bouffées de tendresse réelle. S'il avait toujours été comme cela, dépendant d'elle, acceptant ses secours, au lieu de vouloir lui imposer sa volonté ! Barbe-Bleue ouvrit la bouche :

— J'ai eu un petit accident... Je suis passé avec la Cadillac à travers la paroi du quatrième étage du garage... Ce n'est rien...

— Non, mon chéri, ce n'est rien... Laisse-moi te soigner.

Du coup, elle oubliait la raclée de la veille, les injures, leur guerre permanente, rendue subitement à sa dimension de femme, d'épouse de guerrier qui panse, apaise, caresse, endort et console...

— Tu vas aller t'étendre dans notre chambre...

« Notre chambre » ! Alors qu'ils faisaient chambre à part depuis la première semaine de leur mariage ! Ce possessif commun lui était naturellement venu aux lèvres, comme si cet événement l'avait rendue solidaire de son mâle blessé. Sans protester, Herman déplia son immense carcasse et, à pas lents, se rendit où on l'avait prié de se rendre. Lorsqu'il fut sur le lit, Irène l'abandonna pendant quelques instants pour demander du thé et du whisky à sa femme de chambre. Elle revint au chevet de Herman, passa ses doigts dans sa chevelure et lui gratta la tête doucement. Elle se trouvait un peu ridicule, car c'était la première fois qu'elle risquait un tel geste, ni érotique ni hostile, ces deux versants inversés de la passion. C'était affectueux, tout simplement. Dans la mesure où elle sentait avoir une chance d'exister pour lui, elle était prête à se ranger à ses côtés, contre les autres, et fut interdite d'éprouver un sentiment pareil pour un homme dont la règle du jeu exigeait que chacun d'eux essayât de détruire l'autre. Peut-être y avait-il sur terre des couples ayant un but commun, des intérêts identiques ?

Irène se mit à réfléchir et constata que, depuis son enfance, elle n'avait jamais subi (et pratiqué) que la duplicité. Depuis son plus jeune âge, elle savait que son père trompait sa mère d'une façon éhontée. Pourquoi se comportait-il d'une certaine façon lorsqu'il était avec des étrangers, et d'une autre parmi les siens ? A quel moment avait-il joué son véritable personnage, en famille ou à l'extérieur ? Elle s'aperçut qu'elle ne savait presque rien de Mikolofides et, pour la première fois, l'imagina autrement qu'avec les yeux d'une gosse craintive, hostile et terrifiée par son père.

Elle entendait la respiration régulière de Kallenberg, profonde comme en état de sommeil. Pourtant, il ne dormait pas. Il avait les yeux grands ouverts, fixés sur le plafond. Elle observa ces yeux. Au centre de la pupille, épinglées dans le bleu, il y avait de minuscules taches vertes :

— Tu as du vert dans tes yeux.

Herman ne répondit rien. Irène, tout naturellement, s'allongea à ses côtés, lui souleva la tête et passa le bras dessous. Elle s'enhardit même à se blottir contre lui, protectrice de son propre protecteur, mère de son tourmenteur. A quoi pensait-il ?

— A quoi penses-tu ?

Il soupira profondément :

— Je suis emmerdé.

C'était la première fois qu'il lui communiquait l'un de ses états d'âme. Elle le serra encore plus fort dans ses bras. Elle avait lu les journaux, bien sûr, mais n'arrivait pas à comprendre en quoi Herman était lié aux histoires de Satrapoulos et de sa mère.

— C'est grave ?

— Assez, oui...

Il lui répondait ! Elle en fut parcourue par une espèce de frisson électrique, en ressentant comme de la fierté. Malgré elle, elle laissa échapper une stupidité qui allait sans doute briser cet instant rare :

— Tu es de quel signe ?

Il ne hurla pas, ne haussa pas les épaules, ne quitta pas la pièce en l'injuriant. Simplement :

— Bélier... Pourquoi ?

— Comme ça... Ça m'est venu à l'esprit.

— Tu y crois ?

— Je ne sais pas. Mais Satrapoulos, oui. Lena m'a raconté que Socrate ne faisait jamais rien sans aller consulter son astrologue.

Elle le sentit se raidir :

— Un astrologue ?

— Un voyant, quelque chose comme ça. Un type qui vit au Portugal, à côté d'Estoril... Attends... il s'appelle... Le Prophète ! Le Prophète de Cascais !

— Tu es sûre de ça ?

— Socrate a même avoué à Tina qu'il ne l'aurait pas épousée si son type le lui avait déconseillé...

Herman se redressa à demi, l'œil brillant :

— Tu le crois assez idiot pour faire des choses pareilles ?

— Puisque je te le dis ! Il n'a jamais signé le moindre contrat sans l'avoir consulté.

En une seconde, Kallenberg fut sur pied, une expression batailleuse sur le visage d'où un peu de sang coulait encore. Irène fut immédia-

182

tement sur ses gardes : apparemment, la fête était finie. Mais non...
Herman se pencha gentiment sur elle, l'embrassa sur le front et lui dit :

— Merci ! Tu ne peux pas savoir comme c'est précieux, ce que tu viens de m'apprendre.

Irène se demanda si elle ne rêvait pas, s'il était sérieux : le choc, peut-être ? Pourtant, Herman était calme et souriant. Elle en resta tout interdite.

Tina était agenouillée auprès de La Poilue lorsque son infirmière dut la quitter pour aller voir qui frappait à la porte de l'appartement contigu. A peine Maria avait-elle disparu dans l'embrasure de la porte communicante que la vieille, aux aguets, se précipitait vers la sortie. Maria avait commis l'erreur de tirer le verrou intérieur de la chambre, alors qu'elle aurait dû la faire fermer à clé de l'extérieur. Un coup d'œil à droite, un autre à gauche, déjà, Tina fonçait dans le couloir, le suivait jusqu'à son extrémité, prenait une entrée de service, descendait un étage et s'arrêtait sur le palier. Elle était vêtue d'une robe noire et chaussée de pantoufles. Elle ouvrit la porte d'une resserre où les domestiques rangeaient leurs affaires, palpa de la main les objets qui s'y trouvaient, balais, chiffons, un cabas rempli de bouteilles d'encaustique, un manteau de femme bleu marine, râpeux et léger. Elle l'endossa, débarrassa le sac de ses bouteilles.

Quelques minutes plus tard, alors que Maria, affolée par la disparition de Tina, donnait l'alerte, Athina Satrapoulos trottinait dans la rue de Rivoli, tournant le dos à la Concorde. En plein mois d'août à Paris, une vieille femme en noir faisant son marché en pantoufles n'a rien de surprenant, même dans le Ier arrondissement.

Hormis s'éloigner le plus vite possible de l'endroit où on l'avait séquestrée, elle n'avait aucun but, marchant rapidement à l'ombre des arcades, droit devant elle, ne tournant même pas la tête pour observer les vitrines tentantes dont elle avait perdu le souvenir. Elle passa devant la place des Pyramides, la place du Palais-Royal et continua sa course du même pas régulier et vif. Arrivée à la hauteur de la tour Saint-Jacques, elle vira à droite, sans raison, d'instinct, longea le théâtre Sarah-Bernhardt et s'engagea sur la gauche, cette fois, quai de Gesvres. Elle eut soudain plus de mal à avancer car les devantures des bouquinistes étaient envahies de touristes formant bouchon. L'air était sec, saturé de poussière, de chaleur, de relents de goudron et d'essence. Elle ne fit qu'une brève halte, à la hauteur du pont d'Arcole, pour regarder un vieil homme qui distribuait du grain à des pigeons. Maladroitement, elle essaya d'en caresser un qui picorait à ses pieds, mais le pigeon s'éloigna d'elle. L'homme qui les nourrissait lui sourit et lui dit quelques mots dans sa langue, qu'elle ne comprit pas.

Elle reprit sa course, soucieuse surtout de n'être pas rattrapée. Quai de l'Hôtel-de-Ville, pont Louis-Philippe, quai des Célestins. Arrivée au début du quai Henri-IV, elle hésita, rebroussa chemin pour s'engager sur le pont Sully, qu'elle traversa, Notre-Dame à sa droite, la fuite du fleuve sur la gauche, des voitures partout, et cette puanteur de gas-oil. La Seine franchie, elle se retrouva à l'angle où la rue des Fossés-Saint-Bernard et le boulevard Saint-Germain viennent mourir de conserve, à la pointe de la Halle aux Vins, dont elle longea les grilles. Il était près de 4 heures de l'après-midi. Elle dépassa la rue Cuvier et jeta un coup d'œil curieux à travers d'autres grilles derrière lesquelles elle apercevait, à sa grande stupeur, des animaux ressemblant à des chèvres, et des chiens ou des loups, en cage. Elle voulut entrer dans cet endroit où elle ne serait pas dépaysée, chercha la porte, ne la trouva pas, revint sur ses pas et eut le nez sur l'entrée principale. Elle s'y engagea. Un homme en bleu, coiffé d'une casquette, l'arrêta d'un geste :

— Madame, votre ticket...

Elle le regarda sans comprendre.

— Un franc, ajouta l'homme en brandissant un doigt levé, pour mieux signifier le prix et l'unité.

Tina hocha la tête. Voyant son embarras, le gardien frotta le pouce et l'index de sa main droite l'un contre l'autre, geste international s'il en fut. Tina hocha la tête une fois de plus. Le gardien dit :

— Des sous... Un franc l'entrée. Vous les avez pas ?

Ce disant, il tapotait les poches latérales du manteau volé par Tina. Il entendit un cliquetis de pièces de monnaie. La vieille plongea une main dans la poche et ramena dans sa paume, qu'elle ouvrit, trois pièces de un franc et deux de vingt centimes. Le gardien en préleva une et lança à Tina qui s'éloignait dans l'allée centrale :

— Et on ferme à 17 heures !

La vieille se joignit à un groupe de touristes en contemplation devant une volière. Plus loin, elle entra dans un pavillon puant le fauve et empli de serpents absolument énormes. Elle n'en avait jamais vu d'aussi gros et se demanda combien de bêtes leur étaient nécessaires pour se nourrir chaque jour. A un étalage, elle donna une autre pièce de monnaie et s'empara d'un paquet de cacahuètes qu'elle commença à éplucher distraitement, fascinée par ce qu'elle voyait, ayant totalement oublié Maria, le *Ritz,* ses pompes et ses œuvres.

Devant l'enclos des singes, elle s'arrêta longuement au milieu

184

d'une troupe d'enfants qui leur jetaient des friandises. Plus loin, elle observa les ours, qu'elle trouvait beaux, alors que les promeneurs les entourant et leur criant des phrases lui semblaient blêmes, fragiles et de santé précaire. Pourquoi enfermait-on les animaux ? Elle contempla également les daims, les éléphants, les chamois et les immenses volières dans lesquelles voltigeaient des oiseaux qu'elle n'avait jamais vus, et dont elle ignorait qu'ils pussent exister, tant leurs couleurs lui paraissaient irréelles.

Elle se trouvait devant la cage aux fauves lorsque retentit un coup de sifflet. D'instinct, elle voulut fuir, pensant que cet appel ne pouvait être lancé que pour elle, par ceux qui devaient la chercher. D'autres coups de sifflet suivirent, et elle vit les gens qui l'entouraient faire un mouvement de repli nonchalant en direction de la sortie. Elle partit immédiatement dans une direction contraire, ne voulant pas retourner dans les rues dangereuses, pleines d'inconnu, hostiles. Elle savait que, dans ce jardin, qui allait fermer, elle serait à l'abri, que nul ne pourrait la retrouver pour peu qu'elle y découvre une bonne cachette.

Elle croisa les derniers visiteurs du Jardin des Plantes, une mère, qui rameutait sa marmaille, des amoureux. Quand elle aperçut un gardien en uniforme, elle se glissa derrière un pavillon en brique, pivotant autour de lui à mesure que l'homme s'éloignait. Bientôt, il n'y eut plus personne. Elle demeura immobile, épiant les environs pour être certaine qu'elle était la dernière dans ce paradis. Des bruits de voix la firent se tasser un peu plus : deux gardiens passaient à quelques mètres d'elle, sans la voir, en direction des grilles. Le silence s'abattait sur le parc, troublé de loin en loin par des cris d'animaux excités, qui devaient s'ébrouer pour trouver leur place pour la nuit. La rumeur de la ville lui parvint, halètement continu d'un cœur qui ne semblait jamais cesser de battre. Le ciel vira au rose, vers l'Ouest, tandis que s'allumaient çà et là les néons.

La nuit tomba. Il devait y avoir trois heures que Tina était acagnardée derrière son observatoire de brique. Avec précaution, elle s'en éloigna, se repérant facilement dans les allées éclairées par une vague lueur. Elle s'aventura sur une pelouse, s'adossa au tronc d'un arbre et respira profondément : elle était seule, régnant sans partage sur un univers de bêtes fabuleuses dont elle ne connaissait même pas les noms. Elle eut faim. Elle quitta son arbre pour explorer le jardin, se demandant si elle allait trouver quelque nourriture. L'obscurité était totale maintenant. Près d'elle, elle sentait la présence magnétique des animaux, percevait leur odeur, essayait de les définir.

A un moment, elle se retrouva presque devant l'entrée principale dont elle s'éloigna vite, agacée par le flot de voitures qui passaient devant. Elle buta sur un petit édifice branlant, sentit une espèce de bâche sous ses doigts, passa la main dessous et reconnut l'éventaire de la marchande de bonbons. Avec une joie indicible, elle y puisa plusieurs paquets dont elle goûta le contenu : des nougats, des caramels, encore des cacahuètes. Après s'en être régalée, elle tenta de se rappeler l'endroit où elle avait remarqué un robinet, sortant directement de la terre. Il devait se trouver près de la cage aux lions. Elle se repéra, se trompa une première fois, aboutit près de l'enclos des singes, se souvint que la cage des fauves était plus loin, derrière elle. Elle revint sur ses pas en tâtonnant, reconnut le pavillon à sa lourde masse en rotonde et rôda autour en frôlant les grilles de sa main. Il y eut soudain un rugissement profond qui la fit se figer, puis rire, entre ses dents : elle ne risque rien. On avait enfermé ces bêtes pour la nuit, mais pas elle. Elles se trouvaient au-delà du rempart des grilles, mais elle était libre, sans personne pour la surveiller, lui faire boire ces saloperies qui la faisaient flotter dans le vague, l'empêchant de prendre ses décisions tant que durait leur emprise.

Cette Maria avait l'air bien douce, mais Tina n'aurait pas hésité à lui enfoncer une aiguille à tricoter dans la gorge si elle avait essayé de l'empêcher de quitter sa prison. Elle ruminait sur les raisons de tous les malheurs qui s'étaient abattus sur elle depuis que ces hommes en blanc étaient venus l'arracher à sa propre maison, à ses chèvres, à ses lapins. Elle devinait que ce Socrate, qui avait prétendu être son fils, n'était pas étranger aux tortures qu'on lui avait fait subir. Que lui voulait-il, celui-là ? Pourquoi ne l'avait-il pas laissée en paix ? Que lui avait-elle fait pour qu'il la tourmente de cette façon ? Elle pensa à La Poilue, se souvint que sa litière était fraîche et qu'elle avait de l'herbe en abondance, et de l'eau : l'eau !... Sa main venait de rencontrer le robinet. Elle le tourna, en faisant jaillir un jet puissant qui inonda ses pantoufles. Elle le régla de façon à ce qu'un mince filet s'en échappe. De ses mains en coupe, elle recueillit l'eau fraîche et but longuement, à en perdre haleine. Elle s'essuya la bouche de la manche de son manteau, en releva le col car l'atmosphère devenait moins tiède, et reprit la direction de son arbre. Elle s'allongea à ses pieds, écoutant les cris des singes et les hurlements des hyènes. Elle tourna la tête vers le ciel, qui aurait dû être noir, mais qui avait une couleur rougeâtre, comme si l'on avait placé une cloison devant l'infini. Pas d'étoiles : elle s'endormit.

Maria avait reçu des instructions très vagues : en cas de

malheur, si Mme Satrapoulos avait un accident, s'il lui arrivait quoi que ce soit d'imprévu, il ne fallait pas alerter la police, mais le directeur de l'hôtel, qui saurait alors ce qu'il conviendrait de faire. Aussi, après avoir jeté un coup d'œil dans le couloir, descendu d'un étage, elle avait jugé plus raisonnable d'exécuter les instructions reçues.

Elle retourna dans l'appartement, décrocha le téléphone et demanda à la standardiste de lui passer Edouard Fouillet de toute urgence. Elle croyait avoir gardé son sang-froid, mais s'aperçut au tremblement de ses mains qu'elle se laissait gagner par la panique. Ses jambes aussi flageolaient, elle dut s'asseoir. Fouillet était en ligne. En anglais, elle lui dit qu'Athina Satrapoulos avait disparu. Au bout du fil, l'autre s'étrangla. Il imaginait avec terreur un autre scandale, les journalistes envahissant à nouveau son établissement, les mégots partout, laissant de cruelles blessures à ses moquettes, la mine pincée des vieux habitués. Il n'aurait jamais dû accepter de recevoir la vieille folle ! Comment aurait-il pu imaginer qu'elle lui imposerait, entre autres tracas, la présence d'une chèvre ? Il se fixa sur ce mot :

— La chèvre est toujours là ?

Maria resta interloquée devant une telle question : Tina Satrapoulos, dont ils avaient la charge, disparaissait, ils en étaient responsables, et il lui demandait si la chèvre était là ! Sèchement elle répondit :

— Je me moque de la chèvre !

— Vous ne comprenez pas que Mme Satrapoulos est un peu... comment dirais-je... pas dérangée, non... mais originale... Si elle a pris la peine de faire venir son animal favori d'Athènes, il y a de fortes chances pour qu'elle ne l'abandonne pas... qu'elle revienne... Il ne s'agit peut-être que d'une fugue...

Ce n'était pas si bête. Maria, à son tour, se raccrocha à cet espoir : il avait raison, Tina ne pouvait être loin, elle ne pouvait laisser La Poilue dans une chambre, elle allait réapparaître. Fouillet enchaînait :

— En attendant son retour probable, voulez-vous que je prévienne la police de la disparition de Mme Satrapoulos ?

— N'en faites rien !

Il y eut un silence au bout du fil, puis :

— Tout de même... C'est une responsabilité... Ne bougez pas de chez vous, j'arrive.

Une minute plus tard, il était là, vêtu de noir, l'air préoccupé. Il lui posa des questions pour savoir comment elle avait constaté le désastre. Maria lui raconta le peu qu'elle savait : la vieille dame était là, et brusquement, elle n'était plus là. C'est tout.

— Elle est peut-être toujours dans l'hôtel ?

— Certainement pas.

— Qu'est-ce qui vous fait dire cela, Mademoiselle ?

— Elle détestait cet endroit.

Malgré la gravité de la situation, Fouillet ne put s'empêcher de faire la moue : nul au monde n'était assez blasé ou inconscient pour détester son palace.

— Mademoiselle, je vous en prie... Vous parlez du *Ritz*.

Comme il aurait dit : « Vous fumez dans la maison de Dieu. » Il ajouta, vexé :

— Je vais donner des ordres pour qu'on fouille tout de même l'établissement. On ne sait jamais.

— Ne prévenez pas la police !

— Et si elle ne revient pas ?

Maria était à la torture, ne sachant ce qu'elle devait décider. Qui pouvait-elle prévenir ? Tout cela était tellement imprévisible... Elle regarda le directeur d'un air embarrassé. Il lui dit :

— Avez-vous des instructions en cas de disparition ? Savez-vous où l'on peut joindre M. Satrapoulos ?

Non, elle ne le savait pas. Elle se sentit écrasée par sa faute. Si Tina ne retournait pas au bercail d'ici peu, tous ses beaux projets seraient à l'eau. Elle serait renvoyée, déshonorée. Elle détourna son regard de Fouillet, qui la toisait sans aménité, une expression sévère sur le visage.

— Eh bien Mademoiselle, c'est très simple. Si Mme Satrapoulos ne se trouve pas dans l'hôtel et quelle ne soit pas rentrée... disons... d'ici deux heures... je me verrai dans l'obligation d'alerter de commissariat du quartier. A moins que vous n'ayez une autre solution à me suggérer ?

Maria se taisait, accablée, démolie, angoissée. Il en profita pour gagner la porte, lui lançant auparavant la flèche du parthe :

— Quoi qu'il arrive à cette charmante vieille dame, je crains que l'on vous en tienne pour responsable.

Il réfléchit une seconde, et ajouta :

— D'ailleurs, je pense que vous êtes *réellement* responsable.

Et il sortit, la laissant plantée au milieu de la pièce. Maria sentit les larmes lui monter aux yeux. Elle s'abattit sur le lit, se cacha la tête dans les bras et se mit à sangloter.

Tina s'éveilla en sursaut. Elle ouvrit les yeux et se demanda pendant quelques secondes ce qu'elle faisait là, couchée à la belle étoile au lieu de dormir dans le lit de sa maison. Puis, elle se souvint et jeta un regard craintif autour d'elle, pour voir si on ne l'avait pas rattrapée. Le jardin était aussi vide que lorsqu'elle s'était endormie. Machinalement, elle se frictionna vigoureusement les flancs et les bras. Elle était transie de froid. Le petit manteau râpeux était aussi mince qu'une feuille de papier, et pas plus chaud. Ses pieds, qu'elle avait arrosés en prenant de l'eau au robinet, étaient trempés. Elle se leva, s'ébroua et, toute cassée par un vieux rhumatisme, essaya de se diriger vers l'éventaire de bonbons, dont elle espérait pouvoir enlever la bâche pour s'en couvrir.

Sur son passage, des animaux grognaient, des oiseaux s'agitaient. Elle sentait autour d'elle une vie non identifiée mais palpable, devinant des présences qui l'épiaient, mais sans les voir. A plusieurs reprises, dans les zones d'ombre intense, là où ne parvenait pas la sourde lueur du ciel, elle dut se repérer en palpant ce qui se trouvait devant elle. Elle parvint enfin devant la petite charrette. Elle passa d'abord la main sous la toile rugueuse et rafla un paquet de bonbons. Elle déchira l'emballage de cellophane et mâchonna avec satisfaction quelques boules sucrées. Elle entreprit ensuite de tirer sur la bâche, après en avoir relevé l'un des côtés. Elle s'arc-bouta, hala de toutes ses forces, mais rien ne bougea. Elle abandonna momentanément, s'assit par terre et se réconforta de deux autres bonbons. Elle essaya à nouveau, y mettant cette fois une énergie désespérée, car elle commençait à trembler de froid : peine perdue. La bâche avait dû s'accrocher aux montants de l'éventaire. Impossible de la faire glisser, impossible de la déchirer. Elle renonça et partit à la recherche d'un endroit où s'abriter.

Elle erra au hasard pendant une dizaine de minutes, tentant de retrouver certaines petites cages qu'elle avait repérées dans l'après-midi, et où devaient être enfermés des oiseaux. Puisqu'ils étaient vivants, c'est qu'ils étaient abrités. Tina se ferait une petite place parmi eux, dans la paille, et au lever du jour, elle se mêlerait à nouveau aux promeneurs. Elle ruminait une idée qui lui fit rebrousser chemin : si elle voulait séjourner dans cet endroit idyllique, il ne fallait pas qu'elle laissât trace de son passage. Or, l'éventaire de friandises avait été dérangé, il fallait tout remettre en ordre. Elle trottina, eut devant elle la masse légère de la bâche, tira dessus pour en recouvrir l'étalage. Elle y réussit tant bien que mal, poussant le scrupule jusqu'à ratisser la terre de ses mains afin de récupérer les emballages vides. Toutefois, elle se munit de deux paquets d'amandes et repartit en direction des cabanes à oiseaux. Elle s'orienta grâce à un immense néon rouge qui brillait au-dessus de la Halle aux Vins. Devant elle, l'allée se déroulait, juste un peu plus claire que l'obscurité environnante, suffisamment en tout cas pour qu'elle pût la suivre en veillant bien à ne pas s'écarter de son milieu.

Elle arriva devant les cabanes, les toucha du bout des doigts. Il y en avait une vingtaine, alignées tout au long de l'allée sur une cinquantaine de mètres. Chacune d'elle comportait une espèce de petite cour munie d'abreuvoirs, grillagée en façade. Au bout de la cour, un minuscule bâtiment en ciment armé, de quatre mètres carrés à peu près, dont le mur faisant face à l'allée était percé d'une eouverture assez grande pour qu'un être humain pût s'y faufiler. A son grand désespoir, Tina s'aperçut que les portes grillagées étaient fermées au verrou. Elle en essaya plusieurs, sans succès, et entreprit de vérifier systématiquement toutes les ouvertures. En marmonnant, elle allait de cage en cage, avalant des amandes, palpant les serrures de la main. Il ne restait plus que trois cabanes et, déjà, elle envisageait de trouver une autre solution pour passer le reste de la nuit au chaud, quand un loquet joua entre son pouce et son index. Elle le libéra complètement, le referma derrière elle comme elle put, traversa la cour en trois pas et s'arrêta devant l'orifice.

A l'intérieur, les ténèbres étaient totales. Elle perçut quelques mouvements, les bruissements de plumes des oiseaux dérangés dans leur sommeil. Les mains en avant, elle entra avec précaution dans la cabane. Tout de suite, elle sentit la différence de température : il faisait doux et chaud là-dedans. Ses narines flairèrent une odeur animale à laquelle se mêlaient des effluves bizarres, douceâtres et âcres à la fois, lui rappelant l'odeur des morts qu'elle avait veillés en Grèce, dans son village, au cours de nuits funèbres où le parfum de l'encens luttait avec l'odeur caractéristique, inoubliable et sucrée, des dépouilles de ses voisins. Elle se baissa, ramassa dans sa main quelques brins de paille. Les oiseaux ne bougeaient plus, immobiles comme le béton de leur prison. Ils devaient se trouver au-dessus de la tête de Tina, sur leurs perchoirs.

Tina aimait les oiseaux. Chez elle, elle arrivait souvent à en apprivoiser, leur jetant du grain sur le seuil de sa maison. Une fois, elle avait même réussi à garder un corbeau pendant deux étés consécutifs, puis, sans qu'elle eût compris pourquoi, le corbeau avait disparu un jour et n'était plus revenu.

Elle s'adossa au fond de la cabane. L'obscurité en était telle que le rectangle de l'ouverture lui paraissait presque lumineux, comme s'il y avait eu un degré dans la densité des ténèbres. Le papier fit un bruit épouvantable dans le silence profond lorsqu'elle le froissa pour en extraire quelques amandes. Au-dessus de sa tête, il y eut un certain frémissement. Elle aurait voulu pouvoir offrir une partie de son repas à ses hôtes inconnus. Elle le ferait au lever du jour, quand elle pourrait les distinguer et voir à quoi elle avait affaire, juste avant de prendre congé d'eux sur ce dernier remerciement.

Elle chercha une position confortable, ramena une poignée de paille sous sa tête et s'allongea complètement. Ses pieds mouillés lui causaient une sensation désagréable. Elle se redressa à nouveau et commença à se débarrasser de ses pantoufles. Puis, elle ôta ses bas, qu'elle roula en boule dont elle s'essuya les chevilles et les orteils. Une fois encore, il y eut un frémissement d'ailes dans le haut de la cabane. Un instant, elle pensa à allonger la main pour caresser le plumage de ses colocataires. Mais pour cela, il eût fallu qu'elle se relevât, et elle était si bien dans la paille, dans cet abri dont elle ressentait, après les allées et venues de cette journée agitée, la sécurité.

Elle n'aurait jamais imaginé pouvoir trouver loin de chez elle tout ce qu'elle aimait, qui faisait sa joie de vivre : de l'herbe, des arbres, de la nourriture — elle se promettait de dévaliser le stand le lendemain —, de l'eau et des animaux. Peut-être aussi qu'une de ces personnes fréquentant le jardin pourrait comprendre sa langue ? Elle lui raconterait alors tout ce qu'on lui avait fait, lui demanderait de la faire retourner dans sa maison.

Depuis combien de jours l'avait-on enlevée ? Elle ne savait pas. Les drogues qu'ils mettaient dans son verre, chaque fois qu'elle avait soif, lui avaient fait perdre la notion du temps. Ses actions, au lieu de se dérouler suivant une ligne chronologique, lui paraissaient soit se grouper, concentrées dans un temps réduit, soit se dilater, et emplir une éternité dont elle savait très bien qu'elle ne l'avait pas vécue. Elle avait accompli pourtant plus de choses au cours de ces dernières heures qu'au long de plusieurs années dans son pays. Des choses différentes, dans des endroits différents peuplés de visages différents. Des choses importantes. Elle essaya de se rappeler les choses importantes ayant émaillé sa vie, mais n'en trouva pas. Tout au plus, se souvint-elle de détails inattendus, comme cette lapine qu'elle avait soignée. Et d'un foulard que lui avait offert son mari, rouge, avec des dessins vert et or. Son mari était-il mort ? Oui, sûrement, parce que, sinon, il ne les aurait pas laissé faire. Et ses enfants ? Elle tenta de compter sur ses doigts combien elle en avait eus. C'était curieux, elle n'arrivait pas à revoir leurs visages ni à se remettre en mémoire le nom qu'elle leur avait donné. Filles ou garçons ? Elle ne savait plus, peut-être les deux... Quelle importance ? Ils partaient, à peine sortis de l'enfance, et on ne les revoyait plus, ils ne donnaient pas de nouvelles, ils n'envoyaient pas d'argent. Socrate ! Socrate ne lui avait jamais fait parvenir une seule drachme. Si elle avait su où il se trouvait, elle l'aurait appelé à son secours pour qu'il vienne la chercher et la reconduire à la maison. Lentement, la pensée de Tina sombrait, incapable de mettre un lien entre les images qui se présentaient à elle, pas tout à fait le sommeil, mais déjà le premier envahissement du rêve.

Il y eut un bruit au-dessus d'elle, qui la tira de sa torpeur.

Un choc sourd, qui ne pouvait pas provenir de l'intérieur de la cabane, car ses occupants étaient bien trop légers pour l'avoir provoqué. Elle ouvrit à demi les yeux et prêta l'oreille. Son regard ne rencontra qu'une chape opaque, d'un noir absolu, d'une épaisseur totale. Le bruit revint, comme si l'on avait raclé l'un contre l'autre deux morceaux de métal. Elle sentit alors un déplacement d'air prodigieux et quelque chose de lourd qui se posait près d'elle. Elle se redressa et se rencogna contre le mur, le cœur battant la chamade. Malgré la terreur qui maintenant l'envahissait, elle osa un geste. Elle avança la main, lentement. Rien... La chose devait être plus loin.

Elle allongea le bras un peu plus, et elle toucha. Des plumes, mais accrochées à une masse compacte, énorme, une masse impossible pour aucun oiseau. Elle retira la main vivement, à l'instant où un second déplacement d'air, suivi du bruit d'une chute lourde et souple, la faisait se dresser comme un ressort sur sa litière. Elle sentit son bras happé par quelque chose de métallique, une pince puissante qui s'enfonça dans sa chair.

Elle hurla, reçut une bouffée de puanteur en plein visage, eut la perception abominable d'un objet dur frôlant le bas de son menton, remontant le long de son nez, tout contre l'arcade sourcilière, et un poignard pénétra jusqu'au fond de son œil. Battant des bras, elle voulut se précipiter vers l'ouverture qu'elle ne voyait même plus, l'œil valide aveuglé par un halo de sang. Elle se cogna la tête, voulut hurler à nouveau mais retomba, assommée. Elle eut l'énergie ultime de se rouler en boule, dans un geste dérisoire de défense et de protection. Malgré ses mains dont elle s'était couvert le visage, le poignard fouailla ses joues, cherchant son autre orbite, pendant qu'un linceul immense, vivant et fétide, d'un poids à la fois mou et monstrueux, s'abattait sur elle dans un vaste battement d'ailes et l'ensevelissait. Des crochets d'acier lui labourèrent le corps, arrachant des lambeaux de sa chair.

9

Maria eut une hésitation devant le seuil de la morgue. On a beau être infirmière, on ne s'en trouve pas immunisée pour autant devant certaines visions. Elle avait passé une nuit blanche, assise dans son lit, sursautant au moindre bruit, guettant la sonnerie du téléphone qui lui fournirait la réponse à la question qu'elle se posait : où est Tina ? Fouillet, sur ses prières, n'avait lancé la chasse qu'à 10 heures du soir. Une heure après que la police eut été informée de la disparition, Maria recevait dans son appartement la visite d'un homme qu'elle n'avait jamais vu, qui ne déclinait même pas son nom et lui disait :

— Je suis l'un des proches collaborateurs de M. Satrapoulos. Je l'ai informé de ce qui vient d'arriver. Il m'a prié de vous transmettre ceci : à partir de tout de suite, je prends cette affaire en main. Ne vous occupez plus de rien.

Maria avait éclaté en sanglots, ne mettant pas en doute une seconde ce que venait de lui affirmer, en grec, son interlocuteur. Comme elle continuait à pleurer, il avait ajouté :

— Monsieur Satrapoulos m'a également chargé de vous dire que vous n'avez absolument rien à vous reprocher. Il ne vous tient pas pour responsable de la disparition de sa mère. Toutefois, il exige de vous une discrétion absolue. Tant que Mme Satrapoulos ne sera pas retrouvée, personne ne doit être au courant de sa fugue. Vous m'avez bien compris ?

Maria hocha la tête. Entre deux spasmes, elle ne put que bredouiller :

— C'est épouvantable... C'est épouvantable...

L'autre avait hoché la tête, s'était incliné et lui avait lancé, en prenant congé :

— Ne bougez pas d'ici et attendez mes instructions.

La longue veillée avait commencé. A 8 heures du matin, comme elle allait s'assoupir, le téléphone avait sonné. C'était Fouillet :

— Deux messieurs de la police montent chez vous. Voulez-vous les recevoir, je vous prie ?

Avaient débarqué deux types, qui la priaient de la suivre. Maria avait crié :

— Vous l'avez retrouvée ?

Les visiteurs avaient échangé un bref regard et l'un d'eux avait expliqué :

— Nous ne sommes pas sûrs qu'il s'agisse de Mme Satrapoulos. Mais nous devons tout vérifier, vous comprenez... On a retrouvé, il y a une heure, une dame âgée au Jardin des Plantes. Morte. Il faudrait que vous veniez l'identifier.

Maria leur demanda une minute pour s'habiller. Elle était en robe de chambre et passa dans la salle de bains. Elle se vit dans une glace et se trouva hideuse, les yeux rouges et cernés, le visage creusé, les cheveux ternes. Machinalement, elle enfila une robe, se peigna vaguement et renonça à se maquiller :

— Voilà. Je suis prête.

Sur la place Vendôme, une voiture attendait, sans signe distinctif. Elle démarra. Maria hasarda timidement.

— C'est un accident ?

Celui qui lui avait adressé la parole en premier, probablement parce qu'il était le seul des deux à parler l'anglais, lui répondit :

— Oui... Un accident. Un horrible accident. Je crains que vous n'ayez beaucoup de mal pour l'identifier... si c'est d'elle qu'il s'agit.

Ils n'avaient plus dit un mot pendant le parcours. Maria s'attendait à quelque chose d'horrible, et maintenant, devant la porte, elle ne pouvait plus faire un pas. L'un des policiers la prit par le bras. Arrivés au bout d'un couloir, ils pénétrèrent dans un ascenseur qui s'enfonça de plusieurs étages au-dessous du rez-de-chaussée. La porte coulissa, un homme vêtu de blanc était là, qui semblait les attendre. Il les précéda dans un autre couloir, ouvrit une porte et les laissa passer devant lui dans une pièce nue où ils s'immobilisèrent. L'homme dégagea du mur une espèce de long plumier, dont le contenu était caché par un drap :

— Si vous voulez bien approcher..., c'est ici.

— Du courage..., dit le flic.

L'infirmier ajoutait :

— Autant vous dire que c'est pas beau à voir... Ah ! les salauds, qu'est-ce qu'ils l'ont arrangée !

194

Un goût de bile dans la bouche, Maria, toujours au bras du policier, s'avança vers le plumier-cercueil. D'un geste brusque, l'employé découvrit ce qui avait dû être un visage : de la peau cireuse, déformée, comme arrachée avec des pinces, pendant n'importe comment autour des orbites creuses, dépouillées de leurs yeux. Le corps n'était pas moins épargné, couvert de plaies, de bleus, d'ecchymoses, là où il y avait encore de la chair, car Maria constatait, au bord de l'évanouissement, que des morceaux entiers de muscles avaient disparu. Ni compressés ni arrachés. Non. Simplement disparus, laissant les os à nu. Et pourtant, elle savait que ce corps mutilé était celui de Tina : elle avait coiffé ces cheveux, savonné ces épaules, essuyé ces bras, fardé ce visage en bouillie dont la seule ossature lui permettait de le reconnaître. Elle avait retardé ce moment ignoble tant qu'elle avait pu, prévenue de l'horreur qui l'attendait, et maintenant, elle ne pouvait plus en détacher les yeux. Elle sentit une pression contre sa main :

— C'est elle ?

— Je crois, oui...

Et elle hochait la tête, stupidement, de haut en bas.

— Venez, nous allons vous montrer les vêtements qu'elle portait quand on l'a retrouvée.

L'infirmier, sans même rabattre le drap, alla chercher dans un casier un paquet de lainages :

— Sa jupe... Ses pantoufles... ses bas... sa robe... et ce collier.

Maria le lui avait offert trois jours plus tôt. Elle en caressa les perles entre ses doigts, hocha à nouveau la tête sans pouvoir proférer un mot.

Un policier fit un signe à l'infirmier :

— A tout à l'heure.

Avec son collègue, il entraîna Maria qui se laissait conduire comme une algue à la dérive. Au moment de franchir la porte, elle se retourna vers l'employé :

— Qui lui a fait ça ?

Elle avait lancé sa phrase en grec, il ne comprit pas ce qu'elle lui demandait. En anglais cette fois, Maria interrogea le policier :

— Qui lui a fait ça ?

L'autre répondit :

— Des vautours.

Malgré sa réussite éclatante, le Prophète était amer. Il était assez pervers pour se payer le luxe de sentiments élevés, purs, nobles, malgré la façon dont lui-même avait fait fortune. Trop intelligent pour ne pas voir qu'elle était suspecte, il n'était pas assez fort pour admettre les moyens auxquels il avait eu recours. En résultaient des états pénibles, des questions sans réponses, des ruminations à n'en plus finir qui le laissaient brisé et mal dans sa peau.

Ce qui le dégoûtait surtout, alors qu'il voguait personnellement dans les eaux du système, c'est que pas une fois, pas une seule, il n'avait rencontré un consultant préoccupé par autre chose que lui-même. On ne venait jamais le voir pour qu'il étende les bienfaits de ses voyances à autrui. Quand cela arrivait, c'était encore à leur petit « moi » que ses clients faisaient référence : « Est-ce qu'il m'aime ? Est-ce qu'il pense à moi ? A-t-il quelqu'un d'autre que moi dans sa vie ?... » Moi, moi, toujours moi ! Parfois, il avait envie de leur crier : « Et moi alors ? » mais, simultanément, il comprenait que cette revendication rentrée le mettait au même niveau que les autres. Ils venaient lui parler d'eux, il aurait souhaité les entretenir de lui. Il était comme tout le monde, et cela le faisait souffrir. Si au moins il avait pu posséder le dixième des certitudes qu'on lui prêtait ! Il vivait, bien sûr, mais cela ne lui suffisait pas. Encore fallait-il qu'il sache pourquoi. Il avait un pouvoir sur une foule de gens qui lui étaient étrangers, sans pour autant en retirer le moindre confort intellectuel. On l'appréciait pour ce qu'il refusait de reconnaître, on ne le laissait jamais parler des sujets sur lesquels il aurait aimé être entendu. De cette équivoque naissait son désarroi.

Mario, l'homme qui lui servait de chauffeur et de valet de chambre, entra dans son bureau. Dans ses bras, il tenait une espèce de coffre clouté, ressemblant à ces fameux coffres de pirates qui l'avaient fait rêver au cours de son enfance :

— Qu'est-ce que c'est ?
— C'est pour Monsieur.
— Qu'est-ce qu'il y a dedans ?
— Je ne sais pas, Monsieur.
— Qui vous a donné ça ?
— Un monsieur.
— Quand ça ?
— Tout de suite, Monsieur. Le monsieur est dans l'entrée.
— Mais... je n'ai pas de rendez-vous... Enfin, quoi, Mario ! Explique-toi !
— Le Monsieur m'a dit : « Je n'ai pas rendez-vous avec Monsieur, mais donnez-lui ceci, qu'il l'examine et demandez-lui de me recevoir. »

Le Prophète resta perplexe. Méfiant, il se demanda un instant si le coffre ne contenait pas une machine infernale. Les gens sont fous... Il avait peut-être mal orienté une épouse délaissée et allait devoir subir les foudres du mari ? Qui pouvait donc souhaiter sa mort ? Mario déposa l'objet sur le sol. Il tendit une petite clé au Prophète. L'autre la prit, hésita à la glisser dans la serrure, fut tenté de prier son domestique de le faire pour lui, y renonça et, pas tranquille du tout, le fit lui-même : il n'y eut pas d'explosion. Mais la vision qui s'offrit à lui lui causa un choc peut-être aussi violent. Il referma précipitamment le couvercle du coffre et dit à Mario, qui n'avait pu en voir le contenu, de le laisser seul. Il ajouta :

— Faites patienter ce monsieur. Je vais le recevoir.

Quand il fut certain que son factotum était sorti, il ouvrit le coffre à nouveau : jusqu'à ras bord, il était plein de pièces d'or. C'était sans doute une façon bien romanesque de s'annoncer, mais indéniablement, elle était efficace ! Ce qui l'étonna le plus, ce fut de voir la carte qui accompagnait l'irrésistible envoi : il attendait une femme, il s'agissait d'un homme. Le carton portait simplement un nom : « Herman Kallenberg ». La première réaction du Prophète fut la panique : Kallenberg venait pour se venger du tour que lui avait joué Satrapoulos. Et ce tour, c'était lui, Hilaire Kalwozyac, qui le lui avait soufflé.

Pourtant, son visiteur devait avoir des intentions pacifiques. Lorsqu'on veut casser la figure à quelqu'un, on ne lui apporte pas une caisse d'or à domicile.

Le Prophète connaissait trop les hommes pour ne pas savoir qu'un cadeau de cette envergure appelait en contrepartie un service futur en échange. Lequel ? Un mouvement d'humour le fit s'imaginer se tirant les cartes pour l'apprendre. C'était plus simple : il n'y avait qu'à le faire entrer, le laisser exposer lui-même sa demande. Le Prophète sonna Mario :

— Voulez-vous conduire ce monsieur jusqu'à moi...

Trente secondes plus tard, Mario introduisait l'armateur dans le bureau. Le premier contact fut bizarre. Le Prophète avait décidé d'attendre que Kallenberg ouvre la bouche le premier. Quant à Herman, il s'était juré de ne rien dire tant que l'autre n'aurait pas parlé. Cela donna deux hommes debout, muets, autour d'un coffre. Comme la durée de ce silence oppressait le Prophète, il céda. Comme il était furieux d'avoir dû céder, il fut assez agressif :

— Monsieur, soyez le bienvenu chez moi... (désignant le coffre)... mais vraiment... je ne vois pas... je ne comprends pas... Je ne suis pas une banque.

Kallenberg lui fit un grand sourire et s'avança la main tendue :

— J'ai tellement entendu parler de vous que j'ai voulu vous connaître. Je m'appelle Kallenberg. Je suis armateur.

A son tour, le Prophète ne put s'empêcher de sourire : quel numéro lui servait-on ? Dans n'importe quel pays du monde, le dernier des bouseux connaissait le nom de Kallenberg, devenu, avec celui de Satrapoulos, synonyme de richesse. Kalwozyac attendit la suite, interloqué. Toujours souriant, Herman lui demanda :

— Puis-je m'asseoir ?

Il s'assit. Il y eut à nouveau un long silence.

Le Prophète commença :

— Puis-je savoir ?...

Kallenberg l'observait, le visage empreint de loyauté, rayonnant de sympathie, de malice. Il désigna le coffre :

— C'est de cela que vous parlez ? Ce n'est pas grand-chose. Mettez ça sur mon côté roi mage...

— Je ne suis pas l'Enfant Jésus.

— Certes pas, non, mais disons que ce petit cadeau... enfin ça me fait plaisir.

— Excusez-moi, mais je ne vois pas très bien la raison.

La raison, le Prophète commençait à la saisir, mais il s'était repris et avait l'intention de passer un bon moment : quel dommage qu'il ne puisse garder cet or ! Il reprit :

— Bien entendu, il n'est pas question que je l'accepte.

— Alors, distribuez-le à vos pauvres. Ce qui est donné est donné.

— Désolé, mais quand j'accepte un présent, j'aime savoir pour quels motifs on me l'offre.

— Présent ? Vous avez dit présent ? Vous n'y êtes pas du tout !

— C'est vous-même qui avez employé ce mot.

— Eh bien, c'est une erreur ! C'est paiement, que j'aurais dû dire.

— Un paiement contre quoi ?

— Je voudrais que vous me tiriez les cartes.

— Cela ne coûte pas aussi cher...

— Permettez-moi de juger par moi-même le prix du service que j'attends de vous.

— Quel service ?

— Que vous me tiriez les cartes.

— Que voulez-vous savoir ?

— Justement, c'est vous qui allez me le dire.

— Monsieur Kallenberg, votre visite m'honore, mais j'avoue que j'ai du mal à vous suivre. Vous vous faites annoncer par une caisse d'or, ce qui est bien inutile car j'aurais eu grand plaisir, de toute façon, à vous recevoir. Voyez-vous, dans mon... métier, je vois quotidiennement des gens venus pour m'exposer leurs problèmes. Je fais de mon mieux pour les aider. Alors, s'il vous plaît de m'y répondre, je vous pose la question : quel est votre problème ?

— Un problème de famille.

— Je vous écoute.

— Vous pouvez en parler comme cela... sans les tarots ?

— Monsieur Kallenberg, les tarots ne sont qu'un des nombreux supports de mes voyances. Mais ils ne peuvent pas parler à vide.

— Je vais vous expliquer. Mes affaires prennent une extension qui, parfois, me dépasse. Je suis un homme très entouré, mais je suis un homme seul. De tous côtés, j'ai eu la preuve que vos conseils psychologiques font merveille. J'aimerais en bénéficier. M'accorderez-vous la faveur de me compter parmi votre clientèle ?

— Qui vous a parlé de moi ?

— La rumeur. Tout le monde vous connaît.

— Mais encore ?

— Quelqu'un qui m'est très proche.

— Qui ?

— Ma femme.

— Et qui lui a parlé de moi ?

— Sa sœur. Lena Satrapoulos.

— Je ne me rappelle pourtant pas l'avoir jamais eue comme cliente.

— Lena, non, mais son mari, oui.

— Vraiment ?

Kallenberg eut une moue mi-amusée, mi-navrée, et tendit les bras en un geste d'apaisement :

— Monsieur Kalwozyac... Et si vous déposiez un peu les armes ?

Le Prophète eut la sensation pénible que son sang refluait de toutes les parties de son corps en direction de sa tête, et s'apprêtait à le quitter, par son nez, ses oreilles, sa bouche, ou même son cerveau : comment ce type avait-il pu apprendre son identité réelle ? Il déglutit et fit un effort pour se ressaisir. Maladroitement :

— Quel nom avez-vous dit ?

— Kalwozyac. Hilaire Kalwozyac. Pourquoi, ce n'est pas le vôtre ? Quoi d'étonnant à ce que je me sois renseigné sur l'homme à qui je désire confier tellement de secrets ? Vous comprenez sans doute que je ne peux pas communiquer des affaires strictement personnelles à n'importe qui.

— Je comprends..., dit le Prophète avec aigreur.

Il était furieux d'avoir été découvert, de voir ressusciter un personnage miteux et embarrassant qu'il croyait avoir enterré une fois pour toutes. Il se sentit dépouillé de sa carapace d'extralucide pour entrer dans l'univers froid et sans poésie de l'état civil : l'avenir, ce n'est rien, cela n'existe pas. Mais le passé... Il décida de rejoindre au plus vite le terrain où il pourrait reprendre avantage :

— Eh bien, puisque vous le souhaitez, nous allons commencer par faire un petit tour d'horizon ! Je vous écoute, monsieur Kallenberg...

— Je vous ai dit que j'étais un homme seul. J'ai besoin d'un allié à qui me confier, dont j'attends, en retour, des conseils.

— Des conseils, dans quel domaine ?

— Les affaires.

Le Prophète eut un sourire ambigu :

— Toujours d'après cette rumeur dont vous me parliez tout à l'heure, j'avais cru comprendre que les vôtres étaient florissantes...

— Ah ! si vous saviez ! Aucune déontologie ne nous protège. Toute réussite est en butte à la jalousie et à la mesquinerie des concurrents. Tous les coups sont permis.

— Expliquez-vous, monsieur Kallenberg. Faites-vous allusion à quelque chose de précis ?

— Oui et non. Mais la haine peut se manifester sous tant de formes...

— Que vous a-t-on fait ?

— On essaie de saboter mes entreprises, de me discréditer.

— Qui ça, « on » ?

— Mes concurrents.

— Monsieur Kallenberg, je suppose que vous usez de votre droit de réciprocité ?

— Pour être franc, cela m'est déjà arrivé, bien sûr. Mais voyez-vous, ce sont des procédés qui me déplaisent, et qui me fatiguent. Si on ne devait pas mobiliser autant de forces simplement pour se défendre et se protéger, quelles grandes choses on pourrait faire !

— Pouvez-vous entrer davantage dans les détails ?

— Ça m'est difficile. A dire vrai, en venant vous consulter, je pensais que vous pourriez le faire pour moi.

— Vous êtes du signe du Bélier ?

Kallenberg marqua un temps d'arrêt, visiblement très étonné :

— Comment le savez-vous ?

— Si je n'étais pas capable de percer à jour une chose aussi évidente, je serais en droit de me demander ce que vous êtes venu chercher chez moi. Voulez-vous que nous passions à ma table de consultation ?

Kalwozyac se leva, invitant son hôte à en faire autant. Tous deux s'assirent, face à face. Le Prophète leva les yeux sur Barbe-Bleue :

— Par quoi voulez-vous commencer ?

Kallenberg eut un geste évasif...

— Parfait. Laissez-moi faire. En arrivant ici, vous m'avez parlé d'une affaire de famille. Votre épouse peut-être ?

Kallenberg lança à son vis-à-vis un regard aigu :

— Vous êtes certain que je vous ai dit cela ?

— Je m'en souviens très bien. Je vous ai demandé quel était votre problème, vous m'avez répondu : « un problème de famille ».

Pour Herman, le moment crucial était arrivé. Il devait soit battre en retraite, soit faire confiance à ce charlatan qui allait immédiatement prévenir le Grec de sa visite. Combien allait donc lui coûter la certitude de n'être pas trahi ? Et si l'autre lui jouait un double jeu ? S'il prenait son argent et profitait de ses confidences pour aller les répéter à S.S. ? Comment savoir jusqu'à quel point il avait envie d'être riche, à partir de quelle somme pouvait-on compter sur lui ? Kallenberg n'osa pas aller trop loin ni trop vite. Il n'eut même pas à se forcer pour prendre un air embarrassé :

— C'est très délicat. Je me suis aperçu, à ma grande peine, que les sentiments familiaux s'effaçaient lorsque de gros intérêts étaient en jeu.

— Continuez...

— Voyez-vous, j'imaginais que mon beau-frère et moi-même pourrions faire alliance...

— Oui ?...

— J'espérais que l'esprit de clan l'emporterait sur la vanité personnelle.

— Je vous écoute...

— J'ai été déçu.

Un lourd silence s'installa. Le Prophète caressait distraitement la tranche dorée de ses tarots. Kallenberg avait fixé son regard sur le paysage extérieur, les collines molles, d'un vert tendre piqué du noir des cyprès, la bande émeraude de la baie, là où l'eau était peu profonde, le bleu intense des lointains adouci par le bleu plus voilé du ciel qui venait s'y noyer. Barbe-Bleue reprit, l'œil toujours sur l'infini :

— Comment puis-je vous parler de mes soucis ? La plupart sont provoqués par un homme que vous conseillez déjà...

Le Prophète continuait à jouer avec ses cartes, attendant la suite. Elle vint :

— Je me mets à votre place. Je me rends très bien compte que vous ne pouvez donner vos avis qu'à l'une ou l'autre des parties en présence. Dans le fond, je n'ai pas assez réfléchi avant de venir vous voir. Je n'avais pas pensé que ma requête impliquerait pour vous un choix que je ne peux vous forcer à faire, puisque vous l'avez déjà fait. Et je suppose que vous êtes assez détaché des biens matériels pour ne pas céder à leur attrait.

Furtivement, malgré lui, son regard erra l'espace d'une seconde sur le coffre toujours posé au milieu du bureau.

— Que voulez-vous dire ?

— Je veux dire qu'un homme de votre valeur n'a pas de prix. En ce qui me concerne, je ferais n'importe quoi pour m'attacher vos services.

— Qu'appelez-vous n'importe quoi ?

— Eh bien, par exemple, au lieu de vous rétribuer pour vos conseils, comme je le ferais pour un coiffeur, un garagiste, ou le directeur de l'une de mes sociétés, je vous intéresserais aux affaires que je pourrais traiter grâce à vous !

— Je crois que vous m'accordez beaucoup trop de pouvoirs.

— Non, non... Les marchés que je conclus jouent sur des millions de dollars. J'estime qu'une participation de... disons un pour cent sur ces sommes, serait une équivalence justifiée.

Le Prophète resta de bois.

— Deux pour cent ?...

— Monsieur Kallenberg, je ne suis pas un marchand de tapis, mais une espèce de conseiller psychologique. Un voyant, mais pas un indicateur. Dans la mesure où je n'ai pas à enfreindre le secret professionnel qui est pour moi une règle d'or, je suis prêt à vous recevoir quand il vous plaira, et à accepter les trois pour cent dont vous venez de me parler sur les affaires que je vous ferai conclure.

— J'ai dit trois pour cent ?

— Il me semble bien que c'est effectivement ce que vous avez dit. En tout cas, je suis certain de l'avoir entendu.

Kallenberg apprécia en connaisseur. Il ne croyait pas aux astres, mais il croyait aux hommes, et celui-là était visiblement retors et malin. Il sourit :

— Eh bien, puisque vous l'avez entendu, j'aurais mauvaise grâce à ne pas l'avoir dit. Soit... trois pour cent.

— Nous sommes donc d'accord. Naturellement, vous remporterez votre or...

— Il n'en est pas question. Vous m'obligeriez en considérant ces quelques pièces comme une avance sur nos premiers bénéfices.

— Vu sous cet angle... Comme il vous plaira.

Le Prophète sentit une onde de jubilation l'envahir :

— Si nous passions aux choses sérieuses ? Que voulez-vous savoir ?

Kallenberg se pencha, l'air avide :

— Il y a un homme... peu importe qu'il soit de mes relations, ou même de ma famille... je ne veux pas vous gêner dans vos voyances. Enfin, je voudrais que vous me disiez... que les cartes me disent... de quelle façon il s'y est pris pour me faire rater le plus beau marché de ma vie...

202

Cette fois, la pieuse comédie jouée de part et d'autre était bel et bien terminée. Barbe-Bleue, tendu, plein d'un espoir fou, savait parfaitement que si Kalwoziac acceptait de marcher dans son camp, Satrapoulos était foutu : on n'est jamais trahi que par les siens. Par pudeur sans doute, le Prophète continua quelque peu à faire l'idiot :

— En général, on me demande surtout de prédire l'avenir, pas de lire dans le passé. Je vais essayer toutefois de faire un effort, pour fêter notre rencontre. Voyons, cet homme dont vous me parlez, ce... concurrent... Comment est-il ? Décrivez-le-moi et donnez-moi des détails...

Et il étala ses cartes. A cet instant, Kallenberg sut qu'il avait partie gagnée.

Malgré sa puissance, le Grec était tenu, par les autorités des pays où atterrissaient ses appareils, à quelques formalités irritantes mais inévitables. Par exemple, ses pilotes devaient, en cours de vol, signaler par radio le nombre et l'identité des passagers qu'ils transportaient à leur bord. Au Bourget, par routine, un fonctionnaire transmit aux Renseignements Généraux qu'un certain Hadj Thami el-Sadek, en provenance de l'émirat de Baran, allait poser pied à Paris. Un commissaire alerta immédiatement le Quai d'Orsay qui répondit sur-le-champ qu'il devait y avoir confusion d'identité : malgré les multiples invitations officielles dont il était l'objet depuis longtemps, l'émir de Baran avait toujours refusé. S'il n'avait jamais daigné se déranger malgré les insistances diplomatiques et gouvernementales, ce n'était certes pas pour déférer aux désirs d'un particulier, fût-il milliardaire comme Satrapoulos.

Pourtant, on vérifia. Après de multiples coups de téléphone, on acquit la certitude que cet Arabe volant était bel et bien l'émir de Baran : le premier sentiment d'aigreur passé, ce fut la panique. Pendant que des seconds secrétaires essayaient de mettre la main sur le Grec pour un complément d'information, on prévenait le Premier ministre en visite de courtoisie au Liban. Il fut bref et violent :

— Faites ce que vous voulez, mais faites quelque chose ! Ne laissez pas passer cette occasion ! N'oubliez pas que le Proche-Orient est le pivot de notre politique actuelle !

On s'agita dans tous les sens, dépassé par ce problème de protocole : comment marquer de la sympathie à un chef d'Etat qui n'a pas annoncé sa visite sans paraître pour autant s'immiscer dans ses affaires privées ? Le ministre des Affaires étrangères, dont l'arbitrage et la décision avaient été sollicités, trancha la question avec un aplomb au moins aussi grand que la perplexité dans laquelle il était plongé : à tout hasard, on enverrait au Bourget un détachement de la Garde républicaine, ainsi que le ministre de la Culture, qui serait là, lui aussi, comme par hasard et « à titre privé ».

Ainsi serait-on paré. Entre-temps, on avait réussi à joindre Satrapoulos par téléphone. L'armateur roulait vers l'aéroport dans sa voiture lorsqu'il avait eu le chef de cabinet du Premier ministre au téléphone : le Grec, qui avait des projets très précis et très confidentiels pour son hôte, avait été consterné que la nouvelle de sa venue se fût divulguée aussi vite. Etouffant sa rage, il prit sa voix la plus douce pour répondre à ce trouble-fête de malheur que la visite de l'émir était strictement personnelle, et que s'il avait souhaité qu'il n'en fût pas ainsi, lui-même, Socrate Satrapoulos, eût été le premier à en informer le gouvernement. Incapable de se contenir plus longtemps, sentant qu'il allait dire des choses irréparables sous l'emprise de la colère, il raccrocha avec hargne.

Il faillit avoir un haut-le-cœur en voyant des crétins, devant la porte d'honneur de l'aéroport, dérouler un tapis rouge tandis que des guignols à cheval et en uniforme prenaient place en une double haie. Il sauta de la Rolls, s'engouffra par une entrée de service que pouvaient librement emprunter certains propriétaires d'avions privés et demanda par téléphone, dans un petit salon prévu à l'usage de ces privilégiés, qu'on lui précisât l'heure d'arrivée de son appareil. On lui répondit qu'il était annoncé, cette urgence signifiant que, à la moindre fausse manœuvre de sa part, ses projets tomberaient à l'eau. Au comble de l'énervement, il sectionna à demi d'un coup de dent le cigare qu'il s'apprêtait à allumer, et arpenta en tous sens le petit salon, jetant des regards fréquents à sa montre et à la piste d'atterrissage. De quoi se mêlaient-ils ? Pourquoi ne lui foutait-on pas la paix ?

N'y tenant plus, il sortit de la pièce et s'engagea sur l'aire d'arrivée. Sa voiture l'attendait devant la porte. Il y grimpa et, dans le mouvement qu'il faisait pour s'asseoir, il aperçut son avion qui atterrissait.

— Filez là-bas ! dit-il à son chauffeur.

Niki embraya et se dirigea vers l'extrémité de la piste. L'appareil venait de s'immobiliser. En descendirent deux géants basanés vêtus à l'européenne qui posèrent un regard soupçonneux sur les environs, comme si un attentat allait être commis sur la personne de leur maître. Puis l'émir apparut, enveloppé dans une immense djellabah, un turban sur la tête, d'énormes lunettes noires masquant ses yeux. Le Grec se précipita à sa rencontre pour l'accolade. En peu de mots, pendant qu'il le guidait vers la Rolls, il l'informa que le gouvernement français avait prévu, en son honneur, une petite réception. L'émir eut l'air très contrarié, ce dont le Grec n'avait jamais douté. El-Sadek lui glissa à l'oreille :

— Je me serais bien passé de ce comité d'accueil. Mes sujets ni mes pairs ne doivent savoir que je suis venu en France. Comment l'indiscrétion a-t-elle été commise ?

— Les services de sécurité, Altesse. Le Quai d'Orsay a voulu vous honorer.

— C'est d'une rare maladresse.

S.S. eut un geste d'impuissance navrée, prit un air complice et lança :

— Nous allons essayer de les semer.

Malheureusement, il fallait que la voiture passe devant la porte d'arrivée, seul accès à la sortie de l'aéroport. Le Grec dit à son chauffeur :

— Vous allez rouler très lentement, comme si nous étions sur le point de nous arrêter. Quand vous arriverez devant les militaires à cheval, allez-y ! Ecrasez l'accélérateur !

Niki hocha la tête pour montrer qu'il avait parfaitement compris. Lorsqu'il dépassa l'angle du mur, il vit les gardes républicains et leur chef, un peu à l'écart sur son cheval, l'air indécis. En groupe devant la porte, des hommes en civil, assez tristes et compassés pour être des officiels. L'officier qui commandait les cavaliers aperçut la voiture au même moment.

— Sabre au clair ! cria-t-il.

Les hommes exécutèrent la manœuvre. L'émir se rencogna sur ses coussins et détourna le visage. Niki, comme son patron le lui avait demandé, écrasa l'accélérateur, trop heureux d'obéir à un ordre contraire à tous les principes de Satrapoulos : S.S. détestait les changements de régime et, d'une façon générale, les mouvements qui n'étaient pas coulés. La voiture s'arracha littéralement. Quand elle sortit de la cour sur les chapeaux de roues, le Grec risqua un regard par la lunette arrière : il vit les pantins en noir s'agiter et s'interpeller, avec de grands gestes, pendant que l'officier faisait dégager ses hommes. Les chevaux, empêtrés dans les bagages qui ne cessaient de s'entasser dans leurs pattes, donnaient beaucoup de mal aux hommes qui les tenaient en main. Satrapoulos ne put s'empêcher de rire : ce qu'ils pouvaient avoir l'air con !

Hadj Thami el-Sadek développait une théorie qui lui était personnelle :

— Dans la catégorie des rosés, c'est le Cliquot 1929 qui a le plus de corps. En revanche, je donnerais tous vos Calon-Ségur pour une seule bouteille du Romanée-Conti de la grande année.

Satrapoulos était ébahi que son hôte fit montre d'autant de connaissances œnologiques :

— Altesse, je ne m'attendais vraiment pas à ce que vous connaissiez les vins français mieux que moi.

— C'est parce que vous êtes grec..., lui rétorqua l'émir avec malice. Il ajouta :

— Je sais quelle est la question qui vous brûle les lèvres : comment un musulman peut-il enfreindre les lois du Coran en buvant de l'alcool ?

S.S. leva les mains pour montrer qu'il ne se serait pas permis d'avoir une idée pareille.

— Tsst tsst tsst ! fit el-Sadek d'un air espiègle. Eh bien, je peux vous répondre, même si vous vous défendez de vous être posé le problème ! Le Coran est beaucoup plus subtil que la Bible. Nous pouvons nous permettre de nous passer bien des fantaisies sans être pour cela en état de péché mortel. Ce qui nous permet de rester vertueux le reste du temps. Le Prophète connaissait trop la nature humaine pour lui imposer des lois en opposition avec ses penchants innés. Aussi est-il écrit dans le texte sacré que « nul ne boira de l'alcool entre le lever et le coucher du soleil ». Vous conviendrez que cet horaire nous laisse une certaine marge de sécurité.

Ayant dit, il siffla une nouvelle coupe de champagne. Le Grec n'aurait jamais pu imaginer qu'on puisse boire autant sans rouler ivre mort sous la table. Il était totalement déconcerté par l'attitude de son invité. A Baran, il avait rencontré un vieillard méfiant, ascétique, presque hostile. Et chez lui, à Paris, il dînait avec un homme gai, disert et cultivé. Heureusement. Car il avait eu un épouvantable choc, en début de soirée, en voyant apparaître el-Sadek en méchants vêtements civils qui puaient la confection, flottant autour de la taille, faisant des creux sous les épaules. Il avait eu l'impression d'avoir convié un ouvrier nord-africain maigre et endimanché. Puis l'émir avait parlé et le miracle s'était produit.

On en était au canard au sang et S.S. ne pouvait s'empêcher de songer qu'il se trouvait non pas en son hôtel de l'avenue Foch, mais au cœur d'une revue de troisième ordre dans une boîte faisandée de Pigalle. En dehors des maîtres d'hôtel qui servaient le dîner, et qui eux seuls semblaient à leur place, les autres convives juraient avec le mobilier précieux, les toiles de maître, les paravents de Coromandel et les collections d'ivoire et d'opaline : des femmes, jeunes, toutes blondes et déjà éméchées. Par les soins de son secrétaire parisien, le Grec les avait louées à une agence spécialisée dans la prostitution à domicile. A Paris, tout le monde avait recours aux bons offices de Mme Julienne, selon qu'il s'agissait de divertir dans son domestique un roi nègre en visite, des industriels flamands venus signer des contrats, des hommes politiques excédés par d'interminables conférences internationales, voire des amis qui n'y voyaient que du feu dans l'opération : l'inviteur recevait chez lui l'invité, qui rencontrait là de jolies femmes présentées comme des relations mondaines — Birgitta est la fille du consul de Finlande, le père de Nadia est un gros importateur de coton, etc. — de telle sorte qu'il était certain, après avoir emballé les mignonnes, de ne devoir ses triomphes qu'à son charme irrésistible, alors qu'en réalité il n'avait fait l'amour qu'à une putain de haut vol, payée par son hôte pour se plier à ses fantaisies.

Le Grec avait été perplexe quant au choix de ses pouliches. Ne connaissant pas les goûts de l'émir en la matière, il avait misé sur la loi des contrastes — les Orientaux préfèrent les blondes, les Suédois raffolent des Méditerranéennes — et sur le nombre. Il avait cru deviner qu'el-Sadek était cruel, et avait prévenu Mme Julienne que ses pensionnaires seraient peut-être soumises à rude épreuve au cours de la nuit qui les attendait. Un peu hautaine et persifleuse, la maquerelle avait rétorqué que les filles qu'elle lui enverrait pouvaient se prêter à n'importe quoi — elle avait appuyé sur le « n'importe quoi » — pourvu qu'elles soient rétribuées à leur juste valeur. Elle avait ajouté sur un ton de défi : « Les six jeunes femmes en question viendraient facilement à bout d'un régiment de légionnaires privés de femmes depuis des mois. »

Pour l'instant, les filles gloussaient, ne sachant pas encore si leur client était le petit homme à lunettes ou le manœuvre arabe, ou les deux à la fois. De toute façon, ni l'un ni l'autre n'avaient l'air bien redoutable. Leur expérience leur avait appris qu'on ne peut impunément ingurgiter autant d'alcool et faire des prouesses en chambre. Il était fort probable qu'on les renverrait se coucher bientôt, et qu'elles pourraient rentrer chez elles tranquillement. Mme Julienne leur avait bien recommandé la soumission absolue, précisant qu'elles seraient récompensées selon les efforts qu'elles auraient fournis pour « égayer » la soirée. Laquelle d'entre elles serait choisie, et par lequel des deux ? Elles s'étaient vite passé le mot, car plusieurs d'entre elles avaient reconnu le célèbre Satrapoulos, ce qui ne les impressionnaient nullement, leur pratique comptant énormément d'altesses, de ministres, de chefs d'Etat, de milliardaires et d'autres phénomènes encore, qui font le monde, et qui, dans un lit, sont désemparés comme des enfants, ou vicieux d'une façon incroyable, ce qui provient de la même cause : une terreur profonde de la femme.

Les perversions ne les étonnaient plus et Mme Julienne, maternelle et attendrie, leur évoquait parfois le bon vieux temps, au cours de séminaires mi-amicaux, mi-pédagogiques, citant le cas de cet énorme potentat connu de la terre entière dont le jeu favori consistait à parsemer sur un tapis rare, recouvert de ses propres excréments, des pierres précieuses que ses courtisanes, pour les posséder, devaient ramasser, mains liées au dos, entre leurs dents. Et Mme Julienne, qui avait un sens aigu de la parabole et de ses responsabilités, ne manquait jamais de conclure :

— La fin vaut les moyens. Si vous voulez réellement de l'argent, il ne faut pas hésiter à aller le chercher là où il se trouve, et de la façon qu'on vous a indiquée.

Elles ne comptaient plus les monarques qu'elles avaient dû flageller, les généraux qui les priaient de les fouetter alors qu'ils se tenaient nus et au garde-à-vous devant elles, les chefs d'industrie, redoutables et redoutés, sur le visage desquels elles devaient cracher après s'être longuement raclé la gorge, sans parler des financiers réputés, dont les clins d'œil faisaient trembler la Bourse, qu'elles devaient compisser pour parvenir à les émouvoir : routine... Parfois, un avion spécial venait chercher l'une d'entre elles pour une seule nuit dans un palais du Proche-Orient : l'élue en revenait fière, couverte de bijoux, d'hématomes et de présents. Elles savaient qu'ils avaient l'argent facile pour leurs plaisirs, ceux qui le recevaient de naissance sans avoir jamais dû faire aucun effort pour le mériter ou le gagner. Et là-bas, il arrivait que leurs corps blasés pussent s'émouvoir devant des spectacles impensables en Occident. Nadia leur avait raconté qu'un prince musulman lui avait fait l'amour debout, par-derrière, devant une fenêtre donnant sur une cour où avaient lieu, par fusillades et pendaisons, plusieurs exécutions capitales d'opposants au régime.

Satrapoulos remarqua que la main de son invité errait sous la nappe, probablement en quête d'un genou ou d'une cuisse : l'affaire s'amorçait bien. Il avait prévu une espèce de crescendo pour amener son hôte là où il le voulait. Le plus dur était fait. La suite découlait dorénavant de pures lois naturelles. Le Grec pensa qu'il était temps de tâter le terrain en vue de divertissements moins innocents. Il se pencha vers el-Sadek :

— Altesse, j'avais souhaité vous réserver une surprise, mais à la réflexion, je crains qu'elle ne soit un peu osée pour nos jeunes invitées. Et peut-être même pour votre Altesse...

L'émir, l'œil enflammé, lui lança un regard ironique et interrogateur. Satrapoulos enchaîna :

— Oh ! rassurez-vous, rien de très choquant... Disons plutôt quelque chose d'amusant... d'inattendu...

— Qu'est-ce que c'est ? piailla le chœur des filles.

— Mesdames, je voudrais dégager ma responsabilité... Je ne tiens pas à ce que vous me reprochiez le spectacle par la suite, eut le culot de répondre le Grec.

— Et si nous commencions ? dit l'émir d'un air impatient.

S.S. leva les bras en un geste résigné, comme vaincu par l'insistance de ses invités. En souriant, il frappa dans ses mains à trois reprises. Il y eut plusieurs secondes de silence absolu. Toutes les têtes étaient tournées vers la porte d'entrée dont les battants s'ouvrirent soudain pour laisser le passage à quatre hommes vêtus comme des esclaves orientaux, porteurs d'un immense plateau de métal, long de plus de deux mètres. Les Nubiens d'opérette déposèrent leur chargement sur le sol, aux pieds des convives. Chacun écarquilla les yeux : sur le plateau, il n'y avait qu'une énorme quantité de grains de mil, rien d'autre. Les regards se tournèrent vers Satrapoulos, toujours souriant. Un cinquième homme entra dans le salon, charriant un sac d'où s'élevaient des pépiements assourdissants. L'homme s'approcha du plateau et ouvrit son sac, libérant une nuée de poussins affamés qui se jetèrent sur les grains. Dans la pièce, tout le monde retenait son souffle. Les filles semblaient fascinées par le vorace appétit des poussins qui se grimpaient les uns sur les autres, se bousculant, faisant dégringoler le grain en rigoles soyeuses.

Brusquement, quelqu'un fit « Oh ! », et l'on vit apparaître un bout de chair, le mamelon d'un sein. A peine dérangés l'espace d'une seconde par le cri, les poussins continuèrent, goulûment, à avaler leur provende. Un second fragment de sein fut mis au jour, puis la courbe d'une épaule : sous le sarcophage de graines, il y avait un corps humain, un corps de femme. Furent dénudés la ligne fuselée d'une cuisse, un fragment de nombril. Alors, le silo vivant fut secoué d'un long frémissement, quelque chose bougea, les poussins inquiets se débandèrent et une superbe brune s'étira, passant sa main dans sa chevelure et sur son visage, où des graines s'accrochaient. Elle se redressa complètement dans un silence stupéfait, et le premier bravo éclata. La beauté anonyme était complètement nue, très à l'aise, sûre de ses formes qu'elle étalait aux regards sans provocation mais sans modestie. Elle salua, un sourire ambigu sur les lèvres, ôta machinalement de son nombril quelques graines qui y étaient restées prisonnières et disparut, légère, sous les applaudissements.

L'émir se tourna vers le Grec :

— Très intéressant.

Maintenant, ses deux mains ne quittaient plus le dessous de la table, et Satrapoulos se doutait qu'elles s'y livraient à des besognes, confirmé dans son idée par le visage figé et tendu de ses deux voisines immédiates. On apporta des liqueurs, des alcools, vieil armagnac et fine champagne « hors d'âge ». En toute simplicité, el-Sadek dégagea l'une de ses mains, saisit le verre qu'un maître d'hôtel lui tendait, le passa à la blonde assise à sa droite, la pria de le faire boire et enfouit à nouveau sa main sous la nappe. Agacé et comblé à la fois, le Grec ne pouvait s'empêcher d'admirer sa vitalité. Jusqu'à présent, il avait feint de boire, connaissant parfaitement ses limites, désireux de rester maître de lui-même pour demeurer maître de la situation. Ce type semblait phénoménal, résistant à l'ivresse comme d'autres, par les caprices de l'implantation de leurs terminaisons nerveuses, résistaient à la douleur. Les Arabes avaient-ils un foie, et où ?

De toute manière, Satrapoulos en serait le premier informé. Il avait prévu un plan pour quitter à temps ces Mille et Une Nuits de pacotille. A la fin du repas, l'un de ses hommes de main feindrait de venir le chercher pour une affaire de famille très urgente et importante. Depuis deux jours, il avait donné des ordres stricts pour que l'on croie qu'il n'était pas en France. Il ne tenait pas à ce que l'on sache qu'il recevait l'émir, et Hadj Thami el-Sadek, de son côté, y tenait encore moins que lui. Les intimes du Grec eux-mêmes pensaient qu'il était en voyage et S.S. avait précisé que, au cours de ces heures, personne, sous quelque prétexte que ce soit, ne devait être au courant de sa présence à Paris. Aussi, les multiples coups de téléphone qu'il avait reçus s'étaient-ils heurtés au barrage de ses secrétaires affirmant, de bonne foi, que M. Satrapoulos était aux Etats-Unis. Pourquoi avait-il fallu, trois heures plus tôt, que ces crétins de fonctionnaires fassent du zèle et découvrent le pot aux roses ?

— Mesdames ! dit l'émir... (Les « dames », qui papotaient, firent silence et le regardèrent...) Je vous trouve si gracieuses que j'aimerais vous offrir un petit souvenir de cette soirée... si notre hôte le permet.

Le Grec hocha la tête et sourit.

— Ahmed ! cria el-Sadek.

L'un des deux géants gardes du corps apparut si vite qu'on se demanda s'il ne s'était pas mis en branle avant l'appel de son maître. L'émir lui fit un signe et le colosse sortit de sa poche une petite bourse en cuir. El-Sadek délaça les cordonnets qui la maintenaient fermée et en renversa le contenu sur la table. Les filles étaient stupéfaites : une cascade de pierres précieuses avait coulé sur la nappe dans un bouleversant cliquetis de billes d'agate. Ce type n'était pas un ouvrier âgé et desséché : c'était un seigneur, il était beau, distingué, et avait une classe folle. D'ailleurs, Satrapoulos l'avait appelé Altesse pendant tout le dîner, elles comprenaient maintenant pourquoi.

— C'est un bien modeste présent pour autant de beauté...

L'émir rafla les pierres dans le creux de sa main et, une à une, les fit rouler dans la direction de chacune des invitées. A cet instant, un maître d'hôtel se pencha vers l'armateur, lui glissa quelques mots à l'oreille, ce qui eut l'air de le contrarier vivement. Entre ses dents, il cracha au larbin :

— Dites-lui que c'est un con. J'avais dit pas avant minuit, et il est 11 heures.

— Monsieur, fit le domestique désolé, il dit que cela ne peut pas attendre.

— Qu'il attende ! Plus tard !

Le Grec connaissait trop bien son secrétaire pour ne pas savoir que, s'il l'avait dérangé malgré ses consignes, c'était pour une raison grave.

— Vous avez des ennuis, mon frère ? s'enquit l'émir.

— Rien de sérieux, Altesse, enfin, je l'espère.

Rien ne lui échappait, à celui-là ! Satrapoulos se secoua et décida de brusquer les choses en passant à la deuxième partie de son scénario.

— Mes amis, j'aimerais vous faire visiter ma demeure. Prince, si vous le voulez bien, nous commencerons par votre appartement. Mesdames, je serais heureux d'avoir votre avis.

Il se leva, les autres à sa suite, franchit un couloir tendu de velours rouge et ouvrit une porte. Dans une immense pièce tapissée de miroirs, murs et plafond — on les avait posés deux jours plus tôt — on ne voyait d'abord qu'un lit, mais un lit comme les putes elles-mêmes n'en avaient jamais vu de semblable : rond, et de trois mètres environ de diamètre. L'une des filles poussa un cri de ravissement et demanda :

— Est-ce que je peux l'essayer ?

Sans attendre la réponse, elle se jeta dessus comme on plonge dans la mer, rebondissant sur la mousse souple. Dans le mouvement, la fente longitudinale de sa robe du soir dévoila ses jambes jusqu'aux cuisses, moulant la forme de ses fesses, suggérées avec une précision absolue tout en gardant le mystère de la chair voilée.

— Cathia ! Viens, c'est formidable !

Cathia jeta un regard à ses compagnes et ne résista pas. A son tour, elle piqua une tête sur l'étoffe noire. En riant, sa compagne lui sauta dessus et il y eut une brève bataille, avec des rires étouffés, des « Laisse-moi ! » des protestations et des gémissements essoufflés. En douce, le Grec regarda sournoisement el-Sadek. Il lui vit une expression qui le rassura sur les projets qu'il avait faits. Le visage de l'émir, d'enflammé et réjoui qu'il était quelques instants plus tôt, s'était figé, devenu lointain brusquement, ses petits yeux noirs fixant avec intensité le spectacle que lui offraient les deux filles, toute sa personne comme sculptée par la tension violente qui, intérieurement, l'agitait.

Cathia l'invita :

— Altesse ! (voilà qu'elle aussi, les pierres précieuses aidant, se piquait au jeu des titres !)... Aidez-moi ! Venez me défendre ! Elle est plus forte que moi !

El-Sadek consulta le Grec du regard. L'autre le prit à part :

— Altesse, cette maison et tout ce qu'elle contient vous appartient, elle est à vous, vous êtes chez vous, usez et abusez, vous ne le ferez jamais assez. Mais ne m'en veuillez pas... Une affaire de famille délicate exige ma présence en dehors de Paris. Me pardonnerez-vous si je vous abandonne en compagnie de mes amies ?

— Voulez-vous que je vous accompagne, mon frère ?

— Vous n'y pensez pas, Altesse ! Les démarches que j'ai à faire sont ennuyeuses et je voudrais que cette nuit soit consacrée à votre repos, ou à votre bon plaisir...

Les derniers mots du Grec se perdirent dans le vide, car, maintenant, les six filles gisaient sur le lit, riant comme des folles, saoules, ôtant leurs chaussures, se bagarrant, multipliées par les reflets infinis des miroirs, chair blanche et cheveux blonds sur le noir des draps et du dessus de lit, tourbillon palpitant de corps anonymes, interchangeables. Les lèvres de l'émir s'étaient pincées davantage et il fixait la scène, fasciné. Il fit un énorme effort pour s'en détourner, s'inclina profondément devant Satrapoulos et lui dit :

— Faites comme il vous plaira, mon frère. Et qu'Allah soit avec vous...

Socrate répéta, s'inclinant à son tour :

— Cette maison est la vôtre.

C'était idiot, mais le Grec était plus ému qu'il aurait cru pouvoir l'être. Il avait monté cette mise en scène ridicule, pleinement conscient qu'elle était de mauvais goût, et voici qu'il se sentait piégé par elle. Il aurait voulu rester, s'offrir en compagnie de el-Sadek ce qu'il n'osait pas prendre tout seul : après tout, qu'est-ce qui l'empêchait d'organiser à son usage personnel de pareilles fêtes ? Il en avait toujours rêvé mais une raison obscure l'empêchait de transférer sur le plan de la réalité ce à quoi il pensait secrètement, et qu'il repoussait avec hargne. Pourquoi ?

Il chassa ces idées. Il allait traverser l'antichambre lorsqu'il se heurta à Ali et Ahmed, les deux chiens de garde de son invité. Chose curieuse, ils avaient sur les lèvres un léger sourire. Ils s'inclinèrent profondément devant le Grec. Quand ils se redressèrent, leur expression était devenue impassible. Intrigué, S.S. s'arrêta à leur hauteur, les considérant avec bienveillance et curiosité :

— Parlez-vous l'anglais ?

Ali inclina la tête.

— Je vous ai fait réserver deux appartements...

212

— Voulez-vous qu'on vous les montre ?

— Nous dormirons ici, à la porte de notre maître.

— Ici ? Par terre ?

Nouvelle inclination affirmative : drôles de mœurs...

— Votre maître ne risque rien sous mon toit.

Réponse : un sourire.

— Avez-vous besoin de quelque chose ?

Dénégation de la tête. Ils étaient fantastiques, ces types ! Ils couchaient à même le sol, n'importe où, pour les nourrir, on leur fournissait un paquet de dattes et quelques figues, et vogue la galère, ils étaient rechargés pour un mois !

— Dites-moi... Vous qui vivez dans l'intimité de votre maître... vous le connaissez bien...

Il baissa la voix, un air complice et amical sur le visage :

— Pensez-vous qu'il ait tout ce qu'il lui faut ?... Enfin, je veux dire... Croyez-vous qu'il soit content des amies que je lui ai présentées ?

Bref regard des deux hommes et, à nouveau, visage de bois. En alerte, Satrapoulos insista :

— N'hésitez pas à me parler. J'ai trop de respect et d'affection pour lui, je ne veux pas prendre le risque de le décevoir...

Ali et Ahmed restèrent immobiles, figés et silencieux.

— Je vous en prie, c'est très important... Je voudrais tant qu'il garde un bon souvenir de cette soirée... En me parlant, vous rendez service à tout le monde. Ayez confiance en moi, je serai discret... Il n'aime pas les blondes, peut-être ?

Les deux hommes se regardèrent à la dérobée, hésitant visiblement à répondre. Ali se décida. Il se pencha vers l'armateur, qu'il dominait de plus d'une tête, et lui glissa deux mots à l'oreille, deux mots seulement.

Satrapoulos ouvrit des yeux ronds et eut l'air gêné. Pendant un instant, il demeura indécis, puis :

— Je vais voir ce que je peux faire.

Il s'éloigna à pas pressés et pénétra dans le bureau où l'attendait, debout, son secrétaire. En rafale, il lui lâcha :

— Vous allez téléphoner de toute urgence à votre Mme Julienne ! Dépêchez-vous ou tout est foutu ! Et d'abord, qu'est-ce que c'est que cette nouvelle idiotie ? Je vous avais dit de venir me chercher à minuit, pas à 11 heures !

— Je sais Monsieur, mais...

— Accouchez !

L'autre se racla la gorge, chercha des mots, n'eut pas l'air de les trouver. Alors, simplement, il lui dit la chose :

— Votre mère est morte.

Satrapoulos eut une réaction extraordinaire. Comme s'il n'avait pas entendu, il aboya :

— Je vous dis de téléphoner à Mme Julienne ! Qu'est-ce que vous attendez ?

— Vous allez rester longtemps à Paris ?
— Non..., deux jours seulement.
— Vous êtes venu pour affaires ?
— Non. J'ai été invité par mon ami.
— Vous fêtez quelque chose ?
— Oui, un pacte.

Les questions fusaient... Les filles auraient aimé percer à jour l'identité d'un type qui avait l'air d'un vieil ermite fauché, squelettique, et qui leur offrait un diamant avec la même aisance que d'autres une cigarette. El-Sadek se doutait bien que les six blondes faisaient partie de la réception, comme le dîner, ou cet hôtel fastueux qui ne l'impressionnait nullement. Il aurait voulu que ces femelles ferment leur gueule et fassent leur travail en se prêtant à ses fantaisies, au lieu de chercher à savoir le pourquoi et le comment. Une dernière hésitation le retenait toutefois : il n'était pas dans son harem, mais à Paris, et certaines lubies sexuelles souffrent difficilement l'exportation. Patience...

— Je veux que chacune d'entre vous me rappelle son nom.
Elles se nommèrent :
— Brigitte.
— Annette.
— Marie-Laurence.
— Joëlle.
— Cathia.
— Ghislaine.

Il était assis sur le lit. Celle qui avait dit se prénommer Ghislaine avait appuyé sa tête sur ses genoux. Les autres l'entouraient, si proches que chacune avait une partie de son corps, genou, main, cuisse ou épaule, en contact avec celui d'el-Sadek. Et ce contact faisait monter en lui une violence contenue, mi-désir, mi-fureur de l'éprouver, car il sentait que ces chiennes à vendre avaient un pouvoir sur lui. Il se contint :

— Et qu'est-ce qu'ils veulent dire, ces prénoms ?
— Mais rien. Ils se suffisent à eux-mêmes. Pourquoi ?
— En Orient, le prénom qu'on donne à un enfant a une

signification précise qui aura une grande influence sur son avenir.
Il vaut mieux s'appeler Lion que Chacal.

— Chez nous, on s'en fiche !

— Ah oui ? Connaissez-vous parmi vos relations quelqu'un
qui ait été baptisé Judas ?

Les filles se regardèrent, sans comprendre. L'émir enchaîna :

— Tout est écrit.

— Vous croyez au destin ?

— A quoi d'autre peut-on croire ?

— Vous pouvez lire l'avenir ? demanda la plus potelée de toutes.

Une autre s'exclama :

— Oh oui ! Les lignes de la main ! Faites-les-moi !

Celle qui avait posé sa tête sur les genoux d'el-Sadek, peut-être
un peu plus ivre que les autres, peut-être plus pressée d'aller au
but, grattait de ses ongles immenses, dans un lent va-et-vient qui
semblait presque machinal, la cuisse du vilain mâle, remontant imperceptiblement vers l'aine et l'intérieur de la jambe. L'émir se força pour
que sa voix ait l'air posée lorsqu'il répondit :

— Nous avons d'autres moyens de voyance beaucoup plus effi-
caces en Arabie Saoudite.

— Quoi ? Dites-nous !

— Les lignes de la main, ce n'est pas sérieux. La main n'a rien
de secret. Elle est toujours nue, elle est en contact avec des choses
impures. Si le destin est écrit sur le corps d'un être humain, le
Prophète a voulu que ce soit dans un endroit secret.

— Où ça ?

— Vous allez être choquées si je vous le dis.

— Dites ! Dites !

— Pour vous, les femmes, c'est à l'endroit que vous gardez le
plus souvent caché. Là où le dos finit et les jambes commencent.

— Sur les fesses ?

— Exactement. Et aussi entre les seins.

— Vous êtes sérieux ?

— Je vous le garantis. Voulez-vous vous livrer à une expérience ?
Y en a-t-il une d'entre vous qui souhaite savoir ce que la vie lui
réserve ?

— Moi ! dit la tête sur les genoux. Le haut ou le bas ?

— Où vous voudrez.

Elle ne prononça plus un mot, se dégagea de sa position et
s'allongea sur le ventre. Sans se presser, elle releva doucement le
bas de sa robe. Elle portait des bas fumés dont l'attache, sur la cuisse,
formait un léger bourrelet de chair encore plus blanc que le blanc
de la robe. Son slip apparut :

— Allez-y, dites-moi tout, je vous écoute.

— Baissez votre slip, sinon, je ne peux rien voir.

Elle s'exécuta, toujours avec lenteur. Elle avait des jambes superbes, des attaches diaphanes à force d'être fines qui, mystérieusement, se gonflaient progressivement le long des mollets, s'étranglaient doucement, en col d'amphore, à l'articulation du genou, pour reprendre leur volume en remontant vers les cuisses et s'épanouir en une courbe explosive, violente et douce, qui allait mourir dans la prodigieuse minceur de la taille. El-Sadek en avait la bouche toute sèche. D'un doigt qu'il voulait distrait, il caressa les fossettes formant deux creux souples à la hauteur des vertèbres lombaires, descendit, suivant de l'index des lignes imaginaires. Les autres candidates à la voyance s'étaient tues, troublées :

— Je vois une carrière formidable ! dit el-Sadek.

— Dans quoi ? pouffa l'une des blondes.

— Argent.

Il plongea la main dans sa poche, en retira la bourse pour en extraire un diamant qu'il inséra entre les dents de la fille troussée :

— Vous voyez que je ne mens pas. Voici le début de votre fortune.

— A moi ! dit Joëlle d'une voix rauque, c'est mon tour...

Nerveusement, elle dégrafa les trois boutons qui ornaient le haut de son corsage. Elle prit ses seins à pleines mains et les fit jaillir par-dessus son soutien-gorge. Presque agressive, elle ajouta :

— C'est bien là, n'est-ce pas, que vous pouvez voir si l'on peut devenir riche ?

El-Sadek se pencha vers elle, frôla les seins du dos de la main, dont les bouts devinrent durs comme par magie :

— Laissez-moi voir... Vous aussi, vous avez beaucoup de chance... La fortune... Tenez... Voilà pour vous porter bonheur.

Joëlle porta la pierre à ses lèvres, la baisa et la fit tenir en équilibre entre ses seins, coincée. De ses mains redevenues libres, elle déboutonna la chemise du vieil homme et caressa son torse osseux, sans se presser : elle avait vu que la bourse de cuir était encore bourrée de diamants, et peu lui importait d'où il les sortait, pourvu qu'elle lui en soutire le plus possible.

— Et nous ? interrogèrent les autres...

— Vous voulez savoir aussi si vous serez riches ?

— Oui, dites-nous !

— Attendez ! Nous allons nous organiser... Trois d'entre vous me montreront le haut, les trois autres, le bas. Allongez-vous.

Docilement, Cathia, Brigitte et Marie-Laurence se couchèrent sur le ventre, relevant leurs jupes ; Annette, Joëlle et Ghislaine roulèrent sur le dos, les seins à l'air :

— Maintenant, ne bougez plus...

216

El-Sadek se recula d'un pas et contempla le spectacle : c'était superbe. Il se rapprocha, examinant de plus près, bouleversé d'apercevoir sur les cuisses de Cathia, très haut, l'ombre qui laissait présager la naissance d'un duvet blond. Les filles étaient immobiles comme des statues, entrant dans le jeu du vieux salaud plus qu'elles ne l'auraient souhaité. Mme Julienne leur répétait souvent qu'elles devaient garder la tête froide. Ce n'était pas toujours facile, les circonstances, l'alcool ou la vue de la richesse agissant parfois sur elles comme un aphrodisiaque puissant les conduisant, malgré leur désir de rester objets, à un plaisir qu'il n'était plus en leur pouvoir de dominer.

— Fermez les yeux !

Elles s'exécutèrent, essayant de deviner à l'oreille les gestes de l'émir. Elles entendirent le cliquetis caractéristique des brillants et sentirent qu'il les déposait, froids et merveilleux, au creux d'un nombril, à l'articulation de la cuisse et de la fesse, sur la pointe d'un sein.

El-Sadek était debout au-dessus d'elles, qui gisaient en demi-corolle sur la circonférence parfaite du lit, pétales vivants d'une fleur dont le cœur aurait été noir, et qu'on aurait mutilée.

Entre les peaux des six filles, il y avait des nuances de ton qui le surprenaient, s'étendant du blanc dur et absolu des jambes de Cathia à l'ocre orangé de la poitrine de Ghislaine, en passant par les valeurs délicates, en camaïeu, nacre pâle et bistre clair, de cette marqueterie de chair souple. Là où il avait posé ses diamants, fulgurait parfois un éclat, quand changeait l'angle d'une de leurs facettes, au gré d'un muscle qui palpitait, d'un sein qui frémissait, renvoyant la lumière dans l'espace, en une épingle rectiligne et brève.

— Vous serez toutes riches !

El-Sadek avait prononcé cette phrase comme un exorcisme, pour sortir de l'espèce de stupeur qui le rivait au spectacle.

— Allongez-vous près de nous... demanda Marie-Laurence.

— Non... pas tout de suite...

— Si, venez ! implora Cathia en faisant basculer l'émir au milieu d'elles.

Il fut obligé de se laisser aller en arrière, ne pouvant utiliser ses mains accrochées toutes deux, en un réflexe soudain, sur sa bourse maintenue fermement contre son plexus. En un instant, elles furent sur lui et il sentit des mains anonymes le palper, courir sur l'étoffe rèche de son pantalon, d'autres s'égarer sous sa chemise dont les boutons sautaient, sans qu'il sût comment. Il allait succomber et ne plus bouger lorsqu'un sursaut le fit se redresser sur ses jambes : elles eurent l'air peiné.

— Pourquoi ? reprocha Brigitte...

Il se secoua, désireux d'échapper au vertige :

— Pas comme ça... Pas tout de suite... Attendez...

Il promena sur elles un regard cruel et sournois, levant haut le petit sachet de cuir :

— Vous serez toutes riches... Mais il faut faire ce que je vous dis...

— Tout ce que vous voudrez..., dit Brigitte.

— Vraiment ?

— Laissez-nous faire ! supplia Annette.

— Non. C'est moi qui vais vous faire. Tout ce qui est dans cette bourse est pour vous...

Il la vida dans le creux de sa main et compta les pierres :

— Le partage sera équitable. Il en reste vingt-cinq, soit quatre pour chacune.

— Et la vingt-cinquième ? demandèrent simultanément deux des mathématiciennes en chambre.

— Comme pour les autres : il faudra la mériter.

— Comment ?

L'émir hésita : iraient-elles jusque-là ? L'appât de son cadeau fabuleux serait-il assez fort ? Il enchaîna, d'une voix qui cherchait ses mots :

— Vous êtes blondes toutes les six... Il m'est difficile de vous identifier, malgré vos noms... Il faudrait que vous ayez un signe distinctif me permettant de vous reconnaître...

Malgré leur avidité, elles se regardèrent, un peu inquiètes : qu'est-ce qu'il avait dans la tête ?

— Précisez, dit Ghislaine.

— Voilà..., se lança l'émir.

Tout en parlant, il sortit de sa poche un rasoir, dont le manche en or était incrusté de rubis :

— N'ayez pas peur... Je voudrais faire à chacune une légère entaille à un endroit différent...

— Vous êtes fou, non ? cria Marie-Laurence. Si vous voulez nous reconnaître, il y a d'autres moyens ! Je ne veux pas être défigurée, moi ! Vous n'avez qu'à nous faire une marque avec un crayon !

— Qui vous parle de votre visage ? Il s'agit seulement d'une minuscule incision, juste pour faire venir une goutte de sang...

Joëlle se redressa, le charme était rompu :

— Moi, je m'en vais !

— Attends ! dit Ghislaine, laisse-le s'expliquer. (Se tournant vers l'émir :) Quel genre d'entaille ?

— Je vais vous montrer...

El-Sadek retroussa la manche de sa chemise :

— Regardez.

218

Aucune n'eut l'impression que le fil du rasoir avait été en contact avec sa peau. Pendant une seconde, il ne se passa rien, puis, le sang goutta.

— Vous voyez, c'est tout. Vraiment peu de chose...

— Moi, je ne peux pas tolérer la vue d'un rasoir ! s'écria Cathia. Je ne pourrais pas supporter que vous m'approchiez avec ça dans la main.

— Alors, qui commence ? Qui veut la première pierre ? Vous hésitez ? Pour une si petite incision ?

Machinalement, les regards se portaient sur le sexe de l'émir, pointé à angle droit par rapport à la verticale de son corps. De là, ils revenaient vers le rasoir.

— Et si ça me laisse une cicatrice ? demanda Annette.

— En aucun cas. Demain, il n'y aura plus aucune trace.

— Pour une pierre ?

— Exactement.

— Bon, allez-y... Et attention ! Si vous me faites mal, je crie et je m'en vais. Où voulez-vous ?

— Quel est votre nom ?

— Annette.

— Sur la fesse gauche.

— Il y a un rapport ? demanda Joëlle avec aigreur.

— Une seconde ! ajouta Ghislaine. Vous avez dit qu'il y aurait quatre pierres pour chacune de nous. Une pour l'entaille, soit. Et pour les autres ?

— Rien qui ne soit tout à fait naturel.

— Vous voulez qu'on vous fouette ? interrogea Brigitte avec candeur.

— Non. L'amour, rien que l'amour.

— Toutes les six ?

— Evidemment.

— Vous êtes quand même un curieux personnage, reprit Marie-Laurence. Au lieu de nous faire les lignes de la main, vous nous faites les lignes du cul... parce que... tout de même... il faut bien appeler les choses par leur nom !... Vous voulez m'entailler au rasoir pour ne pas avoir à me dire Marie-Laurence, comme n'importe qui... vous...

L'émir la coupa avec colère :

— Je ne suis pas n'importe qui !

— On s'en doutait, plaida Brigitte... Un homme qui croit pouvoir faire l'amour à six femmes...

— Il ne s'agit pas que de moi.

— Hein ?

— Pour obtenir la deuxième pierre, vous devrez d'abord coucher avec mes deux gardes du corps. Vous verrez... vous ne serez pas déçues... je doute que vous arriviez à les rassasier... Ne bougez plus ma mignonne petite fille...

Annette, pas rassurée du tout, se révolta mollement :

— Vous me jurez que ce n'est pas douloureux ?... Au lieu de ce truc barbare, tout juste bon à marquer le bétail, pourquoi ne pas nous attribuer des numéros ?

— Ma chère enfant, j'ai la mémoire du bétail, beaucoup plus que celle des noms ou des chiffres... Voulez-vous ne plus remuer je vous prie...

Annette s'immobilisa complètement, le visage convulsé par la peur. La lame s'approcha de ses reins... Elle eut la sensation de l'acier froid sur sa peau, qui l'effleurait et la caressait sans que le tranchant l'entame. A tout hasard, elle poussa un petit cri, pour la forme...

— Aïe !

— Voilà, c'est tout... Maintenant, je n'oublierai plus que vous vous appelez Annette. Tenez... Pour vous consoler de cette affreuse blessure...

Il saisit une pierre entre son pouce et son index, la fit miroiter et la jeta sur le tapis où elle roula, pour aller se perdre sous un fauteuil.

— Allez la chercher maintenant... Non, pas comme cela... A quatre pattes...

Annette s'agenouilla et fit ce qu'on lui demandait. Maladroitement, elle se dirigea vers le fauteuil. Pourtant, elle avait déjà marché à quatre pattes, enfant d'abord pour des jeux stupides et gratuits, adulte ensuite, afin de satisfaire l'une des mille manies des piqués que sa profession lui donnait l'occasion de rencontrer. Ses copines la suivaient des yeux, le regard rivé sur la tache rouge dont la surface augmentait au plus léger de ses mouvements. Pourtant, le rasoir ne semblait même pas l'avoir touchée et, apparemment, l'incision avait été indolore. Les unes et les autres eurent un petit pincement au cœur en songeant qu'à leur tour elles allaient avoir à la subir. L'émir dut deviner leur pensée :

— Bah !... qu'est-ce que cela peut faire ? Demain, vous ne penserez plus qu'aux joyaux que je vous aurai offerts ce soir, alors que cette minuscule égratignure sera oubliée...

Se tournant du côté de Cathia :

— Que préférez-vous ? Le ventre, les fesses ou les seins ?

— Ce qui se voit le moins... Les seins, si vous voulez.

Ce qu'el-Sadek aurait préféré, c'était la gorge, mais il lui était difficile d'en faire état. Cathia, qui s'était avancée en offrant sa poitrine, eut un soubresaut et recula :

— Non, je ne peux pas !

L'émir fut suave, ce qui l'excitait le plus, c'était la peur des autres :

— Allons, ma douce fleur, vous n'avez rien à craindre... Regardez Annette... Regardez son diamant... Vous ne voulez pas avoir le même ? Vous n'avez pas envie que je vous reconnaisse, que je ne vous confonde avec personne ?

Saoules, Ghislaine et Marie-Laurence s'étaient affalées sur le lit, cuisses ouvertes, l'une contre l'autre, enlacées, se caressant les bras, le visage, les cheveux, admirant le reflet d'elles-mêmes que leur renvoyaient, sous tous les angles, les miroirs qui tapissaient la pièce. Elles voyaient d'un œil hébété mille Joëlle caresser les mille sexes d'une infinité d'Arabes brandissant des rasoirs sous le nez de millions de Cathia, pâles de terreur.

Simultanément, derrière les miroirs, quatre caméras automatiques balayant la totalité de la chambre dans ses moindres recoins, enregistraient la même scène, y compris ce que ni Ghislaine ni Marie-Laurence ne pouvaient voir : leurs propres yeux. Les machines ronronnaient doucement, depuis l'instant où l'homme et les six femmes avaient pénétré dans ce piège de glaces, de velours et de fourrures. En ouvrant la porte à son invité, Satrapoulos en avait lui-même déclenché la mise en route. Apparemment, il n'avait pas installé pour rien ce studio miniature : avec ce prologue seulement, il y avait de quoi faire un sacré film ! Le film le plus cher du monde, celui que l'émir souhaiterait ne jamais voir projeté du côté du Koweït.

On frappa à la porte. La tête d'Ali se glissa dans l'entre-bâillement, presque hilare. Sans un regard pour le spectacle, il riva ses yeux à ceux d'el-Sadek et prononça une phrase en arabe. A son tour, l'émir sourit de contentement. Il répondit d'un mot et, s'adressant aux blondes :

— Rhabillez-vous.

Elles le regardèrent, hésitant à comprendre.

Il répéta, chuintant de plus en plus les voyelles sous le coup d'un soudain énervement :

— Je vous dis de vous rhabiller ! Vous m'avez fait passer une divine soirée, mais je dois me consacrer maintenant à des choses très sérieuses.

Ghislaine fut la première à reprendre ses esprits :

— Mais... Vous n'avez plus envie de nous faire l'amour ?

— Filez !

— Et les diamants que vous nous aviez promis ? s'indigna Joëlle...

— Faites l'amour avec mes hommes, vous aurez droit à un de plus.

221

— Appelez-les ! dit Marie-Laurence.

Elle était venue dans un but très précis, qui ne l'enthousiasmait ni ne la révoltait, avec peut-être le secret espoir qu'il ne se passerait rien. Et maintenant que cela lui arrivait, ou, plutôt, que rien ne lui arrivait, elle se sentait frustrée, dupée et, ce qui n'arrangeait pas les choses, vraiment très ivre. Elle ajouta :

— Qui va me baiser, moi ? Je veux qu'on me baise !

Elle s'était accroupie sur le lit et Ghislaine, avec une tendresse insistante, qu'elle osait pour la première fois, lui caressait doucement les cheveux.

— Allez vous faire baiser ailleurs ! siffla l'émir dans un dernier effort pour se contenir. Il fouilla une fois de plus dans sa bourse, tous les regards rivés à ce geste enchanteur, en sortit six pierres qu'il jeta par terre avec colère :

— Prenez-les et sortez ! Ahmed et Ali vous attendent.

Il les appela. Les deux géants pénétrèrent instantanément dans la chambre.

El-Sadek leur dit quelques mots, désignant les filles d'un geste large qui signifiait : « Du balai ! »

Elles étaient déjà à genoux, ou à plat ventre, essayant avec difficulté de concilier, dans un dérisoire effort de dignité, leur position humiliante, leur avidité pour les bijoux, leur désir de ne pas perdre la face. Gentiment, Ahmed et Ali les aidaient à ramasser leurs affaires, lorgnant à la dérobée, au hasard de postures révélatrices, ces chairs pâles et soyeuses. Certaines d'entre elles se saisirent de leurs vêtements sans même songer à les enfiler. A quoi bon ? Pour les quitter à nouveau dans cinq minutes ? Tapotant avec agacement dans ses mains, l'émir pressait le mouvement, berger nerveux d'un troupeau de call-girls. Lorsque Cathia, qui était la dernière, franchit le seuil de la porte sans un regard pour lui, afin de mieux montrer à quel point elle était mécontente, el-Sadek glissa une phrase dans l'oreille d'Ali, qui acquiesça. Il entrevit Ahmed faisant monter ces morues dans les étages, laissa la porte entrebâillée, retourna s'asseoir sur le lit et attendit. On frappa très légèrement.

Le cœur de l'émir cogna dans sa poitrine :

— Entre !

La porte s'ouvrit toute grande, livrant passage à Ali, encadré par deux petits garçons d'une douzaine d'années, de race blanche, souriant d'un air faussement timide. El-Sadek leur sourit en retour :

— Entrez donc, mes chers enfants...

Discrètement, Ali disparut comme il était venu, d'autant plus vite qu'il ne voulait pas laisser Ahmed prendre de l'avance sur lui dans la petite fête qui allait suivre.

222

— Comment vous appelez-vous ? dit l'émir aux enfants. Et il s'approcha d'eux, l'air patelin...

Le scénario en cours de tournage allait s'enrichir d'une nouvelle scène inédite, rigoureusement interdite aux moins de dix-huit ans.

10

Spiro leva la tête et scruta le ciel d'un bleu insoutenable. Depuis quelques secondes, ses oreilles percevaient un bourdonnement aux limites de l'audible mais ses yeux ne distinguaient encore rien. Soudain, il vit l'espèce de minuscule mouche sombre qui se mit à augmenter de volume en approchant de l'endroit favori où paissaient ses chèvres, l'éperon rocheux dominant le terre-plein qui formait corniche au-dessus des falaises enracinées dans la mer.

Pour en avoir vu plusieurs les jours précédents, il reconnut immédiatement un hélicoptère. Mais, contrairement à ceux qui avaient déjà atterri, celui-ci n'était pas gris fer, mais noir. L'appareil survola la plate-forme, sembla hésiter un instant et toucha terre délicatement. Les pales s'immobilisèrent dans un frémissement. Le silence...

Puis, malgré la distance, Spiro entendit nettement les pentures tourner autour des gonds. La porte de la carlingue s'ouvrit et une silhouette en combinaison noire sauta au sol, inspecta les alentours, regarda sa montre et fit quelques pas. L'homme revint vers l'appareil, tendit la main et aida à descendre trois personnages vêtus de longues robes blanches comme des bachi-bouzouks, ces tueurs turcs que son oncle lui avait montrés sur une gravure. Sauf que les trois types n'avaient pas de sabre — ils les dissimulaient sans doute sous les plis de leur robe. Maintenant, ils étaient tous en plein soleil, debout, pierres blanches et noires dans la craie aveuglante du paysage...

Pendant une éternité, rien ne se passa. Et à nouveau, ce fut ce bruit. Surgi d'un point invisible de l'horizon, un essaim vrombissant prit brutalement possession de l'espace. Effaré, Spiro compta six appareils noirs qui fonçaient droit sur son repaire. Quand ils passèrent au-dessus de lui, d'instinct, il rentra la tête dans les épaules et s'aplatit autant qu'il le put sur la mousse sèche du talus, faisant corps avec elle. Quand il osa risquer un regard, les hélicoptères se laissaient glisser mollement jusqu'à la corniche, semblant, vus d'en haut, se poser avec la douceur de feuilles mortes. Des passagers descendirent, hommes ou femmes tous en noir, araignées insolites sur champ de neige. Il y eut des mains serrées, des conciliabules mystérieux et un mouvement collectif des têtes quand sortit du ciel un septième appareil qui fit un tour complet sur lui-même avant d'atterrir près des autres. Ses occupants se rangèrent aux côtés des premiers venus.

Commença une nouvelle attente immobile dans un silence redevenu absolu. Avec désespoir, Spiro s'aperçut que ses chèvres avaient dévalé le talus, mais il n'eut pas la force de s'arracher au spectacle pour aller les récupérer... Plus tard... En bas, soudain, les têtes se tournèrent en bloc vers un point invisible situé au delà des éboulis. Spiro y porta vivement le regard : deux énormes voitures noires roulant au pas, l'une derrière l'autre, sur le sentier empierré, cahotaient vers le terre-plein. Comment étaient-elles arrivées là sans qu'il ait pu les voir ? Peut-être au moment où il gravissait avec son troupeau l'autre versant de la colline ? Huit personnes en descendirent — trois d'entre elles étaient des popes. Le plus petit des hommes qui venait d'arriver, après avoir serré plusieurs mains, prononça deux mots qui eurent le pouvoir de faire éclater les groupes. Tout le monde grimpa dans les hélicoptères. Il y eut le bruit des portes qui claquaient et le premier sifflement d'un rotor auquel se mêlèrent bientôt les miaulements des autres hélicoptères dont on lançait le moteur. Presque simultanément, tous s'élevèrent lentement dans un bruit terrifiant. Arrivés à la hauteur de Spiro, ils prirent de la vitesse et piquèrent droit vers le sud. Sur la corniche, il ne resta plus que les deux voitures dont les chauffeurs, figés, regardaient disparaître la flottille volante. A leur tour, ils montèrent dans leurs véhicules et démarrèrent, s'évanouissant aux yeux de l'enfant derrière un éboulis de la pente.

Alors, tout le paysage blanc de roches et bleu de ciel se retrouva abandonné à lui-même, déserté, comme si rien jamais ne s'y était passé. Abasourdi, Spiro se demanda à qui il pourrait bien raconter ce qu'il venait de voir. Qui d'autre en dehors de son oncle ? Pourtant, ces jours derniers, quand il lui avait posé timidement quelques questions, l'oncle n'avait pas daigné lui répondre, se contentant de faire peser sur lui un regard qui ne signifiait rien.

Depuis vingt minutes environ, les sept hélicoptères volaient en formation serrée à cent mètres au-dessus des vagues. Avant le départ, S.S. avait dit à Jeff que les autres devaient suivre.

— Allez droit devant vous, pas trop haut, pas trop vite. C'est tout.

Le pilote commençait à se demander si son patron le prenait pour un clown. Ce vol sans objet et sans destination le plongeait dans un vague malaise. La certitude que les autres pilotes en savaient encore moins que lui ne le consolait pas. En outre, par une étrange lubie, Satrapoulos avait exigé que le poste de commandes soit coupé de l'arrière de la carlingue. A contrecœur, Jeff avait dû tendre, dans le « vaisseau amiral », une espèce de store opaque dont la présence dans son dos le faisait grincer des dents. En principe, Mme Lena aurait dû monter elle aussi à son bord. Mais, à l'instant du décollage, le Grec avait changé d'avis et l'avait priée de le laisser seul. Mme Lena avait donc été recueillie dans l'appareil où s'étaient entassés les popes. Machinalement, Jeff jeta un regard de côté pour voir si les copains suivaient. Il fut un peu rassuré de les apercevoir sur sa droite, déployés dans son sillage en formation triangulaire. Qu'est-ce que ça voulait dire, tout ça ? C'était un pique-nique, une messe en mer, une surprise-partie, ou quoi ? Et les autres, les invités du patron, étaient-ils au courant ? Savaient-ils au moins ce qu'on allait foutre au large ?

— Dis-lui, toi, maman ! Dis-lui !

Médée Mikolofides ne répondit pas à sa fille mais fronça légèrement le sourcil. D'une voix aiguë, Irène insista :

— Vas-y maman ! Il a peur de toi ! Dis-lui ce que tu penses !

Dans son coin, plutôt gêné, Kallenberg poussa un grognement :

— Tu vas ficher la paix à ta mère, non !

La grosse Médée s'agita sur son siège. Presque autant que l'argent, elle respectait la mort et les cérémonies funèbres. Le moment lui semblait très mal choisi pour se mêler à une querelle de ménage. Elle ne vouait pas une très grande estime à son gendre, mais elle appréciait sa dureté en affaires, qualité qu'elle avait appris à respecter depuis son plus jeune âge.

Elle glissa un coup d'œil au pilote qui ne devait pas en perdre une miette malgré le bruit des moteurs. Quand on appartenait à une famille aussi riche que la leur, on avait pour premier devoir de garder sa dignité devant les inférieurs. En tout cas, c'est ce que Médée s'était efforcée d'enseigner à ses trois filles et ce que son défunt mari lui avait toujours répété. Malheureusement, Irène n'avait pas l'air de comprendre et ne désarmait pas :

— Rien pour la Noël, rien ! Tu as vu ce que Socrate a offert à ma sœur pour l'anniversaire des jumeaux ?

Médée la toisa d'un air sévère :

— Irène ! Et le pétrolier qu'Herman t'a donné ?

— C'était l'an dernier ! Et qu'il les garde, ses pétroliers ! Je n'en veux pas ! Pour ce à quoi ils me servent !

Tendu à craquer dans sa colère, Kallenberg fit un ultime effort pour se contenir. Saisissant la cuisse d'Irène dans son battoir de lutteur, il en pinça un large morceau de chair qu'il écrasa et tordit en un mouvement circulaire. Pour étouffer le gémissement sourd que poussait Irène, il adressa un gros rire à sa belle-mère et, sur un ton badin :

— Ne faites pas attention, Madame... Notre Irène est bouleversée par les événements... Elle plaisante...

Les lèvres de Médée esquissèrent un sourire mince. Elle contempla distraitement, minuscule et dérisoire sur le miroir brisé de la mer, un voilier blanc qui se dirigeait vers la terre. Tout près d'elle, volant sur sa gauche, elle apercevait le visage impassible des trois Arabes que son autre gendre, Socrate, avait conviés.

Steve porta la main à la poche de sa combinaison pour y prendre une cigarette. Au moment de saisir le paquet, il eut l'intuition qu'il ne fallait peut-être pas. Il se retourna brièvement, la main droite toujours dans sa poche, la gauche tenant fermement le manche. Les trois autres braquaient leurs yeux sur lui, des yeux noirs et vigilants. Un homme, deux femmes, des paysans endimanchés, au visage de granit. Avant le départ, Jeff, qui était le pilote personnel du patron, lui avait glissé :

— C'est pire que d'habitude. Je ne sais rien, ni où, ni pourquoi, ni comment. Tu n'as qu'à suivre.

Il suivait donc. Tout ce qu'il demandait, c'était d'être rentré à Athènes pour l'heure du dîner. Il avait rendez-vous avec une fille beaucoup plus jeune que lui mais à qui il ne semblait pas déplaire. D'ailleurs, l'autonomie des appareils était de trois heures. En mettant les choses au pire, le vol en avant ne durerait jamais qu'une heure au plus. Après quoi, il faudrait bien rebrousser chemin sous peine de boire la tasse. Elle s'appelait Jane et n'avait même pas dix-huit ans. Il se retourna encore, franchement cette fois, pour esquisser un sourire à ses passagers : il en fut pour ses frais, pas un ne broncha. Trente mètres devant lui, il voyait dans l'appareil d'Edward ces bizarres curés grecs avec ces chapeaux marrants sur la tête. En Amérique, ils n'en avaient pas de comme ça.

Depuis bientôt une heure, le Grec avait la rigidité d'une statue. Emprisonné dans le harnais de sa ceinture de sécurité, vissé à son siège, il gardait le nez sur le store qui le séparait de son pilote, le contemplant comme si sa surface lisse et noire avait été couverte d'enluminures visibles de lui seul. De temps en temps, à sa droite ou à sa gauche, il jetait un coup d'œil sur l'espace, sentant à proximité la présence des autres appareils. Ou alors, il se penchait au-dessus du vide et regardait la mer, fixement. Auparavant, quand ils étaient encore en vue des côtes, il avait aperçu un bateau se dirigeant vers la terre. Les passagers avaient fait de grands gestes amicaux en direction de l'insolite caravane aérienne.

S.S. était furieux de n'avoir pas le ciel pour lui tout seul. Dans les six appareils qui collaient au sien, il avait dû répartir ceux qu'il lui avait été impossible d'écarter du voyage. Irène, sa stupide belle-sœur, ce salaud de Kallenberg et la vieille Médée, leur belle-mère commune. Il y avait aussi quelques popes, relations personnelles de la famille, les trois paysans qu'il avait consultés deux jours plus tôt et Melina, sœur d'Irène et de Lena. Dans deux autres appareils avaient pris place trois armateurs richissimes, cousins affectueux et ennemis implacables, puis, Hadj Thami el-Sadek flanqué de ses deux gorilles. L'émir avait longuement insisté pour retarder son retour à Baran afin de participer. Au point d'intimité où ils en étaient...

Malgré ses épaisses lunettes noires, le Grec était aveuglé par la réverbération, quand un éclat de soleil, rebondissant sur une vague au gré d'une inclinaison de l'hélicoptère, venait le frapper dans les yeux. Par la porte grande ouverte de l'appareil, il tendit la main pour éprouver le choc de l'air tiède, la laissant s'abandonner à cette pression comme si elle eût été indépendante du reste de son corps. Il la laissa flotter ainsi une minute puis la ramena sur un petit coffret de bois posé sur ses genoux.

En cet instant, il se demanda avec anxiété s'il n'allait pas craquer. Pourtant, c'est elle qui l'avait voulu, c'était son désir formel, son rêve impossible, le vœu si souvent formulé devant les témoins de sa vie quotidienne. Ce vœu, c'était à lui que revenait l'horreur de l'accomplir. Tout de suite. Ses mains, qu'une manucure attachée à sa personne lui soignait chaque matin, caressèrent le coffret, boîte rectangulaire de trente centimètres de long, quinze de large, quinze de haut. A peu de choses près, les dimensions d'une boîte à couture. Il fallait qu'il se décide à l'ouvrir. Déjà, ils étaient bien trop loin...

228

C'était maintenant ou jamais. Il fit jouer un minuscule loquet, hésita à soulever le couvercle, le souleva, le rabattit, le souleva à nouveau en prenant bien soin de ne pas regarder à l'intérieur. Il dut faire appel à toute sa volonté pour forcer ses yeux à se baisser sur le contenu de la boîte : de la poussière.

Alors se passa une chose tout à fait inattendue : sans qu'il eût conscience qu'elles aient pu jaillir de lui, de grosses larmes roulèrent sur ses joues. Il sentit la rage l'envahir de les voir couler sans son consentement. Elles l'humiliaient, le replongeant malgré lui à une époque qu'il croyait révolue et dont il s'était cru protégé pour toujours, le temps abhorré de son enfance. Il serra les lèvres, reporta les yeux sur l'immensité de l'eau au-dessus de laquelle explosait infiniment cet insoutenable soleil blanc.

Il essaya de refouler le premier sanglot qui lui montait dans la gorge, le refusant, crispant désespérément les muscles de son larynx, mains nouées l'une à l'autre, tout son être accroché à cette unique volonté, ne pas pleurer. Puis, quelque chose creva, une espèce de hoquet géant qui le secoua tout entier. Il se laissa aller... Il ouvrit entièrement le coffret, enfouit ses deux mains dans ce sable si fin qui, hier encore, avait été amalgamé d'une autre façon, selon d'autres volumes, éléments formés d'os et de chair, de cheveux et de sang. Cendres qui avaient été des yeux, des lèvres, cendres de sa mère. Avec rage, toujours secoué de longs sanglots, il en prit une poignée dans sa paume, la referma, sortit le bras du fuselage, relâcha la pression de ses doigts, présenta la main à plat sous le vent qui en chassa la poussière, le libérant des cendres et de ses souvenirs insupportables. Sa main revint au coffret, se remplit à nouveau de cendres qui se dispersèrent dans l'espace.

Quand la boîte fut presque vide, il resta un long moment étranger à tout. Puis, il lança dans l'interphone :

— Arrêtez-vous. Que les autres forment le cercle.

Au changement de régime du moteur, il perçut que Jeff avait exécuté l'ordre.

Immobile maintenant, point fixe suspendu dans l'espace, l'hélicoptère brassait l'air en un long chuintement. Autour de lui, les autres appareils se rangèrent en cercle, se cabrant à leur tour en plein ciel, très haut au-dessus de la mer. D'un œil froid, en un long regard circulaire, Socrate examina avec attention les visages tendus vers lui. Il distinguait chacun d'eux très nettement. Les voisins de sa mère, paysans fermés, farouches, qui lui avaient révélé deux jours plus tôt de quelle façon elle aurait souhaité être ensevelie. Médée Mikolofides et Melina, l'émir et ses gorilles, les cousins rivaux, les popes de circonstance, tous figés et l'observant, comme Lena, sa propre femme dont il était certain qu'elle pleurait bien qu'il fût trop loin pour voir ses

229

larmes, et Irène, et Kallenberg, qu'il dévisagea intensément, pensant en un éclair qu'il allait payer avec usure. Levant les bras, il montra le coffret, le maintint un instant dans cette position et, lentement, le renversa. Les dernières cendres s'en échappèrent, voltigèrent dans le vent et disparurent. Le Grec crut entendre, devina plutôt malgré la rumeur des moteurs, que les popes psalmodiaient un chant funèbre. Il referma le coffret, le posa sur ses genoux. Tout devint immobile, suspendu, comme si le temps se liquéfiait. Finalement, il articula :

— On rentre.

Ni lui ni les autres n'avaient plus rien à faire ici. Le mouvement des pales s'intensifia, son hélicoptère vibra, bascula et repartit vers le nord en direction de la terre. En une vision brève, il enregistra que la limite entre le ciel et la mer, d'horizontale, était devenue verticale. Puis, tout se stabilisa. Derrière lui, dociles, les autres appareils vinrent former cortège.

Le passé était mort.

DEUXIÈME PARTIE

DEUXIÈME PARTIE

11

Timidement, la jeune fille approcha un crayon à feutre du ventre de sa patiente. C'était la première fois qu'on lui demandait un travail de ce genre. Elle avait pourtant rencontré des femmes ayant toutes sortes de désirs bizarres, des femmes âgées, surtout, qui faisaient soigner leur corps pendant quinze jours pour donner à leur gigolo, avant la juste rétribution de leur fougue, une illusion d'une heure. D'autres, qu'un puritanisme paralysant et agressif condamnait à la chasteté, faisaient un transfert sur un chien, promu par leurs soins à la qualité de Dieu le père, d'amant, de bébé, de compagnon pour la vie. Il n'était pas rare, l'hiver, que la petite bête eût un manteau assorti à celui de sa maîtresse, vison bleu ou zibeline, panthère noire ou astrakan, collier serti des mêmes joyaux, bout des ongles enduit d'un vernis de la même couleur. Au moment où le crayon allait toucher son pubis, la cliente interrogea :

— Margy, avec quoi faites-vous votre dessin ?

— Avec un crayon, Madame.

— Quel crayon ?

— Un crayon à feutre bleu.

— Vous êtes folle ou quoi ? Comment voulez-vous que ça parte, après ? Prenez un crayon à cils ou un truc de ce genre, qu'on puisse nettoyer à l'eau. Je n'ai pas envie d'être tatouée !

La jeune fille alla chercher un crayon à cils dans une boîte, ne pouvant s'empêcher de lorgner avec un brin d'envie le corps dénudé allongé sur la table de soins. Elle n'était pas mal non plus, mais ressentait la supériorité de l'autre, sans bien comprendre en quoi elle résidait. Voyons... les jambes étaient belles, mais il y en avait de plus parfaites. Elles étaient même un peu lourdes du haut, les

233

cuisses plutôt fortes. En revanche, les chevilles lui semblaient miraculeuses, dont on aurait pu faire aisément le tour en les encerclant entre le pouce et l'index. Les seins étaient normaux, en pommes, attachés haut, presque sous la clavicule. Les fesses trop volumineuses peut-être, mais après tout, les hommes aimaient ça. La plupart d'entre eux s'affichaient avec des mannequins immenses et filiformes, qu'ils sortaient non pas pour eux-mêmes mais pour la galerie, et prenaient ensuite leur plaisir avec des prostituées maffiues, aux formes lourdes et épaisses de percheron. Margy le savait, des copains à elle le lui avaient dit, et au début, elle n'avait pas voulu les croire. Dans ces conditions, pourquoi toutes ses clientes se damnaient-elles pour être maigres ? C'était bien la peine ! Cela non plus, elle ne le comprenait pas. Elle revint à sa patiente, subissant à sa proximité le magnétisme qui se dégageait de son corps. L'autre la regarda d'un petit air ironique :

— Alors, c'est si difficile que ça à dessiner ? Margy ne put s'empêcher de sourire. Tenant délicatement son crayon, elle traça sur la peau, pénétrant dans la toison drue et noire du pubis, l'esquisse d'un cœur. Quand elle eut fini, elle se redressa :

— Voilà. Vous voulez regarder ? Ne bougez pas, je vais vous chercher une glace.

Elle infléchit un miroir vers la jeune femme nue qui eut l'air satisfaite :

— Bravo ! Tâchez de ne pas rater le reste. Vous savez qu'il faut deux mois pour que ça repousse ?

A l'aide de longs ciseaux, Margy entreprit de couper tous les poils qui n'étaient pas inscrits dans son dessin. Elle s'appliquait à ne pas faire de bavures. Les poils coupés, souples et torsadés, chutaient sur le bord des cuisses et sur le ventre. Margy tenta une boutade :

— Je devrais les ramasser et les vendre, en précisant qu'ils viennent de vous : ma fortune serait faite.

— Oui, en médaillon, ils ne seraient pas si mal. Je vous indiquerai des clients. Je connais pas mal de fétichistes.

Margy fignola son œuvre. Avec un blaireau elle passa doucement de la mousse sur les parties extérieures au dessin. Puis, saisissant un minuscule rasoir, elle racla délicatement la peau hérissée des racines noires que n'avaient pu atteindre les lames de ses ciseaux. Quand l'opération fut terminée, Margy, surprise par la perfection de son travail s'exclama :

— Venez vous regarder ! C'est formidable !

La jeune femme se leva, s'étira et se planta devant un miroir formant l'un des quatre murs de la cabine. L'effet était saisissant : sur son corps galbé et hâlé, le pubis avait pris la découpe délicate d'un petit cœur noir de gazon doux et souple. Elle dit rêveusement :

— Voyez-vous, Margy, il faut toujours laisser à un homme la possibilité de choisir lui-même l'endroit où il souhaite que se situe notre cœur. Ma note, s'il vous plaît.

A travers une tenture, Margy lança à une caissière invisible :

— La note de Miss Nash-Belmont.

Puis, à Peggy, étourdiment :

— C'est votre fiancé qui va être content !

Elle se mordit les lèvres d'avoir proféré une bourde pareille. Malgré la familiarité qu'elle affectait envers ceux qui la servaient, Peggy pouvait avoir des réactions dangereuses...

— Quel fiancé, Margy ?

Trop tard pour biaiser, il fallait faire face. En rougissant :

— Eh bien... M. Fairlane...

Peggy se jetait un dernier coup d'œil dans la glace :

— Ah !... Ce pauvre Tony... Vous savez, nous sommes de moins en moins fiancés. En fait, je crois même que nous ne le sommes plus du tout.

Par un réflexe dont elle se maudit, Margy agita les pieds dans le plat :

— Quel dommage...

— Ah oui ! Pourquoi ?

— M. Fairlane... est un si bel homme...

— Je vous l'accorde volontiers. Mais il est tellement con !

Interloquée, Margy sortit de la cabine pour que Peggy achève de se rhabiller. Elle se demandait la tête qu'aurait fait son petit ami si la même fantaisie lui avait traversé l'esprit : comment ça peut réagir, un homme, quand il découvre que la femme aimée a son cœur dans son slip ?

Dans la salle du Concert Hall de Los Angeles, les trois hommes n'en menaient pas large. De l'humeur de cette dingue allait dépendre leur avenir immédiat. Seule, une ampoule nue descendant des cintres jetait sur l'immense plateau une lueur maigre, accusant les traits, creusant de grandes zones d'ombre sous les pommettes. Le reste du vaisseau fantastique se perdait dans une inquiétante pénombre, trouée çà et là par le vague reflet des longues housses en plastique recouvrant les rangées des mille fauteuils de velours cramoisi. Lieu créé pour la lumière, la foule, la fête et la musique, qu'un caprice de la Menelas allait rendre à la vie, aux bravos et aux cris, ou vouer à la poussière.

L'un des hommes se racla discrètement la gorge, ce qui eut pour effet de lui attirer un regard venimeux de la Menelas. Incapable de lui faire face, le directeur du Concert Hall baissa les yeux prudemment. Vingt ans de carrière lui avaient pourtant donné l'habitude des grands interprètes, de leurs lubies, de leurs phobies extravagantes, de leurs tics. Mais la Menelas, c'était autre chose ! Elle semblait contenir en sa seule personne les innombrables possibilités d'explosion brutale de tous ses pairs réunis.

— Où est le piano ?

Le directeur se hasarda à relever timidement la tête : elle était bien bonne celle-là ! Il crevait les yeux, le piano, on ne voyait que lui sur la scène, les reflets fauves de ses parois, l'ivoire de ses touches, sa masse lourde d'outil de professionnel. Il balbutia :

— Pardon ?...

La Menelas roucoula :

— Je vous demande où est le piano ?

Écrasé par un sentiment de culpabilité révoltante, il hocha la tête en direction de l'instrument. La Menelas feignit de le découvrir avec un air de stupéfaction :

— Ça ?...

Elle le considéra les narines pincées, comme s'il eût été un objet sans contour précis exhalant une odeur désagréable, ne se décidant pas à l'effleurer du bout des doigts...

— Est-ce que vous êtes en train de me dire que vous souhaitez me voir jouer avec ÇA ?

— Madame... Léonard Bernstein... Arthur Rubinstein...

— Qui ça ?

— Léonard...

— Connais pas !

— Arthur...

— Je ne veux même pas le savoir !... Voyons... Est-ce un Beechstein ?

— Non... Mais...

— Pas un Beechstein ?... s'adressant à l'un des trois hommes... Mimi ! Dis-leur que rien n'est fait !

Mimi se retourna d'un air navré vers le directeur, ouvrant les bras en signe de résignation. L'autre bégaya :

— Madame... Je vous donne ma parole que ce piano...

— Mimi ! Dis à ce monsieur que je n'envisage pas de discuter avec lui ! Cette chose... là... n'est même pas suffisante pour qu'un débutant y fasse ses gammes !

Le directeur tenta un dernier « Madame... », mais la Menelas ne le laissa pas poursuivre :

— Mimi ! Nous partons ! Je reviendrai quand les conditions de travail seront correctes.

Elle tourna les talons, impériale, et allait disparaître en coulisses lorsqu'un véritable cri de désespoir la fit s'immobiliser :

— Madame !... Je vous en supplie !... Essayez-le au moins !...

Sarcastique, la Menelas le dévisagea :

— Vous y tenez vraiment ?

En quelques pas rapides, elle atteignit le piano, donna de ses mains gantées trois coups de poing rageurs sur le clavier dont les plaintes s'élevèrent dans l'espace, jusqu'aux balcons plongés dans les ténèbres...

— Chopin là-dessus ! Vous voyez bien qu'il est faux ! Vous avez entendu ? Faux ! Faux ! Faux et archi-faux ! Pas de Beechstein, pas de récital !

Après qu'elle eut disparu sans espoir de retour, Mimi, qui trottinait dans son sillage, glissa au directeur :

— Ne bougez pas avant que je vous fasse signe ! Ce matin, elle a ses nerfs... Je vais tâcher d'arranger ça !...

Avant de s'éclipser, il lança encore :

— Naturellement, si vous n'avez pas un Beechstein avant deux heures, rien n'est fait !

Dans la salle où vibrait encore l'éclat des quelques notes, le directeur, resté seul avec son adjoint, regarda avec mélancolie les premiers rangs d'orchestre. Puis, sans transition, éclata :

— Alors ?... Qu'est-ce que vous attendez ?... Vous n'avez pas entendu ce qu'a dit la Menelas ?... Elle veut un Beechstein ! Un Beechstein vous comprenez ?... Démolissez-moi ce bordel de ville mais trouvez-moi un Beechstein avant une heure !

Marc en était malade : ce qui venait de lui arriver était épouvantable. Quand il ne tournait pas le matin, il ne se réveillait jamais avant 11 heures. Belle, qui surveillait jalousement son emploi du temps, pouvait passer des heures au bar du studio, attendant qu'il ait fini ses scènes. De temps en temps, toutefois, elle avait un tournoi de gin-rummy se prolongeant tard dans la nuit. Alors, Marc en profitait pour aller chercher une aventure rapide ou, quand il ne pouvait faire autrement, téléphonait à Lena de venir le rejoindre à Paris... et elle arrivait.

Pour eux deux, Lena avait loué un appartement rue de la Faisanderie, dont chacun possédait une clé. Partant du principe que leurs brèves rencontres se passaient dans un lit, Lena avait axé la décoration de la chambre sur ce seul ornement : un lit carré de deux mètres cinquante de côté, pour lequel elle avait dû faire fabriquer, dans une maison mondialement connue de la rue de la Grange-Batelière, des draps spéciaux de couleurs variées, bleu pervenche, rouge sang, noir et cobalt jaune. Monté sur un socle d'acier, le lit offrait la particularité d'avoir en son centre un immense accoudoir de cuir massif, que l'on rabattait comme on le fait à l'arrière des voitures de luxe. Indifféremment, on pouvait y poser les plateaux du petit déjeuner, le téléphone, la télévision et, éventuellement, il pouvait fournir un insolite point d'amarrage pour les joutes amoureuses. A Paris, la plupart des actrices françaises ou étrangères, partenaires occasionnelles de Marc, avaient connu les honneurs de cette couche unique sous sa houlette experte et nonchalante. La femme de chambre qui venait faire le ménage tous les jours trouvait parfois les traces d'une orgie de la veille, draps saccagés, bouteilles vides, restes de caviar. Marc estimait lui donner assez d'argent pour être certain de son silence.

Ce qui faisait enrager Lena lorsqu'elle venait, c'est qu'il ne consentait jamais à passer une nuit entière à ses côtés. Vers les 5 heures du matin, ou avant s'ils s'étaient disputés, ce qui lui donnait un excellent prétexte pour partir en claquant la porte, Marc se levait après une dernière caresse, passait sa chemise en prenant soin d'avoir des poses qui flattaient sa silhouette, embrassait sa maîtresse une dernière fois et se résignait à entendre cet invariable dialogue dont il était l'un des protagonistes :

— Tu pars déjà ?

— Tu sais bien qu'il le faut.

— Reste encore un peu... Une minute...

— Lena...

— Embrasse-moi...

C'est connu, chez le mâle normalement constitué, l'exercice de l'amour et la satisfaction du désir entraînent une chute libre des sentiments lorsque la tendresse ne prend pas le relais du plaisir. Marc, qui n'avait qu'une envie, foutre le camp, était donc contraint de simuler une gentillesse qu'il était loin d'éprouver.

— Lena...

— Encore...

— Tu as vu l'heure ?

— L'heure ! Toujours l'heure ! J'aimerais tellement passer une nuit entière avec toi...

— Tu sais bien que ce n'est pas possible...

Butant sur son silence réprobateur, il se croyait obligé d'ajouter :

— ... pour le moment...

238

Lena, qui n'était pas difficile, se contentait pendant quelques secondes de ce « pour le moment ». Elle repartait à la charge :

— Tu ne te rends pas compte, toi...

— Dis-moi...

— Je m'ennuie sans toi.

— Moi aussi.

— C'est vrai ?

— Oui c'est vrai.

— Pourquoi ne m'épouses-tu pas ?

Il essayait l'ironie :

— Tu es déjà mariée.

Aïe ! Il avait tendu le bâton pour se faire battre : avec elle, chaque mot était source de danger.

— Dis-moi un mot, un seul, et je divorce.

Et elle ajoutait :

— Ne te fatigue pas, je sais bien qu'elle te fait peur.

Il haussait les épaules d'un air apitoyé tout en pensant : « Comme elle a raison... » Belle en effet lui inspirait une terreur viscérale, à tel point qu'en sa présence, il avait l'air en permanence abruti à force de faire semblant de ne pas voir, dans la rue ou ailleurs, celles qui le regardaient. Par extension, cet « œil » de Belle, collant comme celui de Caïn, le suivait partout, même lorsqu'il n'était pas en sa compagnie. Il disait :

— Tu sais très bien que je suis lié à elle par des questions d'intérêt.

— Epouse-moi, je réglerai toutes tes questions en cinq minutes.

— Lena... Et tes enfants ?

— Ils viendront vivre avec nous.

Marc détestait les enfants. L'idée que sa superbe intimité puisse être troublée par des mouflets lui donnait des frissons dans le dos.

— Quand je suis seule, je pense que c'est avec elle que tu partages tout. Et qu'est-ce que je fais, moi, pendant ce temps ?

De cela, il se moquait éperdument.

— Lena (il achevait de passer son pantalon, autre étape de son chemin de croix après le slip et avant la cravate et les chaussures)... Lena, sérieusement, il faut que je m'en aille... Tu sais que je tourne tout à l'heure...

Désespérément, il essayait d'enfiler sa chaussure tout en lui pétrissant la main. Il y avait d'autres « embrasse-moi encore une fois... la dernière... », et il s'esquivait, poussant le soupir de ceux qui retrouvent leur liberté après avoir failli la perdre. Il lui arrivait de s'assoupir, après l'amour. Il se réveillait en sursaut entre 4 et 5 heures, se dressait dans le lit fantastique et s'exclamait :

— Merde ! Il faut que je file retrouver ma femme !

C'est précisément ce qu'il avait dit à l'aube, alors qu'il était tiré brutalement de son sommeil par un cauchemar :

— Merde ! Il faut que je file retrouver ma femme !

Et il avait posé la main sur le sein de Lena. Et là, l'horreur : ce n'était pas Lena qui était à son côté, c'était Belle ! Elle avait parfaitement entendu son lapsus tragique et, prête au combat, avait attaqué par un violent :

— Ah oui !... Et quelle femme, salaud ?

Il était fatigué. Plutôt qu'entamer une scène de ménage à 5 heures du matin, il s'était enfui au studio où le concierge de nuit lui avait ouvert la porte d'un air étonné. Deux heures plus tard, il devait être au maquillage pour un travail de précision destiné à des raccords de gros plans. Le pire, c'est que Lena devait arriver le soir même d'Athènes, profitant d'une absence du Grec retenu à New York pour quelques jours. Il se rendit à la douche qui jouxtait sa loge, préférant ne plus se recoucher plutôt que courir le risque de rester endormi. De toute façon, même s'il arrivait à annuler le voyage de Lena, sa journée de travail était foutue : les gros plans, en couleurs, ça ne pardonne pas quand on a une sale gueule.

Malgré la pénombre de la boîte, Raph Dun reconnut Amore Dodino. Il arrivait sur la piste, escorté de plusieurs maîtres d'hôtel, escortant lui-même un couple visiblement américain et non moins visiblement riche, caracolant à son habitude, faisant alterner entrechats délicats et bons mots lâchés du bout des lèvres. Sur sa chemise de smoking, il portait un incroyable jabot de dentelle. Raph laissa tomber simultanément sa compagne et son verre pour se précipiter à sa rencontre :

— Ça alors ! Je me doutais bien que tu en serais !

— Tu es bien la dernière à avoir des doutes, mon chou ! Tout le monde sait que j'en suis, et depuis toujours ! J'en suis même comme une reine.

Raph éclata de rire :

— Tu es venu pour la divorce-partie ?

— Non, mon chou. Je viens faire un stage de mécano dans les usines Ford.

— N'y va pas, ils seraient capables de t'engager ! Tu es arrivé quand ?

— Hier soir, et toi ?

— Moi aussi.

— Tu es venu écrire tes atrocités ?

— Même pas. A titre privé.

— Tu penses ! Si au lieu de faire dans les feuilles à scandale, tu officiais dans une crémerie, tu verrais si on t'inviterait !

— Et mon charme alors ?

— Tu le disperses avec des pouffiasses. Quel gâchis ! Tu ne vieillis pourtant pas tellement...

Dodino fut happé par la femme du couple, inondée de bijoux jusqu'à cacher la couleur de sa robe. En perte d'équilibre, il réussit à envoyer un baiser à Raph, du bout des doigts, et à lui jeter, sans que son expression de ravissement en fût autrement altérée :

— Elle doit te plaire, celle-là ! Elle est aussi laide que vulgaire et aussi riche qu'avare... Ton genre... A tout à l'heure !

— Hé ! Où es-tu descendu ?

Dodino fit un effort désespéré pour se dégager de la poigne de la matrone, n'y parvint pas et hurla presque :

— Quelle question ! Au *Pierre,* évidemment.

— Merde, moi aussi !

Amore jeta dans un dernier souffle, d'un air navré :

— N'importe qui...

Raph retourna au bar pour rejoindre la brune qu'il y avait abandonnée.

Le *Pepsy's* était une boîte curieuse. Il semblait que la direction fît son possible pour qu'aucun client n'y vînt jamais, c'est peut-être pour cela qu'elle était toujours pleine. Pourtant, tout était fait pour décourager le client. Pour avoir accès dans le saint des saints, la petite salle du bas, il était nécessaire d'être parrainé par quatre membres, de payer une cotisation annuelle de deux cents dollars, d'accepter d'être traité — de bonne grâce — comme les voyageurs du métro new-yorkais, un vendredi soir veille de fête, à l'heure où les milliers de bureaux vomissent dans la rue leurs centaines de milliers d'employés. Outre ces inconvénients, il fallait, bien entendu, payer au prix fort les consommations que des garçons distraits vous apportaient ou non, selon leur humeur. Ce n'était pas tout. La porte d'entrée, qui se situait dans la 53ᵉ Rue, presque à l'angle de Broadway, ne s'ouvrait que si le membre du club soufflait dans un ridicule sifflet à ultrasons, plaqué or, dont les notes inaudibles pour l'oreille humaine étaient réellement le sésame de ce haut lieu du snobisme. En 1958, ce sifflet, tiré négligemment d'une poche à l'heure du whisky, vous classait définitivement parmi les gens « *in* ». Quant aux autres... De la tourbe.

Dun admirait depuis longtemps le talent de Dodino dans un

domaine où il se considérait lui-même comme un maître : celui de forcer les portes, toutes les portes, sans effraction, mais par la grâce d'un sourire ou d'une insolence. Avec stupéfaction, n'importe où dans le monde — par « monde », il n'entendait évidemment que les pays capitalistes — il s'était aperçu que Dodino le grillait sur le poteau. Malgré le fantastique pouvoir international de son magazine, il avait parfois du mal à s'introduire dans certains milieux très fermés. Quand il y parvenait enfin, il trouvait Dodino tapant sur le ventre du maître de maison, sirotant un verre dans le meilleur fauteuil, installé déjà, chez lui de toute éternité. Comment faisait-il ?

Il lui avait posé un jour la question par la bande, en hypocrite :

— Quel dommage... Tu n'exploites pas ton talent. Avec les relations que tu as, tu devrais être... je ne sais pas, moi...

Pas dupe, Amore l'avait coupé :

— Avec le talent que j'ai, c'est déjà un miracle que je sois arrivé là où je me trouve.

C'était la seule fois où Raph l'avait vu, l'espace d'une seconde, se débarrasser de son masque mondain. Il lui en avait été reconnaissant, stupéfait de cette lucidité inattendue. Depuis, au hasard des rencontres et des voyages, il partageait avec lui une complicité dont l'un et l'autre savaient qu'elle était un secret entre eux, la marque de leur sympathie mutuelle. Il n'en avait pas toujours été ainsi. D'instinct, Raph se méfiait des homosexuels dont trop souvent il avait eu à supporter les avances flatteuses, mais fatigantes. Il n'était pas toujours d'humeur à les traiter avec humour, à telle enseigne que l'un de ses amis, psychiatre réputé, lui avait dit en plaisantant — mais cette plaisanterie l'avait épouvanté — que sa répugnance envers eux n'était, inversée en son contraire, que le contrepoids d'une attirance refoulée à leur égard. Raph s'en était senti défaillir : lui, le tombeur, attiré par des pédales ? Et pourtant...

Avec gêne, un souvenir lui revint en mémoire. C'était à Rome, dix ans plus tôt. Il avait accepté de déjeuner avec Dodino, via Veneto. Mine de rien, sans y penser, il avait emmené avec lui son photographe. Amore, comme à l'ordinaire, avait été d'une drôlerie éblouissante. Raph était assis en face de lui, son ami à sa droite. A un moment, Dodino, qui leur faisait face à tous deux, s'était déchaussé sous la table et, sans hésiter, avait remonté son pied nu entre les cuisses de Dun jusqu'à ce qu'il sente ses parties sous ses orteils. Pour la première fois de sa vie, Raph avait rougi comme une pivoine, jetant un regard furtif vers le photographe pour savoir s'il avait vu ou non ce qui lui arrivait. Il avait reposé ses yeux sur Dodino, pour les en détourner aussi vite, gêné par cette épreuve que l'autre lui imposait avec un sadisme qui se lisait sur son visage, et, surtout, par l'expression de son regard, fixé sur ses yeux à

242

lui, un regard qui signifiait : « Vas-y maintenant, montre-moi comment tu t'en sors ! »

Toujours écarlate, Raph ne s'en était pas sorti du tout, paniqué par cette situation dont il ne voulait percevoir que le grotesque parce que, pour une fois, il se sentait dans la peau d'une gonzesse et se maudissait. Il avait ri bêtement et proféré une grossièreté, comme si elle avait pu redonner réalité à sa virilité qu'obscurément il sentait menacée, niée ou mise en doute, ce qui revenait au même. Dodino, sûr de lui, avait cessé le jeu. Mais ce jour-là, il avait marqué un point capital sous l'œil goguenard de ce crétin de photographe qui venait enfin de comprendre et joignait ses rires moqueurs à ceux, indignés, de Raph Dun qui riait pourtant le plus fort.

— Alors ma belle, tu attends le Prince Charmant ?... Eh bien, me voilà !

Raph se tourna vers sa compagne :

— Vous vous connaissez ? Amore Dodino... Rita...

Dodino glissa à l'oreille de Raph :

— Rita !... C'est d'un commun ! Tu ne sortiras donc jamais du genre exotique ?

La fille entendit :

— Si à vos yeux l'Italie représente l'exotisme, que diriez-vous si j'étais née à Singapour ?

Amore lui fit son sourire le plus enjôleur :

— Vraiment, je suis idiot ! Dans le noir, je n'avais pas vu que vous étiez si belle...

Et il ajouta, pour se faire pardonner :

— Je vous avais prise pour une Américaine.

— Merci quand même. Mon père est américain, dit-elle dans un français parfait. Raph essaya de stopper la joute :

— Rita travaille au bureau new-yorkais de notre canard.

Dodino se tourna vers elle :

— Vous serez du divorce, demain ?

Dun s'interposa :

— Elle s'occupe de politique étrangère.

— Chacun ses goûts, ironisa Amore. Après tout, pourquoi pas, il ne faut pas se fier aux apparences. Je chante bien, moi, à mes moments perdus.

— *Pelléas et Mélisande ?* interrogea Rita.

— Non. *Le Petit Vin blanc.*

— Bon. Il faut qu'on file, dit Raph en souriant.

— C'est moi qui vous chasse ?

— Pas du tout, j'allais raccompagner Rita quand tu es arrivé.

— Je file avec vous. Cet endroit m'assomme. Quand je pense que je l'ai inauguré...

— Tu as ton petit sifflet toi aussi ?

— Pas la peine, je siffle dans mes doigts. On a créé pour moi une ouverture de porte sur mesure.

— Mais oui, mais oui... Allez, viens, on file...

Dodino s'immobilisa et prit Rita à témoin :

— Mais regardez-le ! Il ne me croit pas, cet idiot ! Qu'est-ce que tu veux parier ?

— Un dîner au *Colony*.

— Parfait. Suivez-moi. Démonstration.

Ils gravirent le petit escalier raide et sortirent de la boîte. Quand ils furent dans la rue, la porte refermée sur leurs talons, Raph regarda Dodino d'un air narquois :

— Alors ?

Amore prit une expression excédée :

— Mon Dieu qu'il est bête !... Tiens, regarde...

Il modula deux notes entre ses lèvres : comme par miracle, la porte se rouvrit. Dun en resta pantois. Avec une feinte modestie, son petit camarade enchaîna :

— Le seul inconvénient, c'est l'hiver. Les grands froids me gercent les lèvres... Je ne peux plus siffler.

Les rares consommateurs qui sirotaient leur pinte de Best Bitter sous la tonnelle du *Barley Mow* ne levèrent même pas la tête au passage de la Rolls crème. A Clifton Hampden comme dans les autres hameaux du coin en bordure de la Tamise, il n'y avait pas de milieu dans le domaine des transports : c'était la Rolls ou la bicyclette. Les patelins, qui avaient des noms charmants — Burcot, Pangbourne, Yattendon, Dorchester ou Cookham — attiraient indifféremment les pêcheurs à la ligne ou les candidats gentlemen-farmers désireux d'aménager des résidences de grand luxe à deux heures à peine de Londres. Quand la Rolls s'engagea sur le pittoresque pont en brique rouge qui enjambait le fleuve, Irène battit des mains :

— Regarde ! Regarde comme nous allons être bien ici !

Kallenberg ne daigna pas répondre. Plus elle se heurtait à son mutisme, plus Irène pépiait, disant n'importe quoi, parlant de tout et de rien, commentant le paysage, poussant des cris d'enfant ravi comme si elle voyait des vaches et des arbres pour la première fois. En partant de Londres par la A 361, Herman s'était maudit de céder au chantage de sa femme. Irène ne perdait pas une occasion d'abuser

du pouvoir que lui donnaient certaines circonstances familiales priori-
taires — enterrements, messes, baptêmes, mariages — auxquelles doit
se plier tout mâle, fût-il Allemand et non conformiste. En l'occurrence,
il s'agissait de la date anniversaire de leur mariage, prétexte rêvé
pour exiger un cadeau proportionnel à l'importance de l'événement
à commémorer. Irène n'y était pas allée de main morte, choisissant
une maison de campagne dont le prix avancé par l'agent immobilier
donnait à penser qu'il s'agissait d'un château.

Herman avait objecté qu'ils possédaient déjà des résidences dans
tous les coins du monde, et des chasses, et des manoirs, et des
propriétés, rien n'y avait fait : la râleuse voulait « sa maison », il
devait donc la lui offrir sous peine d'entretenir un abcès qui fixerait
toutes les rancunes passées ou à venir pendant des mois. Il faut dire
aussi qu'elle n'avait pas tous les torts. Deux mois plus tôt, Socrate
avait offert à Lena « sa maison », une bicoque de cent mille livres
située dans le même coin, non loin d'Oxford et d'Abingdon. Au delà
du simple caprice, il s'agissait dorénavant d'une question de prestige,
rien ne pouvant motiver que Kallenberg refuse à sa femme ce que
Satrapoulos achetait à la sienne.

Les choses s'étaient gâtées lorsque Irène avait exigé qu'il l'accompagnât la veille même de leur voyage à New York. Impossible d'échapper à la corvée : un de ses plus gros clients, Gustave « Big »
Bambilt, plus communément baptisé « Big Gus » dans le monde
des pétroliers, se séparait de sa onzième épouse, Lindy « Nut »,
une salope qui avait été la maîtresse de Socrate. Herman lui en voulait
mortellement parce qu'elle avait refusé à plusieurs reprises ses propres
avances, ce qui le déconcertait car, à fortune égale, il estimait que son
beau-frère ne faisait pas le poids avec lui.

« Big Gus », au lieu de faire les choses en douce, avait tenu à
les tranformer en fête mondaine, invitant à sa divorce-partie le
ban et l'arrière-ban de la finance et du « jet-set ». Bien entendu, le
divorce étant considéré comme une espèce de mariage à rebours,
par conséquent une cérémonie familiale, il convenait d'y amener sa
femme légitime et non sa maîtresse. Kallenberg avait décidé de rester
deux jours à New York, d'y plaquer Irène sous le prétexte d'y
rencontrer leurs relations communes et d'aller faire une virée aux
Bahamas où l'un de ses pourvoyeurs était prêt, sur un simple coup
de fil, à lui organiser une orgie de première catégorie avec des
call-girls locales. Seulement, pourquoi avait-elle choisi la veille de leur
départ pour lui faire visiter cette cochonnerie de baraque ? Par
avance, il la détestait. Il ne pouvait pas se dédire de la promesse
qu'il lui avait faite de l'acheter, mais se réservait le droit de la lui
faire payer très cher...

— Ça y est ! On arrive ! Tu vas voir !...

La Rolls s'arrêtait devant une énorme grille en fer forgé. Le chauffeur lançait quelques coups de klaxon. Un type sortit d'un petit pavillon flanquant le mur d'enceinte recouvert de lierre. Il était vêtu d'une vague tenue de garde-chasse et ouvrit la grille sans piper. La voiture s'engagea en souplesse dans une allée aveuglée par des ifs et des buis.

— Il y a des domestiques là-dedans ?

— Evidemment. Il paraît qu'ils sont de premier ordre. Janet, la gouvernante, a servi autrefois chez les...

— Combien de domestiques ?

— Je ne sais pas... Six, huit...

— Comment tu ne sais pas ? Je t'offre une maison, tu voudrais aussi que j'y entretienne des loufiats à longueur d'année ?

Embarrassée, Irène tira machinalement sur les plis de sa robe blanche, une merveille arrivée de chez Dior le matin même et dont le nom, « Marie-Antoinette », n'avait certes pas été étranger au choix qu'elle en avait fait... La campagne, les bergères, la nature, l'air vif...

— Alors ? Six ou huit ?

Elle lui jeta un regard qui était un appel à la concorde, un regard gentil :

— Comment veux-tu que je le sache ? Je n'y suis jamais venue...

— C'est quand même énorme ! Tu me fais cracher une fortune pour acheter une baraque dans laquelle tu n'as jamais mis les pieds !

— Oh ! La rivière ! Regarde !

A un détour de l'allée, une trouée laissait apercevoir une prairie d'un vert intense dans laquelle paissaient quelques vaches rousses accrochées à la pente douce qui dévalait mollement jusqu'à la Tamise. Çà et là, des barrières blanches traçaient des frontières entre les prés, les taillis et des futaies de chênes verts.

— Combien d'hectares ?

— Je ne sais pas.

De nouveau, la Rolls glissait entre les doubles murs d'acacias sombres. Parfois, une branche basse venait frôler la carrosserie :

— Roulez plus doucement.

Une dernière fois, Irène se fit conciliante — une dernière parce qu'il y a des limites à tout.

— Je n'ai vu que les photos, tu comprends... L'ensemble est superbe. Je ne connais pas les détails.

Kallenberg haussa les épaules et ricana.

— Tiens ! Regarde !

La voiture débouchait dans une immense clairière dont le gazon affleurait les bords de l'allée. Barrant l'horizon, une vaste bâtisse blanche flanquée de quatre tours. Au passage de la voiture, un jardinier ôta sa casquette. Kallenberg, à son grand regret, était impressionné par la majesté de l'édifice. Indiscutablement, l'ensemble avait une sacrée gueule. Il en voulut encore plus à Irène d'avoir déniché cette merveille toute seule. Il se donna une contenance maussade car il sentait qu'elle épiait ses réactions du coin de l'œil. Surtout, ne pas lui montrer que l'endroit lui plaisait.

— Le bâtiment principal date du XIVe siècle...

— Revu et corrigé XIXe. Tu as cru à ces bobards ? Dans ce genre de machin prétentieux, seule la crasse est d'époque.

Excédée, Irène à son tour haussa les épaules. Le chauffeur ouvrit la portière, ils descendirent. Ce qui était frappant, c'était la qualité du silence. On sentait que les rares bruits, parfaitement intégrés à la nature, venaient de très loin, portés par un air transparent, fragile et cristallin. Il y eut un grincement de porte et une femme s'encadra dans l'entrée principale. Kallenberg et Irène gravirent les marches du perron. La femme s'inclina, les invitant d'un geste à entrer.

L'un derrière l'autre, l'une s'exclamant de ravissement, l'autre affichant un ennui hautain, ils visitèrent une longue enfilade de pièces sous l'œil méfiant de leur cicérone.

— Si vous voulez monter à l'étage...

Irène s'engageait déjà dans l'escalier :

— Tu ne viens pas ?

— Je t'attends dehors. Je vais prendre l'air.

Elle hésita puis, crânement, lui tourna le dos pour suivre le guide. Herman sortit sur le perron. Il alluma une cigarette. D'un coup d'œil, il embrassa le paysage et sut d'instinct que l'endroit valait plus que le prix proposé. Il ne lui déplaisait pas d'investir une multitude de sommes rondelettes dans de la terre, n'importe où. Avec la terre, ce n'était pas comme avec la mer : on ne prenait pas de risques. Sa flotte entière pouvait couler du jour au lendemain, il pourrait toujours vivre de ses revenus fonciers jusqu'à la fin de son existence. Il entendit Irène le héler d'une fenêtre mais ne daigna même pas tourner la tête. Il faillit se demander ce qui l'irritait, y renonça tout de suite de peur de voir s'enfuir cette mauvaise humeur à laquelle il s'accrochait depuis le début de la journée.

Il fit quelques pas et contourna l'angle de la maison. A une centaine de mètres, il y avait un petit corps de bâtiment d'où s'échappaient des jappements. Il s'avança et découvrit une portée de jeunes chiots gardés paresseusement par leur mère. Certains collèrent leur truffe au grillage et il s'amusa à les caresser du bout des doigts. A côté, un enclos contenant des poules voisinant avec des canards s'ébrouant sur un tas de fumier à l'odeur puissante et délicieuse. Dans une mare de purin, trois porcs énormes, d'une saleté indescriptible et visiblement heureux de vivre vautrés dans ce paradis...

— Je croyais que tu n'aimais pas les cochons ?

Il fut furieux d'avoir été surpris en contemplation de ce qu'il avait décidé de dénigrer systématiquement, *a priori*. Irène avait l'air irréelle et incongrue dans cet environnement rustique où jurait sa robe d'un blanc éblouissant. Elle avait pris un petit air persifleur, horripilant :

— On s'en va ? A moins que tu n'aies pas encore terminé ton numéro de châtelaine ?

— Ma foi, je me plais bien ici. Je trouve l'endroit divin.

Kallenberg grattait machinalement la terre de la pointe de sa chaussure. Il lui fit face :

— Tu veux réellement que je paie pour cette saloperie de baraque délabrée ? Tu n'as pas vu que rien ne tient ? Les murs sont pourris !

— Je n'ai pas l'intention de t'obliger à venir m'y rejoindre.

— Ça me ferait mal ! Qu'est-ce qui te plaît là-dedans ?

D'un geste, il embrassait le chenil, le poulailler...

— J'adore les bêtes.

— Empaillées, oui !

— Ce que tu peux être commun !

— Et l'odeur, elle te plaît aussi ?

Le ton de sa voix montait, dangereusement.

— Quelle odeur ?

— L'odeur de la merde ! Tu as le nez bouché ?

— Ah !... Tu veux parler du purin ? Eh bien, je trouve ça fascinant...

— Ah oui ?...

La fureur lui broyait la gorge. Devant ses yeux passa une espèce de voile sombre et se brouillèrent pêle-mêle en une vision dansante les arbres, la volaille, l'insupportable sourire de défi d'Irène, le miroitement sombre de la mare fétide, les poules, les chiens et cette robe immaculée qui le narguait. En deux pas, il fut sur elle.

— Eh bien, puisque tu aimes ça !...

Il lui saisit le poignet, fit un demi-tour sur lui-même qu'elle fut bien contrainte de suivre sous peine d'avoir le bras cassé. Une seconde, elle lutta, essayant de trouver prise pour ses escarpins qui dérapaient. Quand Kallenberg lâcha son poignet, elle continua seule sa trajectoire, droit dans la fosse à purin dont le liquide parut éclater sous le poids de son corps. Affolés, les canards disparurent en se dandinant, poussant des nasillements aigus. Les porcs eux-mêmes s'éloignèrent.

Le premier geste d'Irène, lorsqu'elle se releva, fut d'essuyer son visage et ses yeux. Elle était enfoncée jusqu'à mi-ventre, des grumeaux noirâtres sur ses cheveux, le corps moulé dans une carapace dorée de fiente liquéfiée. De sa toilette de Dior, pas un centimètre carré intact. Immobile, Kallenberg se repaissait du spectacle grandiose, éberlué par la violence de la jouissance qu'il y prenait. Il n'eut même pas le temps de s'interroger sur la réaction qu'allait avoir Irène. Déjà, elle s'ébrouait, tendait le bras vers lui et le priait, sur un ton tout à fait naturel :

— Enfin, aide-moi ! Tu pourrais au moins me tendre la main !

Il ne le fit pas. Vivante statue de merde, Irène articula encore :

— Ce que tu peux être empoté... On n'en meurt pas, tu sais !

Elle passa devant lui et il recula, imperceptiblement, craignant un piège. Mais non. Elle partait en direction de la maison, lui lançant dans un éclat de rire sincère :

— Ne bouge pas, idiot !... Tu viens de me donner l'occasion d'essayer les sanitaires et la salle de bains...

Derrière elle, elle laissait un sillage puant.

12

En sortant de l'institut, Peggy se souvint du dialogue qu'elle avait eu quelques jours plus tôt avec Scott, et des réticences qu'il avait manifestées quand elle lui avait soumis son idée. Elle avait encore en mémoire les paroles exactes. Il y avait eu d'abord cette plaisanterie qu'elle venait de concrétiser par un acte. Scott et elle venaient de faire l'amour. Ils étaient allongés tous les deux sur le lit, la tête de Scott posée sur le bas de son ventre. Il avait feint d'écouter un bruit imaginaire provenant de l'endroit où reposait son oreille. Elle avait fait semblant d'entrer dans son jeu :

— Qu'est-ce que tu écoutes ?

— Chut !

— Dis-moi...

— Tais-toi, je l'entends !

— Tu entends quoi ?

— Ton cœur...

— Erreur, il est bien plus haut.

— Certainement pas. On ne t'a jamais dit que tu avais le cœur placé nettement sous le nombril ?

— Jamais. Quoi d'étonnant ? La plupart de mes amants étaient sourds.

— Ton métèque aussi ?

— D'abord, il n'a pas été mon amant, par conséquent j'ignore s'il est sourd ou pas. Ensuite, les Grecs ne sont pas des métèques.

— C'est quoi, alors ?

La main de Scott remontait nonchalamment le long des seins de Peggy...

— Des types qui épousent la reine d'Angleterre ! Quand tes

foutus ancêtres n'avaient même pas envisagé la possibilité de grimper dans un cocotier, ceux de Satrapoulos construisaient l'Acropole.

— Il est juif ?

— Orthodoxe, sale raciste !

— C'est pire. Je n'ai pas confiance. Il est trop riche.

— Et toi, sinistre idiot, tu es pauvre ?

— Moi, c'est différent ! On ne peut pas me suspecter... Je n'ai jamais rien fait pour gagner mon argent !

— Pas de quoi se vanter ! Seulement, c'est fini ça, mon petit Scott ! Le fric de papa, les idées de papa, les désirs de papa, les ordres de papa, terminé ! Il va falloir que tu apprennes à marcher seul !

— Ça me fatigue. Et si tu crois que c'est papa qui donne les ordres à la maison, tu te mets le doigt dans l'œil, c'est maman !... Dis-donc ?... Tu ne serais pas en train d'essayer de devenir ma maman à moi ?

— Oh ! ta gueule, Scott, c'est sérieux !

— Qu'est-ce que tu lui trouves ?

— A qui ?

— A ton Grec ?

— Je l'ai vu une fois dans ma vie. Tu sais ce qu'a dit de lui Dodino ?

— Qui ça ?

— Amore Dodino, un Français, une folle perdue ! Tu le verras chez Nut après demain, il est de la fête...

Scott feignit la colère et enserra le cou de Peggy entre ses mains :

— Tu vas me dire d'où tu connais ces guignols que je n'ai jamais vus !

Elle se dégagea :

— Ecoute, c'est trop drôle ! Il a dit de Satrapoulos : « Il est beau comme Crésus ! » Maintenant, tâche d'oublier que j'adore les métèques et sache que lorsqu'on met Crésus dans son jeu, on se retrouve président de la Fédération en deux coups de cuiller à pot !

— Avec son argent à lui et tes idées à toi...

— Oui, monsieur, exactement ! Et remercie le ciel d'avoir rencontré quelqu'un qui pense pour toi !

D'un coup de reins, elle se déplaça, vint mettre sa tête contre la sienne et lui mordilla l'oreille assez durement :

— Tiens ! Pour t'apprendre à entendre mon cœur là où il ne bat pas !

Il la regarda d'un air enfantin :

— Peux-tu me dire pourquoi je suis amoureux d'une tordue comme toi ?

— Parce que tu aimes les emmerdeuses. Et que je suis vieille, moche, stupide et pauvre. Tu vas m'écouter ?

— Non. Ou alors, explique-moi encore une fois ce qui t'a poussé à te fiancer à ce crétin débile ?

— Pour t'empoisonner !

— Qu'est-ce que je t'avais fait ?

— Tu n'avais qu'à demander ma main plus vite !

— Tu le revois ?

— Tony ?... non...

— Oui ou non ?

— Oui, il est revenu à la charge.

— Il t'aime toujours ?

— Lui ? Tu rigoles ! Il s'aime toujours ! Seulement, il est vexé. Il dit qu'en rompant avec lui je l'ai fait passer pour un con aux yeux de toute l'Amérique.

— Sa réputation était déjà faite avant de te connaître... Il t'ennuie... souvent ?

— Trop pour mon goût.

— Tu veux que je m'en occupe ?

— Il est trop vaniteux pour reconnaître la réalité. C'est un bébé prolongé imbu de lui-même. Un sale mec...

— Je m'en occupe ?

Le visage de Peggy s'assombrit :

— Laisse tomber, je suis encore assez grande pour lui river son clou s'il insiste. C'est à cause de toi, tu comprends, j'ai toujours peur qu'il provoque un scandale...

— Ecoute...

— Non, je t'en prie ! J'en fais mon affaire.

— Comme tu voudras... Dis-moi, ton Grec... Quel intérêt de vouloir financer ma campagne ?

— Je n'ai jamais dit qu'il voulait ! J'ai dit qu'on pouvait essayer.

— Et si je passe, on dira que je me suis payé mon élection avec le fric d'un type douteux. La classe !...

— Pauvre petit garçon ! Quand tu seras élu, tu crois qu'on cherchera à savoir comment ?

— J'ai appris un truc avant-hier, par un copain du Sénat. Il est cuit, ton gars. On le croyait dédouané, mais ils vont finir par le coincer. Les services financiers ne lui pardonnent pas de les avoir roulés. Il les a aux fesses. Pour commencer, ils vont lui faire raquer dix millions de dollars. Et ce n'est qu'un début ! Les grandes compagnies pétrolières exigent que le gouvernement ait sa peau.

— Pas si quelqu'un l'aide.

— Tu connais des gens assez cinglés pour miser sur un cheval malade ?

— Oui, toi. Quand un bourrin possède mille millions de dollars, condamné ou pas, il passe le poteau en tête !

— N'y compte pas ! Si l'on apprenait qu'il y ait la moindre collusion entre lui et moi, mon élection est foutue !

— Oui, mais si on l'ignore, elle est dans la poche. Essaie de mettre ça dans ta tête de pioche : ce type est un joueur. A ses yeux, tu es un pion dont la valeur est en hausse. Si on s'y prend bien, il marchera ! Depuis quand l'argent a-t-il une odeur ?

— Le sien en a une.

— Et les grandes entreprises qui te financent, tu t'imagines qu'elles sont gérées par des enfants de chœur ?

Scott la regarda bien en face, longuement :

— Tu sais qu'il a fait de la taule ?

— Lui ?...

— Eh oui...

— Et alors ?

— Ici même. A New York.

— Conduite en état d'ivresse ?

— Très drôle... Je te dis qu'il est grillé.

— Raconte.

— Ils l'ont agrafé il y a deux ans. Les contrôleurs des Finances... En 1945, il n'y avait plus un seul bateau en Europe. La guerre avait tout rasé. Presque tous les armateurs ont été ruinés. Tous, sauf les Grecs, le tien entre autres. Avant les hostilités, ces salauds avaient l'habitude d'assurer leurs navires au-dessous de leur valeur pour ne payer que des primes insignifiantes. En 1939, les compagnies en ont eu marre d'être flouées. Systématiquement, elles décidèrent que les cargos et les pétroliers battant pavillon grec seraient assurés au forfait, quelle que soit leur valeur. Dans un sens, c'était injuste, car des vieux rafiots devaient payer des primes dix fois supérieures à leur valeur réelle. Qu'est-ce que tu veux, ils étaient énervés, c'était à prendre ou à laisser. Là-dessus, crac ! le grand chambardement commence. Quand la guerre finit, qui voit-on en premier aux guichets des réclamations ? Les Grecs ! Et j'exige des dommages de guerre, et il faut que les Lloyd's me remboursent tout de suite, et il est de votre devoir de m'octroyer des prêts pour reconstituer ma flotte... Le pactole, quoi... Une pluie d'or sur leurs têtes...

— Ces types ont du génie !

— Attends ! Ne sois pas dégueulasse ! Pendant ce temps, il y a de pauvres poires d'Américains qui y sont restés !

— C'est la vie, non ?

— Oui, celle des autres. Mon frère, par exemple.

— Pardon, Scott.

— Ça va...

— Je suis désolée pour William. Mais quand on a les ambitions que tu as, il faut être réaliste. La guerre n'a jamais empêché les affaires. Tu fais l'idiot ou quoi ?

— Dès que l'Europe a été libérée par nos soins, on a bradé nos surplus. Là-bas, ils n'avaient plus un chantier naval debout. Qui s'est précipité pour acheter nos liberty-ships ?

— Les Grecs.

— Tu as gagné un paquet de lessive ! Tu peux même dire le Grec. A lui tout seul, Satrapoulos en a acheté vingt-cinq pour trois fois rien, une misère, douze millions de dollars. Et avec ça, vogue la galère ! D'artisan à qui on faisait la charité, il passait au rang des concurrents dangereux de nos propres transports pétroliers. Ses bateaux tournaient vingt-quatre heures sur vingt-quatre, les équipages se relayaient nuit et jour.

— Et alors, c'est illégal ?

— Non. Mais ça agaçait nos propres armateurs. En 1947, on a fait une deuxième vente. Mais cette fois, nuance, il fallait être citoyen américain pour bénéficier de la manne.

— Vous n'étiez pas très sport envers lui. C'est sans doute ce que vous appelez le libre jeu de la concurrence ?

— Ne t'inquiète pas, il s'en est très bien sorti ! Un coup fumant ! Il a créé des sociétés américaines ou en a racheté d'autres qui étaient en faillite. Bien entendu, elles restaient majoritaires dans le nouveau holding, mais comme c'est lui qui les finançait en sous-main... Il leur balançait vingt-cinq pour cent des acomptes, gardait pour lui quarante-neuf pour cent des actions, et allez donc ! Il nous a encore eus d'une trentaine de liberty-ships !

— Il les a payés ou pas ?

— Quarante-cinq millions de dollars.

— Qu'avait-il à se reprocher ?

— Rien ! Mais entre-temps, ses bateaux qui marchaient à toute vapeur lui avaient peut-être rapporté cinquante fois plus !

— Ma parole, mais vous étiez jaloux !

— Quand on en a eu marre, on a lâché sur lui les types du Trésor. Première mesure, ils ont saisi dix-huit navires qui se trouvaient dans les eaux américaines...

— C'est élégant, bravo ! Dis donc Scott, qui vole qui dans ton histoire ? J'espère qu'il a pu récupérer ses cargos ?

— Tu penses s'il s'en foutait ! Ils étaient bons pour la casse, et avec ce qu'ils lui avaient déjà fait gagner ! C'est à ce moment-là qu'il a commis sa seule maladresse : il a eu le tort de se pointer à New York, pour la forme. On l'a coffré.

— Longtemps ?

— Hélas ! non, une nuit !

Peggy hurla de rire :

— Il vous a ridiculisés !

Scott retint à grand-peine un sourire. Quelle que soit la façon dont il ait tourné son récit, il n'y voyait qu'une conclusion possible : c'est vrai, jusqu'à présent, le Grec les avait toujours roulés ! Il eut assez d'humour pour raconter la suite :

— Ce n'est pas tout ! On l'a relâché le lendemain car la prison était envahie par une nuée d'avocats internationaux, mais on a maintenu les poursuites pour infraction à la législation des transports. On lui a imposé une transaction : mettre trente de ses navires sous pavillon américain de telle sorte que le trust ne puisse être contrôlé que par deux Américains, et plus par lui.

— Il a accepté ?

Scott éclata de rire :

— Tout de suite !

— Pourquoi ris-tu ? C'est drôle ?

— Tu n'as pas entendu le plus beau ! Les deux Américains en question, tu sais qui ? Ses propres enfants dont il avait fait, à leur naissance, des citoyens des Etats-Unis !... Des gosses de sept ans présidents ! Et sous sa tutelle !

— Mais c'est fantastique ! Scott ! Tu n'es pas sport ! Tu devrais tirer ton chapeau !

— Pour ses funérailles. Tout a une fin. Maintenant, ils vont lui mettre de nouveaux bâtons dans les roues. Et à l'autre aussi, son beau-frère.

— Kallenberg ? Mais tu sais bien, je t'ai raconté ! Quand je t'ai connu, j'arrivais de chez lui à Londres. Une soirée démente, complètement dingue, où on avait fêté Noël la nuit du 15 août avec neige, chasseurs alpins et tout le tremblement !

— Et pendant ce temps, moi, je t'attendais comme une cloche !

— Evidemment, tu ne me connaissais pas encore ! Ce que tu devais souffrir... Tu sais, c'est marrant, parce que Kallenberg et Satrapoulos se détestent. Et ça se complique du fait que tous deux haïssent leur belle-mère, la vieille Mikolofides.

— Mais c'est du Sophocle !

— Tu ne crois pas si bien dire ! Dans cette famille, il n'est question que de savoir qui réussira à éliminer les autres ! La matrone fait des coups en douce à ses deux gendres, leurs femmes ne pensent qu'à se faucher leurs maris...

— Belle mentalité...

— Deux connes sans intérêt, sans parler de la troisième qui est, paraît-il, complètement louf, une espèce de mystique à la gomme. Mais ça, on s'en fout non ?... Tu ne vas pas te priver d'un allié pareil ? Viens seulement une heure chez Nut, au moins, tu verras sa tête !

— Il y sera vraiment ?

— Bien sûr ! Chaque fois qu'elle divorce, Nut n'oublie jamais d'inviter tous ses anciens amants !

— Elle était avec lui ?

— Toujours, entre deux mariages. Une vieille histoire.

— Elles sont parfaites, tes amies...

— Est-ce que je m'occupe des tiens ? Nut est fabuleuse ! On se dit tout depuis dix ans, on ferait n'importe quoi l'une pour l'autre.

— Qui te prouve qu'il viendra ?

— Tu as l'air d'oublier que, pour l'amour de toi, je suis capable de rendre des points à Mata-Hari ! Tu as entendu parler de la Menelas ?

— Comme tout le monde, oui... Elle chante ?

— Non, barbare, elle joue du piano !

— Le rapport ?

— J'avais appris par Nut que Satrapoulos était un admirateur inconditionnel de la Menelas. Elle a fait savoir au Grec que son idole serait de la fête. Voilà, c'est tout.

— Elle va pas jouer au moins ? Je déteste le classique !

— Prétentieux ! Tout l'argent de ton parti ne suffirait pas à payer un seul de ses récitals !

— Quel idiot j'ai été d'avoir loupé toutes mes leçons de piano !

— Si tu n'étais idiot que pour ça ! Heureusement que je suis là, salaud !

Elle se rua sur lui avec impétuosité, le cloua sur le lit et lui mordit la bouche. Avec Scott, c'était la seule façon d'avoir le dernier mot.

Après avoir déposé Rita, Raph et Amore regagnaient le *Pierre* en taxi.

— J'ai faim..., dit Dun.

— Tu es une vraie bête... Manger, dormir, baiser...

— Tu connais quelque chose de mieux ?

Amore, en gloussant, saisit la balle au bond :

— Mieux que baiser ? Non.

— Et bouffer ?

— Ça dépend quoi. Je suis un raffiné, moi. Tu ne peux pas

comprendre, tu es un barbare. Je te vois très bien dans les hordes d'Attila, serrant ton morceau de viande entre tes cuisses. Allons, bon, voilà que je m'excite !...

Le taxi s'arrêta devant l'hôtel. Dans le hall, Raph salua Léon, le portier de nuit français qu'il connaissait depuis des années. Léon, mieux que quiconque à New York, savait d'une façon précise avec qui chacun de ses clients finissait ses nuits. Et parmi ceux-ci, Raph était l'homme qui se faisait apporter des collations aux heures les plus tardives, 4 ou 5 heures du matin, pour deux, trois, ou même quatre personnes, cela dépendait. Un jour, Léon l'avait même trouvé debout, goûtant au Dom Pérignon qu'il lui avait commandé, alors que trois filles superbes étaient nues dans le lit, songeant à peine à remonter le drap sur leur poitrine. Léon, qui était marié depuis vingt ans à une Américaine observant le rite mormon, avait détourné les yeux pudiquement. A plusieurs reprises, Dun lui avait proposé des sommes folles pour qu'il consente à égrener ses souvenirs devant un magnétophone. Mais Léon aimait son travail et ne voulait rien commettre qui pût risquer de l'en priver. Il connaissait également Dodino depuis longtemps et savait parfaitement à qui il avait affaire.

— J'ai faim aussi, dit Dodino. Veux-tu qu'on mange quelque chose avant d'aller se coucher ?

— Si tu veux.

— Chez toi ou chez moi ?

— Comme tu veux.

— Alors, on va chez moi.

Ils prirent l'ascenseur, sous l'œil impavide du groom de nuit. Amore fourragea dans sa serrure avec énervement. Dun ironisa :

— Tu pourrais essayer de siffler...

Dodino, qui avait réussi à ouvrir la porte, daigna sourire...

— Entre, grand fou !

Une fois de plus, Raph fut snobé : il dut traverser trois pièces avant de pénétrer dans l'immense salon-chambre à coucher.

— Merde alors, comment tu fais ? Tu n'es pourtant pas en notes de frais ?

— Mieux que ça, on m'invite. Et je vais te confier un secret. Il y en a beaucoup qui seraient prêts à me payer pour que je participe à leurs soirées.

— Tu attribues ça à quoi ?

— Je suis pédéraste. J'amuse les dames et je rassure les maîtres de maison. Toi, tu es un danger pour eux. Assieds-toi...

Il décrocha le combiné et passa sa commande, sans même consulter son ami :

— Des masses de caviar, vous savez, celui qui a de gros grains blancs... Mais oui... Cette chose que vous servez à mon

257

ami Rezvah Pahlevi... oui le Shah... Et de la Veuve, Brut 51...
(Se tournant vers Raph :) Ça te va ? Raph fit oui de la tête. Il
s'affala sur une bergère Louis XV tandis que Dodino raccrochait.

— Je suis crevé, gémit le journaliste.

— Travail ?

— Non. Asthénie chronique.

— C'est bien la peine de ressembler à Tarzan ! C'est peut-être
la ménopause qui te travaille ?

— Elle est déjà loin derrière...

— Ne te vante pas. Tu as quel âge ?

— Ça, mon vieux, tu ne le sauras pas.

— Réponse typique des femmes en plein retour d'âge.

— Parfait. Puisque tu insistes, je vais te le dire : j'ai exactement
le même âge que toi.

— Pas possible ? Compris. Pour moi, à l'avenir, tu seras toujours
jeune.

— Tu m'as bien regardé ?

— Plus souvent que tu ne penses.

— Alors ?

— Tu es tout à fait mon genre.

Raph Dun sentit une bouffée d'irritation lui monter au visage,
comme toutes les fois qu'on lui ôtait ses prérogatives de chasseur pour
le transformer en gibier. Avec humeur, il lança :

— Oh ! dis, arrête ! J'ai rien d'un minet, moi !

— Mais c'est pour cela que tu me plais, gros bêta ! Tu n'as
rien compris alors ? Ce que j'aime, moi, ce sont les hommes, les
vrais !

— C'est quoi, un vrai homme ?

— Justement, c'est le contraire d'un minet ou d'une pédale.

— Ne crache pas dans la soupe.

— Désolé, mais je ne me sens concerné ni par les tantes ni
par les pédales !

— Tu te classes dans quelle catégorie ?

— Les homosexuels. Etymologiquement, les gens qui sont attirés
par les personnes de leur sexe. Tu veux des exemples ?

— Je connais, je connais...

— Ça me crée des problèmes. Pour qu'un homme me plaise
vraiment, il est nécessaire qu'il ne soit pas pédéraste. Et dans la
mesure où il ne l'est pas, je fais tintin...

— Tu as toujours une cour de mecs derrière toi.

Dodino hurla presque :

— Des pédales ! Rien que des pédales ! Ne te fais pas plus
bête que tu n'es. Tu t'imagines peut-être que tu serais moins viril
parce que tu me laisserais t'admirer ou te toucher ?

Dun, de plus en plus gêné :

— Ecrase...

— Qu'est-ce que tu crois ? L'occasion fait le larron. L'armée, la prison, le collège, le sport... sans parler de la marine ou de l'Indochine. Avec qui penses-tu que s'épanchent tes guerriers farouches ? Avec leurs petits boys vietnamiens.

— Ersatz.

— Qu'est-ce que tu leur trouves, à tes radasses ? Qu'est-ce qu'elles ont de plus que moi ?

Raph se détendit et se mit à rire :

— Ce qui me plaît, précisément, ce n'est pas ce qu'elles ont en plus, mais ce qu'elles ont en moins.

— Oh ! c'est intelligent ! Attends-moi une seconde, idiot !

Dodino disparut dans la salle de bains pour réapparaître, une minute plus tard, nu sous une robe de chambre en soie rouge sang brodée d'or. Raph voulut dire quelque chose, préféra s'abstenir, attendant qu'Amore parle le premier. Mais il n'en fit rien. Il s'assit dans un immense fauteuil qui faisait face à la bergère et regarda fixement Raph de ses petits yeux à la fois cruels et amusés. Mal à l'aise, Dun se tortilla :

— Dis donc, j'ai de plus en plus faim...

Dodino continua à le dévisager d'un air perplexe et gourmand, sans rien dire. Finalement, il poussa un profond soupir et laissa tomber :

— Ah ! si tu voulais !

— Si je voulais, quoi ?

— Toi et moi, quelle équipe on ferait ! Tu serais riche !

— Pour quoi faire ? Je vis déjà comme un millionnaire.

Nouveau soupir de Dodino :

— Quel dommage... Un si beau garçon...

— N'insistez pas, je vous en prie... Je ne suis pas celle que vous croyez.

— Idiot ! Comment puis-je être amoureux d'un type aussi vulgaire ?

— Merci.

— Tu ne soupçonnes même pas le plaisir que tu pourrais en tirer. Tout ce qu'une femme peut te donner, je l'ai aussi. Tout, sauf les emmerdements, la jalousie, l'hystérie... Raph, écoute-moi...

Partagé entre la terreur et une formidable envie de rire, Raph s'aperçut qu'Amore avait glissé à bas de son fauteuil et, tout en parlant, mais sans oser se redresser, avait déjà parcouru la distance qui le séparait de lui en une série de petites reptations nerveuses, sur les genoux. Il arrivait sur lui à la vitesse d'un navire de haut bord, les pans de sa robe de chambre s'écartant sur ses jambes maigres. En un instant, il fut aux pieds de Raph, lui saisit la main, parlant avec volubilité pour qu'aucun silence ne puisse rompre le charme. Des mots s'additionnant jusqu'au vertige...

— Ecoute... Nous sommes au Moyen Age... L'amour courtois... Non, c'est idiot. Nous sommes en plein XVIII⁰ siècle... Les liaisons dangereuses... Choderlos de Laclos... Nous sommes tous deux prisonniers dans une ville de garnison et je suis ton ordonnance... Tu veux que je délace tes bottes... Je suis à genoux, à tes genoux...

Raph essaya de dégager sa main, que l'autre pétrissait frénétiquement, entre ses paumes. Il n'y parvint pas et grommela :

— Amore ! Arrête tes conneries, quoi !

Mais Dodino avait appuyé sa tête sur ses jambes et ne lui lâchait pas la main. C'est à ce moment précis que Léon pénétra dans la pièce, son plateau sur les bras. En l'apercevant, Dodino se dégagea et le mouvement qu'il fit révéla à Raph Dun qu'ils n'étaient plus seuls. A la vue de Léon, il se sentit rougir pour la deuxième fois de sa vie comme s'il était coupable. Le domestique, de son côté, gardait le nez sur la bouteille de Veuve Cliquot qu'il était en train de déboucher, prenant bien garde de ne pas détourner les yeux.

— Laissez !... Laissez..., dit Amore. On va se débrouiller...

Raph se dressa comme un ressort et se dirigea vers la porte. Amore lui lança :

— Mais où vas-tu ?

— Me coucher.

— Mais... Et le champagne... Et le caviar ?... Tu veux pas goûter au caviar ?

— Ton caviar, tu peux te le foutre au cul. J'ai plus faim !

Et il sortit en claquant la porte. Dodino prit Léon à témoin :

— Vraiment, vous l'avez entendu ? Quel grossier personnage !

Léon ne releva pas la tête. Il dit simplement :

— Si Monsieur a besoin de quelque chose, Monsieur n'a qu'à sonner.

Et il sortit à son tour, très digne.

Le Grec eut un ricanement amer en contemplant l'image que lui renvoyait le miroir : ou ce costume était mal coupé, ou c'était lui qui était mal foutu. Les trois complets d'alpaga noir, arrivés le matin même de Londres, prenaient, dès qu'il les passait, l'allure fripée des vêtements que portent les provinciaux le dimanche. Pourtant, ni son tailleur ni son anatomie n'étaient en cause. Nu, le Grec, bien que trapu, était mince et sec, sans surcharge de graisse, sans bourrelets. En maillot, c'était encore supportable. Dès qu'il enfilait une chemise, il ressemblait à un marchand de fromages. Pourquoi ? Il ne savait pas. Simplement, c'était comme ça. Il avait d'abord accusé les tailleurs de saboter le travail, n'arrivant pas à admettre ce divorce congénital entre tout vêtement et sa personne.

Puis il s'était résigné, écœuré de constater que ses complets récents lui allaient encore moins bien que les anciens, ceux qu'on lui avait confectionnés vingt ans plus tôt et qu'il portait encore. Avec cette silhouette, pas question de porter autre chose que du sombre. Dans les pied-à-terre qu'il avait à Paris, Londres, Athènes, Rome, New York, Mexico ou Munich, il y avait la même armoire contenant quelques chemises et les cinq mêmes éternels costumes d'alpaga noir, un point c'est tout. Il retira mélancoliquement sa veste qui glissa au sol et desserra le nœud de sa cravate. Cette soirée idiote chez Gus Bambilt l'agaçait prodigieusement. Une consolation, la Menelas y serait. Lindy Nut, la future ex-épouse de Gus, l'en avait aimablement averti. Etonnant... En général, Nut, avec laquelle il entretenait des relations ambiguës d'amitié amoureuse, ne lui signalait pas ce genre de détail. Au contraire, elle évitait soigneusement de le mettre en contact avec de trop jolies femmes, prenant ombrage de toute admiration qui ne lui était pas dévolue. Bizarre... Ses relations avec elle dataient de dix ans. Quand l'un des deux était déprimé, il allait se réfugier chez l'autre, lui demander secours momentanément. Pour son dernier mariage, elle avait eu le bon goût d'épouser un pétrolier qui était devenu l'un de ses gros clients. Il jeta un coup d'œil apitoyé sur le carton d'invitation :

VOUS ÊTES PRIÉ D'ASSISTER A LA DIVORCE-PARTIE COSTUMÉE DONNÉE PAR LINDY ET GUSTAVE BAMBILT LE 22 JUILLET 1958 EN LEUR RÉSIDENCE DU 127 PARK AVENUE, A PARTIR DE 22 HEURES. AVEC VOUS, GUSTAVE ET LINDY FÊTERONT LEUR SÉPARATION. THÈME : « LA MER, L'AMOUR, L'ARGENT ». R.S.V.P.

Le Grec rejeta le bristol dédaigneusement... Il supportait mal l'idée qu'un divorce pût se fêter comme un baptême, ne comprenant pas qu'un sacrement aussi grave dût fournir, le jour où on le rejetait, prétexte à une soirée de mauvais goût. Il est vrai que les deux lascars en avaient l'habitude ! Big Gus en était à son onzième divorce, Nut à son troisième. Quatorze à eux deux !

Seuls, des Américains pouvaient être assez cinglés pour commettre ce genre de faute qui provoquait en lui une irritation dont il ignorait si elle venait de son éducation, de son ascendance ou de ses principes. D'ailleurs, il ne tenait pas à le savoir. Approfondir ce problème équivalait à remettre en question la paix armée qu'il maintenait à grand-peine avec Lena. Depuis deux ans, ils ne se rencontraient pratiquement plus, bien qu'ils fissent de part et d'autre des efforts immenses pour sauvegarder l'apparence d'un ménage uni, les enfants, la famille... Dans les premiers mois de son mariage, il avait éprouvé pour les dix-sept ans de Lena une véritable folie sensuelle. Puis son corps d'enfant avait cessé de l'étonner — c'est un moment qu'il situait après sa grossesse et la naissance des jumeaux. Alors, il avait cherché une équivalence à l'adolescente qu'elle n'était plus, espérant se sentir attiré par la femme qu'elle aurait dû devenir — mais dont elle n'avait que l'apparence.

Lena ne comprenait rien à la rage d'agir qui animait son mari. Parfois, il tentait de lui expliquer ses buts, les moyens infaillibles qu'il avait d'y parvenir : cela ne l'intéressait pas.

Il enfila de nouveau la première des trois vestes qu'il avait essayées, espérant on ne sait quel miracle : pire que tout à l'heure. En faisant jouer deux des trois panneaux du miroir, il parvint à se voir de dos et constata définitivement que le costume, sur ses épaules, semblait sorti d'un « décrochez-moi-ça » de quartier. Les seuls moments où Lena le regardait réellement, c'était précisément pour lui reprocher son manque de chic. En dehors de cela... elle l'écoutait avec un intérêt poli, perdue dans un rêve exquis, mystérieux, permanent, acquiesçant de la tête à tous ses discours fiévreux, perpétuellement absente et toujours là. A quoi pensait-elle ? Avait-elle un amant, des amants ? Et si oui, comment n'en aurait-il pas été prévenu ? L'idée l'effleura que, en ce genre de circonstance, ceux qui sont concernés sont les derniers informés. Il y avait ce type, cet acteur, dont il se doutait bien qu'il plaisait à Lena. Il en avait eu la révélation en constatant qu'il était le seul homme à ne pas lui faire ouvertement la cour. Oui mais, le bellâtre vide était lui-même sous la surveillance constante de son emmerdeuse de femme. Alors ?

Un jour, Irène s'était enhardie à faire une allusion fielleuse à ce sujet. Elle lui avait demandé s'il n'était pas jaloux des hommes qui tournaient autour de Lena. Il lui avait répondu qu'il prenait ces hommages à son compte, comme ceux que l'on accorde au propriétaire d'un objet rare et précieux.

La puce à l'oreille, désireux de contrer sa belle-sœur, il s'était renseigné sur sa vie et avait appris avec stupéfaction qu'elle avait des liaisons brèves et sans lendemain avec des gens de maison, des popes ou des soldats. Information navrante en elle-même, mais réjouissante en fonction de l'irrésistible Kallenberg, si vaniteux, si imbu de lui-même. Et encore, était-ce vrai ? Il était gêné de le croire. Si les faits imputés à sa belle-sœur étaient exacts, pourquoi les allusions d'Irène sur Lena ne le seraient-elles pas ?

Tourmenté, il se mit à arpenter sa chambre, partie infime de la suite royale qu'il louait au *Pierre* à l'année. A chacun de ses passages, il marchait sans les voir sur les trois costumes qui gisaient par terre, dans la position où ils étaient tombés. Chacun d'eux lui avait coûté deux cents livres. Il passa dans le salon et prit un paquet posé sur un fauteuil. Avec agacement, il tenta d'en briser les attaches. N'y arrivant pas, il se rendit dans la salle de bains et en ressortit avec une lame de rasoir qu'il utilisa pour les sectionner. Du carton s'échappa un bric-à-brac de vêtements anachroniques : une tenue de corsaire qu'il enfila, pantalons noirs élimés au-dessous des genoux, chemise râpée rouge sang, bas de soie blanche. Il s'admira : pas de doute, les compagnons de la Tortue avaient une autre gueule que les mannequins gris et noirs de Saville Row ! La touche finale fut donnée par un tricorne noir frappé sur le devant de la légendaire tête de mort. Il le plaça sur sa tête en différentes positions, cherchant à trouver celle qui lui donnait l'air le plus guerrier. Il retourna dans le salon et s'empara, dans le porte-parapluies, d'un sabre d'abordage. Il le glissa dans sa ceinture. Pas de chance, il était si long qu'il traînait par terre. Il en remonta la poignée qui vint buter sur son plexus. Cette fois, le bout du fourreau ne raclait plus la moquette. Il bomba le torse... Si la Menelas n'était pas séduite, c'était à désespérer de tout ! Seul inconvénient, il ne pouvait plus se baisser. Le pommeau lui entrait désagréablement dans l'estomac. Maladroitement il dégaina et fit quelques moulinets énergiques au-dessus de ses épaules. C'était incroyable la façon dont vous métamorphosait le port d'une arme ! Il se sentit l'humeur farouche et brûla de provoquer un insolent en duel, pour l'amour de quelque belle.

Peggy était allongée tout habillée sur son lit, de grosses compresses de camomille sur les yeux. Quand elle avait trop de rendez-vous dans la journée, il lui arrivait de s'éclipser pendant une heure pour se réfugier chez elle et s'y détendre. A ces moments-là, nul n'avait le droit de la déranger. Claudette, sa femme de chambre, éliminait les importuns et coupait le téléphone. Il était 4 heures de l'après-midi. Elle était là depuis dix minutes. On gratta à la porte...

— Madame...
— Qu'est-ce qu'il y a ? demanda Peggy avec aigreur.
— C'est monsieur Fairlane...
— Ne le laissez pas entrer !
— Madame... Il est déjà là.
— Idiote ! Qui lui a permis...
— Madame... Il se l'est permis tout seul.

Peggy sauta de son lit. Périodiquement, ce grand dadais la relançait, trop vaniteux pour admettre qu'une femme pût désirer ne jamais le voir.

— Où est-il ?

— En bas.

— Ça va. Laissez-moi.

Claudette disparut dans une antichambre, l'air pincé : comment pouvait-elle refuser l'entrée de l'appartement à ce beau garçon qui y était venu si souvent ? Sa courtoisie était telle qu'il lui avait même apporté, un jour..., un bouquet de fleurs. Peggy s'essuya les yeux, rajusta les plis de sa robe, tapota ses cheveux et dévala les marches.

Tony était là. Elle attendit qu'il parle le premier, en équilibre sur une marche, la main crispée sur la rampe...

— Alors ? On veut effacer Tony Fairlane de sa vie ?

— Tu parles de toi à la troisième personne maintenant ? Qu'est-ce que tu veux ?

Comme toujours, il était tiré à quatre épingles, alpaga bleu marine ultra-léger, cravate club de couleur sobre et, émanant de lui, une aura d'autosatisfaction. C'était un fait, Tony s'aimait. Avant chaque sortie en public, il passait des heures entières devant son miroir, vérifiant la perfection de son bronzage, l'éclat de ses dents, épilant l'un des poils de ses sourcils pour défaut d'alignement, brossant sa langue afin de lui donner cette couleur rose vif propre aux gens bien portants. Chaque matin, une spécialiste japonaise venait à domicile pour soigner ses pieds et ses mains et il ne manquait jamais de se rendre chez son dentiste une fois par semaine au moins. De ces attentions constantes et maniaques à sa propre personne résultait une apparence de mannequin superbe et triomphant, isolé dans son narcissisme par la certitude d'être unique, sans concurrence. Peggy détestait Tony. A aucun moment, elle n'avait pu le distraire de lui pour qu'il la voie elle. Quand il disait « je t'aime » — il le lui avait dit deux fois, dont une où il était ivre — il fallait entendre « je m'aime ». Le jour où il avait prononcé ces mots sans avoir bu, il tenait Peggy dans ses bras, dans la vaste chambre d'un palace de Nassau. Etonnée, la jeune femme s'était légèrement dégagée de son étreinte pour observer son expression.

Elle avait eu le choc de sa vie : dans son dos à elle, il y avait un miroir dans lequel Tony contemplait son image, et c'est à cette image qu'il avait adressé sa déclaration d'amour. En ce temps-là, elle voulait se persuader qu'elle tenait à lui, pour justifier ces fiançailles imbéciles. Plus tard, elle avait osé formuler la pensée qu'elle refusait de s'avouer : « C'est un crétin. Je ne le vois pas parce qu'il est beau, mais parce qu'il est riche et qu'il agacera Scott. » Le père de Tony, en effet, possédait la majorité des aciéries de Detroit.

264

A sa mort, Marjorie, son épouse, avait bien tenté de jouer à la veuve américaine en dilapidant une partie de ses revenus avec de coûteux gigolos, mais le cœur n'y était pas. Elle était, irrémédiablement et définitivement, une bourgeoise. Dépitée par cet échec, elle avait reporté les élans de sa chasteté forcée sur le seul phallus légal de la famille, celui du jeune Tony, douze ans.

L'enfant présentait déjà les prémices d'un caractère odieux. Cette tornade d'amour et de compliments, s'abattant sur la tête, avait achevé de la lui tourner. A quatorze ans, il savait qu'il était le plus beau, le plus riche, le plus intelligent, le plus irremplaçable. Les rares amis qui s'accrochaient à ses basques pour l'abondance de son argent de poche le vomissaient. A vingt ans, légataire universel d'une fantastique fortune, alors que sa mère compensait ses élans refoulés par une recherche ésotérique très suspecte, il se lança dans un perfectionnisme exacerbé de son image de marque, remplaçant tous les six mois les huit voitures de son parc automobile privé, faisant tailler ses costumes à la douzaine, possédant des centaines de paires de chaussures, traînant derrière lui une cour de beautés avides de garde-robes offertes. Les échotiers, toujours à l'affût de ce qui n'est pas nécessaire, commencèrent à lui consacrer quelques lignes par-ci, par-là, ce qui eut le don d'exaspérer sa vanité et d'accroître son arrogance.

A la même époque, Peggy payait des sandwichs à son grand bonhomme distrait, dont elle attendait encore qu'il lui demandât sa main. Lassée par son silence et par le flou des projets la concernant, en trois semaines, dans un mouvement de dépit et un inconscient désir de vengeance, elle se fiançait à Tony Fairlane — dont la dernière marotte était l'élevage des pur-sang — après avoir fait sa connaissance dans un concours hippique dont elle était la vedette. Le soir de leur arrivée dans ce foutu hôtel des Bahamas, elle avait été intriguée par le trop long séjour de Tony dans la salle de bains. Elle l'attendait dans le lit depuis une demi-heure déjà, vêtue d'une chemise de nuit translucide, essayant de ne pas trop penser à Scott dont l'image la hantait. Enervée, elle se leva, traversa la chambre et alla frapper doucement à la porte de la salle de bains : pas de réponse. Seul, une espèce de souffle rauque et saccadé lui parvint. Inquiète, elle entra et fut sidérée par le spectacle : au pied du lavabo, il y avait plusieurs haltères et des extenseurs dont elle se demanda d'où son fiancé tout neuf avait bien pu les sortir. Et au fond de cette cage en céramique, serré à la hauteur des reins dans une multitude de lainages, parallèle au sol, les pieds en équilibre sur le rebord de la baignoire, le buste en avant, les mains en appui sur le tapis recouvrant les carreaux de faïence, Tony, faisant des tractions frénétiques.

Il l'aperçut mais n'arrêta pas son exercice pour autant, lui jetant un regard mauvais et irrité. Au bout d'une vingtaine de mouvements, il interrompit sa série, et se redressa, en nage :

— J'arrive, ma chérie, j'arrive...

Interloquée, Peggy retourna dans la chambre et alla s'asseoir, non pas sur le lit, mais dans un fauteuil. Elle était ahurie qu'un homme pût songer à faire de la culture physique à un moment pareil. Quelques instants plus tard, Tony apparut, statue de dieu grec préfabriqué, grand sourire sur les lèvres. D'un air satisfait, il lui lança :

— Je suis assez bien bâti naturellement, mais j'ouvre l'œil pour garder la forme. Tiens, regarde...

Il prit une posture d'Apollon et s'offrit de trois quarts à ses regards, bandant ses muscles qui tressaillaient et s'agitaient, serpents vivant une existence indépendante sans que sa pose en fût altérée. Anéantie, Peggy pensa : « Et c'est ce con que j'ai choisi pour oublier Scott !... »

Très à l'aise, Tony continuait ses pitreries et ses contractions. « Et voilà ! » dit-il joyeusement lorsqu'il jugea que la démonstration était suffisante.

Alors, s'emparant du corps de Peggy comme d'une plume, il acheva son numéro d'homme des bois en la balançant sur le lit pour se jeter sur elle avec des grognements. A peine l'avait-il étreinte qu'il la faisait rouler par-dessus lui, de telle sorte qu'elle se retrouva à califourchon sur son corps. Pendant qu'il essayait vainement de la pénétrer, elle accrocha son regard : elle vit qu'il avait les yeux grands ouverts mais qu'il ne la voyait pas. Fixement, il semblait observer un point situé au-dessus de la tête de Peggy. Elle se retourna : au plafond, il y avait un immense miroir qui reflétait la scène.

Tony ne cherchait pas à faire l'amour avec elle, mais avec lui-même par le biais de sa personne interposée. Elle s'arracha vivement du lit et alla s'enfermer dans la salle de bains : elle était horrifiée par ce Narcisse impuissant qui ne pouvait avoir une érection qu'en se regardant dans une glace :

Elle émergea de son déplaisant souvenir :

— Tu veux quoi ?

Tony ricana, mal à l'aise et agressif.

— Ne t'imagine pas que ton futur mariage est dans la poche...

— Ce qui veut dire ?

— Rien, je me comprends.

Il tourna dans la pièce, déplaçant des objets :

— Il paraît que tu veux épouser Scott Baltimore ?

— Ça te concerne ?

— Tu sais que son grand-père était trafiquant et bootlegger ?

— Et le tien, il était quoi ? Es-tu même certain d'en avoir eu un, bâtard !

— Peggy, ne joue pas ce petit jeu avec moi... Méfie-toi ! Attention à ce que tu dis.

Elle le toisa avec un infini mépris :

— C'est tout ?

— Non ! Tu n'es pas libre. Tu as des comptes à me rendre ! Tu sais combien tu m'as coûté ? Tu sais combien j'ai dépensé avec toi ? Cinq cent mille dollars !

— Et alors ?

— Alors, il faut me les rendre.

— Tu es tombé sur la tête ?

— Je t'ai offert des cadeaux, des bijoux, des fourrures ! Ce n'est pas une petite salope qui arrivera à me ridiculiser !

— Pauvre type ! Je ne sais même pas de quoi tu parles. Si tu penses qu'il y a litige financier entre nous, va raconter ça à ton avocat. Ou à ta maman !

— Tu me prends pour un con ?

— Oui. Tout le monde te prend pour un con.

Il fit deux pas menaçants dans sa direction. Elle eut un geste infiniment rapide vers un tiroir. Au bout de sa main minuscule, Tony aperçut, non pas le classique petit pistolet de dame, mais le Colt réglementaire de la police new-yorkaise.

— Stop !

Elle n'avait pas élevé la voix, mais il comprit parfaitement qu'elle ne plaisantait pas. Interdit, il balbutia :

— Tu es cinglée, non !

— Recule.

— Ecoute...

— Recule !

Il recula de trois mètres et resta planté, debout, les bras ballants. Peggy alluma une cigarette :

— Maintenant vas-y ! Si tu as vraiment quelque chose à me dire, parle !

Il resta muet. Elle enchaîna :

— C'est maman Fairlane qui t'a conseillé de venir me voir, mon chou ?... Alors ?

Tony se tortilla, ne sachant quelle contenance prendre :

— Je vais te dire, poursuivit Peggy, quand je te vois, j'ai envie de dégueuler. Tu es bête, tu es veule, tu es bouffi, tu es un tas de merde. Tu n'es même pas capable de baiser une femme. Tu es un pédé. Tu n'es bon qu'à te branler devant une glace !

— Peggy...

— Ta gueule ! Je ne parle qu'aux hommes ! Maintenant écoute-moi... Si jamais tu fais quoi que ce soit pour me nuire, le plus petit esclandre, n'importe quoi qui me déplaise, je jure sur ma vie de te faire la peau ! Où que tu sois, quoi que tu fasses, que tu sois protégé ou non, je te descendrai ! C'est clair ?

Il ne répondit pas. Elle s'approcha de lui. Il ne put réprimer un mouvement de recul qu'il essaya de masquer en cherchant désespérément une pose convenant à la situation... Elle perçut sa peur :

— Mets-toi à genoux !

Il tenta de crâner :

— Enfin, c'est idiot...

— A genoux !

Tony secoua la tête et feignit de sourire, comme si on lui faisait une blague d'un goût douteux à laquelle il se serait résigné à participer avec un brin de condescendance amusée : il s'agenouilla.

— Maintenant, déboutonne ton froc.

Il leva vers elle des yeux ahuris :

— Déboutonne.

Il déboutonna...

— Enlève ta ceinture.

Il eut un sursaut de protestation :

— Ah non !

— Vite connard !

— Peggy... C'est ridicule...

— Vite !

Elle le tenait toujours en joue. Avec terreur, il crut discerner des mouvements d'impatience dans les doigts qui tenaient l'arme. Il s'exécuta. Le pantalon glissa sur ses cuisses, laissant apparaître un caleçon rouge parsemé de myosotis...

— Ton caleçon !

Il lui jeta un regard suppliant qu'elle ne daigna même pas voir. Toujours dodelinant de la tête, il baissa son caleçon. Peggy passa près de lui et, prestement, subtilisa sa ceinture...

— Maintenant, si tu cries, si tu bouges, je te tue !

Elle leva haut le bras et abattit la lanière de cuir sur les fesses bronzées. Tony se mordit les lèvres pour ne pas hurler de douleur. A trois reprises, la ceinture siffla et frappa, laissant sur la peau des marques qui rougissaient rapidement.

— La fessée est terminée. Rhabille-toi !

Maté, il se redressa et remit la ceinture qu'elle lui avait jetée.

— N'oublie jamais ! Et maintenant, calte ! Dehors !

Il s'ébroua vaguement...

— Dehors !

Au moment où il passait devant elle pour atteindre la porte,

268

elle lui cracha en plein visage. C'est alors qu'elle vit Claudette, l'air bouleversée, abasourdie, incrédule. Peggy se mordit les lèvres et lui lança d'un ton féroce :

— Inutile de vous déranger pour raccompagner monsieur. Il ne reviendra plus.

13

Herman Kallenberg et Madame débarquèrent à l'aéroport de New York à 11 heures. A midi, ils entraient dans le hall du *Carlyle*. A 13 heures, les chefs-d'œuvre qui accompagnaient toujours Herman en voyage étaient accrochés aux murs de sa suite — une *Vierge* de Raphaël, la petite *Lucrèce* de Cranach, un autoportrait de Rembrandt, un *Champ d'oliviers* de Van Gogh, remplaçant avantageusement le vrai Canaletto et le faux Géricault ornant les deux chambres. A 13 h 30, Irène décidait que les tapisseries et le mobilier Louis XVI de son appartement avaient une influence néfaste sur son moral et exigeait qu'ils fussent sur-le-champ remplacés par de l'anglais. La direction objecta timidement que l'opération allait prendre du temps, mais Barbe-Bleue s'en mêla. En public, il tenait à montrer que le moindre caprice de sa femme équivalait à un ordre. Il fit donc chorus avec elle pour que tout fût changé avant le dîner, peu importait le nombre d'hommes nécessaires ou le prix de la métamorphose.

Il devait bien cela à Irène après ce qu'il lui avait fait deux jours plus tôt sur les bords de la Tamise...

A 14 heures, ouvriers et décorateurs envahirent la suite pour y travailler fiévreusement, tandis qu'Irène, conduite par son chauffeur dans la Rolls, allait faire du shopping chez Jack Hanson avant de se précipiter chez Alexandre pour un coup de peigne. De son côté, Kallenberg se rendait à un bain de vapeur, non loin de Central Park, où il avait ses habitudes.

A 19 heures, sans s'être donné le moins du monde rendez-vous, elle et lui firent une apparition simultanée dans le hall du *Carlyle*. Réjoui, le directeur du palace les rejoignit pour les escorter jusqu'à leur appartement :

270

— Je crois que vous serez satisfaits... Vous allez voir.

Effectivement, la suite était méconnaissable. Accrochés de main de maître, les toiles de Kallenberg étaient mises en valeur par des spots à l'éclairage rasant qui en accentuaient le caractère. Irène marqua son approbation pour les nouveaux meubles par de discrets hochements de tête. Barbe-Bleue émit quelques « Parfait... Parfait... », jetant un regard bref et approbateur sur les immenses gerbes de roses disposées çà et là, la bouteille de Cliquot Brut 47 rafraîchissant dans son seau en argent.

Le directeur se rengorgea. Tout déménager en si peu de temps tenait du prodige. Son équipe avait révolutionné New York dans le courant de l'après-midi et lui-même s'était donné un mal fou pour diriger et hâter l'opération.

— Eh bien, voilà..., conclut-il. Maintenant que l'appartement est à votre convenance, pourriez-vous, approximativement bien sûr, m'indiquer la durée de votre séjour ?...

— Quarante-huit heures, lui répondit aimablement Kallenberg. Nous repartons après-demain.

Une heure à peine après avoir humilié Tony, Peggy sonnait chez Lindy « Nut » Bambilt. Leur amitié était assez forte pour ne se plier à aucune convenance. En cas d'urgence, quand l'une d'elles voulait voir l'autre, elle passait un coup de téléphone et disait : « J'arrive. » Plus secouée qu'elle n'aurait voulu l'être, Peggy se laissa tomber dans un fauteuil.

— Tu peux me servir à boire ?

— C'est grave ? demanda Nut en sortant d'un bar des verres et une bouteille de scotch.

— Tu es seule ?

— Oui, pourquoi ?

— Gus n'est pas là ?

— Non. Qu'est-ce qui se passe ?

— Oh ! rien !...

— Dis-moi.

Peggy portait son verre à ses lèvres.

— Tu veux de la glace ?

— Non merci, ça va, sec.

— Raconte...

— C'est ce con.

— Il est revenu ?

271

— Oui.

Nut hésita...

— C'était... moche ?

— Avec lui, toujours. Je te dérange ?

— Idiote...

— Avec ton divorce...

— J'ai l'habitude.

Peggy sourit et se détendit légèrement : c'était ça, Nut ! Elle ne se démontait jamais. Elle était longue et souple, trente, trente-cinq ans, un peu plus peut-être. En tout cas, elle n'avait jamais confié son âge à Peggy qui, de son côté, avait été assez discrète pour ne jamais le lui demander. Même l'amitié la plus solide a des limites. Quand Nut bougeait, on avait l'impression qu'elle dansait. Quelque chose de félin, des pommettes hautes, des yeux immenses, un grand front bombé, une démarche orientale.

— Tu en veux un autre ?

— Si tu en prends un avec moi...

— D'accord. Tu me racontes ?

Peggy la mit au courant. Nut ouvrit de grands yeux émerveillés :

— Non ?... Tu as fait ça ?

Elles éclatèrent de rire.

— Sale type !... Si jamais Scott savait qu'il est revenu m'empoisonner... Dis donc, Satrapoulos, tu es sûre qu'il sera là ?

Nut lui lança un regard ironique et amusé.

— Regarde-moi... Qu'est-ce que tu crois ?

— C'est vrai, j'avais presque oublié. Parfois, entre toutes tes aventures et tes mariages, je m'y perds un peu.

— Socrate, c'est différent. Ni un mari ni un amant. Mieux que ça.

— Pourquoi tu ne l'épouses pas ?

— Pourquoi pas ? Un de ces jours, si on a le temps.

— Scott est têtu comme un mulet. Il ne voulait rien savoir pour le rencontrer.

— Qu'est-ce qu'il a contre lui ?

— Il paraît qu'il est coulé aux Etats-Unis.

Nut hocha la tête en souriant.

— Depuis le temps qu'on essaie de l'avoir... C'est un type extraordinaire tu sais. Si tu le connaissais bien... D'ailleurs, j'aime autant pas, tu en tomberais amoureuse.

— Tu penses ! Je pourrais être sa fille... Pardon...

Peggy venait de se souvenir que, si le Grec avait une cinquantaine d'années, Gus, le mari de Nut, allait entrer dans sa soixante-douzième.

272

— Ne t'excuse pas, d'autant plus que tu dis vrai. Et après, quelle importance ?

— Tu comprends, il y a une foule de gens qui financent Scott. Alors, pourquoi pas lui puisqu'il est si riche ?

— Pourquoi pas...

Par la baie vitrée du penthouse, on apercevait les arbres de Central Park, bien plus bas, à des profondeurs incroyables.

— Tu comprends, la politique et l'argent, c'est comme l'argent et la beauté, ça a toujours fait bon ménage.

— Scott est très riche.

— Bien sûr, mais tu ne sais pas combien ça coûte ! Il n'y a au monde aucune fortune privée qui puisse subvenir au financement d'un parti politique ! C'est un gouffre ! Le nombre de millions qui ont déjà été engloutis pour les Novateurs !

— Pourquoi tiens-tu tellement à ce que Scott monte aussi haut ?

— Mais, de toute éternité, il est fait pour être le premier ! Tu ne le connais pas ! Il est beau, il est merveilleux, il est... irrésistible ! Si tu l'entendais parler des choses qui lui tiennent à cœur !... Pour l'instant, il a besoin de tout le monde, mais plus tard... Tu verras !... Enfin, puisque tu es sûre que Satrapoulos viendra...

— Tu n'as pas confiance, hein ?

— Je voudrais tant qu'ils se rencontrent !... Ils sont faits pour devenir une paire d'amis.

— Ne t'inquiète pas, il sera là. Même s'il ne le faisait pas pour moi, il serait obligé de le faire pour Gus. Il a besoin de lui dans ses affaires.

Peggy hasarda :

— Et la Menelas ?... Tu lui as dit ?...

— Ecoute !... Je t'ai déjà dit oui... Demain soir, ici même, j'aurai tout New York... Jamais de ta vie tu ne rencontreras une telle concentration d'armateurs et de pétroliers au mètre carré...

— Tu es triste de divorcer ?

— Bah !... Non, pourquoi ?

— C'est vrai que tu as l'habitude... Et avec Gus, tu t'en sors bien ?

— Comment ça ?

— Côté séparation... Pension alimentaire, quoi...

— Pas mal du tout. Le jour où tu te fâcheras avec ton Scott, viens me voir tout de suite, je te donnerai des tuyaux pour que tu ne t'en ailles pas les mains vides.

— Scott ?... Mais c'est impossible ! Je l'aime !

Nut fit la moue :

— ... Si ma mémoire est bonne, il me semble avoir déjà moi-même prononcé cette phrase plusieurs fois...

— Oui, mais moi c'est différent ! Je n'ai pas ton expérience...

— Comment tu te déguises demain ?

— Chut !... Et toi ?

— Chut !

— Tu me fais des mystères maintenant ?

— Et toi ?

— Oh ! Nut !... Je t'adore ! Il faut que je t'embrasse !

En riant, elles tombèrent dans les bras l'une de l'autre.

Ces doigts qui voltigeaient comme un envol de papillons fascinaient Emilio. Chacun d'eux semblait doué d'une vie autonome. Parfois, lorsqu'ils s'écartaient l'un de l'autre, l'auriculaire et le pouce formaient un angle de 180°, c'est-à-dire la droite parfaite, nuancée dans sa trajectoire rectiligne par les imperceptibles renflements souples de la chair. Les mains elles-mêmes se chevauchaient, s'entrecroisaient en un ballet caressant dont certaines figures s'achevaient en gifles sèches. Que des doigts pussent se livrer à une gymnastique aussi étourdissante était déjà remarquable, mais entendre les sons que ces effleurements tiraient du clavier vous prostrait dans l'ineffable. Quand Olympe jouait, Emilio avait envie de pleurer ou d'applaudir, c'était selon. Son oreille délicate attendit en vain la note résolutoire qui devait nécessairement clore une gamme particulièrement brillante : elle ne vint pas.

— Du thé !

— Hein ?

Il avait toujours le plus grand mal à revenir sur terre après ces envolées. « Elle veut du thé », répéta-t-il machinalement tout en se précipitant pour sonner le garçon. Depuis qu'ils avaient quitté Los Angeles pour New York, Olympe avait retrouvé la grande forme. En général, ils séjournaient au *Carlyle,* mais le directeur du *Regency* avait fait de tels efforts pour que la Menelas descende chez lui... Il lui avait préparé au dernier étage du palace une immense suite et il avait poussé la délicatesse jusqu'à la faire insonoriser totalement, ajoutant, galant homme :

— J'ai fait aménager l'appartement en ne perdant jamais de vue qu'il devait être le double écrin de votre génie et de votre beauté.

Le tout appuyé d'un baisemain à l'européenne. Il n'ignorait pas que la Menelas ne se séparait pas plus de son Bechstein que d'autres ne quittent leurs bagues ou leurs prothèses dentaires. Elle et lui, c'était à prendre ou à laisser. Sa présence dans les murs

274

d'un hôtel était une fameuse publicité pour l'établissement. Pourtant, au *Carlyle,* de nombreux clients — dont chacun était lui-même une célébrité — s'étaient plaints. Non pas que les interprétations fougueuses de la Menelas leur déplussent, mais parce qu'elles avaient lieu souvent à 4 heures du matin. L'architecture de l'endroit se prêtant mal à une insonorisation absolue, il avait fallu se résigner à laisser filer l'étoile.

Un maître d'hôtel servit le thé sur un plateau d'argent bourré d'accessoires inutiles et indispensables, de l'orchidée à la longue pince à sucre en argent massif ciselé. Quand il fut sorti, Emilio, toujours sous l'enchantement, hasarda :

— Nous avons reçu un long télégramme du directeur du Concert Hall.

Pas de réponse. Olympe, les yeux dans le vague, touillait d'une cuillère distinguée et distraite la tranche de citron dans sa tasse...

— Qui ça, nous ?

— Enfin... Moi...

— Alors pourquoi dis-tu « nous » ? Toi, ça n'a jamais été nous.

Emilio soupira...

— Il demande un dédit énorme pour non-respect de contrat.

— Envoie-le au bain !

— Il va nous faire un procès...

— Au bain !

Emilio se permit un sourire discret. Elle était admirable ! Mille places louées depuis deux mois, une ville entière suspendue à sa venue, une presse enflammée et, pour contrebalancer ce récital annulé sur un coup de tête, cet « envoie-le au bain » qui planait si haut au-dessus des réalités...

Il avait l'habitude. A Genève, elle avait froidement quitté la salle au beau milieu d'un morceau sous prétexte qu'on ne l'applaudissait pas assez. A Paris, à l'instant d'un gala, elle avait jeté un coup d'œil dans la salle, avait trouvé le public « médiocre » et refusé de jouer « devant des gens trop ignares pour apprécier la subtilité de son interprétation ». Derrière elle, Emilio se battait pour arranger les choses et payer les pots cassés. Il était si absorbé par son rôle d'imprésario, d'ambassadeur ou de secrétaire, qu'il en oubliait parfois qu'il était son mari.

A vrai dire, il oubliait tout ce qui ne se rapportait pas directement à son monstre sacré, sa « panthère », comme l'avaient baptisée les journalistes friands de ses frasques. Le puissant Emilio Gonzales del Salvador, authentique Grand d'Espagne bien que ne mesurant qu'un mètre soixante, acceptait avec ferveur de voir réduites les dix syllabes de son nom redoutable aux deux phonèmes rassurants du mot « Mimi »,

275

tendre diminutif dont l'avait rebaptisé Olympe. A sa façon, il en était certain, elle l'aimait, en tout cas, il lui était indispensable. Evidemment, il lui arrivait de passer sur lui aussi ses épouvantables rages. Mais lorsqu'elle était déprimée, fatiguée ou malade, c'était sur son épaule qu'elle venait poser sa tête. Puis, elle se mettait au piano et la magie de son jeu exaltait si bien les sortilèges de Chopin qu'Emilio, la main sur le cœur, aurait pu jurer que jamais plus elle ne se mettrait en colère.

— Mimi !

Il fit un bond véritable...

— Oui ?

— Appelle Nut. Je veux lui demander à quelle heure elle a convoqué ses invités. Je veux être sûre de ne pas arriver en avance. Dans ce genre de raout, c'est comme dans la Bible : les derniers sont les premiers.

— Je peux ?

— Qui t'en empêche ?

— Après tout, je suis encore ton mari...

Gustave Bambilt accompagna ces mots d'un rire qui sonnait faux. Jamais l'idée ne lui était venue qu'une femme pût être sensible à autre chose qu'à son argent. Comme ses putains, il avait payé ses épouses. Il cassa son immense carcasse et posa le plus délicatement possible ses cent vingt kilos sur le lit.

— C'est bizarre, quand même...

— Quoi ?

— Notre divorce... Au fait, pourquoi divorçons-nous ?

— Dis-moi d'abord pourquoi nous nous sommes mariés. Ensuite, je pourrai peut-être te répondre.

— Tu me plaisais.

— Quoi d'autre ?

— Ça suffit, non ? Qu'est-ce que tu en penses ?

— Je ne sais pas.

— Je suis passé chez mon notaire après-midi. Tout est en règle. Tu auras ce que nous avions dit.

— Bien. Tu as déjà trouvé la douzième Mme Bambilt ?

Il lui jeta un bref coup d'œil pour voir si elle se moquait de lui. Avec Nut, on ne savait jamais...

— Qui t'a dit qu'il y en aurait une douzième ?

— Oh ! Gus, sois gentil !... Pas à moi... Il ne t'est jamais venu à l'esprit de rester célibataire pendant quelques jours, un week-end par exemple ?

— Je ne me suis pas posé la question. J'ai toujours été marié.

— Pourquoi ?

— Peut-être que je n'aime pas la solitude. La première fois, j'avais dix-sept ans. Depuis, je n'ai jamais arrêté.

— Pauvre Gus...

— Et toi, tu vas te remarier ?

— Ma foi...

— Je peux ?

Cette fois, c'est la permission de s'allonger qu'il demandait. Lindy le regarda une seconde, hésita et acquiesça d'un battement de cils. Il était très rare que Gus vînt la rejoindre dans sa chambre lorsqu'elle s'y était retirée. Elle le savait aussi inoffensif qu'il était fort et gigantesque, mais ce soir, il y avait quelque chose d'ambigu dans son attitude. Comme il était peu doué pour la ruse, désarmé même, elle en déduisit qu'il avait quelque chose à lui dire qui ne voulait pas sortir. Elle décida de l'aider.

— Qu'est-ce que tu as, mon petit Gus ?...

Il hocha sa grosse tête colorée aux cheveux gris et lui prit la main.

— Rien. J'avais envie de bavarder, simplement.

— Dis-moi...

— C'est difficile... Comment dire ?...

— Je t'écoute.

— Eh bien, voilà... C'est drôle... Demain soir, à la même heure, nous aurons divorcé, tu seras libre. Ça fait trois ans que je t'ai épousée et j'ai l'impression de ne pas te connaître... On ne s'est pas vus souvent hein ?...

— Non, pas souvent.

— Les affaires... Je me demande bien pourquoi je fais autant d'affaires...

Elle ironisa gentiment :

— Pour pouvoir payer toutes tes pensions alimentaires.

— Je n'ai pas d'enfant. J'ai soixante... Enfin, je ne suis plus un jeune homme... Tu y comprends quelque chose, toi ?...

— C'est difficile.

— C'est comme si je n'avais jamais profité de toi.

— Qui t'en a empêché ?

— Je ne sais pas.

Un long moment, ils restèrent silencieux. Il gardait toujours sa main dans la sienne, qu'elle ne dérobait pas.

— Nut... Je voudrais te demander une faveur...

— Vas-y.

— C'est idiot... Tu ne voudras peut-être pas...

— Dis-moi.

— Ce soir, exceptionnellement... je voudrais dormir avec toi... dans ton lit.

Elle ne répondit pas. Il s'inquiéta :

— Tu veux bien ? Demain, tout sera fini, tu comprends... Je voudrais... encore une fois... Tu accepterais ?

— Oui, Gus. J'accepte.

Un sourire épanoui sur les lèvres, il se redressa avec les grâces lourdes d'un gros enfant peu sûr de ses jambes.

— Merci Lindy ! Merci !... Je vais chercher mes affaires.

En le regardant quitter la pièce, Nut se demanda de quoi il se sentait coupable. C'était un vieillard curieux, Gus. En affaires, il aurait tondu un œuf et volé un troupeau de bœufs sans le moindre remords. Mais en amour, il fallait toujours qu'il demande la permission.

Scott craignait d'aborder sa mère pour lui dire qu'il voulait épouser Peggy. Pourtant il était né sous le signe des décisions brutales. Non pas qu'il souscrivît lui-même à la violence, mais parce qu'elle était de tradition dans sa famille, morts soudaines et coups de force, excès en tout, en fortune, en mépris pour autrui, en soif aiguë de puissance, en amour démesuré pour tout membre du clan. La religion elle-même était pratiquée avec fureur, servant parfois de hache pour abattre l'ennemi — les autres. Ainsi en avait décidé son père, Alfred Baltimore II, qui tenait lui-même sa profession de foi de son propre père, Steve Baltimore I. La devise des Baltimore était sans ambiguïté : « Nous d'abord ! »

Plus d'un demi-siècle de mise en pratique avait amené la troisième génération au seuil du rêve du grand-père : que l'Amérique soit gouvernée par ses descendants, qu'ils deviennent des monarques absolus et de fait dans une démocratie théorique. Bien avant sa naissance, Scott avait été pris en charge par ces désirs dont il était destiné, de toute éternité, à assumer la réalisation. Rien n'avait été épargné pour qu'il y parvînt.

Avant lui, ses deux frères aînés, William et Louis, avaient été élevés dans la même optique. William était mort pendant la guerre, en France, grillé dans son tank frappé par des roquettes allemandes. Louis s'était fracassé au sol, pour rien, par défi, pour avoir voulu ouvrir trop tard un parachute qui ne s'était pas ouvert du tout. Quant au grand-père, Steve Baltimore, patriarche fondateur de la

278

dynastie, il était si solide qu'il semblait rebelle à la mort ou à la maladie. Il avait essuyé mille dangers dont il était toujours sorti victorieux jusqu'au jour, où, malgré les objurgations de son entourage, il avait tenu à tailler lui-même les plus hautes branches du cèdre qui ombrageait sa maison. Il avait alors quatre-vingt-deux ans.

Quand il glissa du sommet de l'arbre, on le releva cassé de toutes parts, brisé, en morceaux. On le crut mort : c'était mal le connaître. Il parvint à vivre deux ans de plus, paralysé dans un fauteuil mais donnant néanmoins ses ordres.

Scott ne se demandait jamais quels étaient ses propres désirs. En fait, ne pas se poser la question était déjà lui fournir une réponse : tout en se croyant libre d'avoir choisi sa vie, Scott vivait, par sa personne interposée, le désir de domination des autres. Il était à peine en âge de comprendre que son père lui serinait déjà : « Scott, mon fils, tu gouverneras un jour le pays. » Plus tard, il s'était aperçu que ses deux frères décédés avaient entendu, eux aussi, la même chanson. Et aussi ses trois cadets. Scott ne s'en était pas senti vexé. Ce qu'il fallait, c'était que l'un d'eux, n'importe lequel, parvînt aux honneurs suprêmes pour que tant d'efforts n'aient pas été vains. Les autres suivraient. Aussi, trouvait-il normal que sa vie n'ait été qu'une longue suite d'exercices destinés à le préparer au pouvoir, quand le jour ou l'heure aurait sonné de le prendre. Au cas où il lui arriverait malheur, ses trois cadets seraient prêts à prendre la relève.

Son père, pour accroître les chances du clan, avait tenu à ce que son épouse enfantât le plus souvent possible. De leur union étaient nés onze enfants, huit garçons et trois filles. Cinq d'entre eux étaient morts, quatre garçons et une fille, Suzan, retrouvée noyée à douze ans au cours d'une partie de pêche en mer, alors que le bateau regagnait le port en pleine nuit et qu'on la croyait dans sa cabine, en train de dormir. La mer n'avait jamais rendu son corps. Quant aux deux autres garçons, John et Robert, l'un avait été emporté à huit ans par une méningite, l'autre s'était fait sauter la tête à l'âge de quatorze ans en jouant imprudemment avec un fusil chargé.

Paradoxalement, ces morts violentes, au lieu d'abattre les survivants, les dopaient en quelque sorte. Ils semblaient reprendre à leur propre compte l'énergie des disparus, pour la plus grande gloire de la famille, comme ces plantes que l'on élague et qui n'en deviennent que plus belles et plus vivaces.

Après la onzième naissance, la mère de Scott, Virginia, estimant qu'elle avait rempli les devoirs que son mari attendait d'elle, décida qu'elle partagerait désormais son existence entre la religion et l'éducation de tous ses héritiers, sans prendre sur son temps le délai d'en faire naître d'autres. Les nombreux deuils qui l'avaient frappée n'étaient à ses yeux que des épreuves, envoyées par le Seigneur pour fortifier son courage et sa détermination. Femme de fer, elle était sûre de n'avoir enfanté que des hommes de fer. Très tôt, elle leur avait enseigné que la douleur existe, mais qu'il est dans l'ordre des choses de la mépriser si l'on veut la surmonter. Elle leur avait appris aussi qu'ils étaient inégalables par rapport aux autres, tous les autres qui n'étaient pas de leur sang.

Elle professait également qu'il fallait ignorer la défaite et dompter sa propre souffrance, pour mieux supporter celle des autres. Elle citait pour la bonne bouche le mot d'un écrivain, dont elle savait seulement qu'il était français, mais en ignorant qu'il s'agissait de Chamfort : « Il faut que le cœur se brise ou se bronze. » Chez les Baltimore, il était entendu une fois pour toutes que le bronzage se devait d'être héréditaire. Quant au cœur de Virginia, il était si tanné qu'un observateur non averti eût pu s'étonner de voir battre encore ce bout de vieux cuir. Pourtant, depuis deux ans, elle se prodiguait avec un dévouement mécanique pour son mari, Baltimore II, qu'elle appelait Fred dans l'intimité, Alfred devant son domestique, M. Baltimore en société.

Le père de Scott était atteint d'un cancer de la gorge. Sa résistance était telle qu'il survivait aux trois séances de rayons qu'on lui faisait chaque semaine, alors qu'un cheval de bonne constitution y eût déjà succombé. De cette maladie, il gardait sur le cou une cicatrice, là où on l'avait ouvert la première fois pour s'attaquer aux métastases. Pour la cacher, il avait pris l'habitude de porter des cols de chemise démesurément hauts. Depuis quelques mois, il avait de plus en plus de mal à se faire entendre. Il fallait que son interlocuteur penche son oreille vers sa bouche pour percevoir le sens de ces diphtongues sifflantes qui n'étaient jamais des questions, mais des affirmations ou des ordres. Parfois, quand son interlocuteur élevait instinctivement la voix pour se faire entendre, Alfred lui disait, en confidence, qu'il avait certainement des difficultés d'élocution, mais qu'il n'était pas sourd. Ces propos chuchotés ajoutaient au mystère de ce colosse aux cheveux gris acier, du même gris que ses yeux. On avait en permanence la sensation qu'il était détenteur de secrets qu'il vous murmurait à l'oreille, même quand on arrivait finalement à comprendre : « Il fera beau demain. »

Il était dur et impitoyable, mais savait composer de bonne foi quand il le fallait, mettant en pratique l'axiome du folklore tchécoslovaque : « Si ton ennemi est plus fort que toi, enterre la hache de guerre et fais-en ton allié. »

Il semblait que les jeux effrayants de la politique américaine, à mesure qu'ils se durcissaient, le plongeaient dans ses éléments favoris, la duplicité et la violence. Sa façon même de recevoir les gens était agressive. Sa femme et lui faisaient subir à leurs invités inconnus un interrogatoire en règle, précis et sec comme une enquête policière : « Qui êtes-vous ? Que faites-vous ? Quelle est votre situation ? Etes-vous marié ? Depuis quand ? Combien gagnez-vous ? Quelles sont vos espérances ? »

Si les réponses n'avaient pas l'heur de leur convenir, M. et Mme Baltimore II plantaient là leur invité et ne lui jetaient plus jamais un seul regard, ce qui mettait Scott, plus souple, au comble du malaise lorsqu'il s'agissait de ses propres amis.

Il se demandait, aujourd'hui que le clan nageait dans l'opulence, de quelle façon le vieux Steve, son grand-père, avait pu amasser le premier noyau de cette gigantesque fortune. Un journal d'opposition — d'opposition aux Baltimore — avait écrit qu'elle avait des origines douteuses, une certaine odeur d'armes et d'alcool de contrebande. Le patriarche, qui était alors en pleine forme, avait simplement acheté le journal la semaine suivante, son siège social, sa rédaction, son imprimerie et ses machines. Ensuite, il avait licencié massivement la totalité du personnel, sauf l'auteur de l'article qu'il avait voulu, par sadisme, garder sous la main. De rédacteur en chef, il l'avait rétrogradé au service des informations générales, tout en lui accordant de nombreux prêts d'argent.

Quand il l'avait senti à sa merci totale, il l'avait relégué au secrétariat de rédaction, puis muté dans un vague service de publicité avant de le flanquer à la porte sous prétexte qu'il buvait. Entre-temps, Steve Baltimore I avait fait pression sur ses relations pour que nul ne l'engage. Privé de travail, le journaliste n'avait pu rembourser les dettes qu'il avait contractées. Alors, avec regret certes, mais dans un but naturel de simple morale, Steve Baltimore I avait porté plainte et on avait jeté le type en prison. Scott n'était pas toujours d'accord avec ces méthodes, mais en secret, il ne pouvait s'empêcher d'en admirer l'efficacité. Par ailleurs, on ne lui demandait pas son avis. Quand, à vingt-cinq ans, il avait été élu député à coups de millions, son père lui avait dit :

— Le truc, en politique, c'est de ne pas avoir la gueule d'un politicien.

Scott s'y était appliqué, comme il s'appliquait à tout ce qu'il entreprenait ; au demeurant, la nature l'y avait bien aidé. Son physique d'étudiant sain et costaud, au sourire franc, presque naïf, forçait d'emblée les sympathies, celle des hommes parce qu'il semblait éclater de loyauté, celle des femmes parce qu'il avait toujours l'air un peu perdu, semblant demander de l'aide. Or, à quinze ans déjà, les yeux bleus de Scott ne mettaient qu'une minute à capter, dans l'aride page du *Financial Times*, ce qui était important de ce qui ne l'était pas. Ainsi en avait voulu Virginia, sa mère, qui organisait à l'intention de ses fils des déjeuners où était convié tout le gratin de Washington ayant un poids dans l'économie ou la politique. Avec un sourire enfantin et l'air de s'en excuser, le garçon en culottes courtes donnait pratiquement la leçon aux plus hautes compétences bancaires, jonglant avec les chiffres, se lançant dans des théories éblouissantes sur le profit, sa valeur morale et les moyens de le conserver, une fois acquis. Son père avait dû le freiner :

— Ne montre pas ce que tu sais. Si tu as l'air trop malin, on se méfiera de toi. Fais ce que tu veux, mais laisse aux autres l'impression qu'ils te dictent ta conduite. Tu n'auras jamais le pouvoir si tu n'as pas l'air un peu idiot. Rassure... Rassure...

Alfred Baltimore II lui avait également recommandé, dès son plus jeune âge, de recouvrir ses actions d'une motivation morale, humaine ou charitable :

— Donne toujours l'impression à ceux que tu élimines d'agir pour leur propre bien. Si tu mets un collaborateur à la porte, dis-lui que son talent dépasse les capacités de ton entreprise. Quand tu auras acculé une affaire concurrente à la faillite, reprends-la en main sous prétexte que tu ne peux laisser son personnel en chômage.

Scott trouvait épatant que l'on puisse être aussi malin. D'autant qu'il ne voyait dans ces opérations que le côté ludique, comme s'il avait joué au Monopoly. Mais, qui joue pour perdre ? A l'époque, il voulait être écrivain. C'était à peu près le seul enfantillage que l'on tolérât de lui, sans qu'il en fût jamais fait le moindre commentaire. Virginia et Alfred estimaient qu'un garçon aussi brillant pouvait bien avoir une faille. Lorsqu'il serait président de la Fédération, aux alentours des années 1961, il pourrait toujours rédiger ses discours, si la littérature le tentait encore et si sa fonction lui en laissait le loisir. Son mandat le conduirait jusqu'en 1969. Après quoi, Peter le relèverait à la présidence de 1969 à 1977, et le plus jeune des trois frères, Stephan, assumerait ensuite le pouvoir de 1977 à 1985. Ce qui laissait amplement le temps de préparer Christopher, le quatrième garçon, à des tâches plus importantes encore puisque, d'ici là, les nationalismes céderaient le pas à une organisation centrale mondiale que Christopher Baltimore III serait tout désigné pour diriger, à l'aube du XXIe siècle. Après, on verrait...

Alfred, qui s'accordait en toute objectivité une centaine de vies, ne désespérait pas de voir un jour les enfants de ses propres enfants prendre en main les destinées de la planète Terre.

Scott regarda sa montre. Il eut peur d'être en retard et demanda au chauffeur d'accélérer. Sa mère, malgré l'adoration qu'il lui vouait, le terrifiait toujours un peu. Elle avait parfois une façon de le regarder qui le mettait dans ses petits souliers, lui faisant sentir que, quel que soit son destin et ses pouvoirs, il aurait toujours six ans pour elle au moment où elle désirerait qu'il les ait. Comment allait-elle accueillir la nouvelle ? Ses sentiments catholiques fanatiques s'accommoderaient-ils d'un mariage avec une fille de la meilleure société, certes, mais un peu trop jolie, un peu trop lancée dans le monde ?

Scott lui-même était parfois dérouté par la façon d'agir de Peggy. Bien sûr, c'est lui qui avait commis une première erreur en lui posant un lapin involontaire. Au lendemain de leur rencontre, il n'avait pu se rendre au rendez-vous qu'il lui avait fixé. Les électeurs à ménager, les mémères de Jefferson-City à séduire, les édiles du Missouri à convaincre et sa propre équipe, exténuée, qui le suppliait de rester un jour de plus dans ce fief important. Le cirque habituel, quoi... Malgré la fièvre et l'agitation, il avait essayé de faire appeler par une secrétaire le restaurant où ils devaient se retrouver, le *Barbetta*. Mais la fille n'avait pu obtenir la communication avec New York. En tout cas, c'est ce qu'elle avait prétendu en se remettant du vernis à ongles. Il était près de 11 heures du soir, il n'avait pas encore dîné, il avait renoncé. Néanmoins, deux mois plus tard, il avait eu la surprise de lire dans le *Bazaar's* l'article qu'elle devait lui consacrer.

Comment avait-elle fait pour serrer la vérité d'aussi près sans avoir réellement eu le temps de le connaître ? Le papier n'était pour lui ni bon ni mauvais, teinté d'ironie de temps en temps, sans plus. Il lui avait envoyé un mot pour la remercier, mais n'avait jamais reçu de réponse.

Six mois s'étaient écoulés sans qu'il la revît. Jusqu'au soir où ils se retrouvèrent nez à nez à Washington, chez les Feydin. John Feydin était un bon copain de Scott. Chroniqueur politique au *Herald*, il avait le don de précéder par ses écrits l'événement de la semaine. Ses parents et ceux de Scott avaient des résidences voisines en Floride où les deux jeunes garçons s'étaient connus et liés d'amitié. Depuis, John avait épousé Monica, une marieuse furieuse dont le passe-temps favori était d'organiser chez elle des rencontres destinées à s'épanouir dans le conjugo.

Bien entendu, Monica et John, au courant de leur brève rencontre, avaient souvent parlé de Peggy à Scott, et de Scott à Peggy sans que l'un ou l'autre eût l'air particulièrement intéressé. Peggy passait ses soirées avec des masses de députés, de ministres ou de chefs d'Etat. Quant à Scott, les filles de la Society américaine se battaient pour avoir un flirt avec lui. A ce niveau-là, aucun des deux ne risquait d'être impressionné par les relations ou la personnalité de l'autre.

Le soir du dîner, les retrouvailles furent très froides, à peine polies du côté de Peggy qui snobait Scott avec grâce. Vexé, celui-ci se lança dans une éblouissante démonstration politique, dont Peggy, au grand désespoir de Monica, n'écouta pas un mot, accaparée par deux jolis cœurs dont les confidences chuchotées la faisaient pouffer de rire. Quand il fut l'heure de partir, Monica eut un regain d'espoir en voyant Scott glisser une phrase à l'oreille de Peggy. Le cœur battant, estimant que tout n'était peut-être pas perdu, elle vit Peggy lui répondre. Effectivement, Scott avait murmuré :

— Le soir où je devais vous retrouver, j'ai été bloqué à Jefferson City. Je vous ai fait téléphoner...

— Vraiment ?

— Oui ! Votre article était épatant ! Je vous dois une revanche.

— Ça consiste en quoi ?

— Un verre. Ailleurs. Tout de suite, maintenant ! D'accord ? On les laisse tomber ?

Peggy hésita brièvement :

— D'accord. Rejoignez-moi à ma voiture, une Lincoln noire.

Ce qu'avait fait Scott dix minutes plus tard, pour qu'on ne les voie pas sortir ensemble. Malheureusement, Peggy n'y était pas seule. A ses côtés, il y avait un jeune homme qui lui tenait les mains et riait avec elle. C'était — Scott devait l'apprendre plus tard — un ami qui avait reconnu la voiture de la jeune fille et s'y était installé pour lui faire une surprise. Refroidi, Scott avait tourné les talons, sans que Peggy, qui l'avait pourtant aperçu, eût fait quoi que ce soit pour le retenir.

Ils ne se revirent qu'un an plus tard, invités dans la même maison par Monica qui n'avait pas renoncé à son projet. Cette fois, la situation fut inversée. Peggy, qui n'avait pas oublié Scott, écouta avec attention ce qu'il racontait, frappée par l'ambition qui se dégageait du jeune homme.

Scott s'apprêtait alors à jeter toutes ses forces dans la bataille qui allait l'opposer à l'un des plus vieux conservateurs de la Nouvelle-Angleterre. Pour simplifier les choses, il avait eu l'idée de ne solliciter l'investiture d'aucun parti politique, mais d'en créer un lui-même, les Novateurs, dont tout naturellement il avait pris la tête. Son talent d'orateur et la fortune des Baltimore avaient fait le reste. Bien sûr, on n'aurait pas parié sur les chances qu'il avait de détrôner le vieux Palmer de son siège, mais Scott estimait que son rôle d'outsider pouvait créer la surprise. A la fin du dîner, Peggy s'approcha de lui :

— J'estime que je vous dois une explication pour la façon dont nous nous sommes quittés la dernière fois.

Souriant et sûr de lui, Scott rétorqua :

— Disraeli a dit : « N'expliquez jamais. »

— Je ne suis pas Disraeli et je prendrais bien le verre que

284

vous vouliez m'offrir il y a un an. Si votre proposition tient toujours, je vous attends dans ma voiture.

— Je vous rejoins.

Il n'y alla pas. Ou plutôt, il y alla trop tard. Pris à partie par l'un des invités, il développa à nouveau le seul sujet qui le passionnait dans l'instant : comment prendre le pouvoir. Dehors Peggy écumait. Au bout d'une demi-heure, folle de rage et d'humiliation, elle embraya et démarra en trombe.

Quand Scott prit congé des Feydin au bout d'une heure, il chercha en vain la voiture de la jeune femme. Ne la voyant pas, il retourna chez ses amis pour leur demander son numéro de téléphone. Il le mit dans une poche, l'oublia et fut incapable de le retrouver lorsque, huit jours après, il voulut l'appeler pour s'excuser. Quand il obtint enfin son numéro, on lui répondit que Peggy était en Europe et ne rentrerait pas avant deux semaines. Il ouvrit son agenda, compta deux semaines à partir du jour où il se trouvait, et écrivit, de son écriture large : « Tel. Peggy Nash-Belmont. » Malgré l'intensité de sa campagne, un rendez-vous avec elle lui paraissait brusquement important.

Lorsqu'elle revint, ils se revirent, mais d'une façon cahotique, espacée, ne sachant jamais, jusqu'à la dernière seconde, si leur rencontre ne serait pas annulée par elle ou par lui. Il aimait son front têtu, son réalisme, ses cheveux noirs et ses reparties foudroyantes. Elle aimait qu'il la néglige pour sa carrière — ce qui était de bon augure pour l'avenir, comment ne pas y penser ? — sa distraction permanente pour tout ce qui ne concernait pas le présent immédiat, le bleu céruléen de ses yeux, et la façon qu'il avait de trancher un monologue alors qu'il paraissait ne rien en avoir entendu. Il avait le sens de l'économie, mais pas celui de l'argent, ayant eu la chance de n'avoir jamais eu à se pencher sur ce problème. Aussi, bien souvent, c'était elle qui payait l'addition des bistrots où ils se rencontraient, lui entre deux réunions, elle entre deux essayages, quand il retournait ses poches d'un air piteux avec un sourire désarmant.

La première fois où ils dansèrent, Scott s'aperçut avec un étonnement réel qu'il ne pensait pas à la politique. Le corps de Peggy, rivé au sien, lui rappela des exigences dont il avait oublié la violence. Elle dut avoir la même idée au même moment. Il n'y eut entre eux qu'un long regard, et un silence total. Peggy le prit par la main, l'emmena hors de la salle, le fit grimper dans sa voiture dont elle lui donna le volant.

Sans hésiter, Scott prit la direction de Park Avenue où elle avait son penthouse. Pendant le trajet, il sentit, à deux reprises, ses longues griffes racler doucement sa cuisse, à travers le tissu de son pantalon. Toujours sans un mot, ils pénétrèrent dans l'appartement et échangèrent le plus long baiser de l'histoire de tous les baisers. Peggy dégrafa sa robe — un long truc vaporeux en mousseline d'un vert tendre —, prit les mains de Scott et les posa sur ses seins. Il ne chercha même pas où était le lit, il la jeta presque par terre.

Deux heures plus tard, il relâcha son étreinte et resta étendu sur le dos, elle à ses côtés. Pas un mot n'avait encore été prononcé depuis qu'ils avaient quitté le bal. Leurs regards se croisèrent. Scott eut d'abord un sourire, auquel elle répondit. Puis, il se mit à rire vraiment, mais en silence, comme s'il se retenait. Peggy en fit autant. Alors, Scott ne se domina plus. Il fut secoué par un rire énorme, irrépressible, le rire d'un homme puissant quand l'amour a été une réussite totale. Peggy se tordit avec lui, hurlant, s'étouffant, les yeux pleins de larmes. Quand ils se calmèrent, Peggy voulut ouvrir la bouche. Scott l'en empêcha en lui posant un doigt sur les lèvres :

— Chut !... Le premier qui parle dit une bêtise.

— C'est fait, Scott... Tu l'as dite !

Ils se sentirent emportés par une nouvelle vague de fou rire. Longtemps après, Scott demanda :

— Qu'est-ce que tu voulais me dire ?

— On a dû nous entendre jusqu'à Manhattan !...

Voilà, c'était comme ça que tout avait commencé. Scott voulait épouser Peggy, et Peggy rêvait d'être mariée à Scott. Elle semblait tout comprendre. Parfois, il arrivait à Scott de l'appeler du bar d'un bled perdu où il faisait sa campagne, pour lui donner rendez-vous, huit jours plus tard, pour une heure, quelque part à Washington. Elle y venait, ne pleurnichant pas lorsque le moment était venu de se quitter, entre deux avions, entre deux gares.

Paradoxalement, Peggy, qui avait tout supporté de la part d'un garçon ambitieux, commença à ne plus laisser passer grand-chose au jeune homme dont les rêves se concrétisaient. Elle se montra exigeante, mit en parallèle sa carrière de journaliste — dont le succès était réel — avec les efforts fournis par Scott pour aller plus haut. D'amants, ils devinrent rivaux, malgré les efforts de Scott pour la garder le plus souvent possible auprès de lui. Seulement, elle n'était plus disponible, prête à annuler n'importe quel rendez-vous pour passer quelques instants en sa compagnie après avoir traversé l'Amérique. De son côté, pris dans une espèce de tourbillon furieux qui le rendait esclave de son pouvoir naissant, il ne pouvait que constater ce début de faillite, sans avoir le temps ou les moyens de l'endiguer. Un jour qu'il était resté six semaines sans la voir, il apprit par la radio qu'elle venait de se fiancer à Tony Fairlane, un fils à papa qui avait hérité de sa famille une prodigieuse collection d'impressionnistes. On le disait aussi bête que beau, aussi vaniteux que riche.

Scott, qui connaissait bien sa Peggy, en déduisit qu'elle s'était vengée de lui. De cette rupture dataient ses plus grands succès politiques. Il s'était jeté à corps perdu dans la bataille, ralliant par sa fougue et ses idées des dizaines de milliers d'adhérents à son parti. Qu'aurait-il pu faire d'autre ? Quand il avait une minute, il culbutait dans un bureau une putain recrutée par l'un de ses secrétaires, pour l'hygiène. Malgré la cour de femmes qui l'entourait, il ne voulait à aucun prix créer de nouveaux liens qui pussent devenir pour lui une entrave ou une possible blessure. Par la chronique mondaine, il était au courant des déplacements et villégiatures de Peggy, il apprenait par des confidences le nom des amants qu'on lui prêtait. Il n'en croyait pas un mot, il n'était pas possible qu'elle voulût mettre cette distance entre elle et lui. Après tout ce qui s'était passé entre eux, comment concevoir qu'un autre, aussi bien que lui, pût la faire vibrer ? Désormais, il ne la laisserait plus partir ! Jamais ! Il réussirait ou il échouerait, mais avec elle...

— Monsieur, nous sommes arrivés.

Scott redescendit sur terre. Le chauffeur venait d'arrêter sa voiture devant la résidence de Mme Mère.

— Est-ce que Monsieur en aura pour longtemps ?

Scott le regarda pensivement : combien de temps faut-il à un fils pour annoncer à une mère puritaine, pétrie de principes, qu'il va épouser dans les trois mois une femme d'une autre planète, à l'instant où les plus hautes ambitions politiques lui sont permises, si ce mariage ne les brise pas ? Il eut un long sourire qui eut l'air d'étonner le chauffeur. Scott voulut le rassurer :

— Ne vous en faites pas, vieux ! J'ai un dilemme à la duc de Windsor...

Et il ajouta :

— Je serai là au plus tard dans un quart d'heure.

14

Le Grec n'a pas voulu utiliser son chauffeur. Il a pris un taxi. Il est un peu gêné. Une grande cape cache en partie sa tenue de pirate et le tricorne qu'il tient sous son bras. Dans une poche, il a placé un bandeau noir qu'il se mettra sur l'œil en arrivant chez les Bambilt, le temps de faire son entrée. Il ne se doute pas que cette divorce-partie, apparemment anodine, va bouleverser sa vie par à-coups successifs, sur plusieurs plans.

Ainsi se déroule l'histoire, celle que les hommes croient faire : d'une masse de possibles se dégage soudain une série de hasards qui va donner naissance à une ligne d'événements dont l'ordonnance n'apparaît qu'après coup, quand on les replace dans la logique évidente de leur chronologie. Pourtant, à l'instant précis où elle s'inscrit dans la réalité, l'histoire, comme une vieille folle ivre, peut basculer en tous sens — ou ne pas basculer du tout — dans les combinaisons infinies que lui fournissent ces hasards, liés aux choix fragiles des hommes, eux-mêmes assujettis aux hasards de leurs désirs.

Pour le moment, le Grec ne sait pas vers quoi il avance. Il est à mille lieues de ces considérations métaphysiques. Anonyme et plutôt maussade, il est assis à l'arrière d'un taxi qui se dirige vers Central Park. Par-dessus la banquette du siège avant, il regarde d'un air distrait la plaque d'immatriculation de son chauffeur. Il y lit « Israël Kafka ». Des questions lui viennent aux lèvres. Il renonce à les poser. Aura-t-il assez de cran pour attaquer la Menelas qui l'intimide un peu ? Du haut de leur Olympe, les dieux grecs, ses maîtres, sourient d'un désarroi aussi puéril.

Le taxi se fraie difficilement passage dans la circulation dense de Broadway. Enervé, Israël Kafka bloque son avertisseur de la

288

main gauche. Malgré le vacarme, il se retourne vers Satrapoulos et le prend à témoin. Dans un argot épouvantable :

— Non, mais regardez-les ! Vous pouvez me dire ce qu'ils foutent à cette heure-ci dans leurs charrettes, tous ces cons ?

Comme le Grec n'en a aucune idée, il hausse les épaules et ne répond rien. Soudain, il aperçoit l'immeuble haut de soixante étages de la B.L.O., la Bambilt Limited Oil. Toutes les fenêtres en sont illuminées de bas en haut, il est 10 heures du soir. Nerveusement, le Grec triture son bandeau dans sa poche.

— Arrêtez-moi là-bas.

La fête va commencer.

Il y avait tellement de fleurs dans l'appartement de Gus Bambilt qu'il était impossible d'en discerner la couleur des murs. Les roses thé grimpaient à l'assaut des montants des baies vitrées, des orchidées étaient posées à même le sol dans des assiettes japonaises, les taches vives des tulipes et des lis éclataient partout, citron, rouge cadmium, noir de pêche, violet satiné, blanc, parme, orange.

Big Gus avait tenu à ce que son domicile privé fût le symbole et le couronnement de sa réussite. Dans le building qui lui appartenait, il s'était tout simplement réservé les trois derniers étages, le 58e, le 59e et le 60e. Quant au toit proprement dit, Big Gus disait pudiquement qu'il était aménagé en jardin suspendu, alors qu'une véritable forêt le recouvrait, encerclant en son centre une piscine de trente mètres de long avec plongeoir de compétition. L'eau, toujours à 25°, laissait apercevoir en transparence des mosaïques importées d'Italie dont certains motifs reproduisaient des fresques de Ravenne datant du VIe siècle. L'hiver, un immense dôme en plexiglas formait un toit qui accentuait l'impression de nager en plein ciel.

A travers les trouées de cyprès bleus, de pins d'Oregon et d'eucalyptus, la vue s'ouvrait à l'infini sur l'espace. Quand on s'approchait des parapets, on pouvait, en penchant la tête, voir à des profondeurs vertigineuses les sycomores de Central Park et le panorama inouï de la ville de New York, beau à couper le souffle, noyé le jour d'une brume bleutée, piqueté la nuit par une multitude de lumières parsemant les halos arc-en-ciel nimbant les milliers d'enseignes au néon.

Quand Gus était ivre, il lui arrivait de piquer une tête dans sa piscine et d'imaginer la ruche de ses trois mille employés travaillant au-dessous de lui.

ur son divorce, il avait eu l'idée — soufflée par Nut bien
u — de décorer chacun des trois étages de son penthouse sur
ple thème qu'il avait choisi : la mer (sa fortune lui venait de
es pétrolifères effectués au large des côtes de l'Alaska), l'argent,
dont il avait fait une fin en soi, et l'amour, qu'il se vantait volontiers
d'avoir eu pour seul maître au cours de sa vie. Des mots : il
était esclave du dollar, totalement asservi et exploité par les différentes femmes qu'il avait épousées — ou plutôt, qui l'avaient épousé —
et, n'ayant pas le pied marin, il ne voyageait qu'en train ou en
avion.

Au premier niveau donc, il avait fait tapisser les murs d'aquariums
immenses peuplés par tous les spécimens vivants de la flore sous-
marine. Les parois du second disparaissaient sous des collages et des
reproductions grandeur nature de billets de cent dollars en couleurs
réelles. Au troisième, une multitude de gravures légères étaient supposées
représenter l'amour. Seule toile authentique, un superbe Fragonard
décrivant avec complaisance une dame à moitié nue jouant dans les
draps de son lit avec un chien qui semblait la prendre d'assaut. Par
ailleurs, Big Gus n'avait pas résisté à cette trouvaille d'un goût douteux :
sur un panneau, il avait accroché les photos de ses onze épouses
précédentes, la douzième étant Nut, le treizième emplacement étant
occupé par un cadre vide contenant un point d'interrogation. Nut
avait insisté pour qu'il ne fît pas cet étalage ridicule, mais il s'y
était refusé, lui proposant en compensation une cimaise équivalente
où auraient figuré, lui compris, les trois précédents maris de sa
femme. Renonçant à le convaincre, elle avait même accepté l'idée
de la petite surprise qu'il réservait à leurs invités, et qui ne pouvait
pourtant que les mettre dans l'embarras. Enfin, l'alcool aidant, on
verrait bien...

On accédait au 58e étage par deux ascenseurs dont la rapidité
vous pinçait le cœur. Sur le palier, un dais de velours rouge sous
lequel se tenait une double haie de valets en perruque Louis XIV,
chamarrés, rutilants, levant haut leurs torches. A peine entré dans le
hall du premier niveau, on était agressé par la rumeur familière
de douzaines de personnes jacassant pour se faire entendre, sans
qu'aucune prît la peine d'écouter ce que pouvaient bien dire les
autres.

Tous les invités arrivaient drapés dans des capes sombres serrées
autour du cou, qui les faisaient ressembler à des bouteilles d'encre.
Dès que l'un d'eux ôtait la sienne, c'étaient des cris de joie ou
d'étonnement selon le déguisement choisi. Des vieillards millionnaires
s'étaient fait la tête de petits mousses, col claudine et bonnet à
pompon de la marine française, des amiraux s'étaient vêtus en soutiers ;
une blonde corpulente — les aciéries Finkin — avait une espèce

de coiffure évoquant la façade de la Bourse de New York, d'autres, éminemment respectables et dames d'œuvres ou patronnesses, avaient assouvi l'universel phantasme de la putain en se déguisant, avec une avidité suspecte, en prostituées 1900, en salopes de saloon, en call-girls — l'une d'elles portait pour toute parure un unique morceau d'étoffe mentionnant son numéro de téléphone.

Un observateur psychologue n'aurait pas manqué de repérer immédiatement dans les différentes tenues des nouveaux arrivants, non pas ce qu'étaient ou représentaient ceux qui les avaient revêtues, mais ce qu'ils auraient souhaité être. Seulement, aucune psychologie n'était possible : dès son entrée, tout invité mâle ou femelle devait ingurgiter la valeur d'une demi-bouteille de champagne rosé. Après quoi, il avait droit aux félicitations chaleureuses de la maîtresse de maison pour une nuit encore.

Lindy Nut s'était surpassée. Jusqu'à présent, aucun de ses hôtes ne l'avait éclipsée pour une raison bien simple : la robe qui la déshabillait était inimitable, unique. Sur un voile transparent d'un bleu profond, presque aussi échancré à l'avant que dans le dos, une guirlande de pièces d'or authentiques, mais évidées à l'intérieur pour qu'elle ne croule pas sous le poids de la parure. Sur ses cheveux tirés en arrière, ce qui mettait en valeur ses yeux immenses, une tiare en or supportant six diamants seulement, mais de vingt carats chacun, sauf celui du centre qui devait bien en peser trente. A chacun de ses mouvements — à son propos, on pouvait parler d'ondulations — sa robe d'or frémissait comme les vagues de la mer, épousant son corps parfait, en caressant les courbes.

Dès que les invités lui avaient fait compliment — Big Gus se joignait à eux par une formule qu'il venait de mettre au point : « Quand je la vois aussi belle, je me demande pourquoi je divorce ! » — ils étaient lâchés dans la nature et jouaient à se reconnaître, à faire semblant de ne pas se reconnaître, à feindre de ne s'être jamais connus, montant ou descendant les escaliers encombrés par la foule que des maîtres d'hôtel emperruqués et en nage s'efforçaient de fendre, plateaux tendus en boucliers devant leur corps, comme une proue. Ceux qui montaient bloquaient ceux qui descendaient, ceux qui voulaient parler étaient séparés, des chiffres fusaient, des tuyaux de Bourse se murmuraient et des noms se hurlaient quand on avait percé à jour un déguisement, liés à la politique, à la finance, à la jet-society.

A chaque étage, les femmes prenaient d'assaut l'une des cinq salles de bains pour aller se refaire une tête, une beauté, un raccord, tandis qu'aux niveaux inférieurs, les hommes jetaient des regards sournois ou égrillards au-dessus d'eux, fascinés par cette volière vue sous l'angle qui les intéressait le plus, par-dessous.

Il était un peu plus de 10 heures, la soirée n'était même pas

291

encore commencée. Sur les terrasses régnait une chaleur molle et humide dans laquelle venaient mourir et se fondre les effluves frais de l'air conditionné. Il y eut un hurlement de joie dans l'entrée principale du premier étage : un grand ami de Gus, Erwin Ewards, l'un des plus puissants banquiers américains, venait d'arriver costumé en crabe. Ce n'étaient pas seulement sa carapace ni les énormes pinces qu'il avait au bout des bras qui faisaient crier les invités, mais le fait qu'il réussissait une magnifique entrée en marchant à reculons, butant sur tous ceux qu'il ne pouvait voir pendant qu'il engloutissait sa bouteille de champagne. Quand il l'eut finie, il la jeta au sol où elle se brisa dans une salve d'applaudissements.

Big Gus, hilare, se tapait sur les cuisses. Il n'avait pas encore assez bu lui-même pour ne pas se rendre compte que sa soirée démarrait en trombe.

Malgré son sabre et son accoutrement guerrier, le Grec eut soudain la sensation d'être tout nu : il avait oublié son argent.

Il ne s'agissait pas de son carnet de chèques — à partir d'un certain niveau de fortune, le chéquier devient une abstraction parmi les abstractions — mais de la liasse qui ne le quittait jamais. A ses yeux, l'argent devait fatalement s'incarner dans les symboles qui le supportent, réalités palpables, concrètes, pesant un poids, occupant un volume, faites d'une matière bien définie, métal de l'or, pierre des diamants, papier de soie des billets de banque. Au moment où il descendait du taxi, il avait porté la main à la poche droite de son pantalon, geste obsessionnel exécuté cent fois par jour pour la seule volupté sensuelle de sentir crisser sous ses doigts les liasses qui s'y trouvaient en permanence. Et là, rien... Comment une chose pareille pouvait-elle lui arriver, à lui ? Un des valets d'accueil, voyant son embarras, se précipita pour régler la course avant qu'il ait pu s'interposer. Au lieu de le remercier, il le foudroya du regard — imité en cela par Israël Kafka qui n'avait pas dû recevoir de pourboire.

Confus, furieux, Satrapoulos s'engouffra dans le monumental hall d'entrée où piétinaient une grappe d'invités dont le déguisement l'empêcha de les reconnaître. Sous leurs regards, il se sentit deviné, traqué. C'était horrible. Un instant, il dut dominer l'irrépressible désir de retourner au *Pierre*. Contrairement à d'autres seigneurs de moindre importance, qui se font une gloire de n'avoir jamais un sou sur eux — il les soupçonnait avec une pointe de mépris de n'en avoir

292

pas davantage dans leur coffre — le Grec s'arrangeait toujours, même en maillot de bain, pour avoir contre la peau deux mille dollars au moins, plaqués sur sa hanche dans un étui de cellophane. Dans le monde entier, son visage et son nom lui servaient de passeport et personne n'aurait manqué de tact au point de lui présenter une facture. Seulement, on ne sait jamais... Les fournisseurs faisaient suivre leurs factures au service comptable d'une de ses compagnies locales où elles étaient honorées rubis sur l'ongle.

Tout cela, du folklore. Ce qu'il lui fallait, ce qui l'excitait, c'était le contact délicieux du papier monnaie. Chaque fois qu'il avait une rude partie à jouer, en amour ou en affaires, il se bourrait les poches, puisant des forces nouvelles en caressant ses livres, ses marks ou ses dollars dans le secret de ses vêtements.

L'ascenseur arrivait : ce fut plus fort que lui, il ne le prit pas. Il tourna les talons et se dirigea au hasard dans l'immense couloir du rez-de-chaussée illuminé *a giorno*, jusqu'à ce qu'il trouve une porte marquée *Men*. Il s'engouffra dans les toilettes vides, s'enferma dans un cabinet. Fiévreusement, il ouvrit la petite boîte métallique au-dessus de la cuvette, s'empara d'une liasse de papier hygiénique et l'enfouit dans son pantalon, poche droite. Il tira la chasse d'eau, se composa un visage nonchalant et digne et sortit.

Machinalement, il plongea la main dans sa poche et fut rasséréné par l'épaisseur rassurante de la liasse. C'était idiot, il le savait. Et après ? Il fut à nouveau devant l'ascenseur. Subrepticement, il tâta sous sa cape le chéquier contre son cœur, la « liasse » sur sa cuisse. Maintenant, il était prêt à affronter le monde.

Ça, c'était une trouvaille ! Nut prit Amore Dodino par la main et l'exhiba dans l'appartement, provoquant des gloussements de joie parmi ses invités : Dodino s'était déguisé en Elsa Maxwell ! Comme tous les gens redoutés et puissants, la célèbre chroniqueuse américaine était vomie à tour de rôle par tous ceux dont elle faisait rire à leurs dépens, bien qu'ils ne pussent se passer d'elle dans leurs dîners — à New York, il y avait les soirées *in,* avec Elsa, et les autres.

En bon homosexuel, Amore avait le génie de la contrefaçon. Plus qu'une caricature, sa composition atteignait au portrait de genre. N'importe qui pouvait se barder de coussinets pour alourdir et épaissir son corps, mais nul mieux que lui n'aurait été capable de rendre cette démarche lourde et gauche de phoque essoufflé, cette silhouette comme déchirée par le poids qu'elle portait à l'arrière, et celui, à l'avant, de la volumineuse masse avachie, ventrale et mammaire. Tout y était, d'une façon hallucinante, les bajoues tremblotantes, l'œil charbonneux et lourd, la lippe méprisante, le chapeau délirant, fleurs et fruits sur fond de feuilles d'automne.

Plusieurs personnes battirent des mains, ravies de rire à si bon compte de celle qu'elles redoutaient tant. Dodino, quand il s'inclinait devant un invité, commençait sa phrase par : « Hier soir, chez les Windsor, la duchesse... », la continuant, en parfait *name dropper,* par des noms d'altesses royales assaisonnés à une sauce d'anecdotes insolentes et très relevées de son invention. Dodino était aux anges, être enfin quelqu'un d'autre le ravissait.

Loin de l'endroit où il se trouvait, dans l'entrée, il y eut soudain de véritables hurlements de bonheur bizarrement étouffés : qui donc pouvait bien lui voler la vedette ? Déjà, Nut l'avait lâché, se précipitant à la rencontre du nouveau venu. Dodino aperçut vaguement une chose diaphane, transparente, gélatineuse, avec des reflets mauves, devant laquelle les gens s'écartaient. Un spectacle monstrueux. Son horreur atteignit son comble quand il reconnut Elsa Maxwell, la vraie, déguisée en méduse. La commère s'avançait, rayonnante de faire aussi peur, de provoquer un tel remous. En arrivant devant Amore, elle pointa le doigt sur lui et s'esclaffa :

— Qui êtes-vous ?

Dodino ouvrit grand les bras :

— Elsa, c'est Amore ! C'est Dodino !

— Amore ! rugit-elle.

Elle se précipita sur lui fougueusement. Pour ne pas l'entendre, Dodino lui coupa la parole :

— Elsa ! Ma chérie ! Tu es divine ! Merveilleux ! Tellement original !

Se demandant avec crainte si elle allait l'embrasser ou l'étrangler. Ce fut plus simple : Elsa ne se reconnut absolument pas. Elle le serra avec force sur sa carapace translucide, qui en craqua :

— Amore ? Vas-tu m'expliquer en quoi tu es déguisé ? C'est tout simplement génial !

— En vieille baleine, chérie !

— Fabuleux !... Fabuleux !...

Elle lui prit affectueusement le bras et l'entraîna :

— Viens ! Ce champagne m'a donné soif. Emmène-moi prendre un verre !

Des invités se demandèrent anxieusement si elle était idiote ou si elle le faisait exprès, mais non, elle était naturelle. D'ailleurs, on en eut confirmation le lendemain en lisant sa colonne reproduite dans des centaines de journaux. Après un récit flatteur de la soirée, elle se terminait ainsi :

294

Malgré le drame épouvantable qui a endeuillé cette superbe fête, la nuit des Bambilt, sur un plan purement mondain, a été la plus brillante et la plus réussie de la saison.

— Oh Gus ! Non !...

Peggy contempla encore Gus Bambilt et s'écria encore, en riant :

— Non !... Pourquoi ?

Big Gus se dandinait, enchanté, un bonheur enfantin peint sur son visage empourpré par l'alcool et l'excitation. D'un air comique, il tira sur les pans de sa tenue de galérien, toile de jute grise à grandes rayures noires :

— Peggy, ma vie est un enfer !

Il fit une pirouette maladroite pour qu'on l'admirât sous tous les angles. Il arracha la bouteille de champagne au valet qui la tendait à Peggy :

— Avant tout, buvez ! Pour chasser les soucis et la mélancolie !

Au goulot, Peggy avala quelques gorgées et jeta la bouteille par-dessus son épaule, à la russe :

— A votre divorce !

Coquette, elle attendit que Gus lui en fît la demande pour retirer la cape qui cachait son déguisement.

— Alors, interrogea Bambilt, l'amour, la mer ou l'argent ?

— La mer.

Le vêtement glissa de ses épaules et elle apparut dans un splendide costume de dompteuse de cirque. Il y eut des regards interrogateurs. Elle sourit d'aise :

— Pourquoi pas ? Je suis dompteuse de sirènes.

Les invités rugirent de satisfaction. La porte des deux ascenseurs s'ouvrit simultanément, une fournée de nouveaux venus en jaillit, volant à Peggy l'effet de surprise qu'elle venait de provoquer. Entre autres, de l'ascenseur droit sortit la Menelas, du gauche, Irène et Herman Kallenberg.

— Mes amis ! Mes amis ! cria Gus. Vous vous connaissez tous, ou plutôt, j'espère que vous vous reconnaissez tous !

Il y eut des accolades, des baisers sonores sur les joues, bien qu'ils ne fussent pas réellement appliqués contre la peau, de peur de brouiller un maquillage.

— Mais..., demanda Gus à la Menelas... Je ne vois pas M... (Il faillit dire « M. Menelas », se retint à temps malgré son ivresse, hésita néanmoins à prononcer ce nom qui lui semblait grotesque, et finit par l'articuler tout de même). Je ne vois pas M. Gonzales del Salvador...

— Il est puni ! jeta la Menelas, superbe.

— Buvez, buvez tous !

On tendit de nouvelles bouteilles.

— Laissez-moi prendre votre cape...

La Menelas eut un geste de défense. Pour une raison connue d'elle seule, elle avait l'air contrariée, tendue. Elle observa Peggy d'un air venimeux.

— Comment allez-vous ?

— Comment allez-vous ?

Irène apparut en amiral de la guerre de 1914, Kallenberg en Neptune, poussant le réalisme jusqu'à arborer une barbe fleuve et un trident de carton pâte. Gigantesque, hilare, il toisa Gus en face à face, c'est-à-dire sans avoir à baisser la tête, l'autre étant aussi grand que lui. Gus, qui entraînait ses hôtes à boire en buvant le premier, s'écria :

— Je comprends pourquoi on vous appelle Barbe-Bleue !

Il se souvint un peu tard que cette plaisanterie pouvait amuser n'importe qui, sauf Kallenberg lui-même. Pour se racheter :

— Encore une bouteille !

Et zut ! S'il l'avait blessé, tant pis ! Après tout, Kallenberg avait plus besoin de Bambilt que Bambilt de Kallenberg ! Herman baisa la main de la Menelas. Big Gus s'interposa :

— Olympe, votre cape...

Il la lui ôta des épaules. Une seconde, les yeux de la Menelas devinrent plus noirs, mais, malgré sa brève crispation, elle le laissa faire. Catastrophe : elle aussi était en dompteuse ! Son regard croisa celui de Peggy avec une expression de reproche vite muée en défi. En un éclair, Nut, qui venait d'arriver, comprit qu'on frôlait le drame :

— Olympe ! Quelle idée sensationnelle !... Comme vous êtes divine !

La Menelas daigna sourire. Nut enchaîna, essayant de réparer, s'accrochant à cette évidence trop grosse pour qu'on puisse feindre de ne pas l'apercevoir, la forçant pour mieux la désamorcer :

— Deux dompteuses chez moi ! Les fauves n'ont qu'à bien se tenir ! Peggy nous a dit qu'elle voulait dresser les sirènes. Et vous, chérie, qui voulez-vous dompter ?

— Ne vous inquiétez pas, je trouverais bien quelqu'un !

Happé dans un remous, Satrapoulos apparut dans sa tenue de corsaire...

— Olympe ! Connaissez-vous votre compatriote Socrate Satrapoulos ? Ne vous attaquez pas à lui, il est indomptable !

Le Grec s'inclina, ressentant vivement la douleur provoquée par le pommeau de son sabre qui lui entrait dans l'estomac. La Menelas prit sa mimique pour une grimace d'ennui adressée spécialement à sa personne. Elle lui jeta un regard glacial et retira sa main. Eberlué, S.S. prit la mouche à son tour et fit un pas en arrière avec brusquerie. Il fut littéralement enlacé par Irène qui lui boucha les yeux de ses deux mains :

— Qui est-ce ? Qui est-ce ?

— Irène ! Tu seras toujours trahie par ton parfum !

Elle l'embrassa. Il l'admira et rectifia la position :

— Commandant !

— Amiral, s'il te plaît ! Amiral !

Herman ne voulut pas être en reste :

— Ah ! Celui-là ! Il s'y entend pour casser les avancements ! Comment vas-tu ? Tu es superbe !

Peut-être à cause de son bandeau sur l'œil, Socrate le voyait plat, gigantesque mais plat...

— Où est Lena ? Où est ma petite sœur adorée ? glissa perfidement Irène.

Involontairement, Barbe-Bleue vint au secours de S.S. :

— Il n'est pas fou, lui, il laisse sa femme à la maison !

— Tu as mis combien de temps pour faire pousser cette barbe ?

— A peine une minute ! Tiens, regarde !...

Kallenberg tira sur le postiche qui se décolla légèrement de son visage.

— Sacré pirate !

— Sacré dieu !

— Vive les Grecs ! hurla Big Gus. Venez ! Venez !

Il poussa tout son monde à l'intérieur, cramponné au bras de la Menelas qui jetait des coups d'œil irrités à Peggy. Deux dompteuses dans un penthouse de six cents mètres carrés, c'était une de trop !

Raph Dun s'inclina cérémonieusement devant Dodino :

— Mes hommages, chère madame...

Amore, qui était en grande conversation avec la Menelas — il était de ses intimes et avait le droit de l'appeler « Lympia » — toisa le reporter d'un air ironique :

— Tiens... La jeune vierge violée... Des regrets ?

Un peu gêné au souvenir de la scène de la veille, Raph, qui désirait être présenté à la Menelas, chercha une contenance. Il administra une claque dans le dos de Dodino :

— Peux-tu me présenter à la plus grande ?

— Ne te fatigue pas mon biquet, tu n'es pas son genre.

A la Menelas, dans un anglais effroyable :

— Cet homme, il veut que je présente lui à vous.

Olympe eut un sourire lointain et jeta un bref regard à Dun qui était l'un des rares invités à être en smoking (les grands tailleurs font crédit, mais les fripiers exigent d'être payés comptant pour leurs nippes ridicules). Elle poussa la condescendance jusqu'à demander à Dodino :

— En quoi votre ami est-il déguisé ?

— En homme du monde. Vous trouvez ça réussi ?

Dun n'eut pas le temps de répondre. Erwin Ewards, l'homme-crabe, venait de gicler d'un magma humain et se précipitait sur la Menelas, toutes pinces dehors :

— Carissima !... Vous êtes sensationnelle !

— Erwin !... Que c'est drôle !

La dompteuse embrassa le crabe. C'était un crustacé à ménager, conseiller habile en matière de finances, doué d'un flair prodigieux pour les opérations de Bourse. Par ailleurs, sa propre banque assurait les mains de la « panthère » pour une valeur de deux millions de dollars. Parfois, entre deux récitals, Olympe et son mari acceptaient l'hospitalité d'Ewards dans sa fantastique résidence du Cap-d'Antibes, où il ne mettait pratiquement jamais les pieds bien que plusieurs domestiques y fussent à son service à l'année, ce dont ses hôtes profitaient largement en son absence.

— Etes-vous allé en France cette année ?

— Hélas ! non... Les affaires !...

— Et votre si belle propriété ?

— Elle est à votre disposition, quand vous voudrez bien l'honorer de votre présence.

— Vous ne voulez toujours pas me la vendre ?

— Très chère, vous savez bien qu'elle n'est pas à vendre...

A cet instant, il se passa une chose bizarre. La Menelas, tout en parlant, jeta un regard par-dessus son épaule et aperçut le Grec derrière elle, tout oreille. Elle ne put s'empêcher de le trouver petit, plutôt grotesque dans sa tenue d'opérette, et, pourtant, simultanément, ses yeux n'arrivaient pas à quitter les siens, comme si la dompteuse eût été fascinée par un moineau. De son côté, le Grec la regardait fixement avec intensité, conscient de la violence de ce courant inattendu qui les secouait tous les deux. Au bout d'une éternité — deux secondes — où tout fut dit sans qu'un mot fût prononcé, où tout fut promis sans qu'il y eût aucune promesse, où chacun connut tout de l'autre sans l'avoir jamais rencontré, passé, présent et avenir, Satrapoulos, le pre-

mier, revint sur terre. Il s'approcha d'Ewards et lui secoua vigoureusement la pince :

— Tout est à vendre, Erwin... Tout est à vendre...

— Certainement pas ma maison ! gloussa le crabe.

— Votre maison aussi, comme le reste.

— Mais enfin !...

— Voulez-vous faire un pari ?

Le ton du Grec était si sérieux que tout le petit groupe se figea,
le banquier, la pianiste, le journaliste et la pédale. Un peu gêné,
Ewards ricana :

— Vous avez perdu, mon cher Socrate.

— Une seconde. Laissez-moi ma chance. D'accord ?

— Quelle chance ?

— Combien vaut-elle ?

— Mais je vous répète...

— Combien ?

— Puisque vous y tenez... Attendez... Je l'ai payée... Avec les
aménagements que j'y ai faits...

— Combien ?

— Au bas mot, disons... Un million de dollars.

— Voulez-vous me la vendre pour ce prix-là ?

Ewards eut un geste de protestation :

— Mais voyons !...

Le Grec leva une main apaisante.

— Et pour deux millions de dollars, me la vendriez-vous ?

Le banquier était célèbre à New York pour ses dons de calcul
mental associés à un joli talent de poète : entre deux conseils d'administration, il commettait quelques élégies qui faisaient les délices de
ses intimes. Sa propriété lui avait coûté cinq cent mille dollars, on lui
en offrait quatre fois plus, elle valait trois fois moins. En contrepartie,
elle lui rapportait un prestige flatteur. Il n'hésita qu'une seconde, au
diable le prestige ! Mais le Grec était-il sérieux ?... Il minauda :

— Enfin, cher ami... Enfin...

Tout en comprenant à l'expression de Satrapoulos que son
offre ne se prolongerait pas une minute de plus. C'était oui ou non,
tout de suite.

— Alors ? dit le Grec. Oui ou non ?

— Eh bien...

Satrapoulos tira son carnet de chèques. A la Menelas :

— Vous permettez ?

Il tâta ses poches à la recherche de son stylo, ne le trouva pas,
écarta avec agacement la poignée de son sabre. A la cantonade :

— Vous avez un crayon ?

Dun en avait un. Il le lui tendit. Le Grec leva un genou et

s'en servit comme d'une écritoire. Il inscrivit en haut à droite du petit rectangle de papier, en chiffres, « 2 000 000 $ », puis, plus bas, en lettres. Et il signa :

— Erwin, à quel ordre le voulez-vous ?

— Ma foi...

— Tenez, vous l'écrirez vous-même. Le directeur de ma compagnie américaine passera demain chez vous. Donnez-lui l'acte de vente.

Eberlué, le crabe s'empara du chèque du bout de la pince.

— Eh bien, voilà ! Une bonne chose de faite !

Le Grec savourait son triomphe. La Menelas était suspendue à ses gestes et à sa parole. Il tendit la main à Ewards :

— Topez là ! Marché conclu !

— Marché conclu... bredouilla le banquier dont la joie qu'il contenait lui faisait craindre l'imminence d'une attaque.

Enhardi, irrésistible, Socrate se pencha à l'oreille de la Menelas et y alla carrément, en grec :

— Bien entendu, je ne veux pas garder cette maison. Je n'ai pu supporter l'idée qu'il ose vous priver du plaisir de la posséder. Il n'était pas vendeur. Moi, si. Combien m'en offrez-vous ?

La dompteuse était soufflée. Avant qu'elle ait eu le temps de répliquer, S.S. enchaîna dans un sourire :

— Un dollar, ça ira ?...

La Menelas sentit ses jambes se dérober sous son corps. Même Mimi, au temps de sa splendeur... Mimi... Son nom lui était venu aux lèvres et, pourtant, il se trouvait à des millions d'années-lumière...

— Attendez une seconde ! ajouta Socrate. Erwin !

Le banquier se raidit, prêt à défaillir : le Grec avait changé d'idée !

— Dites-moi Erwin... Cette propriété, vous venez bien de me la vendre ?

— Oui..., parvint-il à articuler faiblement en déglutissant... (geste vers Dun et Dodino)... D'ailleurs, ces messieurs en sont les témoins.

— Parfait, j'en prends note. Vous n'oubliez rien ?

— Je...

— Nous avions bien fait un pari ?

— Oui...

— Et vous l'avez perdu.

Ewards se sentit penaud, dépassé.

— Mais... Nous n'en avions pas fixé l'enjeu...

— Ttt... Ttt... Ttt... Vous avez la mémoire courte !

Le Grec fit un clin d'œil à Dun et à Dodino...

— Demandez donc à ces messieurs... Nous avions bien dit un million et demi de dollars n'est-ce pas ?... Ah ! vous voyez ! Eh bien, mon cher Erwin, vous devez donc garder mon chèque mais m'en faire un autre de ce montant ! D'accord ?

Devant le désarroi du banquier qui ne savait si c'était du lard ou du cochon, le Grec éclata de rire et lui envoya une bourrade amicale :

— Sacré vieux crabe !...

Au bord de la syncope, Ewards comprit que Satrapoulos plaisantait. Rien au monde ne pouvait détruire cette évidence : l'affaire était faite, et bien faite.

— Vous voyez bien que tout s'achète !

Et à l'oreille d'Olympe :

— Sauf le génie et la beauté... Si vous le permettez... tout à l'heure... j'aimerais vous parler...

Il eut un signe amical et s'éloignait déjà quand Dun le rappela :

— Excusez-moi... Pouvez-vous me rendre mon stylo ?

Il s'en voulut d'avoir prononcé cette phrase malgré lui, mais il fallait qu'il récupère son bien, un magnifique Parker en or massif offert par une femme du monde, enfin, une ancienne ouvreuse de cinéma devenue femme du monde par son mariage avec un célèbre commissaire-priseur. Depuis qu'il avait prêté la main à Kallenberg pour couler Satrapoulos, Dun fuyait le Grec comme la peste. Il en avait peur. Pendant six ans, il avait réussi à l'éviter, craignant qu'il ne fît un scandale en dédommagement de la soirée de Londres. Maintenant, il était trop tard pour s'esquiver : l'heure de vérité avait sonné.

Le Grec se retourna, tout sourire, et fit deux pas dans sa direction :

— Vous êtes monsieur Dun n'est-ce pas ? Satrapoulos... Nous n'avons pas été présentés, mais je suis un de vos lecteurs assidus. Evidemment, vous ne pouvez pas tous les connaître.

Avec ce sabre et ce chapeau frappé d'une tête de mort, Raph le trouva terrifiant...

— Voilà le stylo qui vous permet d'écrire tant de merveilles...

Il le tendit. Dun se décontracta légèrement :

— Avec votre permission, j'aimerais bien relater la scène que vous venez de nous faire vivre...

— Pourquoi pas, puisqu'elle est vraie ? Tenez, monsieur Dun. J'espère désormais que vous me compterez au nombre de vos amis.

Chaque fois que le Grec trouvait une ordure sur son chemin, ou il l'écrasait, ou il l'achetait. Celle-ci s'était déjà vendue, elle allait se vendre encore.

— Il faudra que vous veniez à l'une de mes croisières.

— Socrate !...

Nut fonçait sur S.S., tintinnabulant de tout l'or qui collait à sa peau. Elle le prit par le bras et l'entraîna vivement.

— Venez ! Je veux absolument que vous fassiez la connaissance de Scott Baltimore... Peggy !... Voici Socrate !

Peggy était accrochée au bras d'un grand jeune homme à l'œil bleu goguenard. A la vue du Grec, il feignit de se protéger du coude comme s'il avait été impressionné par son accoutrement martial. Il tendit la main le premier avec un sourire éblouissant. Il était en smoking.

— Il y a des jours où je regrette d'avoir laissé mes armes au vestiaire !

Socrate sourit à son tour et serra la main tendue. D'emblée, il sut que ce type irait loin, qu'il avait de la race...

— Comment le trouvez-vous ? demanda Nut. Et, à Peggy : Ne le serre pas aussi fort, tu vas le broyer !... Bon ! Amusez-vous, jeunes gens ! Il faut que je retrouve Gus !

Elle disparut dans une houle dorée qui partait de ses talons pour grimper à l'assaut de ses épaules.

— J'ai beaucoup entendu parler de vous..., dit le Grec.

— Pas tant que moi de vous !... Ce n'est pas tous les jours qu'un homme seul met en échec le gouvernement des Etats-Unis d'Amérique au grand complet !

— A propos de gouvernement, je crois que vous l'affolez bien plus que moi...

— Allons donc ! C'est Peggy qui me fait cette détestable réputation !

Le Grec les regarda tous les deux : ils étaient superbes, beaux, jeunes, brillants. Il les admira sincèrement et chassa rapidement une légère pointe d'envie qui le picotait, fugace.

— C'est épouvantable ce qu'on peut être bousculés ! Venez, cherchons un coin tranquille...

Têtue, Peggy n'avait qu'une idée en tête qu'elle poursuivrait jusqu'à son aboutissement : faire en sorte que Scott et Satrapoulos se connaissent mieux, amener le Grec dans le clan de son grand homme, le rallier à sa cause, se débrouiller pour qu'il participe au financement des Novateurs, le persuader qu'il y trouverait son compte... Plus tard... Quand Scott deviendrait ce qu'il devait devenir.

Quant à Satrapoulos, il était ébloui par l'aisance du jeune Baltimore, son naturel, le mélange de sympathie, d'autorité et de magnétisme qui irradiait de toute sa personne. Ce type-là avait l'étoffe dont sont faits les héros, les escrocs de génie, les chefs d'Etat ou les prophètes, au choix, selon les circonstances. En tout cas, tel quel, on était prêt à lui donner sa chemise, à lui prêter sa femme et, bien entendu, n'importe quelle somme d'argent. Le crak sur lequel on investit à fonds théoriquement perdus, et qui rapporte cent fois la mise.

302

— Vous êtes à New York pour affaires ?

— Pas du tout. Je suis venu uniquement pour célébrer la séparation de mes amis Bambilt.

Peggy, d'un air sceptique :

— Oui... Je serais très étonnée qu'il n'y ait pas un marché sous roche. Vous êtes comme Scott, vous ne pouvez jamais vous arrêter.

Le Grec sourit. Peggy triompha :

— Ah ! vous voyez ! J'en étais sûre !... Vous avez vendu ou acheté ?

— Les deux.

— Quoi, dites-moi ?

— Une propriété sur la Riviera française.

— A qui ?

— C'est un secret.

Quand il souhaitait qu'un bruit se propage, le Grec le confiait toujours sous le sceau du secret absolu.

— Et à qui l'avez-vous revendue ?

— Je ne peux pas le dire.

— Cher ?

Scott eut un sourire lointain.

S.S. était ravi de ce questionnaire. D'une voix modeste :

— Je viens de signer un chèque de deux millions de dollars.

— Non ?

— Si.

— Et je parie que vous l'avez revendue le double ?

— Pas tout à fait.

— Dites ! Dites !... Combien ?

Le Grec fit mine d'hésiter pour mieux produire son effet. Comme à regret, il lâcha :

— Un dollar.

Scott et Peggy échangèrent un regard.

— C'est vrai ? interrogea-t-elle en roulant des yeux ronds.

— Parole d'homme.

La dompteuse hurla de rire :

— Oh ! Scott ! Il est fantastique !... Racontez-moi !

— Tout le monde sur le pont ! Tout le monde à la piscine ! Montez tous ! Montez !... Il y a une surprise, des jeux et un gros lot !...

La voix éraillée de Big Gus dominait le tumulte. Il y eut un bref remue-ménage, une espèce de frémissement suivi d'un concert de hurlements joyeux. Les invités prirent d'assaut les escaliers et se ruèrent au troisième niveau, sur le toit. La vision était féerique. Au centre d'une immense surface, l'eau verte et transparente de la piscine illuminée de l'intérieur. Derrière chaque arbre, chaque fleur, un projecteur qui en faisait saillir le relief ou la couleur, et dont le pinceau allait se perdre très haut, dans la nuit de la ville. Big Gus avait grimpé sur un petit podium placé devant un double paravent. Le visage enflammé, colossal, il braqua sur la foule de ses invités deux énormes colts à barillet :

— Que personne ne bouge ! C'est un divorce !

Rires tonitruants, haut perchés, rires de mâles qui ont trop bu, de femmes qui s'excitent.

— Mes amis !...

Gus marqua un temps, saisit une bouteille de scotch et en but au goulot une longue rasade.

— Mes amis !... Trois ans de bonheur ou presque, c'est trop pour un seul homme ou une seule femme... On risque d'en claquer... C'est pour cela que Lindy et moi-même avons décidé de divorcer. Avant qu'il ne soit trop tard !

Retentirent les trois premières mesures de l'hymne américain venues d'un taillis qu'inonda brutalement la lumière, révélant tout un orchestre dont personne, jusqu'à présent, n'avait soupçonné l'existence. Roulement de tambour.

— Lindy et moi avons tenu à vous donner notre recette pour avoir duré aussi longtemps... Lindy !...

Les mains en paravent devant les yeux, il chercha Lindy Nut dans la foule.

— Nut ?... Où es-tu ?

Brouhaha parmi les invités. Pas de Nut.

— Vous voyez comment sont les femmes ! Elle m'a déjà quitté... C'est horrible !...

Hurlements de protestation du sexe faible. Geste apaisant de Big Gus... Raph Dun, encore sous le coup de son bref dialogue avec le Grec, sursauta quand Dodino lui souffla dans la nuque :

— Cette soirée est d'un goût !... Hideux ! Est-ce que cette grande saucisse a besoin de se saouler parce qu'elle divorce ?

— Tu es contre les séparations ? Je ne te savais pas si famille...

— Je suis pour les amours stables et les couples unis.

— On voit bien que tu n'as jamais été marié !

— Imbécile, qu'est-ce que tu en sais ?

— Sérieusement ?... Elle s'appelait comment ?

— Charles, crétin !

— Mes amis !... hurla Big Gus... Je vais vous donner notre

recette !... Je vais vous apprendre comment prolonger une union légitime !... Ça tient en un mot...

Il lampa une nouvelle gorgée de whisky et toisa son auditoire...

— Il faut dire la vérité !

— Menteur ! crièrent les uns...

— Bravo ! protestèrent les autres.

— Quand ça va, il faut se taire. Quand ça ne va pas, il faut le dire ! Comment ?... Regardez bien !...

D'un geste théâtral, il retourna l'un après l'autre les panneaux du double paravent contre lequel il s'appuyait. Apparurent, grandeur nature, sa propre photo en pied, en habit, et celle de Nut en robe du soir. Sur chacune des photos, il y avait trois petits cercles rouges, l'un sur le front, le second à l'emplacement du cœur, le troisième étant tracé à l'endroit du sexe.

— Chaque cercle est une cible !... brailla Bambilt. Vous allez tous participer à mon jeu favori !... Ça s'appelle le psychodrame !... Que ceux qui aiment Nut...

Il s'interrompit pour la chercher du regard.

— Nut !... Où est Nut ?...

— Elle est là !... rugit une voix anonyme.

Nut s'avança dans la lumière des projecteurs, le visage fermé. Gus lui tendit la main galamment, pas très assuré sur ses jambes. Il leva haut le bras de la jeune femme, comme un trophée...

— Nut et moi, nous allons vous montrer comment se défouler en ménage !... D'accord, Nut ?...

Bambilt fit coulisser un rideau noir sur une tringle. On aperçut une vingtaine de carabines de compétition rangées sur un râtelier.

— Regardez bien !...

Gus s'empara d'une arme, la tendit à Nut et en prit une autre pour lui. Il fit jouer la culasse, la referma. Puis, tenant la main de sa onzième épouse, il entra avec elle dans la foule qui recula devant eux.

— Les querelles de ménage, dépassées ! Voilà comment on règle ses comptes !... Prêt ?... Feu !

Les claquements des carabines résonnèrent sèchement, simultanés. Sur l'effigie de Bambilt, à la place du cou, on vit s'étoiler une grosse goutte de liquide rouge qui dégoulina lentement. Les regards se portèrent sur la photo de Nut, souillée de la même façon à la hauteur de l'épaule...

— Raté !... hurla Kallenberg.

— Une seconde !... cria encore plus fort Bambilt. Essayez donc de faire mieux ! Chaque invité a droit à un coup. Celui qui touchera le centre d'une des trois cibles gagnera un superbe petit lot !... Feu à volonté !...

Interloqués, les invités ne savaient pas ce qu'il convenait de faire ni surtout sur qui il fallait tirer. Il y eut un certain malaise. Quelqu'un glapit : « A moi ! »... C'était la grosse Finkin — les aciéries. Sans hésitation, elle épaula rapidement et tira une balle dans la tête de Nut, pas très loin du centre de la cible. Pour ainsi dire, elle avait détendu la situation en donnant le ton. Chacun se précipita. En deux secondes, le râtelier fut dévalisé. On se passa les armes de la main à la main. Des salves crépitèrent :

— Allez-y !... jubilait Big Gus... Allez-y !... Elles sont chargées au ketchup !...

L'orchestre attaqua *Cavaleria Rusticana* — une idée signée Gus Bambilt — et une espèce de folie collective se déchaîna. La scène était parfaitement irréelle, cette forêt au soixantième étage d'un immeuble du cœur de New York, ces hurlements de Sioux, ces déguisements de carnaval, l'odeur de cordite, cette musique folle, ces gens fous brusquement, les coups de feu, les trépignements, les hurlements, les rires et ces balles de plastique qui s'écrasaient sur deux images, éclatant à leur contact en giclements de ketchup qui bavait et coulait en longues rigoles pourpres, hésitantes et molles. Chose curieuse, aucun projectile ne s'était égaré, sur les deux cibles peintes, au-dessous de la ceinture. Qu'ils fussent destinés à Nut — c'était les femmes, surtout, qui lui tiraient dessus — ou à Gus, leur impact s'était situé jusqu'à présent dans la région du cœur ou du visage. Las de cette pudeur, Kallenberg, n'y tenant plus, visa le sexe de Nut et lâcha son coup en plein dans le mille. Le vacarme devint tel qu'il fallut plusieurs secondes pour percevoir avec netteté les « Il a gagné ! » que clamaient plusieurs voix.

— Attendez !...

Par de grands gestes, Bambilt essayait de calmer la tempête...

— Est-ce que tout le monde a participé ?

Chacun se dévisagea. On entendit alors fuser :

— Satrapoulos n'a pas tiré !

Avec colère, le Grec identifia celle qui venait de le mettre en cause, Irène, sa belle-sœur. Elle le défia du regard, l'œil faussement naïf de l'enfant qui vient de faire une blague innocente.

— A vous !... A vous !... cria-t-on de tous côtés.

Tous dévisagèrent S.S., intensément. Furieux d'être devenu le centre d'intérêt de ce jeu imbécile auquel il avait cherché à se soustraire en restant un peu à l'écart, il éprouva du dégoût pour tous ces cons et se sentit humilié pour Nut, qui méritait mieux. Quant à Irène, cette salope, elle le lui paierait...

— Mon cher ami, ne nous privez pas du plaisir d'admirer votre adresse...

Dans le grand silence soudain revenu, Big Gus présentait une carabine. Le Grec le regarda froidement dans les yeux et écarta l'arme d'un geste, sans la saisir. Il alla lentement jusqu'à un massif, cueillit une rose et monta sur les tréteaux. Posément, il ôta son tricorne de corsaire d'opérette, en retira une épingle qui fixait contre l'étoffe la tête de mort en métal. Et si Bambilt n'était pas content, qu'il aille se faire foutre ! Sur la photo de Nut monstrueusement barbouillée de sauce tomate, à l'emplacement précis du cœur, il piqua sa rose blanche. Ebahissement général...

— Bravo ! hurla Big Gus... Ça, c'est un gentleman !

Un des vieux messieurs déguisés en petit mousse ne voulut pas être en reste. Il se précipita, une rose à la main, et la jeta aux pieds de l'effigie de la maîtresse de maison, bientôt imité par des douzaines d'autres.

A New York, les roses de Bambilt étaient célèbres. Pour les maintenir en vie, trois jardiniers importés de Californie vivaient en permanence sur le toit du building où ils les défendaient du gel, du vent et des fumées de la ville. Maintenant, on les arrachait comme des fleurs en papier et elles venaient s'amonceler devant l'effigie de Lindy Nut Bambilt. Ce n'était que justice... Quand il n'y eut plus une seule rose sur les tiges des rosiers, des hourras montèrent vers le ciel... Big Gus tituba jusqu'à l'orchestre et s'agrippa à un micro :

— La fête continue ! Le gros lot arrive !

Retentirent les premières mesures d'un slow. De nouveaux projecteurs s'allumèrent. Manquant trébucher à chacune de ses enjambées, Bambilt se dirigea vers la piscine. Il empoigna les montants du plongeoir et escalada les premiers barreaux de l'échelle, dédaigna le tremplin de trois mètres, grimpa plus haut, atteignant celui des six mètres. En équilibre instable, il s'y engagea. Quand il parvint miraculeusement à l'extrême limite de la planche qui oscillait sous son poids, il s'immobilisa et eut brutalement la certitude qu'il était Dieu. En bas, minuscules, les plus brillants fleurons de la société cosmopolite internationale. Sur chaque visage tendu vers lui, il était capable de mettre un nom, et sur chacun de ces noms, un chiffre. Des milliards à ses pieds, les plus jolies femmes, les hommes les plus importants, ceux qui font le monde. Et lui, il les dominait...

— Gus !... Descends !... cria Nut.

Angoissée, elle contemplait Bambilt emprisonné dans le faisceau d'un projecteur, vieux galérien ivre flottant dans l'espace. Ivre, il l'était réellement, d'alcool et de ce formidable sentiment de puissance qui lui dilatait le cœur.

Levant la main droite, il désigna le ciel... D'autres feux s'allumèrent dans la direction qu'il indiquait. Trouant la nuit, un hélicoptère apparut dont le vrombissement couvrit et écrasa toutes les rumeurs précédentes. Il se posa doucement au bout de la terrasse.

Déjà, des valets porteurs de torches se précipitaient, déroulant un long tapis rouge jusqu'à l'appareil dont la porte s'ouvrit, livrant passage à une superbe fille blonde entièrement nue, à l'exception des trois minuscules rubans roses couvrant la pointe de ses seins et le triangle du pubis. Le bruit des rotors mourut. La foule criait de plaisir. La fille s'avança en direction du podium pendant que les musiciens rythmaient sa marche dansante sur un tempo de samba. Tout en se déhanchant, elle déploya une banderole sur laquelle on put lire : *Je suis le gros lot. Qui m'a gagnée ?*

— Kallenberg !... braillèrent les invités.

— Mes amis !... Mes amis !...

On ne savait plus qui regarder, du bagnard qui gueulait et s'agitait sur son perchoir ou de la blonde qui grimpait sur l'estrade.

— Allez chercher votre lot !...

Des mains anonymes poussèrent Kallenberg vers le podium. Instinctivement, Irène s'accrocha à lui, narines pincées, blême de rage...

— N'y va pas !... Tu es ridicule !

N'importe quoi en privé, d'accord, mais là, devant tous ces gens !... Perdre la face... Barbe-Bleue la décrocha de lui. Elle revint à la charge, feignant, dans un colossal effort, de sourire, de prendre la chose à la légère... Herman avait tellement bu...

— Regardez !... Regardez !...

En haut de son plongeoir, Bambilt hurlait à pleins poumons pour amener l'attention à lui.

— Regardez-moi bien !... Gustave Bambilt !... Soixante-douze ans !

Chétive, la voix de Nut lui renvoya un fragile écho :

— Non, Gus !... Non !...

Plus tard, ceux qui racontèrent l'histoire reconnurent que tout s'était passé trop vite pour qu'ils pussent enregistrer tous les détails. Deux spectacles simultanés, brutaux, rapides, violents — Big Gus lancé dans l'espace en une trajectoire sans défaut, Irène, se jetant sur la blonde pour l'empêcher d'embrasser son mari... Le gros lot tempêtait, jurait, crachait, griffait, mordait... Neptune de pacotille, barbe arrachée, Kallenberg essayait de les séparer. Big Gus ne réapparaissait pas à la surface... Deux hommes se jetaient à l'eau, l'un travesti en amour, flèches et carquois, l'autre déguisé en billet de mille dollars. Le Grec — à qui la soirée allait valoir un nouveau surnom, « l'homme à la rose » — courait vers Nut qui se tordait les mains au bord du bassin... L'amour et le billet émergeaient, soutenant Bambilt sous les aisselles. Des mains se tendaient...

On allongeait Big Gus sur les bords de sa piscine en mosaïque italienne. Etendue, son immense carcasse prenait des proportions encore plus démesurées. Autour de lui, une flaque d'eau et trois des plus éminents professeurs américains : un cardiologue, un chirurgien et un spécialiste des maladies vasculaires. Ils le palpaient, l'auscultaient, se gênant les uns les autres... Ils se regardèrent, navrés.

— Hydrocution, dit le premier.

— Embolie, laissa tomber le second.

— Il n'y a plus rien à faire..., conclut le troisième.

L'ensemble de ces différents spectacles s'était déroulé à l'allure folle et saccadée d'un vieux film muet, si bien qu'une partie des invités — celle qui essayait toujours de séparer Kallenberg, sa femme et le premier prix agglutinés en un ballet risible et tourbillonnant — ignoraient encore que leur hôte était mort.

Le Grec soutenait Nut. Elle enfouit sa tête contre sa poitrine. Il crut qu'elle allait pleurer, il craignit qu'elle ne s'effondre. De façon que lui seul l'entendît, elle murmura rapidement à son oreille :

— Il faut que tu m'aides... Dis-moi à l'instant même si, légalement, je suis veuve ou divorcée.

Socrate ne s'étonna qu'une seconde. Elle avait raison. De ce simple détail, qui jouait sur deux ou trois heures, allaient dépendre des milliards. Et ces milliards concernaient Lindy Nut directement.

15

— Tu le sais que ça fait dix ans ?... Tu le sais ?

— Ben... Oui...

— Peux-tu au moins m'expliquer pourquoi ?

Marc grinça des dents. Il était déjà incapable de comprendre ses propres motivations, alors, celles de Lena... Il s'avança sur des œufs :

— C'est fou ce que le temps passe...

Lena se révolta, indignée :

— C'est ma vie qui passe ! C'est pas le temps ! Combien crois-tu que ça puisse encore durer ? Je n'ai plus aucun sentiment pour lui. Je le vois dix fois par an et c'est pour parler chiffres. Il me ridiculise avec des filles, dans tous les coins. Et toi, pendant ce temps, qu'est-ce que tu fais ?... Quand vas-tu te décider à prendre tes responsabilités ?

Pour tous ceux qui la connaissaient, Lena passait pour apathique. En public, rien ne semblait l'intéresser. Elle donnait rarement un avis, n'émettait jamais une idée personnelle. Avec personne. Sauf avec Marc. Il semblait qu'elle déversât sur lui le trop-plein de tout ce qu'elle ne confiait pas aux autres.

Un mois après les événements de New York, elle avait exigé qu'il vînt à un rendez-vous dans leur repaire de la rue de la Faisanderie. Pour se libérer de Belle qui organisait leurs loisirs à Eden Roc, Marc avait dû faire des prodiges, prétextant la venue à Paris d'un producteur américain. Belle n'avait pas été dupe, mais s'était résignée à le laisser partir, absorbée par un tournoi de gin-rummy dans lequel elle affichait une chance persistante. Quant à Lena, elle était en transit.

Le soir même, elle devait rejoindre son mari aux Baléares. Depuis plusieurs jours, le *Pégase* et son équipage attendaient leurs passagers à Palma de Majorque. Habituellement, le Grec n'informait personne de ses déplacements. A la dernière seconde, il ordonnait de lever l'ancre. Les invités de ses croisières ignoraient le nom de leurs compagnons qu'ils ne rencontraient que sur le pont du navire. En mer seulement, ils apprenaient le but de leur croisière. Nul ne s'en plaignait.

Satrapoulos avait le génie des mélanges et savait varier à la perfection ses dosages mondains, hommes d'Etat, actrices internationales — combien de futurs partenaires du Grec la Deemount n'avait-elle pas englués dans le mystère de son regard... De toute façon, chaque célébrité était assurée de ne rencontrer que d'autres célébrités. La figuration était recrutée sur place, au cours des escales, filles et garçons inconnus que leur beauté ne condamnerait pas longtemps à rester dans l'anonymat. La mer, le soleil, les orchestres, l'alcool, des nourritures raffinées et le farniente faisaient le reste.

Depuis des années, Lena boudait ces croisières. Quand il lui était impossible de voir Marc, elle allait traîner sa nonchalance ennuyée et sa grâce élégante sur d'autres yachts. Pourtant, quand elle lisait les pages d'échos des grands quotidiens, elle avait toujours l'impression d'avoir raté quelque chose en ne suivant pas son mari. Apparemment, le *Pégase* n'était mortel que lorsqu'elle s'y trouvait. A croire que sa seule présence paralysait l'humour et la vitalité du Grec. Par ailleurs, bien qu'elle se crût complètement détachée de lui, elle supportait difficilement qu'il s'affichât avec d'autres. Bien qu'elle fût libre comme l'air, la femme légitime, c'était elle.

— Marc ?...

— Oui ?...

— Si j'arrivais à me libérer... tu m'épouserais ?

Un frisson picota les épaules nues du comédien : attention, terrain glissant...

— Tu le sais bien...

— Oui mais, tu es marié, toi...

— Si un jour tu ne l'es plus, je me libérerai tout de suite.

— Tu crois qu'elle te lâchera comme ça ?

— C'est moi qui lâcherai, pas elle.

Il ponctua d'un mouvement de menton viril. Parfois, il lui arrivait de se croire lui-même.

— Sérieusement ?

— Sérieusement.

— Tu pourrais me le jurer sur ce que tu as de plus cher au monde ?

— Si tu veux. Je te le jure sur ta tête.

— Non, sur la tienne.

Marc était superstitieux. Il eut le tort de ne pas répondre tout de suite. Lena insista :

— Alors ?

— Ecoute, c'est idiot !... J'ai horreur de ça ! Tu crois en ma parole, non ?

— Jure...

— Enfin...

— Jure !

— Bon, je te le jure.

— Sur ta tête. Dis-moi : « Je le jure sur ma tête. »

Coincé, il maugréa :

— Je le jure sur ma tête.

— Oh ! mon amour !...

Elle se rua sur lui et le couvrit de baisers... Il en avait ras le bol et avait envie de sortir de ce lit-appartement.

— Tu l'as juré, Marc !... Tu l'as juré ! Maintenant, je n'ai plus peur... Je sais que tu m'aimes... Je sais ce qui me reste à faire !...

Il entendit la dernière phrase sans l'écouter, jusqu'à ce que les mots fassent leur chemin et prennent une apparence de sens. Il en eut le souffle coupé, comme par un coup de poing à l'estomac. Il bégaya :

— Lena !... Qu'est-ce que tu veux dire ?... Qu'est-ce qui te reste à faire ?...

— Tais-toi !... Tu verras !...

Le ton rêveur et amoureux de sa voix le plongea dans une inquiétude atroce.

Le Grec glissa, jura, se rattrapa à la coursive et contempla avec fureur ce qui avait failli provoquer sa chute : une crotte. Dans le couloir en acajou briqué qui menait à son appartement, la chose était aussi incongrue qu'un rat mort dans un bidon de lait. Il l'examina de près, constata qu'elle n'était pas récente et hurla :

— Nicolas !...

Il était 11 heures du soir. S.S. était d'une humeur massacrante. Depuis quarante-huit heures, le *Pégase* se trouvait en état d'alerte, prêt à appareiller, attendant les invités d'honneur qui n'arrivaient pas : la Menelas et son mari.

Le couple se trouvait à Venise où les échos du dernier scandale de la « panthère » étaient parvenus jusqu'à Majorque. Alors qu'elle se trouvait dans sa suite du *Danieli,* la Menelas, qui buvait un jus de tomate, avait été piquée à l'index de la main droite par une guêpe. Un peu de vinaigre eût été suffisant pour la soulager, mais elle avait horreur de la simplicité. Pendant que Mimi se démenait pour prévenir les organisateurs qu'elle n'était plus en mesure de donner son récital, téléphonait aux Lloyd's, s'expliquait avec la presse, empilait les centaines de télégrammes réconfortants qui arrivaient du monde entier, la Menelas, ne voulant même pas entendre les objurgations de ses admirateurs ou du maire de la ville, se calfeutrait dans son lit et recevait à son chevet les plus hautes sommités médicales italiennes. Bien entendu, il n'était pas question de jouer avec une aussi « affreuse blessure ».

Contretemps fâcheux. Le Grec, qui avait déployé des trésors de persuasion pour l'inviter à son bord, se voyait réduit à faire le pied de grue.

Pourtant, les choses n'avaient pas été simples. De Venise, les Gonzales del Salvador devaient s'envoler pour Nice afin de regagner leur propre yacht, l'*Olympe*, ancré à Monte-Carlo. De là, ils avaient l'intention de pousser jusqu'à Saint-Tropez, à la paresseuse. Socrate leur avait suggéré de rejoindre le *Pégase* à Palma et de flâner huit jours de plus en Méditerranée, Majorque, Minorque, Ibizza, en remontant à l'est vers Cadaquès, le long de la côte espagnole, et de les déposer à Monte-Carlo où la saison battait son plein.

Or, l'avion que le Grec faisait tenir à leur disposition sur l'aéroport de Venise était bloqué au sol. Apparemment, la Menelas, toujours convalescente, n'avait pas encore bouclé ses valises. En Italie, le pilote de l'appareil, pratiquement consigné à son siège, se bornait, depuis deux jours, à faire la même réponse aux multiples messages radio qu'il recevait quotidiennement du *Pégase* :

— M. et Mme Menelas ne se sont pas encore présentés à l'embarquement.

On avait eu beau lui expliquer que, dans un couple, c'est la femme qui prend le nom de son mari, rien n'y avait fait. Par son lapsus, il ne faisait que confirmer l'opinion générale : quand un homme épousait la Menelas, il devenait automatiquement Menelas lui-même, c'était l'évidence.

A Palma, où le *Pégase* était aux ordres depuis une quinzaine de jours, le capitaine Kirillis n'osait même plus rendre compte au patron qui le harcelait. Il n'ignorait pas que le Grec avait de bonnes raisons d'être nerveux. Il y avait à bord un mélange hautement explosif. Cette veuve américaine d'abord, arrivée depuis trois jours — tout l'équipage savait qu'elle avait été la maîtresse de S.S. Pour tout arranger, Mme Lena avait débarqué le matin même. Entre les deux femmes, la rencontre avait été plutôt glaciale. Par miracle, pressentant peut-être les salades qui allaient immanquablement advenir, la Deemount avait eu le bon goût de retirer son épingle du jeu. Malgré les protestations du Grec — assez molles, il faut bien le dire — elle avait prétexté un rendez-vous urgent à Nassau et libéré sa cabine. Une de moins...

L'après-midi, la première scène avait éclaté entre Mme Lena et le patron. Conformément à l'usage, Kirillis fermait les yeux sur l'indiscrétion de ses hommes se relayant derrière la porte de l'appartement pour écouter, en faisant de grands gestes à l'intention des marins qui ne pouvaient pas entendre les superbes répliques qui s'y lançaient. Sur le *Pégase,* les moindres faits et gestes des passagers étaient guettés, surpris, répétés, commentés. De la femme de chambre à l'aide-marmiton, chacun savait exactement la façon dont évoluaient et se dénouaient les situations les plus tendues.

Le patron, on le trouvait logique avec lui-même. Pas méchant bougre, un peu radin avec le personnel, comme tous les riches, cavaleur de première toujours prêt à inviter des masses de filles en l'absence de sa femme. Un jour, Mme Lena, arrivée à bord impromptu, avait chassé trois créatures de rêve en les tirant par les cheveux sans que le Grec ou ses amis aient songé à émettre une quelconque protestation. Mais son comportement déroutait l'équipage et provoquait, à l'heure où l'on pelait des patates, où l'on briquait le pont, où l'on faisait la sieste, des conversations passionnées. Tout le monde — sauf le patron peut-être — connaissait le nom de son amant, qu'elle retrouvait à Paris pour quelques heures, entre deux avions. Normal. Ce qui était curieux, c'étaient les scènes de jalousie qu'elle faisait à Satrapoulos. Moins elle semblait tenir à lui, plus elle le provoquait, même en public, par des réflexions aigres-douces. En privé, c'étaient des reproches et des larmes. Parfois, il lui arrivait d'être excédé au point de ficher le camp sans prévenir personne, disparaissant pendant trois semaines sans que nul ne sache où il se trouvait. On l'apprenait quelques jours plus tard dans les journaux qui faisaient leurs choux gras des aventures amoureuses du Grec. On l'avait vu à Londres, à Athènes, à Paris, à Rome, aux bras de blondes inconnues...

— Nicolas !...

Il dévala l'échelle de coupée et buta sur deux matelots accoudés à la coursive...

— Où est Nicolas ?

Il s'aperçut que les deux hommes camouflaient une cigarette allumée dans la paume de leur main.

— Salauds ! Je vous ai interdit de fumer à bord !

Sans se troubler, les marins écrasèrent froidement leur mégot entre le pouce et l'index.

— Foutez le camp !

Quand le dernier des deux, le plus petit, passa à sa portée, S.S. lui balança un coup de pied aux fesses :

— Si je t'y reprends, je te jette à la mer !

Plus vexé de s'être laissé surprendre qu'humilié d'avoir reçu le coup, le marin hocha la tête en signe d'assentiment et disparut.

Il avait l'habitude. Dans ses mauvais jours, le Grec n'hésitait pas à gifler les membres de l'équipage. Attention, pas n'importe lesquels ! Seulement ceux qu'il connaissait de longue date, et qui en tiraient une espèce de fierté. Sur le *Pégase,* le coup de pied au cul était, en quelque sorte, une distinction uniquement réservée aux anciens.

— Vous me cherchez, Patron ?

Nicolas se tenait devant lui, feignant l'effarement et la précipitation...

— Viens ici !

Il le prit par l'oreille et refit en sens inverse le chemin qu'il venait de parcourir. Il arriva devant la crotte :

— Ça, qu'est-ce que c'est ?

Nicolas se pencha d'un air curieux...

— Ça ?...

— Oui ! Ça !

— On dirait de la merde, Patron... C'est pas moi !...

S.S. le secoua :

— Il manquerait plus que ça, que tu chies sur mon bateau ! Pourquoi je te paye ?...

— Pour nettoyer.

— Et alors ?

— Ça n'y était pas tout à l'heure...

— Cochon de menteur ! C'est une merde qui a au moins trois jours !

— C'est *Herman,* Patron...

Il y avait trois divinités sur le navire : le Grec, maître à bord après Dieu, Kirillis, son capitaine, et *Herman,* un teckel à poils ras de six ans, redouté et redoutable. Il avait mordu les mollets les plus célèbres du monde, ne faisant aucune distinction entre le pantalon d'un homme d'Etat, la robe du soir d'une star, les chaussures en croco d'un financier international. Satrapoulos était fou de l'animal qui couchait dans son lit et ne laissait personne approcher son maître. En outre, il était délicieux de l'appeler *Herman.* Chaque fois que le chien déplaçait ses six kilos, S.S. avait l'impression que Kallenberg en personne répondait à sa voix pour venir se traîner à ses pieds.

— Nettoie ça tout de suite, fainéant !

Nicolas prit la crotte dans ses mains...

— Je vais chercher des chiffons..

315

Il sortit un mouchoir de sa poche et entreprit de frotter le pont. A genoux, il se trouvait dans la posture idéale pour se faire botter le train. Le Grec y renonça. Ecœuré, il secoua la tête et tourna les talons.

— Qu'est-ce qui se passe ?

Lena entrouvrait la porte de sa cabine...

— Il se passe que ce bateau est plein de merde.

Elle prit un temps de réflexion. Trois secondes, puis :

— Pas étonnant. La merde attire la merde.

Elle referma la porte sur elle avec violence. Bonsoir ! Socrate faillit la rejoindre pour vider son sac une bonne fois. Il y renonça. Qu'est-ce qu'on peut faire quand plus rien ne vous lie ? Oui, qu'est-ce qu'on peut faire ?...

Il n'y a rien de plus stupide qu'un yacht à quai, si ce n'est les badauds qui le contemplent.

Le *Pégase* était coincé à tribord et à bâbord par deux autres bâtiments de moindre importance, leurs bouées venant racler les flancs d'acier du *Pégase* avec un insupportable grincement. Les deux nuits qu'elle venait de passer à bord avaient été un cauchemar pour Lena. Entre les coques, dans l'eau noire et empoisonnée, elle imaginait toutes les déjections qui souillent un port, trognons de choux, déchets de légumes pourris, préservatifs, vieux bidons recouverts de cambouis, papiers gras, matières fécales, nourritures avariées. Pendant la journée, c'était pire, il fallait se calfeutrer à bord. Palma n'est pas un endroit particulièrement élégant. Les « congés payés » s'agglutinaient devant le *Pégase,* regardant les marins qui les regardaient, admirant l'hydravion et l'hélicoptère trônant dans les superstructures, au pied de la cheminée. Pendant qu'elle moisissait là, que faisait donc Marc ? Etait-il retourné sur la Côte avec Belle ? Et cette pianiste de malheur, quand allait-elle se décider à arriver ? Socrate devenait de plus en plus nerveux. Il se montrait gai et chaleureux envers ses invités mais s'esquivait en douce, dix fois par jour, pour aller questionner Kirillis...

— Toujours pas de nouvelles ?

— Non, Monsieur.

Lena s'était donné jusqu'au soir pour prendre une décision : si la Menelas ne montrait pas le bout de son nez avant la fin de la journée, elle quitterait le navire dès le lendemain.

— Un autre toast ?

— Merci oui, très volontiers.

316

Lindy Nut l'exaspérait avec ses prévenances. Lena y voyait davantage de défi que de gentillesse naturelle. En outre, elle digérait mal le geste que Socrate avait eu envers elle. Il avait été assez niais pour lui offrir une rose sur le toit d'un gratte-ciel au lieu de la percer d'un coup de fusil, comme tout le monde. La presse avait repris l'histoire avec délices, et depuis un mois, toutes les amies de Lena lui demandaient avec perfidie :

— Mais au fait... Vous n'étiez pas avec votre mari ce soir-là ?

Une fois de plus, Socrate la faisait passer pour une imbécile. Autour de la table, ils étaient sept à grignoter des tranches de cake, boire une gorgée de café ou de thé, tremper les lèvres dans une coupe de champagne.

Lena regarda Stany Pickman à la dérobée. C'était un homme incroyablement beau. Avec Gregory Peck, Gary Cooper, Clark Gable et Cary Grant, il composait la cohorte de stars faisant la loi à Hollywood, les « Cinq », que les producteurs étaient prêts à payer à n'importe quel prix pour les engager. Pickman, qui jouait à l'écran les séducteurs bohèmes, était dans la vie l'homme le plus bourgeois. Il plaçait son argent dans l'élevage des bovins, se couchait rarement après minuit, et jamais avec une autre que sa femme, Nancy.

Socrate faisait le pitre pour amuser lord Eaglebond. L'homme d'Etat était toujours aussi glorieux, mais il était maintenant gâteux ou presque, concentrant ses dernières forces à composer les menus que le Grec faisait spécialement exécuter pour lui, avec des attentions maternelles, allant même jusqu'à lui enfourner le caviar gris dans la bouche, avec une petite cuiller en or. Lady Eaglebond était une petite souris grise, aux dents et aux yeux gris, aux tenues éternellement grises... Pour servir ce petit groupe, les quarante marins du *Pégase*.

Il était 10 heures du matin. Le soleil tapait dur. La journée commençait à peine et Lena s'ennuyait déjà jusqu'au vertige.

Le lieutenant Stavenos entra comme une bombe dans le poste de commandement :

— Sonnez, capitaine ! Sonnez !...

Kirillis avait reçu l'ordre de lancer trois coups de sirène lorsque la Menelas arriverait à bord. Jusqu'à présent, eu égard à son prestigieux passé de chef d'Etat et à sa gloire, seul lord Eaglebond avait droit à cinq coups et au garde-à-vous des marins, ce qui créait des situations cocasses quand il s'agissait d'un steward chargé de plateaux.

• — Qu'est-ce que vous voulez sonner ?

— La sirène ! Elle est là !...

— Vous êtes sûr ?

— Capitaine !... Elle est déjà à bord !...

— Nom de Dieu ! Allez-y !... Tous les hommes sur le pont !

Professionnels de la mer peut-être, mais avant tout, éléments d'un décor que le patron ne négligeait jamais d'étaler au profit de ses hôtes, pour son plus grand prestige. Kirillis fonça dans la salle de radio pour agonir d'insultes le responsable qui ne l'avait pas prévenu. A mi-chemin, il estima qu'il pourrait décharger sa colère plus tard. Pour l'instant, sa place était sur le pont. Il y fut en quelques bonds.

Le spectacle avait commencé. Mal. Dans un déchaînement de coups de sirène, *Herman* se précipitait sur le pantalon corsaire de la Menelas et tirait de toutes ses dents, refusant de lâcher l'étoffe malgré les coups de pied que feignait de lui envoyer le Grec — quelle que fût sa contrariété, il ne pouvait se résigner à frapper réellement l'animal. Deux matelots intervinrent et se firent mordre. Lena affichait une mine contrite et buvait du petit-lait. Lord Eaglebond, qui avait interrompu sa partie de gin-rummy avec Stany Pickman, quitta son siège pour aller à la rencontre de la Menelas. On parvint à saisir *Herman* et à éloigner le fauve. Satrapoulos ne savait comment se faire pardonner. D'un air contrit :

— Les teckels sont jaloux des panthères.

Tout en évaluant les dégâts — le bas de son pantalon était effiloché — la Menelas daigna sourire. Nut se jeta à son cou. Des hommes d'équipage s'emparèrent de ses bagages pour les déposer dans sa cabine. Lena gazouilla :

— Je suis ravie de vous recevoir à mon bord, marquant ainsi par l'article possessif qu'elle était chez elle.

Pickman baisa la main d'Olympe, lord Eaglebond lui fit un compliment que la pianiste lui renvoya, chacun étant un admirateur de l'autre. Aux anges, le Grec tournait derrière les uns et les autres, se hâtant pour donner du feu à l'homme d'Etat qui avait poussé la courtoisie jusqu'à priver sa bouche de bébé, l'espace d'une minute, de l'éternel cigare qu'il tétait.

— On lève l'ancre ! hurla le Grec.

— Bien, commandant.

Des hommes voulurent remonter la passerelle. Il y eut des cris, une bousculade. S.S. fronça les sourcils et se pencha par-dessus le bastingage. Il vit ses matelots aux prises avec un petit homme qui se débattait avec fureur, tempêtant et crachant, les insultant en plusieurs langues. Satrapoulos se mordit les lèvres :

— Arrêtez la manœuvre !

Kirillis répéta l'ordre en rugissant :

— Arrêtez la manœuvre !

Le Grec se tourna vers la Menelas en grande conversation mondaine :

— Chère amie, veuillez m'excuser... Je descends accueillir votre mari.

Elle eut un rire surpris et joyeux :

— Mon Dieu c'est vrai !... Emilio !... Je l'avais oublié !...

Jailli on ne sait d'où, filant comme une flèche, *Herman* se rua à la rencontre du nouveau venu, tous crocs dehors.

Quand on contourne l'île de Majorque en bateau, on longe d'abord de longues surfaces plates parsemées de plaques d'herbe sèche où se piquent parfois les pelotes grises d'un troupeau de moutons. Et brusquement, le paysage change. La terre semble grimper, prise de folie, en falaises inaccessibles d'un blanc éclatant. Sous leurs blocs vertigineux, le plus grand des navires est réduit à des proportions minuscules. La pierre écrase le métal ou le bois. D'instinct, les passagers se taisent. Très haut dans le ciel, il arrive qu'un aigle plane, flottant entre les vagues et le sommet de la muraille.

Puis tout se calme et se remet à l'échelle humaine. Apparaît la baie de Formentor, ses pentes souples recouvertes de pins parasols au creux desquels se niche *Le Palace,* un hôtel somptueux où viennent reprendre des forces les super-riches, les super-stars et un gratin de moindre importance, vieillards millionnaires et distingués, dames roses hollandaises, Saxons couperosés, buveurs de whisky, joueurs de golf, princes de la morgue. Face à ce paysage, maître du *Pégase* aux lignes pures et fines, le Grec jouait les capitaines au long cours :

— Stoppez les machines !

— Bien, commandant.

Il avait adopté sa tenue de croisière favorite : un vieux short délavé qui le fagotait, pas de chaussures, une chemise dont les pans venaient lui battre les cuisses et cette irrésistible casquette d'officier qui semblait le tasser davantage. Il était soulevé de joie à la pensée d'avoir réussi à enlever la Menelas.

Enquête faite, nul n'était coupable d'avoir ignoré son arrivée. A Venise, elle n'avait pas trouvé l'avion mis à sa disposition par le Grec. Plutôt que de chercher, elle avait jugé plus simple d'en louer un autre. Après le décollage, elle avait enlevé le pansement qui lui emmaillotait l'index. Avec courage, elle avait regardé sa blessure : il n'y en avait plus trace ! Elle avait eu un soupir mélancolique en imaginant le Bechstein qu'elle aurait été désormais en mesure de caresser à nouveau. Sentant son désarroi, Emilio lui avait pris la main et l'avait consolée gentiment.

— Qui veut se baigner ?... lança S.S.
— Moi ! répondit lord Eaglebond... Si mon valet de chambre veut bien me faire couler un bain.

Il était 5 heures de l'après-midi, l'heure sacrée de sa sieste, entre les digestifs du déjeuner qui se prolongeait toujours très tard et les premiers apéritifs d'avant-dîner, que les serveurs commençaient à verser dès 18 heures. Quand il ne dormait pas, le vieil homme comblait ce temps mort avec du scotch échappé à la vigilance fouineuse de lady Eaglebond grâce à la complicité de son majordome.

On allait servir le dessert. 11 heures du soir, l'heure molle. Tous les feux du *Pégase* étaient éteints, sauf quelques projecteurs braqués sur la mer qu'ils illuminaient en une féerie transparente. La grande table ronde recouverte d'une nappe brodée immaculée était éclairée par des candélabres en vermeil donnant aux visages cette lueur douce qui les rajeunit et en gomme les rides, ne laissant en valeur que l'éclat du regard. Parsemant la table, posées çà et là entre les couverts en or, des orchidées et des boutons de roses rouges grimpant en cascades légères le long du piédestal des chandeliers.

Jusqu'à présent, tout avait été parfait. A l'instant où Céyx s'était avancé pour lancer cérémonieusement le rituel « Monsieur le Commandant est servi », un orchestre de tziganes était apparu, rythmant les conversations en sourdine.

On avait beaucoup bu depuis 17 heures. Les barmen avaient reçu la consigne de ne jamais laisser un verre vide, champagne et whisky pour l'apéritif, vodka polonaise avec l'entrée — du caviar blanc — bordeaux de la grande année pour les homards grillés, les langoustes et le turbot, champagne à nouveau, servi à flots par des maîtres d'hôtel en livrée blanche.

Avant le dîner, le Grec avait mis aux voix la délicate question suivante : habit de soirée ou pas ?... Chœur des vierges : « Nous sommes en vacances. Pas question de faire des chichis. » Là-dessus, toutes les femmes s'étaient précipitées dans leur cabine pour en sortir ce qu'elles avaient de plus élégant dans le style pantalons du soir de chez Dior ou Givenchy, petites choses simples dont le prix, chemisier compris, allait facilement chercher aux alentours du million. L'essentiel pour chacune était de donner une apparence décontractée à des tenues suprêmement raffinées dans leur matière, supérieurement travaillées dans leur coupe. Même travail pour les bijoux. Il convenait d'en étaler le moins possible pour mieux faire ressortir la valeur de l'unique babiole choisie.

A ce petit jeu, Lena avait tous les atouts en main. Depuis des années, Socrate la couvrait de joyaux uniques qui la laissaient sans rivale, mises à part Irène, sa propre belle-sœur, et la redoutable maharani de Baroda dont les surprises étaient agaçantes en ce domaine. Cependant, malgré la pierre de cinquante carats qu'elle portait en sautoir autour du cou, Lena devait convenir que la rivière de diamants de la Menelas était impressionnante, ainsi d'ailleurs que les boucles d'oreilles en turquoise de Nut — presque à la limite du bon goût pensa-t-elle, comme tout ce qui provenait de feu Gustave Bambilt. A côté de ces splendeurs, la ceinture en or massif de Nancy Pickman ne faisait pas le poids. Quant à la misérable petite broche de bazar de lady Eaglebond, elle avait tout pour serrer le cœur d'une personne vraiment très riche. Et cette impossible robe mal coupée en serge grise...

— Que diriez-vous d'oranges et de citrons givrés ? interrogea le Grec. Mon chef les réussit à merveille.

Va pour les citrons givrés !... Avec ce qu'ils avaient bu, ils auraient accepté sans broncher un plat de saucisses aux lentilles. Depuis plusieurs minutes, S.S. affichait une joie enfantine. En dehors de Lena, dont il se serait aisément passé, il avait autour de lui tout ce qu'il aimait, la mer, le luxe, son yacht, des hommes importants, de jolies femmes. On venait de servir le dessert. Il guettait avec intensité le visage de ses invités.

La première, Nancy Pickman poussa un cri. Tous les regards se posèrent sur elle. Le Grec se composa une expression de faux jeton étonné. Nancy, qui venait de décalotter son citron, en extrayait une bague en brillants superbes. Elle la tenait entre ses doigts, ahurie, osant à peine la faire pivoter, interrogeant des yeux ses voisins aussi stupéfaits qu'elle-même. Lady Eaglebond eut à son tour le réflexe qui s'imposait. Elle ouvrit son citron, glissa les doigts à l'intérieur du fruit, imitée simultanément par la Menelas, Lindy Nut et Lena. Avec des cris de ravissement, elles ramenèrent dans leur main d'autres bijoux, un bracelet en topaze pour la souris Eaglebond qui devint soudain toute rose, des boucles d'oreilles garnies de diamants pour Lena, un pendentif de perles en forme de poire pour Nut, une broche en rubis pour la Menelas.

Lord Eaglebond applaudit. Mimi ne voulut pas être en reste et

frappa de toutes ses forces dans ses petites mains, bien qu'il fût intérieurement contrarié qu'un autre que lui offrît un joyau à sa panthère.
Stany Pickman hocha la tête de cet air blasé et bourré de charme qui
lui avait valu la consécration internationale. Les tziganes, bouleversés,
attaquèrent une csardas. Lady Eaglebond eut un élan surprenant :
elle se jeta au cou du Grec et l'embrassa. Nut eut envie de faire
la même chose, mais au moment où elle allait se lever, elle sentit le
regard de Lena la foudroyer, et s'abstint.

— Je propose qu'on porte un toast à nos hôtes ! clama le poupon
Eaglebond qui leva son verre.

Un peu ivre, il ajouta, se tournant vers Lena :

— Heureux ceux qui peuvent parer la beauté de leurs femmes !

Des remerciements fusèrent de tous côtés. Radieux, le Grec
garda une contenance modeste et se redressa légèrement pour remercier
à son tour. On but. Galamment, lord Eaglebond s'adressa à la
Menelas :

— Qu'il me soit permis d'exprimer un regret. Madame, je vous
ai entendu jouer à Londres, il y a huit ans. Je n'oublierai jamais.

Pudiquement, la « panthère » baissa les yeux.

— Je regrette donc, pour clore cette soirée parfaite, de ne pas
avoir le bonheur de vous entendre encore une fois.

La Menelas, tout le monde le savait, ne se produisait jamais
que devant des salles combles, après avoir empoché un cachet fabuleux.
On eut la surprise de l'entendre dire :

— J'aurais aimé jouer pour vous. Malheureusement, je n'ai pas
mon piano.

Propos qui n'engageaient à rien puisqu'on ne pouvait pas la
prendre au mot.

— Allons donc ! dit Nut d'une voix gentiment railleuse. Aurais-tu
vraiment accepté ?

— Certainement, répondit-elle. Avec plaisir.

Mimi en resta comme deux ronds de flan. Il savait, lui, le
mal qu'il se donnait pour lui arracher quelques notes ou la contraindre
à respecter ses contrats. Pourtant, elle semblait sincère.

— Je n'aurais jamais osé vous demander une telle faveur..., dit
le Grec.

Lena le dévisagea d'un air pincé : pourquoi faisait-il des ronds de
jambe devant cette femme ? Si elle avait pu savoir ! Il détestait la
musique classique. Pire, il n'y entendait rien. Un sens qui lui manquait...

— Je n'ai pas de piano..., s'excusa la Menelas en lui faisant
un sourire en biais qui exaspéra simultanément Lena et Mimi.

— Mais si, vous avez un piano... Céyx !

Le maître d'hôtel accourut. S.S. lui glissa quelques mots à l'oreille.
Dans un premier temps, les tziganes mirent une sourdine à leurs

csardas. Là-bas, dans un coin resté dans l'ombre, des hommes s'affairèrent. D'autres apportèrent des flambeaux. La Menelas renifla l'air, méfiante. Plus personne ne disait mot. On entendait un bruit soyeux de nylon qu'on froisse, le raclement d'un objet lourd sur l'acajou du pont. Des candélabres s'allumèrent et apparut un énorme piano à queue, luisant, massif, sombre. Une bête.

Très lentement, la « panthère » se leva de sa chaise, s'étira, s'approcha de l'objet qu'elle identifia immédiatement avec une surprise ravie : ce n'était pas un Pleyel, ni un Rippen, ni un Bentley, ni un Gaveau, ni un Schimmel, ni un Erard, ni un Schindler, mais un Bechstein, un vrai.

Sensuellement, elle en effleura les touches. Comme les rats du conte d'Andersen, les employés se figèrent, leur plateau à la main, dans la position où les premières notes les avaient frappés.

— Mon doigt est guéri !... dit la Menelas.

Elle attaqua avec volupté la *Valse en sol bémol majeur opus 70*. Les rares fois où l'on avait cité en sa présence le nom de Chopin, le Grec, distraitement, avait failli répondre : « Combien ? » comme d'habitude. Pourtant, il était certain que cette musique n'avait été inventée que pour lui seul. Mieux qu'un discours de la Menelas, elle lui disait les mille choses qu'il souhaitait entendre d'elle. Il écoutait, béat, transformant les notes en paroles, les paroles en songes. Oui, c'était ça. Elle lui disait qu'elle l'aimait.

La mélodie frémissante s'envolait dans la nuit chaude avec pour fond sonore la sourde et faible rumeur de la mer. Lord Eaglebond, les yeux fermés, tétait farouchement son cigare. Nut observait Socrate, un peu inquiète, un peu jalouse. Lena ne le quittait pas des yeux, pincée, crispée. A son habitude, le beau Stany Pickman n'exprimait rien, à croire qu'il n'entendait pas.

Socrate se sentit soudain gonflé d'un désir qu'il pouvait à peine réprimer : il avait envie de se jeter sur elle, là, tout de suite, sur le pont, et de la prendre.

Le lendemain matin, à 6 heures, le *Pégase* quittait le port de Palma en direction d'Ibizza. A 8 heures, lord et lady Eaglebond faisaient leur apparition sur le pont supérieur où on leur servait le petit déjeuner — du thé pour elle, un Alka-Seltzer pour lui, suivi d'un doigt de whisky pour effacer le goût du médicament. La journée était superbe. Le yacht fendait mollement une houle souple et ample.

Lord Eaglebond alluma son premier cigare et se servit subrepticement un second whisky. Sa femme le regarda d'un air de reproche :

— George !...

Il consulta sa montre :

— Ma chère, j'ai pour règle absolue de ne jamais boire d'alcool avant 8 heures. Or, il est 8 heures et dix minutes.

— Hello !...

La Menelas apparaissait, radieuse, vêtue d'un pantalon rouge, d'un chemisier blanc, les cheveux noués sous un foulard noir. Sur ses talons, plutôt maussade, Mimi.

— Bien dormi ?

— Superbe.

— Asseyez-vous !

Un peu plus tard, Nut arrivait, suivie de peu par Stany et Nancy Pickman. Lena se présenta la dernière et s'attabla avec les autres.

— Où est Socrate ?

— Dans son bureau. Il travaille.

Elle trempa les lèvres dans son café. Derrière ses immenses lunettes noires, ses yeux étaient invisibles. On félicita à nouveau la Menelas pour sa performance de la veille. On parla de choses et d'autres, de mode, de croisières, de relations communes...

— Qui veut bronzer ?

— Tout le monde ! répondit Nut joyeusement.

— Messieurs, faites donc comme nous, ajouta Nut. Allez donc vous mettre en maillot.

Mimi fut abasourdi de voir Olympe se lever avec les autres. Elle avait toujours détesté le soleil. Et maintenant, elle demandait à Nancy :

— Pourriez-vous me passer de l'huile dans le dos ?

Kirillis fit stopper les machines. L'hydravion vint se poser non loin du *Pégase* dans une gerbe d'écume. Un hors-bord se détacha des flancs du navire et fonça vers l'appareil dont le pilote remit un paquet aux marins. Le *Riva* piqua à nouveau en direction du yacht...

— Qu'est-ce que c'est ?... demanda Pickman.

— Les journaux. On est allé les chercher à Barcelone. Quand mon mari est en mer, il envoie l'hydravion ou l'hélicoptère dans le port le plus proche. Socrate ne supporte pas de ne pas être informé. Ah ! les affaires !... Quelle plaie !...

Elle se remit sur le ventre en jetant un regard aigu sur les fesses de la Menelas. Tiens... bizarre... Elle aurait pourtant juré qu'elle avait de la cellulite...

Des hommes d'équipage mettaient en place des palans pour remonter à bord le chriscraft et l'hydravion.

Comme tous les jours, Socrate avait fait une liste des appels téléphoniques qui allaient le relier aux capitales financières de l'univers.

En dehors des femmes, rien ne pouvait le distraire de ses affaires, machinations compliquées, tordues, coups de bourse à triple détente, sociétés à filiales multiples où une maison d'huile d'olive servait de bailleur de fonds à des chantiers navals, une compagnie d'air liquide était financée sur les fonds prélevés à une société immobilière sans parler des millions de dollars qu'il faisait naître par magie, sur du vent, achetant sans la voir une usine de gaz naturel, faisant courir par ses hommes de main le bruit qu'il en était propriétaire, la revendant le double deux heures plus tard, la plus-value de l'opération se justifiant par le simple fait qu'il s'en était porté acquéreur. Ses agents de change s'y perdaient. Ses décisions étaient si foudroyantes, son flair si infaillible qu'il semblait toujours ne commettre que des folies alors que les chiffres, bien plus tard, prouvaient qu'il avait eu raison. On s'essoufflait à le suivre, on attrapait des névralgies à vouloir essayer de le comprendre. Ses plus proches collaborateurs blêmissaient en l'entendant répondre oui ou non en une seconde, alors qu'ils s'étaient échinés pendant des semaines à peser le pour et le contre.

Dans le monde, il n'y avait pas assez d'autodidactes de sa trempe pour qu'on puisse les compter sur les doigts des deux mains. Kallenberg peut-être, Paul Getty et, vingt ans plus tôt, Ulysse Mikolofidès, son beau-père. Et encore... Il brûlait de les dépasser tous. Il y arriverait !

— New York en ligne !

Il porta le récepteur à son oreille.

— J'écoute.

— Tout est signé, Patron. C'est dans la poche.

Le Grec raccrocha avec un sourire. La journée s'annonçait bien. Il allait pouvoir compenser les amendes que lui avaient infligées les douanes américaines. Il menait une gigantesque bataille dont on n'aurait su dire si elle était financière ou politique. En tout cas, il était en mesure d'affoler le fameux « Dow Jones », indice de la Bourse de Wall Street et thermomètre de l'économie américaine. Il lui était facile de donner des coups de boutoir capables d'en faire chuter le niveau, malgré les optimistes qui espéraient le voir se stabiliser dans les années 1970 vers le seuil des mille points.

Son influence était telle dans les pays arabes que presque rien ne lui était impossible. Là se trouvait la vraie richesse, le pétrole, l'énergie. Par l'intermédiaire de Hadj Thami el-Sadek, il avait aidé les émirs d'Arabie Saoudite à se libérer de la tutelle des compagnies britanniques et américaines qui les ponctionnaient, ce qui lui avait valu des haines féroces. Dans une dizaine d'années, le monde consommerait trois milliards de tonnes de pétrole par an. Sur un mot de lui, le robinet serait fermé. Il les tenait... Il jubila et demanda à son secrétaire :

— Dans l'ordre, mettez-moi en communication avec Paris, Tokyo, Londres, Caracas, Munich. Essayez aussi de m'avoir Rio.

Avant de se replonger dans ses dossiers et ses journaux financiers, il eut une pensée gourmande pour la Menelas, là-haut, sur le pont. Peut-être était-elle en maillot ? Il brûlait de savoir si son corps répondait à ce que la beauté de son visage laissait pressentir.

A 11 heures, on servit les premiers apéritifs que lord Eaglebond examina d'un air gourmand. Biscuits secs, gâteaux salés, champagne, whisky... La Menelas, craignant un coup de soleil, avait remis son chemisier blanc mais gardait les jambes nues. Verre à la main, les invités, appuyés au bastingage ou vautrés dans des transats, regardaient paresseusement défiler la mer.

— Le voilà !

Le Grec franchissait les trois dernières marches d'un bond. Nut le mit en boîte :

— Toi, tu viens de faire un malheur ! Combien as-tu gagné ?

Il eut une expression hilare, presque enfantine... On éprouvait de la tendresse pour son short délavé, trop grand, sa chemise flottante, ses vieilles espadrilles usées...

— Mauvaise journée !... Si j'ai fait quatre cent mille dollars, c'est le bout du monde !... La routine...

On éclata de rire. « Qu'il est drôle !... » pensait la Menelas devant laquelle il s'inclinait.

— Voulez-vous vous baigner tout de suite ou préférez-vous cet après-midi ? Je connais une plage extraordinaire à Ibizza ! Complètement déserte !

A la dérobée, il examinait les jambes de la pianiste tout en surveillant Lena du coin de l'œil. Les jambes étaient superbes et Lena commençait à l'emmerder sérieusement. La veille, au moment du coucher, elle était venue dans sa cabine et lui avait fait une scène violente à cause des cadeaux qu'il avait offerts à ses invitées.

Excédé, il lui avait claqué sa porte au nez. Sans Olympe, il aurait eu recours à sa parade habituelle, la fuite. Il quittait le bateau brusquement et ne revenait qu'une semaine plus tard, ou plus, selon son humeur, sans que quiconque ait le droit de lui poser la moindre question sur sa fugue.

Il caressa Herman qui se frottait contre ses jambes. Le soleil était chaud, le mouvement du bateau provoquait une brise légère, la vie était épatante. Le teckel lui tendit dans sa gueule un anneau en caoutchouc. S.S. le lança à l'autre bout du pont. Herman courut derrière et le rapporta, manquant renverser un steward chargé de verres, de bouteilles et de glace. En grande conversation avec lord Eaglebond, Socrate ne fit plus attention à l'animal qui grognait pour que son maître joue encore avec lui.

Mimi s'empara machinalement de l'anneau et le jeta au loin avec force. Herman démarra comme une fusée, ses pattes courtes s'agitant si vite qu'il semblait glisser sur le ventre. A toute vitesse, l'anneau traversa la surface du deck et, ne rencontrant pas d'obstacle, fila par-dessus bord. Quand Herman voulut freiner, il était trop tard. Ses ongles labourèrent les planches lisses d'acajou. Une seconde, il resta en équilibre, résistant à l'élan qui l'entraînait. Puis, il tomba à la mer.

— Oh ! Le chien !... fit Nancy... Socrate !... Le chien !...

Satrapoulos interrompit la tirade dans laquelle il s'était lancé...

— Pardon ?... Quoi, le chien ?...

— Il est passé par-dessus bord !...

— Nom de Dieu !...

Instantanément, on vit un autre homme. Le Grec se rua sur la passerelle, le visage décomposé. Sans l'ombre d'une hésitation, il plongea.

— Un homme à la mer ! s'étrangla lord Eaglebond.

— Machine arrière, toute !... entendit-on en écho.

Il y eut un énorme bruit de moteur tournant à vide et le *Pégase* glissa sur son erre. Tout le monde s'était précipité au bastingage. Loin derrière, dans la trace atténuée du sillage, on apercevait le Grec nageant vigoureusement. Des marins se précipitaient pour mettre le chriscraft à la mer...

— Mais il est fou !... Il est fou ! cria Lena.

Le canot démarra dans un rugissement. Quand les matelots arrivèrent près de S.S., il leur hurla des injures en grec : il voulait être sauveteur, non pas sauvé.

— Crétins ! Qui vous a donné l'ordre de venir ? Je sais nager, non ?

Il serrait Herman contre sa poitrine. On les hissa tous deux dans le hors-bord. Une minute après, Satrapoulos, ruisselant, remontait sur

327

le pont du *Pégase* où on l'accueillait avec de grands cris, comme un héros. Il éclata de rire, heureux :

— Je m'étais pourtant juré de ne me mettre à l'eau qu'à Ibizza ! Elle est formidable !... Si le cœur vous en dit !...

On lui tendit un verre de scotch qu'il avala triomphalement, guignant, mine de rien, la Menelas qui n'avait d'yeux que pour lui.

16

— Monsieur le Commandant est servi...
— A table ! A table ! Vous devez tous mourir de faim !

Bien des bouteilles avaient été vidées depuis le sauvetage du chien. Le Grec regarda sa montre : une heure de l'après-midi. Il prit le bras de lady Eaglebond, Lena, celui de l'homme d'Etat, légèrement titubant. Au loin, on distinguait maintenant les contreforts d'Ibizza, masse grise et indistincte vibrant dans le soleil. Après le déjeuner, sieste pour tout le monde. On se baignerait vers les 17 heures. Socrate se retourna vers la Menelas qui le suivait :

— Quel est votre plat préféré ?
— Celui qui m'est interdit... La ligne.
— Spaghetti ?

Elle éclata de rire :

— Patates !
— Non ?... C'est pas vrai ?... Moi aussi !

Autour de la table fleurie, des maîtres d'hôtel les attendaient pour leur avancer leurs sièges. Lena se sentit agacée.

De la crique enchâssée dans de hautes falaises, on voyait le *Pégase* se balancer au large, un kilomètre plus loin. Le Grec n'avait pas menti, la plage était incroyablement belle et secrète. Stavenos et les deux marins qui avaient accompagné les invités avaient poussé la discrétion jusqu'à conduire le chriscraft hors de leur vue, à quelques brasses de là, derrière un éperon rocheux.

— Pourquoi les Eaglebond ne se sont-ils pas joints à nous ?

— Harry déteste l'eau — Satrapoulos utilisait volontiers le « Harry » pour bien marquer son intimité avec le lord — et comme lady Eaglebond déteste par principe ce que son mari n'aime pas...

— Quel dommage, dit Nancy. L'eau est merveilleuse.

— Pas tant que le whisky, bredouilla Stany, dont on ne voyait pas le visage enfoui sous une serviette.

— Mais il parle !... s'exclama Nut avec ironie. Pourquoi n'avez-vous rien dit depuis que nous sommes partis ?...

Pickman grogna :

— Parce que, jusqu'à présent, tout va bien.

Ils étaient tous allongés dans le sable chaud. Le bain et la nage avaient quelque peu dissipé les vapeurs d'alcool du déjeuner. S.S. s'était arrangé pour être couché près de la Menelas. Il était sur le ventre, ouvrant un œil sans bouger la tête, observant cette surface de peau encore humide où s'accrochaient des grains de sable doré, la peau de sa cuisse, à elle.

— Une cigarette ?... demanda Pickman à la ronde en s'ébrouant pour farfouiller dans un sac en plastique.

Du sac tombèrent un paquet de Camel, un briquet Zippo (en or tressé de chez Cartier), un peigne, un miroir, un bâton de rouge à lèvres. Stany ne se donna pas la peine de les remettre en place. Il saisit le rouge à lèvres et commença à tracer un cœur sur le ventre de sa femme...

— Stany ! Arrête !... Qu'est-ce que tu fais ?... demanda-t-elle mollement sans voir ce qui la chatouillait.

— Bouge pas !... Une œuvre d'art... Je te tatoue.

Elle roucoula sans remuer...

— Stany...

— Pas mal... admira Nut... Vous êtes plus doué pour le dessin que pour la parole.

— Attendez, vous n'avez encore rien vu... Pour l'écriture, je suis champion... Le roi du bâton !

Il traça sur son propre torse, en grosses lettres qu'il écrivit à l'envers pour qu'on puisse les lire à l'endroit : *A Stany pour la vie.*

La Menelas éclata de rire :

— Mais c'est une déclaration d'amour !

— Exactement. Comme Nancy ne m'en fait plus depuis longtemps, il faut bien que je m'aime un peu...

— Hypocrite !...

— Quand j'étais gosse, continua le comédien, j'avais lu une histoire fantastique. Un petit garçon auquel une fée a donné un pouvoir : tout ce qu'il dessine devient réalité, vous vous rendez compte ?...

— Qu'est-ce qui vous manque ?... demanda paresseusement Satrapoulos.

— Là, tout de suite ?... Ma foi... Presque rien... Ah si !... un piano !... Je dessinerais un piano, notre amie nous jouerait ce qu'elle aime et j'écouterais jusqu'à la fin du monde.

— Olympia qu'en pensez-vous ?... dit le Grec. Voulez-vous que je fasse apporter le piano ?

— Ah non ! rétorqua Pickman... C'est de la triche !

La Menelas se mit à rire — elle n'arrêtait pas de rire depuis qu'elle était sur le *Pégase*. Mimi lui glissa un regard soupçonneux : on lui avait changé sa panthère... En maillot, il était encore plus pitoyable qu'habillé. Une petite chose maigre et blanche, vulnérable, fragile, sans défense, ridicule dans un maillot trop grand à bandes jaunes et noires, qui lui tombait presque sur les genoux et s'accrochait plus haut que le nombril, pratiquement sous les épaules.

— Attendez... dit Stany... ne bougez pas...

A grands coups de rouge à lèvres, il esquissa sur le dos du Grec l'ébauche grossière d'un clavier...

— On ne sait jamais... Un miracle...

Il prit un air très solennel en s'adressant à la Menelas :

— Madame, votre Bechstein va être avancé. Qu'allez-vous nous faire l'honneur de nous interpréter ?

Le Grec, toujours sur le ventre, rigolait :

— Merde, ça chatouille !...

La Menelas entra dans le jeu :

— Que diriez-vous de la *Valse en do dièse mineur opus 64, numéro 2* ?...

Instinctivement, Lena se cabra, aux aguets, flairant quelque chose...

— Cher Maître, nous vous écoutons... dit l'acteur.

La Menelas se mit à genoux devant le corps de Socrate. Elle éleva les mains très haut, fit jouer ses doigts et attaqua la mélodie imaginaire. Au contact de ses ongles qui couraient sur sa peau, le Grec eut l'impression que ses cheveux se dressaient sur sa tête. Il garda une immobilité de pierre, mal à l'aise, bouleversé, aux anges.

La Menelas accompagnait sa mimique en murmurant la mélodie. Lena s'était assise et la regardait d'un œil froid. Mimi enrageait. Nancy se tenait les côtes, Stany jouait les mélomanes éclairés, Nut arborait une expression mi-figue, mi-raisin. Parfois, en montant ses gammes, la Menelas laissait traîner ses doigts en une longue caresse brûlante dont Socrate était sûr qu'elle s'inscrivait en rouge sur sa peau. Troublée elle aussi, comprenant soudainement que le jeu cessait d'en être un, elle plaqua deux derniers accords et fit semblant d'être en colère :

— Il est faux !

— Bravo !... cria Nancy...

— Merveilleux ! ajouta Pickman.

Le Grec n'entendait plus rien. Il se sentait rougir jusqu'aux oreilles. Il lui arrivait quelque chose qui le rendait fier et, en même temps, le gênait horriblement, le mettait dans une situation épouvantable... Il aurait juré que tous les autres s'en apercevaient... Une solution, une seule... L'eau fraîche... Il calcula son coup pour qu'on le voie debout le moins longtemps possible.

D'un bond, il se redressa, sprinta sur les quelques mètres de sable qui le séparaient de la mer et s'y jeta en avant, de tout son corps, dans une gerbe d'éclaboussures. Nut ne fut pas dupe de ce qui venait de se passer. Elle observa Lena... Savait-elle ?... Et la Menelas ? Comprenait-elle l'hommage involontaire que Socrate venait de rendre à la caresse de ses doigts ?

En entrant dans le port d'Ibizza, dès que le *Pégase* eut contourné le môle, Socrate eut une sale surprise : l'appontement qu'il louait à l'année était déjà occupé par un bateau immense, un fabuleux voilier noir d'une beauté à couper le souffle...

— Qu'est-ce que c'est que cette saloperie ?

Il était mortifié qu'un navire aussi parfait puisse avoir été construit pour un autre que lui. Mezza voce, Lena lui lança entre les dents :

— J'aimerais bien posséder le même...

Le Grec haussa les épaules, profondément vexé. Non seulement il trouvait sa place prise — la seule assez grande pour abriter le *Pégase* — mais encore par un bateau dont il n'avait pas imaginé qu'il pût en exister un d'aussi magnifique, fin, élancé, ses trois mâts pointant vers le ciel à des hauteurs stupéfiantes. Il ne put s'empêcher de penser que, à côté de cette merveille, son propre yacht, pourtant admiré dans le monde entier, faisait étriqué, lourdaud, ridicule. Il ricana :

— C'est pas mal pour un bassin, mais alors, en mer !... Les mâts sont bien trop hauts. Avec un tel tirant, ils doivent se coucher dès qu'on hisse les voiles !

Aucun de ses invités béats d'admiration ne prit la peine de lui répondre, ce qui le rendit plus furieux encore. Il ressentait comme une injure la beauté des êtres ou des choses qui ne lui appartenaient pas : il était déjà grave qu'on se fût permis de lui prendre son emplacement, mais que ce yacht fût plus luxueux que le sien était insupportable. Comment n'en avait-il jamais entendu parler ?

— Kirillis !

— Oui, Commandant...

332

— Jetez l'ancre où nous sommes. Prenez le canot, allez à la capitainerie du port et demandez des explications.

— Bien, Commandant.

On mit le hors-bord à la mer...

— Harry, voulez-vous prendre un verre ?

Lord Eaglebond aurait bien dit oui, mais il en avait déjà un en main. Les invités refluèrent sur le pont arrière où des cocktails leur furent servis.

— Si vous voulez, ce soir, nous dînerons à terre, dit le Grec... Je connais un petit restaurant de pêcheurs où l'on sert des calamars farcis !... Vous aimez ça, Nancy, les calamars ?...

Il s'en fichait comme de l'an quarante, qu'elle aime ou non les calamars farcis. Ce qu'il voulait savoir, c'était le nom de l'enfant de salaud qui s'était permis de lui faucher sa place. Et qui le faisait passer aux yeux de ses amis pour un paysan.

— Ça alors !... Ça alors !... criait cette imbécile de Lena.

A sa suite, tous les passagers vinrent s'accouder au bastingage. Le Grec résista deux secondes, pas plus, et fit comme eux. Ce qu'il vit lui donna un choc aussi violent que s'il avait reçu en plein estomac une ruade de mulet...

Dans son propre canot, écrasant Kirillis de sa taille, Kallenberg, en tenue de capitaine au long cours, hilare, faisant de grands gestes des deux bras, comme si la mer lui avait appartenu. Il hurlait de plaisir :

— Alors, marins d'eau douce !...

— Herman !... Herman !... s'extasiait Lena la gourde.

Barbe-Bleue escalada l'échelle de coupée, à l'abordage, mit le pied sur le pont en vainqueur et clama à la cantonade :

— Sur le *Vagrant* on vous a reconnus tout de suite ! Comment allez-vous ? Ça, c'est extraordinaire !... Comment ça va ?...

Il serrait des mains, envoyait une grande claque dans le dos de S.S., embrassait Lena :

— C'est ta sœur qui va être contente !

Il se multipliait tellement que le Grec aurait juré avoir affaire à une douzaine de Kallenberg... Un cauchemar, une nausée...

— Et toi, sacré pirate !... Tu n'as pas encore coulé sur ce rafiot ?... Ah !... Ah !...

Socrate avait envie de le tuer. Pourtant, c'est avec un grand rire jovial qu'il lui rendit sa claque sur les épaules mettant dans son coup toutes ses forces, tout son poids :

— Quelle bonne surprise !... Et Irène est là aussi ?...

— Toute la famille mon vieux, toute la famille !...

— Vous êtes arrivés depuis longtemps ?

— Deux jours. On repart demain pour Capri. Et vous ?

— On s'en va ce soir.

Lena le regarda, étonnée. Elle comprit le sens de cette décision insolite, décida d'en tirer profit et vengeance publique. Dans la lutte ouverte qui opposait Kallenberg et son mari, elle s'était toujours rangée dans le camp de Satrapoulos. Cette fois, pourtant, elle allait devenir pour une nuit l'alliée d'Herman. Elle n'était peut-être pas assez forte pour rendre à S.S. l'humiliation qu'il lui avait fait subir, mais ce singe de Barbe-Bleue, si. Elle dit :

— Tu nous disais tout à l'heure que nous allions passer la nuit ici ?...

Kallenberg vint immédiatement à la rescousse :

— Evidemment que vous passez la nuit ici !... Ce soir, on dîne tous à bord du *Vagrant* !

Le Grec serra les mâchoires : il était piégé.

Irène se démenait, prenant à son compte les décisions de Kallenberg :

— Il m'a fait la surprise ! J'ai refusé que le bateau porte mon nom. Mon mari voulait l'appeler « Irène »... Non, non... C'était gentil de la part de mon mari, mais si j'avais accepté, ç'aurait été prétentieux de la mienne... Lena, tu aimes ?...

— Fantastique !...

Elle était sincère. Il ne s'agissait plus d'un yacht, mais d'un musée flottant. Chaque salon, chaque cabine était orné de toiles de maîtres flamands du XVIIe siècle, impressionnistes chatoyants et, dans la salle à manger, la merveille des merveilles, un nu grandeur nature de Rembrandt, frère jumeau de sa Bethsabée, doré, mystérieux, superbe.

— Ne me demandez pas où ni comment Herman a déniché ce chef-d'œuvre, je n'en sais rien. Il ne veut le dire à personne.

Irène jouait les guides, conduisant les invités de son beau-frère dans les arcanes du ventre de son navire. Sur leur passage, des maîtres d'hôtel courtois et dignes s'inclinaient. Les cloisons étaient faites de boiseries en palissandre contre lesquelles, ton sur ton, luisaient doucement des meubles précieux aux marqueteries raffinées. A profusion, des tapis rares, des fleurs, des objets d'art signés d'une valeur inestimable. Snobée, Nancy Pickman souffla dans un murmure :

— Ce qui est extraordinaire, c'est que, en plus, ça flotte...

A leur entrée dans le bureau, la blonde se leva, suprêmement indifférente, passa devant eux sans un regard et sortit. Une fille très grande, des yeux bleus dédaigneux derrière des lunettes, un corps qui devait faire automatiquement se retourner les hommes lorsqu'elle marchait dans la rue. Marchait-elle ? Elle avait tellement l'air de planer... Le Grec ne l'avait pas lâchée des yeux jusqu'à ce qu'elle referme la porte :

— C'est un de tes petits mousses ?

— Ma secrétaire.

— Maintenant, je sais pourquoi Irène a dit à Lena qu'elle avait des insomnies...

— Quand j'engage des collaborateurs, je me passe de son avis. Tu demandes la permission à Lena, toi ?

Barbe-Bleue avait un petit ton persifleur et irritant qui crucifiait Socrate dont les nerfs étaient déjà soumis à rude épreuve.

— Comment as-tu fait pour mettre le grappin sur la Menelas ? On la disait farouche ?

S.S. lui jeta un regard froid mais ne répondit pas.

— Beau morceau !... Je lui dirais bien deux mots...

— Qui t'en empêche ?

— Elle est mariée non ?... Sacré Socrate !... Ah !... Si j'avais ton savoir-faire avec les femmes !... « l'homme à la rose » !...

Tout en lui était défi...

— Alors, il te plaît le *Vagrant* ?... Un cigare ?...

— Merci non. Beau bateau. Où l'as-tu fait construire ?

— Hambourg. Salaire doublé pour les ouvriers. Les équipes se sont relayées pendant six mois, nuit et jour, vingt-quatre heures sur vingt-quatre. Cinq millions de dollars. Trois millions d'œuvres d'art. Le plus beau yacht du monde. Je ne suis pas volé. Tu vois, l'argent, c'est fait pour acheter de la beauté.

Non seulement il s'était foutu de sa gueule, mais voilà qu'il donnait des leçons ! Vertigineusement, le Grec cherchait un moyen de le faire choir de son piédestal. Il voulait lui faire mal, le toucher à un endroit vulnérable. Il savait que ses grands airs d'esthète éclairé, c'était bidon. C'est alors que son désir de lui river son clou lui fit commettre une imprudence fatale :

— La beauté... La beauté... Ce n'est pas tout.

— Qu'est-ce qu'il y a d'autre ?

S.S. sortit de sa poche un de ses propres cigares, le ficha dans sa bouche et cracha :

— Business.

— Mon pauvre vieux... fit Kallenberg avec une moue méprisante...
Qu'est-ce que je peux souhaiter de plus ?

Socrate laissa la question en suspens et alluma lentement son
cigare. D'un air négligent :

— Au fait... J'ai acheté un truc ce matin.

— Une nouvelle chemise ?... ironisa Barbe-Bleue.

— Non. Les chantiers Haïdoko.

Herman eut une grimace incrédule qu'il n'eut pas la force
de réprimer. Le Grec l'observait avec passion, suivant avec une jouissance délicieuse les ravages qu'il venait de provoquer.

Depuis des années, tous les armateurs du monde étaient sur
l'affaire. Têtes de liste : Satrapoulos et Kallenberg... Le vieux Haïdoko
n'avait pas eu de chance. A sa mort, il laissait derrière lui, pour
uniques héritières, une fille un peu cinglée, née d'un premier lit, et une
veuve hystérique. Toutes deux n'avaient qu'un désir : se débarrasser
des chantiers. Seulement, pour réaliser l'opération, il leur fallait se
mettre d'accord et signer ensemble l'acte de vente — cette clause
était formellement prescrite par testament. Or, la belle-mère et la fille
se vouaient une telle haine qu'il suffisait que l'une dise oui pour que
l'autre oppose son veto, et vice versa.

L'imbroglio durait depuis cinq ans. Découragés, les acheteurs les
plus acharnés avaient baissé les bras et renoncé. Tous, sauf le Grec.
A l'inverse de Kallenberg, il n'avait pas fait de surenchère. A quoi
bon ? Elle n'aurait pas abouti. En revanche, deux de ses hommes,
qu'il payait à l'année, faisaient des relances incessantes et l'informaient
de tout fait nouveau. La bonne nouvelle était arrivée quarante-huit
heures plus tôt : la veuve avait cassé sa pipe dans un accident de
voiture. Curieusement, le conducteur du véhicule écrasé contre un arbre
sur une route peu fréquentée n'avait pas de pantalon sur lui.

Les séides du Grec avaient bondi sur la fille et enlevé le morceau
à des conditions très avantageuses.

Kallenberg, comme assommé, parvint à articuler d'une voix rauque :

— Comment as-tu fait ?

— Tstt... Tstt... Herman... Voyons !...

— Cher ?

Socrate eut un rire léger :

— Pas grand-chose. Et un voyage.

— Quel voyage ?... bredouilla Barbe-Bleue.

— La veuve est morte. Mes fondés de pouvoir n'ont eu qu'à
payer la somme. En prime, ils ont offert à la cinglée une croisière
d'un an autour du monde. Elle a marché !... Tu es le premier à
qui j'annonce la nouvelle... C'est tout frais, tu sais (il consulta sa
montre)... Le contrat a dû être signé... il y a une heure, à Tokyo.

Kallenberg regarda le Grec pensivement. Sous son bureau, il

appuya du bout du pied sur un bouton. Un instant plus tard, la blonde ouvrait la porte. Barbe-Bleue ne lui laissa pas le temps de dire quoi que ce soit. Par-dessus les épaules de S.S., il lança :

— Ah oui ! Greta, j'arrive !...

Et au Grec :

— Tu m'excuses ? J'en ai pour une seconde...

Il sortit sur les talons de la cavale. Satrapoulos ne put même pas s'étaler dans son fauteuil pour savourer le K.-O. qu'il venait d'infliger : Herman était déjà de retour. Il eut un mot qui était bien dans sa manière quand il perdait une partie :

— Si on remontait sur le pont ? Nos amis doivent s'impatienter.

Comme d'habitude, il tentait de minimiser la victoire d'autrui en ne la mentionnant pas, comme si elle n'avait pas eu lieu. Pas dupe, le Grec le toisa d'un air narquois et satisfait. Brave Kallenberg !... Pour un type qui avait fait des études à Harvard, il n'était même pas fichu d'être sport. Que leur apprenait-on là-bas, dans les universités ?

— Et voyez-vous, mon mari peut appeler le monde entier en cinq minutes !

— Si j'avais eu la même installation dans mon Q.G., j'aurais certainement gagné la guerre plus vite !

Tout le monde rit à la boutade de lord Eaglebond. Kallenberg aussi, plus fort que les autres, malgré la rage que lui valait le stupide numéro d'Irène, celui de l'épouse au foyer... « mon mari par-ci, mon mari par-là... » Comme s'il avait été sa chose ! Il demanda :

— Voulez-vous que nous remontions sur le pont ?

Les invités s'engagèrent dans l'escalier recouvert de moquette lavande. Herman se tint à l'écart pour les laisser passer. Nut, en arrivant devant lui, fronça les sourcils, comme si elle oubliait quelque chose...

— Herman, j'ai un coup de téléphone à donner. Vous permettez ?

— Mais bien entendu ! Où ça ?

— A New York.

— Spiridon !

L'officier-radio fit volte-face :

— Oui, Commandant ?

— Voulez-vous vous mettre à la disposition de Madame ?

— Merci... dit Nut... Je vous rejoins là-haut dès que j'aurai eu ma communication.

— Vous n'aurez pas à attendre... se pavana Kallenberg. Toute l'installation est en priorité absolue.

— J'appelle Peggy Nash-Belmont. Vous avez un message à lui transmettre ?

— Dites-lui que nous l'attendons tous avec impatience. Je serais enchanté de la recevoir à bord.

— Mais tu es une magicienne ! Comment as-tu su ?

C'était fantastique : malgré les milliers de kilomètres qui les séparaient, la voix de Peggy lui parvenait comme si elle avait été près d'elle. Nut s'étonna :

— Comment j'ai su quoi ?

Elle regarda l'officier. Discrètement, il sortit aussitôt du poste. Pendant ce temps, Peggy lui criait quelque chose avec enthousiasme. Nut sembla sidérée. Puis :

— Non !... C'est vrai !...

— Mais oui !... s'excitait Peggy ! Hier soir... Comme ça !... Personne n'était dans la confidence... Oh ! Nut !... C'était formidable !...

Attendrie, Nut exigea :

— Madame Baltimore, je vous somme de tout me raconter sans omettre un seul détail... Oh ! Peggy !... Je suis si heureuse pour toi !... Je te félicite !... C'est merveilleux ! fantastique !... A quand le voyage de noces ?

— Tu n'y penses pas !.. Scott est en pleine campagne !... Sais-tu comment j'ai passé la première nuit de ma lune de miel ?...

— Raconte !...

— Sur un quai de gare dans un bled de l'Illinois... Warren... Scott y faisait une conférence... Il était formidable !... Moi, je ne me doutais de rien... En sortant de la salle, il m'a présentée à un tas de types... Quand ça a été fini, il n'en restait plus qu'un, un seul qui ne bougeait pas...

« Scott m'a dit : « Et celui-là, tu veux le connaître ? » J'ai dit oui...

« Il a dit au type : « Voici Peggy, ma fiancée... » Et à moi : « M. Billcott est le pasteur de Warren. Il veut bien nous marier tout de suite... »

« Tu peux pas savoir !... J'ai eu un malaise, je n'y croyais pas ! Dix minutes plus tard, j'étais mariée !... Scott voulait me faire la surprise... Je suis si heureuse !... Il avait nos alliances dans sa poche, je crois bien que j'ai pleuré !...

« Attends !... Ce n'est pas tout ! Quand on a voulu partir, la voiture était en panne. Scott a dit : « Tu vois, ça commence bien... » On a éclaté de rire. On avait envie d'être seuls. Il m'a dit :

338

« Viens, on va à la gare du patelin. J'ai assez vu ces faces de rats... On va prendre un train... Sur le quai, il n'y avait pas un chat. On était là, comme deux idiots, à rire tout seuls... Il me tenait par la taille... On s'embrassait... Au distributeur automatique, on a pris deux sandwiches et du Coca-Cola... Il m'a dit :

« Tu te rends compte, quand on épouse une héritière, il faut fêter ça !... »

« Oh ! Nut !... Nut !... C'est fait !... C'est fait !... Je désirais être sa femme depuis si longtemps !...

— Et sa famille ? Comment ça s'est passé ?

— Comment veux-tu que je le sache ?... Tout est allé si vite !... Je n'ai encore rencontré personne... Scott a dit que tout irait bien...

— Après tout, tu es l'un des plus beaux partis d'Amérique, toi aussi...

— J'étais, Nut, j'étais !... Maintenant, je ne suis plus que sa femme !... Appelle-moi Madame !

— La presse est au courant ?

— Jamais de la vie !... C'est à cause des journalistes que Scott avait préparé son coup en douce !... Personne ne sait rien !... Au fait, comment savais-tu que j'étais chez moi ?...

— Tu vois...

— Tu sais pourquoi ?... Je déménage !... Je vais chez lui pour quelques semaines...

— Tu quittes ton penthouse ?

— Ah non !... Où est-ce que j'irais quand on se fâchera !... Il est fabuleux tu sais !... On va chercher quelque chose de plus grand !...

— Tu sais d'où je t'appelle ?

— D'Europe ?

— Oui, mais d'où ?

— Dis-moi !

— D'Ibizza. Je suis sur un yacht encore plus beau que celui de Gus.

— Satrapoulos ?

— Non, Kallenberg.

— Je croyais que tu étais sur le bateau du Grec ?

— J'y suis ! Mais, à Ibizza, on a rencontré Herman. On dîne à son bord ce soir.

— Fantastique !... Ce que j'aimerais venir vous rejoindre avec Scott !

— Tout le monde vous attend !... Chiche !

— Impossible... Tu connais la formule : « Pour le meilleur et pour le pire. » En ce moment, c'est le pire ! Ce que ça peut être emmerdant, la politique ! Mais attends !... On va se rattraper bientôt !...

— Peggy ?

— Oui ?

— Il faut que je remonte sur le pont... Je te rappelle dans deux ou trois jours... Tu ne sauras jamais le bonheur que tu viens de me donner... Peggy ?...

— Oui ?...

— Je t'adore... Au revoir...

— Nut !... Tu peux m'appeler ici pendant une semaine encore. J'y viens tous les jours.

— Je t'adore !

— Moi aussi... Au revoir.

Nut raccrocha, rêveuse. Devant la porte du standard, elle aperçut l'officier qui gardait le dos ostensiblement tourné. Mais sans doute les oreilles ouvertes.

— Monsieur !...

— Oui Madame ?...

— J'ai une autre communication à donner, toujours à New York. Demandez-moi le 751-27-43.

— Bien Madame.

Pendant qu'il opérait, il se rendait à l'évidence : jamais, même sur l'ancien bateau de son patron, un invité ne réclamait une communication à moins de trois mille kilomètres ! Et les bavardages duraient parfois des heures ! Après tout, ce n'était pas son affaire. C'était le singe qui payait — après avoir longuement vérifié si aucun appel n'avait été donné par un membre de son équipage...

— Vous avez New York en ligne, Madame...

Nut prit le récepteur et lui jeta le même regard que tout à l'heure : compris ! Il s'éclipsa...

— C'est Madame Bambilt à l'appareil...

Elle n'en dit pas plus, mais ce fut suffisant. Là-bas, on lui disait des choses qui métamorphosaient son visage... Ses traits se dilatèrent sous le coup d'une joie stupéfaite... Elle balbutia :

— Vous êtes sûr ?... Vraiment sûr !...

— Oui Madame... Certain... Le tribunal...

Elle n'écoutait plus... La vie était belle... sereine, douce, prodigieuse, unique !

— Merci, Tom !... Merci !...

Elle raccrocha et respira profondément. Désormais, elle n'avait plus aucun souci à se faire. Après des semaines d'inquiétude, le bonheur fou auquel elle aspirait devenait réalité.

Elle eut un sourire ensorceleur pour l'officier dont elle effleura la joue au passage :

— Merci...

Un peu interloqué, ne sachant quelle attitude prendre, l'autre, d'instinct, rectifia la position dans un semi-garde-à-vous. Nut accéléra la marche pendant qu'elle montait l'échelle de coupée.

— La voilà !... cria Kallenberg...

Mais Nut ne faisait attention à rien, ne voyait personne, n'entendait plus quoi que ce soit. Cette joie trop forte, elle allait la garder en elle une seconde encore. Son meilleur ami la partagerait le premier... Elle s'approcha tout près de Satrapoulos, qui était assis, un verre à la main. D'une voix vibrante, contenue, elle lui souffla :

— Socrate... C'est fantastique !... Je suis veuve !...

Et, à la cantonade : je viens d'apprendre une très bonne nouvelle !... Scott et Peggy se sont mariés hier !

— Hé !... Irène ! Tu sais qu'Herman a failli se noyer ?

— Qu'est-ce que tu racontes ?... Nous n'avons pas quitté le bateau...

Lena pouffa :

— Mais non !... Pas ton mari !... Mon chien !

Le rugissement du hors-bord qui démarrait couvrit ses éclats de rire. A l'aller, on avait été un peu serré dans le canot. Pour le retour, il avait été convenu de faire deux voyages jusqu'au *Pégase*. D'un air léger, Lena avait lancé :

— Les femmes d'abord !

Façon adroite d'avoir à l'œil ses deux plus dangereuses rivales, la Menelas et Nut. La deuxième fournée devait comporter le Grec, Emilio, lord Eaglebond et Stany Pickman. Emilio essayait de faire comme s'il n'avait pas entendu ce que Lena avait dit à Irène. Mimi n'aimait pas l'insolence — il redoutait trop d'en être l'objet pour rire de celle qui ne le concernait pas. Eaglebond et Pickman étaient en grande conversation avec les invités de Kallenberg, une star italienne et son mari, un ancien général allemand devenu roi de la métallurgie qui s'esclaffait au souvenir des luttes qui l'avaient opposé à Eaglebond vingt-cinq ans plus tôt :

— *Ach !*... Fini tout ça !... C'était la guerre !...

Barbe-Bleue entraîna Socrate à l'écart.

— Dans le fond, toi et moi, on est idiots !... Deux vrais gamins !...

S.S. jeta un regard en coin à ce gamin de deux mètres et cent kilos. C'était nouveau, ça... Qu'est-ce qui lui prenait ?... L'alcool qu'il avait bu ou la raclée morale qu'il venait de recevoir ?

— C'est vrai !... On est toujours à se tirer dans les pattes... Qui en profite ?... Nos concurrents. Quand je pense qu'on devrait être deux alliés... qu'on pourrait s'associer !...

341

Il était tombé sur la tête ou quoi ? Il allait le ramener sur terre. En douceur...

— C'est aux chantiers Haïdoko que tu fais allusion ?

Le Grec attendit la réponse en tirant une longue bouffée de son cigare. Il était calme, serein. Le carré d'as qu'il venait d'abattre le mettait d'humeur légère. Kallenberg marqua une hésitation :

— Oui... Par exemple... Et d'autres affaires encore... Tu n'es pas très coopératif...

S.S. émit une espèce de gloussement :

— Quand tu mets la main sur un gâteau, tu viens me chercher, toi ?

— Après tout, on est de la même famille.

— Mon cul ! La famille, ce sont des gens liés par le sang et séparés par des questions d'argent. On a épousé les deux sœurs, et alors ? On est plus copains pour ça ? Tu as toujours voulu me mettre des bâtons dans les roues !... La vérité, c'est que tu ne peux pas me blairer !

Il pencha la tête, réfléchit et ajouta :

— D'ailleurs, je te le rends bien. Tu es une ordure.

En d'autres circonstances, Kallenberg aurait frappé, hurlé, étranglé. Mais là, pour quoi faire ? Le petit morpion serrait lui-même, sans le savoir, le nœud coulant qu'il avait autour du cou. Barbe-Bleue eut un sourire inquiétant :

— Dommage... Dommage... Tu n'as pas de chance en ce moment mon pauvre Socrate !...

— Socrate, il t'emmerde !

En cet instant, leurs rapports étaient complètement inversés. Le point faible de Kallenberg, c'était la colère. Il suffisait de le provoquer pour lui faire perdre une partie de ses moyens. La rage l'aveuglait. Le Grec, au contraire, avait plus d'emprise sur ses émotions, bien qu'elles fussent aussi dévastatrices. Pourquoi s'était-il laissé emporter ?... Et pourquoi Herman arrivait-il à garder son calme ? Satrapoulos n'osa pas répondre à cette question, mais un goût de métal envahit sa bouche. Il sentit que, quelque part, quelque chose craquait. Une menace... Il voulut briser le cercle :

— Salut. Je m'en vais.

On entendit le bruit du chriscraft dont les moteurs rugirent contre la coque du *Vagrant*. Le Grec fit trois pas, s'attendant au pire, certain de l'imminence d'un danger dont il percevait le poids dans son dos, entre ses omoplates, sans pouvoir le définir...

— Dis donc !...

Il fit volte-face. Kallenberg l'observait d'un petit air méchant, les mains sur les hanches, colossal.

— Qu'est-ce que tu veux ?

— J'ai oublié de te dire un truc...

Ça y était !... Le coup allait partir. S.S. se contracta instinctivement, banda ses muscles et s'apprêta à encaisser... Simultanément, il entendit qu'on l'appelait :

— Socrate !... On lève l'ancre !...

Lord Eaglebond, hilare, se dressait en haut de l'échelle de coupée où deux marins du *Vagrant* le portaient plus qu'ils ne le soutenaient... Le Grec lui fit un signe amical et affronta Kallenberg. L'autre eut cette phrase curieuse :

— Pourrais-tu me donner l'heure ?

Malgré lui, S.S. répondit...

— 2 heures du matin.

— Et au Japon, quelle heure crois-tu qu'il soit ?

L'espace d'une seconde, le Grec eut la sensation d'être un poisson accroché au bout d'une ligne. Puis il comprit comment on avait réussi à le ferrer. Il eut envie de vomir, souhaitant paradoxalement entendre ce que Barbe-Bleue n'allait pas manquer de lui dire. La phrase redoutée et fatale tomba, sans appel :

— Je viens d'acheter les chantiers Haïdoko.

A quoi bon lui demander des explications ? Kallenberg avait dû jouer sur le décalage horaire entre l'Europe et l'Asie. Pendant qu'il amusait la galerie, on alertait ses gens à Tokyo. Ils faisaient une surenchère auprès de la cinglée, cassaient le marché, enlevaient le morceau. C'était de bonne guerre : à sa place, S.S. en aurait fait autant. Il n'avait pas su se taire. Il n'avait pas pu résister au plaisir enfantin de se pavaner, d'étaler un triomphe qui n'était même pas définitivement acquis. Maintenant, on lui présentait la facture : bien fait pour sa gueule !

— C'est moche, hein ?... se paya le luxe d'ajouter Herman... Bah !... Tu es un lutteur... Tu sais encaisser...

Voyant que Satrapoulos restait muet, il reprit :

— Tu n'en mourras pas !... Tiens, je vais te dire, on peut même s'arranger...

Le Grec le regarda fixement :

— J'écoute...

— Veux-tu qu'on discute de ça demain ?

— Tout de suite.

— Dans le fond, je n'y tiens pas tellement, moi, à ces chantiers... C'est vrai ça... Ils m'embarrasseraient plutôt...

Parle toujours, tu m'intéresses ! Kallenberg se battait depuis cinq ans pour mettre la main dessus. S'il feignait d'y renoncer, c'est qu'il avait quelque chose de plus juteux en vue. Il abattit sa carte d'un air négligent :

343

— Je peux passer la main, te les revendre... Autant que ce soit toi qui en profites.

— J'avais oublié... La famille...

— Eh oui !... Tiens, tu pourrais par exemple me céder trente pour cent de tes parts dans le fret de l'Arabie Saoudite... Suis pas gourmand, moi...

— Va te faire foutre.

— ... et je te revendrais les chantiers en contrepartie. Sans bénéfice. Enfin, dix pour cent pour mes frais. Normal, non ?

— Va te faire foutre.

— Tu vois, on s'énerve, on s'énerve... Et on perd le sens des affaires !... Réfléchis... J'attendrai ta réponse jusqu'à demain midi. La nuit porte conseil. Je vais déjà faire préparer les contrats... Au cas où tu changerais d'avis...

— Va te faire foutre !... hurla le Grec.

Il pivota et se précipita jusqu'à l'échelle de coupée qu'il dévala pour sauter dans le hors-bord. Le bruit des moteurs ne fut pas suffisant pour couvrir la voix de Kallenberg qui hurlait, du haut de la passerelle :

— Demain !... Midi !...

Au moment de regagner sa cabine, alors qu'il lui baisait la main pour prendre congé, la Menelas murmura :

— Vous avez des ennuis ?

Un peu surpris par ce flair, le Grec secoua la tête :

— Mais non... Bonne nuit.

Plus fort, pour les autres :

— Dormez bien !... Quand vous vous réveillerez, nous serons au large !

Le dernier invité disparu, Satrapoulos se rendit au poste de commandement où veillait Stavenos :

— Je veux qu'on lève l'ancre à l'aube. A 6 heures, pas plus tard. Cap nord-est. Je vous donnerai d'autres ordres à mon réveil.

— Bien, Commandant. Je vais prévenir le capitaine.

Le Grec quitta la pièce et traversa le pont à grandes enjambées. Maintenant, il allait régler ses comptes. Arrivé devant la cabine de Lena, il en ouvrit la porte à la volée. Elle était allongée tout habillée sur le lit. Elle se redressa à demi :

— Qu'est-ce qui te prend ?

— Tout ça est de ta faute !

— Quoi ?... Qu'est-ce qui est de ma faute ?

— Tu es la pire de mes ennemies. Tu fais le jeu de mes adversaires !

Elle le regarda, interloquée :

— Je suis fatiguée, j'ai envie de dormir. Je ne sais pas de quoi tu parles, laisse-moi tranquille.

— Je voulais partir, moi, ce soir !... Il a fallu que tu insistes pour faire plaisir à cette grande saucisse !...

Il tournait autour d'elle, l'œil mauvais. S'il ne déchargeait pas sa colère sur quelqu'un, il allait éclater...

— Tu sais combien ça me coûte ce dîner à la con ?... Soixante millions de dollars !... Tu t'en fous, hein ?... C'est pas toi qui les perds !... Tu as maman derrière toi !...

— Socrate !

— La ferme !

Des larmes vinrent aux yeux de Lena. Avec le courage des faibles, elle fit face et attaqua :

— Tu n'as pas le droit de me parler comme ça ! J'en ai assez des pouffiasses dont tu bourres mon bateau !

— Ton bateau !...

— Oui ! Je suis chez moi ici !...

— Alors restes-y ! C'est moi qui foutrai le camp ! Je t'ai assez vue !

— Salaud, va !... Salaud !

Le ton avait monté, on devait les entendre...

— Tu vas te taire !

— Je me tairai si je veux !... grinça Lena... Tu es fou !... En pleine nuit !... Dans ma cabine !...

Elle éclata en sanglots et gémit entre deux hoquets :

— Je le dirai ce que tu viens de faire... comment tu me traites...

— Tu me fais perdre soixante millions ! Tout ce que tu trouves à me reprocher, ce sont les amis que j'invite !... Aucune femme ne te plaît !... Tu es jalouse, maladivement jalouse !...

— Je le dirai !...

— A qui le diras-tu ?...

Elle renifla :

— A maman !...

Exaspéré, le Grec haussa les épaules et sortit en claquant la porte. Il remonta sur le pont qu'il arpenta nerveusement. Il eut envie de tout planter là, d'aller prendre une bonne cuite sur le port. Il fallait qu'il se calme... Il alluma un cigare et alla s'asseoir auprès d'une embarcation de sauvetage sur le pont arrière. Pendant longtemps, une heure peut-être, il fuma. La nuit était extraordinairement calme. Là-bas, sur le quai, des bouffées de musique s'échappaient des boîtes encore ouvertes. Il écouta le clapotis de la mer. En fermant les yeux, il pouvait se croire au large, seul survivant du *Pégase* abandonné par ses passagers. Il leva la tête. Il y avait des étoiles partout. Il regarda celle qu'il avait choisie étant enfant comme étant la sienne, une petite, pas très visible, mais dont il était sûr qu'elle appartenait à lui seul. Elle semblait clignoter par intermittence. Le Grec soupira :

— Je ne vais pourtant pas me laisser manœuvrer par ce con !...

Il fallait qu'il invente une parade. Il décida de se faire confiance. Il se rendit au poste de commandement où il trouva Kirillis et Stavenos penchés sur une carte.

— J'ai changé d'avis. On ne part plus. Stavenos, dites à Céyx de me réveiller à 8 heures. On lèvera l'ancre avant le déjeuner. Bonsoir.

Un peu apaisé, il regagna sa cabine, se servit un whisky, alluma un autre cigare et se concentra. Il était un peu plus de 3 heures. Il lui en restait quatre ou cinq pour réfléchir. Il refusait l'idée de se laisser dépouiller par ce voleur sans tenter de se défendre. Mentalement, il se mit à évaluer les sommes qu'il aurait offertes au génie lui apportant le moyen de se tirer du pétrin. Mais qui ? En dehors de lui, il ne voyait personne. Et pour le moment, il ne trouvait rien.

A 9 heures, le hors-bord toucha terre. Le Grec sauta sur le quai et s'engagea sur la passerelle du *Vagrant*. A la main, il avait une serviette noire. Mis à part quelques hommes d'équipage qui astiquaient le pont, le bateau semblait dormir. Un officier en second s'avança :

— Puis-je vous être utile, Monsieur ?

— Prévenez votre patron que je suis arrivé.

— Bien, Monsieur.

Satrapoulos fut accosté par un maître d'hôtel délaissant les fleurs qu'il disposait dans un vase...

— Puis-je vous servir quelque chose, Monsieur ?

— Merci, non.

Le Grec fit quelques pas sur le pont, s'émerveillant de l'architecture du navire, à la fois hardie, fine et puissante... Un rêve... Il leva la tête à plusieurs reprises, imaginant les voiles hissées claquant dans le vent. Plus loin, sur le port, il vit des gens prendre le soleil à la terrasse des cafés, à demi vêtus de couleurs claires. Ses propres vêtements le firent sourire. Sans y prêter attention, il avait endossé son uniforme de requin de la finance, son éternel costume d'alpaga noir. Il n'entendit arriver Kallenberg que lorsqu'il fut sur lui :

— Alors, sacré pirate !... En forme ?...

Pas rasé, encore bouffi de sommeil, Barbe-Bleue paraissait réjoui. Satrapoulos resta de glace sans prendre la main qu'il lui tendait.

— On descend dans ton bureau ?

— Allons-y.

Ils se retrouvèrent face à face, assis de part et d'autre de l'immense table de travail en authentique Louis XVI.

— Tu as préparé les contrats ? demanda le Grec.

— Evidemment... rétorqua Herman d'un petit air supérieur.

— Parfait. Donne.

Kallenberg lui passa les documents. Socrate s'en empara. Sans les lire, il les déchira. Devant l'expression éberluée de Barbe-Bleue, il ricana :

— Ça t'étonne ?... Tu me prends pour un con ?

— Comment ?... Tu refuses ?...

— A tes conditions, oui. Tu m'as eu, c'est vrai, mais pas autant que tu crois.

— Qu'est-ce que tu proposes ?

— Tu veux trente pour cent des actions de ma société. Tu n'en auras que vingt. Tu veux me céder l'affaire Haïdoko dix pour cent de plus que tu ne l'as payée. C'est non. Tu me la vendras dix pour cent de moins.

Herman rugit de joie :

— Ah ça ! c'est énorme !... Voilà qu'il me pose ses conditions !...

— A prendre ou à laisser.

— A t'entendre, on croirait que tu as le choix !...

— Tu m'as mis un marché en main, je t'en mets un autre. Je refuse de négocier le couteau sur la gorge.

— Allons, allons, calmons-nous !... Je ne veux pas la mort du pêcheur.

Même à ce niveau-là, l'opération était fantastique pour Kallenberg. Pourquoi ne pas laisser au Grec la possibilité de sauver son amour-propre en tirant un petit baroud d'honneur ?

— Ecoute, Socrate...

Pendant une demi-heure, ils s'affrontèrent avec âpreté. Kallenberg, tout en ayant l'air de lâcher du lest, enfonça le Grec davantage. Visiblement, S.S. n'avait pas tous ses moyens. Peut-être le traumatisme de la veille ? Finalement, il fut convenu que Barbe-Bleue se porterait acquéreur de trente-cinq pour cent des actions sur le fret du pétrole. En revanche, il revendrait à Socrate les chantiers navals dix pour cent de moins qu'il les avait payés. Greta fut chargée d'établir les nouveaux contrats, sous la dictée commune des deux participants. Pour des raisons fiduciaires et syndicales, ils se mirent d'accord sur la clause suivante : aucun des deux ne rendrait l'affaire publique avant trois mois. En attendant, les documents ne bougeraient pas des coffres où on allait les enfermer.

— Relis... dit Kallenberg.

Le Grec parcourut les feuillets...

— Correct. Vas-y. Signe.

Herman manifesta une certaine méfiance :

— Signons ensemble.

S.S. haussa les épaules avec ironie :

— Si tu veux.

Il tendit ses documents à Kallenberg qui y apposa son paraphe. Satrapoulos tira son stylo de sa poche et fit de même. Ils échangèrent les contrats. L'affaire était conclue ! Kallenberg avait envie de crier victoire. Il se contint...

— Au fait, sais-tu comment j'ai réussi à convaincre la dingue de me vendre les chantiers ?... Tes gars lui avaient offert une croisière autour du monde. Les miens n'ont pas fait de surenchère : soixante millions de dollars, plus la croisière, plus... devine quoi ?... Ah ! les femmes !... Un chèque en blanc tiré à l'ordre de la maison Dior !... Sa garde-robe tu comprends !...

Il s'étrangla de rire...

— Le plus beau, c'est qu'en fait de robes, on va bientôt lui passer une camisole de force !...

— Félicitations. Bien joué.

— Je vais te dire, Socrate... tu me plais... Tu es sport ! A ta place, je ne sais pas si j'aurai eu ton cran !

— Bah !... dit le Grec négligemment mais d'un air maussade... il faut savoir perdre...

En se quittant, les deux hommes se serrèrent la main...

— Entre associés... jubila Kallenberg...

S.S. le dévisagea d'un air froid, faillit répondre quelque chose mais se retint. Du pont de son super-bateau, Kallenberg regarda s'éloigner le chriscraft de Satrapoulos. Il avait une envie violente de hurler de joie : cette fois, il avait possédé le Grec jusqu'au trognon !... Pour se calmer, il décida d'aller faire l'amour à Greta tout de suite. Tant pis pour Irène si elle s'en mêlait. Deux jours plus tôt, elle les avait surpris en pleine action dans le bureau d'Herman. Elle avait fait une scène épouvantable. « Une seconde comme ça, je la fous à la mer ! » se jura Barbe-Bleue. Il s'engagea d'un pas décidé et conquérant dans la coursive.

Il ne se doutait pas que, trois mois plus tard, en ouvrant son coffre, il aurait la plus sale surprise de sa vie.

Le deuxième jour, au large des côtes d'Espagne, la Menelas demanda de l'ouzo : il n'y en avait plus. Le Grec descendit à l'office, entra dans une colère folle et menaça Céyx :

— Je te débarque au premier port !...

Il convoqua Kirillis, lui demanda de mettre l'hydravion à la mer et d'envoyer le pilote à Palamos pour en rapporter l'apéritif. Il remonta sur le pont et informa Olympe :

— Ces ânes bâtés laissent ma cave vide !... Vous aurez votre ouzo avant deux heures...

— Voyons, Socrate, je peux m'en passer !...

— Certainement pas !...

L'hydravion glissa de plus en plus rapidement sur l'eau et décolla, fonçant droit vers le sud. Quand il fut de retour, on transporta une caisse de bouteilles de l'appareil au canot, du canot à bord du *Pégase*. Céyx, qui en avait entendu d'autres, se présenta à nouveau sur le pont, sa bouteille bien en évidence sur le plateau. Il s'inclina devant la Menelas :

— Madame...

— Qu'est-ce que c'est ?

— L'ouzo que vous avez demandé, Madame...

— Merci, non, je n'en veux pas. Je reste au whisky.

C'était ce genre de trucs qui rendait Lena enragée. En fait de caprices, elle ne supportait que les siens.

17

Le cinquième jour, on fit une brève escale à Cadaquès — Stany Pickman voulait acheter des Dali chez Dali. Le lendemain, la tempête se leva alors que le *Pégase* se trouvait au large du golfe du Lion. Les invités trouvèrent d'abord amusant le vent qui se levait. Les vagues devinrent courtes et sèches, secouant durement le bateau. Elles semblaient l'attaquer de toutes parts, si bien qu'au tangage s'ajouta le roulis, au roulis, des creux surprenants atteignant plusieurs mètres de haut. Le capitaine pria les passagers de rentrer au salon. La météo prévoyait quelque chose de très violent — en réalité, elle n'avait rien prévu du tout — mais qui serait de courte durée. Lord Eaglebond vomit le premier directement sur la table où il feignait de s'intéresser à une partie de gin-rummy. Eclaboussée, Nancy Pickman vomit à son tour. Stany, qui ne se sentait pas très frais — au studio, les tempêtes sont reconstituées en bassin mais on les arrête quand on veut — raccompagna son épouse dans leur cabine. A peine lui tenait-il la tête au-dessus de la baignoire qu'il se sentait devenir tout pâle.

— Je ne me sens pas très bien... dit-il avec un spasme affreux.

Dans le salon, résistaient encore Emilio — quel que fût son état, il s'était promis de ne jamais laisser sa femme seule en compagnie du Grec — et Lena, animée des mêmes intentions.

Ce qui était exaspérant, c'est que ni Socrate ni Olympe ne paraissaient gênés le moins du monde par la tempête qui se déchaînait. Dans le grand salon, tout ce qui n'était pas accroché aux murs ou rivé au plancher commença à valser. Un paravent de Coromandel voltigea, et des vases de glaïeuls dont l'eau se répandit sur la moquette.

350

— Veux-tu que nous allions dans la cabine ?... demanda Mimi, de plus en plus vert, à la Menelas.

— Mais pourquoi ?... lui répondit-elle d'un air innocent... Ici ou ailleurs...

— Vous ne vous sentez pas bien ?... interrogea le Grec.

— Si... Si... Très bien... rétorqua Mimi en contenant une nausée.

— Moi, je m'en vais !... dit Lena.

Elle était blanche comme un linge. Pour ne pas dévisager sans cesse la Menelas, elle avait eu le tort de fixer son regard sur la ligne d'horizon qui devenait presque verticale toutes les six secondes. Quelques minutes de ce manège l'avaient détruite. Elle se leva en courant et sortit. Héroïque, Mimi faisait semblant de lire un magazine — Socrate s'aperçut qu'il le tenait à l'envers et ne put s'empêcher de sourire.

— Qu'est-ce qui vous amuse ?... gémit-il.

— Je crois que vous tenez votre magazine à l'envers.

Il répliqua, non sans esprit :

— Mon magazine est à l'endroit. C'est votre bateau qui est à l'envers.

Ayant dit, il se précipita vers la sortie, lançant un dernier et rageur :

— Olympe, viens !... Allons dans la cabine !

Dans le salon, il ne restait plus que Céyx, imperturbable, à genoux, épongeant l'eau des fleurs sur le tapis, et les vomissures.

— Laisse-nous !... dit Socrate.

A la Menelas :

— Ça va ?...

Ça va. Et vous ?

— Je n'ai aucun mérite, je ne crains pas le mal de mer. Je n'aurais jamais soupçonné que vous aviez une telle résistance...

— Aucun mérite non plus. Jusqu'à maintenant, je ne savais pas ce qu'était une tempête.

— Sous les tropiques, j'ai vu pire.

Tout naturellement, ils avaient abandonné l'anglais pour le grec.

— Vous êtes née à Athènes ?

— Non. A Corfou.

— Vous avez appris le piano à Corfou ?

— Les rudiments, oui. J'avais six ans. Mon père est pêcheur. C'est moi qui allais livrer le poisson dans une villa de Paléokastrista. Le propriétaire était un Américain un peu raté et bourré de charme. Il m'offrait des bonbons. Moi, je préférais l'entendre jouer du Chopin. Je restais des heures à l'écouter. Le pauvre vieux... J'ai été le seul public qu'il ait jamais eu. Il m'a appris à monter des gammes. Il disait que j'étais douée.

351

— Il était bon prophète.

— Boph... Vous connaissez le proverbe... Le génie, c'est dix pour cent d'inspiration, quatre-vingt-dix pour cent de transpiration. Pourquoi souriez-vous ?

— Pour rien... Je vous écoutais jongler avec vos pourcentages et ça me faisait penser à... Non, rien, des affaires...

— Vous ne jouez d'aucun instrument ?

— Moi ?... Non ! Je ne suis même pas certain d'entendre juste.

— Vous devez souffrir quand je répète mes exercices !

— Pas du tout !...

— Vos parents n'ont pas cherché à vous apprendre la musique ?...

Ses parents... Tina, sa mère... Il faillit lui en parler. Après tout, elle ne cherchait pas à se hausser du col en s'inventant une ascendance brillante, le papa général, la maman faiseuse de bouquets...

— Mes parents ont préféré m'enseigner le calcul mental plutôt que le solfège...

Il mentait, s'en rendait compte, en avait honte mais ne pouvait faire autrement. Une seconde nature. Qu'il était donc difficile de dire la vérité ! Il demanda :

— Vous dites toujours la vérité ?

— Je ne mentirais pas en disant le contraire.

— Attendez, allez plus lentement, c'est trop fort pour moi !

Elle eut un geste léger :

— Bien sûr que je mens !... Comme tout le monde.

Elle était assise sur un divan. Le Grec lui faisait face dans un fauteuil. Entre eux, balayés par le tangage, roulaient et glissaient deux lourds cendriers. Elle reprit :

— Et vous, vous mentez ?

— Sans arrêt.

— Vous voyez bien que vous dites la vérité !

Ils éclatèrent de rire. La porte du salon s'ouvrit : Mimi apparut. La peau de son visage avait pris des nuances bleues. Socrate se leva, se cramponnant au dossier de son fauteuil pour se porter au secours du mari. Mimi eut l'énergie ultime de lui faire un signe dont on n'aurait pu dire s'il était reproche, apaisement ou refus. Toujours est-il qu'il disparut.

— Je vais aller l'aider..., dit la Menelas.

Le capitaine Kirillis passa un visage inquiet dans le salon :

— Commandant... Puis-je vous dire un mot ?

— Entrez, Kirillis. Vous pouvez parler devant Madame.

— C'est moche, Commandant !... La gîte du bateau est trop forte. On embarque des paquets de mer...

— Qu'allez-vous faire ?

— On nous a demandé par radio de ne pas approcher des

côtes... On risque de se faire drosser... J'ai peur que le *Pégase* ne tienne pas le coup...

— Saloperie de bateau !...

— C'est un bon bateau, Commandant. Il n'est pas prévu pour ce genre de grain...

— Kirillis, je vous donnerai bientôt un autre commandement !

— Bien, Commandant. Mais, pour l'instant...

Le Grec était reparti dans ses pourcentages... Avec l'argent qu'il venait de gagner sur le dos de Kallenberg — dix pour cent de soixante millions de dollars, ça fait six millions de dollars — il allait pouvoir se payer un nouveau yacht encore plus superbe que celui de son beau-frère. Il redescendit sur terre, ou, plutôt, sur ce toboggan infernal qu'était devenu le *Pégase*.

— Commandant... interrogea Kirillis, je voulais savoir si tous les passagers avaient bien regagné leur cabine. Vous-même Commandant... et vous Madame...

— Ne vous occupez pas de moi !... Si vous y êtes, j'y suis !

— Et si vous y êtes tous les deux, précisa la Menelas, je vois encore moins pourquoi je n'y serais pas non plus !

— C'est que... hasarda Kirillis.

— Allons sur le pont !... dit Socrate.

— Vous n'y pensez pas, Commandant !

— Chère amie, je vais voir ce qui se passe... Pouvez-vous m'attendre ici ?...

Presque à quatre pattes, Kirillis et le Grec progressèrent dans la coursive, giflés par des paquets de mer, s'agrippant à tout ce qui offrait une prise. Dans le poste de commandement, Stavenos était accroché à la barre. Il les entendit entrer mais ne tourna pas la tête.

— Ça va ?... hurla Satrapoulos...

— On fait aller, Commandant... grinça le second, les dents serrées.

— Vous allez où ?

— Nulle part, répliqua Kirillis. On tourne.

— Qu'est-ce qu'il faut faire ?

— Attendre que ça se passe.

— Si le bateau tient... ajouta Stavenos.

— Merde !... cria Kirillis...

Du doigt, il désignait une silhouette accrochée à la passerelle, glissant, trébuchant :

— Nom de Dieu !... rugit le Grec.

— J'y vais !... lui répondit Kirillis en écho.

— Restez où vous êtes !... Pilotez, je me charge du reste !

Il lutta un instant contre la porte que la pression du vent

353

rabattait sur lui. Il avança aussi vite qu'il le put vers la Menelas qui était maintenant à genoux, ballottée comme un paquet de chiffons. Elle était bloquée, ne pouvant ni aller de l'avant ni revenir à son point de départ. S.S. progressait lentement, secoué, chahuté, dérapant, grognant, jurant...

— Tendez-moi la main !... hurla-t-il dans la rafale.

D'un hochement de tête, elle lui signifia qu'elle ne le pouvait pas. C'était une situation imbécile. Elle était collée au pont, soudée au montant métallique de la rambarde. Lui-même avait à peine assez de toutes ses forces pour ne pas être arraché du pont. Profitant d'une seconde d'accalmie, il s'agenouilla auprès d'elle, rivant ses deux mains contre les siennes. Il parvint à en dégager le bras gauche qu'il passa autour de ses épaules. Elle leva les yeux sur lui. Ils se regardèrent avec intensité. Ce fut tout. Tout était dit. Des mèches de ses cheveux giflèrent le visage du Grec. Il lécha le sel de sa propre peau mélangé au sel de ses cheveux. Il sentait ses épaules trembler sous sa main.

— C'est malin... dit-il.

Sans répondre, elle nicha sa tête contre sa poitrine. Son parfum, si près, lui serra le cœur. Déjà, elle se dégageait.

— Accrochez-vous à moi !... On va tenter de rallier le salon...

Là-haut, Stavenos et Kirillis n'en perdaient pas une miette.

Quand la tempête fut calmée sur la mer, elle éclata à bord du *Pégase*. Les agonisants avaient repris du poil de la bête. Chacun en voulait au Grec et à la Menelas de n'avoir pas été malades avec les autres. Exactement comme s'ils avaient manqué de tact et enfreint les règles tacites de la courtoisie. Lord Eaglebond se réconfortait au Chivas. Lady Eaglebond, elle aussi, y allait de sa topette. Stany Pickman ne pardonnait pas à Socrate de l'avoir invité à une croisière sans avoir la certitude que le temps resterait beau.

Le mal de mer avait laissé des traces sur son superbe visage buriné ; des cernes peu photogéniques et un teint blafard. Nancy avait vainement tenté de le réconforter. Il avait fallu qu'elle se fâche pour le faire sortir de sa cabine pour le dîner. D'ailleurs, personne n'avait faim, sauf Nut qui s'était endormie avant le début de cette fin du monde et qui se réveillait fraîche et rose cinq heures plus tard. Hargneux, Mimi avait sèchement prié le Grec de les déposer aussitôt que possible dans le premier port. Il avait souffert le martyr dans son appartement envahi par le Bechstein qui se baladait d'un bout à l'autre, du lit à la commode, dangereuse masse à roulettes qui menaçait de l'écraser. Quant à Lena, elle était doublement vexée. Elle se vantait volontiers d'être allergique à toute forme de nausées. Trahie par son corps, elle l'était aussi par son mari et son indésirable invitée.

Le dîner se traîna dans une ambiance détestable. Lena et Mimi, complices involontaires, surveillaient simultanément Socrate et Olympe, qui n'osaient échanger un regard de peur que leurs yeux ne racontent ce qu'ils ne s'étaient pas encore dit. Il fut convenu que le *Pégase* rallierait directement Saint-Tropez au cours de la nuit à venir, alors que le projet initial prévoyait une escale d'un jour à Cannes. Personne ne prit du dessert. Nul ne voulut aller flâner sur le pont. Pourtant, les étoiles brillaient, l'air était doux, la mer plate et lisse. Il y eut des bonsoirs assez froids, on prétexta des migraines ou des maux de cœur. Chacun regagna sa cabine pendant que le yacht, tremblant de toute sa carcasse comme une haridelle blessée, traçait sa route sud-sud-est.

L'incident éclata le lendemain à 10 heures du matin, pour rien, ou presque. Le ménage Menelas venait de prendre congé des hôtes du *Pégase* sur le château arrière du yacht. Entre Lena et Olympe, la poignée de main avait été plutôt fraîche. Socrate raccompagnait ses invités jusqu'au bas de la passerelle. Le moment des adieux était venu.

— Merci pour ce très agréable voyage... dit Mimi sèchement.

— J'ai été ravi de vous avoir à mon bord... dit le Grec sur le même ton.

Cinq mètres plus loin, deux marins aidaient un chauffeur en livrée à empiler dans le coffre d'une Cadillac noire les bagages de ses maîtres. De l'autre côté du quai, des vacanciers matinaux prenaient paresseusement leur petit déjeuner à la terrasse de chez Sénéquier. Au moment où ils se serraient la main sous l'œil méfiant de Mimi, Socrate prononça brièvement deux phrases en grec qui firent naître un sourire sur les lèvres de la Menelas. Elle hocha la tête et, toujours dans la même langue, roucoula trois mots. Exaspéré, se sentant étranger à ce dialogue qui se déroulait pourtant sous son nez, Mimi porta vivement les yeux sur Satrapoulos qui éclatait de rire en dévorant sa femme du regard.

— Goujat !... cria Mimi en s'agrippant à la chemise de Socrate...

J'en ai marre de vos ronds de jambes, de vos manières de rustre ! Ça n'est pas parce que vous avez de l'argent et que vous l'étalez comme un paysan qu'il faut vous croire tout permis !... Et vos cadeaux ! D'ailleurs... (il désigna la broche en rubis, présent du Grec, que la Menelas portait sur son corsage...) Olympe !... Rends-lui son bijou tout de suite !

— Mais enfin, Emilio !... Qu'est-ce qui te prend ?... Tu es fou de crier comme ça ?... Rentrons, c'est stupide !...

— C'est la Menelas !... affirmèrent des badauds.

— Et l'autre, le petit costaud à lunettes, c'est Satrapoulos !...

— Dis donc !... Qu'est-ce qu'ils vont se mettre !

— Emilio, je t'en prie, ne fais pas de scandale !

Socrate saisit la balle au bond :

— Cher ami c'est ridicule !... C'est une horrible méprise !... Venez !... Remontons sur le bateau... Allons reprendre un verre !

— Jamais !... Vous m'entendez, jamais !...

Autour d'eux, il y avait maintenant un cercle de curieux qui avaient allégrement abandonné leur café pour le pugilat. La Menelas eut une réaction de chef : elle saisit Mimi à bras-le-corps et le poussa dans la Cadillac tout en vérifiant d'un geste instinctif si sa broche était toujours en place. Pendant que la limousine démarrait, le Grec eut le temps d'apercevoir Emilio qui lui tendait le poing. Ravi intérieurement, il se composa un air sévère à l'usage des spectateurs. Et se heurta à Lena en voulant remonter à bord. Elle était défigurée par la colère :

— Bravo, c'est complet !... Décidément, partout où elle passe !...

Socrate voulut répondre. Lena lui tourna le dos, escalada la passerelle et s'engouffra dans le bateau.

Il était midi. Socrate se déployait en gentillesses pour Nut, lord et lady Eaglebond, Stany et Nancy Pickman. En personnes qui savaient vivre, les uns et les autres avaient feint de ne pas s'apercevoir qu'une bagarre avait éclaté sur le quai. Pas de commentaires. Les adieux officiels s'étaient déroulés sur le pont arrière, c'est tout ce qu'ils voulaient savoir. Les Pickman devaient repartir le soir même pour Monte-Carlo, où ils avaient une résidence. Les Eaglebond n'étaient attendus à Londres que le lendemain après-midi — l'avion de Socrate les y emmènerait de Nice. Lena s'était esquivée, invoquant un malaise subit. Le Grec proposa :

— C'est notre dernière journée. Si on allait voir les nudistes au Levant ?

— C'est loin ?... demanda Stany.

— Une heure de bateau... répondit évasivement S.S.

Visiblement, l'acteur ne tenait pas à affronter à nouveau la mer et ses dangers. Il prit les autres à partie :

— On pourrait peut-être se baigner dans le coin ?

— J'aimerais bien voir les nudistes...

— George ! reprocha lady Eaglebond.

— Moi aussi !... fit Nancy avec enthousiasme... Il a raison !

— Excuse-moi, coupa Stany d'un air pincé... Je suis encore un peu secoué...

— Attendez !... lança Socrate... J'ai une meilleure idée ! On va aller à Tahiti ! C'est tout près !... Une plage épatante, bourrée de nudistes. On y va ?

— On prend le chriscraft ? s'inquiéta lady Eaglebond.

— Socrate !... Allons-y en hélicoptère ! dit Lindy Nut.

— Pas possible. Nous sommes trop nombreux. Et le *Pégase,* il sert à quoi ?... Céyx !...

Le maître d'hôtel, qui veillait à remplir les coupes de champagne dès qu'elles étaient vides, se figea :

— Oui, Monsieur.

— Allez dire au capitaine que nous appareillons. Direction, Tahiti !

Céyx roula des yeux ronds. On rit de sa méprise :

— Mais non idiot !... se tordit le Grec... C'est la plage de l'autre côté de la presqu'île !...

— Vous m'avez fait un choc... ironisa Pickman.

— Vous avez déjà vu des nudistes ?... s'inquiéta lady Eaglebond.

— Oui. Moi. Quand je me regarde dans la glace après mon bain... sourit Nut.

— Il paraît qu'ils ont les fesses toutes rouges ?

— Mais non ! Qui vous a dit ça ?

— Moi, on m'a raconté qu'ils sont tous gros et moches...

— Tant mieux, intervint Eaglebond... Je n'aurai pas de complexe.

— Vous avez l'intention de vous déshabiller ?

Le Grec se rasséréna. La conversation était devenue générale. Il avait enfin réussi à reprendre ses invités en main, à les distraire de leur morosité. Dix minutes suffirent pour larguer les amarres, mais il fallut une bonne demi-heure pour sortir le yacht du port. Son tonnage lui interdisait les évolutions en surface réduite et chaque arrivée, chaque départ, étaient un calvaire pour Kirillis qui craignait d'éventrer des embarcations de moindre importance. Toutefois, Socrate était content : massées sur le quai, des centaines de personnes avaient admiré le navire et suivi la manœuvre. Un instant, il évoqua le *Vagrant* de Kallenberg et se rembrunit. Le salaud ne perdrait rien pour attendre !

Le *Pégase* contourna le phare, piqua vers le large, prit sa vitesse de croisière et longea la baie des Canoubiers. Sur les transats du pont arrière, les demandes et les réponses se chevauchaient...

— Ils ont le droit d'être à poil ?

— Mais non ! Quand ils aperçoivent la police, ils passent un slip.

— Les flics sont nus aussi ?

— Un flic nu, ça n'est plus un flic.

— C'est quoi alors ?

— Ce serait marrant que les flics se déguisent en nudistes !

— Et leur sifflet, où est-ce qu'ils le mettraient ?

— Je ne vois qu'un seul endroit.

— Dans la bouche ?

— Pas du tout !

Nut frotta doucement le coude du Grec...

— Socrate, où est Lena ?

— Oublie-la. Elle boude.

— Qu'est-ce que tu as encore fait ?

— Rien !... Rien du tout ! Elle râle sûrement parce que, la Menelas et moi, on n'a pas dégueulé comme tout le monde.

— Comment la trouves-tu ?

Socrate hésita une seconde. Amie ou ennemie ? Il opta pour la vérité.

— Je la trouve unique.

— Tu es pincé ?

— Bon !... Je crois qu'on approche... Céyx ! Apporte des longues-vues !

Nut répéta :

— Tu es pincé ?

— Je trouve surtout lamentable qu'une femme de cette classe vive avec un con pareil.

— Je les vois !... hurla Nancy... Non !... Ah ça !... C'est formidable !

Elle accaparait la seule paire de jumelles disponible pour l'instant. Elle s'y accrochait, feignant d'ignorer les gestes de lady Eaglebond qui voulait les lui prendre.

— Mais c'est incroyable !... Ils sont vraiment nus !...

— Fais voir !... insista Stany...

— Attends !... Bon Dieu !... Ah non !... Ce n'est pas possible !.. C'est dégoûtant !

— Quoi ?... Qu'est-ce qu'il y a ?...

— Elle est monstrueuse !... Comment peut-on...

— Commandant, voici les longues-vues.

On se rua sur le maître d'hôtel pour lui arracher les objets des mains.

— Zut !... Je ne peux rien voir... se lamenta lord Eaglebond.

— Vous les tenez peut-être à l'envers ?... susurra Nut.

— Même pas, hélas !... Je suis myope.

— La blonde, là-bas... elle n'est pas mal... Regardez !

— Où ça, Stany ?... Où ça ?...

— A droite... Au bout...

— Racontez-moi !... feignit de geindre Eaglebond.

— Veux-tu que je te décrive ?... demanda sa femme.

— Non, pas toi... On n'a pas la même vision des choses.

La lady n'en perdait pas une miette. Les autres non plus. Pas même les matelots ni les officiers qui se camouflaient pour voir sans être vus des invités.

— Ce n'est pas juste ! dit Socrate, ravi de constater que ses amis s'amusaient comme des petits fous... Il n'y a pas de raison que Harry ne profite pas !

— Laissez !... Laissez !... J'ai l'habitude des brimades !

— C'est à moi que tu fais allusion ? plaisanta son épouse.

— Non, Virginie. A la politique.

— Attendez !... s'exclama le Grec... Harry, j'ai une idée ! On va mettre le chriscraft à la mer et aller les admirer sur place !

Chœur des vierges :

— Oh oui !... Allons-y !

— Céyx !... Dites au lieutenant Stavenos de mettre le canot à la mer. Avec deux marins !...

— Allez-y sans moi... dit le lord en faisant un geste de dénégation souriante... Vraiment, non... En vous attendant, je me contenterai de ça... (Il désignait un Punch de chez Davidoff, son cigare favori, et une bouteille de Dom Pérignon qui rafraîchissait dans la glace).

— Vous êtes sûr ?... s'inquiéta le Grec.

— Absolument.

— Harry, dès notre retour, je vous ferai mon rapport.

— Je reste avec lui... décida Virginie.

— Tu n'as pas envie de voir de beaux hommes nus ?... Pour changer un peu ?...

— Méchant !... D'ailleurs, ne t'inquiète pas. J'ai les jumelles.

— On embarque !... cria S.S.

Tous dévalèrent l'échelle de coupée et s'entassèrent dans le hors-bord qui démarra immédiatement en direction de la plage. Quand il en fut à une centaine de mètres, le pilote stoppa les moteurs. L'embarcation se balança doucement. On apercevait nettement les silhouettes des nudistes. C'était bizarre de les voir marcher ou bavarder comme si de rien n'était, le sexe au vent.

— C'est quand même scandaleux ! dit Nancy, rivée au spectacle à s'en faire mal aux yeux.

— C'est vrai. Ils exagèrent... ajouta son mari dont le puritanisme héréditaire ne l'empêchait pas de fureter du regard dans tous les sens, passant d'un ventre à des seins, d'une paire de fesses à des hanches.

— Vous êtes vraiment choqués ?... demanda Nut avec innocence.

— Lindy, voyons !... Vous trouvez ça beau ?... protesta Nancy Pickman...

— Ce n'est pas le nu qui est moche. Ce sont les gens.

— Tout de même... Tout de même... Cet exhibitionnisme...

Un grand type bronzé se détacha d'un groupe et cria quelque chose qu'ils ne comprirent pas.

— Qu'est-ce qu'il dit ?

— Je ne sais pas.

Pour être sûr d'être compris, le type fit un grand geste : tenant son bras droit tendu dans leur direction, à l'horizontale, il le cassa en quelque sorte par un coup violent de la main gauche, appliqué à hauteur de la saignée du coude. Socrate leva un sourcil :

— Il nous fait un bras d'honneur.

— Qu'est-ce que ça veut dire ?... s'étonna Nancy qui faisait semblant de ne pas le savoir...

— Disons que ce jeune homme manque de galanterie... dit Socrate en souriant.

— Allons-nous-en... dit Nut. Après tout, on les regarde comme des bêtes curieuses.

— Ils n'ont qu'à pas s'exposer ! répliqua Nancy tout en continuant à lorgner.

Un des marins consultait S.S. du regard pour savoir s'il devait lancer le moteur. Sur la plage, un petit groupe s'était formé, criant des insultes en direction du canot. On entendit :

— Voyeurs !...

— Dégueulasses !...

Quelques garçons avancèrent dans l'eau jusqu'aux cuisses...

— Tu mouilles, hein, salope !...

— Prétentieux... laissa tomber Nut avec dédain.

— Qu'est-ce qu'ils disent ? demanda Stany.

Avec volupté, Nut le lui répéta mot pour mot en anglais. L'acteur l'agaçait, sa femme aussi. Nut, dont la mère était française, était parfaitement bilingue. En fait, elle parlait mieux le français que l'anglais : quand on évoquait son charme, on s'apercevait à la réflexion que son accent français y contribuait sans doute pour beaucoup.

360

— Venez nous voir de plus près, connards !

— Vous n'osez pas, hein, dégonflés ?...

Le Grec se durcit imperceptiblement.

— J'ai horreur qu'on me traite de dégonflé !

Nancy les harcelait :

— Qu'est-ce qu'ils disent ?... Qu'est-ce qu'ils disent ?

— Ils nous invitent à aller les voir de plus près... murmura Socrate distraitement. Eh bien, allons-y !... Va sur la plage !...

A vitesse réduite, ils s'en approchèrent. Les types dans l'eau avaient un visage mi-ironique, mi-menaçant.

— Qui m'a traité de dégonflé ?... interrogea le Grec en jetant un regard circulaire.

— C'est moi, dit tranquillement un petit rouquin gras à l'œil bleu plein de malice. Il faut être vraiment une pédale ou un vicelard pour venir mater les gens chez eux !

— La plage est à tout le monde, non ?

— Ici, on est chez nous... répondit un autre en défiant Satrapoulos du regard.

Les événements prenaient une tournure inquiétante. Sous la lisse, un matelot avait saisi une rame, à tout hasard.

— Puisque vous êtes si curieux, reprit le rouquin, descendez de là et venez faire un tour à terre !

— D'accord... dit le Grec.

Il se laissa glisser dans l'eau tiède...

— Qui vient avec moi ? demanda-t-il.

— J'y vais... dit Pickman qui ne voulait pas perdre la face.

— Moi aussi... fit Nut.

— N'y allez pas, voyons... chevrota Nancy, effrayée.

— Ils ne vont pas nous bouffer, non ?... lança Stany, essayant de se rassurer en prenant l'expression qui lui avait valu tant de triomphes à l'écran, quand il jouait le vengeur tranquille entrant dans le saloon bourré de tueurs.

Sous escorte, ils marchèrent sur la plage, sans trop oser regarder ces corps offerts au soleil et immobiles, faisant très attention à ne pas laisser glisser leurs yeux là où ils étaient pourtant invinciblement attirés.

— Vous avez bonne mine, dans vos fringues !... commenta le rouquin gras.

Nut riposta :

— Et vous, vous auriez bonne mine si vous vous baladiez à poil au milieu de gens habillés ?

— Nous ?... Ah ! ça alors !... Qu'est-ce qu'on s'en fout !...

Socrate vint à la rescousse :

— Chiche !... Si vous n'êtes pas des dégonflés, venez donc sur le bateau, je vous invite à prendre un verre.

Il préférait mille fois les voir nus sur son bateau plutôt qu'être contraint par eux de se déshabiller lui-même.

— On y va les gars ?...

En un instant, quatre garçons et trois filles, dont deux très jolies et une pas mal, les entourèrent.

— D'accord... dit Socrate.

Ils retournèrent au hors-bord où ils s'empilèrent dans le désordre. Le matelot qui barrait mit le cap sur le *Pégase*. Pendant la brève traversée, le Grec fut incapable de résister à la tentation : il jetait des regards furtifs à une blonde dont les fesses de vingt ans s'écrasaient à hauteur de ses yeux, à trente centimètres de son visage. Spectacle fascinant que cette amphore ferme et bronzée ourlée d'un duvet clair courant le long des lombaires pour aller se perdre dans la zone d'ombre où s'incurvait le bas du dos. Nut s'aperçut de son intérêt :

— Socrate !... Arrête !... On dirait que c'est la première fois... Elle lui sourit complice.

— Il est à vous ce bateau ?... Il est chouette !

Pickman céda à un geste de coquetterie : il enleva ses larges lunettes noires.

— Merde !... fit le rouquin... Eh ! les filles ! Regardez ! On le connaît, c'est un acteur...

— Stany Pickman ! cria une brune (celle qui n'était pas trop mal).

Nancy se rengorgea discrètement. Elle n'aimait pas qu'on touche à sa vedette de mari, mais n'était pas fâchée qu'on le reconnaisse et qu'on l'admire.

Le canot accosta le *Pégase*. Le Grec laissa passer tout le monde, agacé de voir ses marins dévorer des yeux, tout comme lui, ses nouveaux invités bondissant sur l'échelle. Il les rejoignit sur le pont où les hommes d'équipage, stupéfaits, les détaillaient des pieds à la tête, abasourdis.

— Harry !... Harry !... cria S.S. très excité... J'ai une surprise pour vous !...

Le vieil homme, le premier choc encaissé, se tordit de rire :

— Virginie, regarde ça !... Ah ! c'est trop fort !... Il est fantastique !...

— Qu'est-ce que vous buvez ?... demanda le Grec... Champagne ?...

Le petit rouquin n'en serait jamais convenu, mais il était intimidé par le faste étalé sur ce yacht splendide. Nu, il se sentait tout con et avait presque envie de se serrer contre ses copains. Les filles affichaient un air beaucoup plus décontracté. Apparemment, leur pudeur n'était pas un obstacle à leur naturel.

— C'est grand ?... demanda l'une d'elles.

— Voulez-vous visiter ?... proposa Socrate très « homme à la rose ».

— On vous attend... dirent les garçons. Il leur était désagréable d'affronter à poil le regard rigolard des marins en grande tenue blanche.

— Par ici... dit S.S. en s'engageant dans la coursive.

Il avait pris la tête devant le trio, enchanté de jouer les cicérones avec aussi peu de conformisme. C'est ça la vie, il faut s'ouvrir à tout, aux rencontres, aux êtres... Tant de gens riches sont prisonniers de leur personnage !... Pas lui ! Il n'arrive jamais rien aux gens négatifs...

Il prit les deux plus jolies filles par le bras. Elles gloussèrent.

— Alors, ça vous plaît ?...

Ils arrivaient sur le pont arrière. C'est à ce moment-là qu'il aperçut Lena.

Elle était toute seule, affalée dans une chaise longue, un verre à la main, un magazine sur les genoux, vêtue d'un ensemble pantalon-chemisier vert bouteille de chez Givenchy. En voyant Socrate tenant deux filles nues par le bras, suivi d'une troisième aussi nue que les deux autres, son maxillaire inférieur sembla se décrocher. Interdit, Socrate stoppa net. Au prix d'un énorme effort, il se ressaisit et lança aux filles d'une voix joviale, familière :

— C'est Helena, ma femme. Elle sera ravie de vous connaître.

Lena fit un véritable bond. Sa mâchoire claqua avec la force d'un ressort. Elle essaya de reprendre son souffle, trop bouleversée pour articuler quoi que ce soit. Navré, conciliant, Socrate, bras ouverts, fit deux pas vers elle :

— Lena... C'est un malentendu...

— Ne m'approche pas !... hurla-t-elle soudain... Demain... Demain !... Mon avocat !...

Elle fit un crochet et se mit à courir, les bras tendus en avant, comme une aveugle.

On croyait avoir tout vu sur le port de Saint-Tropez, cette Sodome du XXᵉ siècle. Eh bien, pas du tout ! Hier matin, vers les 10 heures, l'armateur Satrapoulos s'est fait agresser devant son propre yacht par Emilio Gonzales del Salvador. Cela ne vous dit rien ? Mais si ! Il s'agit de « M. Menelas », immédiatement surnommé, après le drame : « le chauve aphrodisiaque ». Au cours d'une croisière qui les ramenait de Palma, Emilio, « Mimi » pour les intimes, délaissant sa panthère d'épouse, a fait une cour assidue à la belle Lena Satrapoulos. On ne sait si elle a répondu à ses avances, mais, au cours d'une tempête terrible, ils sont restés sur le pont alors que tous les autres, malades se bourraient de comprimés contre le mal de mer. A l'arrivée, Satrapoulos reprocha à son épouse d'avoir abusé d'une nausée passagère pour se livrer à « une inconduite notoire ». Mimi s'interposa. Coups et horions. Malheureusement, tout le monde dormait encore à Saint-Tropez et, seuls, quelques pêcheurs d'oursins ont pu se régaler du spectacle. Pour séparer les antagonistes, il a fallu que lord Eaglebond et Stany Pickman, autres passagers de marque, s'en mêlent. Quant à la Menelas, elle s'est jetée sur Lena, qu'elle a traitée de « voleuse de mari », et l'a mordue cruellement au bras. Ce n'est pas tout. Deux heures plus tard, Satrapoulos, l'un des derniers séducteurs internationaux, dans la lignée des Ali Khan, Portifirio Rubirosa ou Juan Cappuro, vexé sans doute d'avoir joué les victimes, se vengeait à la grecque en invitant à son bord une vingtaine de filles absolument nues. Ivre de jalousie, Lena, le bras couvert de pansements, contacta son avocat pour le prier d'entamer une procédure de divorce. Aux dernières nouvelles, elle est partie pour Saint-Moritz afin d'y rejoindre ses deux bambins, les jumeaux Achille et Maria, qui s'y trouvent en villégiature. Toutefois, avant de laisser parler son cœur de mère, Lena, en mordue inquiète, a tenu à se faire faire une piqûre antitétanique. Pour ne pas être en reste, la Menelas se rendait au même moment chez un autre médecin pour y subir une injection antirabique. Laquelle de ces deux dames en colère contaminera l'autre ?

Le Grec, écœuré, froissa le quotidien qui puait l'encre fraîche. Il avala une gorgée de café noir sans sucre. L'article était titré : QUAND LES MILLIARDAIRES SE BATTENT COMME DES CHIFFONNIERS, et signé par un certain Jean-Paul Sarian. Quel con ! Comment pouvait-on imprimer de tels bobards ? Evidemment, il y avait ce petit détail qui ne lui déplaisait pas, en deuxième colonne, quand le pisse-copie le désignait comme « l'un des derniers séducteurs internationaux dans la lignée des Ali Khan, Porfirio Rubirosa ou Juan Cappuro ».

Juste compensation dans ce déluge de contrevérités. Avec les journalistes, le jeu de Socrate était de ne jamais faire de confidences pour qu'on écrive un maximum de choses sur lui. Quand on lui apportait les masses de journaux où il était cité, il avait l'impression d'exister. Evidemment, il jurait détester qu'on parle de lui, se gardant bien d'ajouter qu'il aimait encore moins qu'on n'en parle pas. Mimi

faisant la cour à Lena, quelle blague ! Et lui-même dans le personnage du cocu ! Il eut envie d'envoyer un autre cadeau à la Menelas,
rien que pour provoquer son minus de mari.

— Monsieur... Il y a une dame qui vous demande sur le
pont...

Céyx avait sa tête des bons jours, le faux jeton parfait...

— Quelle heure est-il ?

— 10 heures, Monsieur

— Qui est la dame ?

— Mme Médée Mikolifides, Monsieur.

Stupéfait, le Grec lui jeta un regard haineux et sauta de son
lit : Lena avait promis de lui envoyer ses avocats, voilà qu'elle lui
dépêchait sa mère !

— Pourquoi l'as-tu laissé monter à bord, crétin !

— Elle est montée toute seule, Monsieur.

— Ça va !... File !... J'y vais.

La tuile ! Pour que Lena appelle maman à la rescousse, il
fallait que les choses aillent mal ! La vieille avait sans doute rappliqué
de Grèce sur un coup de téléphone. Il enfila un pantalon, ne
réussit pas à y faire entrer complètement les pans de sa chemise
et se lança un coup d'œil navré dans le miroir de sa salle de
bains : sans ses lunettes, il trouvait à sa tête une certaine similitude
avec celle d'un toucan. Il haussa les épaules. Il savait qu'il était
plutôt laid, mais agissait comme s'il était toujours le plus beau. On
finissait par le croire. Sa fortune faisait le reste.

Quand il arriva sur le pont, sa belle-mère lui tournait le dos,
tapant du pied avec impatience. S.S. prit contact en douceur :

— Médée...

L'autre fit volte-face :

— Espèce de salaud !

— Médée... s'étonna le Grec d'un ton apaisant.

De la main droite, il pétrissait convulsivement la liasse de dollars
enfouie dans sa poche comme si, dans cette situation périlleuse, il en
eût attendu le salut.

— Qu'est-ce que c'est encore que cette nouvelle connerie !...
brailla la veuve de sa terrifiante voix éraillée. Un grand silence s'était
établi sur le *Pégase* : c'était l'heure douce où les matelots dégustent
le lait de la revanche. S.S. tritura les billets avec frénésie...

— De quoi voulez-vous parler, Médée ?

Le Grec avait toujours été impressionné par sa belle-mère. D'abord
parce qu'elle était déjà l'un des plus riches armateurs du monde
quand lui-même traînait la savate. Ensuite, parce que, dans la farouche
concurrence qui les opposait, il n'avait pas encore trouvé le moyen
de saper sa puissance. Enfin, parce que la vieille affectait à son égard

des airs maternels et protecteurs que Socrate avait le plus grand mal à encaisser.

— Qu'est-ce que vous avez fait à ma fille, salaud ?...

Malgré son hâle, le teint de S.S. devint cireux... La voix tremblante, il siffla :

— Répétez !...

— Oui, salaud !... Je ne permettrai pas qu'un aventurier à la manque fasse de la peine à ma petite Lena !

— Comment ?... Comment ?... bégaya Socrate.

— Si par malheur elle se plaint encore une fois, une seule, je vous casse les reins !... Je vous renverrai au ruisseau, moi !... J'en ai bouffé de plus coriaces !

Le Grec se sentit envahi par une coulée de lave brûlante. Hormis sa mère, personne au monde n'avait jamais osé le traiter en petit garçon. Il allait la tuer... Le bateau, le ciel, la mer, tout devint flou et sombre. Le noir. De petits filaments pourpres voltigèrent devant ses yeux. Il entendit sa propre voix comme si elle venait d'un autre...

— Foutez le camp !

Médée était tendue à bloc. Elle était partie d'Athènes directement, sur un coup de fureur. En d'autres circonstances, elle aurait perçu le danger. Là, non. Elle proféra, écrasante de mépris :

— Qu'est-ce que tu racontes, petit merdeux ?... C'est toi qui va me faire partir ?

— Dehors, vieille conne !

— Qu'est-ce que tu as osé dire, sale maquereau ?...

Socrate fut sur elle, la secouant, lui serrant la gorge... Toujours ce voile noir qui mettait un tampon de ouate entre le monde extérieur et lui...

— Commandant !... Commandant !..

Kirillis arrachait la grosse femme des mains de son patron.

— Salope !... écumait le Grec.

Stavenos vint à la rescousse. Il prit Médée sous les aisselles et lui fit traverser le pont à toute vitesse, jusqu'à la passerelle, lui jetant d'une voix hachée :

— Je vous en prie Madame ! Ne restez pas là !... Ne restez pas là !...

— Lâchez-moi !... Lâchez-moi !... gémissait la veuve.

Elle portait la main à son cou marbré d'un cercle rouge. Elle étouffait. Là-haut, sur le *Pégase*, Satrapoulos secouait la tête, vidé, la bouche ouverte, aspirant l'air comme s'il venait de se noyer.

18

Quand l'hélicoptère se posa sur l'aéroport de Nice, le Grec n'eut que vingt mètres à faire pour grimper dans son avion. Presque immédiatement, Jeff eut la piste et décolla. L'appareil fila vers l'est, vira à droite, accomplit trois quarts de cercle et fonça en direction du nord. Destination, Hambourg. L'ordre de vol avait été si soudain que Jeff avait eu à peine le temps de faire le plein. Quant à savoir à quel moment se situerait le retour... Assis du bout des fesses dans son fauteuil, contracté, mâchoires crispées, Socrate essayait de se détendre en buvant du whisky. D'un œil torve, il parcourait les nuages sur lesquels glissait l'avion. En vingt-quatre heures, il avait réussi à se mettre à dos un mari jaloux et une mère sourcilleuse. Il n'avait même pas eu la satisfaction physique de leur casser la gueule. Il ôta ses lunettes. Les nuages devinrent plus flous, le brouillard envahit tout ce qui ne se trouvait pas dans un rayon de deux mètres. Sa tête dodelina, il s'endormit. A l'atterrissage, les bonds de l'appareil sur la piste le réveillèrent. Avec surprise, il constata qu'il avait gardé son verre à la main, à demi-plein. Il le vida d'un trait. Le whisky était tiède, il fit la grimace.

Jeff fut devant lui :

— Hambourg, Monsieur.

Le Grec maugréa :

— Merci quand même. Si vous ne m'aviez rien dit, j'aurais pu croire qu'on était à Dakar.

Il fit trois pas sur le béton, revint vers Jeff :

— Ne bougez pas d'ici. Tenez-vous prêt à décoller. Au fait, dites à Céyx qu'il prenne immédiatement un avion pour Athènes... Non ! Ne lui dites pas ça. Qu'il vienne nous attendre à Nice, on le prendra au passage.

— Bien, Monsieur.

Mentalement, le pilote traduisit le message en langage clair. Décodée, la phrase signifiait ceci : « J'ai envie d'aller me saouler la gueule chez « Papa ». A mort. J'ai besoin de mon valet de chambre pour me ramener à la maison.

Quand les problèmes dépendaient des autres, le patron arrivait toujours à les résoudre. Mais quand ses propres états d'âme le dépassaient, il allait se cuiter chez « Papa ». Il pouvait se trouver n'importe où dans le monde, il pouvait avoir sous la main une cargaison de bouteilles, rien n'y faisait, c'était chez « Papa » et pas ailleurs. Bizarre... Jeff en fut tout soulagé. S.S. avait une telle résistance à l'alcool qu'il en aurait pour des heures avant de succomber. Et, à Athènes, Jeff connaissait une fille. Si son mari n'était pas là — lui aussi était pilote — il pourrait passer une partie de la nuit avec elle. Jeff était un sage qui tenait compte des leçons de la vie : c'est parce qu'il avait baisé la plupart des épouses de ses confrères qu'il ne s'était jamais marié.

En lettres gothiques dorées sur fond de marbre, le building affichait : *Nieblung und Fust*. A peine sous le porche, le Grec fut intercepté par une grande asperge blonde en costume noir qui, visiblement, avait envie soit de lui lécher les bottes, soit de se rouler par terre devant lui :

— Ces Messieurs vous attendent, Monsieur.

Au huitième étage, Herr Fust en personne accueillit Socrate, bras ouverts :

— Cher ami !... Cher ami !...

— Vos ingénieurs sont là ?

— Mais bien entendu, comme vous me l'avez demandé !

— Les architectes ?

— Ils vous attendent aussi. Vous savez, j'ai eu le plus grand mal... J'ai été surpris par votre coup de téléphone... Certains ont dû revenir...

Des portes capitonnées se refermaient sur leur passage. La dernière s'ouvrit sur une grande salle de conférence dont le centre était occupé par une longue table noire. Autour de la table, une vingtaine de personnes qui se levèrent comme un seul homme à l'entrée du Grec et de Fust. S.S. leur fit signe de se rasseoir :

— Messieurs, je suis pressé. J'irai donc droit au but. Je voudrais un bateau... Non, pas un bateau... « Le Bateau ». En réalité, je voudrais que vous me construisiez le plus beau bateau de plaisance du monde.

Il y eut un instant de flottement. Chacun essayait de capter le regard de son voisin.

— Un bateau comment ?... se ressaisit Fust avec les intonations mielleuses habituellement réservées à la femme de sa vie lorsqu'on lui demande pour la première fois de se déshabiller. Le Grec eut un air songeur, il y était déjà !...

— Un bateau unique. Vous voyez ce que je veux dire ?

— Mais, bien sûr !... gémit Fust servilement... Bien sûr !...

— Non, vous ne voyez rien ! Pour la bonne raison qu'un navire semblable n'a jamais flotté sur aucune mer. Je veux quelque chose qui n'ait jamais existé... quelque chose de parfait, de la pointe du mât à la base de la quille... Une piscine qui devienne à ma fantaisie piste de danse ou patinoire... Pas de cabines, mais des appartements immenses... Six, pas plus ! Des salles de bains en marbre et en or massif...

— Quel tonnage ?

— Et la propulsion ?

— Quel moteur ?

— Et la longueur ?

— La vitesse ?

Le Grec leva la main :

— Je m'en fous ! Vous êtes les meilleurs chantiers du monde ?

Regard circulaire sur des visages modestement baissés...

— Eh bien, construisez-moi le plus beau yacht du monde !

— Il nous faudra du temps... dit Fust en se tordant les mains.

— Oui, Monsieur Fust. Il faut du temps. Mais moins que vous ne pensez. Je veux avoir vos premiers projets sous huitaine. Je veux que les travaux commencent le neuvième. Je veux que vos équipes se relaient nuit et jour...

— Monsieur Satrapoulos...

— Je veux que les pièces soient usinées à peine sorties de vos cartons à dessin.

— Mais... Mais... bredouilla Fust... Ce n'est pas possible... Nous avons un planning... Nous ne pouvons... D'autres clients...

— Pour commencer, je vous ouvre un crédit de six millions de dollars... Quoi ?... Quels clients ?

Ecrasé par le chiffre, Fust baissait la tête. Quel chantier naval pouvait se permettre de refuser une commande de six millions de dollars alors que les Danois et les Japonais cassaient les marchés et raflaient les affaires ?

— Monsieur Satrapoulos...

— C'est oui ou c'est non ?

Fust baissa les bras et, des yeux, demanda secours à son brain-trust : pas un de ces traîtres n'osait le regarder en face...

— Eh bien, on va faire notre possible... Mes collaborateurs et moi...

— Je ne vous demande pas de faire votre possible. Je vous demande l'impossible. Je veux une réponse claire : oui ou non ?

Fust déglutit péniblement. Un « oui » mourant vint expirer sur ses lèvres. Il voulut rire mais ne réussit qu'à tirer une pauvre grimace de son visage contracté...

— Permettez-moi seulement... On ne construit pas un bâtiment semblable en partant de l'idée d'une piscine...

Il émit un gloussement timide qui tomba à plat dans une parfaite absence d'écho.

Le Grec le regarda sévèrement :

— Si Monsieur ! Ce bateau-là, vous le construirez autour de la piscine...

Il se pencha vers Fust, confidentiel, et lui chuchota à l'oreille :

— Vous vous y connaissez en peinture ?

— Moi ?... s'étonna Fust avec une expression égarée.

— Dénichez-moi quelqu'un qui soit capable d'acheter des tableaux sans se faire rouler. Pour commencer, j'en veux pour deux millions de dollars... Quelque chose de gai, de vif... Je peux compter sur vous ?...

Il reprit pour les hommes du brain-trust :

— Eh bien, Messieurs, tout semble réglé ! Dans soixante minutes, je dois décoller de Hambourg. Je m'en accorde trente pour répondre à vos questions. Je vous écoute !

Le plus jeune des ingénieurs ouvrit le feu sur un ton passionné :

— J'ai une idée ! On pourrait peut-être faire...

Ce qui était marrant chez Epaphos, c'est que tout le monde pouvait y rencontrer n'importe qui. En outre, n'importe quoi pouvait y arriver. De simples matelots y côtoyaient des princes authentiques, la jet-society de passage à Athènes s'y encanaillait avec des travestis. Un soir de folie, on y avait même vu un très haut fonctionnaire dansant un slow *cheek to cheek* avec un gigantesque débardeur. Des jolies femmes, des personnages ambigus, de très très jeunes gens, des hommes mûrs chargés de milliards autant que d'années, des bedaines en smoking, des torses d'éphèbes lisses en tricot de marin, des popes en rupture de froc, tous unis par les mêmes mots de passe, le plaisir et l'imprévu.

370

Régnant sur ce happening permanent, un colosse de cent vingt kilos, Epaphos soi-même. Quand les têtes lui revenaient, quand les additions montaient, quand il pouvait mettre d'emblée un nom sur un visage, il autorisait les clients à l'appeler « Papa ». Et, à Athènes, appeler Epaphos « Papa », ce n'était pas rien ! Papa voyait défiler chez lui tellement de monde de pays si différents qu'il pouvait à coup sûr indiquer à ses amis le cheval gagnant d'une course à Vincennes, la valeur qui allait grimper dans les quarante-huit heures à la Bourse de New York, le gagnant du championnat du monde des poids moyens à Rome, l'investissement idéal à Nassau.

En ouvrant la porte de la boîte, le Grec s'adressa à Céyx sur un ton courroucé :

— Qu'est-ce que tu as à me suivre ?... Va m'attendre ailleurs.

— Bien, Monsieur.

Déjà, « Papa » propulsait sa masse tonnelée vers Socrate :

— Mon frère !... hurla-t-il.

S.S. ouvrit les bras, se sentit soulevé et emporté dans trois tours de valse... L'orchestre s'arrêta net au milieu d'une mesure et attaqua le sirtaki qui saluait toujours l'arrivée du Grec : *Viens près de moi...*

La salle se mit à fredonner à l'unisson :

Viens près de moi...
Le temps nous presse
Je veux de toi
Trop de caresses...

— Tournée générale ! dit le Grec.

« Papa » le conduisit à une table dont il éjecta les occupants, un couple anonyme. Chez « Papa », les anonymes, par définition, laissaient la place à ceux qui avaient un nom. De bonne grâce. D'abord parce qu'ils n'avaient pas le choix, ensuite parce que, leur jour venu, ils bénéficieraient du même privilège.

— Que boiras-tu, mon frère ?

— Chivas.

— Holà ! Du Chivas !...

La boîte n'était pas grande. Tout s'y passait comme sur un forum à l'antique, en gueulant. De simples chaises paillées, des tables de bois non recouvertes, des bougies, un long bar fait de la proue d'un navire du temps de la marine à voile, des tonneaux contre les murs crépis à la chaux, la vraie taverne.

— Alors « Papa », les affaires ?

— Tu vois !... Tu es seul ?

— Tu vois...

— Tu veux quoi ? Blonde, brune ?... Une rousse ? Un éléphant ?...
Demande ! Ma maison, c'est ta maison !

Machinalement, le Grec plongea la main dans sa poche et y sentit
l'épaisseur rassurante de la liasse...

— Sais pas encore... Tu bois avec moi ?

— Trinquons mon frère !

La bouteille diminua du quart de son contenu.

— Sec ?

— Sec !

— Je reviens... dit « Papa »... C'est chaud ce soir, tu vas voir !

Léger comme une bulle de savon, il zigzagua sur la piste sans heurter
personne mais en créant un puissant appel d'air sur son passage. Le
Grec se versa un autre verre et regarda autour de lui. Il aimait cet
endroit. Chaque fois qu'il avait le cafard, il venait s'y réfugier. Le temps
d'une nuit, le temps d'un oubli, d'une cuite qui lui lavait complètement
le cerveau. Il y avait amené toutes ses maîtresses, jamais sa propre
femme. La Menelas y viendrait-elle ? En face de lui, il y avait une
table occupée par cinq personnes, deux marins, dont un très beau,
et trois filles. A un moment, le marin dévisagea Socrate et leva son
verre à sa santé, d'un air ironique. Puis il se pencha vers les autres
et leur dit quelque chose qui les fit rire. Agacé d'être hors du coup,
S.S. lui fit signe de venir. Le marin se leva et s'approcha de sa table.
Il avait une silhouette mince et musclée, impressionnante.

— Qu'est-ce qui te fait rire ?...

— Vous ne me reconnaissez pas, Monsieur Satrapoulos ? J'ai
travaillé à votre bord il y a deux ans... Eugenio...

— Sur le *Pégase ?*

— Oui, je conduisais le canot.

S.S. se souvint de lui. C'était un bon marin, mais à plusieurs
reprises, aux escales, il n'était pas rentré à bord et Kirillis l'avait
congédié. D'après lui, Eugenio était littéralement couvert de femmes.

— Alors, qu'est-ce qui t'amusait ?

Eugenio eut un sourire désarmant d'ingénuité...

— C'est mon copain et les filles, là... Je leur disais que si j'avais
autant d'argent que vous, au lieu de boire du raki, on se serait payé
du whisky.

— Tu aimes ça ?

— Vous pensez !...

— Assieds-toi ! Tu veux boire avec moi ? Ho ! Un verre !

— Ça fait rien. Il y en a déjà un.

— C'est celui du patron. Prends-en un autre.

Socrate se sentait agressif. Ce type avait tout ce qu'il n'avait pas.
Une élégance naturelle, une façon de se mouvoir, et cet œil bleu
d'homme du froid dans un visage de Latin.

— Tu tiens l'alcool ?

— Autant que n'importe qui.

— Autant que moi ?

— Pourquoi pas ?

— Alors, à la tienne !

Ensemble, ils vidèrent leur verre, d'un trait. Le Grec les emplit à nouveau.

— Une fois toi, une fois moi. Ça va ?

— Ça va.

— A la tienne !

— A la vôtre.

— Qu'est-ce que tu as à m'emmerder avec mon argent ? Qu'est-ce que tu en ferais, toi ?

— Tout ce que vous en faites.

— Et qu'est-ce que tu crois que j'en fais ?

— Vous achetez.

— Quoi ?

— Tout.

— Tu as besoin de quoi ?

— De tout. Je n'ai rien.

— Et ta gueule ?

— Vous pouvez acheter un bateau avec ma gueule ? Et une maison ? Et une femme ?

— Tu as besoin d'argent pour les femmes ?

— Pour certaines, il m'en faudrait.

Le Grec haussa les épaules.

— Fous-leur la paix à celles-là. Baise les autres ! Santé ?

— Santé !

— Qui c'est les filles avec toi ?

— Des filles.

— Elles t'aiment ?

— Vous rigolez ?... Je les connais depuis tout à l'heure.

— Chivas !... commanda Socrate.

— Sirtaki !... hurla « Papa » en écho.

— Va danser ! dit le Grec.

— Pourquoi moi ? Allez-y, vous !

— Si j'y vais, tu y vas ?

— D'accord.

— Viens ! On danse ensemble.

Eugenio dénoua le foulard rouge qu'il avait autour du cou, en prit une extrémité dans la main et passa l'autre à Socrate. Tenant le foulard bien tendu, ils s'avancèrent sur la piste, face à une ligne de danseurs qui s'était déjà formée. On applaudit. Avec vivacité, le Grec exécuta les pas souples, croisant les jambes de façon que l'une traîne toujours derrière l'autre, se déplaçant latéralement par une succession de revers croisés.

— Vous dansez bien !

— Tu crois peut-être que le pognon rend paralytique ? De temps en temps, il extrayait un billet de sa poche, le roulait en boulette et en bombardait l'un des musiciens qui faisait un « couac » dans son émotion. Ils revinrent à la table.

— Cul sec ?

— Cul sec !

Un serveur passa, chargé d'une monstrueuse pile d'assiettes. Le Grec allongea la jambe, le serveur s'étala, les assiettes se brisèrent en miettes, tout le monde hurla de joie.

— Mon frère !... brailla « Papa » du haut de son bar-bateau... Tu veux en casser d'autres ?

— Oui ! cria-t-on de tous côtés...

— Je te parie que j'ai plus d'assiettes que tu peux en casser ?... ajouta-t-il d'une voix de stentor.

— Amène-les !... rugit Socrate.

Outre les boissons, le bri d'assiettes était l'une des principales ressources de la boîte. D'ailleurs, chez « Papa », on pouvait tout briser du moment qu'on payait la note. Parfois, des mobiliers entiers passaient ainsi de vie à trépas, de l'état de chaises, de buffets ou de tables à celui de bois de chauffage. C'était le grand truc du patron : cassez tout, payez et cassez-vous.

— Tu veux des grandes ou des petites ?

— Tout ce que tu as ! Donnez-en à tout le monde ! Eugenio ?... Tu te sens en forme ?

— Oui.

— Santé ?

— Santé !

— A celui qui en casse le plus ?

— D'accord !

En rangs serrés, des serveurs chargés de piles sortirent des cuisines. Certains ne purent arriver à destination : poussés dans le dos, ils valsaient dans la salle, cherchant désespérément à garder leur équilibre, n'y arrivant pas, se répandant mi-furieux, mi-ravis dans un effrayant vacarme de vaisselle pulvérisée. Les clients se ruaient à la curée, brisant, jetant, piétinant...

— Une à une ! criait le Grec à Eugenio. Il désirait conférer à la joute un caractère de régularité.

A toute allure, ils s'emparaient des assiettes que leur tendaient deux loufiats spécialement dévolus à leur personne et les écrasaient sur les dalles du parquet. Ils étaient rouges d'excitation, sérieux comme des papes, appliqués dans leur frénésie comme des enfants. On se relaya pour leur fournir de nouvelles munitions. « Papa » s'arrangea pour qu'ils devinssent le centre et les seuls protagonistes d'un spectacle ayant pour témoins tous les autres clients. Bientôt, il n'y eut plus d'assiettes...

Le Grec défia le marin :

— On continue avec tout ce qui nous tombe sous la main !

— D'accord !

Avec un ensemble parfait, ils élevèrent leur chaise et l'abattirent sur la table. Elles se fracassèrent. Socrate retourna la table et entreprit d'en arracher les pieds. Eugenio se précipita vers le bar qu'il balaya d'un revers de main de toutes les bouteilles qui s'y trouvaient. Le Grec le suivit. Armé d'un pied de table, arrachant au passage les filets de pêcheurs qui décoraient le mur, il s'attaqua aux bouteilles en réserve sur les étagères. Quand il n'y en eut plus une d'intacte, il eut une idée de génie : il décrocha une hache d'incendie et s'attaqua aux tonneaux dont certains étaient pleins. Du vin pissa, en jets rouge sombre. Eugenio voulut s'emparer de la hache :

— Tu n'avais qu'à y penser plus tôt ! rugit S.S., en continuant à frapper comme un forcené.

Quand plus rien ne fut intact, il s'arrêta, soufflant comme une forge : des applaudissements frénétiques éclatèrent. Le Grec prit « Papa » à témoin :

— Alors ?... Qui a gagné ?

« Papa » leva la main de Socrate :

— Le vainqueur !

Bon perdant, Eugenio vint le féliciter. Le Grec lui glissa :

— Où sont tes filles ?

— Je sais pas... Par là...

— On va les baiser ?

— D'accord !

— Tu as une piaule ?

— A côté, oui. L'hôtel...

— On y va ?

— Allons-y !

— Où est ton copain ?

— Laissez tomber. Il aime pas ça.

— Il est de la pédale ?

— Comme une reine.

— Ben merde !... Eh ! « Papa » ! Envoie-moi la note !

— C'est pas pressé mon frère !... C'est pas pressé !...

— Ne me prends pas pour un con ! Je sais que tu l'enverras demain.

— Reviens quand tu veux. J'adore quand tu casses tout !

Le Grec et Eugenio se prirent par les épaules, s'enlacèrent et sortirent de la boîte ravagée en esquissant un pas de sirtaki. Avec les rares instruments qu'ils avaient réussi à préserver de l'apocalypse, les musiciens accompagnèrent leurs pas. « Papa » désigna S.S. à ses derniers clients avachis dans la vinasse et, d'une voix de stentor, afin d'être entendu de l'intéressé :

— Regardez-le bien !... Ça, c'est un homme !

Céyx luttait contre le sommeil. Il n'avait plus la force d'attendre ni le culot de déserter. 5 heures du matin... Le premier rayon de soleil rampa dans la rue, alla fouiller derrière les pavés, entre les poubelles, caressant des détritus, sculptant une ombre longue et précise à ce qui était informe. La rue avait l'air d'un décor. Dans la torpeur qui le gagnait, Céyx imaginait qu'un rideau se levait, que des girls levant haut la jambe envahissaient l'espace compris entre les murs crépis entre lesquels, sur des cordes légères, flottait du linge humide. De l'hôtel, sortaient de temps en temps des matelots qui s'étiraient, allumaient une cigarette et se dirigeaient nonchalamment vers le port. Ou une fille, qui se ployait pour rattacher sa sandale, faisait trois pas, sortait de son sac un miroir, se passait la langue sur les lèvres et se tapotait les cils... Un bateau mugit... Céyx regarda sa montre et se donna jusqu'à 5 h 30. S'il n'apparaissait pas avant quinze minutes, il irait se coucher. A 5 h 20, le Grec mit un pied dans la rue et l'emplit avec la densité d'un acteur sur qui repose le dénouement de la pièce. Il fit dix mètres, s'arrêta, retira ses lunettes, les frotta de sa pochette en soie blanche, cligna des yeux à plusieurs reprises, quitta une zone d'ombre pour aller se planter en plein soleil.

Il remit ses lunettes, le regarda en face et respira profondément. Sur tout son visage, une expression d'apaisement et de concentration. Céyx se demanda à quoi il pensait. Le Grec ne l'avait toujours pas vu. Il ôta son veston d'alpaga noir, le fit voltiger sur son épaule et reprit sa marche...

— Monsieur !

— Qu'est-ce que tu veux ?

Céyx fut déconcerté. Il ne voulait rien, en dehors d'aller dormir. Il attendait, c'est tout.

— Où voulez-vous que je vous conduise ?

— Pourquoi, tu as une voiture ?

— Non...

— Alors ?

— Il y a une station de taxi un peu plus bas.

376

Ils s'y rendirent. Un vieux les chargea dans une antique Chevrolet. S.S. lui dit :

— A l'aéroport.

Pendant le trajet, il ne prononça pas un mot. A l'arrivée, il demanda de l'argent à son maître d'hôtel pour régler la course. Céyx paya le chauffeur d'un billet et refusa la monnaie qu'il voulait lui rendre. Le Grec s'en aperçut :

— Tu es fou de laisser un pourboire pareil ? Tu ne seras jamais riche.

Céyx courut réveiller Jeff qui s'était assoupi dans la salle de repos des pilotes, sa petite amie n'étant pas à la maison, il avait préféré dormir plutôt qu'en chercher une autre.

— Le patron est là ?

— Oui.

— Il a fait la foire ?

— Tout cassé chez « Papa ».

— Alors c'est la forme !

— Sais pas. Il n'a ouvert la bouche que pour me demander de payer son taxi.

— T'en fais pas, tu récupéreras.

— Tu parles ! Avec un radin pareil... Gaffe, le voilà !

Le Grec les attendait, les mains dans le dos.

— On repart, Monsieur ?... s'enquit Jeff.

— On rentre à Nice.

— Il faudra qu'on s'arrête une minute à Rome. J'ai un truc qui chauffe.

— Tu pouvais pas voir ça avant ? Je suis pressé moi !

Effectivement, Socrate venait d'accoucher d'une idée dont la réalisation exigeait une action immédiate.

Avec Lena, c'est fini, je peux plus. Les autres me fatiguent dès que je les ai possédées. Oui, mais je ne peux pas m'en passer... Qu'est-ce que je veux exactement ? L'idéal, c'est d'avoir une femme à la maison, une qu'on aime, et de sauter toutes les autres... Mais celle qu'on aime ne veut pas qu'on en saute d'autres... Le faire quand même. Elle aura de la peine... A cause de moi. Et alors ? Est-ce ma faute ? Mais si c'est elle qui va avec un autre homme ? Les salopes !... Je suis incapable de vivre seul. Je suis incapable de vivre à deux. Qu'est-ce qu'il faut faire ? Vivre à trois ? Tout ça n'est pas facile... Comment font les autres ? Ils doivent se poser les mêmes questions que moi...

Pourtant, personne n'en parle jamais. Et les enfants dans tout ce micmac ?... Si je vis officiellement avec la Menelas, est-ce qu'ils vont être malheureux ? C'est sacré, le bonheur des enfants ! L'enfance, faut pas y toucher ! Oui, mais quand ils sont grands, ils se foutent bien de vous ! Je l'ai bien fait, moi, avec ma mère... Elle n'avait qu'à m'aimer davantage ! Peut-être m'aimait-elle ? Mes enfants savent-ils que je les aime ? Comment pourraient-ils le savoir ? A quoi pourraient-ils le voir, je ne le leur dis jamais ? Et d'abord, est-ce que je les aime ?... Et son mari, comment réagira-t-il ?... Je l'emmerde ! Il n'a qu'à la défendre s'il veut la garder ! En tout cas, on verra bien s'il est capable de m'empêcher de la prendre ! Elle ne m'a jamais rien dit, mais je suis sûr qu'elle est d'accord... Après tout, je vis pour moi, pas pour les autres ! Je vais l'épouser ! Sinon, à quoi me servirait mon argent ?... J'ai pas le droit d'être heureux, moi, comme tout le monde ?...

Ainsi pensait le Grec au moment où les roues de son avion prenaient contact avec la piste de l'aéroport de Nice. Chose curieuse, il n'avait pas fermé l'œil depuis vingt-quatre heures et ne se sentait pas du tout fatigué. Une fois, quand il avait dix-sept ans, il avait passé cinq jours et cinq nuits sans se coucher. Pourtant, avec les gains de cette partie de poker, il avait eu à peine de quoi s'acheter un costume. Aujourd'hui, à cinquante-deux ans, il aurait pu être le grand-père de cet adolescent rusé qu'il avait été. Mais aller enlever la femme de sa vie vous donne un sacré coup de jeune !

Quand elle entendit le bruit de la clé dans la serrure, Lena se précipita. Marc ouvrit la porte. Elle n'attendit même pas qu'il la referme. Elle lui sauta au cou et le serra dans ses bras avec passion :

— Oh ! mon amour !... Pour la vie, tous les deux !... C'est fait !... Je suis libre !

Cueilli à froid, Marc essayait de se dégager refusant d'assimiler ce que ses oreilles venaient d'entendre. D'un coup de pied, il referma la porte. Elle claqua comme un cadenas. Le piège. Son cœur tournait à six mille tours, mais il était incapable de parler. Les idées semblaient le fuir, les mots devenaient flasques dans son cerveau.

— Je l'ai plaqué ! C'est fini !... Nous allons vivre ensemble !

Peu à peu s'infiltrait en lui l'horreur du désastre...

— Tu es heureux ?... Tu ne dis rien ?...

Il réussit à articuler d'une voix lugubre :

— C'est formidable, ma chérie, formidable... Je... Je suis assommé...

— Dès que tu auras divorcé, nous nous installerons au Champ-de-Mars... D'ailleurs, c'est inutile d'attendre... Parle-lui ce soir, dis-lui que tu reprends ta liberté ! Tu m'aimes ?

Il contint une nausée. La panique le disputait à la révolte...

— Oui... Oui... je t'aime...

— Marc ! Mon Marc !... Tu réalises ?... Je ne te quitterai plus ! Quand tu tourneras un film, je t'attendrai dans le studio !... Oh ! Marc !... Je n'arrive pas à y croire !...

Il y croyait encore moins... Il fallait absolument qu'il fasse quelque chose, qu'il l'arrête, qu'elle descende de son nuage... En outre, il n'était passé qu'en coup de vent. Belle l'attendait... Elle était nerveuse ces jours-ci. Si jamais elle apprenait !... Si Lena lui téléphonait !...

— Ecoute Lena...

— Oui, mon amour, dis-moi ?... Non, ne dis rien, j'ai une idée ! C'est moi-même qui vais prévenir ta femme. Je veux me conduire avec élégance tu comprends !

— Lena je t'en prie... Il faudrait peut-être... Laisse-moi le lui dire...

— Tu crois ?

— Oui, ça vaut mieux, vraiment... Tout cela est si rapide... Je ne m'attendais pas...

Elle renifla, méfiante brusquement :

— Tu ne t'attendais pas ? Voilà six ans qu'on en parle !

— Je sais, je sais, mais tu comprends...

— Je comprends quoi ?

— Laisse-moi m'habituer à cette idée... Ne précipitons rien...

— Mais, Marc...

Pour ne pas vomir, pour chasser cette peur qu'il sentait l'envahir, il se mit à gueuler :

— Enfin quoi !... Tu m'annonces ça comme une bombe, tu arrives sans prévenir !... Tu es peut-être libre, toi, mais moi, j'ai des dispositions à prendre... Je ne peux pas casser dix ans de mariage en cinq minutes !

— Marc !... Mais tu disais...

A son tour de ne pas vouloir comprendre.

— Je disais !... Je disais !... Si tu crois que c'est facile !

Elle baissa les bras :

— C'est pour toi que j'ai quitté Socrate, mes enfants, ma vie, tout... Tu m'avais juré... Tu devais...

— Tu as l'air de me mettre au pied du mur !... J'ai horreur de ça, tu comprends !... Horreur !... C'est vrai, non ?...

— Marc...

— Marc !... Marc !... Marc !... Quoi, Marc ?... C'est pas toi qui es dans le pétrin ! Tu ne me laisses même pas le temps de me retourner ! Tu es comme une enfant !... Tout, tout de suite ! Merde à la fin !... Tiens, je m'en vais, j'en ai marre !...

Avant même qu'elle eût pu répondre ou tenter de le retenir, il bondissait sur la porte et se jetait dans l'escalier...

— Marc ?...

Elle sentit des larmes lui rouler doucement sur les joues. Elles lui brouillaient les yeux. Elle s'assit sur le lit et se mit à sangloter sans bruit.

19

A Antibes, désillusion : le yacht de la Menelas était bien dans le port, mais, à bord, il n'y avait que trois marins un peu surpris de l'insistance du Grec qui voulait absolument vérifier si on ne lui mentait pas.

— Vos patrons sont partis quand ?
— Ce matin, Monsieur, vers les 10 heures.
— Où ça ?
— Il me semble que Madame a parlé de sa résidence de Genève.
— Vous êtes sûr ?
— Ma foi... Je crois bien...
— Salut !

Niki attendait dans la Rolls aux côtés de Céyx, ivre de sommeil.

— Hé ! Déconne pas ! Tu vas pas t'endormir non !
— Suis crevé... Préviens-moi s'il arrive...
— Attention, le voilà !

Les yeux de Céyx papillotèrent. Il fit un effort surhumain pour s'arracher aux délicieux coussins de cuir, ouvrir la portière et monter à l'avant, près du chauffeur. Le Grec semblait chargé comme un canon, à vif...

— Retourne à l'aéroport.

Ils refirent le trajet en sens inverse. Par malchance pour Jeff, le Grec l'aperçut alors qu'il sortait sa voiture de location du parking.

— Klaxonne !...

Niki actionna la trompe furieusement, à plusieurs reprises. Jeff se retourna, vit la Rolls et freina. Céyx lui faisait de grands signes. Jeff laissa le moteur en marche et le clignotant allumé. Maugréant, il traversa le terre-plein. Le Grec était déjà debout devant son carrosse de luxe :

— Retourne garer ta voiture. On repart.

— Où ça, Monsieur ?... répondit le pilote en refrénant une formidable envie de l'envoyer promener, de lui dire merde une bonne fois.

— A Genève. Tu as dix minutes pour décoller.

A son ton, Jeff comprit qu'il avait bien fait de la fermer.

En vol, Jeff avait prévenu le bureau de Genève pour qu'on dépêche une voiture à l'aéroport. Pendant le trajet, Satrapoulos n'avait cessé de boire, l'air absent et crispé. Il émanait de sa personne une telle menace que Céyx, malgré son désir de sangloter de fatigue, n'avait pas osé le quitter du regard. S.S. avait même condescendu à lui proposer un double whisky :

— Avale ! Ça t'aidera à tenir le coup. Est-ce que je dors, moi ?

La villa des Gonzalez del Salvador se situait dans un calme quartier résidentiel des environs de Genève. Sur l'un des montants en brique rouge où s'accrochait la grille noire, on pouvait lire *Sonate*. Musique pour musique, le Grec estima que, en cet instant, *Sérénade* eût mieux convenu. Il appuya sur un bouton. Un interphone grésilla :

— Qui est là ?

— Satrapoulos.

Il eut envie d'enfoncer la grille à coups de pied. Elle s'ouvrit toute seule. Au pas de charge, il franchit une cinquantaine de mètres entre deux haies de rhododendrons, escalada le perron et se heurta, devant la porte ouverte, à un larbin en livrée :

— Où est votre patron ?

— Monsieur a-t-il rendez-vous ?

— Il est là ou pas ?

— J'ignore si M. Gonzalez del Salvador est là, Monsieur. Il faut que je m'informe.

S.S. le balaya d'un revers du bras :

— Pas la peine, je vais le trouver moi-même... Emilio !

A l'étage, que desservait un escalier central, il y eut un bruit de porte...

— Aurélien, qui est-ce ?

Mimi apparut, en robe de chambre cramoisie. A la vue du Grec, son visage tourna au blanc fixe... Il contemplait sans trop y croire le petit homme en noir qui avait eu le culot de forcer sa porte :

— Si vous venez pour des excuses, c'est inutile. Je refuse de les accepter.

— Je n'ai à m'excuser de rien. Je viens chercher votre femme.

— Hein ?... Quoi ?... Que dites-vous ?...

— Vous m'avez parfaitement entendu ! Où est-elle ?

— Aurélien... Laissez-nous je vous prie...

Le valet s'esquiva, à regret. A défaut de voir le spectacle, il en serait réduit à en capter les échos en collant son oreille aux portes.

— Olympe !... cria Socrate.

— Mais voyons vous êtes fou !... Vous êtes chez moi !...

— Olympe ! Où êtes-vous !

— Elle n'est pas là !... Elle n'est pas là !... s'interposa Mimi d'une voix qui avait grimpé de plusieurs tons entre la première et la dernière syllabe.

— Bon ! Puisque vous ne voulez pas le dire, j'irai la chercher tout seul !

Le Grec gravit trois marches. Mimi, bras tendus, lui barra le passage :

— Calmez-vous voyons !... Calmez-vous !... Allons par là, venez ! Mon bureau...

— Je me fous de votre bureau ! Je veux votre femme !

— Voilà, nous y sommes... Je vous sers un verre... Enfin, ce n'est pas possible, expliquez-vous ! Asseyez-vous !...

S.S. faillit lui répondre, entrer dans son jeu : temps perdu ! Il tourna les talons, sortit du bureau et se propulsa au premier étage, ouvrant les portes à la volée...

— Olympe !...

Médusé, Mimi le suivait deux mètres en arrière :

— Enfin !... Vous ne pouvez pas !... Vous n'avez pas le droit !... Vous n'avez pas votre bon sens !

— Olympe !... Olympe !...

Il la trouva dans sa chambre. Depuis le début, la Menelas avait entendu ce qui se passait. Plutôt que se montrer ou prendre parti, elle s'était recroquevillée dans un coin, rendue à son éternelle condition, retrouvant les réflexes primitifs de la femelle que se disputent deux mâles. Elle osa à peine lever les yeux sur le Grec. Il lui dit très doucement :

— Olympe, je viens vous chercher pour vous épouser. Si vous ne me suivez pas maintenant, je reviendrai demain, et après-demain, et tous les jours de ma vie jusqu'à ce que je vous emmène. Je vous attends en bas.

— Il est fou !... gémit Mimi... Il est fou !

— Vous, foutez-moi la paix ! Si vous vous croyez capable d'intervenir, allez-y ! Défendez-vous ! Défendez-la !... Empêchez-moi !

Il dévala l'escalier sans même lui prêter attention. Emilio éclata :

— J'appelle la police !... Je ne permettrai pas !... Ça va vous coûter cher !

— J'espère bien. Une femme pareille ne coûte jamais assez cher. Vous auriez dû le comprendre avant.

On entendit la voix mélodieuse de la Menelas :

— Aurélien !...

La livrée se précipita, sans un regard pour les deux hommes. Mimi ricana :

— Vous ne pensez tout de même pas qu'elle va vous suivre !

Le Grec resta de marbre.

— Vous êtes un aventurier, Monsieur ! Même pas, vous êtes un salaud ! Et ma femme pense la même chose de vous !

Aurélien fit un second passage. Il portait sous le bras deux grosses valises. Mimi s'étrangla :

— Aurélien ! Où allez-vous ?...

— C'est Madame, Monsieur... répondit-il avec un air lugubre et fataliste.

— Ah ! c'est trop fort !... C'est trop fort !

En effet, cela devait l'être : Mimi abandonna le champ de bataille et entra dans son bureau dont il claqua violemment la porte. La Menelas apparut en haut de l'escalier. Elle en descendit lentement les marches, caressant de la main, comme pour un adieu définitif, la rampe d'acajou poli. Arrivée devant le Grec, elle le regarda longuement, droit dans les yeux, sans ciller.

— Je suis prête.

— Voulez-vous le revoir ?

Elle secoua la tête :

— Je suis prête.

Socrate lui prit la main, l'étreignit en silence et l'entraîna sur le perron. Au bout de l'allée, la Bentley, les routes, la mer, le ciel et les nuages.

L'orchestre jouait en sourdine sur le *Pégase* ancré à deux milles au large de la baie de Tahiti. Les mets avaient défilé sur la table sans que Socrate ou Olympe n'y touchent. Ils ne parlaient pas, ne bougeaient pas, ne se touchaient pas. Seulement, par-dessus la lueur tremblotante des chandelles, leurs yeux s'interrogeaient. Pour une fois, le Grec n'était pas pressé de posséder ce qu'il était en droit de considérer comme sien. Il avait le temps... Il avait installé la Menelas dans sa cabine dont il avait fait sortir ses propres affaires. L'après-midi et le crépuscule s'étaient écoulés doucement, sans fièvre...

— Votre piano restera toujours dans votre appartement. Vous n'avez rien mangé... Voulez-vous boire ?

— Non. Vous avez bu pour moi.

— C'est vrai. Je bois depuis quarante-huit heures. Quand je ne dors pas, je bois.

— Pas couché du tout ?

— Non...

— Fatigué ?

— Non. Je flotte. Une sensation merveilleuse. Et vous ?

— Je flotte aussi. C'est bon.

— J'aimerais vous emmener marcher sur le sable. Voulez-vous ?

— Oui.

Une minute plus tard, le moteur du hors-bord ronflait. A l'avant, une bâche recouvrait quelque chose de volumineux. Quand le canot s'échoua sur la plage, le Grec chuchota une phrase à l'oreille de Stavenos. Il aida la Menelas à descendre. Elle quitta ses chaussures et fit quelques pas. S.S. la rattrapa. Le canot repartit vers le large, rendant la nuit à son silence. Très loin devant eux, il y avait des lumières semblant clignoter sous l'effet de la distance. Socrate leva la tête et regarda le ciel :

— Vous connaissez le nom des étoiles ?

— Oui.

— C'est quoi, ça, là-haut, à gauche ?

— Celle-là, au bout ? Arcturus. Au-dessus de vous, Cassiopée. Vous l'apercevez ?... A droite de la Grande Ourse. Encore plus loin à droite, la nébuleuse d'Andromède.

— C'est quoi, les nébuleuses ?

— De la poussière d'étoiles. Vous ne savez pas ça ?

— Il y a tellement de choses que j'ignore...

Elle lui prit la main.

— Savez-vous combien il y a d'étoiles dans le ciel ?

— Ma foi...

— Imaginez la surface entière de la Terre. Imaginez maintenant qu'elle corresponde à la surface du ciel. Eh bien, pour chaque centimètre carré, il y a environ quinze cents étoiles.

— C'est vrai ?

— Oui, c'est vrai. Et chacune de ces étoiles naît, grandit et meurt.

— Comment meurent-elles ?

— La plupart du temps, elles explosent.

Le Grec eut un rire silencieux :

— Dans mon genre, je dois être une espèce d'étoile.

— Vous avez envie d'exploser ?

— Si j'avais le choix, oui. Disons en tout cas que je n'ai pas envie de m'éteindre.

Elle lui fit face. La nuit était si noire qu'il ne voyait pas ses yeux. Il sentait son souffle, tout contre son visage. Elle murmura :

— Moi non plus. Plus maintenant.

Il perçut le frôlement de ses cheveux contre sa joue. Avec une douceur à couper le souffle, il referma ses bras autour d'elle... Elle tremblait.

— Venez. Il faut que je vous montre quelque chose.

Il l'entraîna dans la direction d'où ils arrivaient. Là où avait accosté le bateau, il y avait trois masses sombres posées sur le sable, deux grandes et une petite.

— Qu'est-ce que c'est ? demanda-t-elle.

— Vos bagages. Savez-vous ce qu'il y a dedans ?

— Des robes, des bijoux, des fourrures. Ce que j'ai de précieux. Pourquoi ?

— Je vais les brûler.

On lui avait tellement vanté les colères de la « panthère » qu'il fut stupéfait de sa réaction. Elle laissa simplement tomber :

— Ah !... Pourquoi ?

— Parce que, ce soir, pour nous, tout commence. Je veux que rien ne reste du passé. Je vous veux nue, comme si vous veniez de naître.

Il déboucha le jerrican d'essence et en arrosa les trois lourdes valises. Quand il eut terminé, il lui posa une dernière question :

— Olympe, pas de regrets ?

En guise de réponse, elle lui pressa la main. Il craqua une allumette. Il y eut une grande flamme qui éteignit les étoiles et illumina le sable blanc, et la frange d'écume déposée sur le rivage par les vagues. Un tout petit feu sur une aussi grande plage, mais qui valait dix mille soleils. Ils s'éloignèrent vers la terre. Quand ils eurent franchi le talus, ils firent encore quelques mètres et le Grec s'assit. Il voulut la tirer vers lui. Elle résista à sa pression. Sa silhouette se découpait sur le halo rougeâtre des flammes mourantes qui se consumaient en contrebas. Lentement, elle fit passer sa robe au-dessus de sa tête. Elle se laissa glisser auprès de lui.

— Tiens... lui dit-elle... Tu as oublié ça.

Dans sa main, il sentit les perles d'un collier.

— Jette-le !... dit-il.

Elle le lança au loin, dans les broussailles. Elle lui prit le visage entre ses mains et s'allongea contre lui, jusqu'à ce que leurs lèvres se touchent...

— Et maintenant... souffla-t-elle... Suis-je assez nue ?

Kallenberg froissa les journaux avec irritation. Depuis trois mois, l'enlèvement de la Menelas par Satrapoulos prenait le pas sur les plus graves nouvelles internationales. On signalait le couple simultanément dans plusieurs points du monde. Ils avaient déjeuné dans un bistrot d'Acapulco, acheté de l'or à Beyrouth, donné une fête en Floride, rencontré un ténor de la politique à Berlin-Ouest. Tout cela le même jour. Foutaises !... Pourquoi l'insignifiante personne du Grec passionnait-elle la presse ? Combien payait-il pour qu'on parle de lui ? Si le public avait su que son héros de pacotille s'était fait rouler de plusieurs millions de dollars !...

Seulement, lui, Kallenberg, préférait rester dans l'ombre et tirer les ficelles. C'était peut-être moins glorieux — bien que l'injuste silence entourant ses succès le rendît parfois amer — mais infiniment plus efficace.

— Ça va Greta... Je vous appelle tout à l'heure.

Il prit un fugace plaisir à ne pas ôter la main qu'il gardait coincée entre ses cuisses, sous la jupe. Elle virevolta en souriant et se dégagea. Quand elle fut sortie, Barbe-Bleue opéra diverses combinaisons sur les cadrans de son coffre-fort. La porte s'ouvrit. Il s'empara d'un dossier portant simplement la mention « Baran ». A voix haute, il ricana :

— Maintenant, pauvre con, il va falloir payer !

Il sortit du dossier le contrat par lequel Socrate allait devoir lui céder trente-cinq pour cent du fret de l'Arabie Saoudite. Il étala la feuille bien à plat sur son bureau. Avec un certain malaise, il réalisa que quelque chose, quelque part, ne collait pas. Quoi, il n'en savait rien encore. Ce qu'avait enregistré son œil refusait de parvenir à son cerveau. Et pourtant !... Là, en bas de la page, à l'endroit précis où il avait contraint le Grec à apposer son paraphe, la signature avait disparu !... Fébrilement, il regarda le papier en transparence : rien. C'était une absence énorme, impossible, quelque chose qui révoltait l'intelligence. Il retourna la feuille à l'envers, n'admettant pas que ses yeux pussent lui jouer un tour pareil. Mais non... Le papier était aussi blanc que si jamais un stylo ne l'avait effleuré.

Il bondit de son fauteuil avec une force sauvage et se rua comme un fou dans le couloir...

— Greta !... Greta !...

Tout en sachant très bien que le désastre était irrémédiable. Par un procédé qu'il ne s'expliquait pas, cette ordure de Grec avait réussi à le posséder.

TROISIÈME PARTIE

20

Le chauffeur de taxi jeta un regard ironique à son étonnante cliente. Lui, qui se vantait d'être psychologue, n'avait pas réussi, en cent kilomètres, à comprendre qui elle était, ce qu'elle souhaitait vraiment faire et l'endroit exact où elle désirait se rendre. Le savait-elle elle-même ? Lorsqu'elle était sortie de l'aéroport de Marignane, elle lui avait simplement dit, en un très bon français, mais avec un accent indéfinissable :

— Je voudrais aller plus loin que Carpentras. Vous connaissez ?

En général, les clients ne lui demandaient jamais de se rendre au delà de Marseille. D'où venait-elle ? Tant d'appareils atterrissaient et décollaient dans la journée... En rangeant son sac de marin dans le coffre, il avait vu, accrochée à la bretelle, une étiquette au nom d'une compagnie italienne. Cela ne voulait pas dire grand-chose, car les avions italiens, eux aussi, se rendent au Groenland ou en Afrique du Sud. En tout cas, il avait accepté la longue course, ne pouvant toutefois se défendre d'un léger sentiment d'inquiétude qu'il se reprochait : si elle allait ne pas le payer ? Pourtant, cette fille traînait derrière elle un entêtant parfum de fric, qui n'était pas dû à ses vêtements — un blue-jean et un pull de marin bleu foncé à col roulé — mais à des ondes subtiles qui émanaient de toute sa personne. A plusieurs reprises, il avait essayé de lier conversation, commentant la route qu'ils suivaient, la prenant à témoin de l'imprudence des « autres », quand il effectuait un dépassement difficile, lui offrant des cigarettes qu'elle refusait, lui racontant des blagues dont il ne savait pas bien si elle les avait comprises et, à tout hasard, riant tout seul de les avoir racontées à voix haute. Quand ils furent à la hauteur de Plan-d'Orgon, il comprit qu'il n'en tirerait rien et renonça à lui adresser la parole. La voiture filait entre deux rangées de platanes dont les ombres dures hachaient le bitume qui chuintait sous les roues. De place en place, des paysans leur faisaient signe, qui avaient installé des éventaires de melons sur les bas-côtés du talus.

— Comment ça s'appelle, exactement, l'endroit où vous allez ?

— Ça ne s'appelle pas.

Il fut vexé de cette réponse, la seule qu'il ait obtenue depuis le début de leur randonnée. Il insista :

— Non, mais je veux dire, après Carpentras, où faut-il que je passe ?

— Attendez... c'est entre (elle extirpa une feuille de papier de la poche de son blue-jean)... entre Oppède et Roussillon... Tout ce que je sais, c'est qu'en bas de la route qui monte au village, il y a un transformateur.

— Oui, mais le village, comment il s'appelle ?

— Autrefois, il s'appelait Cagoulet.

— Il a changé de nom ?

— Non. Mais plus personne n'y habite.

— Ah !...

De plus en plus bizarre... Une fille habillée comme une étudiante fauchée, mais pas assez jeune pour être étudiante, ni assez fauchée, puisqu'elle avait un sacré kilométrage à payer, et qui se rendait dans un village qui ne s'appelait pas et où personne ne vivait...

— Vous avez des amis qui vous attendent ?

Elle ne répondit pas, ce qui lui fit hausser légèrement les épaules. Pendant un très long moment, il n'y eut plus que les flaques de soleil, les zones d'ombre, le bruit du moteur couvert de temps en temps, selon l'angle d'attaque du mistral, par le crin-crin exacerbé des cigales et, dans les lointains, la douce tache bleue d'un champ de lavande, la verticale noir corbeau d'un cyprès, le cri écarlate d'un coquelicot sur l'herbe pelée de la rocaille. On passa sur un pont au-dessous duquel serpentait une giclée d'eau boueuse :

— La Durance... A gauche, là-bas, c'est Avignon. Mais nous, on va continuer à droite puisqu'on va à Carpentras...

Il éclata d'un gros rire, content de sa pauvre plaisanterie, et se retourna pour voir si elle le suivait : elle ne l'avait même pas entendu, le visage tourné vers sa droite, les mèches folles s'échappant de son foulard fouettées par le vent.

Il redressa précipitamment la voiture, prévenu par le klaxon furieux d'un poids lourd qu'il roulait au milieu de la route. A un moment, il dut s'arrêter pour faire le plein. Il sortit du véhicule, s'avança en direction de la portière arrière et lui demanda :

— Vous voulez pas sortir un peu pour vous dégourdir les jambes ?

Elle le remercia d'un sourire éblouissant qui le laissa pantois : que cette fille était belle ! Il ne l'avait pas réellement vue jusqu'à présent, mais elle avait un visage à faire du cinéma. Il est vrai qu'elle avait gardé sur le nez de très grosses lunettes de soleil. Maintenant qu'elle les avait ôtées, il recevait comme un choc la perfection de son visage et paradoxalement, en fut rassuré : avec une tête pareille, on a de quoi payer un taxi.

Il se réinstalla au volant et reprit la route. Sur la droite, déjà, on apercevait les contreforts du Luberon, gris-bleu. Carpentras fut dépassé, puis, Vaison-la-Romaine. Les cigales faisaient un bruit si furieux qu'on finissait par ne plus les entendre, bruit de fond, bruit de vent.

Le chauffeur se retourna vers sa passagère :

— Attention, hein ! On arrive !

— Après Roussillon, il faut compter encore huit kilomètres.

— On y est à Roussillon, c'est ça...

Des maisons ocre, des platanes centenaires et des vieillards surveillant des enfants, devant les portes. Un ballon roula sous le taxi, poursuivi par un gosse. Coup de frein :

— Ah ! Ils sont pas nerveux, ici !

On sortit du village. Au bout de quelques kilomètres, la voiture ralentit, roulant presque au pas :

— Vous avez bien dit un transformateur, hein ?

Il n'attendait même pas de réponse. Il jeta un coup d'œil machinal au compteur : 52 398 francs ! Comment allait-il oser lui donner un chiffre aussi astronomique ? Après tout c'était de sa faute, à elle, pourquoi ne lui avait-elle pas demandé un forfait ?

— Le voilà, votre transformateur !

Un pylône de béton, veillant au carrefour de la route principale et d'une autre, empierrée, qui grimpait dans la colline. Le chauffeur sauta de voiture, repéra un poteau indicateur dont les inscriptions semblaient effacées, s'en approcha et jeta triomphalement :

— Cagoulet ! Vous voyez, c'est écrit ! Deux kilomètres. On y va ?

Elle fit non de la tête, manifestant son désir de descendre là. Il poursuivit :

— Ça m'étonnait, aussi ! Un village qui a pas de nom, c'est des idées de Parisien, ça !

— Vous me donnez mon sac ?

Il ouvrit le coffre arrière, en sortit le sac de marin qu'il garda dans les mains, sans oser le poser par terre ou le lui tendre.

— Je vous dois combien ?

Il fut réellement peiné de le lui dire :

— 52 720 francs.

Il baissa la tête, comme s'il avait proféré une grossièreté. Il aurait voulu lui faire un prix :

— Disons cinquante et ça ira très bien.

Elle lui sourit, plongea ses doigts dans le sac — des doigts, il était prêt à le jurer, qui n'avaient jamais baigné dans aucune eau de lessive — et en tira une liasse effarante de gros billets : il en fut presque choqué :

— Vous vous baladez avec tout ça sur vous ?

Nouveau sourire. Elle lui tendit six billets. Il en prit cinq et lui en rendit un. Elle refusa :

— Bon, alors, je vais vous rendre la monnaie.

Elle l'arrêta d'un geste :

— Gardez tout, j'ai été ravie de voyager avec vous.

Maintenant, il ne savait vraiment plus ce qu'il devait faire. Il restait planté devant elle, sa liasse à la main. Quand il leur raconterait ça, à Marseille... En vrai loup de mer, elle balança le sac sur ses épaules, d'un mouvement de hanches, lui sourit une dernière fois et s'engagea dans la pierraille. Il resta debout une bonne minute, contemplant sa silhouette qui s'éloignait, en admirant les formes moulées par le pantalon de grosse toile. Finalement, il secoua la tête comme pour sortir d'un rêve, se rassit à sa place et démarra, la tête pleine de pensées vagues.

A un moment, le chemin suivait la déclivité d'un vallon et Lena dut descendre, ce qui lui cacha pendant quelques minutes les maisons qu'elle apercevait sur la hauteur. Ce qui la frappait surtout, c'était la qualité du silence et l'odeur parfumée de l'air. Parfois, le bruit de ses pas provoquait un glissement bref et furtif dans les herbes, fuite d'un lézard peut-être, ou d'un lapin. Malgré ce qu'elle avait à faire, elle se sentait étrangement libre, et jeune, n'arrivant pas à croire que quoi que ce soit puisse avoir l'air plus vrai que ce paysage. Quelque chose de solide, de dru et de pur à la fois, ni trafiqué ni faisandé. Sans savoir pourquoi, elle se mit à courir, heureuse de sentir ses jambes souples et le jeu délié de ses muscles. En dehors de l'asphalte stupide des courts de tennis, depuis combien de temps n'avait-elle pas couru, couru pour le plaisir, sans autre but que l'excitation de la course ? Elle arriva au haut de la pente, et, progressivement, vit à nouveau les trois ou quatre grosses fermes, le toit d'abord, auquel des tuiles manquaient, puis les murs épais percés de petites ouvertures circulaires, juste sous la charpente, et, plus bas, des fenêtres aux volets gris et tavelés de vieillesse. L'air portait extraordinairement les sons. Lui parvinrent aux oreilles le gloussement d'une poule et les accords métalliques d'une guitare. Sur la gauche des maisons, elle vit, légèrement détachée, une espèce de grange flanquée d'une meule de paille, et un puits, non loin d'un olivier. Devant le puits, une silhouette d'homme qui tirait de l'eau dans un seau. L'homme était nu jusqu'à la ceinture et se mit à vocaliser en suivant les notes de la guitare. Lena s'arrêta un instant, invisible encore pour l'homme. Elle posa son sac à ses pieds et regarda, s'imprégnant de la lumière, de la mélodie, du parfum de l'atmosphère, contemplant le dos musclé et bronzé de cet homme qui, elle le voyait maintenant, avait les cheveux très longs, attachés derrière le cou en une espèce de natte. Elle pensa qu'elle vivait un instant rare, bien qu'elle s'en défendît, car il n'y avait aucune raison qu'il le fût. Pourtant, cela lui rappelait une autre seconde de grâce dont elle avait joui des années plus tôt, en Grèce, au cours d'une croisière sur le yacht de son mari, alors qu'elle nageait du fond de la mer vers la surface où elle apercevait, presque translucide à force d'être orange, le corps de son amant. Elle prit une brève inspiration, remit son sac à l'épaule et se dirigea d'un pas décidé vers les fermes. Sur le sol, ses espadrilles ne faisaient aucun bruit. Elle n'était plus qu'à dix mètres de l'homme quand, d'instinct, il se retourna, le seau plein d'eau à bout de bras :

— Hello !...

Elle eut un sourire gauche et répliqua :

— Hello !...

Aucun des deux ne bougea plus. Lui, avec son seau, elle, avec son sac. Simplement, ils se regardaient, sans mot dire. Il devait avoir vingt, vingt-cinq ans, était immense, presque maigre, barbu, noir de cheveux, noir partout de soleil, sauf les dents qui fendaient son visage comme une ligne de lumière, et les yeux, très clairs, qui le trouaient comme les ouvertures d'un masque. Lena pensa que, en dehors de Marc, elle n'avait jamais vu un homme aussi beau : qu'est-ce qu'ils foutaient, les producteurs, à Hollywood, au lieu de venir chercher ce dieu dans ses labours ? Elle fit un effort énorme pour revenir à la réalité. Elle se composa un masque lointain, qu'elle voulait autoritaire. Dans la maison, la guitare s'était arrêtée de scander la scène, et le silence n'en devint que plus énorme. Il la regardait toujours, amical, bienveillant, rigolard, sûr de lui. Lena jeta d'une voix brève en anglais :

— Je viens chercher ma sœur.

Le sourcil droit du garçon se déplaça vers le haut d'un millimètre. Il posa son seau :

— Qui c'est, ta sœur ?

Lena fut stupéfaite qu'on pût la tutoyer. Elle avala sa salive :

— Melina. Melina Mikolofides.

L'autre eut un grand sourire :

— Ça alors ! Tu es la sœur de Melina ? Elle est allée chercher du bois... Tu veux boire ?

Lena prit conscience qu'elle mourait de soif :

— Non, merci.

— Vas-y ! Elle est fraîche !

— Merci, non.

— Goûte-là ! Tiens, viens, regarde...

Il posa le seau sur la margelle du puits, s'approcha d'elle, la prit par la main et la tira vers le puits sans qu'elle ose protester.

— Vas-y... Bois...

Ne résistant plus, elle se pencha au-dessus du seau plein d'ombre bleue et y trempa les lèvres. L'eau était si glaciale qu'elle lui brûla la bouche. Elle but longuement, à grands traits avides.

— Alors, c'est toi, la femme de Satrapoulos, le type du pétrole ?

Et il éclata de rire. Apparemment, il n'était pas impressionné. Bien qu'il ait prononcé sa phrase sans agressivité, Lena rétorqua sèchement :

— Vous retardez de cinq ans. Je suis la duchesse de Sunderland.

Avec un air qui lui donna envie de le tuer, il s'inclina en une vaste révérence :

— Pardonnez-moi, *Your Grace,* je ne savais pas.

Et il ajouta :

— De toute façon, ici, que tu sois duchesse ou femme de ménage, ça ne veut pas dire grand-chose pour nous.

— Nous ?

— Ben oui... Nous sommes sept, trois filles et quatre garçons. Avec toi, ce sera parfait, ça va faire un compte rond.

Lena aurait préféré ne pas relever l'insolence, mais ne put s'empêcher de dire :

— Vous faites erreur. Sans moi et sans Melina, vous ne serez plus que six.

— Qui t'a dit que Melina voulait partir ? Et qui te dit que tu n'auras pas envie de rester ?

Lena fut suffoquée par tant de culot.

— Où est ma sœur ?

— Allez, entre, viens poser ton sac et enterre la hache de guerre. Tu as faim ?

— Non.

— Il y a une minute, tu n'avais pas soif non plus. Et pourtant, tu as bu.

Il reprit son seau et se dirigea vers l'entrée de la ferme. De près, les bâtiments étaient minables, couturés, éventrés, mais d'une couleur étonnamment chaude, ocre et brune, patinée par le soleil. Lena le suivit. Quand elle eut un pied sur l'unique marche du perron, il s'effaça pour la laisser passer et lui glissa à l'oreille, presque comme une confidence :

— Au fait, je m'appelle Fast.

Elle pénétra dans une immense pièce au fond de laquelle s'étalait une gigantesque cheminée. Un sol en terre battue, quelques vieux instruments aratoires rouillés accrochés aux murs de pierre vive, des toiles d'araignées aux solives du plafond, même pas du plafond qui n'existait pas, mais du toit. Dans un coin, une vaste litière de paille. Au centre de la pièce, une grossière et massive table en bois recouverte de vaisselle sale et de deux pieds nus appartenant à un garçon tenant une guitare dans ses bras :

— Lui, c'est Julien.

Et à Julien, qui inclinait la tête en un sourire :

— C'est la sœur de Melina. Comment tu t'appelles ? Ton prénom ?...

— Lena... Enfin... Helena.

— Bon. Eh bien, Lena, puisque tu es ici, tu vas mettre la main à la pâte. Comme tu entres dans notre petite famille, tu vas éplucher des haricots. Tu vas voir, c'est marrant, je parie que tu l'as jamais fait !

Lena ne put s'empêcher de jeter un regard furtif à ses longues mains aux griffes vernies : ou elle rêvait, ou ce type était complètement dingue !

Irène entra la première dans sa chambre, en trombe, se déchaussa en s'aidant de ses pieds et fit valser ses mocassins qui atterrirent n'importe où. D'un mouvement rageur, elle balança son sac à main qui traça une trajectoire dans l'espace avant d'aller chuter sur le bord du lit où il s'ouvrit, laissant échapper son contenu. Derrière elle, interloqués, son valet et sa femme de chambre, chargés de ses valises, échangèrent un regard de connivence. Comme Irène se vantait de ne jamais laisser voir ses états d'âme par son personnel, elle feignit de mettre sa fureur sur le petit incident qu'elle avait pourtant provoqué elle-même :

— Eh bien ! Aidez-moi, au lieu de rester plantés !

Liza se précipita pour ramasser les menus objets échappés du sac. Irène fondit sur elle pour l'en empêcher, plaquant sur son visage un terrifiant sourire qui jurait avec sa tension intérieure :

— Non, laissez ça ma petite Liza ! Je le ferai moi-même... Je vous sonnerai dans un moment pour du thé...

Liza flaira l'orage imminent. Elle fit un signe discret à Albert

397

et l'entraîna à sa suite. A peine étaient-ils sortis qu'Irène se jetait sur le lit, à plat ventre, cherchant fébrilement sa boîte de pilules. Quand elle les eut trouvées, elle en mit trois sur sa langue, fit la grimace, ouvrit une commode d'où elle tira une bouteille de cognac. Elle en but une longue rasade au goulot, s'essuya la bouche d'un revers de main, eut une quinte de toux et se dirigea, pliée en deux, vers la salle de bains. Elle ouvrit en grand le robinet en or du lavabo, recueillit de l'eau dans ses mains jointes en vasque et en avala une grande lampée. Sa toux redoubla de violence. Tout allait mal ! Elle s'assit sur le bidet, la tête en appui sur ses deux poings fermés, les dents grinçant et s'entrechoquant, essayant en vain de refouler sa colère et son dépit. Trois jours plus tôt, elle avait reçu un coup de téléphone impératif de sa mère :

— Prends le premier avion et arrive tout de suite ! Ne discute pas ! La famille est en danger !

Elle aurait voulu avoir le courage de l'envoyer paître, mais s'était contentée de lui répondre : « Oui maman. J'arrive. » Comme d'habitude. En débarquant à Athènes, elle avait eu la désagréable surprise d'y trouver sa sœur. Lena était arrivée elle aussi une heure auparavant, convoquée pour les mêmes motifs mystérieux. Médée Mikolofides n'y était pas allée par quatre chemins. Elle les avait fait entrer immédiatement dans son bureau dont elle avait refermé la lourde porte matelassée. Elle s'était assise dans son fauteuil favori, avait pris un air solennel et sévère. Au moment d'ouvrir la bouche pour parler, elle se ravisa, se releva et, à petits pas rapides et furtifs, retourna vers la porte qu'elle ouvrit à la volée, comme si elle s'attendait que quelqu'un fût caché derrière. Le long couloir était vide. Elle revint s'asseoir sans paraître remarquer le regard étonné que lui jetaient Lena et Irène. Elle attaqua :

— Nous sommes déshonorés. Et ce qui fait suite au déshonneur, c'est la ruine.

Irène et Lena, muettes, attendaient la suite. Avec des précautions de conspirateur leur mère sortit une page de journal d'un coffret fermé à clé :

— Lisez ça... Si votre père l'avait lu, il en serait mort !

Les deux jeunes femmes se penchèrent, intriguées, pour lire ensemble... Il s'agissait d'un article paru dans un journal français, intitulé : LA FILLE DU MAGNAT DANS LES PARADIS ARTIFICIELS.

Lena avait l'air inquiète, mais Irène, qui se sentait envahie par un sentiment de triomphe, ne se laissa pas prendre à ses simagrées : il était question de Melina, leur sœur à toutes deux, celle qui les écrasait de son mépris. Eh bien, c'était du joli ! D'après le journal Melina, *rompant avec la tradition de travail et de sérieux de sa famille, menait une vie extrêmement libre* — le mot « extrêmement » était composé en

398

caractère gras — *dans une communauté hippie située dans le sud de la France, sur les contreforts des Alpilles. Dans cette communauté,* précisait le reporter, *tout était partagé, les loisirs, le pain, le sommeil, l'eau et l'amour* (là encore, le mot « amour » était composé en gras).

— Eh bien, qu'en pensez-vous ?

Médée avait lâché sa phrase en la projetant, les mains accrochées à son bureau, le buste penché en avant. Avec orgueil, Irène réalisa que sa mère pour la première fois de sa vie, lui demandait son avis, la faisait participer aux décisions qu'elle allait prendre. Bien sûr, il n'y a pas de bonheur parfait, car Lena profitait elle aussi de cette confiance. Encore était-elle trop bête pour l'apprécier.

— Ce n'est pas tout, poursuivit Médée, Regardez !

De son coffret, elle fit jaillir une liasse de journaux liés par un élastique :

— La plupart des magazines européens ont repris la nouvelle dans cette ordurière feuille de chantage française !

Visiblement, elle attendait leurs commentaires. Irène, sournoise, fit le premier :

— Pauvre Melina... Comme elle doit être malheureuse...

La veuve Mikolofides bondit :

— Et moi alors ?... Et nous !... Je veux que votre sœur arrête ses conneries, vous m'entendez ! Je veux qu'elle revienne à la maison ! Et si elle ne veut pas vous suivre, j'enverrai les flics la chercher !

— Vous voulez qu'on la ramène ?... interrogea Lena qui, dans les moments graves, vouvoyait sa mère comme lorsqu'elle était enfant.

— Toutes les deux ? intervint Irène.

Médée ne répondit pas tout de suite, réfléchissant à la meilleure façon de faire rentrer au bercail sa brebis égarée. Finalement :

— Votre avis ?

Irène saisit la balle au bond, aux anges d'avoir la chance de servir de médiateur entre les membres déchirés de sa famille :

— Mère, il vaudrait peut-être mieux que l'une de nous seulement se déplace. Question de discrétion... Pas de scandale...

Médée la regarda fixement...

— C'est ce que tu penses ?

— Oui, mère, c'est mon avis.

Elle se tourna vers Lena :

— Et toi ?

— Je pense qu'Irène a raison. Si nous y allons toutes les deux, Melina risque de se braquer.

La veuve posa ses deux mains à plat sur la table :

— Alors, parfait. Lena, c'est toi qui ira.

Irène eut l'impression qu'un poignard lui entrait dans le cœur :

c'était trop injuste ! D'un mot, sa mère lui enlevait l'importance qu'elle lui avait fait miroiter durant quelques minutes. Comme toujours, elle n'osa pas protester et cacha son dépit en affirmant le contraire de ce qu'elle pensait. Se tournant vers Lena :

— Maman a raison. Tu es beaucoup plus diplomate que moi.

Elle en étouffait... Elle reprit :

— D'ailleurs, j'ai tant de choses à faire à Londres...

Sa mère la toisa :

— Pas question que tu retournes à Londres ! Tu restes ici, je veillerai sur toi en attendant que ta sœur ramène Melina. Il faut se serrer les coudes !

— Mais... tenta Irène, mon mari...

Médée éclata d'un rire méprisant :

— Ton mari !...

Il faut dire que la veuve Mikolofides, avec les années, devenait de plus en plus insupportable. Pendant les quarante-huit heures qui avaient suivi, Irène, cloîtrée dans l'immense demeure comme si elle avait eu six ans, s'en était aperçue à une foule de détails. Elle avait un complexe de persécution qui lui faisait voir des voleurs partout. Elle n'hésitait pas à traiter ses plus proches collaborateurs de fripouilles dès qu'ils se permettaient la moindre initiative, le plus petit geste d'autonomie. Par ailleurs, elle avait avoué à Irène la haine qu'elle portait à Kallenberg et à Satrapoulos, d''abord parce qu'ils lui faisaient une concurrence forcenée sur les mers — malgré les multiples associations que les trois armateurs avaient en commun — ensuite, parce que la fabuleuse réussite de ses deux gendres — elle ne s'était pas encore habituée au récent divorce de Satrapoulos et de Lena — était une insulte grave à ses prérogatives de chef d'entreprise. Bref, Irène avait passé des heures de cauchemar aux côtés de ce despote irascible et méfiant. Le matin du troisième jour, voyant qu'on était toujours sans nouvelles de Lena, Irène avait dû la supplier de la laisser retourner à Londres, jurant qu'elle lui téléphonerait et qu'elle restait à sa disposition. Médée, qui ne décolérait pas, avait fini par accepter.

Et maintenant, elle se retrouvait dans sa résidence britannique, assise comme une imbécile sur un bidet, malheureuse comme elle ne l'avait pas été depuis longtemps. Elle entendit s'ouvrir la porte de sa chambre, pensa que c'était Liza qui revenait. Elle resta figée dans la même attitude, se contentant de repousser vaguement la porte de la salle de bains. Poussé de l'extérieur, le vantail revint sur elle. Elle leva la tête : Herman la regardait avec un indicible écœurement. Surprise, elle ne songea même pas à changer de position et, toujours à son idée, prit son mari à témoin de l'injustice de sa mère :

— Elle, elle !... Toujours elle !

Barbe-Bleue se taisait. Elle précisa :

— Maman est insconsciente ! Elle a choisi Lena pour aller chercher Melina !

Kallenberg sembla exploser :

— On s'en fout de ta pute de sœur ! Il vient d'arriver une chose terrible !

D'un geste machinal, Irène essuya le rimmel qui lui coulait des yeux sur les joues, se mélangeant au maquillage qui lui barbouillait les pommettes : que pouvait-il arriver de pire ? Elle était humiliée par sa mère et traitée comme une chienne par son mari.

Melina se redressa, frotta ses reins endoloris et jura :

— Et merde !...

Elle alla se laisser tomber au pied d'un olivier, tira une gauloise froissée d'une poche de sa chemise et l'alluma. Elle en avait marre de ramasser des brindilles de bois. Elle en avait marre de tout. Elle tira quelques bouffées amples de sa cigarette et se mit à réfléchir sur son plus vieux thème : vivre comme une bourgeoise lui donnait la nausée, mais mener une existence vouée au retour à la terre ne la remplissait pas d'aise non plus. Alors ? Où était sa vraie place ? Elle murmura le dernier quatrain du *Pauvre Gaspard* de Verlaine :

> *Suis-je né trop tôt ou trop tard*
> *Qu'est-ce que je fais en ce monde*
> *O vous tous ma peine est profonde*
> *Priez pour le pauvre Gaspard...*

Elle avait beau se sentir comblée par la présence de Fast — beaucoup plus avare de son corps que de ses sarcasmes — rien n'y faisait : elle était mal dans sa peau, et cela ne datait pas d'hier. Dès qu'elle avait eu l'âge de raison — qu'elle appelait l'âge de déraison — elle avait compris qu'elle ne pourrait pas se glisser, comme ses sœurs, dans le système. La famille — la sienne surtout — la dégoûtait, tout effort continu lui donnait une sensation de vertige. Elle avait donc joué la carte du hasard, qui mène tout droit à la carte du Tendre. Si l'on peut dire : première cigarette à dix ans — pour voir — premier amant à treize — toujours pour voir — partouze à quinze, pipes de marihuana presque à la même époque. Le plus drôle, c'est qu'on avait fini par la considérer à la maison comme l'éternelle enfant du clan, parce que sa révolte permanente l'incitait à des actes imprévisibles, et qu'elle ne se pliait pas à ses lois.

Une fois pour toutes, Médée Mikolofides avait décidé qu'il valait mieux qu'on la croie originale que folle, droguée ou pervertie. Les rôles étant distribués, elle mit un point d'honneur à tenir son emploi jusqu'au bout. Quand sa mère l'avait envoyée à l'université, elle avait fait une fugue avec un traîne-patins rencontré dans les toilettes de l'aéroport. Elle avait de l'argent pour deux, il possédait de la fantaisie pour quatre. La belle vie dura quinze jours. Quand elle eut dépensé son dernier sou, il perdit tout son sens de l'humour : retour de l'enfant prodigue. On efface tout et on recommence... Par à-coups, maman Médée lui présentait sournoisement des partis, qui lui faisaient une cour romantique alors qu'ils n'auraient eu qu'à lui saisir les seins à pleines mains pour qu'elle dise oui. Les crétins ! Leurs voitures de sport, leurs cravates, leur niveau intellectuel, leur couardise ! Comme elle les haïssait, ces personnages qui avaient l'agrément de sa famille ! Lourds, gras, dodus, tirés à quatre épingles, parlant pour ne rien dire, c'est-à-dire d'eux-mêmes, angoissés en mal de statut, cuistres doctes et solennels, ennuyeux comme la mort... En témoin impassible, elle avait assisté avec dédain aux minables histoires conjugales de ses sœurs, piégées par d'horribles cannibales. Circonstances atténuantes : à ses yeux, Irène était une détraquée et Lena aussi insignifiante que belle. Maintenant qu'elle était sûre d'avoir échappé à leur sort, elle se demandait si elle n'était pas tombée de Charybde en Scylla. A vingt ans, elle ne doutait pas que les *beautiful people* qu'elle fréquentait, artistes en rupture de ban, créateurs en tout genre, s'épanouiraient un jour pour devenir des dieux.

Elle avait dû déchanter... Désormais elle avait un flair infaillible pour déceler, parmi ses compagnons de route, les futurs ratés, ceux qui croyaient qu'il suffit de boire pour avoir du talent, puisque certains génies sont alcooliques. Logique de pochards, de camés...

Malheureusement, elle était trop orgueilleuse pour faire machine arrière après avoir rompu tant de ponts. Mieux valait faire semblant de croire à son aventure, à l'amour collectif, aux vastes théories philosophiques et aux bienfaits du régime végétarien. Prisonnière d'un anti-système — qui n'était que le reflet du système inversé en son contraire — elle sentait parfois que sa plus grande victoire serait d'oser s'avouer sa défaite. Mais toujours, quelque chose, au dernier moment, l'en empêchait. Ah ! s'il n'y avait eu Fast, il y a longtemps qu'elle aurait foutu le camp de cette ferme pourrie !

Brusquement, elle se sentit seule, aigrie, incomprise. Elle se surprit à murmurer : « Toi, ma vieille tu files un mauvais coton... » Elle écrasa son mégot sur de la mousse sèche, chargea son sac de brindilles sur l'épaule et reprit le chemin de la grange.

Sur le seuil, Fast l'attendait, son éternel sourire ambigu aux lèvres. Elle sut d'instinct qu'il avait quelque chose à lui dire. Elle s'immobilisa devant lui et laissa glisser son sac par terre. Il mâchonnait un brin de paille en la dévisageant. Puis, lui désignant la maison d'un air amusé, il laissa tomber :

— Y a quelqu'un qui est venu te chercher.

Elle fronça les sourcils, interdite.

— Qui ça ?

— Ta sœur.

21

Irène ne savait plus depuis combien de temps elle était prostrée sur son bidet. Après le départ d'Herman, elle avait sangloté longuement avant de se figer dans une immobilité minérale, l'œil dans le vague, les bras passés autour des genoux servant d'appui à sa tête. Elle se leva péniblement, ouvrit en grand le robinet d'eau chaude de la baignoire et se dirigea en titubant vers le miroir : elle était affreuse. De la petite armoire surplombant le lavabo, elle sortit une bouteille étiquetée « mercurochrome », la déboucha et en but une longue rasade.

Elle avait pris l'habitude de camoufler du whisky dans des endroits incroyables, bouteilles d'encre, de médicaments, de parfum.

Sans raison. Personne ne lui demandait des comptes lorsqu'elle était ivre. Elle reboucha le flacon, fit glisser sa robe toute fripée, marcha dessus et voulut ouvrir la porte de sa chambre : elle était bouclée. Elle pesa sur la poignée, la secoua, rien à faire : Herman l'avait enfermée. Elle frappa de ses deux mains sur le battant, au cas où Liza se serait trouvée dans sa chambre et aurait pu l'entendre, mais il n'y eut pas de réponse. Elle était stupide : elle avait oublié le téléphone intérieur qui la branchait immédiatement sur le standard. Elle le décrocha : au bout du fil, il n'y eut aucune tonalité, rien. Folle de rage, elle jeta l'appareil contre le mur, où il fit voler en éclats un carreau de céramique. Des idées de vengeance se précipitèrent dans sa tête, houleuses : puisque Kallenberg se comportait comme le dernier des salauds, elle allait le lui faire payer !

Elle ouvrit la fenêtre qui donnait sur l'arrière de l'hôtel. Peu d'espoir de ce côté-là, le jardin était immense et les domestiques y mettaient rarement les pieds. Quant à sortir par cette voie, il n'y fallait pas compter. Sa chambre était située au troisième étage et le mur extérieur n'offrait aucune saillie, en dehors de fils de fer qui couraient sur sa surface pour que le lierre s'y accroche. Elle alla arrêter le robinet d'eau chaude en toussant. La pièce s'était emplie de vapeur qui plaquait une pellicule de buée sur chaque objet. Elle fit couler l'eau froide, se rassit sur le bidet et prit une décision. Elle savait qu'au-dessous d'elle, au rez-de-chaussée, se trouvaient les communs et une partie de la cuisine. Ce serait bien le diable que personne ne s'y trouve en ce moment. Il suffisait d'attirer l'attention. Elle retourna à l'armoire, écarta la bouteille de mercurochrome qu'elle posa soigneusement sur une table en verre et se mit à jeter par la fenêtre tout ce qu'elle contenait. Un énorme flacon d' « Heure bleue » alla se fracasser douze mètres plus bas. Sans résultat. D'autres bouteilles de parfum suivirent... Où étaient donc ces crétins ? Pour quoi les payait-elle ? Elle s'arc-bouta pour décrocher l'armoire elle-même, y arriva, manqua de tomber sous son poids, la fit pivoter lentement sur le rebord de la fenêtre et la poussa. Trois secondes après, il y eut un fracas épouvantable. Elle se pencha et entendit un bruit de porte qu'on ouvrait : Marthe, une fille de cuisine, leva le nez, l'air stupéfaite, et aperçut Hélène qui l'apostropha :

— Vous ne voyez pas que je suis enfermée ?... Qu'est-ce que vous attendez ?

Vue de haut, Marthe ressemblait à un melon. Le melon roula sur lui-même et disparut. Quelques minutes plus tard, Albert la délivrait. Elle le renversa presque pour sortir plus vite, se rua dans sa chambre, vérifia que l'appareil était bien branché et demanda fébrilement qu'on lui passât un premier numéro.

— Dis-moi au moins ce que tu recherches...
— Tu comprendrais pas.
— Dis-le toujours, on verra bien.
— Le contraire.
— Comment ?
— Le contraire de ce que tu es, de ce que tu sens, de ce que tu penses, des gens que tu fréquentes, de ce que tu bouffes. Le contraire de tout ce qui fait ta vie, les robes, les cocktails, les mémères, les maris « papa-gâteaux », le pognon, les croisières où l'on s'emmerde, les cigarettes blondes, les alcools doux et ta mère...
— Qu'est-ce qu'elle t'a fait, maman ?
— Oh ! écrase ! Au niveau où tu discutes, on n'avancera jamais...

« Qu'est-ce qu'elle t'a fait maman ! » Rien, justement, elle ne m'a rien fait. Elle est hermétique à ce que j'aime, bouchée !

— Qu'est-ce que tu aimes ?

— Le contraire de ce que tu aimes toi. Là, tu es contente maintenant ?

Lancée sur ce terrain des idées générales, Melina pouvait mener à terme un marathon verbal. Rompue à toutes les ficelles d'une dialectique sournoise, elle avait l'art de noyer le poisson, de répondre à côté de ce qu'on lui demandait et de développer ce qu'on ne lui demandait pas. Toutefois, la placidité de sa sœur l'agaçait et la désarçonnait. Au lieu d'avoir en face d'elle un adversaire qui lui renvoie la balle, elle ne rencontrait qu'une neutralité bienveillante, compréhensive : elle passait au travers. Néanmoins, elle était secrètement flattée qu'on lui eût délégué Lena pour la prier de rentrer dans le rang doré qui était le sien. Preuve qu'un trou existait pour elle, quelque part, taillé à ses mesures, où elle pourrait se réfugier quand sa fureur se serait éteinte, si elle s'éteignait jamais. Elle reprit, agressive :

— Dans notre milieu, on n'épouse pas des hommes, mais des titres ou des coffres-forts !

Lena l'écoutait sans mot dire...

— Tu comprends ce que je te dis ? Qu'est-ce que tu as fait d'autre avec Socrate ? Tu t'es mariée une seconde fois avec ton père, avec une nouvelle flotte de pétroliers. D'ailleurs, tu ne l'as même pas choisi. Il t'a achetée, comme si tu étais une pièce de ce bétail. Et s'il n'avait pas été assez fortuné pour conclure les enchères, un autre richard l'aurait fait à sa place. Tu étais voué de toute éternité, à vivre entre deux relevés de compte et des ordres passés en Bourse. Et quand tu as été bien attachée dans ce système, tu as fait ce que font toutes les petites bourgeoises connes, tu as pris des amants en cachette, de cinq à sept, après le thé en famille et avant la dernière bouillie de la soirée à tes mioches. Ton Jules, de son côté, il faisait la même chose ! Je vais te dire, les gens que tu fréquentes me font dégueuler ! Ils sont moches, ils ont de sales gueules. Ils ne savent même pas baiser !

— Tu as essayé ?

— Qu'est-ce que tu crois, puisque j'en parle ? Seulement, moi, je choisis ! Quand je repère un mec qui me plaît, je me le tape. Quand j'en ai marre, je fous le camp ! Qu'est-ce que tu achètes, dis, avec ton pognon ? Que tu aies un vison bleu sur le cul ou un slip de Prisunic, ça change quoi à ton cul ?

Nerveusement, Melina alluma une cigarette dont elle tira quelques bouffées exaspérées. Elle était assise au pied d'un chêne-liège moussu, sur l'herbe sèche, et avait ponctué son discours de grands coups rageurs donnés dans l'entrée d'une fourmilière à l'aide d'une brindille de bois.

Lena, impassible, l'écoutait sans qu'aucun jeu de physionomie puisse indiquer à sa sœur si elle l'entendait ou pas : un sphinx. Melina, avec irritation :

— Bon. Alors maintenant, assez déconné ! Pourquoi tu es venue ?

— Je suis venue te chercher.

— Qui t'a envoyée ?

— Maman.

— Qu'est-ce qu'il lui prend ?

— Elle veut que tu reviennes.

— Pourquoi ?

— Tu es sa fille.

— Sans blague ? Elle a mis du temps à s'en apercevoir !

— Elle l'a toujours su. C'est toi qui ne t'es pas rendu compte qu'elle était ta mère.

— On n'a rien à se dire.

— Toi, peut-être...

— ...et tout ce qu'elle peut me dire, je m'en fous !

Lena se tut un instant, puis :

— Melina... Quel âge as-tu ?

— Ça a un rapport !

— Quel âge ?

— Tu le sais pas, mon âge ?

— Je voudrais te l'entendre dire.

— A quoi tu joues ! Tu te prends pour qui ?

— Tu as trente ans.

Melina siffla de colère :

— Et alors ?

— Alors, rien. Ça fait plus de dix ans que tu te balades, que tu te livres à ce que tu appelles « tes expériences ». Après tout ce temps, je suppose que tu es à même d'analyser ce que ce genre de vie t'a apporté ?

Melina enregistra brièvement que cette dinde futile et superbe, somme toute, n'était pas si bête qu'elle le croyait. La question que Lena lui posait, elle se la posait elle-même désespérément depuis plusieurs jours, pour la chasser avec rage de son esprit car elle était incapable d'y répondre. Et pourtant, c'était là l'objet de sa démarche, donner un sens à son existence. Lena poursuivit, sans la regarder, assise en tailleur, le regard fixé devant elle :

— Je comprends parfaitement que tu refuses le milieu où tu es née. Après tout, tu ne l'as pas choisi. Mais moi, crois-tu que je ne me sois jamais senti prisonnière ? Crois-tu que je n'ai jamais eu envie de m'évader ? Malheureusement, je ne sais rien faire. Je ne peins pas, je ne fais pas de la musique, je ne sais pas écrire et je n'ai aucune idée brillante. En clair, je suis nulle et j'en ai conscience. Tout ce que je peux faire, c'est consommer et apprécier les œuvres des autres, quand elles ne me passent pas au-dessus de la tête.

Melina avait beau chercher dans sa mémoire, elle n'avait pas le souvenir que sa sœur lui ait jamais tenu un discours aussi long et aussi cohérent. Son irritation en redoubla :

— Oui, et alors ?

— Alors, rien. Je me demandais simplement si tu avais rompu avec tout pour avoir la liberté de créer quelque chose.

Les idées de Melina tourbillonnaient : que démolir chez quelqu'un qui avoue sa propre impuissance ? Elle faillit être prise de court, se rattrapa :

— Moi aussi, je consomme, mais, disons que je ne trouve pas mes denrées dans les mêmes boutiques que toi.

— Quelles denrées ?

— Tout ce qui dépasse le quotidien, l'embellit, le justifie. Les armateurs, qu'est-ce qu'ils ont signé dans leur vie comme œuvres d'art, en dehors des chèques ? Et leurs Renoir, et leurs Degas, es-tu même certaine qu'ils les voient ?

— En tout cas, ils les possèdent.

Melina eut un rire de jubilation.

— Est-ce qu'on jouit d'une femme parce qu'on la possède ?

— Tu oublies que j'ai divorcé.

— Tu n'en as pas profité longtemps ! Tu te sens mieux dans ta peau depuis que tu es duchesse ?

— Et toi, tu es mieux dans la tienne parce que tu fais semblant d'être une paysanne ?

— Je ne vais pas à des thés insipides, moi, avec des cons, ou à des croisières de vieux gâteux !

— Peut-être. Mais tu vas chercher du bois et tu nourris des poules.

— J'adore ça !

Lena tourna son visage vers elle, une lueur ironique dans l'œil :

— Vraiment ?

— Tu m'emmerdes ! Tu es trop bête ! Enfin, quoi ! Tu as ta vie !... Qu'est-ce que tu as à t'occuper de moi ?... Pourquoi viens-tu me faire chier ?... Est-ce que je m'intéresse à toi, moi ?

— Pas beaucoup, non.

— Alors ? Elle n'a qu'à se passer de moi, maman ! Je me passe bien d'elle ! Elle est trop conne ! En vivant auprès d'elle, j'aurais trop peur de lui ressembler !

— Tu la détestes à ce point ?

La réponse fut criée :

— Je la hais ! Elle représente tout ce qui me donne envie de vomir !

— Et moi... Tu me hais ?

— J'en sais rien !... Mais la vie que tu mènes me fait dégueuler !

Lena se mit debout et tapota nonchalamment son pantalon :

— Bon... Je crois que tu as été claire... J'aimerais retourner à la ferme pour appeler un taxi.

Melina l'écrasa de son mépris :

— Où tu te crois ? Dans la Cinquième Avenue ? Y a pas de téléphone ici !

Lena sembla désemparée : comment pouvait-on exister sans téléphone ? Elle déglutit :

— Tant pis. Auras-tu l'obligeance de me faire déposer jusqu'au prochain village ?

— Te déposer comment ? dans la brouette ?

— Vous n'avez pas de voiture ?

— Tu n'as rien compris, hein ?

— Excuse-moi Melina... J'irai à pied.

— Quand ?

— Tout de suite.

— Ça m'étonnerait ! Dans un quart d'heure, il fera nuit comme dans un four. Tu ne pourrais même pas repérer la route.

— Je me débrouillerai.

— Tu parles ! Tu marcheras pendant trois heures dans l'obscurité ! Et même s'il faisait jour, as-tu déjà marché trois heures d'affilée dans ta vie ?

Lena ne s'en souvenait pas. Brusquement, elle fut prise d'un sentiment de panique devant l'hostilité de sa sœur. Simultanément, une idée germait dans le cerveau de Melina : on allait voir comment se comportait une petite bourgeoise égoïste et gâtée dans une situation imprévisible. Elle se fit tout sourire et tout miel :

— Après tout, ce n'est pas parce que nous ne sommes pas d'accord sur une éthique de vie que tu dois prendre tes jambes à ton cou. Passe la nuit ici, avec nous, tu n'en mourras pas. Evidemment, ce n'est pas Buckingham, mais tu verras, on s'y fait ! Demain, je t'accompagnerai jusqu'à la route et nous ferons du stop. D'accord ?

Lena, visiblement hésitante, finit par lui répondre :

— Je crois que je n'ai pas le choix...

— Oh ! dis ! Fais pas ta bêcheuse ! Allez, viens, on rentre ! Les autres vont s'inquiéter !

Elle lui tourna le dos, pour qu'elle ne voie pas son expression de triomphe, et s'éloigna à pas vifs vers la ferme : la douce, la prude, la conventionnelle Lena n'oublierait pas de sitôt sa nuit campagnarde ! Quelques pas en arrière, sourdement inquiète, Lena la suivait.

Il était 17 h 30 lorsque la sonnerie du téléphone éclata, incongrue, presque indécente à l'instant sacré du thé, sous le haut plafond du salon d'apparat du château de Sunderland. Mortimer tournait sa cuillère dans sa tasse pour y faire fondre le sucre — deux, toujours deux — et la duchesse mère parcourait le *Time* d'un air hautain et ennuyé. Quand l'horrible bruit lui vrilla les oreilles, elle parut choquée, mais, néanmoins, décrocha — en sa présence, Mortimer ne commettait jamais l'impolitesse de saisir l'appareil avant elle. Elle écouta, eut une expression pincée, douloureuse, et passa le combiné à Mortimer, comme si elle avait tenu quelque chose de sale.

— C'est pour vous.

Mortimer s'en empara, pendant que sa mère feignait de se replonger dans sa lecture. Il écouta quelques secondes, puis :

— Quel nom dites-vous ?... bien qu'il eût parfaitement compris que sa correspondante était Irène Kallenberg (il ne se résignait pas à admettre que cette créature fût sa belle-sœur)... Oh oui ! suis-je stupide ! Mes hommages, chère Madame...

La duchesse lorgnait son fils du coin de l'œil, tentant de deviner ce qui pouvait ainsi lui faire changer de visage...

— Non, articula-t-il, elle n'est pas ici...

Il prêta l'oreille un long moment encore, hocha la tête et conclut :

— Je vous remercie Madame. Je vais aviser. Mère, Satrapoulos (encore un nom qui lui écorchait la bouche) !... l'ancien mari de Lena... vient de mourir. Irène, la sœur de Lena, croyait qu'elle était avec nous. Elle ne sait où la rejoindre pour la prévenir et savoir où se trouvent ses enfants. Mère, que dois-je faire ?

La duchesse sentit monter en elle, en une vague douce, le miel du triomphe :

— Mortimer, vous ai-je assez répété que j'étais contre ce mariage !...

Le duc leva le sourcil :

— Je vous prie de m'excuser, mais je ne vois pas le rapport.

Maman pointa un doigt accusateur :

— Le voici : lorsqu'on épouse une divorcée en dehors des lois de l'Eglise, il faut s'attendre à payer sa dette.

Mortimer haussa vaguement les épaules, ce qui était chez lui le signe d'une révolte intense. Elle poursuivit :

— Mortimer, quel âge avez-vous ?

— Quarante-cinq ans, mère.. enfin... pas tout à fait.

— Eh bien, vous êtes un homme, que je sache. Conduisez-vous donc en homme. Sortez-vous tout seul de ce pot de mélasse !

Avec une résignation de coupable, Mortimer se tassa légèrement sur son siège.

N'eût-il été duc de Sunderland, il eût passé pour un dindon. Il en avait la solennité, les petits yeux perchés sous des paupières lourdes, les longues jambes rectilignes, disproportionnées avec la brièveté de son torse calé complètement sur le confortable arrondi de la panse patricienne. Les épaules bizarrement étroites semblaient se prolonger par la colonne du cou en une ligne souple dessinée par Modigliani un jour d'ivresse totale. Couronnant ce corps en forme de point d'exclamation inversé, une tête réduite de bombyx microcéphale à l'expression perpétuellement étonnée. Un domestique sans éducation qu'il avait renvoyé lui avait lancé, en guise d'adieu vengeur :

— Il te manque plus qu'une plume dans le cul pour que tu te mettes à glousser !

Mortimer avait haussé les épaules dignement, sans comprendre ce que l'autre avait voulu dire. Quand vos ancêtres remontent bien plus haut que les croisades, quand une partie du Lancashire vous appartient, quand vous avez la certitude d'hériter un jour d'une colossale fortune, les sous-entendus blessants d'un homme de peine vous glissent sur la peau. Par ailleurs, Mortimer avait la religion, le bon droit de son côté et de la vertu à revendre. La duchesse, sa mère, qui semblait tout droit jaillie de la cour de Victoria, lui avait inculqué des principes rigoureusement puritains. Mortimer ne manquait jamais la messe, donnait une fois par semaine une obole à un pauvre méritant, portait lui-même le thé de 17 heures à la duchesse — lorsqu'il était au château, cela s'entend. Il essayait de lutter contre le péché chaque fois que la tentation lui fredonnait sa chanson, et, de temps en temps, il y parvenait.

Sa plus grande fierté était une fabuleuse collection de soldats de plomb que lui jalousaient, depuis trente ans, ses amis de collège. Périodiquement, des amateurs lui en offraient une fortune, mais Mortimer, ricanant d'aise et de timidité, refusait de la céder ou de la démembrer. Le soir, avec quelques-uns de ses vieux camarades triés sur le volet, il mettait en place ses armées sur les tapis du salon d'apparat et, sous l'œil bienveillant de la duchesse, faisait évoluer ses archers, piquiers, arquebusiers, gendarmes, vougiers, qu'il opposait, sans souci d'anachronisme, aux dragons, fusiliers, zouaves, tirailleurs, fantassins, hussards et cavaliers alors qu'en réserve, juste sous l'immense vase de lis artificiels, attendaient, astiqués de frais avec des soins minutieux, des lansquenets, des couleuvriniers, des pontonniers, des cuirassiers, des dragons et des mousquetaires. C'étaient là des soirées épatantes, denses et sereines, avec juste ce qu'il fallait d'exaltation convenable.

Puis Lena Satrapoulos était arrivée, à la grande déception de la duchesse dont il avait eu toutes les peines du monde à lui faire accepter qu'il pût épouser une femme divorcée, qui plus est, une femme qui n'était visiblement pas née, mais tout bêtement riche. Mortimer ne comprenait toujours pas comment Lena avait pu l'épouser, son entourage se posait la même question, et Lena surtout se demandait pourquoi elle avait conclu ce mariage. Mortimer était très conscient qu'en lui passant la bague au doigt, il faisait d'une fille de commerçants levantins une authentique duchesse britannique. Chose horrible : elle détestait les soldats de plomb et s'était plongée d'un air boudeur dans un de ces gros bouquins insipides — sous l'œil glacial et réprobateur de la duchesse mère, résignée mais hostile — chaque fois que Mortimer, pour la séduire, avait fait parader en bon ordre ses délicates légions. Ils étaient mariés maintenant depuis six mois, avaient couché trois fois et demie ensemble : la quatrième, malgré un début prometteur, le duc avait raté son aboutissement.

Au bout d'un mois, la jeune duchesse avait prétexté des courses à faire aux Etats-Unis, une maladie de sa mère, l'éducation de ses enfants, bref, elle était partie. Avec irritation, la duchesse mère lisait parfois, dans la chronique mondaine de certains quotidiens populaires abandonnés dans la cuisine par son service, que la duchesse de Sunderland venait de quitter Monte-Carlo ou d'arriver à Rome : comme s'il était possible que le titre prestigieux pût être partagé par deux femmes à la fois !

Elle tonna d'une voix irritée :

— Mortimer ! Alors ? que comptez-vous faire ?

Il songea avec terreur que si elle avait su la vérité !.. Alors qu'il croyait Lena à Athènes dans sa famille, Irène venait de lui apprendre qu'elle se trouvait depuis plusieurs jours dans une communauté hippie du sud de la France ! Que pouvait donc faire là-bas une femme mariée ? Comment devait-il se comporter en une conjoncture aussi inattendue ? Il soupira... Jusqu'à ce jour, sa vie érotique s'était déroulée à l'ombre d'éphèbes en fleur qui ne lui avaient jamais posé aucun problème de filiation. Homosexuel depuis l'enfance, châtré par maman depuis sa première bouillie, il avait tenu, en épousant une femme, à prouver une certaine indépendance vis-à-vis de celle qui l'avait porté : ce mouvement d'humeur lui coûtait cher !

— Savez-vous au moins où est votre épouse ?

Il ne voulut pas perdre la face. Il bredouilla :

— En France, dans la propriété d'amis communs.

— Eh bien, téléphonez-lui !

Piteusement, il avoua :

— Ces amis sont un peu... sauvages... Ils n'ont pas le téléphone.

La duchesse se concentra. Mortimer respecta son silence. Dans son ombre, il n'avait jamais eu à prendre de responsabilités, elle le faisait pour lui. La tête baissée, elle réfléchit. Finalement :

412

— Mortimer, nous appartenons à une lignée qui a toujours fait son devoir. A votre tour de faire le vôtre : allez chercher votre épouse et prévenez-la !

— Quand ça, mère ?

— Tout de suite ! Nous allons prendre un avion jusqu'à Marseille et nous louerons une automobile sur place.

Mortimer déglutit à grand-peine :

— Nous ?...

— Evidemment ! Vous n'êtes qu'un grand enfant. Ce n'est pas une raison pour que je vous abandonne. Je vais donner des ordres pour les bagages. Faites téléphoner à l'aéroport pour vous renseigner sur les horaires d'avion !

Mortimer crut que le ciel lui tombait sur la tête.

L'île s'appelait « Orangine ». C'était un banc de sable qu'avaient retenu les coraux. Pour toute végétation, il y avait huit palmiers dont l'un était atteint de la « maladie », des taches rousses qui rongeaient les feuilles et les faisait suinter. Des ingénieurs agronomes appelés en consultation par les Vermeer s'étaient bornés à constater que cette lèpre arboricole était assez fréquente dans les Bahamas, sans pour autant être capables d'y apporter le moindre remède. Contrarié, Hans Vermeer suivait donc les progrès du mal sur son huitième palmier. A tout hasard, il en avait fait planter une centaine d'autres deux ans plus tôt, lorsqu'il avait acheté l'île. Apparemment, ce sable-là ne leur réussissait pas. Ils restaient rabougris et chétifs, refusant bêtement de pousser. Hans les considérait avec agacement lorsqu'il entendit un bruit répété de métal sur du bois, derrière la véranda de la maison. Il pensa qu'il s'agissait d'un de ses marins effectuant une réparation à terre. Il contourna l'entrée principale. Arrivé à l'angle du mur, il vit un spectacle qui lui aurait fait dresser les cheveux sur la tête s'il n'avait pas eu la malchance de les perdre depuis longtemps : un enfant blond frappait de toutes ses forces à coups de hache sur l'un des sept palmiers sains ! Assise par terre, une petite fille, blonde également, le regardait faire en se tordant de rire. Hans se rua en avant, furieux...

— Achille ! Veux-tu poser cette hache immédiatement !

Le gosse se retourna, se mit à rire à son tour et envoya à nouveau de grands coups de cognée. Hans la lui arracha des mains, se retenant à grand-peine pour ne pas le gifler. Après tout, c'est lui qui avait sollicité la présence des jumeaux. D'un commun accord,

413

leur père et leur mère, bien que divorcés, avaient consenti à les lui envoyer pour une quinzaine de jours.

— Maria, où donc sont vos gouvernantes ? Et votre précepteur ?

— Le précepteur est avec les gouvernantes, lui répondit la petite fille.

— Venez avec moi !

Il les saisit l'un et l'autre par la main et les entraîna vers la maison. Dans les eaux infiniment vertes du lagon, le *Hankie* se balançait mollement. Hans, qui n'avait pas le pied marin, préférait jouir de sa vue plutôt que d'être à son bord. En revanche, Hankie adorait les croisières : quand ils emmenaient des amis sur le yacht, Hankie faisait intégralement le voyage et Hans les rejoignait quelques jours plus tard par avion. Pourtant, si sa femme avait insisté, Hans aurait bravé sa répugnance et se serait embarqué avec elle. Il ne voulait la contrarier en rien, culpabilisé à mort de n'avoir pu lui donner ce qu'elle souhaitait le plus au monde : des enfants. Bien sûr, Hankie avait la manie de transformer tous les endroits où ils résidaient en colonies de vacances. Avec les enfants des autres. En général, ils étaient plus dociles que les petits Satrapoulos. Il entra dans le salon :

— Tu sais ce qu'ils étaient en train de faire ?

Hankie lâcha sa tapisserie un instant — Hans trouvait cela idiot, la tapisserie dans les mers du Sud...

— Qu'est-ce qu'ils ont fait ?

— Il était en train de me couper un palmier à coups de hache !

— Et alors ? Si ça l'amuse ?

Hankie abandonna son ouvrage, alla étreindre Achille et lui caressa les cheveux :

— Petit coquin !

La gamine la prit à témoin :

— On s'amusait, quoi !...

— Que d'histoires pour un mauvais palmier ! renchérit sa jumelle.

Hankie les calma :

— Oncle Hans ne sait plus qu'il a été enfant lui-même.

— Tu ne devrais pas leur dire ça, protesta mollement Vermeer.

— Et pourquoi pas ? Je n'ai jamais vu des enfants aussi intelligents !

— Mes palmiers...

— Ils s'en moquent de tes palmiers ! Il y a des choses plus importantes dans la vie que des palmiers !

Elle se tourna vers les enfants :

— On ira les couper ensemble !

414

Bougon, Hans alla se servir un whisky. Il ne voulait surtout pas en entendre davantage, mais la voix de Hankie le poursuivit :

— Tu ne comprends donc pas que ces gosses sont perturbés par ce qui se passe dans leur famille ?

Achille et Maria, attentifs, ne perdaient pas un mot de la joute. Hankie reprit :

— Qu'est-ce que tu feras, Achille, quand tu seras grand ?

— Je serai armateur, comme papa et oncle Hans.

Hankie gloussa de ravissement :

— Tu l'entends ! Comme papa et comme oncle Hans !

— Où est la personne payée pour s'occuper d'eux ? grommela Hans.

— Je te l'ai déjà dit, rétorqua Achille, avec les gouvernantes !

— Mais que fait-il avec les gouvernantes ?

Achille, douze ans, eut cette phrase stupéfiante :

— Que veux-tu qu'il fasse ? Il est pédéraste.

Hankie, au comble de l'émerveillement, ouvrit des yeux ronds d'admiration :

— Non mais tu l'entends, tu l'entends ?...

Elle reprit :

— Et c'est quoi, un pédéraste, mon petit amour ?

— Oh ! ça va ! Vous le savez aussi bien que moi !

Malheureusement, Hankie voulut pousser le jeu plus loin :

— Oui, mais je veux que tu me l'expliques !

Achille la dévisagea avec l'air d'un adulte à qui on a posé une question idiote :

— C'est des mecs qui s'enculent, quoi...

22

Lena avait envie de se boucher les oreilles, sensation qu'elle n'avait plus connue depuis le temps où, petite fille, elle s'était cachée la tête sous son oreiller pour ne pas entendre les bruits qui provenaient de la chambre de ses parents, bruits abominables pour ses douze ans et qu'en aucun cas elle n'aurait voulu identifier. Elle essaya de se raisonner, de se dire que ces mystères n'en étaient plus pour elle, et depuis longtemps, mais rien n'y fit. Elle se tourna sur le côté, collée littéralement au mur, le plus loin possible des autres dont elle entendait le halètement : on faisait l'amour sous son nez, dans le même lit ! En fait, il ne s'agissait pas d'un lit à proprement parler, mais d'une immense couche, litière continue dans le sens de la largeur, faite de vieux matelas posés à même le sol. Le seul lit de la ferme était une cage antique aux montants en fer noir, dans lequel reposaient deux enfants, un garçon de deux ans, une fille de dix-huit mois.

— A qui sont-ils ? avait demandé Lena au cours du dîner.

Les autres s'étaient regardés en souriant et Melina, non sans méchanceté, s'était faite l'interprète de tous :

— Je peux te donner le nom de leur mère. Quant aux papas, disons que c'est l'un de ces voyous. Mais lequel ?

Se tournant vers les garçons :

— Vous le savez, vous ?

Devant leur silence amusé :

— Tu vois, ils n'en savent rien. Disons qu'ils sont à nous tous. Après tout, nous vivons en communauté.

Pendant le dîner, chacun, à tour de rôle, avait servi les autres. Dans la conversation, il avait été question d'art, de la pluie, de beau temps, des saisons, et du nombre de kilos de pain qu'il faudrait aller chercher le lendemain au village. Deux des trois filles avaient les seins nus. Melina était l'une d'elles. On aurait dit qu'elle faisait tout pour choquer sa sœur, provoquer en elle des réactions de colère, de révolte ou de violence. Mais Lena ne bronchait pas, ahurie par ce qu'elle voyait, si lointain d'elle qu'elle n'aurait pas été plus étonnée si elle avait passé une soirée chez des Martiens. Après le dîner, ils s'étaient affalés sur le « lit » collectif, allumant des cigarettes :

— Tu en veux ? C'est de l'herbe.

Bravement, Lena avait fumé sa première cigarette de marihuana, en avait tiré quelques bouffées maladroites, attendant en vain que les fameux paradis qu'on lui avait tant vantés s'ouvrent à elle. Mais rien ne s'était passé, tout au plus s'était-elle senti la tête un peu plus lourde, sans même avoir la certitude que cela ne venait pas du vin rosé qu'elle avait bu. Julien avait gratté sa guitare, s'amusant un instant à rythmer en contre-chant les pleurs d'un enfant qui s'était éveillé. Outre Julien et Fast, il y avait Eric, un Hollandais qui soufflait dans une flûte, et Alain, un Français. L'une des filles s'appelait « Squaw », sans autre précision, peut-être à cause de ses immenses yeux verts et de ses cheveux noir corbeau, coiffés en nattes. D'après ce que Lena avait cru comprendre — elle avait soigneusement évité de poser des questions pour se soustraire à l'agressivité de Melina — « Squaw » était sculpteur. L'autre fille se nommait « Zize » : ronde, boulotte, ouverte et de bonne humeur, elle semblait satisfaite de son sort, toujours levée la première avant que Squaw ait eu le temps d'étirer sa longue carcasse souple, ou que Melina eût daigné s'apercevoir qu'il manquait quelque chose sur la table. Apparemment, il n'y avait aucun couple stable dans ce groupe, chacun suivant la fantaisie du moment pour le choix de sa partenaire. Bien que Lena, à deux ou trois reprises, ait saisi le regard de sa sœur, plus incisif brusquement, lorsque Fast, paisiblement, tapotait les fesses de Squaw ou de Zize. A un moment, Alain s'était levé et avait offert une fleur des champs à Melina, qui l'avait acceptée avec un air de triomphe. Puis, Alain l'avait embrassée gentiment, sur la bouche. Melina avait dit à Lena :

— *Peace and love.*

D'instinct, Lena avait su que sa sœur mentait, qu'elle lui jouait une comédie, et qu'elle-même jouait à être quelqu'un ou quelque chose : *love,* peut-être, mais *peace* certainement pas. Il était sans doute possible de travestir ses sentiments, non de les refouler. Le regard que Melina avait lancé à Fast en avait davantage appris à sa sœur que deux heures de discours : elle couchait sans doute avec les deux autres, mais elle était éperdument amoureuse de Fast. Et jalouse.

Elle lui avait lancé :

— Tu vois, ici, on partage tout. Les emmerdements, le bonheur, la nourriture, l'eau et les hommes, enfin, tout ce qui est essentiel.

Puis, regardant Squaw et Zize :

— Côté amour, on n'a pas à se plaindre, non ?

A Lena :

— Tu verras, cette nuit, si l'un de ces messieurs veut te rendre hommage... Duchesse...

Malgré son désir de lui river son clou, Lena, gênée, n'avait pu que bredouiller :

— Moi, je ne suis que de passage. Et quand je fais l'amour, je choisis.

— Ah ! Mais nous aussi ! avait répondu Melina. Tout dépend de notre humeur. Julien, par exemple, c'est bien pour les jours de cafard. Il est doux et lent. Alain a un petit côté fantaisiste pas désagréable. Eric est un tendre, et Fast... Fast... Squaw, comment définir Fast ?...

Squaw, sans répondre, s'était contentée de poser ses yeux immenses sur Melina. Pour casser une tension qu'elle sentait monter, et dont elle ne comprenait pas tout à fait l'origine, Lena s'était adressée à Fast, bien en face :

— C'est votre vrai nom, Fast ?

Zize avait éclaté de rire :

— C'est bien plus qu'un nom ! C'est tout un programme !

Les autres avaient fait chorus et Lena s'était sentie toute bête. Depuis un moment, Alain caressait les seins nus de Zize, qui avaient tressauté entre ses mains quand elle avait ri. Maintenant, ils échangeaient un regard et sortaient dans la nuit, sans plus de façons. Lena sentit que Melina épiait ses réactions :

— Ici, on n'a rien à cacher : on a envie, on le fait. On s'aime. Quand il fait froid et qu'il y a des urgences, ça se passe ici, sur la litière. Personne n'y fait attention. Elle en était à sa quatrième cigarette et ses yeux étaient devenus lumineux de l'intérieur. Lena avait beau s'en défendre, elle sentait monter en elle des phrases bourgeoises et imbéciles, genre : « Si papa la voyait ! » Pourtant, elle désirait surtout ne pas juger, sachant que cela remettrait trop de choses en question, remuerait trop d'idées.

A côté d'elle, il y eut un véritable cri de bonheur. Lena se mordit les lèvres, se demandant qui l'avait poussé : ce pouvait être n'importe qui. Dans le noir, elle avait senti que les autres changeaient de position, avec des rires furtifs, des protestations étouffées, des rires encore. Elle n'aurait pu dire qui était son voisin ou sa voisine, bien que des corps l'eussent frôlée à plusieurs reprises, dont elle percevait la chaleur sans pouvoir identifier leur sexe. N'y tenant plus, elle se leva doucement, suivit le mur et gagna la porte à tâtons. Elle l'ouvrit et se retrouva dehors, saisie par une bouffée de parfum montant du sol. Elle eut l'impression de se trouver en plein jour, tant la lune était brillante, éclairant durement les oliviers, dessinant une ombre nette au pied du puits, nuançant les tiges frêles et les fleurs délicates des genêts. La nuit crépitait de bruits discrets formant rumeur, mais dont elle s'appliqua à retrouver l'origine, basse rythmée des crapauds, cordes légères des grillons et, plus loin, quelque part dans les chênes-lièges, le soliste royal, un rossignol faisant ses gammes. Elle se laissa glisser sur une énorme pierre qui, jadis, avait été une meule. Puis elle écouta, regarda, respira, comme si ces actions simultanées qui la comblaient avaient été accomplies par une autre. Car il était impossible, inconcevable, qu'elle-même, duchesse de Sunderland, adulée, milliardaire, gâtée, recherchée, courtisée, se trouvât en cet instant précis dans une ferme en ruine où sa propre sœur, droguée, se faisait sauter par des hippies, ou des beatniks — elle n'avait pas compris la différence — alors qu'elle aurait pu donner une fête dans son nouveau château du Lancashire, ou dans son hôtel de New York, ou dans son île grecque, ou n'importe où, mais pas ici, dans ce coin sans eau, sans confort, sans domestiques, sans téléphone, ce coin superbe où, pour la première fois depuis longtemps, elle sentait palpiter la nature sans que la main de l'homme ne lui eût préparé le terrain de sa vision. Pourtant, elle connaissait les plus beaux coins du monde, et des rossignols, il y en avait dans tous les jardins pour chanter la nuit. Alors ? Pourquoi ici précisément entendait-elle réellement leur chant pour la première fois ?

— J'avais toujours entendu dire que les filles de famille s'endormaient tout de suite.

Parcourue par une décharge électrique, Lena se retourna d'un bloc : Fast était debout devant elle, complètement nu. Elle feignit de ne pas s'en apercevoir et répondit mécaniquement :

— Pas quand sept personnes font l'amour dans le même lit.

Fast se passa une main dans la tignasse :

— Où tu as vu ça ? Eric et Julien dorment comme des vaches. Quant à ta sœur, elle est défoncée. Pousse-toi...

Il s'assit auprès d'elle sur la meule. Lena n'avait sur la peau qu'un slip et un col roulé. Evitant soigneusement de tourner la tête vers Fast, elle garda le regard rivé sur la lune, droit devant elle.

— Ça t'épate tout ça, hein ?

Elle ne répondit pas, attendant la suite. Elle fut inattendue :

— Ta sœur est une emmerdeuse.

Pleine d'une joie secrète, Lena répondit d'un air pincé :

— Peut-on savoir ce qui vous fait dire ça ?

— Comme si tu le savais pas... Elle n'est pas plus à sa place ici que vautrée dans le pognon de papa. Elle fait semblant. Elle est pas bien dans sa peau. Un peu hystérique, quoi...

— Melina est parfaitement normale.

Froidement, Fast laissa tomber :

— Tu n'en penses pas un mot. Et tu es ravie que je te dise ce que je te dis. Parce que vous vous détestez.

Il se gratta vigoureusement les flancs et ajouta :

— Ce doit être à cause que vous avez trop de fric.

Agressive, Lena répondit :

— Le fric dérange surtout des gens qui n'en ont jamais vu la couleur. Vous, par exemple.

— Qu'est-ce que tu en sais, hé ! patate ! A côté de ma famille, la tienne pourrait passer pour une tribu d'indigents !

Lena, pleine d'espoir :

— Sérieusement ?

— Si je te le dis... Ça te la coupe, hein ? Toi, c'est les bateaux, moi, c'est l'acier.

— Quel est votre vrai nom ?

— Je m'appelle Fast Steel Illimited Junior.

Lena haussa les épaules :

— Je savais bien que vous bluffiez.

— Tu es déçue, hein ? Tu vois que tu es conditionnée par ton fric. C'est la base dont tu as besoin pour te faire une idée des gens qui te parlent. Tu t'es dit, voilà un beau mec, je le verrais très bien P.-D.G. de quelque chose. Tu as gagné ! Je suis P.-D.G. de moi-même !

— Je n'ai jamais dit que vous étiez un beau mec.

— Non, mais tu l'as pensé. Regarde-moi dans les yeux et dis le contraire ?

Lena ne tourna pas la tête.

— Et là, en ce moment, tu es en train de te demander ce que je fiche ici, qui je suis réellement, ce que je pense et si je te trouve belle. Vrai ? Je vais te donner une indication sur ma nature. D'abord, je suis un romantique, comme tu dois les aimer.

Il se leva avec souplesse, s'éloigna de quelques pas et se mit à uriner. Déconcertée, Lena ne put s'empêcher d'admirer sa silhouette vue de dos, hanches étroites et épaules carrées, triangle fin tel que les Egyptiens l'avaient sculpté sur leurs hauts-reliefs, quand ils avaient voulu donner un visage à leurs dieux, des muscles et de la chair.

— Tu vois, je te parle d'esthétique et je pisse en même temps. Ça, c'est Fast. On continue ? Bon. Si tu est encore là, c'est que tu attends la suite... Tu as prétendu que je bluffais, tout à l'heure, quand je t'ai dit que j'étais dans l'acier. C'était même pas un mensonge. Detroit, tu connais ? Non, tu connais pas. Moi, j'y suis resté une semaine, pour comprendre, et je me suis taillé la route depuis sept ans, pour oublier.

420

Il se tut, et il y eut un long silence, ou, plutôt, la prise de possession du silence par la rumeur de la nuit. Lena eut alors la réponse à la question qu'elle se posait un peu plus tôt : si elle avait « entendu » le rossignol, c'est parce qu'elle était absolument seule pour l'écouter. Entre les oiseaux et elle, il y avait toujours eu une voix humaine pour couvrir leur chant avec des mots, toujours les mêmes, alignés à l'infini jusqu'au vertige. Elle eut la vision brève des cages qu'elle avait ouvertes, à Paris, six ans plus tôt, dans un accès de colère. Mais les oiseaux étaient morts, écrasés.

— Ça te fait marrer ?

Cette fois elle osa tourner la tête vers lui, en prenant bien soin de river son regard sur son visage, de peur qu'il ne crût qu'elle regardait son corps.

— Je pensais à des cages que j'avais ouvertes.

— Pour libérer des hommes ?

— Non. Des oiseaux.

— Et, naturellement, tu les a fait crever !

— Comment le savez-vous ?

— La liberté est un apprentissage. Il y en a qui ne comprennent jamais. Tu leur ouvres la fenêtre, le grand air les tue. Ils crèvent asphyxiés.

— C'est exactement ce qui s'est passé.

— Ah ! tu vois.

— Vous avez été souvent dans des communautés ?

— La communauté, c'est moi. C'est pas parce que tu partages quelque chose que tu donnes quoi que ce soit. Vivre en commun, ça ne veut pas dire un pour tous et tous pour un. Ça veut dire que chacun essaie d'utiliser les autres pour mieux se démerder soi-même, pour un temps variable. Ça dure jamais longtemps.

— Pourquoi ?

— Parce que les gens sont comme ta sœur, ils font semblant. Et les seuls qui fassent pas semblant, c'est des paumés. Pas intéressants.

— Vous vous classez dans quelle catégorie ? Les paumés ou les simulateurs ?

— Les deux. Je suis les deux à la fois.

— Et... Ça vous plaît ?

— Pas du tout.

— Vous aimeriez être quoi ?

— Si je le savais, je serais pas ici. Ou, si tu préfères, c'est pour le savoir que je suis ici.

— Vous avez trouvé ?

— Absolument pas.

— Vous ignorez ce que vous voudriez être ?

— Tout à fait. Mais je suis certain de ce que je ne voudrais pas être.

— Quoi ?

— Quelque chose qui te ressemble.

Lena, brusquement, se sentit glacée. Mais, déjà, Fast se redressait, bâillait à se décrocher la mâchoire :

— Allez, salut, je vais ronfler.

Souple et félin, il disparut dans l'obscurité de la ferme. Lena resta immobile, interdite. A l'intérieur, elle entendit des chuchotements et un mot plus bref, plus appuyé, dont elle ne comprit pas le sens, mais qui, à l'intonation, était une insulte. La porte grinça doucement. Melina apparut, en slip mais sans soutien-gorge. D'une voix perfide, elle lança à sa sœur :

— Alors ? Il baise bien, hein ?

Inexplicablement, Lena sentit des larmes lui monter aux yeux.

Irène en trépignait d'impatience joyeuse : l'opération panique avait commencé. Ce crétin de Sunderland avait eu l'air de la snober lorsqu'elle l'avait appelé, mais elle savait que son coup de fil allait provoquer des réactions en chaîne : y a-t-il un mari capable d'apprendre sans sourciller que sa femme batifole dans une communauté sexuelle ? Assise sur son lit, elle attendait, en allumant des cigarettes l'une à l'autre, qu'on lui passe son second numéro. Quand elle eut Athènes, elle dut patienter plusieurs minutes, le temps pour les domestiques de retrouver Médée Mikolofides égarée dans l'une des innombrables pièces de la résidence. Elle avait eu la tentation de finasser avec elle, mais son désir de déballer son histoire fut le plus fort. A peine l'avait-elle en ligne qu'elle lui jetait d'une voix angoissée :

— Mère, c'est épouvantable, Socrate vient de mourir !

La vieille étouffa d'abord une exclamation ravie, puis la fit répéter trois fois, exigeant des précisions à chaque reprise. Irène lui raconta que Kallenberg était déjà parti pour Paris afin d'organiser le détail des obsèques.

— Mais surtout, ajouta-t-elle, qu'il ne sache jamais que c'est moi qui t'ai prévenue ! Il m'a fait jurer de n'en parler à personne !

— Pas étonnant, éructa sa mère, ta crapule de mari veut le gâteau pour lui tout seul !

— J'ai pensé qu'il était de mon devoir... minauda Irène sur un ton soumis...

Médée l'interrompit :

— Tu as très bien fait mon petit. Je vais prendre tout de suite mes dispositions.

Elle voulut lui demander si elle avait des nouvelles de Lena, mais la vieille avait déjà raccroché. Quelle salope elle aussi ! Elle ne l'avait même pas remerciée ! Elle s'en consola en imaginant tous les désagréments qui allaient fondre sur Kallenberg. Il fallait maintenant qu'elle annonce la nouvelle à quelques-unes de ses amies intimes dont les époux étaient les rivaux d'Herman. En précisant bien, pour que l'information fût divulguée plus vite, qu'elle exigeait le secret absolu sur ses révélations.

Elle se frotta les mains, supputant avec une émotion ineffable les conséquences du désordre qu'elle était en train de semer. Une glace lui renvoya son image, hagarde, décoiffée, démaquillée, maculée : elle lui jeta un baiser léger du bout des doigts, lui fit un sourire d'ange et lui tira la langue gentiment. En regard du tour qu'elle jouait à son mari chéri, sa laideur passagère lui parut presque délicieuse. Elle vérifia un numéro sur son agenda, reprit son téléphone, le reposa : une idée étonnante venait de la saisir. Elle reprit l'appareil, eut le service des appels longue distance :

— Mademoiselle, je voudrais que vous me demandiez les Bahamas...

Pour la troisième fois, Kallenberg venait de passer devant la résidence sans oser en pousser la grille : si son informateur s'était trompé, il perdait la face. Pourtant, il fallait qu'il sache : au niveau de sa réussite, la plus petite erreur le mettrait en danger, signifierait la remise en question de tout son empire.

Pour la fin d'un mois de juin, il faisait très chaud. Les voitures qui descendaient la contre-allée de l'avenue Foch, pare-chocs contre pare-chocs, dégageaient de puissants relents d'oxyde de carbone et d'essence. Pour plus de discrétion, Herman avait pris un avion de ligne pour se rendre à Paris. Il avait ordonné au chauffeur qui l'attendait à l'aéroport de faire de nombreux crochets avant de parvenir à destination. Il fallait surtout qu'aucun petit malin n'ébruite la nouvelle avant que Barbe-Bleue ait eu le temps d'en tirer profit. Tout se jouait donc sur quelques heures, ce que cette hystérique d'Irène n'avait même pas eu l'air d'avoir compris. Il avait encore ses imprécations dans l'oreille :

— Toujours cette salope ! criait-elle entre deux spasmes nerveux. Pourquoi pas moi ?...

— Ferme-la, tordue ! Il y a des choses plus importantes !

— Une pute qui me déshonore dans la crasse en se tapant des voyous et en se droguant !

— Et toi, radasse, tu te drogues pas avec tous tes calmants ?...

— Nous sommes la fable de l'Europe ! clamait Irène avec emphase, sans l'entendre... Déshonorés !...

Kallenberg se jeta sur elle et lui saisit le cou entre les mains :

— Tu vas m'écouter, dis !... Tu veux que je te défonce la gueule pour que tu la fermes ?

Elle eut l'air de sortir d'une transe :

— Quoi ?... Qu'est-ce qu'il y a ?... Qu'est-ce que tu dis ?...

Herman lui hurla dans le nez :

— Elle va être veuve, ta sœur !

Irène demanda avec égarement :

— Qui ? Melina ?

— Non, bourrique ! Pas la putain ! Elle est pas mariée Melina !

Il lui martela dans le visage en détachant bien les syllabes :

— Lena ! Le-na !

Irène renifla vaguement et eut ce mot superbe :

— Le duc se meurt !

Des trismus violents et rapprochés contractèrent les mâchoires de Kallenberg, tic horrible qui lui ravageait le visage lorsqu'il devait faire un effort pour dominer ses envies de meurtre. Il parvint à articuler :

— Quel duc, imbécile ?... Il est duc, Satrapoulos ?

Tout naturellement, Herman avait parlé du Grec comme de l'époux à vie de Lena. A ses yeux, leur récent divorce n'entrait même pas en ligne de compte : en dehors de lui-même et de S.S., tout mâle s'insérant dans la tribu ne pouvait être qu'un figurant momentané, fût-il duc de Sunderland. Irène ouvrit des yeux ronds :

— Socrate est malade ?

— Il est en train de crever !

— Mon Dieu ! Qu'est-ce qu'il a ?

— Crise cardiaque. Il passera pas la journée.

— Qui te l'a dit ?

— Qu'est-ce que ça peut te foutre ? Je le sais, c'est tout !

— C'est effrayant ! Qu'est-ce que tu vas faire ?

— Appeler un pope et commander des fleurs.

— Salaud ! Tu pourrais faire semblant d'avoir du chagrin.

— Pour cette ordure ?... Qu'il crève !

Comme Irène restait muette, il pointa son index dans sa direction :

— Maintenant, écoute-moi bien !... Pour des raisons que tu es trop conne pour comprendre, personne ne doit savoir ce qui arrive, personne, tu m'entends ! Un mot de ce que je t'ai raconté à qui que ce soit, et je te fais la peau !

Aigrement, elle lui cria :

— C'est bien la seule chose que tu puisses encore me faire !

Herman avait tenté de claquer la porte aussi vite que possible pour ne pas entendre ça, néanmoins, il l'avait entendu.

Il se figea soudain en voyant deux hommes graves, serviette à la main, sortir de l'hôtel de Satrapoulos : hommes d'affaires ou cardiologues ? Il s'en voulut de lanterner et passa à l'action brutalement. Il s'engagea dans le minuscule jardin planté d'ifs, de fusains et de frangipaniers. Dans l'entrée dallée de marbre, il se heurta à un gardien en livrée d'amiral qui se posta carrément devant lui pour lui barrer le passage. Kallenberg le toisa et lui dit en français :

— Je suis attendu par Socrate Satrapoulos.

L'homme lui jeta un regard méfiant :

— Je ne pense pas que Monsieur soit là.

— Je suis Herman Kallenberg, son beau-frère. On m'a prévenu, je monte.

L'amiral hésita. L'assurance de Kallenberg l'impressionnait, mais l'infirmière qui lui avait avoué le drame deux heures plus tôt lui avait fait jurer le silence : personne ne devait savoir que le patron était malade. Barbe-Bleue sentit la réticence du larbin et en conclut que le Grec était réellement à l'article de la mort. Il fallait qu'il en eût d'abord la certitude, après quoi, il serait peut-être encore temps de tirer son épingle du jeu. Il écarta la livrée avec autorité. L'homme fit un pas de côté, plissa son front en une grimace de réflexion et alla décrocher un interphone.

Kallenberg gravit un escalier à double révolution. Arrivé à l'étage noble, un peu essoufflé, il sonna à la porte de l'appartement qui fut immédiatement ouverte par un maître d'hôtel. Sur ses talons, François, le secrétaire français de Socrate, apparemment très bouleversé :

— Monsieur Kallenberg... Comment vous dire... Le patron a été pris d'un léger malaise ce matin... Je ne crois pas qu'il soit en état de vous recevoir...

Herman chargea son regard d'un maximum d'intensité. Il prit le secrétaire par les épaules, le regarda droit dans les yeux et lui dit, d'une voix vibrante d'émotion contenue :

— Je vous en prie François, pas de pieux mensonges entre membres de la famille. Je sais tout. Comment est-ce arrivé ?

François voulut parler, mais il détourna les yeux, se mordit les lèvres et hocha la tête douloureusement, le larynx obstrué par la contraction de ses muscles.

Kallenberg insista, chaleureux :

— François ! Irène et moi nous voulons savoir !

Quand S.S. avait été terrassé, le secrétaire, pris de panique, avait immédiatement demandé des instructions au bureau de Londres. On lui avait ordonné de ne pas souffler mot de la crise cardiaque de son patron, le temps de régler certaines affaires sans affoler l'opinion. Mais ces consignes étaient-elles valables pour Kallenberg ? De toute façon, son visage défait était pire que tous les aveux : il s'effondra...

— C'est affreux Monsieur... Le patron n'en a même plus pour une heure... Les professeurs sortent d'ici. Ils m'ont demandé (sa voix se brisa presque)... de prévenir la famille... J'ai pris sur moi d'appeler un pope... J'ai essayé de joindre Madame, pour les enfants... Je n'ai pas pu... Je veux dire, Mme Helena...

Herman le dévisagea avec une expression paternelle, une immense bonté :

— C'est très bien François... Je suis là maintenant, je m'occupe de tout ! Puis-je le voir ?

— Je ne sais pas Monsieur, je ne sais plus... Venez.

Ils arpentèrent un couloir sans fin. Barbe-Bleue se demanda comment on pouvait vivre dans un endroit décoré avec aussi peu de goût. Arrivé devant la chambre du Grec, François gratta à la porte. Une infirmière ouvrit et le regarda d'un air interrogateur. Le secrétaire chuchota :

— M. Kallenberg est le beau-frère de M. Socrate... Il veut voir Monsieur...

L'infirmière fit non de la tête. Mâchoires serrées, Herman lui jeta :

— Juste une seconde Mademoiselle, c'est important.

Et, fermement, il l'écarta de son chemin. Au début, il ne distingua pas grand-chose. Les rideaux de la chambre étaient tirés et il régnait dans la pièce immense une atmosphère lugubre. Dans un coin, agenouillé sur une chaise basse, un pope barbu, immobile, psalmodiait des versets à la lueur d'un cierge. Puis, Herman devina le lit, vaguement éclairé par la lumière blême d'une minuscule veilleuse qui modelait confusément, à grands plans blafards, la silhouette allongée de Satrapoulos. Il s'approcha. Le Grec gisait, paraissant minuscule, inerte, les yeux fermés, le visage cireux, la peau plaquée sur les os en une membrane lisse et livide.

Kallenberg sut à cet instant précis que cet homme allait mourir s'il n'était déjà mort. Une porte s'ouvrit au fond de l'appartement, laissant passage à une infirmière corpulente et plus âgée que la première. Elle sembla furieuse de voir autant de monde dans la chambre. Elle tendit son bras en un geste impératif et violent, désignant la sortie aux intrus. L'infirmière jeune fit un geste d'impuissance en guise d'excuses, Barbe-Bleue, un signe d'apaisement. Ils sortirent.

426

— La vérité Mademoiselle ! interrogea Kallenberg.

L'infirmière quêta sur le visage de François l'autorisation de répondre. Le secrétaire acquiesça d'un hochement de tête résigné. Kallenberg insista :

— Y a-t-il un espoir ?

Elle se tourna vers lui :

— Il est perdu.

Herman ne pouvait pas se contenter de cela. Il lui fallait quelque chose de plus précis :

— Vous êtes vraiment sûre ?... Pas la moindre chance ?

— C'est une question de minutes.

Cette fois, il en savait assez. Il pointa un doigt autoritaire sur François :

— Surtout, pas un mot à personne, vous me comprenez ? Je m'occupe de tout. Téléphonez-moi à Londres dans deux heures. J'attendrai votre appel.

Il les planta là tous les deux, dévala l'escalier, bouscula l'amiral, sortit en courant dans l'avenue, bondit dans sa voiture et cracha à son chauffeur :

— A Villacoublay !

Son avion privé l'y attendait, le pilote ayant reçu l'ordre de se tenir prêt à décoller dès que son patron arriverait. Dans l'immédiat, il avait des choses urgentes et vitales à accomplir. Par le jeu compliqué d'opérations boursières, d'associations et d'investissements fractionnés, il avait une participation dans la presque totalité des affaires et des groupes financiers sous le contrôle de Satrapoulos. Dans certains holdings, il était porteur de parts dont le montant le plus haut s'élevait à trente pour cent du capital. Si le Grec disparaissait, dès le lendemain, c'était la panique dans les milieux bancaires des deux hémisphères : les empires financiers créés de toutes pièces par des solitaires survivent rarement à la disparition de ceux qui les ont fondés. Une alternative : soit racheter les parts de Satrapoulos — mais quand, et à qui, et comment, et combien ? Se croyant immortel, avait-il seulement laissé un testament ? — soit bazarder tout l'avoir avant que la rumeur de sa mort ne provoque la dégringolade des cours. Dans le premier cas, il faudrait également racheter le passif, car la dynamique du Grec se nourrissait de son propre mouvement, de sa propre vitesse. S.S. hors jeu, le premier soin des chantiers navals serait de réclamer le paiement immédiat de tous les pétroliers en commande — et, d'après ses informateurs, Herman savait qu'ils étaient nombreux. Il y avait également des ennuis avec le fisc américain dont Kallenberg devrait, sur son capital personnel, payer les échéances. Sans oublier les sociétés ouvertes aux petits porteurs qui n'auraient qu'une hâte, se ruer sur les guichets pour réclamer le remboursement de leurs actions avant que leur valeur ne

427

s'effrite. L'ensemble des opérations portait sur plusieurs dizaines de milliards : que faire ? Il envisagea un instant de demander une aide financière à sa belle-mère, mais la vieille Mikolofides serait trop heureuse de faire fructifier elle-même ses billes en jouant la partie à sa façon et, de préférence, contre Kallenberg.

Il y avait peut-être un troisième moyen permettant de tirer parti des deux autres, qui présentait l'avantage de supprimer leur antagonisme apparent : si le secret de cette mort n'était pas éventé — Kallenberg se mordit les lèvres d'en avoir parlé à son imbécile de femme — il pourrait miser sur les deux tableaux en deux temps. Vendre d'abord aux cours normaux avant que quiconque n'apprenne la nouvelle, contribuer ensuite, lorsqu'elle serait rendue publique, à l'affolement général. Il pourrait alors se permettre de racheter les titres à la baisse, quand les gogos les braderaient au cinquième de leur valeur nominale. Ensuite, il se débrouillerait pour circonvenir Médée Mikolofides et prendre le contrôle total de l'affaire : il se vit maître du monde. Il décrocha le téléphone et appuya sur un bouton qui fermait la vitre de séparation entre son chauffeur et lui :

— Allô Jack ?... Demain, dès l'ouverture, je veux que vous vendiez toutes les actions... oui ! Je dis bien toutes !... que je possède dans les sociétés de mon beau-frère ! Alertez immédiatement mes bureaux de Londres, Tokio, Athènes, New York, Stockholm !... Passez votre nuit à dresser un bilan complet et prévenez mes agents de change ! Il faut que tout soit terminé à midi !... Ne discutez pas ! Ne cherchez pas à comprendre !... Exécutez ! Je vous rappelle dans une heure !

Il raccrocha, coupant court aux questions angoissées de son fondé de pouvoir qui devait se demander s'il n'avait pas perdu la tête. Il savait aussi bien que lui qu'une telle masse de valeurs brusquement mises à l'encan sur le marché mondial allait mettre la puce à l'oreille des financiers. Mais quoi ? Est-ce qu'il était devenu milliardaire sans prendre de risques ?

Alors que la Bentley traversait l'horrible banlieue parisienne comme une flèche, il éclata de rire à une pensée saugrenue : vivant, le Grec lui avait toujours mis des bâtons dans les roues. Mort, il allait lui permettre de doubler son capital. Honnêtement, dans des conditions pareilles, comment le regretter ?

Paris, 10 heures du matin, quartier de l'Opéra. Conférence. Dans la salle de rédaction, les chefs de service du département *news*. Au

428

menu, les informations qui seront diffusées au bulletin de midi. Problème : faut-il, oui ou non, annoncer la mort de l'armateur Satrapoulos, qui n'est pas encore officielle mais dont la rumeur a eu pour effet immédiat de bloquer tous les cours de la Bourse internationale ?

— Qui est sur place ? demande agressivement Antoine Vitaly, le rédacteur en chef.

Le petit Max Frey, très vieux dans le métier mais nouveau dans la maison, est chef des informations depuis quinze jours — on l'a récupéré dans un grand quotidien où il était l'adjoint du directeur avant de se fâcher avec lui pour une ridicule affaire de femme, celle du directeur précisément —, le petit Max Frey donc, veut montrer qu'il est à la hauteur, que rien ne lui échappe. Il dit, très pète-sec :

— Jolivet et Duruy. Ils sont en planque dans la voiture.

— Appelle-les !

Frey s'empare d'un téléphone dans un silence inquiétant. Personne ne pipe. L'affaire est d'importance. Depuis deux heures, on s'affaire aux archives pour retrouver les documents sonores concernant la vie du Grec. Dans une autre salle de montage, on coupe et on recolle des fragments de bandes. Une fois assemblés, ils donneront cohérence, rigueur et apparence de construction à ce qui n'était que des lambeaux d'existence, des bruits de la vie.

Vitaly lance :

— Où en est le montage ?

— Ils y travaillent, répond une voix.

Tout en composant son numéro — il ne l'a pas eu la première fois — Frey ne peut s'empêcher de ricaner : chez lui, dans son quotidien, il y a belle lurette que le dossier de Satrapoulos est prêt, et celui de Chevalier, et de De Gaulle, et de Piaf. Les clients n'ont plus qu'à mourir, la une est déjà composée en caractères gras, il n'y aura qu'à ajouter la date. Semaine après semaine, on les tient à jour. Au marbre des archives, en réserve, il y a ainsi une centaine de unes toutes prêtes, titrées sur cinq colonnes : MORT D'UN TEL... On les ressort de temps en temps, quand la santé de l'intéressé décline. Malheureusement, ce n'est pas tous les jours fête, ils ne meurent pas tous les matins, on doit se contenter d'un assassinat au rabais monté en épingle, d'un renversement de cabinet, voire, les jours de grande vache maigre, des caprices de la météorologie, cette mamelle de l'information en période de disette. Curieux qu'ils se laissent prendre de court, à la radio...

— C'est toi Jolivet ?

Frey bouche de sa main le bas de l'appareil et lance à la cantonade :

— C'est Duruy !

Vitaly s'énerve :

— Je m'en fous, que ce soit l'un ou l'autre ! Il est mort, oui ou merde ?

Frey crache en écho, pour Duruy :

— Alors ?... Il est mort, oui ou... (il est depuis trop peu de temps dans la maison, il n'ose pas encore dire merde à son subordonné)... Oui ou non ?

Il écoute la réponse, tendu.

Aux autres :

— Il n'en sait rien, il pense que oui...

Vitaly arrache le téléphone des mains de Frey :

— Qu'est-ce que c'est que ces conneries ? Qu'est-ce que vous foutez là-bas tous les deux ?

Tout en prêtant l'oreille aux explications du reporter, il dessine sur son bloc des petits phallus dotés d'ailes d'anges. Au bout d'un moment, il laisse tomber :

— Ça va ! Revenez, on vous attend !

Aux autres :

— Toute la baraque est sens dessus dessous. Ils ont vu une infirmière et un secrétaire. Pas un n'a voulu l'ouvrir. Le secrétaire a dit à Jolivet qu'il ferait une déclaration officielle à 14 heures. Qu'est-ce qu'on fait, on attend ?

— Et si on se fait griller ?

— Balançons ! On n'a qu'à annoncer le scoop en employant le conditionnel.

— Et le pope ? lance quelqu'un...

— Il a débloqué pendant dix minutes. En grec. Qui parle grec ici ?

— Personne.

— Bravo !

Vitaly calme tout le monde de la main. Il parle :

— On sait tous qu'il est crevé. Le cirque dure depuis hier matin. On a vu Kallenberg se rendre en cachette avenue Foch. Avec tout ce fric à la clé, vous pensez bien qu'ils vont pas publier les bans !

A Frey :

— Dès que nos deux guignols seront de retour, au boulot ! Je veux la *story* complète au journal de 13 heures ! Allez, on fonce !

Frey regarde Vitaly avec un brin de nostalgie. Il pense à son pouvoir perdu : qu'il est doux d'être chef...

— Allô oui !... cria Hans. L'appel devait venir de très loin, il entendait mal et appuyait le récepteur contre sa tête à s'en arracher l'oreille. C'était Hankie qui avait exigé qu'on installât le téléphone. Hans s'en serait bien passé. La radio de son yacht était bien suffisante pour le relier au monde, quand il en avait envie : à quoi bon acheter une île pour que quiconque puisse vous y joindre comme au bureau d'Amsterdam ? Surnageant sur un océan de crachotements et de modulations, la voix inconnue insistait, rageusement. Comme par enchantement, les bruits parasites s'effacèrent soudain et Hans comprit ce qu'on lui disait. Son visage se figea. Il dit : « Quand ? » puis : « Vous croyez ? », et enfin : « Vous en êtes sûre », et : « Je vous remercie, je fais le nécessaire immédiatement. »

Il raccrocha et passa en trombe devant Hankie, lui jetant :

— Je file au bateau !... Urgent !... Câble à envoyer ! Je reviens !...

Philosophe, Hankie haussa les épaules. Elle se contentait de vivre, de vivre simplement, ne comprenant pas pourquoi son mari s'agitait sans cesse. L'argent ? Ils en avaient bien plus qu'ils ne pourraient jamais en dépenser. Alors, quoi ? Elle se remit à sa tapisserie, un canevas de Lurçat auquel elle travaillait depuis près d'un an.

Quand Hans revint, il lui dit :

— J'ai appris une chose affreuse : Socrate Satrapoulos vient de mourir.

Hankie eut une phrase incroyable :

— Adoptons les enfants !

Hans la regarda d'un air de reproche :

— Hankie !... Ils ont une mère.

Hankie dévia :

— Comment l'as-tu appris ?

— Tout à l'heure, quand j'étais au téléphone.

— Et c'est maintenant que tu me le dis !

— Hankie !... Il a fallu que je prenne des dispositions, que je passe des ordres en Bourse... C'était une question de minutes.

— On t'annonce que le père de ces pauvres chéris vient de mourir, et au lieu de me prévenir, de les prendre dans tes bras, tu t'occupes de Bourse !

Hans prit un air coupable :

— Tu ne comprends pas les affaires...

— C'est horrible ce qui arrive, c'est horrible... Il faut surtout ne rien leur dire !

— Je ne sais pas. C'est Irène Kallenberg qui m'a appris la nouvelle. Elle m'a dit qu'elle ignorait où se trouvait leur mère, qu'on ne pouvait pas la joindre, qu'elle prenait ses responsabilités en son absence. Après tout, elle est leur tante.

— C'est épouvantable.

— Elle m'a demandé de les prévenir, que leur père aurait souhaité qu'on les prévînt...

431

— Jamais ! Ce n'est pas à nous de le faire ! Tu es fou ? Ils ont douze ans !

— De toute façon, il faut qu'ils rentrent en Europe d'urgence. A Paris.

Hankie le dévisagea, incrédule :

— Ils vont partir ?... On nous les enlève ?...

— Hankie... Ils ne sont pas nos enfants...

Elle eut une moue d'amertume :

— Non, ils ne sont pas nos enfants...

— Hankie...

Elle inspira profondément :

— Qu'est-ce que tu vas faire ?

— Les prévenir, le leur dire...

— C'est abominable...

— Oui...

— Quand doivent-ils partir ?

— J'ai déjà demandé un hydravion à Miami. Il sera là bientôt.

— Hans !

— Oui ?

— Ne leur dis rien.

— Hankie...

— Ne leur dis rien ! Nous n'avons pas le droit de prendre une responsabilité pareille... Je verrai sur place ce que je peux faire.

— Sur place ?

— Tu ne penses pas que je vais les laisser voyager seuls !

— Ils ont chacun leur gouvernante... il y a le précepteur...

— Je vais faire ma valise.

On alla chercher les enfants, on mit leur entourage dans la confidence et il fut convenu qu'on leur dirait que leur papa, légèrement malade, tenait à les voir retourner à la maison. D'ailleurs, quelle maison ? C'était partout, leur maison. Les gosses étaient pratiquement nés dans un avion et avaient déjà fait plusieurs fois le tour du monde, de palace en résidence, de propriété en appartement de grand luxe, de jet en yacht. Dans le salon, Hans, très ennuyé, attendait que Hankie eût préparé ses bagages. Quand elle passa devant lui, précédée par un marin qui lui portait sa valise, elle se pencha sur Hans et l'embrassa sur le front :

— Ne bouge pas pendant que maman n'est pas là... Tu sais que tu fais toujours des bêtises...

Elle prit Maria et Achille par la main, qui riaient comme des fous, ravis par ce changement de programme imprévu : ils couperaient les palmiers une autre fois. Avant de sortir, Hankie revint sur ses pas et rafla sa tapisserie qu'elle fourra dans son sac.

23

Mortimer alla presque jusqu'à commettre cette incongruité, desserrer sa cravate, mais il se retint à temps :

— Mère, ne trouvez-vous pas qu'il fait horriblement chaud ?

— J'ai aussi chaud que vous.

— Dans ces conditions, mère, pourquoi ne pas ouvrir légèrement une vitre ?

— Je crains les courants d'air.

Maussade, Mortimer se rencoigna sur les coussins lustrés de l'immense patache choisie par la duchesse pour faire le trajet. A Marignane, il avait fallu qu'une compagnie de location téléphone à Marseille à la maison mère pour qu'on leur envoie cette antique Austin, haute sur pattes, noire comme un corbillard, cauchemardesque. Le chauffeur aussi semblait d'époque, mais au moins, ses vitres étaient baissées (la duchesse avait insisté — pas de mélange — pour que la paroi de séparation fût hermétiquement close). Voilà deux heures qu'ils roulaient sur des routes écrasées de soleil à une allure d'escargot. La duchesse avait horreur de la vitesse. Eût-elle été au pouvoir, elle aurait fait voter une loi pour l'interdiction des véhicules à propulsion mécanique, et le retour immédiat des chaises de poste. Mortimer avait discrètement insisté pour qu'elle ne mette pas ce chapeau invraisemblable, hideux fourre-tout comportant les laissés-pour-compte d'une marchande des quatre-saisons. Mutine, elle avait rétorqué que c'était le printemps, que les Françaises étaient coquettes, et que le duc, son père, avait adoré ce chapeau, vingt ans plus tôt. Son espèce de tailleur était à peine moins voyant, ramages vifs sur fond vert pomme. Au départ de Londres, la chose était presque passé inaperçue, mais à l'arrivée à Marseille !

Mortimer avait nettement vu des gens se gausser sur leur passage, lorsque la duchesse avait voulu prendre une collation en attendant sa limousine. Un ouvrier nord-africain, hilare, avait même ameuté quelques-uns de ses camarades occupés aux guichets, et qui risquaient de louper ce happening.

— Cet homme va trop vite, Mortimer...

— Allons donc, mère, il ne dépasse pas le soixante !

— Je ne me sens pas bien.

— Voulez-vous que nous arrêtions ?

— Non, demandez-lui de ralentir.

Exaspéré, Mortimer tapota la vitre de séparation, ce qui eut pour effet immédiat de provoquer une embardée. Le chauffeur jura ; en tout cas, c'est l'impression qu'eut le duc en voyant son visage congestionné. Il lui fit un signe pour lui indiquer de ralentir. L'autre l'interpréta à l'envers et accéléra avec un geste insolent de la main...

— Décidément, je ne me sens pas très bien. Sommes-nous loin encore ?

La duchesse avait proposé ses bons offices — dont Mortimer se serait bien passé ! — mais elle entendait le lui faire payer, ne manquant pas une occasion de l'agacer par des réflexions, sous-entendant : « Tu vois, je souffre pour toi, à cause de toi. Une fois de plus, je me sacrifie. » Au vol, Mortimer déchiffra un panneau routier : *Vaison-la-Romaine, 10 km.*

— Nous approchons, mère. Désirez-vous vous arrêter ou souhaitez-vous continuer ?

Elle eut un geste lourd de la tête, qui signifiait : « Je continue, mais vous aurez ma peau... » Mortimer consulta l'adresse invraisemblable et l'itinéraire qu'il avait établi. Il avait dû rappeler Irène pour de plus amples précisions. Le reste avait été un jeu. La pratique des soldats de plomb lui avait donné le sens de la topographie. Soudain, la voiture ralentit, cahota et vint se ranger, au point mort, sur le bas-côté de la route. Simultanément, elle se mit à fumer. Mortimer en sortit avec volupté, rejoignant le chauffeur qui soulevait déjà le capot dans une tornade de vapeur brûlante. Il eut ce commentaire déconcertant :

— Elle chauffe.

Mortimer fut tenté de lui dire qu'il s'en rendait compte, mais :

— Dans combien de temps pourrons-nous repartir ?

Le chauffeur triompha sans vergogne :

— Ça, ça dépend pas de moi, mais de cette charrette !

Et il ajouta, raciste :

— Vous avez voulu une voiture anglaise, hein ? Eh bien, vous l'avez ! Ces moteurs-là, c'est pas fait pour nos climats.

Dignement, Mortimer revint sans un mot auprès de la duchesse :

— Que se passe-t-il Mortimer ?

— La voiture chauffe, mère.

— Qu'on la laisse refroidir !

— C'est cela, mère... C'est cela... Voulez-vous descendre et faire quelques pas ?

— Il y a du vent ?

— Presque pas, mère.

— Aidez-moi.

Avec l'aide de son grand garçon, elle réussit à s'extraire du véhicule. Elle était toute ankylosée et arrivait à peine à se tenir debout, titubant, s'accrochant au bras de Mortimer. Il était 3 heures de l'après-midi, le chauffeur s'était assis sur le talus. Il tira une bouteille de vin d'une sacoche :

— Vous en voulez ?

La duchesse le toisa d'un air glacial. Même pas gêné, il ajouta :

— A la guerre comme à la guerre, hein !

Il but au goulot, trop vite, s'étrangla, cracha et jura.

— Eloignons-nous Mortimer.

Elle se tordit la cheville sur la caillasse du remblai et eut une expression de profonde douleur dominée, silencieuse. Mortimer apprécia et se contint :

— Vous vous êtes blessée, mère ?

— Ramenez-moi à la voiture je vous prie.

Il alla la réinstaller dans la fournaise aux vitres closes.

— Merci Mortimer. Vous pouvez me laisser maintenant.

Trente minutes plus tard, ils repartaient, s'arrêtant fréquemment à des postes à essence pour rajouter de l'eau au radiateur dont il fallait dévisser le bouchon avec les précautions que l'on apporte habituellement à désamorcer une machine infernale. Au cours d'un de ces arrêts, Mortimer prit une bouteille de Coca-Cola dans un distributeur et l'apporta à sa mère. Elle fit des mines :

— Il n'y a pas de verres ?

— Je crains que non, mère.

Elle eut un air résigné et porta la bouteille à ses lèvres, méfiante. Avant d'y goûter :

— Qu'est-ce que c'est ?

— Une espèce de soda. C'est américain.

Elle eut une moue de réprobation. Parfois, Mortimer se demandait si elle le faisait exprès ou si elle sortait perpétuellement de son œuf. Sans se prendre lui-même pour un révolutionnaire, il trouvait inconcevable que des êtres pareils pussent exister à l'heure des jets. Et il fallait qu'il l'eût pour mère !

Elle avala une gorgée comme s'il se fût agi de ciguë, fit une horrible grimace et tendit la bouteille à Mortimer d'un air bienveillant :

— Merci mille fois Mortimer. Je crois que je n'ai plus très soif.

Mortimer faillit hausser les épaules. Faillit seulement : il y a des choses qui ne sont vraiment pas convenables. La guimbarde repartit. A 7 h du soir, ils étaient devant la route impraticable qui mène à Cagoulet. Le chauffeur descendit et ouvrit la portière côté duchesse :

— C'est ici. Vous êtes arrivés.

Elle s'étonna :

— Où sont donc les maisons ?

— Une seconde, mère, je vais voir ça.

Au chauffeur :

— Nous ne sommes pas encore à Cagoulet. Vous devez nous déposer sur place.

— Vous rigolez ? Vous l'avez vu le chemin ? Je peux à peine rouler quand c'est plat, alors, quand ça monte !

— Mère, il dit que la voiture ne pourra jamais gravir la pente.

— Mortimer, dites à cet homme que je me plaindrai de lui s'il ne nous dépose pas à destination. Ou plutôt, ne lui dites rien : qu'il roule !

Gêné, le duc s'approcha du chauffeur et lui glissa subrepticement dix mille francs dans la main.

— Je vous en prie, mon vieux, faites un effort. Ma mère peut à peine marcher.

Le billet disparut, englouti dans l'une des poches de la vareuse :

— Moi je veux bien... C'est la bagnole qui veut pas...

— Voyons, il doit y avoir une solution... Comme vous dites chez vous, impossible n'est pas français...

— Ça, mon bon monsieur, c'est des conneries. Ou alors, il faudrait la pousser...

— Pourquoi pas ? Si vous restez en prise, je marcherai derrière vous. Au besoin, je pousserai... Voulez-vous essayer ?

— Faut d'abord qu'elle refroidisse.

— Parfait, laissons la refroidir.

Vingt minutes plus tard, le convoi attaquait la pierraille, le chauffeu au volant, la duchesse à l'arrière, Mortimer, arc-bouté sur le coffre, fermant la marche. Quand l'Austin eut atteint le haut de la pente, elle dévala dans le vallon. Par réflexe, Mortimer se mit à courir. Il la rejoignit au sommet de la deuxième bosse du terrain. La ferme était en vue. La duchesse baissa sa vitre et fit signe à son fils de la rejoindre :

— C'est là Mortimer !... Montez donc maintenant... c'est plus convenable.

Devant les bâtiments, assise sur une pierre, Zize épluchait des patates pour le repas du soir. Attiré par les pétarades du moteur, Julien sortit de la maison, sa flûte indienne à la main. Il contempla le lourd véhicule noir avec perplexité :

— Merde... Y a quelqu'un qui est mort...

Kallenberg haletait dans son téléphone, serrant l'appareil à le broyer. Il ne put s'empêcher de hurler :

— Alors ?... Alors ?...

Là-bas, à Paris, François étouffa une espèce de sanglot :

— C'est fini Monsieur... C'est fini.

Herman tenta de réprimer la joie qui lui donnait envie de crier bravo. Il fit un tel effort sur lui-même qu'il en bafouilla d'excitation contenue :

— François... François... J'arriverai à Paris demain vers 14 heures. En attendant, je m'occupe de tout.

Il alla s'asseoir. Il fallait qu'il s'accommode de l'énormité de la nouvelle, bien qu'il eût souhaité cent fois la mort du Grec. C'était étrange, il se sentait presque frustré par la stupidité de cet accident dans lequel, lui, Kallenberg, n'entrait pas en ligne de compte. Comme si Socrate l'avait roulé : vivant, il ne l'avait pas atteint ; mort, il lui échappait. Quelle fin minable ! Comment avait-il pu avoir pour rival, un homme qui crevait d'un infarctus à cinquante-deux ans, comme n'importe qui ? Ça manquait de gueule ! Herman lui en voulut de n'avoir pas eu un trépas hors-série : son yacht aurait pu couler au large de la mer des Antilles... Le Grec, en guise de chaloupe, se serait réfugié dans une baignoire d'or dont la voile aurait été une immense toile de Titien. Il y serait mort de soif après trente jours de dérive — quel tableau pour un Géricault moderne ! Ou alors, il aurait pu succomber sous le poignard d'une folle, comme Marat, exploser en vol, comme Mattei, être torturé, comme le Christ, enfin, une mort qui ne soit pas à la portée de tout le monde, quelque chose qui laisse un goût ambivalent d'inachevé et de définitif, loin de la trivialité d'une crise cardiaque, cette dernière faute de goût.

Herman se barricada une partie de la nuit dans son bureau, fit et refit ses comptes, se goinfra de caviar, but une goutte de champagne, prit un somnifère quand le jour allait se lever, ne dormit pas du tout. Le matin venu, après la première heure, tout craquait. Les ennuis commencèrent par un appel angoissé de Jack :

— C'est une catastrophe ! Dès l'ouverture, tout le monde a voulu vendre ! Personne n'est preneur !...

Sur un ton douloureux de reproche :

— Monsieur Kallenberg... Pourquoi ne m'avez-vous pas prévenu hier soir que M. Satrapoulos était mort ?

Herman sentit une nausée l'envahir. Il s'étrangla :

— Comment le savez-vous ?

— Mais tout le monde le sait !... Depuis une heure, dans toutes les capitales, le dernier des boursicoteurs est au courant ! Monsieur Kallenberg, vous auriez dû...

Barbe-Bleue éclata :

— Foutez-moi la paix ! Je ne vous paie pas pour que vous me disiez ce que j'ai à faire !

— Et moi, que dois-je faire ?

— Restez en ligne... Il faut que je réfléchisse...

Dix manèges fous tournoyant dans sa tête. Il devait prendre une décision, et la prendre tout de suite... D'où pouvait bien provenir la fuite ? Par réflexe autant que par habitude, il pensa au Grec, ne pouvant s'empêcher de hausser les épaules en réalisant qu'il était mort. François ?... L'infirmière ?... Le portier, les médecins ? Il serait toujours temps de faire mener une enquête... Il aboya :

— De combien de points ont baissé les titres ?

— Cela dépend des sociétés. Disons qu'en moyenne, ils ont perdu, pour l'instant, près des quatre cinquièmes de leur valeur...

— Qui achète ?

— Personne ! Qui prendrait le risque ?

Que faire ? Il était trop tôt pour racheter, mais peut-être pas trop tard pour vendre. Herman s'accrocha :

— D'après vous, est-ce que ça va encore baisser ?

L'autre hésita :

— C'est fort possible... Vous connaissez mieux que moi les lois de l'offre et de la demande...

— Ça va, ça va ! Pas de cours Fermez-la, je réfléchis...

C'était le moment ou jamais : des milliards étaient en jeu pour une question de secondes. Pourquoi l'opération ne s'était-elle pas déroulée comme prévu ? Il aurait touché un fabuleux bénéfice — ses propres actions vendues à leur cours le plus haut et rachetées un peu plus tard à la baisse. Ensuite, il aurait investi ces gains dans l'acquisition de tous les titres épars détenus par les petits porteurs. Alors que maintenant, si la dégringolade continuait sur sa lancée, il risquait de tout perdre...

— Jack ?... Vous êtes toujours là ?

— Oui Monsieur.

— Vendez !

— Ne peut-on attendre encore un peu ? C'est le plus mauvais moment...

— Je vous dis de vendre !

— Une heure encore...

— Exécutez mes ordres, crétin ! Vendez !

— Parfait, Monsieur. Mais je dégage ma responsabilité. Jusqu'à combien puis-je descendre ?

— Comment voulez-vous que je le sache ? C'est vous qui êtes sur place, grouillez-vous, vendez au mieux, c'est tout !

Herman raccrocha avec hargne. Sa chemise était inondée de sueur.

Deux heures plus tard, à midi très exactement, l'opération était terminée. Même après sa mort, le Grec avait pris Kallenberg de vitesse. Les actions qui valaient la veille cent dollars avaient dû être bradées sur la base de trente, soit soixante-dix pour cent de perte sèche en quelques heures. Et encore, fallait-il remercier le ciel d'avoir trouvé des pigeons pour les acheter à ce prix-là. Dans vingt-quatre heures à peine, le fisc s'en mêlerait, et les créanciers, et la liquidation judiciaire. Jack s'était surpassé en dénichant des banquiers d'Amérique latine, vautours qui faisaient leur beurre sur des affaires à l'agonie. Pour une fois, c'était râpé. Avant la fin de la semaine, leurs titres ne vaudraient que leur poids en papier. Pas de chance... Kallenberg songea avec mélancolie qu'il était parvenu à sauver quelques meubles de ce désastre. L'idée d'assister le lendemain aux obsèques de la charogne morte lui donnait envie de vomir. Il se sentit vidé. Pourtant, il avait promis de partir pour Paris en début d'après-midi.

Est-ce que cette conne d'Irène était prête ?...

Irène !... Il eut un éblouissement. Et si c'était elle ? Il allait le savoir sur-le-champ. Il sortit de son bureau en bolide, se rua dans l'escalier et se mit à hurler :

— Irène !... Irène !...

Sur son passage, les domestiques se terraient comme des lapins un jour d'ouverture de la chasse.

Sentant qu'il allait lui gâcher l'un de ses plus beaux rôles, la duchesse coupa la parole à Mortimer :

— Laissez-moi faire Mortimer, c'est à moi de lui annoncer la nouvelle.

Elle s'avança vers Lena, les bras ouverts, geste insolite chez les Sunderland où, depuis des générations, par méfiance, on les gardait croisés dans les circonstances délicates.

— Mon enfant, j'ai une terrible nouvelle à vous annoncer...

Devant le perron de la ferme, tout le monde se sentait idiot. Mortimer, parce qu'il était brusquement réduit à l'état de spectateur. Lena, parce qu'elle ne comprenait pas comment sa belle-mère, qui ne lui avait adressé la parole que deux fois depuis son mariage — la première pour dire *yes* alors qu'elle lui proposait une tasse de thé, la seconde, pour répondre *no* à la même question — avait pu se déranger à cause d'elle. Et les autres, réunis maintenant en silence autour des acteurs principaux, intrigués et mal à l'aise, ne sachant trop ce qui se passait, qui était cette mémère incroyable et ce grand benêt mou...

— Mon enfant Socrate Satrapoulos est mort. Comme nous ne pouvions vous joindre, j'ai pensé qu'il était de mon devoir...

Mortimer estima que, à sa place, il s'y serait pris avec moins de brutalité. Il épia le visage de celle qui était sa femme et avec laquelle il se sentait si peu marié, guettant une réaction quelconque. Il n'y en eut pas. Lena restait immobile, comme si elle ne comprenait pas ce qu'on lui disait. De son côté, la duchesse privée d'une mimique qui lui aurait servi de support pour développer, semblait décontenancée. Pendant un long moment, il n'y eut pour tout bruit qu'un raclement de gorge du chauffeur, resté légèrement à l'écart. Puis Lena hocha la tête et fit :

— Ah ?...

Et ce fut tout. Il n'y avait plus de pièce à jouer, ni sanglots, ni rien. Lena regarda la duchesse :

— Permettez-moi de vous présenter...

Elle eut un geste vague de la main, désignant le petit groupe avec un visible effort, s'arrêta sur Melina :

— Melina, ma sœur... Melina, je te présente mon mari... La duchesse de Sunderland.

— J'ai pensé que, pour vos enfants... dit la duchesse.

— Merci Madame, merci.

Mortimer sentait bien qu'il devait dire ou faire quelque chose, mais il ne savait ni quoi ni comment. Pendant cette scène, il avait intensément observé Fast, essayant de cacher sous un masque impassible l'admiration que lui inspirait sa beauté. A quelques heures d'intervalle, il subissait à son égard la même fascination immédiate que sa propre femme.

— Comment est-ce arrivé ? fit Melina... Mortimer réalisa que c'était à lui qu'elle parlait, lui rendant par cet acte l'individualité que lui ôtait à tout coup la présence de sa mère.

— Il a eu une crise cardiaque.

— Alors, qu'est-ce qu'on fait ? cria le chauffeur, qui en avait sa claque des condoléances.

— Je suis venu vous chercher, Lena.

— J'étais moi-même venue chercher ma sœur.

— Emmenez-la avec vous.

— Elle ne veut pas venir.

Gentiment, Zize proposait à la duchesse d'entrer dans la ferme

440

pour s'asseoir et boire quelque chose. Elle refusait poliment, consciente que cette morveuse crasseuse était la seule qui lui eût accordé quelque attention. D'un pas lourd, elle retourna auprès de la voiture dont le chauffeur lui ouvrit machinalement la portière. Après tout, son rôle était terminé, bref peut-être pour un déplacement aussi long, mais capital. Elle s'affala sur les coussins et attendit la suite des événements dont le contrôle ne semblait pas actuellement en son pouvoir. Mortimer vint à elle :

— Mère, je vous prie de m'excuser un instant, mais je dois m'entretenir avec Lena pour savoir ce qu'il convient de faire.

Elle le libéra d'un mouvement de la main. Mortimer retourna auprès de Lena. Discrètement, les autres s'était éclipsés, sauf Melina qui était allé s'appuyer contre la margelle du puits.

— Voulez-vous faire vos bagages ?

— Je n'ai qu'un sac et rien dedans.

— J'ai été informé par Irène.

— Quand ont lieu les obsèques ?

— Demain, je suppose. Souhaitez-vous faire revenir vos enfants ?

— A quoi bon ?...

— En partant maintenant, nous serons à Marseille dans trois heures. Nous pourrons peut-être prendre un train de nuit...

— Je vous suis.

Elle tourna les talons et disparut dans la ferme. Fast en sortit. Mortimer lui demanda :

— Vous le connaissiez ?

— De nom.

— Vous vivez ici depuis longtemps ?

— Quelques mois.

— A qui appartient la propriété ?

— A personne. On s'est installé.

Mortimer brûlait de curiosité mais trouvait inconvenant son questionnaire. Il aurait tout voulu savoir sur Fast, l'interroger pendant des heures, percer le mystère qui émanait de lui. Il n'avait que trois minutes, et le lien serait rompu.

— Vous connaissez la sœur de ma femme depuis longtemps ?

— Ça fait un bout de temps.

— Moi, je la connais très peu.

Ils étaient debout, l'un près de l'autre, et Mortimer ne savait plus quoi dire.

— Vous êtes Américain ?

— Oui.

— Quel coin ?

— Un peu partout.

Vivre auprès d'un type pareil, passer avec lui de douces soirées d'hiver infinies, l'introduire dans les arcanes secrètes de ses collections...

— Vous aimez les soldats de plomb ?

Fast haussa un sourcil :

— Pardon ?

— Excusez-moi, c'est idiot. Je suis collectionneur... Je me demandais si vous l'étiez aussi...

— Pas du tout. J'ai horreur des objets.

— Je suis prête, dit Lena. Ils ne l'avaient pas entendue revenir. Elle balançait son sac de marin à bout de bras.

— Vous allez où ? demanda Fast.

Lena et Mortimer ne purent s'empêcher de se lancer un regard bref : tous deux avaient eu la même idée. Ils répondirent en chœur :

— A Marseille.

— Vous pouvez m'emmener ?

— Avec joie, dit Mortimer.

— Mais... fit Lena.

Déjà, Fast disparaissait dans le bâtiment. Lena et Mortimer n'osaient plus se regarder, chacun craignant que l'autre ne le devine.

Brusquement, Melina fut à leurs côtés :

— Lena... Je suis désolée de ce qui arrive... Dis à maman... Et puis non, ne lui dis rien, je lui écrirai. Tu dois avoir d'autres choses en tête.

— On y va ?

Fast était là à nouveau une veste sur l'épaule et c'est tout.

— Mais... vos bagages ? interrogea Mortimer.

Fast tira une brosse à dents de sa poche :

— Les voilà.

— Tu t'en vas ? demanda Melina, incrédule.

— Tu vois bien.

— Mais... Tu vas où ?

— Je sais pas. Je m'en vais.

— Fast...

— Allez, salut !

— Fast !...

Melina était abasourdie. Tout cela était si incroyable, si rapide. Elle sentit le sang se retirer de son visage mais ne put que répéter :

— Fast !...

Il arrivait à la voiture, ouvrait la porte et s'installait à côté du chauffeur. A leur tour, Lena et Mortimer montaient à l'arrière, le moteur hoquetait et démarrait. La guimbarde s'ébranla. Melina se mordit les lèvres férocement pour ne pas hurler. La nuit tombait. Elle était là, ne comprenant plus rien, répétant pour elle-même en une longue litanie :

— Fast... Fast... Fast !...

442

24

... Socrate Satrapoulos a succombé dans la journée d'hier à la suite d'une crise cardiaque. Dans l'entourage de l'armateur, on s'est refusé jusqu'à présent à donner des détails sur les circonstances de sa mort. Depuis ce matin, les places financières du monde entier semblent prises de panique, une panique qui a gagné les milieux boursiers...

D'un seul bond, le Grec sauta de son lit, entraînant à sa suite un enchevêtrement de draps et de couvertures. Il s'arrêta au milieu de la chambre, se plia en deux, appuya ses mains sur ses cuisses et poussa un rugissement de joie...

— Ah !... Ah ah ah !... Les cons !... Ah ah ah !...

Fébrilement, il esquissa quelques pas de sirtaki, brassant l'air de ses bras. En tournoyant, il se retrouva planté devant une glace, hurla de rire en rencontrant son image vers laquelle il pointa son index :

— Les pauvres types !...

Il enroula le drap autour de sa tête, roulant des hanches pour une danse du ventre effrénée. Avec ce pyjama rayé et ce turban, il se trouvait irrésistible. Il se laissa tomber sur le dos, roula sur lui-même plusieurs fois, se redressa en souplesse et sauta sur le lit où il joua à rebondir sans toucher le plateau de victuailles qui était dessus. Une bouteille de vin renversée le ramena à la réalité l'espace d'une seconde, ce qui lui permit de capter d'autres bribes de phrases désopilantes...

... milliers de petits porteurs... siège des guichets de banque... conseil ministériel...

Son fou rire le reprit et il se jeta à nouveau dans une sarabande. Depuis une heure très précisément, il était devenu seul et unique actionnaire de ses propres affaires. D'un seul coup, par l'intermédiaire

443

d'hommes de paille téléguidés par des banques d'Amérique latine, il avait racheté pour une bouchée de pain la totalité des valeurs qui représentaient son capital à l'extérieur.

Désormais, plus de conseil d'administration, plus de sourires aux créanciers ou aux associés : les décisions, les responsabilités, il les assumerait seul, sans même avoir à faire semblant de les partager avec d'autres. Eliminé Kallenberg !... Eliminée la vieille Mikolofides !... Il allait pouvoir procéder à une nouvelle répartition du capital : tout pour lui !... Il contrefit sa voix et lança, avec la puissance d'un ténor, sur le grand air du Trouvère : « Voilà comment... com... ment... je comprends les affai... ai... res !... »

Il s'affala sur la chaise basse sur laquelle, quelques heures plus tôt, le pope avait marmonné ses prières — un pope crasseux acheté pour trois fois rien. Pendant que la radio continuait à égrener des paroles qui tournaient à vide, il dit :

— Merde ! Je ne me suis jamais aussi bien senti que depuis que je suis mort !...

Il repartit dans un éclat de rire qui semblait ne devoir jamais finir.

— Vous êtes fous ! Vous êtes complètement cinglés !

Vitaly vient de réunir une nouvelle conférence dans son bureau. La gaffe a été superbe : la station a annoncé officiellement la mort d'un homme qui a lui-même téléphoné dix minutes après pour exiger un démenti immédiat !

— De quoi on a l'air ?...

Vitaly veut oublier qu'il a donné en personne l'ordre de balancer le canard à l'antenne. Peut-être même l'a-t-il oublié réellement ? Maintenant, il lui faut des têtes :

— Je saurai exactement qui a commis l'erreur ! Je le saurai ! Qu'est-ce que je vais lui dire, moi, à M. Ribot, quand il me demandera des comptes ? Que j'ai engagé des pignoufs ?

La mauvaise foi de Vitaly ne surprend aucun des rédacteurs. Arriver au pouvoir, c'est avoir le don de se mettre en avant quand tout marche bien et de se dérober quand rien ne va plus. Pas un d'entre eux n'ignore cette règle. Ils sont prêts à l'appliquer sans pitié le jour où il s'agira de gravir un échelon en jetant bas celui qui se cramponne au cocotier, Vitaly peut-être. M. Ribot, c'est le principal propriétaire de la station. Il a démarré dans le beurre, il s'est épanoui dans les ondes. Vitaly, très introduit dans les milieux parisiens, lui a fait connaître tout le gratin. Ribot a donc pensé que Vitaly lui était indispensable. Comme la plupart des grands requins, Ribot ne sait pas que les ambassadeurs sont des parasites, que la seule vue de son carnet de chèques aurait suscité de puissantes vocations d'amitié et de fidélités, aussi longtemps en tout cas que les chèques auraient été couverts. Ce n'est pas tout. Vitaly a appris le tennis à Ribot. Ribot, le jour où il a eu une raquette sous le bras, du caoutchouc sous les semelles et un short sur les fesses, a estimé qu'il faisait définitivement partie d'une élite. Dans l'industrie du beurre, on ne joue pas au tennis. Vitaly sait donc qu'il est tabou, quoi qu'il ait fait. Les autres le savent aussi. Nul n'aura la mauvaise idée de rappeler au rédacteur en chef qu'il a pris tout seul sa décision. Cependant, ils se détendent légèrement. C'est à eux, personnellement, que Vitaly adresse ses reproches. C'est le signe qu'il ne leur en veut pas. Quand il veut la peau de quelqu'un, Vitaly joue au billard, rabrouant Pierre pour bien montrer que c'est Paul, à qui il ne dit rien, qui a commis la bévue. Il faut le connaître, Vitaly, il faut savoir tout ça si l'on veut conserver sa place sans être cardiaque à quarante ans. Or, en ce moment, il houspille tout le monde, sauf Frey, le nouvel arrivé. On a compris : Frey ne va pas faire de vieux os dans la maison. Frey craint d'avoir compris lui aussi. Il ne sait plus comment ne pas perdre la face. Pire : il se sent *réellement* coupable.

Dix jours auparavant, S.S. se trouvait à Cascais chez le Prophète. Il avait quelque chose à lui demander mais ne savait trop comment s'y prendre, craignant que son « conseiller astral » ne le jugeât ridicule.

Il était là, hésitant, et l'autre sentait bien que ce qu'il avait à lui dire résidait précisément dans ce silence qui se prolongeait. Finalement, le Grec se décida avec gaucherie :

— Et le cœur, vous ne me parlez jamais du cœur.

— Je croyais qu'il ne battait que pour vos affaires ?

— Les femmes et les affaires vont souvent de pair.

— Que voudriez-vous savoir ?

— Je voudrais que vous me parliez d'une femme.

— Dites... Non, plutôt, ne dites rien, je vais regarder.

Kalwozyak étala ses tarots...

— Elle est jeune...

— Evidemment.

— Elle est très protégée. Je la vois entourée de murs, de barrières...

Satrapoulos eut une expression résignée :

— Ça !...

— Mais ces murs, ce n'est pas elle qui les dresse entre vous... Elle est entourée d'une foule de gens... Elle s'ennuie. Son nom est-il de notoriété publique ?

— Oh oui !...

— Actrice ?

— Non. Bien qu'en un sens...

— S'agit-il de la femme avec qui vous vivez ?

— Pas du tout, non. Une autre.

— Elle joue un rôle... Ou on lui fait jouer un rôle... Qu'est-ce que c'est ?

— Politique...

— Eh bien, je peux vous affirmer qu'elle ne tient pas le coup. Elle craque !

— C'est impossible.

— Seigneur, que de menaces ! La mort...

Le Grec s'accrocha à son fauteuil :

— Pour elle ?

— Non, non... La mort partout... Mais elle est protégée... Elle est mariée ?

— Oui.

— Quel est votre problème ?

— J'aimerais savoir... J'ai l'impression qu'elle me trouve... sympathique. Elle m'envoie des cartes, comme une gosse... Demain, peut-être, elle aura tout un pays à ses pieds...

— Vous la voyez souvent ?

— Non. Une fois, elle est venue en croisière sur mon bateau. Elle m'a dit que, si elle en avait le choix, c'est l'endroit où elle préférerait vivre.

— Qu'est-ce qui vous tracasse ?

— Elle m'intimide.

— Vous êtes amoureux ?

— Je ne sais pas. Je vous parais idiot, hein ?

— Pas plus que n'importe quel amoureux... dit pensivement le Prophète.

Il lança un regard perçant à Socrate :

— Tout à l'heure, nous regarderons votre carte du ciel. Je vous indiquerai s'il y a lieu de vous rapprocher de cette femme, et quand. Pour l'instant, j'ai quelque chose à vous dire. Kallenberg est venu me voir il y a trois jours.

Le Grec se durcit :

— Quand cessera-t-il de m'emmerder, celui-là ? Je croyais qu'après

446

mon divorce et les raclées que je lui ai déjà infligées, il allait se tenir tranquille. Pourquoi me cherche-t-il des crosses ?

— Vous lui gâchez la vie.

— Je ne fais que me défendre !

— Vous n'y êtes pas. Vous lui gâchez la vie parce que vous le prenez toujours de vitesse. Vous contraignez à jouer les seconds rôles un type qui est malade quand il n'est pas le premier.

Satrapoulos eut un sourire enfantin et carnassier :

— Qu'y puis-je ?

— Dans votre dos, il est en train de rafler à n'importe quel prix les actions de vos sociétés.

— Qu'est-ce que vous voulez que ça me fasse ? Même s'il les rachetait toutes, c'est quand même moi qui suis majoritaire. J'ai cinquante-deux pour cent.

— Vous tout seul ?

— Pratiquement, oui. Pour la forme, mes enfants ont deux pour cent, et Lena, trois pour cent.

— Supposez qu'il s'approprie ces cinq pour cent ?

— Vous rigolez ? Achille et Maria ont douze ans !

— Eux, oui, mais Lena ?

Bon Dieu, il avait raison ! Si l'envie lui en prenait, Lena pouvait le mettre réellement en difficulté. Ce fut à cet instant précis que l'idée germa. A vrai dire, ce ne fut pas une germination à proprement parler, mais une espèce de clairvoyance foudroyante, tout un déroulement de temps en raccourci, causes, effets, exécution, avantages. Il y avait belle lurette qu'il désirait virer par-dessus bord ceux dont il avait eu besoin pour établir sa puissance : il venait de trouver le moyen de les larguer :

— Je crois que je vais tomber gravement malade. Je crois même que je vais mourir.

Le Prophète fit la moue :

— Hum... Si cela était, je le saurais.

Le Grec lui saisit les mains et débita des phrases à une cadence de mitrailleuse :

— Ecoutez-moi !... Supposez que je meure... supposez que mon entourage cherche à garder la nouvelle secrète, mais qu'il y ait des fuites... une seule fuite... Je meurs, d'accord, mais la Bourse est malade. Vous me suivez ?... Moi mort, mes affaires ne valent pas cher, tout mon avoir est investi dans les pétroliers en chantier, mes super-géants. Qui veut reprendre mon passif ?... Personne ! Ceux qui ont des actions vont avoir la trouille de les voir baisser ! Conséquence : ils vendent. Et qui rachète un peu plus tard ?...

— Vous avez choisi votre genre de mort ?

— C'est un soin que je vous laisse.

Le Prophète eut un rire rentré :

— C'est une idée superbe ! Mais ne nous énervons pas !... Attendez... On va voir à quelle période le deuil siéra le mieux à votre entourage...

Mortimer était fasciné par les mains de Fast. Elles étaient longues, immenses, maigres et fortes à la fois. Les ongles, noirs de crasse, étaient cassés en plusieurs endroits. Mortimer avait une envie folle de les emprisonner. Ces doigts doués d'une vie qui leur était propre appelaient irrésistiblement ses doigts à lui. Il fallait qu'il touche. Même en peinture, pour « voir » vraiment un tableau, il était nécessaire qu'il en caresse la surface du bout de la main. Un jour, au collège — il devait avoir douze ans — le professeur s'était arrêté devant sa table, lui tournant le dos et expliquant son cours à la classe. Il avait les mains croisées juste sous le nez de Mortimer, des mains courtes et grasses, boudinées, qui se crispaient, s'étreignaient, se lâchaient, se reprenaient, couleuvres tronquées, parcourues de frémissements. Mortimer n'entendait plus rien depuis longtemps, possédé par le désir irrépressible de les saisir. Sans qu'il l'eût décidé, cela était arrivé, malgré lui. Le professeur, croyant qu'il faisait le pitre à ses dépens lui avait administré une énorme gifle. La classe avait éclaté de rire et Mortimer était sorti de sa transe, la joue en feu, douloureuse. Aujourd'hui encore, l'idée de ce contact était liée à l'idée de la gifle, de punition immédiate. A tel point que, lorsqu'on lui serrait la main, il la retirait très vite, craignant d'être châtié pour un contact prolongé.

Fast le giflerait-il s'il la lui prenait ? En arrivant à Marseille, ils étaient descendus à l'hôtel *Noailles*. La duchesse, avant même que Mortimer ait déployé ses ruses pour l'en persuader, avait déclaré qu'elle désirait retourner le lendemain même à Londres, précisant « qu'ayant fait son devoir, elle ne voulait pas s'immiscer dans les problèmes conjugaux de son fils ». Cela, à l'intention de Lena, mais avec un accompagnement de mimiques qui en avait appris long à Mortimer sur son humeur méprisante. Elle s'était fait servir à dîner dans sa chambre, après que son fils lui eut souhaité le bonsoir en l'embrassant sur le front. Le matin suivant, à 8 h, elle prenait le premier avion pour Londres. Mortimer avait poussé un soupir de soulagement et était revenu à l'hôtel où Lena et Fast prenaient ensemble le petit déjeuner. Fast semblait maussade. De son côté, Lena ne disait rien. En vain, Mortimer avait essayé de leur faire la conversation, mais il n'avait pu obtenir que des brouillons de réponse. Il leur restait trois heures avant de se rendre à l'aéroport. La veille, Fast avait simplement demandé :

— Pouvez-vous m'emmener jusqu'à Paris ?

Sans préciser comment il réglerait le montant de son billet que Mortimer, tremblant d'espoir, avait payé de sa poche comme il avait réglé la note d'hôtel. Fast voguait loin au-dessus de ces contingences, comme s'il eût senti que sa présence, à elle seule, était une faveur pour autrui. A aucun moment, il n'avait dit merci et malgré son sens de l'économie et des convenances — traditionnels chez les Sunderland — Mortimer ne s'en était pas offusqué.

— Où est-ce que vous descendrez à Paris ?

— J'en sais rien.

Fast sirotait un whisky. Mortimer était assis à côté de lui. Lena, sur la même rangée de fauteuils, mais de l'autre côté du passage. Quand ses yeux n'étaient pas rivés sur les mains de Fast, Mortimer, à la dérobée, les reportait sur son visage dont la perfection et la finesse du profil le laissaient stupéfait.

— A l'hôtel ?

— Non.

— Chez des amis ?

— Sais pas. Connais personne.

— Vous y séjournerez longtemps ?

— Sais pas.

— S'il vous arrivait d'être dans l'embarras... pour une raison ou une autre... j'ai beaucoup d'amis à Paris qui se feraient un plaisir de vous héberger.

— Qu'est-ce qui vous fait croire que je suis dans l'embarras ?

— Rien, bien sûr... Enfin, mon offre reste valable. Et s'il vous plaisait de passer quelque temps dans notre château du Lancashire...

— Voulez-vous un whisky ?

Mortimer traduisit immédiatement « je veux un whisky », et fut secrètement flatté par cette tournure qui, dans la bouche de Fast, était presque une marque de courtoisie. Il fit un signe à l'hôtesse pour renouveler la commande. Lena en fit de même et sembla retomber dans sa délectation morose.

— Vous êtes étudiant ?

— Ça m'arrive.

— En quoi ?

Fast le considéra d'un air de profond ennui :

— Je peins.

— C'est passionnant ! Vous exposez ?

— Non.

— Vous vendez ?

— Jamais.

— Mais c'est idiot ! Pourquoi ?

— Probable que ça plaît à personne.

— Allons donc ! Et à vous ?

— Zéro.

— Vous n'aimez pas votre peinture ?

— De la merde.

Fast lui jeta un regard aigu :

— Votre femme a l'air de se faire suer.

Mortimer se sentit rougir jusqu'aux oreilles. Il regarda Lena et s'aperçut qu'elle aussi dévisageait Fast avec voracité : c'était bien la première fois qu'ils se découvraient les mêmes goûts. Une idée lui vint, qu'il jugea ridicule : allait-il devenir le rival de sa femme ?

Il se leva et passa devant Fast dont il frôla le bout des genoux de ses jambes. Il sentit le rythme de son pouls s'accélérer.

— Excusez-moi...

Il s'assit dans le fauteuil voisin, provisoirement déserté par son occupant :

— Comment vous sentez-vous ?

Lena eut un soupir discret :

— Très bien Mortimer, je vous remercie.

— Vous savez que je suis à vos côtés, quoi qu'il arrive ?

— Je le sais Mortimer.

— Nous allons atterrir dans un quart d'heure. Souhaitez-vous vous rendre directement avenue Foch ?

— Evidemment.

— Savez-vous que ce jeune homme est bourré de talent ? Il est peintre. Le saviez-vous ?

— Je l'ignorais.

Mortimer fut enchanté d'avoir pénétré dans l'intimité de Fast davantage qu'elle n'avait pu le faire. Il poursuivit :

— Il semble complètement perdu. Verriez-vous un inconvénient à ce que nous l'invitions pendant quelques jours ? Je veux dire, quand cette horrible histoire sera réglée ?

— Faites comme il vous plaira Mortimer.

Pour masquer son émotion, Lena gardait le visage obstinément fixé sur un atlas zébré de lignes rouges, trajectoires pures des Boeing qui reliaient les continents.

Au moment où la certitude de son succès le faisait cabrioler sur son lit, la porte s'ouvrit et Lena entra. Elle regarda le Grec qui la regardait, chacun aussi stupéfait que l'autre. Socrate, qui avait gardé son turban de fantaisie sur la tête, se figea en plein mouvement avec la brusquerie des gosses jouant aux statues de sel. Quant à Lena, elle portait instinctivement la main à sa mâchoire qui avait une fâcheuse tendance à se décrocher dans les grandes occasions. La situation était si imprévue, si énorme, qu'aucun des deux ne put proférer un mot pendant trente secondes. S.S. était stupidement fixé sur l'idée que son ex-femme avait gardé une clé de l'appartement, et il ne pouvait penser à rien d'autre. Quand le silence eut atteint l'intensité maximale au delà de laquelle quelque chose doit nécessairement éclater, il vit avec horreur le duc de Sunderland passer timidement la tête par l'entrebâillement du chambranle alors que, dans son dos, François faisait des signes désespérés et impuissants. Lena fut si saisie qu'elle s'accrocha au bras de son nouveau mari. Ahuri, le duc considérait avec égarement cet homme en pyjama, les cheveux ceints d'un drap froissé, debout sur un lit en désordre jonché de nourriture et de vin renversé, cet homme qu'il s'attendait, de toute évidence, à trouver à l'état de cadavre...

— Voulez-vous boire quelque chose ?

Ce fut tout ce que Satrapoulos trouva à dire. C'était si gigantesque dans l'absurdité qu'il repartit dans un fou rire, le visage cramoisi, se pliant en deux tout en faisant des gestes d'excuse qui le faisaient redoubler de rire. Lena avait été si violemment bouleversée qu'elle fut la première à craquer. Ce fut d'abord quelque chose de perlé qui vint mourir sur ses lèvres. Puis, un hoquet éclata, annonciateur de la tempête. Mortimer, contaminé à son tour malgré ses efforts pour rester impassible, poussa quelques gloussements avant de se plier en deux lui aussi. Socrate sonna la femme de chambre qui les trouva tous trois écarlates, hurlant, se désignant du doigt les uns les autres sans pouvoir reprendre leur souffle. Le Grec parvint à grand-peine à articuler les trois syllabes du mot « champagne ». Après quoi, pris de convulsions, il fut obligé de s'allonger. Lena, en transes, secouée de spasmes, s'effondra sur le lit et se roula à ses côtés en l'étreignant. Mortimer, affalé sur un fauteuil, son corps d'asperge secoué par des soubresauts, se tapait sur les cuisses en pleurant de rire. La scène de folie dura cinq bonnes minutes. Puis Socrate, qui cherchait à se maîtriser, s'avança vers le duc et lui tendit la main :

— Enchanté de vous connaître...

C'en fut trop pour lui : il repartit dans une espèce de rugissement douloureux à force d'être violent et continu. Ils burent ensemble. Socrate expliqua vaguement qu'il avait été victime d'un mauvais canular dont il allait s'efforcer de retrouver les auteurs.

Mais la raison n'était pas de mise : quelque chose s'était brisé dans les rouages de cette maison transformée en moulin ivre. Brusquement, sans que quiconque l'ait annoncée, Hankie Vermeer, en pleurs et en deuil, fit son entrée dans la chambre, tenant par la main Achille et Maria :

— Tu sais papa, cria le garçon sans transition, pour les palmiers, je n'en ai coupé qu'un seul !

Maria se jeta dans les bras de sa mère, qu'elle lâcha pour sauter au cou du Grec.

— Ce que tu es drôle, papa, en pyjama !

Au bord de l'évanouissement, Hankie se contentait de bredouiller des phrases inintelligibles, mêlant le hollandais, l'anglais, le français et quelques bribes de grec : dépassée.

En pleurant, elle s'affaissa dans les bras de Lena :

— J'étais sûre que ce n'était pas vrai !... J'en étais sûre ! Mon Dieu merci !... Je n'avais rien osé dire encore aux enfants !...

— Socrate !

Le rugissement fit se retourner tout le monde vers la porte d'entrée : les yeux baignés de larmes, le visage rougi et ravagé, la Menelas bondit dans la pièce, se ruant sur le Grec qu'elle couvrit de baisers :

— C'est horrible !... J'ai fait le tour du monde !... J'ai cru mourir !... Mon Dieu !... Mon Dieu !...

Elle s'immobilisa, le tenant serré contre elle, le regardant comme si elle ne l'avait jamais vu :

— Socrate !... Mais tu es vivant !... Tu es vivant !

En grec, elle débitait des phrases rapides et saccadées, caressantes, lui pétrissait les mains, l'embrassait encore à petits coups de lèvres frôleurs. Elle daigna s'apercevoir que la scène avait une demi-douzaine de témoins. Elle parut revenir sur terre et les dévisagea un à un.

— Lympia, il faut que je vous présente... Mme Vermeer... Vous connaissez Lena, et Achille et Maria...

— Comme ils sont beaux !

— ... et le duc de Sunderland, le mari de ma femme...

S.S. voulut rattraper son lapsus : trop tard ! Il secoua la tête d'un air navré en guise d'excuses pour le dadais que Lena lui avait trouvé comme successeur. Olympe tonna :

— Maintenant, explique-moi !

S.S. se lança dans son histoire tandis qu'on conduisait les enfants au salon pour leur servir des glaces et que François retenait au *Plazza* une suite pour Hankie, encore mal remise et chancelante. Sans s'être concertés, Lena et Mortimer refusèrent avec un bel ensemble l'invitation à dîner de Socrate : ils devaient retrouver Fast au *Ritz* vers les 8 heures et aucun des deux, pour des raisons identiques, ne tenait à perdre une parcelle de sa présence ou de son verbe.

Secrètement, le Grec était ravi de leur refus. Il imaginait mal un repas avec le nouveau mari de son ancienne femme, arbitré par celle qui se considérait comme sa future épouse. Pour voler à son chevet, la Menelas, une fois de plus, avait dû rompre un contrat en Australie. Elle serait bien mal récompensée de son zèle. Le lendemain, Socrate devait s'envoler pour Baran et éplucher un fantastique dossier que lui avaient préparé ses conseillers. Même pas le temps d'emmener la « panthère » faire une virée dans Paris. Il la dédommagerait de ses émotions en lui offrant un bijou. Le Grec, qui ne laissait rien au hasard, en gardait quelques-uns dans le coffre de toutes ses résidences. Bien souvent, dans les cas d'urgence, cette précaution s'était avérée très utile.

25

Le Prophète pratiquait le double jeu depuis si longtemps que, tôt ou tard, la catastrophe était fatale. Cette fois, on y était. Kallenberg allait arriver d'une minute à l'autre. Au téléphone, il avait semblé fou de rage, exigeant un rendez-vous immédiat sur le ton d'un type qui veut régler ses comptes définitivement. Le Prophète le comprenait d'autant mieux qu'il y avait quelque chose d'illogique dans sa propre démarche, un détail qu'il subissait bien qu'il heurtât son sens de l'équité et de l'honneur : d'un côté, il trahissait allègrement Kallenberg au profit de Satrapoulos, de l'autre, il acceptait sans broncher les énormes rétributions que lui versait Barbe-Bleue en échange de ses bons et loyaux services. Curieux... Pourtant, le Prophète n'avait pas la tête de l'emploi. En fait, et à son grand regret, il avait la tête de tout le monde, la soixantaine confirmée par une calvitie presque totale, une propension à la contemplation et au farniente, un goût très vif pour Spinoza — dont l'*Ethique* le plongeait dans la béatitude — une passion pour l'argent qui lui était venue sur le tard et une immense méfiance envers sa profession, la voyance. Non qu'il ne la prît pas au sérieux, au contraire.

A sa grande stupeur, il lui arrivait fréquemment de voir la réalité corroborer les prédictions qu'il avait faites, et cette entorse flagrante au système logique et rationnel qui présidait sa vie l'immergeait dans une sensation de malaise vague. Sceptique de tempérament et de culture, il n'admettait pas que la pensée vînt interférer dans le déroulement naturel des choses, ou qu'un esprit humain pût en connaître la chronologie. La première fois qu'était survenu un événement de ce genre, il l'avait attribué au hasard. La deuxième à une coïncidence. La troisième, il avait rangé son arsenal prédicatoire,

454

tarots, boule et statuettes, au fond d'une valise, farouchement décidé à ne plus jouer les apprentis sorciers afin de ne pas perdre ce qui formait le sens réel de son existence, son confort intellectuel. La chose s'était passée peu après la guerre. Les temps étaient durs, et sa présence à Paris précaire, compromise par l'admiration trop avouée qu'il avait portée aux troupes de choc nazies.

Il désirait à l'époque faire une carrière d'écrivain, se croyait du génie, était vêtu d'un costume de confection de la *Belle Jardinière* antérieur aux hostilités, et se nourrissait chaque jour d'un unique hareng, réchauffé sur une lampe à alcool dans une tanière minable, rue du Château-des-Rentiers où il avait élu, à son corps défendant, un domicile qu'il souhaitait provisoire. Pour marquer sa future gloire littéraire d'un coup d'éclat, il avait décidé de réaliser une espèce de fresque totale sur les minorités érotiques, les marginaux de la bagatelle, en un mot, sur tous ceux qui ont des difficultés d'expression sexuelle, et sont voués, pour les assouvir, à se travestir, à fouetter ou être fouetté, à manger des choses bizarres exigées par la perversion mais refusées par l'estomac, de telle façon qu'après son livre — mille pages au bas mot — nul ne pût aborder le sujet sans être immédiatement accusé de plagiat. Un candidat éditeur, maigre et illuminé, se piquant d'être un disciple de Gurdjieff, avait consenti à distraire quelque argent de la dot de sa récente épouse, veuve elle-même d'un comte polonais, faux noble sans doute mais millionnaire authentique, afin de financer les balbutiements de la grandiose entreprise. Malheureusement, les travaux de documentation pratique, scrupuleusement accomplis par son poulain entre Blanche et Pigalle, se révélèrent bien vite ruineux. En outre, une phrase imprudente et ingénue de son futur auteur lui avait mis définitivement la puce à l'oreille. Ce dernier, dans un moment d'épanchement lui avait dit, il en était sûr :

— En mettant les choses au mieux, le plan de mon livre exigera à lui seul deux années de travail.

Mots funestes qui avaient fait déborder la coupe. Du jour au lendemain, le Prophète, qui n'était alors qu'Hilaire Kawolzyac, apatride de père en fils, Polonais de souche et Français de cœur, s'était retrouvé chômeur, son projet dans les limbes, une œuvre rentrée sur la conscience et, derechef, en pleine dèche.

Partant du principe qu'en temps de paix nul ne peut mourir de faim en Occident et que, en bien ou en mal, tout s'arrange, il avait décidé de se laisser vivre, retrouvant sans amertume son taudis du XIIIe, son hareng quotidien, confiant en son talent et curieux de ce qui allait lui advenir : ce fut bizarre. Quelques jours après la rupture de son contrat, vers les 3 heures de l'après-midi, il marchait pensivement boulevard de Clichy, entre deux rangées de baraques foraines, lorsqu'il entendit crier son nom : « Hilaire !... Hilaire !... »

Il se retourna et vit un homme grassouillet, à l'intérieur d'un stand de loterie — le 8 est sorti ! Un kilo de sucre pour Monsieur ! — lui faire de grands signes amicaux :

— Ben quoi ? Tu me reconnais pas ? Arthur !

Bien plus qu'à sa bonne bouille de carlin couperosé, Kawolzyac l'identifia immédiatement à sa voix pointue de cancre de communale : Arthur... Il l'avait rencontré au début de la guerre, à Vesoul, dans un centre de mobilisation où Hilaire, convoqué par erreur, avait été gardé à vue, malgré ses protestations sur l'inélégance de ces tracasseries visant à le faire partir, lui, simple résident francophile, sous les drapeaux.

A l'époque, Kawolzyac envisageait de bâtir sa sécurité matérielle sur l'élevage des poules — principalement des Leghorn, fantastiques pour la ponte — mais rien n'avait subsisté de son cheptel, volé par une horde de gitans voraces en transhumance vers le sud. Arthur l'avait séduit, habile à trouver de la nourriture là où il n'y en avait plus, caïd de l'intendance, jovial et précieux. Le fait d'être déclarés conjointement « inaptes au service armé », quoique pour des raisons différentes, avait encore renforcé leurs liens : ils avaient fait un bout de chemin ensemble, quelques semaines ou quelques mois, Kawolzyac ne savait plus. Mais il avait été flatté de la fascination qu'il exerçait sur Arthur, qui lui attribuait une toute-puissance dans un domaine où la nature ne l'avait pas gâté : l'intelligence théorique. Hilaire, pourvu qu'on lui tendît la becquée, pouvait disserter sans désemparer pendant des heures sur Montaigne, Hegel ou la volonté de puissance chez Nietzsche — d'après lui, elle n'était pas, comme on l'avait toujours cru, un instinct indépendant, mais une simple particule de la pulsion érotique — ou alors se mettre à réciter des vers de Villon, Mallarmé, Racine ou Ronsard. Son esprit imprévisible, sa mémoire infaillible lui permettaient de survoler les styles et les siècles, et d'en régaler un auditoire ébahi de héros et de morts en puissance. Quand il sentait son public bien pantois et écrasé, il rompait d'un négligent : « Alors merde ! Et cette bouffe, ça vient ? » qui ajoutait, à la prodigieuse étendue de ses connaissances, l'aura fraternelle de la modestie. En fait, il n'était pas un littéraire à proprement parler. Il avait commencé des études de médecine, vite interrompues par un avortement malheureux lors de sa deuxième année d'externat, passage incertain et délicat où les trucs du métier sont trop flous pour sauver des vies, mais pas assez affirmés pour éviter des morts : triste épisode...

— Et alors, qu'est-ce que tu deviens ?

— Je me documente pour écrire un livre (c'était faux, plus d'éditeur, plus de livre).

— Ça te prend tout ton temps ? Viens, je vais te dire quelque chose. On va au bistrot. Louise !

Et il était sorti de sa baraque en criant machinalement « Rien que des gagnants ! Rien que des gagnants !... » ajoutant mezzo-voce pour Hilaire :

— Tu parles, rien que des fauchés, rien que des paumés ! La grosse, là, qui me remplace, Louise, c'est ma femme.

Devant le zinc, les propos d'Arthur avaient fait dresser l'oreille à Kawolzyac : il lui proposait ni plus ni moins — pour peu de temps, bien sûr — de remplacer un mage, mi-chiromancien, mi-astrologue, qui disait la bonne aventure dans la baraque jouxtant sa propre roulotte.

— Et tu verras, avait-il précisé, c'est pas les gogos qui manquent ! Y a un fric fou à se faire là-dedans ! Suffit de leur raconter les conneries qu'ils ont envie d'entendre, c'est gagné ! Et toi, mon pote, de ce côté-là, avec tout ce que tu as dans le chou, tu dois être plutôt fortiche !

Hilaire, très intéressé, avait fait quelques objections de pure forme, arguant qu'il n'avait aucune formation lui permettant de faire face à une situation de ce genre. Arthur avait balayé ces réticences d'un revers de la main, et commandé une autre tournée :

— T'en fais pas ! Tu peux leur balancer n'importe quoi, ils gobent tout, du moment que tu as un turban sur la tête et que tu prends l'air hindou...

Hilaire avait réservé sa réponse jusqu'au lendemain, s'était consciencieusement précipité dans une librairie ésotérique et, avec ses derniers francs — Arthur l'avait invité à dîner le soir même, il était paré de ce côté-là — avait fait une razzia d'ouvrages rédigés dans un esprit primaire certes, mais passionnants et documentés. Ce qui l'intéressait par-dessus tout, c'était l'étiologie, la recherche des causes : pourquoi l'humanité avait-elle un tel besoin de merveilleux, une telle soif de certitudes ? Lui, qui avait toujours vécu au jour le jour, autant par goût que par nécessité, ne comprenait pas qu'on pût avoir l'envie d'assujettir ses actes au bon vouloir d'une puissance supérieure, Dieu, le Zen, Mahomet, Bouddah ou la planète Pluton : cela n'avait pas de sens et enlevait tout sel à la vie en la privant de la notion qui lui confère sa valeur, le risque. Il se jura d'approfondir plus tard ce problème des causes, se bornant pour l'instant à assimiler celui des effets, pénétrant plus avant dans le symbolisme des tarots, la position des planètes par rapport au solstice, s'enfonçant avec curiosité et dégoût dans les arcanes de la divination par le marc de café, aux secrets des lignes de la main, à la pseudo-mathématique de la physiognomonie. Il se trouvait dans un bar, non loin de la fête foraine. Quand il fut l'heure d'aller dîner, sa décision était prise : il essaierait d'être mage, assez sûr de lui pour ne pas provoquer de drames chez ses futurs clients, assez psychologue aussi pour leur rendre leur optimisme et un esprit combatif puisque c'était précisément ce que venaient chercher ces crétins, incapables d'oser sans avoir la certitude de vaincre. Arthur avait accueilli sa réponse avec enthousiasme :

— Tu vas voir petite tête, on va se bourrer !

— On ?...

— Ben oui, qu'est-ce que tu crois ? La roulotte est à moi, on est fifty-fifty, comme en 40 ! (C'était le cas de le dire.)

Dès le lendemain, un peu gêné, il recevait sa première cliente, une bouchère abandonnée par son mari. Il l'avait écoutée avec attention, stupéfait qu'une créature aussi commune pût éprouver un tel chagrin. Elle parlait, parlait, entre deux sanglots, sans que le « Prophète de Cascaïs » songeât à lui dire quoi que ce soit ou à l'interrompre. Tout au plus, hochait-il la tête de temps en temps d'un air compréhensif, quand le flot verbal de sa visiteuse semblait se ralentir, ou hésiter entre plusieurs directions du malheur, pour repartir de plus belle, droit sur son idée fixe : son louchebem envolé. Quand elle s'était tue, vidée de ses confidences, à bout de son histoire, il y avait eu un bref silence qu'elle n'avait pu supporter, le brisant par un :

— Professeur, vous ne saurez jamais le bien que vous m'avez fait. Merci... Merci...

Et elle était partie, glissant sur la table un gros billet. Ahuri, le « professeur » avait immédiatement compris le premier principe de son nouveau gagne-pain : être une oreille. Cette femme ne l'avait payé que pour être écoutée, elle avait puisé dans son silence un réconfort qu'il n'avait rien fait pour lui donner. Son histoire minable, elle se l'était récitée à voix basse, devant témoin, et elle avait été exorcisée. Voilà qui était étrange. Arthur avait passé la tête :

— Alors, ça a marché ?

Puis, apercevant le billet :

— Dis donc, ça commence bien ! Qu'est-ce que tu lui as raconté pour qu'elle te laisse autant ?

— Rien. Pas un mot. Je n'ai pas ouvert la bouche.

Admiratif, Arthur lui avait lancé une grande claque dans le dos :

— T'es un crak ! On continue !

Et le Prophète avait continué, se prenant au jeu de sa propre dialectique, mettant un point d'honneur à voir partir tout le monde content, sauf ceux qui venaient à lui avec un air agressif ou goguenard, qu'il prenait plaisir à démolir et à plonger dans l'inquiétude. C'était pour lui un pouvoir tout nouveau, dont il n'avait pas encore bien exploré les limites ni clairement compris les responsabilités. Arthur lui avait demandé la veille :

— Faut que tu te trouves un blaze, quelque chose de ronflant, qui fasse exotique, le Sorcier vaudou ou un truc dans ce genre. Comment tu veux t'appeler ? Ben, parle... Puisque tu fais des prophéties ?

— Le Prophète ?

— Ça suffit pas. Faut que tu aies l'air de venir de loin. Tu comprends, si tu dis que tu es du quartier, ça fait pas sérieux... le Prophète de Pigalle ! Alors, d'où tu veux venir ?

— De Cascaïs.

— C'est où, ça ?

— Au Portugal, pas loin de Lisbonne, près d'Estoril.

— Y a des mages dans le coin ?

— Non. Mais c'est un endroit où je suis passé, une fois. J'avais eu envie de m'arrêter, pour y vivre.

— Va pour Cascaïs ! Eh ! Louise ! Ecoute ça ! Le Prophète de Cascaïs ! Ça sonne bien, non ? Sacré Hilaire !

Entre deux consultations, Kawolzyac sortait ses bouquins de sa robe indienne — devant l'insistance de son associé, il avait dû sacrifier à ce folklore ridicule — et se perfectionnait dans son art, si l'on pouvait baptiser ainsi ce qui n'était à ses yeux que sophisme et supercherie. Par jeu, oubliant volontairement son sens inné de la psychologie, il lui arrivait d'établir des cartes du ciel d'une façon mathématique, évitant d'interpréter quoi que ce soit pour mieux traduire ce que révélait symboliquement la position des planètes. Comme un tourneur sur métaux se désintéressant de son travail, mais l'accomplissant tout de même mécaniquement, sans rien y mettre de lui, en pensant à autre chose. Il faut dire que, pour ses débuts d'extralucide, il avait trouvé des cobayes idéaux, militaires en goguette, bonnes bretonnes en perdition, quinquagénaires torturées par les démons de la ménopause, visages anonymes du quartier. Selon son caprice ou le nombre de ses visiteurs — qui ne cessait de s'accroître — il se lançait dans des développements plus ou moins prolongés sur les trois thèmes clés, argent, amour, santé, mamelles de toute activité divinatoire. Il fut étonné de la vitesse à laquelle se répandait sa réputation, portée comme un incendie par la publicité de bouche à oreille. On vint le voir du XVIᵉ, on lui écrivit de Roubaix, on le pria à Bruxelles. Au fur et à mesure que grandissait sa « science », il constata un changement dans son comportement, qu'il était trop subtil pour ne pas en relever l'ironie. Il se surprit un jour à critiquer un « confrère » dont on lui vantait les mérites, en l'attaquant sur un point de technique pure — dans ce cas précis, une boîte d'allumettes renversée sur une table, servant de support à la voyance : en quoi ces allumettes, qu'il ne prenait pas au sérieux, étaient-elles plus ridicules ou inefficaces que des cartes, une tache d'encre, une boule de cristal ? Il se trouva grotesque mais fit preuve d'humour, riant de lui-même pour avoir relevé ce détail présumé faux dans un système qui ne l'était pas moins dans sa totalité, et dont il niait systématiquement l'existence. Un autre incident de ce genre lui fit comprendre la force de l'engrenage. Louise, la grosse Louise, parfaitement au courant des origines du bluff, vint pourtant le supplier, en cachette d'Arthur, de lui faire un petit « tour de tarots ». Comment était-il possible que cette matrone, rationnelle s'il en fût, se laissât prendre au piège dont elle avait elle-même posé les collets ?

Hilaire, abasourdi, en tira un second principe : il suffit de se dire prophète, et d'en revêtir les accessoires, pour le devenir réellement. Ce qui lui serrait le cœur par-dessus tout, c'était de voir des êtres dont il respectait l'intelligence et le savoir se soumettre eux aussi, comme ses crémières, aux lois de son verbe, comme si soudain leur esprit critique, parce qu'ils étaient concernés, ne leur servait plus de garde-fou contre le délire de leurs désirs infantiles : argent, santé, amour. Il reçut avec un étonnement peiné des hommes d'affaires prospères et des politiciens en herbe, venus bien humblement lui soumettre leurs dossiers, attendant son verdict pour y apposer leur signature dont dépendaient de grosses sommes d'argent, des barrages hydro-électriques, la ruine des uns, la fortune des autres. Parfois, il avait envie de les prendre par l'épaule et de les secouer, leur crier qu'ils étaient fous de le croire, de faire dépendre le réel qui leur appartenait des phantasmes de leurs superstitions. Il se taisait pourtant, fourrant avec colère sous sa robe les billets qu'on lui tendait, enrageant de recevoir des compliments pour sa clairvoyance et ses augures. Il n'arrivait pas à croire que l'humanité fût sous la coupe de tels meneurs, incapables eux-mêmes de se diriger seuls, de décider seuls, flouée par de telles élites, plus enfantines encore que leurs propres enfants au point que lui, qui n'était rien, prenait barre sur eux, qui pouvaient tout.

Survint le premier événement qui faillit lui faire admettre, sinon comprendre, le point de vue de ces irresponsables. Pour un gros industriel de Bordeaux, il avait dessiné une carte du ciel, traçant dans un cercle à grands coups de couleurs, selon l'usage, les périodes fastes et néfastes, vert et rouge, jaune et bleu, selon qu'elles bénéficiaient ou non de la protection des astres. Un jour entre tous lui paraissait contraire, le 9 février, où tous les aspects planétaires de son client — un certain Michel Jurvilliers — lui semblaient en dissonance. *Surtout*, lui écrivit-il, *ne prenez pas l'avion ce jour-là*. Dix jours plus tard, au moment où il lisait dans le journal daté du 10 février Déraillement du Paris-San Remo, et le nom de la seule victime, Michel Jurvilliers, il recevait un mot de lui, posté la veille de Marseille : *Absolument obligé de me rendre en Italie, je repense à*

votre conseil, éviter l'avion : je prends donc le train dans une heure.
Bravo pour votre travail, il est étonnant d'exactitude !... Hasard...

La deuxième fois, il avait tiré les cartes à une putain du quartier :

— Vous pouvez tout me dire, Monsieur le Professeur... Je n'y crois pas.

— Pourquoi venez-vous donc me voir ?

— C'est les copines qui me l'ont dit. Et puis ça m'amuse, pas vrai, puisque c'est bidon !

Il lui avait fait trois tours différents, celui du cercle, celui du prénom et le grand jeu : dans les trois, il avait tiré la mort. La mort immédiate. Hilaire n'y croyait pas, bien sûr, mais par charité, malgré l'agacement que lui inspirait le scepticisme de sa cliente — le scepticisme d'autrui était pour lui la fin de la manne — il avait préféré lui taire l'inquiétante nouvelle. Le lendemain, la fille était assassinée dans sa chambre par l'une de ses pratiques. La mort des autres nous est toujours légère, mais celle-ci tracassa la conscience et la paix intérieure du Prophète, comme s'il en avait eu une part de responsabilité : peut-être, s'il l'avait prévenue, aurait-elle pu éviter sa fin accidentelle ? Troublé par un sentiment de culpabilité, il alla s'en ouvrir à Arthur, qui avait cessé de faire tourner la roue de la fortune pour aller jeter les dés dans un bistrot du coin et y boire ses dividendes. Le forain avait été formel :

— Quand tu tires la mort, t'as qu'à pas leur dire.

— Justement, je ne lui avais rien dit.

— Alors t'y es pour rien !

Absous, mais insatisfait, Hilaire commença à se poser des questions : et s'il y avait un peu de vrai dans ces balivernes ? S'il ne faisait que jouer les apprentis sorciers, sans bien savoir à quoi il touchait ? C'était absurde... Il n'allait pas à son tour succomber aux vertiges de cet ésotérisme de bazar. Un mois plus tard, survint le troisième événement.

Il allait être déterminant sur la suite de sa vie. Il dînait en compagnie de Louise et Arthur, quand ce dernier avait insisté pour savoir comment s'y prenait le Prophète :

— C'est pas possible qu'ils soient si cons pour lâcher autant de fraîche. Explique-moi, quoi !

Louise, de plus en plus affamée de métaphysique, s'était jointe à ses prières :

— Allez-y Monsieur Kawolzyac, montrez-lui un peu ! Il fait le malin. Faut toujours qu'il se croie plus fort que les autres !

Amusé, Hilaire avait sorti un jeu de tarots de sa poche, étalé les cartes et dit à Arthur :

— Vas-y... Tire six cartes.

Et il avait démonté les arcanes de sa technique, insistant sur la valeur de ses silences, le visage de ses clients et l'histoire que leur expression, à elle seule, lui laissait pressentir. Rien de sorcier dans tout cela. Tout en parlant, il examinait distraitement l'ordre des configurations symboliques formées par la main d'Arthur, quand soudain, il se figea : une fois de plus, la mort, entourée d'eau, tout de suite. Arthur rompit le silence :

— Qu'est-ce que tu vois ? Tu as l'air inquiet ?

— Parlez, Monsieur le Professeur, dites-nous... surenchérit Louise qui, dans son émotion, lui avait donné du « Professeur ». Embarrassé, le Prophète inventa une histoire d'héritage à venir, mais qui aurait des difficultés pour arriver.

— De toute façon, ajouta-t-il, tu ne vas pas te mettre à croire à ces salades !

Trois jours plus tard, Arthur mourait dans des conditions surprenantes. Une fois par mois, il allait faire une « toilette complète » dans un « bains-douches » de la rue des Martyrs, se contentant le reste du temps de s'asperger la tête d'eau — il prétendait qu'un excès d'hygiène était la porte ouverte à toutes les maladies. En entrant dans sa baignoire, son pied avait glissé et, dans la chute qui s'était ensuivie, il s'était fracturé les vertèbres cervicales. Son corps, agité des convulsions dernières, faisait un angle droit avec sa tête, immergée dans l'eau bouillante, la mort par asphyxie précédant la mort par la destruction des centres nerveux. Ce jour-là, Kawolzyac jura qu'il ne ferait jamais plus de voyances, trop de choses le dépassant dans ce domaine. Il fit ses adieux à Louise, effondrée par son brutal veuvage, l'assura de son soutien moral, passa à la banque pour y rafler l'argent qu'il y avait déposé et se précipita dans un train, direction le Portugal : à Cascaïs, il y verrait sûrement plus clair. D'instinct, il avait choisi ce minuscule port de pêche pour but de son voyage, se référant, sans le savoir, à un déterminisme qui l'avait déjà poussé à en choisir le nom pour établir la raison sociale de son industrie. En cours de trajet, il fut bien obligé de concéder que trois prédictions de ce genre, apparues dans les cartes avec une telle netteté et confirmées par les faits, ne pouvaient être dues au seul hasard. Il était donc placé devant l'alternative suivante, soit renoncer à ce qui lui semblait un moyen idéal de gagner sa vie, soit poursuivre dans cette voie, mais y perdre à jamais la sécurité de son système de pensée. Il opta pour la première proposition, plaçant sans hésiter son confort intellectuel avant sa fortune. Toutefois, l'habitude étant une seconde nature, il ne put résister, sous le prétexte mensonger de mieux s'exorciser, au plaisir de se tirer les cartes, pour la première et la dernière fois de sa vie : elles parlèrent.

Elles lui indiquèrent qu'une manne d'or allait choir sur lui, pour peu qu'il prît la peine d'aller la chercher où elle se trouvait, bien au chaud à l'attendre, c'est-à-dire dans un établissement de jeux. Le Prophète, qui n'avait jamais joué, se fit un petit tour supplémentaire pour avoir davantage de détails : les cartes confirmèrent, répétant leur message avec la même obstination têtue.

Le train arrivait à Lisbonne. Kawolzyac changea de ligne et grimpa dans un autorail qui faisait la navette avec Estoril, à trente kilomètres de là. En sortant de la gare, il fut ébloui par la douceur de l'air où se mêlait, aux parfums de fleurs venus de la terre, l'odeur puissante de la mer. A Paris, en ce début d'avril, l'hiver refusait de battre en retraite. Ici, c'était le printemps, paré d'une grâce presque exotique, cactus, cerisiers, eucalyptus et menthe. La première chose qu'il vit, trônant comme un glorieux baba sur un fond de jardins taillés à la française et de parterres de roses, ce fut le casno Intinctivement, il tâta de la main la poche où il avait caché son capital et, à ce geste, comprit aussitôt avec horreur qu'il était prêt à risquer de le perdre. Il prit un taxi pour Cascaïs, dénicha un hôtel tapissé de céramiques comme un urinoir gai, au-dessus d'un restaurant baptisé *Fin de Mundo,* y déposa sa valise et, sans même se changer, repartit pour Estoril. Pour ne pas se faire subtiliser son argent dans sa chambre, il le garda sur lui, se promettant de n'en jouer qu'une minuscule fraction. Il enrageait d'obéir à son impulsion, s'en voulant de la suivre, parce qu'elle le ravalait au niveau de tous ceux qu'il méprisait. Pourtant, tout de même, les morts ? Il flamba comme un seigneur, avec frénésie et détachement, prenant des risques inouïs dont la tradition veut qu'ils réussissent aux néophytes : deux heures plus tard, il était ravi : il n'avait plus un sou ! Les cartes avaient menti, il avait donc raison, il ne s'était agi que de coïncidences, Descartes l'emportait sur Nostradamus, tout rentrait dans l'ordre. A un détail près : comment allait-il vivre ? Il n'avait même pas eu cette prudence élémentaire, cette sagesse des vrais joueurs, qui consiste à régler à l'avance le prix de l'hôtel. L'aventure lui ayant prouvé et confirmé que la providence n'existait pas, il savait qu'il ne pourrait compter que sur lui-même. C'était peu de chose. Plus tard, dans les jardins, ayant étalé ses tarots sur un banc, il dit la bonne aventure à une dame âgée, bienveillante et britannique. Pour avoir de quoi dîner, il se surpassa dans un flot de prédictions fastes et bénéfiques. Subjuguée, sa cliente l'invita pour le lendemain à un thé dans sa villa, où elle avait convié quelques amis. Il y alla, et avec un soupir résigné, choisit le premier noyau de sa nouvelle clientèle internationale.

Ces événements avaient eu lieu seize ans plus tôt. Il lui arrivait parfois, lorsque sa Cadillac passait devant le *Fin de Mundo,* de prier son chauffeur de ralentir, afin de mieux apprécier le chemin parcouru depuis son arrivée en terre portugaise. Aujourd'hui, il vivait dans une résidence sublime jouxtant le terrain de golf. De la fenêtre de son cabinet de travail, il apercevait la mer, giflant éternellement les rochers déchiquetés, en bas des collines douces parsemées de gazon, de mimosas et de glycines au sommet desquelles il avait fait bâtir, sur ses propres plans, sa maison : Arthur était loin, sa roulotte minable aussi. Sa clientèle se composait de rois de tous bords, monarques authentiques, grandes-duchesses en exil permanent, géants de la finance, ténors de la politique mondiale qui ne signaient aucun décret sans le consulter, milliardaires du pétrole, champions de l'industrie lourde. Pour le privilège d'une conversation de trente minutes, certains de ses fidèles n'hésitaient pas à faire des milliers de kilomètres à bord de leur jet privé.

Mario apparut, plutôt inquiet :

— Monsieur Kallenberg est dans le salon.

— Qu'il entre.

Kawolzyac essaya de se concentrer : peine perdue, il avait trop la frousse de ne pouvoir manœuvrer son tumultueux client. Barbe-Bleue se propulsa dans la pièce, les poings serrés, l'air mauvais. Sans même prendre la peine de saluer, il attaqua avec fureur :

— J'ai perdu des milliards !... C'est de votre faute !

— Monsieur Kallenberg...

Temporiser, temporiser, le calmer... Mais on n'endigue pas un torrent en crue !

— Taisez-vous !... Vous m'avez roulé !

— Je vous en prie...

— Vous l'avez vu mort ! Est-ce qu'il est mort ? Non ! Il est en pleine forme ! Il rigole avec mon pognon !

— Ecoutez-moi !... Je vous avais dit qu'il y avait la mort sur lui, je n'ai pas...

— Vous n'aviez qu'à parler clairement ! Je m'en fous moi, qu'il ait la mort sur lui, du moment qu'il ne crève pas !

— Je ne voulais pas...

— Il est vivant, hein ?... La preuve !

— Je ne vous dis pas le contraire...

— Je vous ai cru moi, j'avais confiance !

— Enfin, Monsieur Kallenberg, en quoi vous ai-je trompé ?

— En quoi ?... Vous m'avez raconté des conneries, voilà en quoi !

Sous la rafale, le Prophète se contentait de hocher la tête, levant parfois les mains en signe d'apaisement. Barbe-Bleue n'était pas le seul adversaire du Grec qu'il intoxiquait savamment en feignant de lui livrer des fausses confidences. Seulement, il le faisait d'une façon si adroite, si floue, qu'il pouvait toujours, par la suite, accuser ses clients d'avoir mal interprété ses propos. La mort du Grec était le

464

premier risque vraiment imparable qu'il avait pris vis-à-vis de Kallenberg. Il amorça une nouvelle tentative de justification :

— Souvenez-vous... Je vous avais dit qu'il courait un grand danger, que la mort... enfin, vous ai-je menti ?

— Il est vivant !... martela Herman avec aigreur et rancune.

— On dirait que vous me le reprochez...

— Oui !

— Monsieur Kallenberg... Je ne peux tout de même pas l'assassiner pour donner raison à mes voyances... Je ne suis pas infaillible.

— Je vous paie assez cher !

Le Prophète estima qu'il était temps, pour mieux se défendre, de porter une attaque. Instantanément, il se composa un visage indigné et se leva de son siège :

— Monsieur, cette fois, vous êtes allé trop loin...

— Epargnez-moi votre numéro de fakir outragé !... Ce n'est pas votre fric qui a foutu le camp, c'est le mien !

Kawolzyac restait debout.

— A l'avenir, vous ne perdrez plus d'argent par ma faute. Je refuse désormais de vous recevoir.

— Non, sans blague ?... Ce serait trop facile !... Il va falloir réparer !

Malgré la menace exprimée, le Prophète discerna une imperceptible cassure dans le ton de la voix, quelque chose de moins assuré... Il fallait croire que le grand singe avait encore besoin de ses services... Il poussa son avantage :

— Bien entendu, je vais vous rembourser intégralement le montant de toutes vos consultations.

— Ça serait difficile !

— Vous en doutez ?

Il agita une petite sonnette d'or. Mario passa la tête dans l'entrebâillement de la porte.

— Mario, mon chéquier.

Il fallait qu'il soutienne son bluff jusqu'au bout pour s'en sortir sans dommage et ébranler Kallenberg dans ses certitudes.

— Combien ?

Barbe-Bleue vit qu'il parlait sérieusement. Quand on lui enlevait son arme favorite de la bouche — le mot « combien » — il se sentait en état d'infériorité. Il contint sa rage et, nerveusement, se mit à rire avec un bruit de crécelle rouillée.

— Allons, calmons-nous...

Le Prophète était toujours dressé comme un grand sorcier indien...

— Asseyez-vous, voyons !... Je n'ai pas voulu vous blesser... Avouez tout de même !...

Avec réticence, très lentement, le Prophète se rassit.

— Je me moque que vous me remboursiez mes consultations. Mes affaires jouent sur plusieurs centaines de millions. Soyons pratiques ! Nous avons encore beaucoup de choses à accomplir en commun Monsieur Kawolzyac !

Les syllabes de son nom dévoilé firent grincer les dents du Prophète. Elles signifiaient « danger ». Quand on les prononçait devant lui, il était nu et sans défense. Il fit front frileusement :

— Vous n'avez plus confiance.

— Je n'ai jamais dit ça ! On s'énerve, on parle, on dit n'importe quoi... Tout le monde peut faire une erreur...

— S'il a survécu, c'est un miracle. Les tarots...

Les tarots !... Kallenberg songea à ses actions bradées au poids du papier chiffon ! Toutefois, l'attitude de ce charlatan le décontenançait : peut-être était-il sincère ? Un doute subsistait. Oui ou non, Satrapoulos avait-il failli mourir ou sa pseudo-mort n'était-elle qu'une mise en scène ?

— A-t-il vraiment été mourant ?

— Vous en doutez ?... Savez-vous ce qu'indique la faux dans le grand jeu ?

Herman s'en foutait. Il était furieux que sa fortune, à défaut de sa ligne de chance, dut passer par des pitres pareils. De toute façon, il se vantait volontiers de ne croire ni à Dieu ni au diable, encore moins à ces foutaises d'horoscope et de cartes. C'est donc avec surprise qu'il s'entendit prononcer ces mots qui le laissèrent pantois :

— Au fait, si vous me faites un tour de tarots, parlez-moi de ma femme. Je crois bien que je veux divorcer.

Il eut un sourire gêné et se mordit les lèvres, furieux d'avoir débité une telle ânerie. Impassible, le Prophète acquiesça avec gravité.

Le Grec reposa ses dossiers et laissa errer son regard fatigué sur les nuages qui défilaient sous les ailes de l'avion. La situation était délicate. A Baran, l'émir faisait des siennes. Depuis cinq ans environ, son autorité morale s'était réellement assise au Proche-Orient et dans le monde arabe. Les événements de Suez n'avaient pas été étrangers à cet accroissement de pouvoir. Grâce à Hadj Thami el-Sadek, qui avait largement puisé dans les caisses de ses pairs, Nasser, bien qu'étrillé sur le terrain par les Israéliens, les Anglais et les Français, avait remporté une victoire politique.

Sommé par l'émir de choisir son camp, Satrapoulos avait embrassé la cause arabe, ce qui lui avait valu d'énormes ponctions dans son capital. Il n'ignorait pas qu'en procédant ainsi il devenait un des rouages du fantastique poker politique qui se jouait sur les rivages du golfe Persique. L'opération tendait à éliminer l'Europe de la Méditerranée au profit des géants américains et soviétiques qui s'y affrontaient en champ clos, à coups de milliards, de livraisons d'armes, de déclarations à l'O.N.U., de guerre froide et de barbouzes qui finissaient par ne plus savoir qui étaient leurs amis ou leurs ennemis. Bien entendu, on avait appris, « dans les milieux bien informés », que Satrapoulos — ainsi d'ailleurs que Kallenberg, Médée Mikolofides et quelques autres armateurs grecs de moindre importance, la plupart secrètement soutenus par le Phanar, cette Eglise orthodoxe qui grignotait peu à peu l'hégémonie du Vatican et dont tour à tour les armateurs étaient les banquiers ou les solliciteurs, avait joué la carte du monde arabe, devenant ainsi l'allié involontaire des Russes. A Washington, le State Department avait juré d'avoir la peau du Grec, commençant à lui faire subir mille brimades dont une nuée d'avocats internationaux s'employait à amortir les effets. Conséquence de la fermeture du canal, les Japonais embauchaient dans leurs chantiers navals pour construire des super-pétroliers qui achemineraient l'or noir par la voie du Cap, le Sud de l'Afrique et les océans, voie royale de Vasco de Gama qui avait fait la fortune du Portugal et de l'Angleterre avant de ruiner l'Egypte et Venise. Jusqu'à présent, la zone du canal avait été décrétée neutre. Ni les guerres ni les révolutions n'avaient pu modifier ce statut, les belligérants de tous bords ayant trop besoin du passage pour acheminer leurs navires ravitailleurs dans leurs ports. Le plus drôle, c'est qu'Anglais et Américains, qui avaient jeté toutes leurs forces pour que le canal ne soit pas fermé, s'étaient battus ensuite pour qu'il le reste, préférant en subir les désastreuses conséquences économiques plutôt que de laisser ouvert aux Soviétiques le chemin de leurs approvisionnements pour le Vietnam. Là encore, échec : les Russes avaient pu réaliser leur rêve millénaire, implanter un empire en Méditerranée dont les bases, en Algérie, en Egypte et en Irak, se peuplaient de « conseillers », d'« experts » en tout genre, de fusées et de radars, sans parler de la menace permanente représentée par la présence chinoise en Albanie. Satrapoulos avait compris bien avant les autres — comprendre plus vite était la base de sa fortune — que Suez échapperait désormais à ceux qui l'avaient construit, les Européens.

Au-delà de la guerre froide que s'y jouaient Soviétiques et Américains, il voyait plus loin encore, sachant parfaitement qu'un jour ou l'autre le pétrole appartiendrait à ceux qui l'avaient sous les pieds. Or, Socrate, bien que Grec de cœur et d'esprit, se sentait citoyen du monde en affaires. A ses yeux, un Juif, un Arabe ou même un Turc n'avaient qu'une valeur, celle du marché qu'ils détenaient.

A un reporter qui lui demandait : « Quel est le pays que vous préférez ? » il avait répondu : « Celui qui me met le plus à l'abri des taxes et des restrictions commerciales. Bref, un pays qui a le sens des affaires. »

Seulement, en aidant à mort Hadj Thami el-Sadek, il s'était engagé davantage qu'il n'aurait voulu, malgré les bénéfices énormes que lui avait valu cette alliance. Le cartel des grandes compagnies l'accusait de « trahison » — quelle trahison lorsqu'il s'agissait d'argent ? — les Russes se méfiaient de sa puissance, les Américains avaient juré de le couler, ses ex-beau-frère et belle-mère, Kallenberg et Médée Mikolofides, lui tiraient dans les pattes, et l'émir, qu'il avait surtout cru intéressé par l'appât du gain, se prenait au sérieux dans son rôle de leader politique. Dans tout le Proche-Orient, on l'avait baptisé « le Grand Conciliateur » : les Arabes ont de ces métaphores !... Hélas ! ce qu'avait prévu le Grec prenait forme dans la tête de l'émir qui avait adopté le slogan : « Le pétrole arabe aux Arabes. » Malheureusement, pour réaliser ce superbe projet, il ne s'y prenait pas du tout de la façon escomptée par le Grec. Le vieux bouc avait fini par comprendre qu'il pouvait couper le robinet de l'Europe par un moyen très simple : suspendre l'exploitation des puits jusqu'à ce que les chefs d'Etat crient grâce. Le pétrole était très bien là où il était, il ne s'envolerait pas ! Pendant ce temps, les Occidentaux consommeraient leurs stocks et tireraient la langue pour faire rouler leurs voitures et voler leurs avions. Pendant la guerre des Six Jours, on avait eu un aperçu des conséquences du blocage : des millions d'automobilistes faisant la queue dans les stations-service, suppliant leurs pompistes de leur vendre au noir quelques litres de carburant.

Quant à la mise en exploitation de nouveaux gisements en mer du Nord ou en Alaska — qui n'était pas pour demain ! — elle ferait faire un nouveau bond aux prix de l'or noir. Désormais, el-Sadek n'était plus le loup fanatique, solitaire et craintif de ses débuts. Une cohorte d'universitaires arabes, entraînés aux méandres du droit international dans les meilleures facultés d'Europe et des Etats-Unis, abondaient dans son sens, arguant que le meilleur placement du monde était de laisser dormir le brut sous le sable où personne ne pourrait venir le chercher. Ils étaient persuadés que bientôt, de gré ou de force, ils réussiraient à éliminer définitivement les grandes compagnies qui avaient mis en valeur les gisements de leur propre sol. Pour l'instant, ce vaste programme était trop prématuré pour convenir au Grec : que transporteraient ses navires si les puits fermaient ? Des poupées ? Il en était arrivé au point où l'argent lui-même n'avait plus tellement d'importance. Fayçal d'Arabie encaissait en moyenne un milliard de dollars par an, versés sous forme de redevances par les compagnies.

468

Ses pairs, les émirs de l'Arabie Saoudite, étaient à peine moins bien lotis.

Quand ils avaient été saturés de Cadillac en or massif et de Rolls-Royce qui roulaient sur des routes de dix kilomètres ne menant nulle part — surgissant du sable, elles s'évanouissaient dans le sable — quand ils furent repus des palais en marbre dallés de mosaïques d'or et peuplés de Nordiques grasses et blondes, quand ils eurent entassé dans de véritables cavernes d'Ali-Baba des tonnes et des tonnes de lingots précieux, vint le jour où ils furent étouffés par leur propre richesse, ne pouvant plus dépenser le centième de ce qu'ils percevaient.

Ils avaient alors continué ce que le Grec avait esquissé pour eux quelques années plus tôt, former des régiments dotés des armes les plus perfectionnées, fusées sol-sol et avions de chasse que les Russes s'étaient fait un plaisir de leur apprendre à piloter. El-Sadek, chef d'orchestre de ce mouvement d'émancipation, touchait sa dîme sur toutes les transactions de cet énorme échange économique : aujourd'hui, cela ne lui suffisait plus. Il voulait avoir l'Occident à ses pieds, le rationner si bon lui semblait, ou lui couper totalement les vivres s'il était mécontent.

Le Grec ôta ses lunettes et les essuya soigneusement : ce n'était pas facile ! L'expérience lui avait appris que les options philosophiques, politiques ou idéologiques finissent toujours par s'assujettir aux réalités économiques : d'un côté, il ne voulait contrarier en rien el-Sadek — il avait fait trop de sacrifices pour devenir son ami — mais de l'autre, il n'ignorait pas que les Américains et les Européens, digérant momentanément la couleuvre, seraient obligés d'en passer, le temps des bilans venu, par les ukases des roitelets du golfe Persique. Il allait donc falloir temporiser avec l'émir et faire la paix avec ses futurs alliés de Washington. Le Prophète lui avait bien recommandé de ne rien brusquer mais de se ménager des amitiés dans le camp opposé.

Il ne fallait pas espérer fléchir le gouvernement américain actuel, braqué et raidi contre lui. En revanche, il comptait beaucoup sur les prochaines élections — elles étaient imminentes — pour retourner la situation en sa faveur. Très largement, il avait arrosé tous les candidats en puissance, sachant bien que l'un d'eux arriverait au poteau et lui renverrait l'ascenseur. En termes d'affaires, ces milliards jetés sur des inconnus — ou presque — s'appellent des investissements à long terme. Paradoxalement, il redoutait l'élection de celui qu'il connaissait le mieux : Scott Baltimore, que les derniers sondages donnaient comme le plus sérieux outsider. Scott était un type carré, qui acceptait sans rien dire ce qu'on fourrait de force dans sa poche, mais ne faisait jamais la moindre promesse. Il ne fallait pas trop compter sur une complaisance de sa part si elle dérangeait sa politique ou, même, bousculait ses principes. Le Grec l'admirait énormément pour son cran, son énergie prodigieuse, sa capacité de travail, son aptitude à prendre des décisions foudroyantes. Un vrai chef. Mais comment manœuvrer un chef ? En outre, le flair de Socrate lui disait qu'il était antipathique au jeune homme. L'amitié que lui portait Peggy n'était sûrement pas étrangère à cet état d'esprit. On peut être génial, on n'est pas protégé de la jalousie pour autant. S'il était élu, deviendrait-il un allié ou un ennemi ? Difficile à prévoir...

Avec El-Sadek, c'était plus facile. S.S. avait en sa possession l'arme absolue susceptible de le faire revenir sur ses positions les plus patriotiques, ce film superbe dont il avait été la vedette involontaire dix ans plus tôt. Toutefois, Socrate préférant la négociation à la guerre, il ne s'en servirait qu'en cas d'extrême danger. Une lampe rouge clignota à la hauteur de ses yeux. Son pilote allait atterrir. Le Grec boucla sa ceinture et jeta un regard au-dessous de lui. Là-bas, sur l'horizontale où la mer finissait, jaillissaient des multitudes de verticales en feu, les puits qui embrasaient le ciel nuit et jour. Passé ce rideau de flammes, il apercevrait la piste au bout de laquelle, comme d'habitude, l'attendrait la Rolls du « Grand Conciliateur ».

Huit jours avant l'élection, la côte de Scott fléchit sans que l'on put en déterminer la raison. L'amour et la haine, comme le vent, prennent des directions imprévisibles. Dans un premier stade, Baltimore et ses Novateurs s'étaient posés en outsiders des deux partis majoritaires. Au cours de l'impitoyable campagne qui faisait rage depuis des mois, l'opinion publique avait cru se reconnaître et pouvoir s'incarner dans ce grand jeune homme fougueux dont les discours enflammaient les imaginations. La ferveur avait monté vers Scott. Un peu trop vite. Désormais, ses conseillers se demandaient comment la maintenir à son plus haut niveau jusqu'au moment où les bulletins de vote s'empileraient dans les urnes. Quinze jours plus tôt, l'affaire était dans le sac, Scott était élu haut la main. Aujourd'hui, il était toujours favori, certes, mais les rivaux reprenaient du poil de la bête. Pust Belidjan se heurtait à ce casse-tête jour et nuit. Il dit :

— Il faut trouver quelque chose.

Belidjan était le cerveau du brain-trust. Quand plus personne n'était capable de penser, il pensait pour les autres. Et quand il arrêtait de penser, alors, il trouvait ses meilleures idées. Il pouvait citer par cœur le nombre d'électeurs de chaque Etat, connaissait par le détail le curriculum vitae de tous les sénateurs depuis les débuts de la Constitution des Etats-Unis. Il faisait et défaisait les hommes, modelait des chefs d'Etat, retournait une opinion comme on retourne un gant. Scott l'avait arraché à un très célèbre office de sondages politiques où, nonchalamment, il précédait les enquêteurs dans leur verdict, les ordinateurs dans leurs réponses. Jamais il n'avait eu à s'occuper d'un poulain aussi doué que le jeune Baltimore. Et pourtant il doutait, la mariée était trop belle. A vingt jours des élections, plus rien ne lui paraissait certain. Son flair même ne le rassurait plus : il était trop concerné par le succès de Scott pour être capable de prendre ses distances et avoir le sens du relatif.

— Réfléchissez les mecs. Moi, je fais relâche.

Les pieds sur la table jonchée de papiers froissés, il ferma les yeux, ce qui ne l'empêcha pas de se servir une bouteille de bière. Fascinés, ses collaborateurs attendaient qu'il en renversât à côté de son verre : pas une goutte. Ils étaient six, l'air crevé, les yeux rougis, le col de leurs chemises blanches largement échancré sur des cravates en tire-bouchon. Depuis des semaines, ils dormaient en moyenne trois heures par nuit, où ils pouvaient, dans des halls de gare, des chambres d'hôtel de bleds perdus, s'affalant sur des lits dont ils ne relevaient même pas la couverture, se rasant en voiture, dans des trains ou des avions, tenant à coups d'amphétamines et de café noir, poursuivant tous ce but commun : porter Scott au pouvoir.

Quand le silence se fut assez prolongé, Pust lança à la cantonade :

— Alors ?... Vous ronflez ou quoi ?

Harassé, Scott s'était laissé conduire dans la chambre voisine. Ce soir, il faudrait qu'il gagne une autre partie, se montre conquérant, irrésistible. Ce soir...

— Moi je vous dis qu'on va tout perdre !... dit Pust.

— Qu'est-ce que tu veux faire de mieux ? objecta le vieux Trendy, le doyen de la troupe.

— Sais pas. Démerdez-vous.

— Il a déjà tout promis !

— M'en fous ! Trouvez autre chose. Je veux du tout cuit, vous comprenez ? Moi, j'ai bien une idée...

Tous les visages se tournèrent vers lui d'un seul bloc. En comédien accompli, Pust se déroba :

— Non... Non... C'est imparable mais c'est trop risqué. D'ailleurs, Scott refuserait la combine.

— Parle quoi !

Il ne répondit pas directement :

— Ce sont les républicains qui m'emmerdent. L'ordre, la loi, ils rassurent. Si on se fait baiser, ce sera par eux. C'est pas les autres qui m'inquiètent. On a tellement fait de ronds de jambe aux Nègres que pas une de leurs voix ne se reportera sur nous. Liberté, d'accord, c'est facile à crier, mais qui en veut ? On leur a foutu la trouille, voilà la vérité !

— Tu voudrais qu'on fasse machine arrière ? objecta Trendy d'un air soupçonneux.

— A vingt jours du but ? Non, ce serait idiot. Trop tard. Mais on pourrait provoquer quelque chose. Puisqu'on a poussé un peu trop à gauche, faisons un coup d'intox qui nous ramènera vers le centre et appâtera le bourgeois.

— Explique-toi.

— Supposons par exemple que Scott se fasse descendre huit jours avant l'élection... J'ai dit « supposons », crétins ! Pas la peine de me rouler des yeux pareils !... Supposons aussi que le type qui ait attenté à sa vie soit un mec fiché comme un type de gauche, et qu'il avoue... Croyez-vous que les connards du centre ou de la droite hésiteront à voter pour Scott sous prétexte qu'il est trop libéral ?

— Attends, répète... Ne va pas trop vite !

— Tu es sourd ou quoi ? Pour ramener les voix de la gauche, on s'est crevé à faire le tapin sur la gauche, en plein social. Bon. Ça ne plaît pas à certains et ça jette un froid chez les autres. Si un gauchiste essaie de buter Scott, tous ces braves gens auront l'impression que son élection menaçait la gauche. Vous pigez ?

— Ton idée est complètement idiote... dit Trendy. Tout ce que tu fais, c'est faire basculer notre électorat d'un camp dans un autre. Si un gauchiste avait la peau de Scott, on arracherait peut-être quelques voix à l'autre bord, mais on en perdrait tant sur la gauche que l'opération ne servirait à rien.

— Si !... ironisa Bosteld, le psychiatre du groupe chargé de l'étude des motivations collectives inconscientes... Dès que Scott serait mort, on pourrait dissoudre son brain-trust, et, par la même occasion, aller nous coucher !

Pust secoua la tête d'un air navré :

— Vous n'y avez rien compris ! En ce qui concerne les gens prêts à nous donner leur voix, les jeux sont déjà faits. Je vous dis que cette élection va se jouer sur des différences infimes, qu'on la gagne ou qu'on la perde. Vous oubliez aussi que le public aime les victimes, les héros et les martyrs. Si, quelques jours avant l'heure H on arrive à faire porter une auréole à Scott, c'est dans la poche ! Ce qu'il leur faut, c'est le grand frisson !

— Effectivement... hésita Bosteld.

Il était l'un des rares conseillers politiques à ne plus se gargariser d'abstractions telles que « gauche » ou « droite » sans en avoir compris le sens profond. En début de campagne, il avait patiemment

472

expliqué à ses compagnons que « politique » ou « police » avaient la même racine latine, *polis,* la ville. La politique était donc l'art de gérer et d'administrer, avec l'aide de la police, une ville, un Etat, un pays. On l'avait toisé avec écœurement : comment osait-il leur débiter des évidences pareilles ? Sans se troubler, Bosteld avait continué sa démonstration :

— Si je commence par le commencement, c'est pour être certain que vous comprendrez la suite !

— On n'a pas engagé un psychiatre pour nous faire la leçon dans un domaine qu'on connaît mieux que lui ! Contente-toi de savoir ce qui fait changer les masses d'avis, et laisse-nous faire le reste !... avait protesté Trendy. D'un sourire, Bosteld l'avait stoppé :

— Justement, j'y arrive... Puisque tu es si malin, explique-moi la différence entre gauche et droite ?

Trendy avait pris ses amis à témoin, comme si un arriéré lui avait posé une question infantile...

— Non Trendy, non, je suis très sérieux. Réponds-moi !

— Tout le monde sait que la gauche, c'est le système socialiste ou communiste, par opposition à un système capitaliste, réactionnaire ou fasciste. Enfin, en gros...

— Je ne t'ai pas demandé en quoi consistaient ces systèmes, ce dont tout le monde se moque puisque, dans les faits, ils ne changent pas grand-chose à la façon de gouverner, d'exploiter ou de faire la police. Je t'ai demandé pourquoi, pour les définir, employait-on les mots « gauche » et « droite » ?

— Ça change quoi ?... s'emporta Trendy.

— Tout ! répondit Bosteld avec douceur... Tu m'as bien demandé ce qui faisait changer les masses d'avis ?

Ce jour-là, Scott arbitrait le débat. Il connaissait trop Bosteld pour croire qu'il leur faisait perdre leur temps. Il attendit la suite avec curiosité, pas fâché que Trendy, le vieux renard, pût se faire emboîter par une tête d'œuf qui aurait pu être son fils. D'un air amusé, il avait lancé au psychiatre :

— Accouche !

— On a le tort de croire qu'en politique ce sont des systèmes de pouvoir qui s'affrontent. Or, il ne s'agit pas d'idéologie. En surface, peut-être, et en apparence. En profondeur, non ! Il s'agit d'affects.

— Parle clairement ! s'énerva Trendy.

Bosteld le considéra avec malice :

— Trendy, qui préfères-tu, ton père ou ta mère ?

— Ces deux charognes ?... Qu'elles restent au diable !

Tout le monde rit. Bosteld, sans se vexer, fit chorus. Il reprit :

— Et toi, Scott ? Papa ou maman ?

Scott ne voulut pas faire les frais de la démonstration, il biaisa adroitement :

— Je ne parlerai qu'en présence de mon avocat. Demande plutôt à John...

— John, alors ?...

— Mon père était un salaud d'ivrogne. Je préfère mille fois ma mère !

— J'en déduis que tu es un type de gauche.

— Ah oui !... Pourquoi ?

— Parce qu'en psychanalyse il existe une symbolique de base dont découlent la plupart de nos options futures. La gauche, c'est la femme, la mère. La droite, l'homme, le père.

— Et alors, quel rapport ?

— Si tu préfères ta mère, tu te révoltes contre ton père, c'est-à-dire contre l'ordre établi, la loi, la règle que t'impose la force du mâle. La gauche est constituée de gens qui ont voulu baiser maman et faire la peau à papa.

— Qu'est-ce que tu vas chercher !

— Et la droite, c'est le contraire. Parce qu'on préfère papa, probablement parce qu'on a peur de lui, on chausse ses godasses, on opte pour l'ordre et on subit sa loi.

— C'est pas si con... avait murmuré Scott d'un air rêveur. Trendy avait haussé les épaules.

— Si tu crois que tes trucs à la gomme nous font avancer !...

Mais depuis ce jour, le vieux n'osait plus tellement s'y frotter. Aussi, prit-il soin de ne pas couper la parole à Bosteld qui avait l'air d'approuver Belidjan. Le psychiatre enchaîna :

— Pust, comment vois-tu les choses ?

— Simple ! On simule un attentat, le bon peuple crie d'horreur et, indigné, nous offre ses bonnes petites voix qu'il serait allé porter ailleurs.

— Et Scott, on le met au parfum ?

— Vous êtes fous ! Il ne marcherait jamais ! Non, pour son propre bien, il faut faire ça dans son dos.

— Tu as l'homme qu'il faut pour l'opération ?

— Peut-être, mais pas si vite ! Avant d'aller plus loin, je veux être certain que nous marcherons tous comme un seul homme. Avant tout, je veux que vous juriez que quoi qu'il arrive, jamais personne au monde ne saura ce que nous avons décidé aujourd'hui même dans cette pièce. Pas un mot !

— Plus tard... Scott ?... Peut-être ?

— Surtout pas lui !... Nous sept, c'est tout ! Oui ou merde, et je rigole pas !

Ils avaient hésité pendant plusieurs minutes pour se ranger finalement à l'avis de Belidjan. La fin veut les moyens. Mieux, elle les détermine. Ils avaient juré solennellement. Après quoi, Pust leur avait fourni des noms et, ensemble, ils avaient réglé l'opération dans le détail. Ils n'avaient plus qu'une dizaine de jours pour la mettre sur pied. De la réussite dépendait que Baltimore Junior soit élu. Pendant ce temps, la future pseudo-victime dormait d'un sommeil sans rêves dans la pièce à côté.

Peggy raccrocha le combiné avec colère. Malgré une demi-heure d'efforts, elle n'avait pas réussi à avoir en ligne l'hôtel du Missouri où Scott était supposé être descendu. Non pas qu'elle eut éprouvé un besoin urgent de lui parler, mais elle voulait s'assurer qu'il était bien là où il devait être. Dans une heure, elle avait rendez-vous avec le dernier en date de ses amants, un jeune attaché d'ambassade français. Il avait vingt-huit ans, se prénommait Pierre et, quand il souriait, on avait l'impression que ses dents étaient fausses tant elles étaient parfaites. Ils s'étaient rencontrés à une réception où Peggy ne s'était rendue que dans le but de faire admirer une robe reçue le matin même de Paris. En passant près du groupe d'hommes dans lequel se trouvait Pierre, la jeune femme avait entendu les mots *French kiss* et n'avait pu s'empêcher d'en paraître amusée. Avec insolence, Pierre s'était planté devant elle :

— C'est *French kiss* qui vous fait sourire ? Vous connaissez ?

Phrase dangereuse, à quitte ou double. Peggy avait bien réagi :

— Croyez-vous qu'il soit nécessaire d'être français pour connaître ?

Partie sur des bases aussi foudroyantes, la conversation ne pouvait qu'aboutir à des résultats galopants. En fait, elle se poursuivit dès le lendemain, dans un lit. Secrètement, Pierre s'était demandé comment une femme d'une telle classe pouvait se laisser embarquer avec autant de facilité alors que son propre mari était lui-même la coqueluche des Etats-Unis. Mystère...

Il avait bien entendu dire que ce couple fameux était au bord de la rupture, que chacun menait sa vie de son côté ; on racontait tellement de choses de l'un à l'autre de ces villages qui avaient nom Washington et New York... Pourtant, il n'osa pas demander la vérité à cette femme qui était nue dans ses bras. Peggy se prêtait à ses étreintes, mais elle ne semblait y mettre aucune émotion. A l'instant même du plaisir, elle paraissait plus isolée encore, enfermée dans ses sensations dont le partenaire n'était qu'un instrument, ne révélant rien de son rêve intérieur dont l'intensité, arrivée à son paroxysme, ne se trahissait que par une légère crispation des commissures des lèvres. Avant Pierre, cette attitude en avait humilié bien d'autres que Peggy avait réduits à l'état d'objets comme si, d'acteurs, ils étaient devenus les témoins transparents et lointains d'une masturbation farouche se situant au niveau des fantasmes beaucoup plus qu'à celui de la peau contre la peau ou des caresses partagées. Touchés dans leur vanité de mâles, ils déployaient toutes les ressources techniques de leur bagage érotique, afin de reprendre en main ce sujet récalcitrant : rien à faire. Peggy restait constamment hors de leur portée et ils baissaient les bras, renonçant avec amertume, doutant d'eux-mêmes, de leur pouvoir de séduction, voire de leur existence si aisément mise entre parenthèses dans les bras de l'inaccessible Mme Baltimore : là où ils avaient cru posséder, ils étaient possédés. Après son mariage, Peggy était restée fidèle à Scott une année entière. Grisée par la puissance dévorante de son mari, elle avait mis du temps à s'apercevoir qu'elle n'était, parallèlement à son ascension, qu'une « convention » : un futur homme d'Etat doit répondre à certains critères de fortune, d'idées, de morale et de famille. Elle incarnait, dans cette image de marque dont Scott désirait que rien ne put la ternir, « l'épouse ». Une abstraction. Son narcissisme se révolta contre l'emploi qu'on lui faisait jouer. Elle avait toujours été la première, il lui était insupportable d'entrer dans le système de quiconque, fut-il celui du futur président. Le système, c'était elle, aux autres de s'y plier. Pendant des mois, les voyages de l'un et de l'autre avaient masqué l'ampleur du désastre. Nul ne voulant céder le pas, les séparations les rapprochaient plus qu'elles ne les éloignaient. En pensée, ils se conjuguaient au même temps de l'infinitif. Dans le réel, Peggy s'exprimait au présent, Scott ne parlait qu'au futur. Chacun des deux en arriva à imaginer l'autre au passé. Quand Peggy apprit que Scott ne manquait jamais, dans ses déplacements, d'avoir des aventures brèves avec des filles de passage, elle lui demanda des explications. A sa surprise, Scott ne nia pas. Simplement, il essaya de lui faire comprendre qu'il avait besoin de ces étreintes sans lendemain ni conséquences pour calmer sa tension nerveuse.

— D'autres boivent de l'alcool. Pourquoi ne fais-tu pas la même chose ?

— Je bois aussi de l'alcool.

— Et si moi, de mon côté ?...

Il l'avait regardée, incrédule :

— Toi ?... Mais voyons, tu es ma femme !

— Pas ta femme. Une femme. A partir de maintenant, je te préviens que je ferai pareil.

Il n'en avait pas cru un mot. Deux jours plus tard, alors que Scott était dans l'Oregon pour une tournée de conférences, Peggy se donnait à un vieil ami de collège qui lui faisait une cour sans espoir depuis des années. Ratage complet de part et d'autre. Au moment de quitter le jeune homme, qui n'y avait rien compris, Peggy lui avait dit « merci ». Elle avait récidivé, apparemment sans plaisir, bien que ses amants sentissent que leur présence était nécessaire à l'aboutissement de ce qui semblait lui en tenir lieu. Elle mettait une espèce de provocation à les choisir connus et n'hésitait jamais à s'afficher avec eux d'une façon si naturelle et innocente qu'on évoquait inévitablement l'aphorisme : « La femme de César est au-dessus de tout soupçon. » Scott n'était pas encore César, mais nul ne doutait que le jour était proche où il le deviendrait, à part entière. Il fallut que sa propre mère lui ouvre les yeux sur l'inconstance de sa femme. Sa première réaction fut de vouloir divorcer. La vieille dame, comme si elle énonçait une évidence, laissa tomber :

— Dans notre position, on ne divorce pas. On supporte.

D'un ton qui coupait court à toute objection et en disait long sur ce qu'elle-même avait dû supporter. Le voir venu, Peggy prenait Scott de vitesse :

— Je crois que je vais divorcer.

Il était arrivé les poings faits, la tête bourrée de phrases bien senties, celles qui naissent sur toutes les lèvres quand l'heure est venue de reprocher les trahisons.

— Pourquoi ?

— Parce que nous n'avons plus rien à nous dire.

— A nous dire, c'est possible. Mais à faire ?

— Ta vie ne m'intéresse plus, pas davantage que ta personne.

— Tu ne veux plus devenir présidente ?

— Pas à ce prix, non. Je m'en moque.

Scott fut paniqué. La moindre entorse dans son éthique de vie n'était plus possible. Un divorce risquait de lui coûter sa carrière, en tout cas, de l'obliger à piétiner des années encore alors qu'il se sentait si près du but. Et la garce ne voulait rien savoir ! Elle, elle seule ! Et lui alors ? Ce fut le vieux Baltimore qui reprit du service pour jouer les ambassadeurs. Quand il eut épuisé toutes les ressources de sa dialectique, quand sa gorge fut desséchée par tous ces mots que sa paralysie lui donnait tant de mal à laisser passer — sans parler de la rage qu'il contenait à grand-peine — alors, il employa l'argument massue :

— Ma petite fille, il est de la plus haute importance qu'aucun scandale ne vienne ternir l'image que le pays se fait de Scott. Je reconnais que sa carrière vous empêche, pour l'instant, de mener une vie normale. Il est tout à fait naturel que vous tiriez une compensation de cette carence. Aussi, je vous propose une somme d'un million de dollars versée dès demain à votre compte pour que vous continuiez, jusqu'au jour de l'élection, à vous comporter en épouse irréprochable.

Quand Scott sera président, nous aurons une autre conversation. Je doute que vous ne changiez pas d'avis, vous verrez, tous les ménages traversent des crises. Si toutefois vous restiez dans les mêmes dispositions d'esprit, je serai le premier à exiger que Scott vous rende votre liberté. Acceptez-vous ma proposition ?

L'air buté, Peggy était plongée dans une profonde réflexion. Après un très long silence, elle avait répondu :

— Je suis à la Chase Manhattan Bank.

Depuis ce jour, il n'était pas rare qu'elle accompagnât son mari dans ses tournées électorales, offrant, à son bras, l'apparence du jeune couple radieux. Mais elle le lui faisait payer très cher. Désormais, sa prodigalité ne connaissait plus de bornes, ni sa fringale de dépenses, sa tyrannie pour que soient exaucés sur l'instant ses moindres caprices. Elle ne commandait pas ses robes autrement que par dizaines dont certaines n'étaient jamais portées. Opération identique pour les chaussures dont elle possédait des milliers de paires. Même obsession pour le linge personnel qui s'empilait dans d'immenses armoires, et que lui volaient ses femmes de chambre. Effaré, Scott signait les notes qui arrivaient de tous côtés sur le bureau de ses différents secrétariats. Il avait beau sentir les revendications qui se cachaient derrière cette attitude, c'était plus fort que lui, il ne l'admettait pas. Il y eut des engueulades terrifiantes, des empoignades farouches, peine perdue. Peggy continuait à jeter l'argent de son mari par les fenêtres. La notion de limite ne l'effleurait même pas. Par malheur, Nut s'était entremise pour qu'elle accepte d'être l'invitée du Grec à une mini-croisière en Méditerranée. Le yacht de l'armateur, flambant neuf, l'avait éblouie. Au cours des trois premiers jours, elle avait été ahurie par les cadeaux incroyables qu'elle trouvait chaque matin devant la porte de sa cabine, et dont la valeur s'était montée à près d'un million de dollars. Le quatrième jour, Scott, fou de colère, avait envoyé à bord du *Pégase II* deux de ses gorilles chargés de la ramener aux Etats-Unis, par la force si cela était nécessaire.

Navrée, elle avait pris congé de Satrapoulos en lui avouant, d'un air plein de regrets :

— Je crois que je pourrais passer toute ma vie sur ce bateau sublime...

A son retour, Scott avait failli l'étrangler :

— Si jamais j'entends reparler de ce métèque !...

— Ce métèque, il sait vivre comme tu ne le sauras jamais ! Tiens, regarde...

Elle avait jeté en vrac à ses pieds les bijoux que S.S. lui avait offerts.

— Et tu as accepté ! Mais tu es une putain !

— Et toi, qu'est-ce que tu es d'autre ?... Tu l'as pris, son fric, quand tu en avais besoin ! Tu n'as pas refusé, non ? Tu n'as pas craché dessus !

— Tu oses ?... Tu oses comparer ?... En politique, quand il s'agit de s'imposer, l'argent n'a pas d'odeur ! C'est avec le pognon d'ordures comme lui qu'on fait avancer une cause juste !

— Tu te crois à une réunion électorale ?... Qui essaies-tu de persuader ?... Toi-même ?... Peux-tu m'expliquer où est allé l'argent qu'il a donné à ton parti ?... Il a servi à quoi ?... Au moins, ces bijoux, je sais à qui ils appartiennent !... A moi !

— Dès que je serai élu...

— Ce n'est pas encore fait !

— Tu voudrais bien que je ne le soies pas, hein !

— Exact !... Ce sont tes élections merdeuses qui ont tout fichu en l'air entre nous !

— Tu ne comprends rien, alors ?... Tu ne comprends donc pas ?

— Il n'y a rien à comprendre ! Je refuse d'être un instrument à faire reluire ta foutue image de marque ! Ah !... Elle est chouette !... S'ils savaient, les pauvres cons !

— Arrange-toi avec tes avocats. Le lendemain des élections, on se sépare. Je ne veux plus revoir ta gueule !

— Ça ne peut pas mieux tomber ! J'en ai assez de la tienne !

Parfois, après une âpre bataille, ils roulaient l'un sur l'autre en une étreinte rageuse et Scott lui arrachait un plaisir que nul autre, jusqu'à présent, n'avait pu imposer à son corps. Après quoi, tout recommençait... Quand il avait besoin d'elle, en public, ils concluaient une espèce de trêve tacite et momentanée, souriants, détendus, chaleureux, ouverts et tendres, main dans la main. Sitôt en coulisses, ils partaient dos à dos chacun de leur côté...

Comment en étaient-ils arrivés là ? Peggy reposa le combiné qu'elle avait tenu à son oreille pendant le déroulement de ses songes. Après tout, que Scott fasse ce qu'il voudrait ! Et ce petit Français, fade, pauvre et prétentieux, qu'il aille au diable ! Elle fit quelques pas vers une commode dont elle ouvrit les deux battants. Au fond du meuble apparut la porte blindée d'un coffre-fort. Du bout de l'ongle, elle en dessina la combinaison sur un cadran. La porte pivota. Elle plongea la main sur l'étagère inférieure et en ramena les joyaux que le Grec lui avait offerts. Elle les porta au niveau de ses yeux pour mieux en admirer le scintillement. Ils lui rappelèrent le soleil, l'eau verte, le regard chaud des yeux marrons du Grec. Au moins, celui-là se foutait éperdument du bonheur des masses laborieuses ! Celui d'une femme lui suffisait.

— Je vous dis que ce petit enfoiré a toutes les chances ! Quand nous nous réveillerons, il sera trop tard ! On l'aura élu !

— Il peut ne pas l'être...

— Vous pensez ! Du train où vont les choses !... Vous savez quelle sera sa politique... Il ne s'est pas gêné pour le dire ! Ça n'a même pas trente ans et ça veut dilapider les richesses du pays sous prétexte d'être libéral ! Libéral avec nos propres capitaux ! Si les fortunes colossales que nous avons investies dans le monde nous sont volées par les bougnouls, nous allons au-devant du plus grand crack que notre pays ait connu ! Et ce n'est pas seulement l'Amérique qui en crèvera, c'est nous tous !

— Voyons William, que pouvons-nous faire ? Nous sommes en démocratie... Nous ne pouvons pas fausser une élection... je veux dire, nous n'en avons pas les moyens.

— Il fut d'autres temps où ceux qui avaient le pouvoir n'hésitaient pas à s'en servir quand ils étaient en danger ! S'il devient président, c'est la faillite d'une politique qui a fait notre prospérité. Pourquoi nos pères se seraient-ils crevés la peau ? Pour que ce bâtard de parvenu nous impose la loi des bicots et des Nègres ?

Il y eut des remous parmi les quinze personnes présentes. La réunion, tenue ultra-secrète, avait lieu au dernier étage d'un fantastique building de verre et d'acier, à New York. Si une grenade avait explosé dans la salle, du jour au lendemain, la Bourse serait devenue folle, l'économie du monde entier serait entrée en transes et, par ricochets, des ruines, des suicides, du chômage, la guerre peut-être, en tout cas, une rupture dans l'équilibre social de la planète.

William, empourpré, poursuivit :

— Avons-nous le droit de laisser un inconscient guidé par sa seule ambition détruire ce que nous avons construit ?

— Qu'avons-nous trouvé qui puisse le compromettre ?

— Rien, justement, rien !... En dehors de ses maîtresses et de sa propre femme qui mène une vie éhontée de son côté !

— Est-ce qu'on continue de surveiller les hommes de son brain-trust ?

— On ne les lâche pas. Jour et nuit. Rien.

— Il doit bien y avoir une faille ?

— Si nous ne la trouvons pas d'ici à huit jours, nous sautons ! Pourquoi un petit salaud comme ça est-il en vie ?...

Il y eut une voix, en écho :

— Oui, pourquoi ?...

Lourd silence... Des pensées voltigèrent à la vitesse du vent,

480

refoulées à grand-peine. Non, pas jusque-là, ce n'était pas possible. Des limites... La vie des gens... Le respect...

William sentit le flottement.

— Ce type-là ne respecte rien ! Pour être élu, il s'est comporté comme le pire des démagogues. S'il arrive au pouvoir, il faudra qu'il tienne ses promesses ! Messieurs, moi je vous le dis : il y a des centaines de milliers de gens qui meurent tous les jours. Si vous voulez le fond de ma pensée, on n'en fait pas tant d'histoires. Eh bien, si Scott Baltimore mourait, franchement, je n'en serais pas fâché !

— Enfin William, que voulez-vous dire ?

— C'est très clair ! Et vous, vous ne seriez peut-être pas ravi qu'il disparaisse ?

— Vous savez bien que c'est impossible... Si près du triomphe, on ne se retire pas.

— Alors, débrouillons-nous pour qu'on le retire ! Enfin Messieurs, allons-nous devenir les spectateurs de notre propre suicide ?

— Que proposez-vous ?

— De mettre deux questions au vote. Puisque vous feignez de ne pas voir les choses en face, je vais le faire pour vous...

Il déchira une feuille de papier en plusieurs morceaux, qu'il fit passer de main en main jusqu'à ce que chacun en eut un fragment...

— Voici les deux questions que je pose, et auxquelles je vous prierai de répondre. Le scrutin restera secret. Première question : « Souhaitez-vous que Scott Baltimore soit élu à la présidence ?... Deuxième question : « S'il ne l'est pas, vous importe-t-il de savoir réellement de quelle façon il aura raté son coup ? » Voilà, c'est tout. Selon vos réponses, j'agirai en conséquence, en votre nom et au mieux de nos intérêts communs qui sont par ailleurs ceux du pays. N'écrivez rien en lettres sur vos morceaux de papier. Si votre réponse est oui, tracez une barre verticale. Si elle est non, une croix. Le même stylo nous servira à tous.

Il prit le sien et inscrivit rapidement deux signes sur son propre bulletin. Puis, il passa le stylo à son voisin de gauche, qui le passa à son tour jusqu'à ce que tout le monde eut donné son opinion.

— Pliez vos papiers et donnez-les moi...

Il les ramassa dans la paume de ses mains et les mélangea pour en brouiller la provenance.

— Bill, à vous le dépouillement... Lisez à voix haute !

Lentement, Bill déplia le premier bulletin :

— Deux croix...

— Continuez !

— Deux croix...

Et ainsi de suite, jusqu'au onzième.

— Une croix, une barre...

— Continuez !

A partir de là, il n'y eut plus que des croix. William se permit une parabole :

— Messieurs, quand on distribue les armes à un peloton d'exécution, l'usage veut que l'une d'elles soit chargée à blanc. Ainsi, chacun des hommes a le droit de penser qu'il n'a pas donné la mort. Nous ne sommes pas des exécuteurs, nous sommes les piliers de l'économie américaine. Par votre vote, vous allez peut-être empêcher l'histoire de commettre une monstruosité. Je vous en remercie.

L'un des participants poussa son voisin du coude et le regarda avec de grands yeux étonnés. Il avait la cinquantaine prospère, une immense expression de franchise et de sincérité sur le visage. Il souffla :

— Mais qu'est-ce qu'il veut dire ? Que peut-il bien vouloir dire ? Vous comprenez, vous ?...

— Absolument pas. Et vous ?

26

— Là, tu vois, dans le creux, il y aura le port... La maison, je la ferai construire ici, à droite de la pointe... De l'autre côté, les dépendances pour les domestiques... En avancée, des bungalows pour les amis... Plus loin, tu aperçois, là où il y a cette tache verte sur la mer... A partir de là, une forêt... Oliviers, eucalyptus, cyprès...

— Où les vois-tu ces arbres ? Il n'y a même pas un brin d'herbe ?

Le Grec secoua la tête avec agacement. Il pensait si vite qu'il en voulait à ceux qui, d'emblée, ne parvenaient pas à capter sa propre vision...

— Je les ferai planter ! Je te décris l'île telle qu'elle sera, non pas telle qu'elle est !

— Mais, Socrate... Il n'y a que du rocher !

— Je le ferai recouvrir de tonnes de terre !

— A quoi bon, il n'y a pas d'eau...

— Je m'en fous ! Je la ferai amener par bateaux-citernes !

— Ça va prendre des années...

— Non Madame ! Je ferai planter des arbres de dix ans ! Le gazon pousse en trois mois et une armée de maçons et d'architectes travaillera jour et nuit pour construire les bâtiments ! Jeff !... Posez-vous à l'emplacement du port !

L'hélicoptère avait fait trois fois le tour de l'île au ralenti, s'immobilisant parfois quand le patron en donnait l'ordre. Certes, l'endroit n'était qu'un rocher, le plus grand d'un groupe de trois, mais enchâssé dans les eaux les plus scintillantes de la mer Egée, transparentes au point de donner l'impression qu'elles n'avaient pas d'épaisseur bien qu'elles fussent très profondes dès qu'on s'éloignait du rivage. L'île avait vaguement la forme d'un fer à cheval dont les deux extrémités se trouvaient à deux mille cinq cents mètres l'une de l'autre. Elle était propriété d'Etat et le gouvernement grec s'était fait tirer l'oreille avant de la lui céder pour deux cent mille dollars et la promesse de participer au financement d'une usine de ciment dans le Péloponnèse.

— Elle a un nom ? demanda la Menelas au moment où l'hélicoptère touchait le sol...

— Serpentella.

S.S. sauta prestement de l'appareil et s'éloigna de quelques mètres...

— Viens voir !

Olympe le suivit, mal à l'aise sur ses talons hauts qui s'accrochaient dans la rocaille et les éboulis.

— Tu vois cette touffe d'herbe ? La maison partira de là...

Il prit un pas de charge pendant vingt secondes et força la voix pour se faire entendre...

— ...jusque-là ! Ça te paraît assez grand ?

Elle hocha la tête sans conviction. Le Grec poursuivit. Visiblement, il y était déjà.

— Ton appartement sera ici... Et ton studio d'enregistrement, là !

Il bondissait d'une pierre à l'autre, élevant des fondations d'un coup de talon, marquant l'emplacement des murs par de grands gestes des bras.

Et la piscine, je vais te montrer !...

Il partit en courant en direction de la mer incroyablement limpide. La Menelas se déchaussa et s'assit sur un gros caillou à l'ombre duquel poussait un maigre bouquet de fenouil. A deux cents mètres de là, Jeff était descendu de sa carlingue et avait allumé une cigarette. Après le bruit des rotors, le silence était devenu assourdissant. Pour le rompre, pour « l'essayer » plutôt, la Menelas, curieusement, eut envie de chanter. Elle poussa un contre-ut profond qui monta droit vers le ciel, porté légèrement par l'air cristallin et pur. Quand le son mourut, elle en perçut un autre, plus ténu, plus soyeux, qui venait de l'endroit où était posé son pied gauche. Avec horreur, elle aperçut deux choses qui la glacèrent : un serpent qui s'enfuyait dans la rocaille et un scorpion noir de cinq centimètres de long qui avançait en direction de son talon. Elle poussa un hurlement strident qui dut s'entendre à des kilomètres.

— Olympe ! hurla le Grec en écho. Il se rua de son côté, imité par Jeff qui arrivait en sprintant. Ils trouvèrent la Menelas blanche comme un linge, tremblant de tous ses membres.

— Tu as été piquée ?... Dis ?... Où ça ?... Où ça ?...

— Salaud ! gémit-elle... Tu le savais !...

— Jeff ! Allez chercher la trousse !... Olympe, montre-moi l'endroit !

— Jamais plus !... Jamais plus tu entends !...

— Montre !

— Fous-moi la paix ! se révolta-t-elle... J'ai failli crever à cause de toi !

— Failli ?... D'un coup de talon, Socrate écrasa le scorpion qui essayait de trouver un abri... Près de l'emplacement où il le broyait, il en vit un autre entrer dans une anfractuosité de la pierre. Il le laissa filer, ne voulant pas *effrayer* Olympe davantage. Elle hoqueta :

— Et le serpent !...

Il comprit qu'elle avait eu peur, simplement. Il prit une grosse voix joviale :

— Voyons !... Dans huit jours, il n'y aura plus un seul insecte sur l'île ! Ni de serpents !... On va venir arroser tout ça de vingt tonnes d'insecticide !

— Allons-nous-en !

Il vit qu'elle frissonnait. Ce n'était pas le moment de la raisonner. Le lendemain, ils devaient partir pour les Caraïbes où le *Pégase II* les avaient précédés. Plus tard, il lui expliquerait que, si l'île s'appelait Serpentella, ce n'était probablement pas parce qu'on y trouvait des papillons. Il la prit affectueusement par les épaules... Elle se dégagea comme si lui-même eut été une vipère. Vexé, il laissa retomber son bras et cria à Jeff qui arrivait avec une trousse de premiers secours :

— Pas la peine ! Tout va bien !

Entre ses dents serrées, elle lui jeta :

— Ah ! tu crois que tout va bien ! Compte sur moi pour te prouver le contraire !

Slim Scobb remontait de la cave les bras chargés de bouteilles de bière. En arrivant sur les dernières marches, il se heurta à sa femme qui descendait l'escalier à sa rencontre. Elle était en peignoir et tenait un biberon à la main :

— Slim !... Il y a un type qui veut te voir.

— Qu'est-ce qu'il veut ?

— Il l'a pas dit.

— Remonte. J'arrive.

En deux bonds, il fut à nouveau dans la cave. Derrière un tas de charbon, il y avait une vieille lessiveuse. Slim s'accroupit et plongea le bras à l'intérieur. Il en ramena un Luger accroché dans le fond par des bandes adhésives. Machinalement, il vérifia que le chargeur était plein, fit monter une balle dans le canon et ôta le cran de sûreté. Il enfouit l'arme sous sa ceinture, entre la peau et l'étoffe de son pantalon. D'un pas traînant il se dirigea vers l'escalier, s'accroupit brusquement et fit jaillir l'arme qu'il braqua droit devant lui, sur une cible imaginaire. Il hocha la tête, remit le Luger à sa place et remonta. En haut, debout, son chapeau à la main, il y avait Trendy...

— Ça alors !...
— Hello ! Slim ! Ça va ?

Le plus jeune des trois enfants, un nourrisson, se mit à piailler d'une voix aiguë.

— Annie, tu peux les emmener dans la chambre ?
— Voulez-vous que je vous serve quelque chose à boire ?

Slim se tourna vers Trendy :

— Une bière ? Annie, va chercher la bière. Je l'ai oubliée dans l'escalier.

Elle disparut, le bébé sur les bras. Embarrassé, Slim désigna un siège à Trendy. La pièce était jonchée de jouets, de vaisselle, de vêtements qui gisaient en vrac sur le plancher. A travers la minceur des murs, on entendait nettement les bruits simultanés de la vie de plusieurs familles, aboiements d'un chien, cris d'enfants, grondements d'un homme, voix aiguë haut perchée d'une femme qui lui tenait tête. Les bruits baignaient dans une odeur de choux si dense qu'ils semblaient se frayer un passage à travers elle.

— Asseyez-vous...

Annie entra dans la pièce, posa les canettes sur la table, sortit deux verres douteux d'un placard, ramassa sa marmaille, se rendit dans la pièce à côté et referma la porte sur elle. Slim et Trendy se dévisagèrent.

— Alors Slim... Ils sont chouettes tes mômes...
— L'aîné est premier à l'école
— Il a quel âge ?
— Douze ans.
— Dis donc !

Tous deux avalèrent une gorgée de bière.

— A la tienne et au bon temps !
— A la vôtre, Monsieur Trendy !
— Ça a l'air bien chez toi... Chouette... Comment tu t'en sors ?
— Ça pourrait être pire. Je suis gardien dans un garage, la nuit.

486

— Tu es content ?

— Boph... Comme vous le disiez, ça ne vaut pas le bon temps...

— Hé oui !...

— Annie, les mômes, je me suis acheté une conduite quoi...

— Tu revois les anciens copains ?

— Non. Vous savez, la vie de famille...

— Ça, tu as raison, il n'y a rien de mieux... L'embêtant, c'est que ça vous rouille un homme...

— Pas forcément... Je m'entraîne toujours...

— Non, c'est vrai ?

— Oui, deux fois par semaine.

— Tu as toujours la main ?

— Toujours. Pourquoi vous me demandez ça ?

— Comme ça... Des fois que tu aurais eu envie de reprendre du service...

Slim marqua un temps d'arrêt :

— Vous avez quelque chose pour moi ?

— Ma foi... J'ai peut-être quelque chose... Maintenant, va savoir si c'est pour toi...

— Monsieur Trendy !... Vous savez bien que, pour vous, n'importe quoi... n'importe quand... J'ai pas la mémoire courte, moi !

— Je n'en doute pas, Slim, je n'en doute pas...

— C'est quelque chose... d'important ?

— Plus que tu ne penses.

— Je suis votre homme ! Vous voyez, rien au monde ne pourrait me faire quitter Annie et les gosses... C'est tout, vous comprenez... Mais pour vous...

— Ne parle pas trop vite, Slim... Tu ne sais pas de quoi il s'agit.

— Dites-le moi...

— Pas si vite... C'est un gros morceau. Mais qui pourrait te rapporter de quoi t'acheter la propriété de tes rêves, en Floride par exemple, tu sais, là où il y a toujours du soleil... C'est bien simple, les gosses vont à l'école en plein air !

— Je vous écoute !

— Seulement, tu ne pourrais peut-être pas les voir de sitôt... Il faudrait que du temps passe...

— Combien de temps ?

— Plus il y aurait de temps, plus tu serais riche ! Chaque mois passé loin de ta famille, tu toucherais...

— Combien ?

— Je ne sais pas moi, qu'est-ce que tu voudrais ?... Combien tu gagnais dans les Marines ?

— De quoi me saouler et jouer au poker. Mais j'étais seul.

— Qu'est-ce que tu dirais de vingt mille dollars comptant et cinq mille par mois ?

— Combien vous dites ?

— J'ai dit vingt mille.

— Vrai ? Vous charriez pas ?

— C'est mon genre ?

— Non. Mais c'est tellement énorme !...

— Ce que tu aurais à faire aussi. Tu sais toujours te servir d'un flingue ?

— Vous rigolez !... En tir instantané, je vide mon chargeur au centre de la cible !

— Et avec une carabine ?

— Encore plus facile ! Même si je le voulais, je crois que je suis incapable de louper mon coup !

Trendy eut un léger sourire :

— Justement, c'est ça qui me gêne... Parce que, vois-tu, dans l'affaire qui nous intéresse, il ne s'agit pas de faire mouche, mais de rater en ayant l'air d'avoir voulu toucher...

Slim ouvrit des yeux ronds...

— J'comprends pas très bien, M'sieur Trendy...

— Je vais t'expliquer... Mais auparavant, je voudrais savoir si tu es prêt à marcher sur les bases que je t'ai indiquées ?

— Au feu, j'irais pour vous !... Au feu !

— Alors écoute !... Je ne t'en demande pas tant ! Tout ce que tu auras à faire, c'est tirer sur un homme qui passera dans une voiture découverte, et le rater. Tu vas voir, c'est simple...

Mortimer avait déployé ses armées en ligne sous l'œil indifférent de Fast. Dans l'immense salon, tout était paix et volupté : la duchesse mère était partie pour les eaux, Lena avait prétexté une migraine, Mortimer restait maître des lieux, se tortillant d'aise, ne sachant pas quoi faire pour être agréable à son compagnon dont l'attitude était insolite, déconcertante. Invité d'honneur au château de Sunderland, Fast se comportait en monarque nonchalant auquel tout était dû sans qu'il y ait droit de réciprocité. Mortimer acceptait avec délices ce vasselage qui le mettait à la merci d'un vagabond et faisait de lui le rival en amour de sa propre femme. Il avait compris dès la première minute que Lena était folle de ce garçon dont les mouvements félins et l'air d'absence perpétuelle la fascinaient. Quant à lui, c'était pire, il était envoûté. Il lui arrivait de bégayer en la présence de Fast, de rougir, d'avoir des gestes gauches et maladroits. Parfois, il l'observait à la dérobée et admirait la perfection de ses traits, la ligne aiguë du menton, la finesse du nez, l'ourlet nettement dessiné des lèvres minces et cette barre noire et têtue des sourcils formant verrou au-dessus des yeux bleus et ironiques, énigmatiques la plupart du temps, désemparés parfois.

Quand ils étaient à table tous les trois, les regards de Mortimer et de Lena convergeaient inévitablement sur Fast qui en acceptait le double hommage avec un détachement de seigneur. D'un commun accord, ils avaient décidé de l'inviter au château sans préciser la durée de son séjour — les deux souhaitaient qu'elle soit illimitée — se jurant chacun de son côté de le séduire et faisant tout pour cela. Ce qui donnait des conversations de ce genre en présence de François, l'antique maître d'hôtel qui en écarquillait l'œil droit, — il était borgne du gauche :

— Mortimer ! Arrêtez d'assommer Fast avec ces histoires d'arbres généalogiques qui ne l'intéressent pas !

— Qu'en savez-vous ? Fast, vous l'entendez ? Dites quelque chose !

— Vous voyez bien, il ne vous répond même pas !

— Je ne vois pas pourquoi il se mêlerait à une querelle qui ne le concerne pas ! N'est-ce pas Fast ?

— Fast, dites-lui qu'il nous rase avec ces histoires de duchés et de comtats !

— Helena, si je vous rase, vous pouvez toujours nous laisser. Fast et moi, bien que cette idée nous soit à peine supportable, essayerons de nous passer de vous !

Un jour, excédé, Fast avait lancé sans lever le nez de son saumon :

— Ça va finir, oui, vos conneries ?

Mortimer et Lena se l'étaient tenu pour dit, ce qui avait fait redoubler l'intensité de leur rivalité quand ils se retrouvaient en tête à tête. Lena se doutait bien que son mari avait de bizarres penchants libidineux. Elle n'aurait pu dire en quoi mais le sentait de toutes ses fibres. Jamais Mortimer ne s'était montré nu devant elle, jamais il ne lui avait fait l'amour en pleine lumière. Les rares fois où il l'avait prise — si l'on peut dire — ç'avait été dans le noir complet, sans étreinte, sans caresses, un accouplement furtif et faiblard de quelques secondes couronné, chez Mortimer, par une espèce de gloussement aristocratique. Il s'ennuyait avec elle, elle se morfondait auprès de lui. Elle avait épousé son nom, sa beauté lui avait valu d'être sa femme. Dans le monde, c'est ce que l'on appelle un couple parfait. Mais Fast n'appartenait pas au monde. Son apparition subite dans leur vie commune leur avait mieux fait mesurer le fossé qui les séparait. Lena, qui désormais avait été duchesse et le resterait toute sa vie, guettait l'occasion de reprendre sa liberté.

489

Mortimer, de son côté, aurait bien divorcé sur-le-champ, n'eût-ce été la terreur que lui causait sa mère : il lui avait imposé une roturière, elle tenait à ce qu'il boive le calice jusqu'au bout en ne la quittant pas.

Pour la dixième fois, Mortimer tenta d'arracher un mot à Fast. Il était vautré sur le tapis et ses pieds déchaussés s'appuyaient sur une fine table en marqueterie du XVIIIe siècle.

— Et là, Fast, que feriez-vous si j'attaquais vos grenadiers par l'aile droite ?

— Arrêtez, quoi ! J'en ai rien à foutre de vos soldats de plomb !

— Dites-moi... Qu'est-ce qui vous intéresse... je veux dire en dehors de la peinture ?... Il est vrai que vous ne peignez pas beaucoup...

— J'en ai rien à foutre de la peinture non plus.

— Mais, je croyais...

— Fallait pas croire.

— Vous êtes bien peintre ?

— Et vous, vous êtes quoi ? Vous vous dites gentleman-farmer, mais je ne vous ai jamais vu labourer !

— Probable que je suis plus gentleman que farmer... Fast...

— Quoi ?

— Vous me déconcertez, Fast. Puis-je vous poser une question ?... Etes-vous amoureux de ma femme ?

— Moi ! Sa conne de sœur m'a suffi ! Très peu pour moi, la famille Gogolifides !

— Mikolofides...

— Elle est bien gentille, Lena, mais moi, vous savez, les femmes !...

Mortimer fut à deux doigts de s'évanouir : en lui disant son mépris du sexe faible, avait-il voulu lui faire part d'une attirance quelconque pour les hommes ? Mais alors, tout était possible ! Il masqua son émotion et gazouilla, sur un ton naturel et gourmand :

— Etes-vous friand de pornographie ?

Fast le dévisagea d'un œil perplexe...

— Comment ça ?

— Des photos par exemple...

— Vous en avez ?

— Oui, quelques-unes.

— Marrantes ?

— Vous voulez les voir ?

— Allez les chercher.

— Ne quittez pas... Je veux dire... je reviens !

Mortimer s'absenta dix minutes et réapparut, tenant à bout de bras une grosse valise en cuir rigide. Fébrilement, il sortit un trousseau de clé d'une poche, en détacha une et la fit pénétrer dans l'une des formidables serrures. Il recommença l'opération. Fast sourit :

— Dites donc, on ne risque pas de les forcer !

— C'est à cause de maman vous comprenez...

— Mortimer, quel âge avez-vous ?

— Moi ?... Entre quarante et cinquante.

— Et vous avez toujours peur de maman ! Ben merde !

— Que voulez-vous, la duchesse est si fragile, si loin de notre génération, si étrangère à ces choses-là...

— Il faudrait pas la prendre pour une conne !... La duchesse, elle a dû se branler comme tout le monde !

— Oh !... Fast !

— Et alors ? Ça ne vous est jamais venu à l'esprit ?

— Fast, voyons, maman !... Pourquoi me choquer ?

— Montrez-moi ça !

De la valise enfin ouverte dévala une cascade de magazines érotiques, modèles internationaux, photos au Danemark, revente en France. Avec surprise, Fast s'aperçut que la plupart des revues affichaient des sexes masculins et des plastiques viriles dans des postures levant toute équivoque sur les affinités du duc de Sunderland. Il posa les yeux sur Mortimer qui gardait la tête basse...

— Eh bien, mon vieux !...

Ecrasé par la gêne, en proie à une tension violente, Mortimer restait accroupi sur la moquette, sans rien dire... Brusquement, sans que rien ne l'eût laissé prévoir, il se rua sur Fast et cacha sa tête sur ses genoux...

— Oh ! Fast !... Oh ! Fast !...

— Mortimer ! Ça va pas, non !

— Oh ! Fast !... Je vous aime !

Fast tenta de se dégager, mais n'y parvint pas. Ecrasé par la masse de Mortimer qui se roulait par terre en s'accrochant à lui, il chercha à basculer sur le côté pour échapper à cette ridicule étreinte. Maintenant, Mortimer pleurait !

— Fast !... Je vous en supplie !... Oh ! mon Dieu, je vous aime !...

Coincé sous le corps énorme, Fast grinça des dents en sentant la lourde tête de Mortimer se nicher contre la sienne et chercher goulûment ses lèvres. Il allait se dégager quand une voix le cloua au sol :

— Salauds !

Lena ! Elle avait ouvert la porte du salon et se tenait debout dans le chambranle, figée, pâle, accusatrice. Mortimer et Fast n'osaient plus faire un mouvement, étalés sur un véritable tapis de photos pornographiques.

— Nous n'avons plus rien à nous dire Mortimer. Sur-le-champ, je vais faire mes valises.

Le bruit de ses pas s'éloigna. Fast se releva d'un bond et apostropha Mortimer avec mépris :

— Crétin, va !

En deux pas, il fut sur les armées du duc de Wellington qu'il se mit à faire voltiger à coups de pieds. Mortimer se traîna à genoux :

— Non Fast ! Non ! Pas ça ! Les collections de papa !...

— Tiens, connard, voilà ce que j'en fais des collections de papa !

Du talon, il écrasait des bataillons entiers dont les membres de métal roulaient sous les meubles précieux. Mortimer se remit à sangloter, geignant en une litanie rauque et interminable :

— Oh ! Fast ! Comme vous êtes méchant !... Comme vous êtes méchant !...

William estimait que le profit est une bonne chose tant qu'il n'endort pas les réflexes vitaux. Un homme riche et repu relâche son attention. Sa puissance même le met à la merci de ses ennemis. Or, William était plus que riche. Mais il avait toujours au creux du cœur une sensation de faim qui tenait ses sens en éveil et lui indiquait en permanence d'où venaient les menaces. Il en voyait partout. Sans qu'il sut pourquoi, il se sentait responsable de la sécurité des autres. Un jour, la patrie était en danger. Une autre fois, sa famille, ou ses amis, ou ses biens. Quand les autres dormaient, il gardait l'œil aux aguets en une veille épuisante, pestant contre leur légèreté et leur inconscience.

Quand il avait provoqué cette réunion, il savait qu'il était le dernier rempart de leurs intérêts communs. Sans lui, Baltimore passait haut la main et les plongeait dans la misère, bradant leurs conquêtes dans un premier temps pour abandonner, dans un second, leurs femmes à l'envahisseur. Et encore, avait-il fallu, pour avoir leur acquiescement, qu'il use d'une métaphore, que le mot « meurtre » ne soit pas prononcé ! Pauvres poules mouillées ! L'interphone cliqueta :

— M. Bert est là...

— Qu'il monte !

Quelques années plus tôt, Bert avait été renvoyé du F.B.I. Motif : trop individualiste. En réalité, il avait été compromis dans une affaire de drogue où il s'était laissé copieusement arroser de sompteux pots-de-vin. Aujourd'hui, ses talents très spéciaux conjugués à son amour de l'argent lui avaient valu la place d'homme de confiance du trust. William le méprisait pour son absence d'esprit civique mais le respectait pour son efficacité. Là où nul ne pouvait agir, Bert se faufilait, glissait, frappait et repartait. Il apportait peut-être des nouvelles...

— Alors ?... aboya William...

— Il y a un truc intéressant... Ils ont envoyé le vieux Trendy chez un ancien Marine...

— Pour quoi faire ?

— Ça, je n'en sais rien encore. Mais je vais bientôt le savoir. Le type s'appelle Slim Scobb. Il a été fiché jadis comme communiste, sans que l'on ait pu savoir chez nous (Bert disait toujours « chez nous » comme s'il appartenait encore au F.B.I.) s'il allait aux réunions pour faire de l'intox ou par conviction personnelle.

— Et alors ?

— Attendez !... Depuis la visite de Trendy, Scobb va s'entraîner quatre heures par jour au tir à la carabine dans un stand souterrain de la 9ᵉ Rue.

— En quoi est-ce intéressant ?

— Deux points. D'abord, Scobb était tireur d'élite. Il paraît qu'en Corée, on ne comptait plus ses cartons sur cibles vivantes. Spécialité, la tête. Avec ses copains, il a gagné des tas de paris. Après le combat, ils allaient relever les cadavres que Slim avait désignés avant de les flinguer. Ça ne ratait pas : une balle en plein crâne. Deuxièmement, s'il a repris l'entraînement, ce n'est sûrement pas par esprit sportif.

— Pour descendre qui ? Certainement pas quelqu'un de son propre camp. N'oubliez pas que Trendy est l'homme de confiance de Baltimore.

— Je sais tout ça. C'est très troublant. Ils mijotent quelque chose, mais quoi ?

— Voilà qui est parlé... pensa William. Bert, comme lui, ne se laissait pas abuser par des effets à l'apparence innocente. Même si les choses paraissaient limpides, il percevait d'instinct les mystérieux flots de boue qui les avaient motivées.

— Qu'est-ce que vous en pensez ?

— Je ne sais pas. Slim se rend au stand tous les matins après son travail. Il est veilleur de nuit dans un garage.

— Vous lui avez collé des hommes aux trousses ?

— Oui. Deux.

— Ils ne le lâchent pas ?

— Ni jour ni nuit.

— Parfait. Quant à vous, je veux que vous me prépariez un dossier complet sur ce Scobb. Le grand jeu... Son compte en banque, ses affaires, sa famille s'il en a, son passé, ce qu'il aime, tout

493

quoi ! Le dernier discours de sa tournée, Baltimore le fera en Louisiane dans trois jours. Cherchez s'il y a un rapport... Peut-être l'ont-ils simplement engagé comme garde du corps ?

— Ça m'étonnerait ! Leur équipe est déjà au complet !

William réfléchit :

— C'est troublant, en effet... On tient peut-être une piste. Ouvrez l'œil ! Vous me rappelez ?

— D'accord Monsieur. Dès que j'ai du neuf.

— Eh bien, au revoir !

— Au revoir Monsieur.

Bert fit demi-tour en direction de la porte. Au moment de l'atteindre, il se retourna :

— Au fait, j'allais oublier... Ce dossier que vous me demandiez sur Slim Scobb... Le voilà. Je l'ai déjà fait faire.

William le lui prit des mains avec un mélange d'agacement et de satisfaction.

Céyx était aux anges. Accroupi devant la porte, il mimait pour les officiers massés derrière lui une scène invisible. A en juger par ses contorsions et ses mimiques, l'affaire devait être grave. Parfois, Céyx se prenait la tête dans les mains et feignait d'être assommé, accusant des coups que quelqu'un d'autre recevait à sa place. De l'appartement parvenaient des insultes fusant en plusieurs langues que les matelots, selon leur nationalité, traduisaient à l'intention de leurs camarades. Certaines étaient si gratinées que le préposé à l'argot grec osait à peine les prononcer, se bornant à hocher la tête dans un mouvement éberlué, de haut en bas. La scène durait depuis vingt minutes, ponctuée par des éclats rageurs, des fracas de vaisselle. Le patron était réputé pour garder son calme. Comment la Menelas était-elle parvenue à le mettre dans un état pareil ?

Le début des hostilités avait démarré d'une façon suave, très exactement par des arpèges de piano égrenés sur un *tempo* très lent. Puis, le rythme était devenu « vivace », coupé de temps en temps par des cris. Au moment où la Menelas attaquait *furioso*, la musique agressive avait brutalement laissé la place aux voix d'Olympe et de Satrapoulos. Jeff, arrivé le matin même d'Athènes, avait raconté aux membres de l'équipage la scène dont il avait été le témoin dans l'île grecque. Parmi les auditeurs, deux clans s'étaient créés, celui des tendres qui comprenait la position de la Menelas — des scorpions et des serpents, ce n'est pas marrant pour une femme — et les autres,

494

les durs, qui prétendaien, en ricanant qu'elle « faisait sa mijaurée ». Maintenant, les avis oscillaient sur l'issue de la bagarre. Les anciens prétendaient que le Grec n'en supporterait pas davantage et allait la vider. Les nouveaux, peu au fait des ressources de Satrapoulos, étaient persuadés qu'il quitterait le champ de bataille le premier. Ils eurent tort des deux côtés : apparemment, le combat se terminait par un *no contest,* match nul. Un éclat de rire de la Menelas les prévint que la colère, sans transition, s'était muée en une espèce de trêve dangereuse susceptible de repartir en sens inverse au moindre prétexte. Bientôt, le Grec joignit ses rires à ceux de la « panthère », des grondements de fauves dont on ne sait s'ils vont se lécher le museau ou se prendre à la gorge jusqu'à la mort. Quand la porte s'ouvrit à la volée, Céyx était pratiquement agenouillé devant le trou de la serrure. En le voyant, S.S. haussa les épaules avec mépris tandis que l'équipage se découvrait soudain des occupations urgentes.

— Va chercher du champagne, crétin !

Heureux de s'en tirer à si bon compte, le valet de chambre (il avait insisté pour que le Grec lui décerne ce titre au lieu de le désigner par l'appellation de « maître d'hôtel ») se redressa, prêt à s'éloigner. La voix du patron le cloua sur place :

— Oh ! Céyx !... Viens ici une seconde !

Il s'approcha, méfiant... Pourtant, Satrapoulos semblait de bonne humeur.

— Dis donc Céyx... C'est quoi, ça, là-haut ?

Céyx se retourna et sentit un choc qui l'envoya rouler sur le pont. Le Grec avait réussi à le surprendre avec un terrible coup de pied au cul.

— Ça t'apprendra à écouter aux portes !

Et à l'adresse des marins :

— Vous autres, vous ne perdez rien pour attendre ! Je vous débarque au premier port !

La porte fut claquée. Quand Céyx eut déposé son champagne, il feignit d'avoir oublié son humiliation et déclara d'un air supérieur à Stavenos qui venait aux nouvelles :

— Ça va... Ils ont l'air de se calmer...

La nonchalance de son propos fut démentie par un geste machinal qui n'échappa pas à Stavenos : Céyx se frottait les fesses. Stavenos pensa que tout le monde devenait nerveux à bord. Huit jours auparavant, ils avaient fait escale à Pointe-à-Pitre, effectuant le plein de carburant pour remettre le cap sur l'île de Saint-Barthélemy où le patron et la Menelas étaient attendus incessamment pour une croisière entre la Guadeloupe et Porto-Rico. Puis, le patron était arrivé, furieux, ouvrant la marche à une Menelas boudeuse et renfrognée. Des heures durant, elle s'était enfermée dans son auditorium, accumulant des gammes interminables entremêlées de thèmes de Chopin qu'elle assaisonnait selon son humeur. A son toucher, on pouvait préjuger ses états d'âme : ce n'était pas l'euphorie ! Dans quarante-huit heures, les autres invités, accourus de tous les points du monde, débarqueraient sur le *Pégase* II, via New York. Si l'ambiance se maintenait à l'orage, il y aurait du sport en perspective !

Il y eut un bruit dans le dos du second. Il se retourna et aperçut la Menelas en maillot de bain, se dirigeant vers la piscine. Elle s'engagea sur le plongeoir, sembla changer d'avis, fit volte-face, parcourut le pont jusqu'au bastingage qu'elle enjamba et piqua une tête dans la mer. Le Grec accourut à son tour :

— Olympe !... Reviens !... C'est dangereux ! Il y a des requins !

Le yacht n'était pas ancré dans la ceinture protectrice du lagon, mais à un mile plus loin, au large. La mer des Caraïbes fourmille d'une faune qui est loin d'être inoffensive, raies manta géantes, poissons vénéneux, barracudas et requins. Penché sur la passerelle, S.S. s'époumonnait :

— Je te dis de revenir !

La Menelas lui tira la langue et s'éloigna dans un dos crawlé gracieux. Stavenos, qui était très près du patron, l'entendit bougonner : « Connasse !... » Il offrit ses services :

— Commandant, voulez-vous que je fasse mettre un canot à la mer ?

— Ta gueule ! Je ne t'ai rien demandé !... Olympe !... Olympe !... Attends, tu vas voir !... Stavenos !

— Oui Commandant.

— Prends quatre hommes et suis-moi !

Le Grec se dirigea vers l'auditorium dont il ouvrit la porte d'un coup de pied.

— Foutez-moi ça à la mer !

Interloqués, les cinq hommes échangèrent des regards furtifs. Il leur semblait impossible que ce « ça » fut le Bechstein d'un prix inestimable qui trônait sur une petite estrade dominant une douzaine de profonds fauteuils de cuir rangés en hémicycle.

— Alors !... Vous êtes sourds ?... A la mer !...

Les marins hésitaient encore. Stavenos donna l'exemple. Il s'accroupit et saisit le piano par un pied. Les autres vinrent à la rescousse. A grand-peine, le monument fut sorti de la pièce et tiré sur le pont à l'emplacement où se situait la partie coulissante du bastingage permettant l'accès à la passerelle. Frelon en colère, le Grec tournait autour du groupe, poussant, tirant, encourageant de la voix et du geste. Bientôt, le piano fut en équilibre sur l'arête supérieure de la coque. Tous les membres de l'équipage avaient cessé leur activité pour regarder avec de grands yeux la suite de cet happening étrange, ce Bechstein noir sur ce bateau blanc, prêt à basculer dans l'eau verte à la moindre poussée. Le Grec arrêta de se démener. Il s'égosilla :

— Olympe !...

La Menelas faisait la planche à deux cents mètres du *Pégase II*. Elle pivota et aperçut ce qui se préparait. Elle cria quelque chose qui n'arriva pas jusqu'au navire. Chacun gardait le silence. Elle cria une deuxième fois. Puis, elle parut se dresser dans la mer et fit un bras d'honneur en direction du yacht. Il y eut quelques sourires furtifs vite camouflés devant le visage contracté du Grec. Il s'étrangla :

— A la mer !

Arc-bouté de tout son corps, il imprima un mouvement à la queue du piano qui se déséquilibra lentement et bascula avec majesté dans l'eau limpide. Au passage, une bouée, contre la coque, arracha à l'instrument ses derniers arpèges. Il y eut un bruit sourd, un remous puissant et le Bechstein s'enfonça dans les profondeurs. Là-bas, la Menelas s'était remise à nager vers le large, comme si elle n'était pas concernée.

27

Les coups de feu claquèrent, à peine détachés les uns des autres tant ils avaient été tirés rapidement. En même pas cinq secondes, dix coups. Slim décolla lentement la crosse de sa joue. Elle était humide de sa sueur. Il faisait chaud dans cette cave. Cinq étages plus haut, au-dessus des épaisseurs de béton qui séparaient les plafonds des sous-sols, il y avait un cinéma permanent. L'odeur de cordite chatouilla agréablement les narines de Slim. Il n'y eut plus que le bruit feutré et régulier du mécanisme maintenant les cibles en mouvement. Il appuya sur un bouton, les plaques de zinc cerclées de rouge s'arrêtèrent. Il considéra pensivement celle sur laquelle il avait déchargé son arme. Les dix balles étaient logées dans le mille, groupées dans un rayon de trois centimètres. Pourtant, Slim avait réglé le mécanisme au maximum de sa vitesse et l'on ne pouvait jamais prévoir dans quels sens allaient s'orienter le trajet des cibles. Allons, il n'avait pas encore perdu la main... Bien sûr, c'était moins marrant que de tirer sur des hommes, mais il ne fallait pas trop demander : on n'a pas tous les jours le bonheur d'une bonne petite guerre, ce prétexte royal qui vous fait décorer au lieu de vous envoyer sur la chaise. Demain, les autres allaient l'emmener sur place pour qu'il repère les lieux. Il allait devoir quitter la ville pour très longtemps. Il n'avait pas prévenu Annie, évidemment. Plus tard, quand il serait à l'abri et qu'elle-même se dorerait avec les gosses au soleil de Floride... Dans ce genre d'histoires, moins les femmes en savent, mieux se portent les maris et marchent les affaires. Ce soir, sans qu'elle comprenne pourquoi, il allait la baiser comme une reine. Peut-être même allait-il lui faire un quatrième enfant ? Et alors ? Les lardons, Slim adorait ça !... Il sourit d'aise et se mit à démonter sa carabine avec des gestes précis et brefs de professionnel.

Comme toujours dans ces cas-là, les choses se passèrent bêtement. En arrivant à l'aéroport où elle s'était fait conduire en taxi, Lena tomba sur Kallenberg qui sortait de sa Rolls.

— Lena !

Elle eut beau essayer de lui sourire, elle n'y parvint pas. La vision de son mari et du jeune homme dont elle était amoureuse batifolant dans une mer de revues horribles la poursuivait comme un cauchemar. Ce qu'elle éprouvait était indicible, jamais au monde une femme n'avait pu avoir la même sensation de désir et de dégoût ! Elle avait empilé des affaires comme une folle, les avait jetées dans deux ou trois bagages et avait quitté le château sans avoir revu Fast ni Mortimer. se précipitant à l'aéroport afin d'y prendre le premier avion qui partirait pour n'importe où.

— Lena ! Mais qu'est-ce que tu as ?

— Rien.

— Où est ton mari ?

Elle resta silencieuse.

— Tu t'en vas ?

— Oui.

— Où vas-tu ?

— Je ne sais pas. A Athènes si je peux.

— Qu'est-ce qui t'en empêche ?

— Je ne sais pas s'il y a un avion...

— Mais Lena, enfin !... Frètes-en un ! Prends un avion-taxi ! Tu veux que je m'en occupe ? Veux-tu le mien ?

Lena n'avait jamais fait particulièrement attention à Kallenberg, du temps qu'elle était mariée au Grec. Mais là, sa voix lui paraissait si chaude, si rassurante, si protectrice... Elle le vit échanger quelques phrases avec son chauffeur qui salua et s'éloigna. Tout redevenait facile... Herman revint vers elle, la prit par le bras et l'entraîna :

— Viens, tu vas m'expliquer tout ça ! Et ne te fais pas de soucis si tu as des ennuis, je suis là !

Un instant plus tard, ils étaient dans un petit salon privé que l'aéroport réservait aux chefs d'Etat et aux hôtes de marque. Barbe-Bleue lui versa un scotch :

— Buvez cela duchesse, pas pour le goût, pour vous calmer les nerfs.

Lena avala son verre d'un trait. Il se pencha vers elle :

— Ecoute Lena, je ne sais pas ce qui s'est passé mais je vois que tu es bouleversée. Sache d'abord que quoi qu'il arrive, tu peux compter sur mon appui total et inconditionnel. Maintenant, si tu ne veux rien me dire, je le comprendrai très bien. Mais si tu voulais me parler, je crois que ça te ferait tellement de bien... Puis-je t'aider ?... Veux-tu me raconter ?

— Comment va Irène ?

Kallenberg fit la grimace :

— Ah ! ta sœur !... Quel problème... Je crois qu'on est marié depuis trop longtemps... Non mais, tu m'entends ! C'est toi qui es dans le cirage et c'est moi qui vais te raconter ma vie !

Lena esquissa un sourire timide. L'alcool commençait à faire son effet. Herman lui en servit un autre verre.

— Où est Mortimer ?

— Oh ! celui-là !...

Kallenberg se mit à rire :

— Eh bien, on est dans de jolis draps tous les deux !

— Qu'est-ce que tu as encore fait à ma sœur ?

— Là, tu es dure ! Tu devrais plutôt me demander ce qu'elle m'a encore fait.

— Tu as bien la tête d'un martyr !...

— C'est ça qui me tue ! Je n'en ai pas la tête ! Et pourtant !... Tu es fâchée avec Mortimer ?

— C'est fini.

— Sérieusement ?

— Terminé, oublié.

— Grave ?

— Pire.

— Réfléchis...

— C'est fait.

— Il t'a fait de la peine ?

— Je m'en fous.

— Tu veux que j'aille lui envoyer une fessée ?

— Pas ça. Ça risquerait de lui plaire.

— Tu vois, quand je te le disais, tu ne voulais pas me croire !

— Quoi donc ?

— Que toi et moi on était faits pour se marier !

— Ça n'aurait fait qu'une catastrophe de plus dans la famille.

— Tu n'en sais rien... En tout cas, moi, je n'aime pas les fessées.

Une jeune hôtesse entra, portant un bouquet de roses. Elle les remit à Lena et s'éclipsa. Herman désigna la bouteille :

— Tu en veux un autre ?

500

— Merci.

— Pour quoi ?

— Pour les fleurs.

— Lena !... Mais qu'est-ce que tu as !... Tu parles comme si tu étais un petit animal abandonné !

— C'est exactèment ce que je suis.

— Allons, tu te moques de moi !

— Non, c'est vrai, je t'assure. Je me sens complètement paumée.

— Malgré ta beauté ?

— Si tu crois que c'est un état d'âme !

— Des milliers de femmes s'en contenteraient !

— Parle-moi de toi...

— Oh ! moi... Coups durs sur toute la ligne... Socrate ne me ménage guère... Ta mère non plus d'ailleurs !...

— Vous vous conduisez comme des gosses !

— Possible. Quelle famille !

Pour la première fois depuis qu'il la connaissait, Herman avait un contact réel avec Lena. Entre elle et lui, le Grec avait toujours fait obstacle. Et aujourd'hui, enfin, elle le « voyait », il la sentait accessible.

— Lena... J'ai une proposition à te faire... On fait le plein de mon avion et il t'emmènera où tu voudras. Mais au lieu d'aller chez tes parents qui vont te poser des tas de questions, pourquoi n'irais-tu pas vivre quelques jours à bord du *Vagrant* ? Là, tu serais tranquille. Personne ne pourrait t'atteindre, tu pourrais te reposer et réfléchir avant d'aller affronter ta mère. Qu'est-ce que tu en penses ?

— Où est-il, ton bateau ?

— A Portofino.

— Je ne sais pas...

— Me permets-tu de prendre les choses en main ?

Elle le regarda d'un air pensif :

— Je n'aurais pas cru que tu puisses être aussi délicat...

— Ça y est ! Nous y sommes ! Encore les réputations ! Mais qu'est-ce que j'ai bien pu leur faire, à tous ! Ma parole, tu me parles comme si j'étais un ogre ! Je sais bien qu'on m'appelle Barbe-Bleue, mais tout de même, venant de toi !...

Il avait un air jovial de grand carnassier.

— Et si Irène l'apprend ?

— Et alors ?

— Elle va se faire des idées...

— Elle n'arrête pas de s'en faire !

— Tu me tentes...

— Tant mieux, tout ce que je veux, c'est que tu sois tentée !

— Ma foi...

— Et tu sais, reprit-il avec un rire un peu forcé, ma proposition tient toujours...

— Laquelle ?

— Tu as oublié ? Je t'épouse quand tu veux !

— Herman, arrête !

— Tu prends ça à la blague... Après tout, pourquoi pas ? J'ai toujours été amoureux de toi, moi !

— Sois sérieux...

— Je ne l'ai jamais été autant !

A son ton, elle vit qu'il avait insensiblement glissé de la plaisanterie à un registre plus grave. Comme la vie était étrange... Le jour même où elle décidait de quitter son mari, son propre ex-beau-frère lui proposait le mariage ! Elle eut envie de le pousser un peu, d'en apprendre davantage :

— Formidable ! Tu n'as qu'à en parler à Irène dès que tu rentreras chez toi !

— Chiche ?

— Chiche ! Qu'est-ce qu'elle va être contente !

— Que je t'épouse, sûrement pas, elle est jalouse de toi. De toute façon, nous avons décidé de divorcer.

— Réellement ?

— Téléphone-lui si tu veux.

— Mais pourquoi ?

— Pourquoi t'es-tu séparée de Socrate ? Et pourquoi vas-tu divorcer de Mortimer ?

— Oui, c'est vrai...

— Alors ?

Un type entra dans le salon, en tenue de commandant de bord :

— Excusez-moi Madame... Monsieur, votre avion est prêt. La voiture vous attend pour vous conduire en bout de piste.

— Très bien. Je vous rejoins.

Il regarda Lena intensément et répéta :

— Alors ?

— Alors quoi ?

— Je te fais conduire sur le *Vagrant ?*

— D'accord.

Il poussa un immense soupir de soulagement.

— Et tu m'épouses ?

Elle éclata de rire :

— Bien sûr que je t'épouse !

— Non, Lena, je suis très sérieux ! Je te préviens que j'en parle dès ce soir à ta sœur !

— Elle va m'arracher le chignon !

502

— Je voudrais bien voir ça ! Après tout, elle peut toujours se remarier avec Socrate !

Il sentit qu'il était allé un peu trop loin, qu'elle se rembrunissait. Il fit marche arrière.

— Viens, ton avion est avancé !

Elle ramassa les roses. Il lui prit le bras et l'entraîna dans la voiture. Ils firent le trajet jusqu'à l'appareil sans un mot. Lorsqu'elle fut sur le point d'y monter, il lui dit :

— Si tu t'ennuies ou quoi que ce soit, dis simplement à mon commandant de m'appeler. Je serai là trois heures plus tard. D'accord ?

— D'accord.

— Fais un bon voyage !

Il pencha sur elle sa gigantesque carcasse et la serra dans ses bras pour une étreinte ambiguë, mi-copain, mi-amoureux. L'espace d'une seconde, il sentit qu'elle s'abandonnait contre son épaule. En l'embrassant sur la joue, ses lèvres glissèrent et il effleura le coin de sa bouche. Electrisé... La gorge sèche, il dut s'y reprendre à deux fois pour prononcer correctement :

— Je te préviens que tout ce que je t'ai dit est vrai. Je vais parler à Irène.

Elle eut un geste souple qui était peut-être un haussement d'épaule gentil.

— Merci Herman. Merci pour tout. Je suis heureuse de t'avoir rencontré.

Elle tourna les talons et grimpa légèrement dans l'appareil dont le stewart referma la porte sur elle.

— Du nouveau !

Bert était à peine annoncé qu'il bondissait déjà dans le bureau de William.

— Ça bouge !... Ça bouge !... Le type, Slim Scobb, que l'équipe de Baltimore a contacté, il a quitté hier soir son domicile ! Et vous savez où il vient de débarquer ? A La Nouvelle-Orléans !

— Et alors ?

— Voyons Monsieur... C'est là que Scott Baltimore fait le dernier discours de sa tournée !

— Je sais, je sais !... le coupa William d'un air irrité.

Il détestait que l'on fasse irruption dans son bureau avec autant de brutalité et avait pour règle, même en cas d'incendie, de faire attendre, ce qui mettait en condition ses visiteurs.

— Il s'est inscrit ce matin sous un faux nom dans une pension de famille de l'avenue Saint-Charles... (il consulta un papier où étaient griffonnées des notes)... Au numéro 3811... Ça s'appelle *The Columns*... L'endroit discret... Vieillards distingués, dames âgées et bien propres, militaires à la retraite.

— Oui ?...

— J'ai deux hommes qui ne le lâchent pas d'une semelle. La ville est déjà en effervescence... Cet après-midi, Scott Baltimore sera accueilli par le maire, au *Royal Orleans*... Ils avaient prévu le *Howard Johnson*, mais ils ont changé d'avis... C'est un palace au cœur du Vieux Carré, sur la place...

— Ecoutez Bert, si vous êtes venu me parler de tourisme, sachez que je possède une chaîne d'agences de voyages !

— Attendez !... A peine arrivé, Slim Scobb a fait semblant de flâner... En face du *Royal Orleans,* il y a un immeuble de bureaux... Il y est entré par une porte de derrière... Il est monté au quatrième étage... Il avait un paquet à la main... En sortant de la pièce dont il avait la clé, il n'avait plus de paquet.

William brûlait de savoir ce qu'il y avait dans le paquet. Il fit l'effort de se contenir. Mais l'autre ne parlait plus, attendant que son employeur le relance. Dix secondes, peut-être. William explosa :

— Alors quoi ?... Vous allez me dire ce qu'il y avait dans ce foutu paquet ?

— Une carabine de fabrication tchèque. Démontée. Le numéro est limé.

— Comment le savez-vous ?

— En arrivant à l'hôtel, il a déposé son sac dans la chambre. Il est ressorti pour prendre un café. Pendant qu'un de mes hommes lui collait au train, l'autre a fouillé ses bagages. Il a trouvé le flingue. Ce n'est pas tout ! Le bureau où il a camouflé la carabine a été loué pour six mois par l'intermédiaire d'une agence new-yorkaise, il y a trois jours. Et comme par hasard, de la fenêtre, on a une vue merveilleuse sur la place où s'arrêtera nécessairement la voiture de Scott Baltimore ! Un vrai stand ! Comme à la parade ! Qu'est-ce que vous pensez de ça ?

Glacial, William laissa tomber du bout des lèvres :

— Rien.

— Mais...

— Elle est absurde votre histoire !... D'un côté, vous me dites que c'est Trendy qui a contacté ce Scobb. Or, Trendy est l'homme de confiance de Scott Baltimore... Il était déjà celui de son père à la belle époque. Ensuite, vous m'annoncez que votre type, là, Slim Scobb, camoufle un fusil. Qu'est-ce que vous essayez de me prouver ? Qu'il veut descendre Baltimore ? Et sur l'ordre de qui ? Du propre lieutenant de Baltimore ?... Vous trouvez que ça tient debout ? C'est

504

comme si vous me disiez que Baltimore paye de ses deniers un tueur pour lui tirer dessus !

William mordit dans un cigare pour le décapiter. Dans sa rage, il en arracha la moitié. On était à trois jours des élections et rien n'avait pu être fait pour endiguer les chances de Baltimore. Mais William avait une dernière carte en réserve : aux grands maux les grands remèdes. Si on ne pouvait pas éliminer le petit arriviste en douceur, il y aurait de la casse ! Allez donc savoir combien de victimes peuvent périr dans l'accident d'un avion privé ? Tout, plutôt que le laisser s'emparer du pouvoir ! Bert rompit le silence :

— Monsieur, il est vrai que je n'ai pas encore compris la coupure. Ce qui est certain, c'est que quelque chose se trame. Quoi, je n'en sais rien. Mais c'est pour après-midi, 4 heures ! Croyez-vous que tout ce que je vous ai raconté soit le résultat d'une série de hasards ?

— Enfin ! Il ne va tout de même pas descendre Baltimore !

— Je ne sais pas... Bon Dieu ! Qu'est-ce qu'ils mijotent ?...

— Votre Slim est peut-être là pour le protéger ?

— Impensable ! Baltimore a sa propre police. Quatre gorilles armés ne le lâchent pas d'un pouce quand il se déplace. J'ai vérifié... Dites-moi Monsieur... Où en est la côte des candidats ?

— Celle de Baltimore baisse en flèche depuis quarante-huit heures. Ça ne veut rien dire.

— Puis-je vous poser une question ? Pensez-vous qu'il ait une chance de ne pas être élu ?

— Evidemment ! Mais vous croyez peut-être que nous voulons courir le risque de voir ce salaud à la présidence ?

— Attendez... Vous dites que sa cote a baissé ?... J'essaie de me mettre dans la peau des types de son brain-trust... Supposons...

— Supposons quoi ?

— Bien entendu, il est le premier à connaître le résultat des sondages... A sa place, je ne serais pas tellement tranquille avec cette dégringolade...

— Je vous répète que ça ne signifie rien ! Une opinion, ça se retourne en une heure, on ne sait même pas pourquoi !

— Justement... Si momentanément l'opinion est contre lui, s'il sent les électeurs le lâcher, il voudra la retourner cette opinion... Forcer la sympathie... Une carabine tchèque... Merde ! J'y suis !... Ils vont simuler un attentat ! Slim a été chargé de descendre Baltimore, et de le rater !... Vous vous rendez compte !... Toutes les chaînes de télé, la presse, la radio !... Du petit progressiste revendicateur, il devient une espèce de héros national ! Le martyr ! Le type qui échappe à la mort ! Il va les retourner comme des crêpes !

— Nom de Dieu !... cria William. C'est ça ! Ah ! le salaud ! Quelle heure est-il ?

— 9 heures.

— Qu'est-ce que vous attendez ?... Faites quelque chose . Prenez un avion, filez là-bas !...

— Pour quoi faire ?

— Je ne sais pas !... Vous aviserez sur place, dépêchez-vous, on perd du temps !

— Une minute... Une minute !... Il y a peut-être mieux à faire que filer à La Nouvelle-Orléans. La solution du problème, elle est ici même, à New York. Dans le Bronx. Scobb a trois mômes et une femme qu'il aime par-dessus tout. Vous avez lu le rapport. On le tient ! Si je ne me suis pas trompé, s'il a vraiment été engagé pour une fusillade bidon, aucune balle n'égratignera Scott Baltimore. Ce n'est pas pour rien qu'ils ont choisi un tireur d'élite ! Supposez maintenant que Slim rate son coup et touche sa cible ?

— Vous le croyez assez idiot pour se laisser acheter par nous ? Il sait très bien que les autres le retrouveraient et le feraient descendre.

— Il ne s'agit pas de l'acheter mais d'enlever sa famille.

Chez William, le réflexe bourgeois fut le plus fort :

— Un kidnapping !

Bert le regarda froidement dans les yeux :

— Et alors ? Vous préparez quoi en ce moment ? Une partie de pêche ou un meurtre ?

Un ange passa. Bert reprit :

— Si on a ce moyen de pression sur lui, il daignera peut-être nous écouter.

— C'est peut-être un fanatique. Qui vous dit qu'il marchera ?

— Rien. Si vous voyez quelque chose de mieux...

William trouvait l'idée et les déductions de Bert géniales. S'il marquait malgré lui une réserve, c'est qu'il était furieux de n'y avoir pas songé le premier. Il se racla la gorge, à la fois gêné et soulagé :

— Que proposez-vous ?

— En sortant de ce bureau, je vais filer chez Scobb. Je ferai le boulot moi-même. Dans moins d'une heure, si tout se passe bien, je serai en possession de l'épouse et des mioches. Je sais où les planquer. Sitôt fait, j'appelle Philly à La Nouvelle-Orléans. Il sera à peu près 11 heures du matin. Je lui demande de prévenir Slim qu'on a mis sa moitié à l'ombre. A partir de ce moment-là, à lui de jouer. Ou il veut les revoir, ou il préfère une nouvelle vie de célibataire. S'il tient à ne pas perdre ses chers petits, il faudra qu'il loge une balle dans la tête de Baltimore.

— S'il accepte, il se condamne lui-même à mort.

— Vous imaginez peut-être que Trendy et ses copains ne l'ont pas déjà condamné ? Vous les croyez assez fous pour laisser derrière eux un témoin qui peut les faire chanter à vie ?

Evidemment, vu sous cet angle, il n'y avait plus beaucoup de place pour le sentiment.

Entre la Guadeloupe et Porto Rico, il y a près de quatre cents îles dont certaines n'ont pas de nom. Simples îlots à peine marqués sur les cartes maritimes, ils s'échelonnent sur des centaines de kilomètres entre la Désirade, Montserrat, Barbuda, Saint Kitts, Antigua, Saint Martin, Anguila, Sombrero, Nevis ou les îles Vierges. On prétend que c'est dans les cassures de lave de ces anciens volcans que les pirates venaient enfouir leurs trésors. Sur certaines plages, aucun pied humain n'a foulé le sable noir ou rose depuis des années. Les loups de mer qui font du cabotage se tiennent au large, soucieux de ne pas éventrer leur goélette sur les coraux affûtés comme des rasoirs. La veille, après sa séance de dos crawlé, la Menelas était remontée à bord comme si de rien n'était. Détendue, elle avait demandé au Grec de lui faire survoler le lendemain des îles désertes. Pas la moindre allusion à son piano dont la houle devait faire vibrer les cordes par trente mètres de fond. Méfiant, S.S. était entré dans son système, feignant d'avoir oublié sa terrible colère mais s'attendant à en recevoir sous peu le contrecoup. Le soir, chacun était allé se coucher de son côté, ruminant secrètement des revanches éclatantes. Toutefois, le Grec n'avait pu se résoudre à priver la « panthère » de son piano et, par radio, avait commandé un Bechstein à Miami : peu importait le prix pourvu qu'il soit livré le lendemain sur le *Pégase II*. Après deux heures d'effort, Kirillis avait eu la chance de mettre la main sur l'objet rare par l'intermédiaire d'un négociant en huiles lourdes, relation d'affaires de Satrapoulos, qui avait réussi à persuader un particulier mélomane de se dessaisir du sien au poids de l'or. Le Grec n'avait pas jugé bon de prévenir Olympe que le préjudice infligé était sur le point d'être réparé. En s'éveillant le matin suivant, il l'avait trouvée sur le pont, étendue dans un transat pour bronzer. En guise de bonjour, ils s'étaient adressés un sourire mutuel qui pouvait vouloir dire n'importe quoi. Aucun des deux ne voulant parler le premier, une heure s'était écoulée avant que la Menelas ne rompe le silence :

— Vous m'aviez promis hier de me faire survoler les îles ?

Mauvais signe : quand elle disait « vous », l'orage n'était pas loin. Socrate faillit lui proposer la paix, lui avouer qu'elle aurait un nouveau piano le soir-même, s'excuser peut-être. Au lieu de cela, il répondit :

— D'accord. Allons-y... adoptant d'instinct le vouvoiement synonyme de guerre froide.

Maintenant, ils volaient depuis une heure, à la paresseuse. Jeff s'amusait à suivre une énorme raie qui semblait battre lourdement des ailes dans les transparences absolues de l'eau verte. L'hélicoptère se maintenait à une altitude d'une vingtaine de mètres. Il avait déjà survolé trois ou quatre îlots sans qu'on eût demandé au pilote de ralentir ou de s'y poser. Jeff accéléra doucement, abandonnant la raie à son sort. A trois milles de là, dans le miroitement d'acier du soleil, on apercevait une tache grise.

— Allons voir cette île !... dit Olympe. Non, Jeff, pas si vite ! Continuez à voler très doucement, et plus bas, au ras de la mer...

Le Grec se renfrogna. Il détestait que quiconque, fut-ce la Menelas, donne des ordres à son pilote. Il avait beau avoir un vieux short délavé pour tout vêtement, il crevait de chaleur dans le cokpit brûlant malgré les deux panneaux coulissants entièrement ouverts. On avait l'impression de pouvoir toucher l'eau de la main tant l'appareil restait collé dans un glissement lent sur l'horizontale de la mer... A bâbord, apparut un navire et Jeff joua à aller le sauter d'un bond de puce. Vu de près, il s'agissait d'un vieux rafiot tout rouillé. Sur le pont, pas âme qui vive.

— Mais ils vont couler ! s'étonna la Menelas.

Jeff éclata de rire :

— Non Madame ! Contrebande... Camouflage ! A bord, ils ont les radars les plus modernes et des super-diesel capables de semer les vedettes de la police.

— Contrebande de quoi ?

Jeff fit exécuter à l'appareil une parabole qui l'éloigna du tas de rouille.

— Ça Madame, je n'en sais rien. Les armes... La drogue...

Il mit le cap vers l'île et reprit sa glissade au ras des flots.

— C'est très méchant ce que vous avez fait hier...

Toujours ce « vous » dangereux. Le Grec fut sur ses gardes. Il avait détaché la grosse ceinture de sécurité qui lui collait à la peau et regardait vers le lointain d'un air maussade. Comme le matin, il fut tenté de lui révéler la surprise, le Bechstein revenu à bord par la grâce de sa fortune et de ses relations. Mais cette fois encore, pour des raisons mystérieuses qui tenaient peut-être à une rancune sourde, il s'en abstint. La Menelas poursuivait, apparemment très calme :

— Non seulement c'est très méchant, mais vous savez très bien que toucher à mon piano ou à ma personne, c'est exactement la même chose. Vous devez bien vous douter que je ne puis laisser passer un affront pareil !

Le Grec se retourna d'un seul bloc pour répliquer vertement. Trop tard : il se sentit soulevé de son siège et, avec panique, s'aperçut que l'horizon, brusquement, avait basculé. Les vagues qui défilaient sous ses pieds étaient maintenant au-dessus de sa tête. Il s'accrocha désespérément du bout des pieds, du bout des doigts, pour ne pas être éjecté de l'appareil. La scène se déroulait si rapidement que Jeff, qui leur tournait le dos, n'en avait rien vu. La Menelas, de tout son poids, poussait rageusement le Grec pour le vider de la carlingue. Arc-bouté sur les avant-bras, la moitié du corps dans le vide, il se mit à gigoter et à lancer des ruades. L'une d'elles dut atteindre son but car la « panthère » le lâcha soudain, portant les mains à sa poitrine. Satrapoulos fit un effort surhumain, se rétablit complètement et retomba comme un phoque essoufflé dans son siège, rencontrant le regard exorbité de Jeff qui venait de réaliser ce qui se passait. De douleur, la Menelas se mordait les lèvres...

— Alors, cette île, on y va ?... haleta le Grec à l'adresse de son pilote.

Jeff mit les gaz. Quelques secondes plus tard, il tournoya au-dessus d'une plage de sable d'un noir parfait, parsemé de coquillages multicolores. Au centre de l'îlot, qui devait mesurer quinze cents mètres de longueur, se dressait un promontoire rocheux recouvert d'une mousse de lichens que broutaient quelques chèvres sauvages.

— J'atterris ?

— Vas-y ! Descends !

L'hélicoptère se posa à une extrémité de la plage. A peine les pales s'immobilisaient-elles que la Menelas sautait sur le sable et s'éloignait, toujours sans avoir prononcé un mot. Le Grec l'observa d'un œil hostile. De temps en temps, elle se baissait, ramassait un coquillage, l'examinait d'un air nonchalant et le rejetait. Perplexes, les chèvres s'étaient immobilisées sur leur colline. La Menelas marchait toujours, s'éloignant de plus en plus de l'appareil. Quand elle en fut à deux cents mètres, le Grec ordonna sèchement à Jeff :

— Remets les gaz !

— Mais...

— Démarre Bon Dieu !

Devant l'air menaçant de S.S., il obéit. Au bruit des moteurs qu'on relançait, la Menelas se retourna. Quand elle entendit le bruit des rotors virer à l'aigu, elle fit demi-tour et revint à pas pressés en direction de l'appareil. Elle en était à une bonne centaine de mètres quand elle le vit s'élever et prendre de la hauteur. Affolée, elle se mit à courir, ses longues jambes blanches s'enfonçant dans le sable noir et y laissant l'empreinte profonde de ses pas. Mais, déjà, l'hélicoptère n'était plus qu'un point gris qui s'amenuisait dans le ciel, cap au nord.

Ce jour-là, les deux aînés n'étaient pas à l'école. Il était dix heures du matin. Slim était parti depuis deux jours. Comme jadis lorsqu'il s'absentait, il n'avait pas dit où il allait. Simplement, en bouclant son sac de marin, il avait lancé à Annie : « Ne t'inquiète pas. Je serai vite de retour. » Il avait hésité une seconde au bout de sa phrase, comme s'il avait voulu ajouter quelque chose, mais s'était tu. Annie n'avait osé lui poser aucune question sur les motifs de son voyage. Ils étaient mariés depuis huit ans et elle ne savait presque rien sur lui : elle avait seulement appris par une relation, qui le tenait de son amant, un ancien Marine, que Slim avait été, en Corée, une espèce, de héros. Quand elle l'avait interrogé timidement sur cet épisode, il avait haussé les épaules :

— Foutaises !... C'est de l'histoire ancienne.

Après tout, elle s'en moquait. Slim était un bon père, un bon mari, et après tant d'années de mariage, un amant toujours empressé. La nuit qui précédait son départ, il avait passé des heures à l'étreindre et à la caresser. En allumant une cigarette, il avait prononcé des mots qui l'avait intriguée :

— Tu aimerais vivre au soleil avec les enfants ?

Le soleil !... Elle ne pensait qu'à ça ! Ils n'avaient jamais pris de vacances et les gosses grandissaient avec pour seul horizon les murs de leur petit pavillon délabré coincé entre des buildings du Bronx, gris de crasse.

La sonnerie de la porte la fit sursauter : peut-être des nouvelles de Slim ? Elle dit à l'aîné de ses trois garçons :

— Morty, surveille tes frères !... Mort !... Attention !... Louis va tomber de la table !

En rajustant son peignoir, elle alla ouvrir, jetant dans son dos un regard vers Louis qu'elle était en train de talquer. Sur le seuil, se tenait un homme souriant et bien vêtu...

— Madame Scobb ?

— Oui, c'est moi...

— Je viens de la part de votre mari.

— Ah !...

— Puis-je entrer ?

Il entra.

510

— Bonjour mon petit bonhomme ! Eh bien, vous ne devez pas vous ennuyer avec ces petits costauds !... Le plus petit, là, le rigolard, c'est une fille ?

— Louis ?... Non, c'est un garçon.

— Madame Scobb, j'ai une bonne nouvelle. Ne me demandez pas de détails, c'est une surprise ! Slim m'a dit va chercher Annie et ramène là avec les gosses.

— Co... Comment ? Mais où ça ?

— Vous voudriez bien savoir, hein ! Justement, c'est ça la surprise ! Slim a dit aussi que vous ne vous embarrassiez pas d'affaires... Rien que le strict minimum ! Vous verrez, il fait chaud là-bas ! Puis-je vous aider à préparer votre valise ?

— C'est-à-dire que... Slim ne m'a pas prévenue... Est-ce qu'il m'a déjà parlé de vous ?...

— Baden ! Je suis son vieux copain... On en a fait des trucs ensemble !

— Baden ?...

— Oui, Baden !... il eut une expression confuse... D'ailleurs, je suis idiot !... C'est vrai que vous ne me connaissez pas ! Tenez !...

Il tendit une carte sur laquelle était écrit, au-dessous de sa photo : *John Baden, agent commercial.* Puis il sortit une lettre de sa poche :

— J'allais oublier ! Lisez, c'est Slim...

Annie décacheta l'enveloppe. Elle reconnut immédiatement la grosse écriture appliquée de son mari. Elle lut :

Annie, ne pose pas de questions à mon ami Baden. Suis-le, c'est tout. Tu vas avoir une surprise. Je crois que ça te plaira. Tendrement : Slim.

Elle reporta ses yeux sur l'homme :

— Mais, c'est pour longtemps ?... Enfin, je veux dire, on va quitter la maison pendant longtemps ?

— On s'en va maman ?... demanda Morty avec ravissement.

— Attends une seconde mon chéri...

Baden éclata de rire :

— Oui mon petit garçon ! On s'en va ! On va rejoindre papa ! Tu vas voir, il y a la mer et des tas de trucs amusants !

Indécise, Annie essayait de comprendre ce qui arrivait : c'était si rapide !

— Allez Madame Scobb, dépêchons-nous !... La voiture nous attend dehors !

— Monsieur...

— Appelez-moi Johnny, comme tout le monde ! Allez les garçons, du nerf !... Préparez-moi ces foutus sacs !

— Maman, je peux ?...

511

Annie eut une dernière hésitation :

— Oui Morty, vas-y...

— Youpee !...

Annie n'avait pas l'habitude de discuter les ordres de Slim : s'il lui demandait de suivre M. Baden, elle n'avait qu'à suivre M. Baden. Elle avait bien envie d'aller prévenir la voisine qui gardait parfois ses enfants, mais l'émissaire de son mari avait l'air si pressé...

— Monsieur, combien de temps m'accordez-vous ?

— Johnny, bon Dieu !... Johnny !... Dix minutes !... Mais pas une de plus, hein !

— Très bien. Je me dépêche.

Elle prit Louis dans ses bras et alla le porter dans sa chambre, sur son lit. Elle ouvrit une armoire et hocha la tête : son choix serait vite fait ! En tout et pour tout, elle ne possédait qu'une robe ! Par l'entrebâillement, elle aperçut John Baden qui s'était assis dans le fauteuil en rotin, devant la porte. Il mâchait du chewing-gum et avait une expression très sympathique sur le visage.

28

— Tu sais quoi ? Ça va te faire rire !

Irène tartina du bout d'un couteau d'argent une noisette de beurre sur un toast. Elle venait de se lever et avait constaté avec surprise qu'Herman l'avait rejointe dans sa chambre. En général, quand il se proposait de la faire rire, la vacherie n'était pas loin. Paradoxalement, elle souhaitait qu'elle éclate, impatiente d'être punie pour le rôle qu'elle avait joué dans la fausse mort de Satrapoulos. Vacherie pour vacherie, c'était de bonne guerre. Chatouillée par un subtil frisson de joie, elle se composa un visage détendu et de bonne humeur. Surtout, ne pas lui montrer qu'elle avait peur, et que cette peur lui était délicieuse...

— Vas-y mon chéri... Fais-moi rire.

— Je m'en vais.

— Tiens, en effet, c'est drôle...

— Et tu sais pourquoi je m'en vais ?

— Je suppose que tu as envie de partir.

— Exactement.

— Tu t'en vas quand ?

— Ce soir, dès que j'aurai réglé les détails avec mon avocat.

— Tu vas en prison ?

— Au contraire, j'en sors. Je divorce.

— Ah bon !... Tu devrais peut-être prévenir ta femme ?

— C'est précisément ce que je suis en train de faire.

Irène mordit à belles dents dans sa tartine. Comme elle sentait une nausée l'envahir, elle adressa un grand sourire jovial à Kallenberg.

— Mais alors mon chéri, tu es fâché !

— Pas contre toi. Contre moi.

513

— Oh ! c'est vilain ça ! Et qu'est-ce que tu t'es fait ?

— Je m'en veux d'avoir supporté aussi longtemps une conne de ton acabit.

— Tiens ?...

— D'ailleurs, tu n'y es pour rien, tu es folle. Ta place est dans une maison de santé.

— Mmmm... Tu serais mon infirmier. Tu me caresserais en me passant la camisole...

Subrepticement, elle laissa tomber trois pilules de tranquillisants dans sa cuillère remplie de confiture de fraises. En général, elle ne prenait sa première dose que vers midi. Mais apparemment, il y avait urgence. Le plus grave, c'était le calme imperturbable de Barbe-Bleue, son imperméabilité à toute ironie, à tout sarcasme.

— Ne cherche pas à m'asticoter Irène, tu n'y arriverais pas. J'aurais dû te tuer l'autre jour, je ne l'ai pas fait parce que tu es cinglée, mais tu es encore plus morte que si je t'avais enterrée il y a dix ans.

— Ça ne t'aurait peut-être pas déplu... La fortune de la bonne femme sans la bonne femme.

Il enchaîna sans daigner lui répondre :

— Tu comprends bien qu'après ce qui s'est passé, je ne tiens plus à vivre sous le même toit que toi. A la rigueur, je peux supporter la bêtise. Pas la trahison.

— Oh ! le gros mot !...

— Continue à faire le pitre, on verra bien qui rigolera en dernier !

— Alors mon petit chéri veut sa liberté ?... Tu as déjà jeté ton choix sur une pouffiasse ?

— Oui.

— Est-ce que je la connais ?

— Très bien.

— Puis-je savoir son nom ?

— Ta sœur.

Irène ne comprit pas tout de suite — peut-être ne voulait-elle pas comprendre. Outre ses nausées qui avaient gagné en intensité, elle percevait maintenant le rythme fou de son cœur qui galopait dans sa poitrine. Elle fit un effort terrible pour ne pas montrer sa panique, s'efforçant de barrer le passage aux deux mots que sa conscience refusait. D'une voix presque normale :

— Qui as-tu dit ?

— Lena, ta petite sœur préférée, la perle de la famille.

— Non, c'est trop drôle !

— Arrête de beurrer des tartines ! Il y en a déjà douze sur la table. Tu vas les manger toutes ?

514

Elle hurla :

— J'en beurrerai autant que je voudrai !

Herman jubila : cette fois, elle était touchée ! Il avait renversé les rôles ! Il sussura d'un ton doucereux :

— Très bien ma chérie... très bien... Beurre, beurre donc ! Entraîne-toi, tu vas avoir du temps libre...

Irène perdit tout contrôle :

— Et tu crois que je vais avaler ça ? Tu t'imagines que tu vas me plaquer pour ma conne de sœur ?... Ah !... Attends que maman soit prévenue !... Je vais lui téléphoner tout de suite !

— Vas-y mon amour, ne te gêne pas... Le téléphone, ça te connaît... Tu aurais dû faire carrière comme demoiselle des postes... Tu aurais pu semer la merde dans tout un circuit, espionner tout le monde...

— Herman... C'est vrai ?

— Tout ce qu'il y a de plus vrai. Après tout, tu peux toujours te faire épouser par ton ex-beau-frère. Après l'aide précieuse que tu lui as apportée, il voudra peut-être s'embarrasser d'une garce comme toi ?

— Salaud !... Salaud !... Salaud !...

Elle saisit une soucoupe pour la lui lancer en plein visage. Au vol, il lui attrappa le bras et le broya méchamment dans ses battoirs :

— Irène, Irène !... Comme tu es nerveuse ! Allons, calme toi !... Si tu es gentille, je t'inviterai à mes noces... Lena est d'accord. C'est qu'elle t'aime, ta petite sœur !

— Salaud ! Ordure !... Nos enfants !

— Ne t'inquiète pas, tu n'auras pas à t'en occuper !... Lena et moi avons décidé de les prendre avec nous.

De sa main libre, elle lança une attaque vers ses yeux. Là encore, elle fut bloquée dans son mouvement. D'une seule main, Barbe-Bleue lui emprisonna les deux poignets. De l'autre, calmement, il lui assena une lourde gifle sur les lèvres :

— Calme toi, chérie... Tu vois ce que tu m'obliges à faire ?...

Irène se mit à gigoter frénétiquement, gémissant, la bave à la bouche, suffoquée. Brusquement, elle parvint à se libérer, lui échappa, fit deux pas vers la porte et s'écroula de tout son haut. Raide. Kallenberg s'approcha d'elle, méfiant. Quand il fut certain que son évanouissement n'était pas un simulacre, il lui balança un coup de pied dans le ventre :

— Tiens salope ! Je te devais bien ça !

Puis, il s'avança dans le hall qui desservait l'étage, clamant d'une voix de stentor :

— Jeanine !... Jeanine !...

La femme de chambre apparut...

— Venez vite Jeanine !... Madame a encore eu une de ses crises !

Slim se fichait éperdument de l'architecture sudiste et de ses colonnades. La seule chose qui le frappait était l'absence d'air conditionné dans la chambre. Il faisait une chaleur épouvantable et sa montre marquait 13 h. Il s'était allongé sur son lit en sortant de la douche, sans se sécher. A quoi bon ? Même sans bouger, la sueur suintait de son torse nu et maigre. Comme Trendy le lui avait recommandé, il n'était sorti le matin que pour aller déposer sa carabine et trois chargeurs dans l'immeuble qui faisait face au *Royal Orléans*. La ville grouillait de monde, nul n'avait fait attention à lui. Une fois dans le bureau, il s'était installé devant la fenêtre protégée par des stores et avait étudié plusieurs angles de tir. Du gâteau... Il était convenu qu'il tire plusieurs balles dans la carrosserie dont certaines feraient éclater le pare-brise. Au moment des coups de feu, le désordre et la panique seraient tels qu'il pourrait filer tranquillement par les caves qui communiquaient et couraient sous plusieurs rues. Après quoi, il se mêlerait à la foule et se rendrait à la gare, à pied, pour y prendre le train de 16 h 45. Quand la police bouclerait la gare, il serait déjà dans son compartiment. Une demi-heure plus tard, à la hauteur du lac Borgne, il quitterait la Louisiane pour franchir la frontière d'Etat qui la sépare du Mississippi. La voie suivait la baie pendant des kilomètres, traversait Gulfport, Biloxi, Ocean Springs, Theodore et quelques autres bleds de moindre importance. Il ne s'arrêterait qu'à Mobile où il gagnerait l'aéroport en taxi et s'envolerait immédiatement pour le Nouveau-Mexique, à Albuquerque. De là, il reprendrait un car pour Pecos et s'y planquerait une huitaine de jours. Trendy avait promis de lui faire signe après ce délai. Il fallait laisser aux choses le temps de se tasser avant de pouvoir recueillir, avec Annie et les gosses, les fruits de sa mission. Trendy n'avait pas cherché à le bluffer :

— Suppose que les choses tournent mal, ça peut arriver hein, qui peut savoir ? Eh bien tu vas en taule, tu en prends pour dix ans pour tentative de meurtre. Après tout, tu n'as tué personne, hein ? En trois ans, tu es dehors. Peut-être même qu'on te fera sortir avant. Ce n'est pas ton intérêt : si tu vas en cabane, ta paye sera double. Un drôle de magot à la sortie !

Effectivement, cela ferait beaucoup d'argent. Mais ça le chiffonnait de ne pas voir les enfants pendant si longtemps. A ce prix, c'était encore payer bien cher la richesse...

Il se leva de son lit et alla soulever la jalousie de la fenêtre. En bas, sur le perron, un vieux beau faisait des ronds de jambe à une dame en robe noire et à cheveux blancs. Ils étaient donc increvables, les mecs, dans ce pays ! Sur l'avenue, il y avait beaucoup de trafic. On sentait qu'il allait se passer quelque chose dans la ville. Il sourit à l'idée que le supplément imprévu au spectacle, c'était lui qui allait le fournir. Et puis il eut trop soif : il décida de se rendre dans un bar discret afin d'y attendre l'heure H. Pourvu qu'il soit dans son bureau une heure avant l'arrivée des officiels au *Royal Orléans*... Il examina la chambre dans ses moindres détails, attentif à ne rien laisser qui puisse servir à retrouver sa trace. Non, c'était aussi impersonnel que s'il n'y avait jamais mis les pieds. Il essuya de son mouchoir la valise en fibrane qu'il abandonnait sur place pour donner le change au concierge — il avait payé huit jours d'avance — jeta sa veste sur ses épaules, descendit l'escalier en sifflotant, salua le gardien, s'excusa auprès du Don Juan sur le retour qui racontait une histoire fascinante à la grand-mère, fit quelques pas dans l'avenue et se laissa engloutir par la foule. Vingt mètres en arrière, Philly lui emboîta le pas. Philly avait une immense qualité aux yeux de ceux qui utilisaient ses services, Bert en l'occurrence : il avait tout de moyen, la taille, la corpulence, le visage, le front et même l'intelligence. Le genre de type qu'on croise cent fois sans le voir. Seulement, quand on lui confiait un boulot, il ne lâchait jamais le morceau. Ce qui le trahissait parfois dans son emploi d'homme invisible, c'était ses colères. A l'éclat dur de son regard, on s'apercevait alors qu'on avait affaire à un type dangereux. Au bout de dix minutes de filature, il vit Slim tourner à droite dans la rue Iberville. Apparemment, il ignorait qu'il était suivi, aussi décontracté et innocent que s'il se rendait chez des amis pour une partie de cartes. Quand il entra dans un bar, Philly sut que le moment était venu de passer à l'action. Bert lui avait expliqué au téléphone ce qu'il devait faire :

— C'est comme au poker menteur. Montre-lui que tu es au courant de ce qu'il mijote. D'ailleurs, il y a plus de neuf chances sur dix pour que tu dises vrai. Mets-lui directement le marché en main. Si tu t'y prends bien, il filera doux. Sinon, décroche et file jusqu'à un téléphone. Appelle-moi. Je te donnerai de nouvelles instructions.

Philly laissa passer cinq minutes et pénétra dans le bar. L'endroit s'appelait *Felix*. Une petite taule sympa bourrée de monde. La plupart des clients buvaient de la bière en bouffant des huîtres frites et des crevettes. Philly repéra Slim debout contre le comptoir, l'œil vague, sirotant une deuxième Guiness. Il s'installa auprès de lui et feignit de s'intéresser à l'écriteau où était marqué le prix des consommations.

Pour faire comme les autres, il commanda une bière. Le temps de l'avaler, il se tritura les méninges pour choisir le meilleur moyen d'attaquer Slim Scobb. Comme il détestait les subtilités, il finit par opter pour le plus simple : dire simplement et directement ce qu'il avait à dire. Sans tourner la tête vers Scobb — ils étaient pratiquement hanche contre hanche — il articula nettement, mais de façon à n'être entendu que de lui :

— Hé ! l'ami... Ecoute bien ce que j'ai à te dire ! Ne bouge pas, ne manifeste pas, écoute, c'est tout...

Il devina un tressaillement chez son voisin, ce fut tout. Slim continuait à boire, sans broncher, comme s'il n'avait rien entendu. Philly parla très vite :

— Tu t'appelles Slim Scobb. Tu habites le Bronx. Tout à l'heure, tu vas aller dans le Vieux Carré. Tu vas monter au quatrième étage, dans l'immeuble en face du *Royal Orleans*...

Du coin de l'œil, il lorgna Slim qui s'était figé : une statue de pierre...

— Là, tu iras t'enfermer dans le bureau 472. Dans un sac que tu as planqué, tu prendras une carabine tchèque à répétition. Il y a aussi des chargeurs dans le sac. Quand Scott Baltimore arrivera sur le perron de l'hôtel, tu vas tirer sur lui. Et le louper.

Dans le brouhaha du bar, la voix de Philly n'était qu'un murmure. Et même si on avait entendu ce qu'il disait, il n'était pas certain qu'on lui en aurait attribué la provenance, tant ses lèvres étaient serrées et semblaient rester immobiles

— Seulement, papa, il y a un os. Il faut pas que tu le rates. Si par malheur tu visais mal, tu ne reverrais jamais ta femme ni tes gosses. La belle Annie et tes trois mouflets, c'est nous qu'on les garde ! Maintenant je vais te prouver que je ne bluffe pas. Ne bouge pas d'ici. Je vais aller au téléphone et faire un numéro. Quand tu me verras en ligne et que je parlerai, viens me rejoindre. Tu auras ta femme au bout du fil, elle t'expliquera. C'est tout. Tu m'as compris ?

— Hé ! une Guiness ! dit Slim au barman.

Philly était soufflé : il ne lui avait même pas arraché une réaction. Il jeta deux pièces sur le comptoir et glissa à Scobb :

— Tiens-toi prêt !

Puis, il s'éloigna vers la cabine. Sa place fut immédiatement occupée par deux garçons qui bousculèrent Slim pour s'installer. Il ne les vit pas. Lentement, il tourna la tête et observa le type mettre des jetons dans l'appareil. Puis, la porte vitrée fut obturée par son dos et ses épaules. Tétanisé, Slim réfléchissait à toute allure... Si jamais c'était vrai ! Il les tuerait tous ! Il en ferait un carnage ! Mais qui ?... L'espace d'un éclair, ses yeux rencontrèrent ceux du type qui s'était retourné dans sa direction. Il comprit que le moment était venu. Nonchalamment, il se dirigea à son tour vers le téléphone. Quand l'autre l'aperçut, il laissa l'appareil décroché et sortit de la cabine.

En tremblant légèrement, Slim s'empara du récepteur...

— Allô ?

Ses mains étaient si moites que l'ébonite lui glissait des doigts... Une voix d'homme...

— Reste en ligne, ne quitte pas. Dans un instant, je vais te passer quelqu'un que tu connais bien... En attendant, je te conseille de ne pas oublier ce qu'on vient de te dire : c'est lui ou ta famille...

Pendant une seconde, il n'y eut plus rien, puis la voix d'Annie :

— Slim...

— Où tu es, nom de Dieu ?... gronda-t-il...

Elle répéta :

— Slim...

— Annie, c'est vrai ?...

— Oh ! Slim !...

Et il entendit, avec la même netteté que si elle avait été près de lui, un sanglot sourd lui déchirer la gorge... Les pleurs s'éloignèrent. Voix de l'homme...

— Ça y est, tu es fixé ?... Ecoute-moi bien. Si tout se passe comme on te l'a dit, dans deux heures elle sera de retour à la maison, et tes gosses aussi. Maintenant, à toi de choisir, tu es prévenu !

Slim se raidit pour prononcer ces trois mots qui ne voulaient pas lui sortir de la bouche :

— Qui me prouve...

— Rien ! Mais réfléchis, tu as pas le choix. Qu'est-ce que tu veux qu'on en foute, de ta famille ? Tu crois qu'on a envie d'ouvrir une garderie ? Dès que tu auras agi, on les relâche. Parole de...

Au bout du fil, l'autre ne trouvait pas la conclusion de sa phrase : parole de quoi ?

— Et puis, merde, tu as qu'à me croire ! Après tout, ça dépend de toi !

On raccrocha. Slim ne se décidait pas à lâcher le récepteur, comme s'il y avait eu encore une chance qu'Annie pût lui parler. Il sortit de la cabine sans remettre l'appareil sur sa fourche, jeta un billet sur le bar, quitta la salle et se dirigea vers le Vieux Carré, les jambes flageolantes.

Tout le long du parcours, les murailles n'étaient qu'un immense panneau de propagande. Les rues de La Nouvelle-Orléans répétaient à l'infini les deux mêmes visages et les deux mêmes noms : Scott et Peggy Baltimore.

Il y avait trois sortes d'affiches. Celles où Scott était seul, en gros plan, souriant de toutes ses dents, qu'il avait très blanches. Légende : *Pour que ça change...* imprimé en haut du panneau, sur les cheveux de l'intéressé. En bas, au niveau de son nœud de cravate, *Scott Baltimore.* Sur les autres, en pied, cheveux au vent et robe claire, la silhouette de Peggy. En grosses lettres, *Peggy,* en plus petites, *we want you,* et en énormes, *for president,* de telle sorte que l'œil, dans une première vision, embrassait d'abord la formule *Peggy... for president,* ne percevant le *we want you* qu'au prix d'un regard plus attentif. Sur la dernière, Scott et Peggy, tendrement enlacés, les yeux fixés sur l'avenir, c'est-à-dire les passants. Slogan : *Scott et Peggy Baltimore... Les plus jeunes présidents de l'histoire des Etats-Unis.*

— Ça te plaît ?

La voiture était découverte et glissait lentement entre deux haies humaines qui applaudissaient. Scott et Peggy, debout à l'arrière, faisaient des signes amicaux et chaleureux en réponse à l'ovation qui montait vers eux. A force de garder les lèvres largement ouvertes sur un sourire radieux, la jeune femme sentait des crampes douloureuses lui crisper les muscles zygomatiques. Sans cesser de sourire, elle dit à Scott :

— J'en ai marre de ce cirque... J'ai envie de me gratter au milieu du dos.

— Et moi de faire pipi. Tu vois, aucun des deux ne peut aider l'autre. Patience...

Tout en parlant, Scott nouait ses deux mains au-dessus de sa tête en un geste vainqueur. Peggy avait beau se refuser à l'avouer, elle était snobée par cette ferveur populaire qui jaillissait vers son mari. Elle s'imaginait avoir vécu l'expérience de la foule lorsqu'elle avait gagné des concours hippiques, mais l'enthousiasme politique n'avait aucune mesure avec les bravos discrets des amateurs de jumping. Elle savait pourtant comment on fabrique un surhomme, elle avait parfois assisté avec ennui et résignation aux préparatifs de la campagne, protestant lorsqu'on lui affirmait qu'elle aurait un rôle à y jouer si elle désirait que Scott soit élu. A entendre Pust Belidjan, cerveau de l'organisation — Peggy ne pouvait pas le voir en peinture, elle le trouvait « commun » — il était même nécessaire que leurs deux enfants, Michael et Christopher, quatre et trois ans, participent à l'exhibitionnisme ambiant. Peggy s'y était farouchement opposée. Scott lui-même n'avait pas osé insister. Peggy le regarda du coin de l'œil : il était vraiment magnifique, image de la jeunesse triomphante, bronzé, sain, décidé, beau, sympathique. Avec amertume, elle pensa que pas un de ses amants ne lui arrivait à la cheville. Pourquoi n'était-il pas

520

arrivé à concilier ses ambitions et l'amour qu'il avait éprouvé pour elle ? Elle fut soudain jalouse des marques de passion anonyme que Scott soulevait sur son passage. Elle comprit qu'elle tenait encore à lui parce que, de toute éternité, il était destiné à être le premier. Elle lui prit la main doucement et le regarda à l'instant précis où la limousine faisait son entrée dans le Vieux Carré. Un peu surpris — il avait dû la menacer pour qu'elle l'accompagne — il lui rendit son regard. Et son sourire. La voiture effectua un demi-tour pour venir se ranger devant le perron du *Royal Orléans*. Malgré les hurlements de joie des badauds, Scott et Peggy ne se quittaient pas des yeux, comprenant que tout était encore possible, s'expliquant, se pardonnant, se faisant des promesses, se jurant mille choses silencieuses avec ces mots idiots et nécessaires que l'on n'ose jamais prononcer et qui passent dans le regard, à défaut des lèvres. Une seconde et tout fut dit, qui avait été inexprimable.

C'est alors que la première balle fit exploser le pare-brise.

La Menelas commençait à avoir réellement peur. Et si Socrate ne venait pas la rechercher ? Elle était acagnardée sur le sable, y traçant du bout des doigts des dessins vagues. Quand elle avait vu l'hélicoptère disparaître, elle avait cru à un bluff passager, certaine qu'il allait faire demi-tour pour la reprendre. Mais le silence avait succédé au silence, l'inquiétude à la colère, la panique à l'inquiétude. Des pensées bizarres lui traversaient l'esprit, comme celles qu'on doit pouvoir éprouver lorsqu'on va mourir, des lambeaux de passé, des fragments de salles pleines qui l'applaudissaient, des visages d'hommes, celui de l'Américain farfelu qui lui avait fait découvrir la musique et le petit mur de pierres sèches à l'ombre duquel elle passait des heures, à Corfou, quand elle voulait s'isoler et se faire croire qu'elle était définitivement seule, unique survivante d'une humanité disparue. Mais en ce temps-là, quand elle avait réussi à se faire peur, il lui suffisait de franchir le mur pour apercevoir sa maison et faire s'évanouir le sortilège.

Sur cet îlot, il n'y avait ni mur, ni maison, ni personne. Elle était aussi seule qu'on peut l'être dans un cercueil. Pour se donner du courage, quand elle avait senti ses nerfs flancher, elle avait hurlé à pleins poumons. Unique résultat, les chèvres s'étaient éloignées sur leur rocher. Elle avait eu envie de les caresser et était partie à leur poursuite sans pouvoir les approcher à moins de cinquante mètres, s'écorchant les pieds dans la rocaille. A un moment, elle s'était appuyée sur un énorme cactus pelé et avait manqué défaillir. Collée au tronc, une autre branche verdâtre, rugueuse comme de l'écorce, hérissée d'aspérités. Au bout de la branche, deux yeux à demi recouverts par une lourde paupière et prolongés par une langue mince et fourchue : un iguane. Alertée, elle avait évité de s'approcher des autres cactus dont chacun semblait servir de refuge à des familles entières d'iguanes dont certains mesuraient plus d'un mètre. Ils se confondaient si totalement avec le végétal qui les portait qu'il était impossible de les repérer à première vue. Frissonnante, elle était retournée sur la plage, cette plage qui lui avait paru déserte et qui se peuplait maintenant de crabes monstrueux et craintifs. L'eau si claire semblait elle aussi parcourue de frémissements qui témoignaient d'une vie sous-marine intense. Elle imagina les plus gros poissons dévorant les plus petits, loi éternelle et abominable de la nature. Alors, elle se mit à pleurer, sachant très bien qu'elle ne survivrait pas à une nuit d'épouvante passée dans ce faux paradis.

Un bruit très discret la tira de sa torpeur et fit bondir son cœur dans sa poitrine... Un ronflement de moteur, chaud et rassurant, qui s'amplifia bientôt. Elle scruta le ciel nerveusement jusqu'à ce que ses yeux embués de larmes aperçoivent un point noir qui se rapprochait et qu'elle ne quitta plus du regard sauf pour consulter sa montre : il y avait plus de quatre heures qu'elle vivait mille morts. Réaction à sa peur, elle fut envahie par une bouffée d'agressivité qui le disputait à son soulagement. Elle ne comprit pas tout de suite : curieusement, le point s'était divisé en deux parties qui se superposaient, se chevau-chant l'une l'autre. A mesure que la vision se précisait, la Menelas en distinguait les deux fragments avec plus de précision. Celui du dessous était nettement plus petit. Elle y était... L'appareil charriait sous son ventre une énorme masse noire qui se balançait au bout d'un câble. Maintenant, elle distinguait dans la carlingue les deux silhouettes de Satrapoulos et de Jeff. Eux aussi devaient la voir. Malgré son angoisse rétrospective, elle poussa la coquetterie jusqu'à ne leur faire aucun signe malgré l'envie dévorante de hurler, d'applaudir, de battre des bras. Elle allait leur montrer qu'elle n'était pas une femmelette, qu'il lui était indifférent qu'on revienne la chercher plus tôt ou plus tard et qu'après tout elle était très bien où elle était et pouvait se passer d'eux. Elle feignit donc de jouer avec des coquillages, restant sagement assise dans une pose étudiée, exactement comme si cet héli-coptère ne tournait pas au-dessus de sa tête et... Bon Dieu ! Il s'éloignait ! Elle se dressa d'un bond et se mit à hurler. Dans un fracas, l'appareil survolait la plage sans ralentir. Huit cents mètres plus loin, il s'immobilisa à dix mètres d'altitude et entreprit de descendre centimètre par centimètre, lentement, jusqu'à ce que l'objet incongru qu'il portait sous ses flancs touche terre. Plus qu'elle ne le vit, elle devina qu'on larguait un filin. Elle commençait à courir comme une folle lorsque l'hélicoptère, libéré de son fardeau, se catapulta dans l'espace et reprit la direction du nord : ce n'était pas possible, « il » ne pouvait pas lui faire ça... Grinçant des dents, elle reprit sa course avec la sensation que ses muscles luttaient contre un milieu liquide... Arrivée à cinquante mètres du gigantesque colis, elle s'arrêta, interdite, brisée : le salaud lui avait parachuté son piano ! Elle éclata d'un rire nerveux qui se mêla à ses larmes... La plus célèbre pianiste du monde perdue dans une île déserte des Caraïbes, seule avec son Bechstein ! Car c'était un Bechstein ! A ses pieds, un petit paquet contenant des lainages, du vin, des fruits et des conserves. Elle eut envie de vomir. Chancelante, elle s'appuya de la main sur le bois en acajou sombre de l'instrument. Par réflexe beaucoup plus que par logique, elle fit glisser le câble d'acier de la queue du piano, en souleva le couvercle et effleura les touches. Dans cette immensité, elles rendirent un son parfaitement inhabituel, presque grêle. Sur le sable, elle vit l'enveloppe. Elle la décacheta et lut :

Gœthe s'est isolé six mois sur une île pour comprendre Spinoza. La Menelas tiendra bien trois ou quatre jours sur la sienne pour approfondir les subtilités de Chopin. Bonne solitude. SOCRATE.

Tout en pleurant, la « panthère » entreprit distraitement d'éplucher une banane.

Slim était agenouillé dans le bureau, devant la fenêtre. Les bières qu'il avait bues inondaient sa chemise. La peur lui nouait l'estomac. A force de tenir son regard rivé sur cette marée de têtes, ses yeux lui jouaient des tours, refusant d'accommoder, faisant danser de brèves zébrures multicolores sur un fond devenu brusquement noir ou pourpre. La sueur n'arrangeait rien. Pour la dixième fois, il essuya la frange de gouttelettes moites que ne retenaient plus ses sourcils. Il se força à ne plus regarder à l'extérieur et fit pivoter ses globes oculaires à plusieurs reprises vers la gauche — classeur métallique, chaise en acier chromé, pendule murale — et vers la droite — bureau gris clair, une vieille machine à écrire, deux autres chaises et une affichette montrant une fille splendide, la bouche humide, contemplant d'un air gourmand et sensuel une bouteille de Coca-Cola.

Il posa sa carabine sur le sol recouvert de linoléum beige et fit de grands moulinets avec ses bras. Après quoi, il sautilla rapidement sur place jusqu'à ce que les fourmis disparaissent de ses jambes. 16 heures... Maintenant, c'était une question de secondes. Il s'agenouilla à nouveau devant son observatoire. Il avait en enfilade l'avenue où allait apparaître la voiture de Baltimore. Mentalement, il en avait reconnu le trajet, s'installant dans des positions diverses, étudiant tous les angles de tir, essayant de se concentrer sur ce qu'il avait à faire pour ne plus penser à cette idée obsédante, Annie et ses enfants aux mains de salopards qui allaient les descendre de toute façon, quoi qu'il fasse. A travers la lunette de son fusil, il avait isolé des visages dans cette masse mouvante formée de milliers de gens, espérant reconnaître la sale gueule du type qui l'avait abordé, et la faire sauter d'un coup de flingue entre les deux yeux.

En arrivant dans le bureau, il s'était senti paralysé, incapable de prendre une décision. Nul ne pouvait l'aider. Il était trop tard pour mettre la main sur Trendy et l'informer de ce qui venait d'arriver. Et même, qu'aurait-il pu faire ? Que lui aurait-il dit ? Il avait été payé pour accomplir un travail. On avait enlevé les siens pour qu'il agisse en sens contraire de ce qu'on lui avait demandé. Quoi qu'il décide, il était piégé. S'il tuait Baltimore, il aurait beau invoquer la maladresse ou n'importe quoi, il savait que Trendy ne pardonnerait pas : on lui ferait la peau. S'il le ratait, les autres massacreraient sa femme et ses gosses. Il ne savait plus...

Il y eut un brouhaha sur la place. Slim se raidit. Là-bas, arrivant à petite vitesse, le cortège formé de plusieurs motards précédant une colonne de voitures semblant guider vers lui une longue limousine noire décapotable dans laquelle il distinguait deux silhouettes dressées et saluant de la main. Il épaula sa carabine, le crosse bien nichée dans le creux de son épaule, la joue humide appuyée sur le métal chaud. Il régla sa visée et regarda alternativement dans la lunette les visages de Scott et de Peggy. Même à cette distance, il n'aurait manqué aucun d'eux s'il avait tiré. Maintenant, les motards pénétraient sur la place. Du bout de son fusil, Slim ne lâchait plus la voiture du futur président. Il la vit amorcer une courbe large pour venir se ranger devant le *Royal Orléans*. Déjà, le maire de la ville descendait les premières marches du perron pour se porter à la rencontre de ses hôtes. Trois mètres encore et la Cadillac allait s'arrêter. Alors, Slim s'aperçut que Baltimore et sa femme se regardaient intensément, comme s'ils avaient été seuls en cette seconde. Avec le rapprochement de la lunette, il les voyait d'aussi près que s'ils avaient été tout contre lui. Graves tous deux, se racontant des yeux une histoire muette, une histoire d'amour. Oui, c'était ça, ils se disaient une histoire d'amour, le mari et la femme, jeunes, riches, invulnérables, tout-puissants...

— Annie... Annie... articula Slim d'une voix rauque.

Presque sans y penser, son doigt caressa un peu plus fort la détente, lui imprimant un mouvement latéral infime, un millimètre peut-être. Le coup partit, pulvérisant le pare-brise.

524

— Annie, Annie !... Salauds !

Slim écrasa la détente. En point de mire, il avait la tête de Scott dont l'expression, après le premier coup de feu, s'était instantanément muée en une stupéfaction incrédule. Le front de Baltimore s'étoila de rouge et Slim vit nettement le sang gicler de la terrifiante blessure. Puis, Baltimore s'affaissa lentement tandis que Peggy, la bouche ouverte pour un cri immense que Scobb n'entendit pas, se jetait sur son corps et l'étreignait, le regard rivé à sa tête fracassée. Slim se leva vivement, démonta son arme en un éclair et l'enfouit dans un sac de sports, une espèce de housse en plastique destinée à du matériel de golf. Il ouvrit la porte du bureau, marcha d'une allure normale dans le couloir où se précipitaient des employés dont nul ne lui accorda le moindre regard. Il enfila l'escalier de service, dépassa le rez-de-chaussée et s'enfonça jusqu'au deuxième sous-sol. Il avait parfaitement le plan des caves en mémoire. Trois portes à franchir et il se trouverait dans un immeuble donnant sur Bourbon Street. Trendy lui avait remis trois clés pour les ouvrir. Elles cliquetaient dans la poche de son pantalon et, à leur seul relief, il pouvait identifier celle qui ouvrirait chacune des portes... Désormais, Annie et les enfants avaient peut-être une chance infime de s'en tirer. Quant à lui, à la vie et à la mort, il serait un homme traqué, condamné. Où qu'il soit, quoi qu'il fasse, où qu'il aille, il devrait se maintenir en état d'alerte, dormir d'un œil, manger sans plaisir, exister la trouille au ventre Pourtant, il avait décidé de ne pas céder au chantage, il n'avait pas voulu tuer Scott Baltimore. Jusqu'à la dernière seconde. C'est en les voyant s'aimer que son doigt s'était crispé, devenant autonome, indépendant, agissant à sa place, ses nerfs prenant leur revanche sur sa volonté.

Au bout de l'immense couloir, il vit la première porte. Il se débarrassa du sac contenant la carabine en le jetant par-dessus le vantail d'une cave. Il pressa le pas tout en sortant de sa poche la clé numéro un. Il en introduisit l'extrémité dans le pène : ce n'était pas la bonne... Il essaya la seconde : elle n'entra pas non plus. D'un revers du bras, il essuya la sueur qui l'aveuglait et tenta d'enfoncer la troisième dans la serrure : rien à faire !... Aucune des clés ne correspondait... On s'était foutu de sa gueule, il était coincé comme un rat ! Il fit demi-tour et se mit à courir comme un fou dans ce couloir de cauchemar, s'attendant à chaque instant à se trouver nez à nez avec un tueur chargé de le descendre. Si Trendy l'empêchait de prendre la fuite, ce n'était certainement pas pour lui laisser la vie. Il se maudit de l'avoir cru et d'avoir obéi à ses ordres : pourquoi s'était-il débarrassé aussi vite de son arme ? Il accéléra encore. Sa seule chance était d'arriver à son point de départ avant que les autres se soient organisés. S'ils l'attendaient là-haut, il lui était encore

525

possible de leur échapper à la faveur de la confusion et de la panique. Il déboucha au pied de l'escalier, grimpa les marches quatre à quatre et se retrouva au rez-de-chaussée encombré par une foule de gens qui vociféraient.

— Hé là !... Où allez-vous ?

Un cordon de flics barrait la porte d'entrée. Stupidement, Slim fit volte-face pour regagner l'escalier qu'il venait de quitter — et dont il savait pourtant qu'il se terminait en cul-de-sac. Plusieurs types en civil lui barrèrent le passage. L'un d'eux lui accrocha le bras. Désespérément, Slim essaya de se dégager. Deux autres lui tombèrent dessus...

— C'est lui !

Une grappe de flics se rua sur lui. Entravé, les bras tordus dans le dos, il fit quelques pas, le corps penché en avant à quarante-cinq degrés, poussé, tiré, il ne savait plus, affolé, en état second, sa chemise déchirée, saoulé de coups. Puis il se raidit sous l'effet d'un épouvantable électrochoc : parmi les visages tourbillonnants dans une valse folle, il aperçut celui de Trendy qui semblait pousser un homme en avant. Les yeux de Slim se portèrent sur le bras droit de l'homme, sur sa main : elle était vide. La mort partit de la main gauche. Trois balles groupées dont l'impact se situa en dessous de l'estomac.

— Salaud !... Salaud ! Il a assassiné le futur président !

Tous les visages haineux basculèrent soudain dans un soleil d'un blanc absolu. Pour son ultime seconde de conscience, Slim Scobb vit le type qui l'avait tué jouer des coudes, se frayer un passage dans la foule et disparaître.

Quand Jeff reprit de l'altitude après avoir déposé le piano, le Grec eut une espèce de remords : la leçon n'était-elle pas trop dure pour la Menelas ? Il la voyait courir, silhouette fragile, pâle et minuscule sur cette langue de sable noir où il avait décidé de la laisser croupir huit jours avant de revenir la prendre. Il faillit dire au pilote de rebrousser chemin et arrêter là la plaisanterie. Mais Jeff eut un mot malheureux :

— Patron...

Il regardait S.S. d'un air de reproche, suppliant presque.

— Quoi, qu'est-ce qu'il y a ? aboya le Grec.

— Ne croyez-vous pas que...

Du coup, Socrate se durcit, bien décidé à jouer son personnage d'offensé jusqu'au bout.

— De quoi te mêles-tu ? Pilote, c'est tout !

Jeff hocha douloureusement la tête, très chien battu qui n'en peut mais. Le Grec se renfrogna et se força à ne plus penser à ce qu'il venait de faire. Et si elle était malade ? Et si elle se suicidait ? C'était un risque à courir. Il fallait lui montrer qui était le maître ! Elle l'avait humilié deux fois devant des membres de son personnel, deux fois de trop !

— Patron !

Exaspéré, S.S. se jura incontinent de vider ce crétin qui se croyait obligé de faire du zèle. Pourtant, quelque chose à son ton lui dit que Jeff venait d'apprendre une nouvelle grave. Il avait les écouteurs radio sur les oreilles. Il s'en débarrassa et les tendit au Grec. A travers le bruit du moteur, il entendit une voix nasillarde et bouleversée rapporter un événement incroyable : on venait d'assassiner Scott Baltimore ! Le speaker précisait d'une voix hachée comment s'était déroulé le meurtre. Le Grec arracha les écouteurs :

— D'où tu captes ça ?

— Miami.

— Retourne !

— Au bateau ?

— A l'île !

Jeff effectua un long virage glissé et mit cap au sud. Dix minutes plus tard, ils étaient à nouveau au-dessus de l'île. Le Grec aperçut la Menelas, minuscule, comme écrasée par la masse du piano. Elle faisait des gestes immenses vers le ciel. Paradoxalement, il fut submergé par une vague de tendresse. Quand l'appareil se posa à cinquante mètres d'elle, elle se précipita pour y grimper. Socrate lui tendit la main. Elle n'eut pas un regard pour le Bechstein qu'on laissait sur place. Il vit qu'elle avait pleuré, qu'elle se retenait encore pour ne pas le faire. Malgré la chaleur, elle semblait avoir froid et se pelotonnait sur son siège avec les gestes rabougris et craintifs qu'ont les rescapés des catastrophes. Elle ne prononça pas un mot, lui non plus. A un moment, sans le regarder, elle lui prit la main et la serra. Il lui rendit sa pression et articula doucement :

— On vient d'assassiner Scott Baltimore.

Ce fut tout. En arrivant sur le yacht, le Grec rédigea immédiatement un câble adressé à Peggy Baltimore :

Bouleversé par l'affreuse nouvelle. Pense à vous de toutes mes forces et avec tout mon cœur. En tout et pour tout, me tiens très humblement à votre totale disposition. Socrate.

Deux heures plus tard, alors qu'il réfléchissait, il eut le choc de sa vie : Kirillis lui apportait une réponse à son message ! Elle était signée « Peggy » et il dut la relire à trois reprises en tremblant un peu :

Merci. Me sens horriblement perdue et seule. Vous verrai aux obsèques.

QUATRIÈME PARTIE

29

— Maintenant, regardez-moi bien dans les yeux... Votre regard devient lourd... lourd... Vos jambes pèsent une tonne... Vos bras sont lourds... lourds... extrêmement lourds... Tout votre corps se fait lourd, devient lourd... lourd... Vous avez envie de fermer les yeux parce qu'ils sont lourds... Trop lourds pour vos paupières... Mais résistez... Ne les fermez pas encore... Essayez de les garder ouverts... Pourtant, vos paupières sont lourdes comme du plomb... Vous avez du plomb sur les paupières... Vous allez dormir... dormir... Ça y est... Vos paupières lourdes comme du plomb se ferment... Il vous est impossible de ne pas dormir... Impossible... Vos yeux sont fermés... Vos paupières sont rivées l'une à l'autre... Ne bougez plus ! Vous ne pourrez pas les décoller avant que je vous en donne l'ordre !... Maintenant, vous allez vous lever et vous asseoir sur cette chaise...

— Je dois toujours garder les yeux fermés ?

Le médecin eut un soupir d'exaspération :

— Ecoutez... Vous ne m'aidez pas beaucoup !

Tout l'agaçait dans cet étrange client. Son anonymat d'abord, qui allait à l'encontre des règles de la profession exigeant que chaque patient décline son nom et donne son adresse. Seulement, ce type était-il un patient ? Dix jours plus tôt, le Docteur Schwobb avait reçu un appel d'un confrère éminent, le professeur Herbert, l'un des rares cardiologues new-yorkais à avoir sa clinique privée en étage dans la 5e Avenue :

— Un de mes amis voudrait s'initier aux secrets de l'hypnose. Pourriez-vous l'éclairer ?

Schwobb, perplexe, s'apprêtait à répondre qu'il n'enseignait pas quand l'autre avait ajouté :

— Bien entendu, je sais combien votre temps est précieux. Mon ami l'évalue à cinq cents dollars la séance. Si cela vous paraît trop peu, n'hésitez pas à le lui dire : il est prêt à payer n'importe quoi pour bénéficier de vos conseils.

Ahuri par l'importance de la somme, Schwobb avait balbutié :

— Mais... Professeur... Votre ami est-il médecin ?...

Herbert avait gloussé de joie :

— Cher ami, s'il l'était, pensez-vous qu'il aurait les moyens de vous verser de tels honoraires ?

Ils étaient convenus d'un rendez-vous pour le mystérieux « ami » et, depuis ce jour, le petit homme en alpaga noir, tiré à quatre épingles, arrivait ponctuellement dans le cabinet du docteur à 10 heures du matin. Dès la première séance, Schwobb avait tenu à mettre les choses au point :

— L'hypnose est une thérapeutique et, comme telle, elle est dangereuse. Avant de commencer quoi que ce soit, je voudrais savoir à quel usage vous destinez les connaissances que vous désirez acquérir.

Très simplement, l'autre avait répondu :

— C'est pour une femme.

— Vous voulez enseigner l'hypnose à une femme ?

— Pas du tout. Je voudrais séduire une femme grâce à l'hypnose.

Schwobb avait senti les bras lui en tomber :

— Mais Monsieur !...

Il aurait voulu lui dire qu'il n'était pas un spécialiste du courrier du cœur, mais un médecin pratiquant : M. Smith — tel était en tout cas le nom que Herbert lui avait fourni — ne lui en avait pas laissé le temps :

— Peut-être n'êtes-vous pas d'accord sur le montant de vos honoraires ? Voyons... Le professeur Herbert m'a bien parlé de mille dollars la séance ?

Vaincu par cet irrésistible argument, Schwobb avait rétorqué :

— Très bien, commençons tout de suite.

Après tout, l'argent ne courait pas les rues et, en dehors des chirurgiens esthétiques et des cardiologues mondains, qui pouvait se vanter de pratiquer à de tels tarifs ? Maintenant, il regrettait presque d'avoir accepté ce pactole. Pour que son client assimile parfaitement l'essence même de l'hypnose, Schwobb, à plusieurs reprises, avait tenté de l'endormir : rien à faire ! Une force inadmissible émanant de sa personne avait vite prouvé au praticien que son client était rebelle à toute forme de persuasion : à aucun moment, il n'avait pu provoquer le plus petit début de transe. Une seconde personnalité semblait veiller en lui, suppléant à la première malgré son évidente bonne volonté de se prêter à l'expérience. L'idée avait même effleuré Schwobb que ce type était un spécialiste, que son collègue Herbert avait voulu le mystifier, lui faire une mauvaise blague. Pourtant, des blagues à ce prix-là... A la fin de chaque séance, l'élève tendait à son maître, discrètement plié dans la paume de sa main, un billet de mille dollars. Ce billet, aujourd'hui, Schwobb ne pouvait plus l'accepter. Après huit tentatives vaines, il décida d'avouer franchement son échec :

— Ecoutez... Il faut que je vous dise... Je renonce.

Smith leva sur lui des yeux étonnés :

— Pourquoi ?

— Je n'ai aucun pouvoir sur vous.

— Mais Docteur... vous inversez les rôles. Je ne suis pas là pour que vous m'endormiez, mais pour que vous m'appreniez à endormir les autres. Enfin... l'autre... De combien de leçons ai-je encore besoin pour arriver à un résultat ?

Schwobb eut un geste d'impuissance :

— Entre nous, Monsieur... Smith... Pensez-vous que vous ayez réellement besoin des secours de l'hypnose pour séduire qui que ce soit ?

— Si cela n'était pas, Docteur, que ferais-je ici ?

Schwobb se racla la gorge :

— Vous avez pourtant une remarquable force intérieure.

— En certaines occasions, disons... professionnelles, c'est possible. Mais dans ma vie privée...

Le toubib eut un imperceptible sourire : son patient n'avait pas l'air d'avoir encore compris que la richesse de la vie privée était complètement assujettie à la fortune. Comment pouvait-on paraître si puissant et perdre son temps à de tels enfantillages ? D'une voix douce :

— Si je comprends bien, vous voulez obliger, grâce à l'hypnose, une femme à vous aimer ?

— Ne rêvons pas ! Ce que j'attends de vous, c'est que vous me donniez quelque chose dans le regard qui l'oblige à me voir, qui la force à poser les yeux sur moi. C'est tout ce que je demande. Le reste, j'en fais mon affaire.

Schwobb s'abîma dans un silence. Ce désarroi avoué le regonflait, lui rendait vis-à-vis de son bizarre élève une partie de l'assurance qu'il avait perdue à son contact. D'un ton plus ferme, il lança :

— Parfait ! Eh bien, nous allons parer au plus pressé ! Je vais vous donner quelques trucs pratiques qui vous rendront maître de la situation...

L'autre leva un doigt interrogateur. Coupé dans son envolée, Schwobb fut obligé de s'interrompre :

— Oui ?... Je vous écoute... dit-il avec agacement.

— N'oubliez pas que si elle ne me voit pas...

— Je sais... Je sais ! Enfin, vous n'avez pas six ans ! Il y a tellement de choses à faire pour capter l'attention !

— La sienne est déjà très sollicitée.

— Allons ! Vous savez très bien que vous n'avez jamais rien essayé. Ne me dites pas que si vous lui passez devant avec un régime de bananes sur la tête, elle ne vous verra pas !

Schwobb gloussa tout seul de sa plaisanterie : l'autre resta de marbre.

— Ecoutez cher ami, je suis certain que vous n'aurez pas à vous donner autant de peine. Ça ira tout seul ! Il n'y a pas que les yeux qui comptent, il y a la voix, l'intonation, les gestes ! Franchement, entre hommes, qu'attendez-vous d'elle ? Souhaitez-vous l'épouser ?

Le Grec eut un ricanement désabusé :

— Non. Personne ne l'épousera jamais...

— Vous voulez peut-être en faire votre maîtresse ?

— Même pas. Je n'en demande pas tant... Une amie, rien qu'une amie.

Schwobb eut une moue discrètement peinée :

— Je ne voudrais pas être indiscret, mais... Avez-vous des problèmes d'ordre sexuel ?

Satrapoulos éclata de rire sans retenue :

— Non Docteur, non !... Excusez-moi... Je ne crois pas que vous puissiez comprendre...

Pourquoi lui aurait-il expliqué qu'il avait un désir dévorant de conquérir la femme la plus célèbre des Etats-Unis ? Et comment lui faire avaler que la personne en question le figeait, comme si l'idée même de faire l'amour avec elle eût été incestueuse ? Oui, c'était exactement ça ! Il n'imaginait pas sans gêne que l'idole pût descendre de son piédestal pour s'allonger dans un lit à ses côtés. Quand cette image l'effleurait, il avait beau la repousser de toutes ses forces, elle le plongeait néanmoins dans un intense sentiment de culpabilité. Un peu comme si on lui avait proposé de coucher avec sa propre mère.

Mais pourquoi, merde ! Pourquoi ?

Il avait bien changé, Fast. Lena ne tenait pas trop à approfondir en quoi, car cette métamorphose lui était plutôt déplaisante. Le hippie farouche qu'elle avait connu cinq ans plus tôt était toujours aussi inquiétant et superbe que jadis. Seulement, ses préoccupations n'étaient plus les mêmes. Maintenant, il avait des soucis d'argent. Non qu'il en fût privé, ce qu'il avait supporté avec décontraction dans le passé, mais parce qu'il s'était soudain découvert une rage de posséder qui le jetait dans de folles dépenses. Grâce à Lena, qui l'avait couvé, fait connaître et imposé, les toiles de Fast figuraient dans plusieurs musées et étaient la fierté des collectionneurs d'avant-garde. En fait, le mot « toile » n'était pas exact. Fast avait fait exploser la peinture. Il avait dynamité graphisme et couleurs, ces deux mamelles flasques, en leur conférant cette fameuse troisième dimension que les pauvres besogneux du passé, Piero Della Francesca, par exemple, n'avaient réussi à introduire dans leurs œuvres que par cette ruse misérable, la perspective. Fast, lui, avait réellement apporté à l'art de tous les temps l'élément qui lui manquait pour qu'il prenne vie : la profondeur. Il n'était pas question d'accrocher ses trouvailles sur des murs mais de leur faire occuper un espace et un volume dans un lieu privilégié. A New York, sa première exposition avait fait se pâmer tous les esthètes. Dans une salle vaguement éclairée par une lumière bleutée, il avait placé un vieux lit métallique au sommier crevé, récupéré dans une décharge publique d'Istanbul. Sur le lit, un drap froissé et souillé de taches suspectes. Au centre de ces taches, un jet de sang séché et brunâtre... mais pas n'importe lequel. Le catalogue précisait dans une description dithyrambique : *Ce sang a une histoire douloureuse : c'est celui des menstrues d'une jeune femme liée à la vie de l'artiste, mais dont, par un souci de pudeur bien compréhensible, il se refuse à livrer le nom.* L'ensemble, lit souillé et sang de menstrues, était intitulé : *Fin de partie*. La critique, soufflée, n'avait pu qu'admirer. L'un de ses plus célèbres représentants, par crainte d'être pris de vitesse, avait même écrit : *Fast, cet inconnu qui va plus loin que Rembrandt.*

Sur cette lancée superbe, Fast avait enchaîné œuvre sur œuvre, emportant les ultimes réticences par une dernière composition époustouflante : dans un verre de Murano en forme de bec, des centaines de rognures d'ongles. Titre : *Les femmes que j'ai aimées,* et, en sous-titre, *Unguibus et rostro.* Rapidement, Lena avait été dépassée par le succès de son amant et protégé. Il condescendait parfois à la rencontrer à New York, où il avait transformé en atelier un immense hangar des docks, acheté à prix d'or — par Lena — à une compagnie maritime. Quand elle était en Europe, elle le mitraillait de coups de téléphone, l'implorant de venir la rejoindre, lui envoyant des billets d'avion pour Paris où l'appartement de la rue de la Faisanderie, qu'elle avait conservé après sa rupture avec Marc, était jonché d'œuvres mineures qu'elle avait arrachées à son génie à coups de millions — Fast prétendait que, pour aimer une création, il faut la payer très cher.

Effectivement, Lena avait payé très cher tout ce qui lui venait de lui. Son coup de foudre pour le jeune homme avait été sanctionné par deux divorces, dont l'un au moins, par sa rapidité, faisait figure

535

de classique dans les annales de la séparation. Après avoir quitté Mortimer et renoncé à son titre de duchesse de Sunderland, Lena s'était retrouvée dans les bras de son propre beau-frère. Sans transition. Désemparée, elle avait accepté son invitation de se rendre à Portofino à bord du *Vagrant*. Le lendemain même de son arrivée, Barbe-Bleue l'y rejoignait, la retrouvait dans sa chambre et la possédait comme une brute qui a déjà attendu trop longtemps. Cueillie à froid — si l'on peut dire — Lena n'avait envie de rien sinon de se laisser ballotter par les événements. Autant pour agacer sa sœur que défier S.S. ou montrer à Mortimer qu'il serait remplacé très vite, elle accepta la proposition d'Herman qui maintenait son offre : l'épouser. Kallenberg avait fait hâter les procédures par lesquelles il allait mettre Irène au rancart et devenir le mari de Lena. L'opération présentait pour lui un double avantage : il échangeait une femme usée pour une épouse neuve sans pour autant changer de belle-mère — ce qui arrangeait bien ses affaires à de nombreux égards. En outre, sa vanité était satisfaite : il chaussait les pantoufles de son ennemi héréditaire, le Grec.

Il avait tenu, par esprit sadique, à ce que les noces aient lieu dans la propriété qu'il avait refusé d'acheter à Irène qui n'en avait connu de près que la fosse à purin.

Le jour du mariage était arrivé. Devant le perron du château, un échantillonnage varié des plus luxueuses voitures du monde. Une centaine d'invités, amis « intimes », participant à une cérémonie à laquelle Kallenberg avait voulu conférer un caractère bon enfant et campagnard. Au cours du déjeuner, Barbe-Bleue se penchait fréquemment sur sa nouvelle épouse et l'embrassait avec des airs de propriétaire parvenu, afin que nul n'en ignore. A un moment, il glissa sur ses genoux un écrin de cuir noir. Elle l'ouvrit. Il contenait une extraordinaire parure de diamants, celle-là même que Louis XV avait offerte à Marie Leczinska pour la remercier de lui avoir donné un dixième enfant.

— Elle te plaît ? demanda Herman.

— Mettez-la autour du cou !... crièrent quelques invitées.

Lena la passa. Il y eut des murmures admiratifs dans la grande salle et Kallenberg comprit qu'il en avait eu pour son argent. Puis, en dix secondes, prit place l'événement qui allait transformer cette atmosphère de liesse raffinée et plutôt discrète en une stupéfiante explosion. En cet instant précis, Barbe-Bleue allait vider son verre et s'apercevait que celui de Lena était vide. Il fit un signe à un valet qui s'avança, un flacon de vieux bordeaux à la main. Pendant qu'on la servait, Lena, par hasard leva les yeux et subit le choc de sa vie : en face d'elle, de l'autre côté de la table, beau comme un prince et vêtu d'une livrée de domestique, Fast ! Sûr de lui, un sourire vaguement ironique sur les lèvres, il accrocha son regard. Fascinée, les yeux rivés à ces extraordinaires yeux bleus, Lena pensa qu'elle allait vomir, ou s'évanouir. Son cœur se mit à cogner dans sa poitrine comme un moteur de grosse cylindrée dans la carcasse trop frêle d'un tacot. En une seconde, des pensées folles l'habitèrent : qu'est-ce qu'elle faisait là ? Ah oui ! elle se mariait !... Avec qui ? Elle ne savait plus... Pourquoi ?... Elle l'ignorait... Et lui, lui qu'elle aimait, comment était-il là ? Des décharges électriques lui partirent des orteils pour prendre son corps à l'abordage. Fast !... Fast !... L'envie brutale qu'elle avait de lui était si forte que, paradoxalement, elle en était désincarnée, absente à tout et à tous, ailleurs, à des milliers d'années de lumière, emportée par ce courant magnétique qui la rattachait à ce regard aussi solidement qu'un câble d'acier.

— Comme votre robe est belle !... s'extasia son voisin de gauche. Sa robe ? Quelle robe ? Elle se sentait nue, transparente au regard de Fast, et désireuse de l'être. Elle le vit lui faire un signe, imperceptible pour tout autre qu'elle. Après quoi, il dit deux mots à un maître d'hôtel qui haussa les épaules d'un air agacé et contrarié. Puis, sans se retourner, il quitta la pièce.

— ... à Capri, Acapulco, Hongkong, sans compter que...

— Hein ?... Quoi ?

— Je te demande à quel endroit tu souhaites que nous fassions notre prochain voyage. A quoi penses-tu ?

Herman la dévisageait d'un air inquisiteur... Sans mentir, elle répondit :

— Je crois que je vais être heureuse... Veux-tu m'excuser un instant ?

Elle quitta sa chaise et se dirigea vers la sortie, distribuant machinalement des sourires qui ne s'adressaient à personne. Des larbins s'écartèrent sur son passage. Arrivée sur le perron, elle jeta un regard circulaire. Sur la gauche, à une trentaine de mètres, elle aperçut Fast qui semblait l'attendre. Quand il la vit, il tourna le coin du bâtiment et disparut derrière les communs. Le ciel était gris et bas, personne en vue. Elle le suivit. Parvenue à l'endroit où se trouvait Fast quelques secondes plus tôt, elle se repéra et chercha en vain où il pouvait être. Elle entendit une porte grincer et devina sa silhouette plutôt qu'elle ne la vit, dans l'encadrement d'une petite écurie où l'on parquait des juments et leurs jeunes poulains. Elle souleva le bas de sa robe et s'avança. Elle atteignit la porte et la poussa timidement...

— Fast... Fast ?...

Il y eut le bruit des chevaux qui reniflaient en frottant leurs sabots contre le sol. Il faisait trop sombre pour qu'elle pût s'orienter. Tout au plus distinguait-elle vaguement de nombreuses stalles... Elle répéta, sur un ton plus pressant :

— Fast...

Et faillit hurler. Deux bras s'étaient enroulés autour de son corps, par-derrière, et les mains de Fast lui étreignaient les seins sans équivoque. Elle voulut protester et, mollement, feignit de se débattre

— Fast !... Fast !

L'une des mains quitta son sein, remonta jusqu'à son visage et se posa contre sa bouche.

— Chut !

— Mmmm...

— Chut !

Elle aurait voulu lui parler, lui demander par quel miracle il se trouvait au déjeuner de ses noces, pourquoi il ne lui avait jamais fait signe depuis la scène mémorable où elle l'avait découvert pratiquement étouffé sous le corps de Mortimer... Elle aurait voulu lui dire qu'elle avait pensé à lui, qu'elle avait prié pour le revoir et que, chaque fois que Kallenberg l'avait prise, c'était à lui qu'elle avait pensé en manquant crier son nom. Mais Fast ne relâchait pas sa pression. Elle fit un mouvement pour se retourner. Brusquement, leurs deux visages furent en contact. Lentement, il fit glisser ses doigts de la bouche de Lena, mais chaque millimètre de peau libéré se trouvait investi à nouveau par ses lèvres à lui, chaudes, douces et dures comme elle avait rêvé tant de fois qu'elles pouvaient être. Quand leurs deux bouches furent rivées l'une à l'autre, quand il fut certain qu'elle ne pourrait plus crier, qu'elle ne le voulait pas, il lui retroussa sa robe et palpa ses cuisses nues, remontant plus haut, là où la peau est aussi tiède et souple que sous l'aile d'une tourterelle. Elle eut une dernière velléité de révolte et se laissa aller en gémissant doucement, haletante, bouleversée, à deux doigts de la mort. Toujours debout, ils roulèrent sur eux-mêmes contre la paroi de la stalle jusqu'à ce que le dos de Lena fût calé par les flancs d'une jument qui s'ébroua. Quand Fast entra en elle, Lena s'arc-bouta contre le pelage chaud et vivant de la bête. Toujours sans un mot, Fast la pénétrait avec lenteur et puissance. Elle cambrait ses reins contre lui, tentant d'accélérer ce mouvement délicieux qui lui arrachait des râles. Mais Fast, imperturbable, ne changeait pas de rythme, prolongeant cette agonie de plaisir dont la violence devenait insupportable dans les effluves forts de l'odeur animale. Quand tous deux eurent dépassé la limite au-delà de laquelle plus rien n'est conscient, Lena se sentit soulevée du sol et transpercée à trois reprises par trois coups de poignard qui lui arrachèrent une longue plainte rauque de bonheur auquel se joignit le cri de victoire de Fast. Puis, il advint quelque chose d'abominable, de monstrueux. L'écurie s'illumina brutalement. Par les deux vantaux de la porte ouverte, la lumière du jour pénétra à flots. Avec un grognement, Kallenberg se rua sur Fast et Lena, toujours l'un dans l'autre...

— Je savais bien que ce salaud de Grec n'avait pu épouser qu'une putain !

Au passage, il décrocha un fouet de cocher dont la lanière s'éleva dans l'air et s'abattit en sifflant sur le dos de Fast. La jument, affolée, fit un écart. Fast en profita pour se dégager, trop occupé à lever les bras pour se protéger, ne pouvant même pas retenir Lena qui chutait dans la paille les jambes en l'air.

— Salope !... hurla Barbe-Bleue. Il commit l'erreur de vouloir la frapper. A la vitesse de l'éclair, Fast étendit la jambe. Kallenberg bascula en avant. Avant même qu'il eût touché le sol, Fast lui assenait derrière la nuque un coup du tranchant de la main. Le colosse grogna, s'étala de tout son long entre les jambes de la jument et tituba, à quatre pattes, incapable de se relever.

— Viens ! dit Fast. Il prit Lena par la main et l'entraîna. A toute allure, ils traversèrent la cour des communs dallée de briques rouges. Un instant plus tard, ils étaient installés dans une petite voiture dont Fast fit ronfler le moteur. Il démarra en bolide. A des kilomètres de là, sur une route déserte, ils s'étaient arrêtés. Fast l'avait regardée longuement. Elle était pleine de brins de paille qui prenaient des allures de parure sophistiquée dans la soie de ses cheveux blonds. Il avait laissé tomber :

— Et maintenant ?

Sans comprendre pourquoi, ils avaient éclaté de rire simultanément.

— Et tes invités ?... ajouta Fast dans un hoquet...Tu parles d'un happening !

Plus tard, Lena avait appris que Kallenberg s'était excusé auprès de ses hôtes de l'absence de sa femme en prétextant qu'un malaise subit, etc. enfin, les formules d'usage. Le désarroi de l'armateur n'avait été que momentané. Dès qu'elle revint chez elle pour y prendre son courrier, le premier télégramme que Lena décacheta était ainsi rédigé : *Reste où tu es mais renvoie la parure. Herman.* Les avocats avaient fait le reste. Le divorce avait été prononcé six mois plus tard, temps minimum de la procédure. En tout et pour tout, Lena et Kallenberg avaient été mariés officiellement pendant deux heures. Entre-temps, elle s'était démenée pour que le talent de Fast soit reconnu à sa juste valeur. Elle ne comprenait pas grand-chose à ses œuvres, mais sentir qu'elles la dépassaient lui amenait une plénitude intellectuelle qui suffisait à son bonheur. Elle pensait que Fast, une fois arrivé, l'épouserait en bonne et due forme. Elle pensait... Mais Fast, apparemment, ne pensait pas la même chose. Il trouvait toujours un prétexte pour s'éloigner d'elle. Elle avait dû se résigner à ne voir en lui qu'un amant de passage. Comme l'avait été Marc Costa. Pourquoi fallait-il qu'elle se retrouve dans la même misérable situation ? Elle faillit le lui demander. Il était étendu auprès d'elle dans le fantastique lit de l'appartement parisien, rue de la Faisanderie. Elle le vit regarder sa montre.

— Tu t'ennuies ?

— Non, mais il faut que je parte.

— Tu n'aimerais pas qu'on s'en aille quelques jours en été, du côté de l'Afrique ou de la Jamaïque ? Rien que toi et moi ! J'organise tout ! Tu veux ?

— Et mon exposition de Genève, c'est toi qui va la préparer ?

— Tu pourras travailler là-bas...

— C'est ça, je vais louer un Boeing pour transporter mes matériaux et des vieilles ferrailles à Tombouctou !

— Fast... Ça fait si longtemps que nous ne sommes vraiment pas partis ensemble.

— Peut-être qu'on est déjà arrivés.

C'était toujours comme ça : dès qu'elle tentait de le pousser dans ses retranchements, il avait un mot cruel à la bouche.

— Quel âge as-tu ?

— Attends que je réfléchisse...

Avec désinvolture, Achille feignit de compter sur ses doigts :

— Nous sommes en 68... Je suis né en... 50 ?... C'est bien ça ?... Eh bien, tu vois, ça me fait dix-huit ans ?... Mince, comme le temps passe !

Il toisa son père d'un air arrogant. Comme d'habitude, le Grec hésitait entre la colère, le découragement ou la résignation. Il avait conquis le plus fantastique empire financier du monde, fait plier le genou à des chefs d'Etat mais restait totalement désarmé, malgré ses colères forcées, devant son unique héritier mâle : il l'aimait trop. Achille en abusait avec génie. Malgré les présents dont il était comblé et les avantages qu'il retirait de sa situation de fils de milliardaire, il sentait obscurément que son père restait son débiteur. Parfois, il lui arrivait de le braver par plaisir, pour assouvir inconsciemment une sourde rancune. En fait, pas plus que sa sœur, Achille ne lui avait pardonné son divorce. Pourtant, Lena avait eu l'élégance de ne jamais monter ses enfants contre leur père. Ce qui n'empêchait pas les jumeaux de rêver. Il leur arrivait de comploter sur la meilleure façon d'obliger leurs parents à s'unir de nouveau. Maria demandait au Grec avec innocence :

— Papa, quand vas-tu te décider à épouser maman ?

Et Achille ne ratait jamais l'occasion d'être blessant :

— Dis donc, la grande rousse hier soir, celle qui te roulait des yeux de merlan... Quel boudin !

Les enfants transigent avec tout sauf avec la fidélité réciproque de leurs parents. Quand Socrate et Lena s'étaient séparés, Maria avait fait une fugue : on l'avait retrouvée transie dans la cale d'un bateau après une nuit entière de recherches angoissées. La révolte d'Achille s'était traduite d'une façon plus agressive et dangereuse : à onze ans, précoce en tout malgré sa petite taille, il avait réussi à faire démarrer la Maserati paternelle et à pousser une pointe à cent quatre-vingts avant de freiner et de caler le moteur. Epouvanté, son père lui avait demandé des explications, essayant de lui faire comprendre qu'il avait risqué la mort. Sans se démonter, Achille avait répondu :

— Qu'est-ce que ça peut faire ? Ça intéresse qui, que je meure ?

Un psychiatre consulté avait prétendu que cette conduite était normale :

— Ce gosse est perturbé par le divorce de ses parents. Il ne sait plus où il en est, ni lequel des deux il doit aimer, ni s'il est aimé lui-même. Par son acte, il a voulu ramener à lui l'amour parental qu'il croyait perdu.

Beau discours. Le Grec en avait conclu qu'Achille ne devait plus s'approcher des garages qui, désormais, avaient été fermés et gardés. Puis, la Menelas était entrée dans la vie de l'armateur. Avec un ensemble parfait, Achille et Maria avaient conjugué leur haine latente sur sa seule personne, lui jouant des tours pendables : un serpent dans le piano, un lézard dans le lit, les touches du Bechstein barbouillées de glu, une robe du soir lacérée et même, un jour, une claque entière payée par Achille pour chahuter l'un de ses récitals. Diplomate, la Menelas n'avait jamais cherché à envenimer les choses, prodiguant des gentillesses aux petits monstres, essayant sincèrement de s'en faire des amis. En vain. Navré, le Grec comptait les points et réparait la casse. Seulement, il y a des limites. Et Achille, cette fois, venait de les franchir. La veille, sous le prétexte d'un jeu innocent, il avait à moitié noyé la Menelas dans la piscine.

Elle en avait subi un tel choc nerveux qu'elle avait dû s'aliter avec la fièvre, gardant toutefois assez de contrôle pour ne rien révéler à Socrate que des employés avaient prévenu. A la fois ravi et apeuré, Achille ne cillait pas sous le regard de son père, attendant la sentence dont il se moquait éperdument : il en avait vu d'autres !

— Pourquoi tu me demandes mon âge, papa ?

— Pour une simple raison. A partir d'un certain âge, on ne relève plus du tribunal d'enfants, mais des assises.

— Oh ! tu exagères ! Les assises !... Parce que j'ai fait boire une petite tasse à cette...

— Méfie-toi Achille ! Fais attention à ce que tu dis ! Je suis encore de taille à te briser ! Je ne tolérerai pas que tu te conduises en voyou !

— Papa...

— Ta gueule !... Tu vas aller faire des excuses à Olympe ! Et tout de suite !

— Jamais !

Le cri avait fusé, vibrant de défi.

— Qu'est-ce que tu as dit ?

— Jamais ! Et tu peux me couper la tête ! Jamais ! Jamais ! Jamais ! Je la déteste ! C'est une salope !

La main droite du Grec se détendit à une vitesse prodigieuse et frappa Achille dont la joue se zébra instantanément de rouge et de blanc.

— Tout de suite tu entends !... Vas-y tout de suite !

— N'y compte pas ! Jamais !

Ils se toisèrent durant cinq interminables secondes, aucun des deux ne baissant les yeux. Pratiquement, le Grec n'avait jamais porté la main sur ses enfants, et il était abasourdi d'avoir frappé son fils, malgré lui en quelque sorte. Il haleta, d'une voix bouleversée :

— Achille écoute bien !... C'est un ultimatum ! Si tu ne vas pas présenter tes excuses, je te jure que tu n'auras plus jamais un sou de moi !

— Garde-les tes sous !... J'en veux pas ! C'est pas ça que je veux !

— Tu veux quoi ?... hurla le Grec...

— Rien ! Rien du tout !... rugit Achille en écho.

En lui, quelque chose venait de crever, qu'il avait envie de jeter à la face de son père et qu'il contenait furieusement, serrant les dents avec rage. Il aurait voulu tout dire, tout, maman, papa, l'amour qu'il leur vouait à tous deux, son désespoir de les voir se quitter, sa honte, sa colère, la haine de toutes les femmes qui prenaient la place de sa mère, son mépris pour ces prétendus adultes qui étaient incapables de s'aimer, son angoisse d'être abandonné, ces années de terreur et de dissimulation, sa panique devant un amour sacré qui avait foutu le camp. Il balbutia :

— Papa...

Mais le Grec, exaspéré, ne sut pas entendre l'appel que contenait ce mot. A bout de nerfs, il reprit hargneusement :

— Je te préviens solennellement une dernière fois : c'est elle ou toi. Je vais l'épouser !

La nouvelle frappa Achille avec la force d'un coup de bélier. Il secoua d'abord la tête de droite à gauche, les larmes aux yeux, puis articula faiblement :

— Non papa... Non !

Puis, il tourna les talons et sortit en courant du bureau de son père, criant dans le couloir :

— Maria !.. Maria !... Maria !...

Irène regarda avec ravissement dans la glace les bleus qui lui couvraient le visage et le corps : elle avait reconquis Herman ! Ces plaies et ces bosses, cette chair tuméfiée et cet œil au beurre noir, c'étaient les preuves éclatantes de sa victoire. Si elle avait pu, elle les aurait exhibés dans la rue afin que chacun sache qu'elle s'appelait à nouveau Mme Kallenberg. Au bonheur d'être malheureux ensemble s'ajoutait le plaisir subtil de savoir Herman de plus en plus irascible, c'est-à-dire de plus en plus vulnérable. Quand il avait contracté ce mariage grotesque avec sa salope de sœur, Irène avait tenté de se suicider. Elle ne pouvait pas concevoir la vie sans les brutalités de Barbe-Bleue. On lui avait fait un lavage d'estomac et elle s'était sentie revenir à la vie avec le même sentiment qu'elle avait éprouvé en croyant qu'elle allait mourir : une envie de vomir. Le lendemain, l'annonce du scandale la plongeait dans les délices du triomphe : Herman marié et bafoué dans la même foulée, quelle revanche ! Irène en avait su gré à Lena dans cette ambivalence qui la caractérisait et lui faisait préférer les profiteroles — le chaud froid — aux babas au rhum, et la cuisine chinoise — le sel et le sucre — à une brochette d'agneau aux aromates. Naïvement, elle croyait qu'il allait rentrer à la maison le soir même. En fait, elle l'avait attendu trois ans. Barbe-Bleue avait profité de sa lancée pour épouser Barbara, la fille d'un pétrolier texan, de vingt-huit ans sa cadette. Irène, impatiente mais confiante, décida de jouer les Pénélope et les femmes au foyer, multipliant dans son domestique les occasions de se dévouer et exerçant sur un plan social et mondain les ravages de sa très miséricordieuse charité. Elle savait bien qu'Herman et elle-même se complétaient non pas comme les deux doigts de la main, mais comme une enclume et un marteau, ce qui, dans le fond, revient strictement au même. Entre-temps, Lena cavalait derrière un gigolo, peintre raté de son état, et Melina était retournée poursuivre ses chères études anthropologiques dans une nouvelle communauté hippie, au sud de la Californie. Heureusement qu'Irène était là pour perpétuer les vertus de la famille et la tradition de la mère se sacrifiant à ses enfants ! Quand Herman était revenu, sous le prétexte de mieux surveiller l'éducation de ses rejetons, Irène n'avait pas été dupe de ce prétexte avoué :

Kallenberg ne pouvait pas se passer d'elle ! Elle avait revêtu des tenues aguichantes achetées par sa femme de chambre dans une boutique de lingerie suspecte de Soho, se baladant sous son nez en bas noir, jarretelles violettes, soutien-gorge transparent, prenant pour un oui ou pour un non des poses qu'elle jugeait suprêmement excitantes. Ils s'étaient remariés, purement et simplement, sous l'œil mi-méfiant, mi-attendri de la vieille Mikolofides — secrètement satisfaite de ce retour au bercail qui lui permettait de mieux contrôler les entreprises et les manigances de son gendre retrouvé. Kallenberg, bien entendu, avait divorcé auparavant de sa pouffiasse américaine dont il avait eu un enfant considéré par Irène comme un sale bâtard. La vie commune avait repris. Kallenberg s'absentait un peu plus. Irène buvait davantage et dans un camp comme dans l'autre, les tranquillisants consommés à doses redoublées chassaient l'angoisse. De temps en temps, elle et lui se payaient une bonne petite bagarre. Ces jours-là étaient les seuls où ils pouvaient s'endormir sans somnifères. Parfois, ils faisaient l'amour, avec dégoût et haine de part et d'autre, mais dans un tel climat passionnel que leur plaisir en devenait presque dense. Hier soir, ç'avait été merveilleux. Irène avait poussé Herman à bout et il avait perdu ce jeu tacite qui consistait pour Irène à lui faire perdre tout contrôle. Après les coups, elle avait eu droit à sa récompense, trois minutes parfaites où elle avait plané. Apparemment, Herman ne lui pardonnait pas le plaisir qu'il lui avait bien involontairement donné. Frustré lui-même, il était parti en pleine nuit, fou de rage, et Irène savait parfaitement qu'il était allé rejoindre une putain. Quelle importance désormais ? Elle avait récupéré son bonhomme et, d'un seul coup, ce qui faisait le charme de son existence, sa position de femme mariée, le père prodigue de ses enfants, les raclées, les scènes et les étreintes perverses. La chaleur de sa fortune et l'absorption continue de ses pilules, liées à l'idée qu'elle était la seule personne normale et équilibrée de la famille faisaient le reste : le bonheur !...

30

Le petit matelot ne put retenir un fou rire quand la vieille dame vint l'inviter à danser. La vieille dame insista :

— Juste un petit tour de piste beau garçon !

Le matelot pouffa de plus belle :

— Non merci, pas de tango !

La vieille dame roula des yeux indignés :

— Pas de tango ? Mais vous n'allez pas refuser cette joie ultime à une personne de mon âge !

Elle avait un immense nez crochu et le fard de ses lèvres débordait sur son menton. Ses yeux étincelaient, soulignés par des traits charbonneux de rimmel. Les hardes qui la recouvraient étaient ridicules. Par le corsage entrouvert, on distinguait l'amorce de l'attache d'un soutien-gorge. Les jambes aux gros mollets étaient revêtues de bas de laine de couleur noire. Toujours riant, le matelot se leva et vint se lover contre la vieille. Il était plus grand qu'elle d'une bonne demi-tête. Ils se lancèrent dans des figures compliquées et anachroniques, tourbillonnant, croisant leurs pas, ployant à tour de rôle jusqu'au sol en sens inverse de leur rotation. Nut battit des mains :

— Bravo ! Je vous déclare hors-concours tous les deux !

Le matelot se pencha sur la vieille et lui murmura avec ravissement :

— Oh ! Socrate ! Vous êtes trop drôle !

— Ça vous plaît mon cher petit garçon ?

— C'est fantastique.

La vieille conclut d'un ton plus grave :

— Vous voyez bien que j'ai gagné ! Vous savez, Peggy, vous êtes faite pour la vie. Pas pour le deuil ni les larmes.

La nuit de mai était un peu fraîche, mais la soirée avait lieu sur le pont du *Pégase*. Elle serait la dernière. Le lendemain, Peggy devait retourner dans sa prison dorée américaine. Depuis la mort de Scott, la nation entière avait transféré sur elle l'espoir et la foi qu'elle avait placés en son futur président. Il n'était plus question de considérer sa veuve comme une femme, mais comme un symbole.

Peggy se serait bien passée d'une telle étiquette. Désormais, tout ce qui faisait sa joie de vivre avait été rayé de son emploi du temps. Plus question d'aller passer des heures dans les boutiques des grands couturiers, de donner des soirées folles avec des gens marrants ou extraordinaires, de flâner dans les rues ou, plus bêtement, de se faire accompagner par un ami à un spectacle. Elle qui avait incarné un certain esprit d'avant-garde en était réduite à se faire raconter par des tiers ce qui se passait dans sa propre ville ! Les rares fois où elle s'était aventurée dans les rues sans escorte, il avait fallu que la police la dégage. Des excités lui faisaient cortège, soit pour lui jurer qu'ils vengeraient son mari, soit pour lui demander de préparer la relève en éduquant son fils en futur homme d'Etat. Quant à sa belle-famille, elle semblait trouver normal que Peggy ne soit qu'une vestale dédiée au culte du souvenir. Par ailleurs, eût-elle souhaité se dégager de sa tutelle qu'elle ne l'aurait pu. On lui avait fait comprendre à plusieurs reprises que la vie politique exigeait une attitude de vie politique. On n'était pas allé jusqu'à lui proposer de s'immoler sur le bûcher funéraire de son époux, comme c'est la coutume en Inde où les veuves n'existent pas, mais c'était tout comme. La seule personne qui soutenait Peggy moralement dans cette épreuve qui ne devait pas comporter de fin, c'était Nut. Nut la faisait rire, Nut chassait les miasmes morbides de ses souvenirs affreux. Nut la considérait comme une femme. Et, surtout, Nut lui parlait de Satrapoulos. L'armateur était venu lui rendre visite très souvent, chargé de cadeaux somptueux, délicat, attentionné, discret. Mais le luxe de précautions dont s'entouraient ces visites gâchait le plaisir qu'elles auraient dû amener. Dans Park Avenue, pour pénétrer dans l'immeuble de Peggy, il fallait maintenant montrer patte blanche à des gorilles des services secrets s'échelonnant pratiquement à tous les étages et massés en grappes sur le palier du penthouse. A deux reprises, Peggy avait réussi à s'éclipser en revêtant un déguisement de femme de ménage qui avait trompé les journalistes guettant en permanence ses allées et venues. Et ç'avait été le soleil, la liberté ! D'un coup d'aile, elle se retrouvait dans la fracassante lumière des îles grecques, presque nue, sans protocole, sans avoir à controler ses propos, avec pour compagnon un homme qui la déchargeait de toutes ses responsabilités, du moindre de ses soucis, qui semblait penser à tout pour elle. La puissance est une bonne chose, quand elle ne s'étend pas au point d'excès où celui qui la détient se transforme en esclave de ses esclaves. A bord du *Pégase,* il n'y avait qu'à se laisser vivre et choyer. Ces deux escapades — les seules depuis son veuvage — lui avaient laissé une telle nostalgie qu'elle avait commis l'imprudence de les relater à ses jeunes beaux-frères. Ils avaient eu la même réaction que Scott :

— Comment peux-tu te compromettre avec ce métèque parvenu ?

Aujourd'hui, pour la troisième fois en cinq ans, elle jouissait de cette fugue que lui avait aménagée le Grec avec la complicité de Nut. Comme Socrate lui servait à boire, elle lui glissa dans un soupir :

— J'aimerais finir mes jours sur ce bateau fabuleux...

Le Grec faillit lui répondre que cela ne tenait qu'à elle, mais il s'en abstint, préférant se cantonner dans une formule vague :

— Avec ou sans moi, il est à votre entière disposition.

Alors, il crut entendre, mais peut-être se trompait-il tant la phrase de Peggy fut chuchotée dans un souffle :

— Je préfère avec vous.

Il ne lui demanda pas de répéter, mais quand elle lui proposa une promenade en canot, il fut certain de ne pas avoir été dupe d'un fantasme. Sans prendre la peine dé troquer ses vêtements de pauvresse contre une tenue plus flatteuse, il l'entraîna dans le chriscraft que des hommes venaient de mettre à la mer. Sans l'avoir prémédité, il s'entendit ordonner à l'officier qui devait les piloter de remonter à bord :

— Je piloterai seul. Ça m'amuse.

Quand ils furent au large, il coupa le moteur, vint s'asseoir près de Peggy et regarda les étoiles, répétant pour elle ce que la Menelas lui avait appris huit ans plus tôt. Elle était à Rio pour un récital et elle...

— A quoi pensez-vous ? demanda Peggy.

Réponse classique de ceux qui sont pris en flagrant délit d'absence :

— A vous.

Elle laissa aller sa tête sur son épaule. Pétrifié, il n'osa pas faire le moindre mouvement de peur de faire cesser le miracle. Peggy posa sa main sur la sienne et soupira avec nostalgie :

— Quel dommage...

— Quoi donc ?

— Que je ne puisse pas vous voir aussi souvent que j'en ai envie.

— Vous en avez souvent envie ?

— Tout le temps.

A moins d'être le dernier des arriérés, il fallait agir. Aussi paniqué que s'il se fût agi de la reine d'Angleterre, le Grec prit en tremblant le visage de la jeune femme entre ses mains. A sa stupeur, elle lui tendit les lèvres la première. En lui rendant gauchement ce premier baiser — il n'en avait jamais espéré autant ! — il eut l'impression sacrilège d'embrasser l'Amérique entière à travers le plus célèbre de ses monuments nationaux. Pourtant, l'Amérique s'animait, elle semblait même avoir un certain retard d'affection et sa fougue ne laissait planer aucun doute sur l'authenticité de son enveloppe charnelle. Elle se dégagea en murmurant sur un ton de reproche ironique :

— Je vous en prie Madame !... Vous allez me barbouiller de rouge à lèvres...

La plaisanterie détendit légèrement Socrate :

— Si on faisait naufrage, vous vous rendez compte ! Vous en matelot, moi en vieille dame indigne !... La tête de nos sauveteurs !

Etourdi par son incroyable bonne fortune, il s'enhardit à laisser glisser sa tête sur le corsage de Peggy dont les seins tendaient l'étoffe. Il ne bougea plus, enfoui saoulé par son parfum. Au loin clignotaient les lumières du *Pégase* qui semblait illuminé pour une fête mystérieuse, sans objet, dont le Grec, pourtant, comprit soudain le sens : la nuit, son bateau, les étoiles, ses efforts et ses luttes, son ascension fabuleuse, tout ce qui avait précédé cet instant inouï qui le clouait, immobile, dans l'éternité du mouvement des astres, tout cela s'inscrivait dans la logique rigoureuse d'un destin — le sien — et n'était advenu que pour mieux préparer l'intensité de cette minute bouleversante où il se sentait, à l'égal de Dieu, immortel.

Seulement, au lieu de prier comme l'idée venait de l'en effleurer, il osa caresser du bout du doigt la courbe douce de ses hanches tout en laissant glisser complètement sa tête sur la poitrine de Peggy. En un mouvement doux et continu dont l'extrême lenteur exaspérait ses sens, elle lui passait la main dans les cheveux. Parfois, le bout de son doigt fuselé s'égarait sur le lobe d'une de ses oreilles, le contournant, en suivant délicatement les méandres avant de s'enfoncer profondément dans la cavité auriculaire.

Elle dit en riant :

— Vous vous rendez compte, si vos marins nous voyaient du bateau !

En guise de dénégation, il secoua la tête, incapable de proférer un mot, affolé par le mystère de sa présence. Il rêvait... Un geste, un seul à faire... Peut-être l'aiderait-elle ? Tout serait si simple. Le canot se mettrait à tanguer comme une vieille barque folle secouée par la tempête bien qu'il n'y eût pas la moindre vague sur la mer...

Peggy se pencha vers Socrate :

— Vous êtes vraiment sûr que personne ne peut nous voir du bateau ?

— Ça suffit maintenant !

— Plus qu'une fois !... La dernière !...

— Non, c'est un jeu de con ! Tu es pas marrant !

— Si je mets dans le mille, il la noie en pleine mer dans son piano. Si je rate...

— Comment, si tu rates ?... Et moi alors ?...

— Toi, rien. Avec une balle dans la tête, ton avenir sera plutôt bouché...

— C'est intelligent... Bon, vas-y !

Achille épaula lentement sa carabine. A dix mètres de lui, Maria se tenait debout, immobile, contre le mur d'un hangar à bateaux. En équilibre sur sa tête, une petite statuette en plâtre représentant la Vierge Marie, pas plus grosse qu'un soldat de plomb.

— Tu es prête ?

— Grouille-toi, quoi !

— Fais gaffe ! Bouge plus...

Achille appuya sur la détente. La statuette se volatilisa, Maria s'ébroua et fit cascader ses longs cheveux noirs d'où s'échappèrent quelques débris de plâtre. Achille vint mettre le nez sur le mur pour examiner les points d'impact de ses tirs précédents. Depuis l'enfance, sa sœur et lui raffolaient de ce jeu mortel qu'ils avaient baptisé « jugement de Dieu » et qui exigeait de chacun un sang-froid absolu doublé d'un parfait mépris de la mort. Il leur était arrivé aussi de jouer à la roulette russe. Jusqu'à présent, Maria avait toujours craqué la première, sauf le jour où, pour mettre son frère à l'épreuve et savoir s'il bluffait, elle avait ôté, à son insu, l'unique balle du pistolet à six coups. A tour de rôle, ils braquèrent l'arme sur leur tempe et tirèrent... Maria... Achille... Maria... Achille... Maria... sans autre résultat que le bruit sec du percuteur frappant à vide. A cet instant, la balle devait fatalement se trouver dans le sixième et ultime logement du barillet. Bien entendu, Achille ne l'ignorait pas. Il savait aussi que, sur mille milliards de chances, il n'en avait plus une seule. Il avait lancé un regard de défi à sa sœur qui le toisait d'un air ironique. Puis, sans hésitation, il avait dirigé le canon du Colt au milieu de son front. Et fait feu !

Abasourdie, Maria avait bégayé :

— Non mais tu es fou !... Et si j'avais pas enlevé la balle ?

— Pourquoi l'as-tu fait ? Je pouvais pas le savoir.

— Cinglé va ! Tu crois que je t'aurais laissé faire si j'avais su qu'il était chargé ?

— Et après ? Ça aurait changé quoi ?

Ils avaient été élevés par des nurses bardées des certificats les plus flatteurs. Toujours, le moindre de leurs désirs avait été exaucé, ce qui les avait rendus tristes et privés de rêve. A cause de leur nom, on avait évité de leur faire fréquenter un collège : à quoi bon, puisque les meilleurs professeurs venaient à domicile leur prodiguer leur enseignement ? Ils s'étaient repliés sur eux-mêmes, cherchant le danger parce que la tendresse était absente. Le divorce de leurs parents en avait fait des gosses impossibles. Ils les avaient peu vus, ils ne les rencontrèrent plus que de temps en temps, dans des résidences différentes, sur des yachts variés, entre deux avions, deux passions ou deux affaires. A dix ans, un enfant n'avoue jamais les causes de son angoisse. Achille et Maria, exceptionnellement doués, ne faisaient pas exception à la règle : ils comprenaient tout ce qui mettait leur sécurité en danger, ne l'exprimaient pas en paroles mais par des actes de plus en plus agressifs. Les adultes parlaient de « caprices », là où un observateur attentif et averti aurait utilisé le mot « détresse ». Trop impuissants pour empêcher le divorce de leurs parents, ils s'étaient employés — en vain du côté de leur mère — à ce qu'ils n'épousent personne d'autre. Leur père leur en avait même fait la promesse solennelle. Il avait tenu huit ans. Maintenant, à cause de cette horrible pianiste, il allait rompre le pacte.

— S'il l'épouse, je...

— Tu quoi ?

— Merde ! Tu vas pas tolérer que cette bonne femme s'incruste avec nous ! Et maman alors ?

— Elle a sa vie de son côté...

— Toutes les conneries qu'elle a faites, c'est de sa faute, à lui !

— Tu exagères...

— Tu parles ! Vous êtes marrantes, vous, les filles ! Quand je le vois faire le joli cœur avec cette grognasse !

— Elle ou une autre... Si tu crois que papa est assez grand pour vivre seul...

— Et nous, on vit pas seuls ?... Et moi ?...

— Humm... Toi, question grognasses...

— Pour qui tu dis ça ?

— Pour personne... En dehors du fait qu'elle pourrait être ta mère...

— Pauvre idiote !... Comme si tu pouvais juger Joan ! Sa classe te passe par-dessus la tête !

— Evidemment, à quarante ans !

— Trente-sept ! Et alors ? Ça l'empêche d'éclipser les autres ?

— Si tu ne t'appellais pas Satrapoulos, elle ne te regarderait même pas !

550

— Si tu savais ce qu'elle se fout du pognon !

— Mais oui... Mais oui !...

— Et tes Jules à toi ?... Ah ! Ils sont chouettes ! Plus de lard que de cheveux !

— C'est mon affaire. Je déteste les minets.

— Faudrait d'abord qu'ils te regardent ! Et puis marre ! Si tu es pas avec moi, tant pis !

— Elle revient quand ?

— Jamais j'espère ! Qu'elle crève ! J'en veux pas, de ce mariage ! Il faut que papa soit le vrai débile !

— Où est-ce qu'elle est ?

— J'en sais rien, chez les Papous, je m'en fous !

— Et papa ?

— Tu le sais toi ? Il te fait ses confidences ?

— Il l'a peut-être accompagnée ?

— Ah non ! Qu'elle gagne sa croûte toute seule ! Allez viens, on remonte, j'ai un rancard !

— Joan ?...

— Ça te concerne ?

— Oh la la !... Pardon ! Excusez-moi !...

— Va te recoiffer tu feras mieux ! Tu as plein de plâtre sur les cheveux ! On va encore croire que tu es allée faire une partie de jambes en l'air dans les éboulis, avec un fossile à râtelier !

— Salaud ! Tu vas voir !

Elle fit semblant d'être furieuse et se lança à sa poursuite, pour la forme : il avait dix mètres d'avance, elle ne le rattraperait pas. Achille était imbattable à la course. D'ailleurs, sincèrement, qui aurait bien pu le battre, et à quoi ? Son frère était le meilleur en tout.

Le Grec avait réussi à persuader Peggy de prolonger son séjour de quarante-huit heures. But de l'opération : une nuit à Paris. Il était tout étourdi de la fabuleuse victoire qu'il venait de remporter. On se fait souvent une idée fausse des choses. Il avait accumulé un éventail de tactiques pour être prêt, le jour venu — si jamais il venait... — à séduire Peggy. Tout s'était passé d'une façon imprévue. En fait, c'était Peggy qui avait presque joué les poursuivantes. L'inaccessible créature s'était pratiquement transformée en chasseur, provoquant son gibier. Les leçons d'hypnotisme du docteur Schwobb s'étaient révélées caduques. Evidemment, il n'imaginait pas que ces jours bénis puissent avoir un lendemain. Où qu'elle aille, quoi qu'elle fasse,

Peggy était constamment sous haute surveillance. Lui aussi d'ailleurs. La Menelas ne le quittait qu'à contrecœur, refusant parfois des contrats juteux pour mieux le suivre. De temps en temps, il lui conseillait de ne pas négliger sa carrière. Elle lui riait au nez, prétextant que sa vie professionnelle ne pesait pas lourd devant sa vie privée. Socrate en concevait un certain malaise. Olympe ne lui avait rien demandé d'une façon précise mais, moralement, il se sentait contraint de lui accorder ce qu'elle ne sollicitait pas. Un jour ou l'autre, il faudrait régulariser cette liaison qui faisait les délices de la presse du cœur, et régulariser du côté des popes. Elle ne dirait certainement pas non. Quant à Peggy, de trop hautes considérations politiques l'empêcheraient toujours de vivre avec lui. On pouvait la baiser, mais l'épouser, jamais.

La veille, ils étaient allés se promener sur les quais de la Seine vers les 2 heures du matin. Socrate s'était coiffé d'une casquette et d'un vague trench-coat, Peggy avait camouflé son visage derrière une énorme paire de lunettes chevauchant le foulard qu'elle avait noué bas sur ses cheveux. Si un journaliste avait pu les reconnaître, sa fortune était faite. Socrate imaginait déjà les titres... Il était heureux que nul n'eût pu les identifier, mais en même temps, il regrettait secrètement que cela ne se soit pas produit. En réalité, il aurait voulu pouvoir crier la nouvelle sur les toits : « Je me suis tapé Peggy Baltimore ! ». Et l'écho aurait répondu « bravo » ! Il faisait néanmoins confiance à l'indiscrétion de son équipage qui s'était certainement rendu compte qu'il y avait anguille sous roche. Un séducteur et une jolie femme ne restent pas deux heures au large en pleine nuit, sur un canot, pour parler de structuralisme. Bientôt, la rumeur de sa bonne fortune lui reviendrait par le biais de ses intimes. Alors, il pourrait jouer son personnage favori, prendre une expression d'étonnement douloureux, et nier. Plus il nierait, moins on le croirait : c'était formidable ! Evidemment, il aurait préféré emmener Peggy faire une gigantesque virée dans les boîtes de nuit, la montrer à tous, afin qu'ils sachent qu'elle se suspendait à son bras, riait avec lui et lui chuchotait des choses à l'oreille. Rien n'est parfait.

Il regarda sa montre, 11 heures du soir, il fallait partir. Il avait mis à la disposition de son unique passagère un Boeing entier qui la ramènerait en Amérique. Il l'aurait bien accompagnée, mais la Menelas rentrait le lendemain de Rio. Cela, il ne l'avait pas dit à Peggy. Il se leva et alla frapper discrètement à sa porte. Elle lui ouvrit, ravissante dans un étourdissant tailleur en cuir, le teint frais et transparent comme si elle ne venait pas de passer trois jours à faire l'amour.

— Je suis prête.
— Eh bien, allons-y si vous voulez.

552

Pendant son bref séjour, il s'était arrangé pour qu'aucun domestique ne la rencontre. Le maître d'hôtel avait pour consigne de laisser un chariot chargé de nourritures raffinées et de breuvages exquis dans le couloir, devant la porte de leur chambre. Après son passage, le Grec entrouvrait le battant, tirait à lui le chariot, refermait le verrou et obturait le trou de la serrure — dans la journée, ç'avait été avec son slip à elle. Socrate se méfiait de son personnel parisien. Mme Norbert, son intendante, avait pour consigne de ne pas jeter l'argent par les fenêtres. Elle abondait tellement dans son sens que deux fois déjà, en cours d'année, la totalité de ses gens de maison, cuisiniers compris, avaient quitté leur service. Il y avait dans l'air une déplaisante odeur de syndicats, d'insolence et de revendication. Lyndon Johnson jouait les matamores au Vietnam, de Gaulle était trop cassant, Kossyguine multipliait les courbettes au Proche-Orient, l'émir faisait des siennes et la Bourse n'était pas fameuse. Dans ce climat, allez donc trouver des domestiques stylés, à l'ancienne mode !

Arrivé sur le palier, Peggy jeta un dernier regard sur l'appartement.

— Qui sait si je le reverrai jamais ?

— Chaque fois que vous le désirerez.

— Allons-y !

— Allons-y.

Instinctivement, le Grec porta la main à la poche droite de son pantalon. Il fut rassuré par le crissement de l'énorme liasse. Dans le même mouvement, il tâta l'intérieur de son veston et sentit la bosse de l'écrin contenant l'ultime cadeau qu'il lui offrirait à l'instant du décollage. Une dernière surprise qui lui avait coûté un million de dollars, une pierre fabuleuse en forme de poire, jadis propriété des Habsbourg dont Peggy, qui avait vu la merveille en photo dans une revue d'art, lui avait vanté les mérites. A moins de se conduire en mufle, il ne pouvait moins faire que la lui dédier en souvenir du plaisir inouï qu'ils avaient partagé. Il appuya sur le bouton de l'ascenseur. En bas, quelqu'un devait y pénétrer.

— Descendons à pied... dit Peggy.

Elle le précéda et s'engagea dans l'escalier. Entre le second et le premier étage, Socrate croisa l'ascenseur. Avec horreur, il reconnut la silhouette de la Menelas qui montait chez lui. Fasciné, il eut le réflexe de détourner son regard au moment où la « panthère » dirigeait le sien dans sa direction à travers la porte vitrée de la cabine capitonnée. Cela ne dura qu'une minuscule fraction de seconde. L'avait-elle vu ? Il dévala les marches à la poursuite de Peggy qui était déjà arrivée au rez-de-chaussée, presque certain d'entendre la Menelas l'appeler de là-haut. Comme s'il avait le diable à ses trousses, il poussa Peggy dans la Rolls dont il tint lui-même la portière ouverte — le chauffeur avait reçu l'ordre de rester à son volant et de ne pas se retourner, quoi qu'il arrive.

— Vite Louis ! Nous sommes en retard !

Il se tassa sur son siège, le cœur battant, petit garçon fuyant les yeux de Peggy dont il avait perçu l'expression surprise. Sur l'autoroute, il se détendit un peu, bien qu'à plusieurs reprises il n'ait pu résister au désir de jeter un coup d'œil par-dessus ses épaules pour vérifier s'ils n'étaient pas suivis. C'était absurde, il en convenait, mais il n'avait pu faire autrement. Pour cacher son trouble, ou, plutôt, pour le motiver, il sortit l'écrin de sa poche et le tendit à Peggy :

— C'est pour vous ! Interdiction d'ouvrir avant que vous ne soyez à dix mille mètres d'altitude !

— Qu'est-ce que c'est ? Oh ! Je vous en prie, laissez-moi regarder !

— Pas question, ou alors, confisqué !

Elle se fit suppliante :

— Socrate !...

— Non !

— Je vous jure que je ne pourrai pas tenir jusque-là !

Il était ravi qu'elle insiste, rêvant de voir sa réaction quand elle découvrirait la pièce unique. Il s'assura que Louis, conformément à ses instructions, avait modifié la position du rétroviseur de telle sorte qu'il ne pouvait pas voir ce qui se passait à l'arrière de la voiture.

— Bon... Vous avez gagné ! Ouvrez la boîte... Mais à une condition...

— Quoi ?... Quoi ?...

— Un baiser !

Peggy l'enlaça fougueusement, lui entrouvrant les lèvres de la pointe de sa langue. Simultanément, dans le dos de Socrate où elle avait noué ses bras, elle faisait pivoter le fermoir de l'écrin qui s'entrouvrit pour lui révéler le volume exceptionnel du joyau. Stupéfaite, elle le referma du bout des doigts, aussi discrètement qu'elle l'avait ouvert, revenant entièrement à son étreinte dont la force, sous le coup de son émotion, s'était brutalement accrue. A bout de souffle, elle abandonna la bouche du Grec qui murmura faiblement :

— Allez-y maintenant, vous pouvez.

— Vraiment ? Et si je préférais continuer à vous embrasser ?

Elle dardait sur lui des yeux étincelants que les lampadaires illuminaient toutes les deux secondes. Elle fit durer le plaisir :

— Ditez-moi d'abord ce que c'est ?

— Devinez...

— Un bijou ?

— Oui.

— Une broche ?

— Non.

— Un bracelet ?

— Non.

— De l'or ?

— Non.

— Des boucles d'oreille en platine ?

— Non.

— Je donne ma langue au chat.

— Ouvrez-le.

Elle fit glisser la tirette du minuscule verrou. Le fantastique diamant, niché dans du velours bleu nuit, rutila d'un million de feux. Peggy resta muette, écrasée. Cette seconde vision l'étourdissait encore plus que la précédente.

— Alors ? dit Socrate.

Les yeux de Peggy semblèrent s'agrandir démesurément. Elle balbutia :

— Je rêve !... Ce n'est pas possible...

— C'est peu de chose comparé à votre beauté... se rengorgea le Grec.

— Oh !...Socrate !...

Elle se jeta à son cou et le couvrit de baisers. Le coup de freins de la Rolls les avertit qu'ils étaient arrivés.

— Socrate... Quand ?...

— Nuit et jour, quand vous voulez, où que vous soyez. Vous téléphonez au numéro que je vous ai donné. Je peux me trouver n'importe où, j'aurai le message dix minutes plus tard... même si je fais du ski nautique ! ajouta-t-il pour calmer l'émotion réelle qui s'était emparée de lui. Et dans l'heure qui suit, j'arrive. Peggy ?...

— Oui ?

— Puis-je vous appeler ?

— Tout le temps, sans arrêt !

Il sourit dans l'ombre...

— Vous n'oubliez pas ? Porte n° 8, le petit salon d'accueil. On vous attend. J'aurais tant voulu vous accompagner jusqu'à l'appareil...

— Moi aussi, j'aurais aimé...

Elle était sincère. Elle l'embrassa une dernière fois et il sentit, en même temps que le choc de ses dents contre les siennes, un léger goût de sang dans sa bouche. Elle sauta de la voiture et fila vers l'aéroport sans se retourner.

La bave aux lèvres, Irène essaya de parler. Le son siffla entre ses lèvres qui enflaient à vue d'œil :

— ... médecin...

Elle était étendue sur le sol de sa chambre, raide, les muscles parcourus de tremblements, respirant avec peine, les yeux mi-clos et tuméfiés. Assis sur le lit, Herman, essoufflé, caressait de la main une ceinture. Il eut un sourire délicieux :

— Parle plus fort ma chérie... Tu dis que tu veux un médecin ?

Irène sortit de sa torpeur et secoua la tête avec violence. Elle déglutit et prononça péniblement :

— ... constat chez un médecin... la prison...

Kallenberg eut une moue navrée :

— Tu vois comme tu es ! On fait tout pour te faire plaisir et tu te plains !

Effectivement, sentant qu'elle allait exploser sous la tension nerveuse, Irène avait poussé son mari à bout pour qu'il la batte. Très énervé lui-même, il avait eu quelque mal à se contrôler dès que l'opération avait commencé. Il y avait pire : depuis des semaines, il ne lui avait pas fait l'amour. En l'excitant par ses injures et en se laissant rouer de coups, Irène pensait qu'Herman la prendrait ensuite, comme dans le bon vieux temps. Elle poussa un gémissement et frotta sa nuque endolorie. Poliment, Barbe-Bleue lui demanda :

— Puis-je t'aider en quoi que ce soit ? Veux-tu que je te batte encore ? Préfères-tu boire un verre ?

— Tu... iras... en prison !... croassa-t-elle.

Kallenberg eut l'air choqué :

— Oh !... Tu enverrais ton petit mari en prison ? En pleine lune de miel ?... Comme tu es cruelle !

— Fous... le camp... ordure !...

— Comme tu voudras ma chérie...

Il déplia sa carcasse. En passant près d'elle, il feignit de trébucher sur son corps, ce qui lui permit de lui envoyer un coup de pied dans les côtes.

— Oh ! pardon, mon amour !... Pardon !

Il sortit de la pièce à reculons, une expression de désolation sincère répandue sur le visage. Irène enfouit sa tête dans le tapis de haute laine et sanglota de rage. Elle adorait se faire tabasser, à condition qu'en clôture de programme, on ait la courtoisie de lui faire l'amour.

556

Mais l'un sans l'autre, non. C'était le même processus que pour le sel et le sucre, le cru et le cuit, le chaud et le froid. Pour qu'elle ait du plaisir, il fallait que se rencontrent, ou, à la rigueur, se succèdent, les antagonismes. Avec difficulté, elle rampa jusqu'à la table de chevet et fit tomber un tube métallique dont elle avala plusieurs pilules.

31

En revenant de l'aéroport, le Grec trouva la Menelas chez lui, installée dans le salon. Elle était pelotonnée sur un immense divan, un verre de scotch dans une main, un magazine dans l'autre. A son expression souriante, il comprit qu'elle ne savait rien du séjour à Paris de Peggy. Il alla l'embrasser.

— Nous nous sommes croisés tout à l'heure. Je montais dans l'ascenseur et vous descendiez à pied. Je vous ai appelé, vous n'avez pas dû m'entendre.

— Ma foi, non, je n'ai rien entendu. Je ne vous attendais que demain.

— Je m'ennuyais de vous.

Elle lâcha son verre et caressa la joue de Socrate du revers de la main.

— Comment s'est passé votre récital ?

— Comme d'habitude. Et vous, qu'avez-vous fait ?

— Un saut en Grèce. J'avais rendez-vous dans l'île avec les architectes. Toujours le port...

— Vous étiez là hier soir ?

— Oui, pourquoi ?

— Seul ?

— Comment ça ?

Le visage de la Menelas se contracta :

— Je vous demande s'il y avait quelqu'un dans l'escalier avec vous !

— Mais non, pas du tout !...

— J'aurais juré...

— Jamais de la vie...

— J'ai dû être victime d'une hallucination...

— Boph... Ça arrive...

— Mais oui... La fatigue... Qui était-ce ?

— Enfin !...

Elle éclata :

— Tu me prends pour qui, espèce de trou du cul de petit Grec ? Qui c'était, cette radasse ?...

— Personne merde ! J'étais seul !

— Sale menteur ! Je l'ai vue !

— La ferme, hein ! Si tu es revenue pour débloquer ce genre de conneries, tu avais qu'à rester où tu étais !

— Ça t'arrangerait trop ! J'ai l'air de quoi, moi, devant les domestiques ?

Imprudemment, il faillit répondre que les domestiques, précisément, ne « l »'avaient pas vue. Il se retint à temps, consolé à la pensée que si la « panthère » avait su de qui il s'agissait, elle aurait été capable de se rendre à Washington le lendemain pour donner une conférence de presse. Machinalement, il explora le contour de ses gencives du bout de sa langue. A volonté, il pouvait faire renaître sur ses papilles le goût de sang du dernier baiser donné par Peggy. C'était un peu comme si elle avait été encore suspendue à sa bouche.

— Tu vas parler, oui ou non ?...

Le Grec se décolla de ses songes voluptueux et devint le témoin atterré et incrédule d'un enchaînement fatal de phrases qu'il se mit à prononcer sans les avoir pensées consciemment, exactement comme si quelqu'un d'autre avait parlé à sa place. Cela commença par trois mots sans importance jetés négligemment, avec une moue :

— C'est dommage...

— Qu'est-ce qui est dommage ?... Que tu reçoives des putes ici quand je m'échine au bout du monde pour gagner ma vie ?

— Pas ça non... Tu vois, tu me fais des reproches injustifiés le soir même où j'allais t'annoncer quelque chose d'important...

— Accouche, menteur !

— Je voulais te demander ta main.

— Ma main ?... Pauvre petit personnage ! Qui t'a fait croire que j'allais te la donner ?

Au lieu d'en rester là, de faire machine arrière toute, le Grec en remit, s'empêtra, insista — toujours cet « autre » qui parlait pour lui... D'un air déconfit, il bredouilla :

— Comment ?... Tu refuses ?

— Oui !... Je crève déjà d'être ta maîtresse, alors ta femme !... Tu t'imagines peut-être que tu es un cadeau, que tu vas me faire plaisir, que tu veux me dédommager de tout ce que tu m'as fait endurer ?... Eh bien, non ! J'en veux pas !

Le Grec se servit un verre de whisky : elle lui fit voler le flacon des mains.

— Ce n'est pas moi qui suis venue te chercher ! Tu m'as enlevée à un mari qui m'aimait, tu m'as exposée à la haine de ta famille, tes enfants se sont foutus de ma gueule !

— Je leur ai parlé.

— C'est faux ! Tu as fermé ta grande gueule de menteur, voilà ce que tu as fait !

Socrate coinçait de plus en plus frénétiqument sa gencive ouverte entre ses dents. Il en avait marre, brusquement !

— C'est toi qui vas la fermer ! C'est toi le trou du cul ! Je suis trop bien pour une conne comme toi ! Tu es tout juste bonne à te branler sur Chopin !

— Chopin, il t'emmerde ! Tu as jamais été foutu de le comprendre ! Tu n'es bon que pour les additions et les pouffiasses !

— Pouffiasse toi-même !

Elle se rua sur lui et le saisit à la gorge :

— Répète ça !... Répète !

Ne pouvant se dégager, il lui porta une prise au cou qui les amena nez contre nez, luttant et crachant de colère. A demi asphyxié, le Grec parvint à s'arracher à l'étreinte de la Menelas. Il hurla, dans le mouvement même qui chassait l'air de ses poumons :

— Tu vas m'épouser connasse ! Dis, tu vas m'épouser !

— Oui salaud ! Oui ! Oui ! Oui !... hurla-t-elle en écho.

Abasourdis l'un et l'autre, ils se regardèrent, soufflant comme des locomotives, hagards, décoiffés. Puis, doucement, la Menelas se mit à pleurer. A grand-peine, le Grec retint ses larmes, à la fois bouleversé, furieux, soulagé. Maintenant, elle lui lapait la joue à petits coups de langue rapide, balbutiant :

— Quand mon amour ?... Quand ?...

— Dans un mois jour pour jour, à Londres. Tu veux ?

— Oui mon amour, oui... Tout ce que tu veux...

Elle arracha les boutons de sa chemise, lui pinça la pointe des seins, frotta son ventre contre le sien et chuta sur la moquette où elle l'entraîna. A demi étouffé, il sourit :

— Les domestiques ?

— Merde ! Merde ! Merde ! Tu vas voir, salaud ! Tu vas en baver !...

Elle grondait d'une voix rauque tout en l'enlaçant et bientôt, plus rien n'exista.

— Pourquoi a-t-il fallu que je tombe amoureuse de toi ? Tu pourrais être mon fils !

— Il aurait fallu que tu soies fille-mère

— Non Achille, ça me fait peur... J'ai trente-cinq ans. Je ne m'en cache pas tu sais...

— Moi aussi, j'aurai trente-cinq ans.

— Oui, attends... Dans dix-sept ans... Dommage qu'on ne les ait pas ensemble.

— Ça ne collerait pas. Je serais trop vieux pour toi.

— Parfois, je me demande... Je me pose des questions... C'est trop bête !... On s'en fout !

Joan était superbe. Elle avait une extraordinaire crinière d'un roux sombre qui lui tombait jusqu'au bas des reins quand elle la dénouait. Le jeu favori d'Achille, lorsqu'elle était nue, était de lui en recouvrir les fesses. Il était fou d'elle et n'aurait jamais cru possible qu'un bonheur semblable puisse lui échoir. Il l'avait rencontrée deux ans plus tôt et avait été ravagé par un prodigieux coup de foudre. Au début, elle ne l'avait pas pris au sérieux quand, surmontant sa timidité, il s'était enhardi à lui adresser la parole et lui faire une cour enfantine qui l'avait bouleversée. Pour la troisième fois, Joan venait de divorcer, et, selon son expression, de huit cent mille bœufs. Son mari était le plus riche propriétaire de bétail d'Argentine. Et probablement le spécimen le plus ennuyeux de tout son cheptel. Par mimétisme, il en était arrivé à ressembler aux bêtes qui le faisaient vivre. Il ne mangeait pas, il broutait. Il ne parlait pas, il émettait des meuglements monocordes. Joan l'avait renvoyé à ses verts paturages, en prélevant au passage quelques milliers d'hectares en guise de pension alimentaire. Au début, Achille l'avait amusée. Il était plaisant de voir un aussi jeune garçon vous suivre à la trace. Saint-Moritz, la Côte d'Azur, les Bahamas, Acapulco, partout où elle allait, elle le trouvait sur place. Evidemment, elle n'ignorait pas qu'il était le fils de Satrapoulos qu'elle connaissait pour l'avoir rencontré à Portofino. Elle n'aimait pas le Grec qu'elle trouvait sournois, ni ses amis, ni son ex-beau-frère, Kallenberg, qui s'était conduit avec elle comme un mufle sous prétexte de rendre hommage à sa beauté.

Puis, un soir, elle avait cédé aux avances d'Achille. Et s'était retrouvée piégée. Ce garçon qui n'avait rien de remarquable avait fait preuve d'une technique que les pseudo-séducteurs patentés auraient pu lui envier. Dans la vie, c'était encore un enfant, dans les affaires, un homme, au lit, un dieu. Joan avait entamé une aventure dans laquelle elle s'était jetée à corps perdu, persuadée chaque jour qu'elle

561

se terminerait le lendemain. Mais l'enchantement durait. Aujourd'hui, c'était horrible : elle était amoureuse !

— Si j'étais raisonnable, je devrais ne plus jamais te revoir... dit-elle.

— Tu as envie d'être raisonnable ?

— Non.

— Embrasse-moi.

Elle avança son visage près du sien...

— Ne bouge pas...

Ils n'en avaient nul besoin, mais ils raffinaient. Ils pouvaient rester dix minutes bouche ouverte contre bouche ouverte, se frôlant, s'effleurant, langue contre langue, retardant au maximum le baiser dont Joan, depuis qu'elle avait rencontré Achille, avait retrouvé toute la signification, un rite lent et préparatoire qui ouvrait les portes à un épanouissement total, démesuré.

— Joan... Tu sais quoi ?

— Dis-moi...

— Je vais t'épouser.

— Tu n'es même pas majeur.

— J'attendrai. Et toi, tu peux attendre ?

— Qu'est-ce que tu en penses ?

— Rien. Ne parle plus.

Il roula sur elle.

Le lendemain de son orageuse demande en mariage, le Grec devait connaître l'une des plus belles peurs de sa vie.. Il s'était rendu au Bourget pour y rencontrer, entre deux avions, le directeur d'une société pétrolière balkanique qui arrivait de Moscou et repartait pour l'Afrique. Pendant près d'une heure, ils avaient bavardé sur les possibilités de collaboration directe avec les Soviétiques qui ne possédaient pas de matériel de raffinage perfectionné. Non sans humour, le Grec estimait que si sa politique au Proche-Orient lui valait la haine des Américains, fatalement, elle pourrait lui amener des débouchés chez les Russes.

Jeux de l'esprit, sophisme enfantin. En réalité, les choses étaient infiniment plus complexes qui faisaient de vos adversaires commerciaux des alliés momentanés, et de vos alliés, des ennemis farouches dont l'intérêt était parfois de jouer contre leurs propres associés, c'est-à-dire contre eux-mêmes. Mais, sans cesse, la pensée du Grec revenait aux événements de la veille qui allaient changer l'orientation

562

de sa vie. Car bel et bien, il avait fait une demande en mariage dans les règles. En y réfléchissant, il avait compris qu'en officialisant sa liaison avec la Menelas, il n'avait cherché qu'à prendre ses distances et à se protéger de Mme Veuve Baltimore. Peggy ne lui appartiendrait jamais. Comme la National Gallery, on pouvait lui rendre visite et en jouir, mais en aucun cas se l'approprier. Elle ne faisait plus partie du réel, elle était marquée du sceau du symbolique. Autant la rayer de son esprit avant qu'elle ne le dévore, au cas où elle reviendrait à la charge.

La Rolls dépassa la Mosquée et glissa le long de la rue Geoffroy-Saint-Hilaire.

Il y avait une ambiance curieuse... Des groupes d'étudiants marchaient en silence sur les trottoirs, calmement, comme si chacun eût connu personnellement sa destination, mais qu'elle eût été la même pour tous. Arrivée au carrefour, la voiture vira à gauche dans la rue Jussieu. Les jeunes gens, garçons et filles, devenaient plus nombreux, marchant en grappes dont certaines déambulaient au milieu de la chaussée, s'écartant docilement devant la Rolls, sans la regarder, sans même la voir. Tout cela semblait bizarre, irréel. En bas de la pente, Louis prit à droite et s'engagea dans la rue des Fossés-Saint-Bernard pour rejoindre la Seine, là où vient mourir le boulevard Saint-Germain

— Qu'est-ce qui se passe ? demanda le Grec.

— Je ne sais pas Monsieur... répondit le chauffeur.

· Maintenant, la rue était emplie de groupes, épars d'abord comme des flocons puis, resserrés, denses, s'organisant selon les lois de la coulée d'un fleuve qui grossit sous ses affluents en s'éloignant de sa source. S.S. jeta un regard en arrière : la marée humaine, imperceptiblement, s'était refermée sur eux.

— Je vais les faire dégager ! dit Louis.

Le Grec bloqua son geste alors qu'il s'apprêtait à appuyer sur l'avertisseur :

— Ne bouge pas !

Il était trop instinctif pour ne pas percevoir le danger montant de cette marée humaine trop calme qui défilait sans un geste, sans un cri. A travers les vitres de la Rolls, il apercevait des visages de vingt ans, si près de son visage à lui qu'il aurait pu les détailler dans les moindres replis de la peau. Nul ne semblait s'apercevoir de la présence de la Rolls dont Socrate savait qu'elle était incongrue. A un moment, dans une espèce de trouée, il vit au bout de la rue, massés en un épais barrage, une horde de policiers casqués, vêtus de noir, boucliers médiévaux et matraques à la main, immobiles comme des arbres. Le Grec flaira qu'il allait y avoir du vilain. Comme cent fois dans sa vie au cours de circonstances analogues, il eut un trait de génie :

— Louis ! Ta casquette !

— Pardon ?

— Enlève ta casquette crétin ! Planque-la !

Tout en parlant, il défaisait lui-même le nœud de sa cravate qu'il jetait à ses pieds, ouvrait le col de sa chemise, remontait celui de sa veste et ébouriffait ses cheveux. Son goût du travesti lui permit, en une seconde, une métamorphose radicale qu'il compléta en ôtant ses grosses lunettes d'écaille. Il ressemblait maintenant à n'importe quel petit employé de ministère, homme entre deux âges, un peu fripé, un peu fatigué.

— Tourne où tu peux ! Dégage !

— Il n'y a pas de rue, Monsieur.

— Fourre-toi dans le garage, à gauche !

— Il est fermé Monsieur.

Le Grec réalisa alors que toutes les devantures de fer des boutiques avaient été baissées. C'était effrayant : il était coincé dans une Rolls Royce en plein milieu d'un flot de manifestants dont les vagues venaient déferler contre une muraille de C.R.S. ! Pas d'issue, aucune possibilité de dégager, rien ! La voiture roulait au pas des étudiants qui ne paraissaient toujours pas la voir, agglutinés contre les portières, les pare-chocs, escortant en quelque sorte cette provocation. De plus en plus nerveux, Socrate lança, à tout hasard, quelques pauvres sourires qui ne reçurent aucun écho. Paniqué, s'attendant au pire, certain maintenant qu'il était pris entre les mâchoires d'une tenaille qui allait se refermer sur eux pour les écharper, il réussit à redonner à sa voix un semblant de fermeté :

— Je descends Louis, je vous attends plus loin...

Le chauffeur ne pipa pas. Il commençait à comprendre. Il vit son patron plonger dans la masse et s'y perdre, marchant au rythme des autres, se dissolvant parmi eux. Puis, le miracle... Au moment où la Rolls, bloquée de tous côtés, n'allait plus pouvoir faire un mètre, Louis vit sur sa gauche une petite rue en sens interdit. Avec une douceur indicible, il braqua lentement le volant, prenant bien soin de n'effleurer personne. Il craignit un instant que la ruelle ne fut qu'une impasse, mais non, elle s'appelait la rue du Chant et comportait réellement une issue. Apparemment, les manifestants l'avaient négligée. Louis eut envie de chanter. En débouchant dans la rue du Cardinal-Lemoine, il tomba sur le Grec qu'il faillit ne pas apercevoir tant il était devenu un homme quelconque. Un signe discret, un léger coup de freins, une portière qui se ferme, S.S. était redevenu son passager. Sauf qu'au lieu de monter à l'arrière, il s'était réfugié près de lui, sur le siège avant. Dents et lèvres serrées, il articula très vite, à la manière des gangsters des années trente :

— Barre-toi connard ! Vite ! Tu vois pas qu'ils vont faire la révolution !

Louis donna un coup d'accélérateur et la Rolls bondit en avant, s'éloignant de ce calme affreux qui précède les guerres. Le lendemain, les journaux du monde entier affichaient à la une ce qui allait devenir les « événements de Mai 68 ».

Dun fit un signe au patron de la boîte.

— Qui c'est, le boudin, là-bas ?

— Comment ? Tu ne sais pas ! Mais c'est la fille de Satrapoulos !

— Non ?

— Mais si !

— Dis donc, qu'est-ce qu'elle est tocarde !

— A partir de cent millions de dollars, toutes les femmes sont belles.

— Qui la baise ?

— J'en sais rien.

— Elle baise ou pas ?

— Comment veux-tu que je le sache ? J'ai pas couché avec !

— Salaud ! Ce serait bien la seule ! Qui c'est les types, avec elle ?

— Des fils à papa, des petits cons. Helliokis a son bateau à Cannes.

— Tu peux m'arranger le coup ?

— Je la connais pas bien. C'est la deuxième fois qu'elle vient.

— Merde, vas-y, quoi !

— Qu'est-ce que je lui dis ?

— Dis-lui qui je suis et demande-lui si elle veut venir prendre un verre.

— Ça va. J'essaie.

Dun vit Carlos louvoyer entre les groupes de danseurs, s'approcher de la table aux minets, échanger avec eux quelques phrases. Pendant que tout le monde riait de ses plaisanteries, Carlos se pencha vers la jeune fille et lui murmura quelque chose à l'oreille. Instinctivement, Raph lissa ses cheveux de la main. Maria se tourna dans sa direction et lui lança un coup d'œil. Raph lui fit un sourire. Maria, à son tour, chuchota quelques mots à l'intention de Carlos. Carlos sourit, quitta la table et revint vers Dun, précieux messager qui allait peut-être permettre au reporter de réaliser un scoop qu'il attendait — et ses créanciers avec — depuis des semaines. C'était du gâteau, cette petite ! A la une de tous les grands magazines internationaux, son nom représentait de l'or en barre. Pour peu qu'elle accepte de poser pour des photos, Dun pourrait retourner au *Ritz* et régler ses arriérés.

— Qu'est-ce qu'elle a dit ? interrogea-t-il avidement.

— Elle a dit que tu pouvais l'inviter à danser.

— Merde ! On va encore dire que je détourne des mineurs !

— Pourquoi, c'est faux ?

— Pas du tout, mais ça fait mauvais genre. Tant pis, j'y vais.

Dun déplia sa haute silhouette et constata que sa cavalière présumée l'observait avec intérêt. L'âge n'avait rien changé à l'affaire. A quarante-huit ans, il continuait à faire des ravages. Ses cheveux blancs soigneusement ondulés affolaient aussi bien la midinette que la comtesse ou la star. Quel âge pouvait-elle avoir, cette gamine ? Quand il arriva à la table, les minets cessèrent de jacasser et le dévisagèrent avec une ironie haineuse et impuissante. Mais, déjà, Maria se levait. Il lui fraya un chemin jusqu'à la piste. Il lui dit en l'enlaçant :

— J'ai cru que vos petits copains allaient me tuer !

— C'est probablement ce qu'ils vont faire. Après...

— Après quoi ?

— Après la danse.

— Vous êtes en vacances ?

— Vous êtes journaliste ?

— Vous habitez chez vos parents ?

Ils éclatèrent de rire.

— Non, chez des amis.

— Une villa ?

— Un bateau.

— Et ils vous laissent sortir seule ?

— Je viens de tuer mon geôlier. Vous êtes français ?

— Non. Congolais. J'ai une plantation de bananes. Mes onze femmes s'en occupent.

— Seulement onze ?

— C'est une petite plantation.

Vue de près, elle n'était pas si moche. Le corps était un peu lourd, qui s'écrasait sans pudeur contre celui de Dun, mais les yeux dorés étaient extraordinaires et, apparemment, elle avait oublié d'être bête. Jouer serré... Payer le *Ritz*...

— Vous savez pourquoi j'ai voulu vous connaître ?

— Oui. Je suis la femme de votre vie.

— N'anticipez pas. Vous pourriez être le bébé de ma vie, mais ce n'est pas le cas. Je vous ai repérée. Vous avez déjà fait des photos ?

— Si j'ai posé ?

— Oui.

— Non, jamais. Vous m'avez bien regardée ?

— Dommage. Vous pourriez faire un bon modèle. Comment vous appelez-vous ?

— Maria. Et vous ?

— Raph. Raph Dun. Votre nom de famille, c'est quoi ?

Il la sentit se raidir dans ses bras :

— Vous me prenez pour une bille ?

— Seigneur !...

— Vous savez très bien qui je suis.

— Comment avez-vous su que je le savais ?

— Tout le monde le sait. J'ai constamment des grappes de journalistes à mes trousses. A la sortie du lycée, ils s'habillaient en curés et me proposaient des sucres d'orge.

— Désolé, je n'en ai pas sur moi.

— Tant mieux, je déteste. Vous êtes à quel canard ?

— A aucun et à tous. Je suis une pute. Je me vends au plus offrant.

— Comme c'est vilain !

— Horrible ! Mais je brûle des cierges en pénitence. Vous restez longtemps à Cannes ?

— Et vous ?

— Ça dépend de vous. Si je peux écrire des horreurs sur votre compte, on me donnera beaucoup d'argent et je pourrai rester davantage.

— Qu'est-ce que vous voulez savoir ?

— Croyez-vous pouvoir vous rendre à ma table sans risquer des coups de feu de la part de vos petits camarades ?

— Je suis libre, non ?

La danse s'achevait...

— Alors parfait, allons-y !

— Je vous rejoins. Je passe prendre mon sac.

Il gardait sa main dans la sienne sans qu'elle songe à la retirer. Il dit :

— D'accord, je vous attends. Dites-leur que je suis votre papa...

Elle le regarda dans les yeux avec gravité :

— Ce que vous êtes bête ! J'arrive...

— Madame, je suppose que vous comprendrez ce que ma démarche comporte de délicat. Mais il fallait que je la fasse. Cigarette ?

— Merci, non.

Le Grec se tortilla, mal à l'aise. La classe de cette femme l'impressionnait. Elle avait une réputation de bouffeuse d'hommes et se conduisait pourtant avec la race, la dignité et la discrétion d'une grande dame.

— Il s'agit de mon fils...

— Je m'en doutais... répliqua Joan avec une certaine ironie.

— Il est de mon devoir... de mon devoir...

— Oui ?

— Je dois le protéger vous comprenez... Il est si jeune !

— Et moi pas. C'est ça ?

— Non, ce n'est pas ce que je veux dire !

— Vous le dites quand même.

Il affronta son regard : sale besogne. Elle était belle, dans la plénitude de son épanouissement, sereine. Il était venu pour lui dire de rompre et savait qu'il avait de quoi la convaincre. Mais comment amorcer ?

— J'avoue, dit-il, que je ne m'attendais pas à ce que vous soyez telle que je vous trouve. Je comprends Achille. Il a du goût.

Elle hocha la tête en guise de remerciement.

— Monsieur Satrapoulos, si vous cessiez de tourner autour du pot pour me dire franchement le but de votre visite ?

Elle l'aidait, tant mieux !

— Vous devez vous en douter...

— Evidemment ! Vous êtes venu me dire de rompre avec Achille. Non ?

— Je suis soulagé de voir que vous comprenez.

— Bien sûr que je comprends. Je me mets à votre place. Une des plus grosses fortunes du monde, un fils unique destiné à hériter et à prendre la suite. De l'autre côté, une femme de quarante ans, divorcée trois fois qui ne lui donnera peut-être même pas d'enfant. Si j'étais vous, j'agirais peut-être de la même façon. Peut-être... Seulement...

— Seulement ?...

— C'est non. Je ne suis pas vous. Et Achille ne va pas se mettre à aimer des gens pour vous faire plaisir. Ne croyez pas que je cherche à vous défier, mais vous n'êtes pas dans la course. J'ai choisi. Il a choisi. On s'aime.

568

— Madame, je vous en prie ! Si Achille avait été clerc de notaire... Vous savez aussi bien que moi que ce que vous appellez l'amour n'est pas éternel !

— Parfaitement exact. C'est pourquoi je tiens à en profiter tant que cela dure.

— Oui, mais lui, y avez-vous pensé ?

— Je ne pense qu'à lui.

— Supposez que ça dure... Quand il sera un jeune homme de trente ans, vous serez... vous serez...

— Une vieille dame de quarante-sept. C'est ça ?

Le Grec se durcit :

— Exactement.

— Ce qui nous laisse dix ans, non ?

— Non ! Je ne suis pas disposé à vous laisser quoi que ce soit ! J'ai d'autres projets pour Achille, dans lesquels il n'y a aucune place pour vous !

— Je suppose que vous lui en avez fait part ?

— C'est mon affaire ! C'est à vous que je m'adresse, pas à lui ! Je pensais que vous seriez la première à ne pas vouloir compromettre son avenir ! Je vous préviens que si votre liaison continue, je lui coupe les vivres ! Vous n'aurez pas un sou !

Joan le dévisagea d'un air suave :

— Monsieur Satrapoulos... Y a-t-il quoi que ce soit, dans votre passé ou votre vie actuelle, qui vous autorise à me donner des leçons ? Vérité pour vérité, sachez que vous êtes tellement racorni que certaines choses vous passent par-dessus la tête. Croyez-vous réellement que je sois intéressée ?

— Je ne veux pas le savoir ! Je refuse qu'Achille fasse sa vie avec une vieille !

— Merci. Maintenant, vous pouvez sortir.

— Je ne sortirai pas tant que...

— Tant que quoi ?

— Tant que vous ne m'aurez pas promis... Tenez... — il sortit un carnet de chèques de sa poche — Je vais vous signer un chèque en blanc... Je vous donne ma parole d'honneur que personne n'en saura jamais rien ! Vous pouvez écrire le chiffre que vous voudrez, n'importe quoi pourvu que vous disparaissiez !

Il lui tendait le petit rectangle bleuté sur lequel il avait rageusement écrasé sa signature.

— Voilà ! Prenez-le !

Il le lui mit de force dans la main. Elle le garda. Puis, d'une voix très calme :

— Adieu Monsieur.

Le Grec inclina la tête, tourna les talons et prit la porte. Il appella l'ascenseur qui ne vint pas, dévala à pied les cinq étages. Il allait arriver au rez-de-chaussée quand la voix de Joan le stoppa.

— S'il vous plaît !

Il leva la tête et l'aperçut tout là-haut, minuscule, comme enveloppée dans la cascade de ses cheveux fauves. Elle lança un petit paquet dans la cage de l'escalier. Il le ramassa. C'était son chèque, lesté d'une pièce de monnaie. Il le déplia : là où auraient dû se trouver des chiffres et des lettres, au-dessus de sa signature, il vit une multitude de petits cœurs dessinés au rouge à lèvres. Sur un ton plein de colère, il l'entendit ajouter :

— Vous êtes dégueulasse ! Ne revenez jamais plus !

Elle claqua sa porte. Il resta immobile sur le palier. C'était la première fois de sa vie qu'on lui renvoyait un de ses chèques à la gueule. Il s'en souviendrait, de son voyage à Vienne !

Peggy trouvait idiot et rétrograde de réciter un bénédicité sous prétexte qu'on allait grignoter trois feuilles de laitue. En Europe, même dans les familles bien pensantes, on ne s'embarrassait pas de semblables simagrées ! Elle était encore tout éblouie par son voyage en Grèce et à Paris. De temps en temps, elle caressait la pierre fantastique que lui avait offert le Grec. Elle n'osait pas la montrer et la cachait sous les plis d'un chemisier qui lui emprisonnait le cou, à l'ancienne mode. Subitement, la gueule de sa belle-mère la déprimait. En bout de table, quand elle avait marmonné sa prière avant de déplier sa serviette, elle avait évoqué pour Peggy une espèce de vautour momifié et dangereux. Il faut dire que la vie de Virginia, la reine mère du clan Baltimore, s'était passée soit à accoucher, soit à soigner son mari, élever ses enfants et enterrer les morts de sa très nombreuse progéniture. Elle en avait gardé sur le visage une expression définitivement figée, granitique et insensible. Quel contraste avec l'insouciance un peu folle de Satrapoulos !

Le dîner se déroulait dans la résidence d'été de la Nouvelle-Angleterre, pas très loin de Providence. De l'herbe, des chevaux, des arbres roux en toute saison, des écureuils en liberté, des barrières blanches et des poules dont Virginia ne laissait à personne le soin d'aller récupérer et comptabiliser les œufs. Ce qu'il y avait de terrible, dans cette famille, c'était l'impression accablante que chacun de ses membres pouvait indifféremment prendre le relais des défaillants et des disparus pour mettre ses pas dans les mêmes traces. Scott avait été assassiné cinq ans plus tôt: Peggy s'était retrouvée veuve alors qu'ele

570

s'apprêtait à divorcer. « Les enfants... » lui avait-on dit. En fermant les yeux, en écoutant seulement ce qui se disait à la table, elle avait la sensation douloureuse que rien jamais n'avait changé, qu'il n'y avait pas eu mort d'homme. Peter et Stephan avaient pris la succession de Scott dans la course au pouvoir. C'étaient les mêmes conversations que jadis, les mêmes projets, les mêmes astuces consacrés à l'éternel sujet, la politique.

— A quoi penses-tu ? demanda Stephan.

— A mon avenir... répondit Peggy distraitement.

— Ah ! Tu vois ça comment ?

— Loin d'ici.

En bout de table, la momie Virginia leva un œil lourd.

— New York ?

— Non.

— Washington ?

— Non.

— Où ça alors ?

— Ailleurs. L'Europe souvent, l'Amérique de temps en temps.

La momie souleva sa deuxième paupière.

— Fais voir le truc que tu as autour du cou !... pria Peter.

Peggy déboutonna le haut de son chemisier et montra la pierre en forme de poire.

— Qui t'a donné ça ?

— Un ami. Socrate Satrapoulos.

Le silence qui suivit cette bombe fut terrifiant. Chacun feignit de s'intéresser passionnément à ce qu'il avait dans son assiette, la reine-mère y comprise. Peggy se demanda si elle n'aurait pas mieux fait de se taire. Dans la famille, le Grec était depuis toujours considéré comme un pourrisseur de l'Amérique, incarnation malsaine de la veulerie levantine, et comme un ennemi personnel de chacun de ses membres. Peu importait que la route de Scott, un instant, eût croisé la sienne, on préférait oublier qu'il avait participé au financement de sa campagne. Mais nul n'avait pu supporter l'idée qu'il pût entretenir des relations avec Peggy. Prôner les rapports fraternels avec des Nègres, ce n'est qu'une vue de l'esprit, un slogan passager, un mauvais moment néces-saire pour atteindre certains buts. Mais adresser la parole à un Grec sans motif électoral, c'était encore plus dégradant. Et accepter un cadeau de ce singe !... C'est alors que Peggy laissa tomber sa seconde charge de dynamite :

— Je crois que je vais l'épouser.

Précipitamment, Virginia porta la main à ses lèvres afin que la nourriture qu'elle mastiquait de ses superbes dents en céramique ne jaillisse pas sur la table. Stephan et Peter échangèrent un regard incré-dule. La momie se ressaisit et se racla bruyamment la gorge. A cet instant, Peggy comprit qu'elle n'avait jamais été considérée comme un membre du clan, mais comme sa prisonnière à perpétuité.

— Est-ce que mon mariage est une bonne chose ?
— Avec qui ?
— Vous le savez bien, avec la Menelas.
— C'est ce que vous m'avez dit, oui. Mais les cartes me disent autre chose.
— Cartes ou pas, je ne reculerai pas. Je me marie !
— Qui vous dit le contraire ?
— Alors, quoi ?
— Vous vous mariez, c'est certain, mais peut-être pas avec qui vous croyez.

Interloqué, le Grec observa attentivement le Prophète : que voulait-il dire ? Il ne rajeunissait pas... Se trompait-il dans ses voyances ? Un instant, l'idée l'effleura qu'il avait pu devenir gâteux. Pourtant, le passé parlait en sa faveur. Presque rien qu'il n'eût prédit et qui ne soit arrivé. Satrapoulos avala sa salive :

— Que voulez-vous dire ?
— Moi ?... Rien... Mais « elles » — il désignait les cartes — ne semblent pas d'accord avec vos projets. Tirez-en sept dans le paquet, comme les sept lettres de votre prénom. Je vais couvrir votre jeu...

Il étala les petits rectangles de carton sur une mosaïque de figures rouges et noires, cœur, carreau, trèfle, pique. Dans l'air, flottait un parfum d'eucalyptus et de mimosas qui envahissait le bureau par la fenêtre ouverte. En silence, il examina attentivement les nouvelles configurations. Le Grec ne pipait pas, sachant très bien qu'il devait attendre l'oracle sans impatience. Le Prophète reprit :

— Ecoutez...
Et il se replongea à nouveau dans son examen minutieux...
— Ecoutez... Actuellement, vous êtes « porté ». Ce qui signifie que votre volonté a très peu d'influence dans le déroulement de votre destin... Vous croyez vouloir, vous croyez pouvoir, mais les événements en décident autrement...
— Qu'est-ce que je dois faire ?
— Rien, justement. Faites tout ce que vous avez décidé, vous verrez bien. Le destin n'est pas dans votre main.
— C'est mauvais ?
— Qui dit ça ? Il décide pour vous au contraire, c'est plutôt reposant !

— Tout dépend de ce qu'il décide.

— Jusqu'à présent, vous n'avez pas eu à vous plaindre.

— Qu'entendez-vous par « vous allez vous marier, mais pas avec qui vous croyez » ? Je vais rompre mon mariage ?

— Ecoutez-moi... Pour une fois, je ne vais pas tout vous dire. Sachez que vous avez sur vous la marque du destin, que c'est une bonne chose et que l'avenir vous surprendra.

— En bien ?

— Vous verrez, ayez confiance. Je peux simplement vous révéler que ce que vous avez vécu jusqu'à présent n'était rien en comparaison de ce que vous allez vivre. Vous savez très bien que si le moindre danger vous menaçait, je vous préviendrais afin que vous puissiez vous en protéger. Ce n'est pas le cas.

— Vous ne pouvez pas me donner plus de précisions ?

— Je le pourrais, mais je ne le veux pas. Il y a des instants où les possibilités apparaissent si extraordinaires qu'elles en deviennent fragiles. Même mon intervention risquerait d'en changer le cours. Je ne veux pas prendre ce risque.

— Vous m'intriguez...

— Il ne faut pas forcer le destin.

Oubliant l'endroit où il se trouvait et ce qu'il était venu y faire, le Grec ajouta naïvement, dans un superbe mouvement de menton :

— Vous auriez pu m'en dire davantage vous savez... Je ne suis pas superstitieux.

32

Dans le passé, aucun artiste n'était jamais allé aussi loin et, à l'avenir, nul autre ne pourrait aller plus loin. Certains avaient exposé des tombereaux d'immondices, d'autres, comme Yves Klein, « Yves le monochrome », d'immenses surfaces plates recouvertes de la même couleur, bleu ou blanc, rouge ou vert, orange ou jaune. Les plus audacieux n'avaient pas hésité à supprimer radicalement la toile proprement dite, offrant à leurs admirateurs de contempler le cadre vide où aurait dû être emprisonnée leur œuvre. « Vous comprenez, disaient-ils, le créateur ne vous impose plus rien désormais. A l'intérieur de cet espace sans structure, puisqu'il symbolise une absence, votre imagination peut élaborer l'œuvre de son choix. » Un Yougoslave inspiré et légèrement entretenu par une veuve brésilienne avait exposé à Munich un miroir encadré d'or. Les visiteurs de la galerie présentant l'objet pouvaient lire sur la notice explicative rédigée en quatre langues : *Il s'agit d'une composition parfaite vous renvoyant à votre propre perfection.* Un balayeur avait cassé le miroir — bien involontairement — et les assureurs avaient dû payer une fortune.

Mais Fast avait trouvé mieux. Fast avait eu l'idée absolue : maintenant, il s'exposait lui-même. Nu. Lena en était gênée. A Rome, l'affaire avait fait beaucoup de bruit et provoqué deux descentes de police qui avaient recouvert l'artiste d'une couverture. Toute la gauche s'était emparée du scandale et l'exploitait aux cris répétés de « Liberté ! » pendant que la droite, soutenue ouvertement par la Nonciature, qui avait l'approbation secrète du Vatican, exigeait que l'on jette hors la Ville éternelle cette provocation pornographique.

Depuis trois jours, tel Siméon le Stylite, Fast se tenait debout sur une espèce de colonne prise dans le faisceau d'un projecteur rougeâtre. La colonne, mue par un moteur électrique, pivotait sur elle-même à un rythme lent et régulier, montrant le génie sous tous ses angles à une foule d'amateurs passionnés, des femmes surtout, qui avaient les attributs de Fast à la hauteur de leurs yeux. Lena se mordait les lèvres, jalouse à en mourir mais préférant contrôler les entrées sur place plutôt que d'abandonner son amant aux convoitises de toutes ces garces italiennes.

La galerie fermait à 8 heures. Fast, qui avait stoïquement passé six heures d'affilée dans une immobilité absolue, se ruait alors dans les toilettes et pissait avant toute chose dans un lavabo. Après quoi, il se rhabillait et, avec Lena, partait parader dans les restaurants et les boîtes « in » de la via Veneto. Lena avait tout tenté pour le persuader de renoncer à son projet. Fast lui avait ri au nez :

— Si tu m'aimais un peu, au lieu de dire des conneries, tu te foutrais à poil avec moi. Je t'exposerais aussi. Je t'intitulerais *Femme de l'artiste* et à la fermeture, on irait pisser ensemble !

Il était comme ça, Fast !

Ce fut la dernière protestation d'Achille, une farce dont la puérilité même prouvait qu'il s'était résigné à voir la Menelas devenir la seconde femme de son père. Il en parla à Maria qui haussa les épaules :

— Oui, c'est drôle... Mais si tu crois que ça va l'empêcher de l'épouser...

Le Grec s'amusait souvent à jouer les cinéastes amateurs. Il aimait filmer les endroits, les objets et les êtres qu'il aimait. A la fin d'un déjeuner, à Serpentella, il avait enregistré sur sa caméra portative l'expression épanouie de la Menelas, l'air buté d'Achille et de Maria, et ce paysage de roches, de mer et de ciel dont il raffolait.

On le demanda au téléphone de Tokyo. Il abandonna son matériel et se rendit à son bureau. Quand il revint à table, il déclara qu'il devait partir pour Londres le soir même. Le lendemain, dans son appartement d'Athènes, Achille convoqua une amie mannequin de son état et peu avare de ses formes. Il la filma nue, en gros plans, fesses et seins à l'air, les dernières images la représentant de face, bras tendus amoureusement vers la personne qui tenait l'objectif. La nuit venue, Achille remit en place la caméra paternelle. A son retour, Satrapoulos voulut utiliser le restant du rouleau. Là encore, il profita de l'exceptionnelle lumière d'un après-midi pour tourner son sujet favori : la Menelas, de face, de profil, de dos, sur les côtés, en plan américain, vue par-dessous et par en haut. Assez fier de ses talents de metteur en scène, il demanda à son chauffeur d'aller faire développer la bobine d'urgence. On la lui rapporta dans le courant de la soirée. Après le dîner, comme souvent, il invita les convives à se rendre dans la salle de cinéma pour y admirer son œuvre. Il y avait là un chirurgien du cœur et sa femme, le ministre grec des Transports, un amoureux transi de Maria et l'agent de change new-yorkais de Socrate. La Menelas s'installa au premier rang.

Il y eut des gloussements amusés dès que les premières images défilèrent. La Menelas riait le plus fort, rassurée sur son avenir immédiat et ravie de se voir aussi mince. Achille et Maria s'étaient discrètement assis au quatrième rang des fauteuils, près de la porte.

— Quel appétit ! dit le Grec... Regardez-la ! C'est comme ça qu'elle va me dévorer !

Sur l'écran, on la voyait mordre d'un air gourmand dans une grappe de raisins. Soudain, il y eut un instant de flottement... Sans fondu enchaîné se substitua au visage épanoui de la Menelas un cul qui ne l'était pas moins, un cul, rien qu'un cul, occupant toute la surface de l'écran, se tortillant, se cambrant, prenant la pose et faisant, si l'on peut dire, des mines. Le chirurgien éclata de rire, se rendit compte que c'était une réaction incongrue et tenta de corriger le tir en simulant un violent accès de toux. Sa femme, qui était dame d'œuvres de la meilleure société athénienne, le pinça avec force, détourna son regard et feignit de ne pas voir les images qui continuaient à défiler dans la consternation générale. Achille observa la Menelas qui s'était crispée sur les bras de son fauteuil. Maria avait du mal à retenir un fou rire. Maintenant, les fesses avaient disparu pour laisser la place à deux mignons petits seins, arrogants, tendus, plantés haut. Le Grec était si abasourdi qu'il ne songeait même pas à arrêter l'appareil. Bouquet final, gros plan de face sur le visage pâmé de la jeune fille accourant bras ouverts vers le porteur de la caméra. Le visage de la Menelas fut à nouveau sur l'écran. Mais déjà, elle se levait, lançant sèchement à Socrate :

— Si c'est un affront public que vous avez voulu me faire, bravo ! C'est réussi !

Le ministre des Transports se leva et se lança à sa poursuite :
— Chère amie !...

Consterné, l'agent de change ralluma la lumière. Achille et Maria n'avaient toujours pas bronché. Le Grec se dirigea vers son fils :

— C'est bête et méchant. Quand je pense que je te croyais devenu un homme !

Achille écarquilla des yeux innocents :

— Vraiment... Je ne vois pas ce que tu veux dire.

— Tu le verras demain ! Maintenant, je te prie d'aller faire des excuses pour cette pauvre plaisanterie.

— A qui ?... s'étonna Achille.

— Fous le camp !

Pour qu'Olympe lui pardonne l'insulte subie sous son toit, le Grec lui offrit le lendemain une merveilleuse parure de diamants à laquelle tintinnabulaient de minuscules cœurs de saphir. Néanmoins, elle bouda pendant deux jours. Quant à Achille, il s'était trouvé un voyage urgent à Boston où résidait l'un de ses amis. Evidemment, sa blague n'empêcherait pas la connerie d'être faite, mais la tête de la Menelas découvrant la fille à poil lui avait valu une bien douce compensation : au lieu de son visage, elle avait vu un cul !

Après tout, pensait Achille, il fallait ne pas la connaître pour y voir une différence.

LA DIGNITÉ DE VOTRE CONDUITE EST LA FIERTÉ DU PAYS. RESTEZ A NOS COTÉS DANS LA BATAILLE QUI S'ENGAGE. NOUS AVONS BESOIN DE VOUS.

Le télégramme, adressé à Mme veuve Scott Baltimore, était signé par le plus grand ponte des Novateurs, homme de paille que Peter et Stephan utilisaient comme une marionnette avant de le larguer pour prendre sa place. Peggy ricana... Dans le libellé de l'adresse, on lui avait même supprimé son prénom ! Elle n'était plus que « Veuve Scott » ! Les salauds ne pensaient qu'à leurs foutues élections. Qu'est-ce que ça pouvait leur faire que Peggy soit une jeune femme et qu'elle étouffe ?

Elle ne pouvait plus supporter la politique. L'image de Scott, la tête ensanglantée, la poursuivait nuit et jour. Elle voulait oublier, oublier... Quant à l'Amérique, le « cher et vieux pays », elle s'en moquait comme de son premier soutien-gorge. Sa seule certitude était un refus définitif d'être réduite à l'état d'objet à des fins de propagande électorale. Les vestales éplorées, les inconsolables gardiennes du souvenir, les robes de deuil, les moues compatissantes et hypocrites de vieillards rusés, fini ! Elle en avait sa claque !

Depuis qu'elle avait prononcé le nom du Grec à la table familiale,

577

tous les membres de la famille s'étaient succédé dans son appartement, avec des gueules de faux jeton et des clichés de rhétorique : l'honneur... la patrie... les enfants qui un jour.... l'orgueil national... l'Eglise... le devoir... les responsabilités... Marre ! Jusqu'à ses belles-sœurs, Dolly et Suzan, épouses de Peter et Stephan, qui étaient venues lui demander sans rire d'épargner la « carrière de leurs maris », prétendant qu'une union avec le Grec coulerait le clan aussi sûrement que si elle épousait un Nègre du « Black-Power ».

— Est-ce que tu imagines les réactions de la presse ? disait l'une.

— Que peux-tu trouver de séduisant à ce métèque ? ajoutait l'autre.

A les entendre, on aurait pu croire que Satrapoulos était un Martien avec des pustules sur le visage, un trou à la place du nez et les pieds palmés ! Elle les avait proprement éjectées. Comme avant les élections qui avaient causé la mort de Scott, l'émissaire financier de la famille Baltimore s'était entremis pour lui proposer un nouvel arrangement : combien désirait-elle pour ne consommer ce curieux mariage qu'après les élections ? Elle n'avait hésité qu'une seconde avant de refuser d'un ton hautain.

— Mais, avait protesté le banquier, vous aviez pourtant accepté jadis une offre de ce genre...

— Les temps ont changé ! avait répliqué sèchement Peggy. Devant la fortune du Grec, la misérable monnaie de la corruption ne pesait pas lourd ! En dehors de Nut, qui l'encourageait, Peggy avait mis sa mère dans la confidence : que lui conseillait-elle ? Mme Arthur Erwin Beckintosh, impressionnée par les milliards de Satrapoulos, avait eu ce mot historique :

— Epouse ! Et plutôt deux fois qu'une !

Toutefois, il y avait un petit ennui : le Grec n'avait jamais dit à Peggy qu'il l'épouserait. Et s'il refusait ? Elle aurait bonne mine ! En fait, elle n'envisageait pas une seconde qu'il pût lui dire non. Personne au monde dans la vie ne lui avait jamais dit non. Pourquoi cela devrait-il cesser ? Elle caressa son diamant en forme de poire... En épousant Socrate, elle en aurait d'autres, autant qu'elle en voudrait. Elle vivrait nue au soleil, un carnet de chèques entre les seins. Elle dévaliserait les joailliers et les grands couturiers. Toutes les nuits, elle courrait les boîtes. Plus personne ne pourrait lui interdire quoi que ce soit, elle serait libre de donner des soirées dingues, libre de sortir avec des gens marrants, des artistes un peu fous et ces superbes play-boys de la « jet-society ». Elle ferait tout cela avec Socrate, il la comprenait, il aimait ça. Quelle vie !

Elle relut avec mépris la dernière phrase du télégramme : *Nous avons besoin de vous.* Elle fit une boulette du petit morceau de papier, la jeta dans une corbeille et chantonna sur l'air de l'hymne américain :

— Et mon cul, il a besoin de vous ?

Pour dérouter les journalistes, il avait été convenu que le Grec et la Menelas arriveraient séparément à Londres par des appareils différents. Le Grec, non sans plaisir, avait prévu une perruque blonde et des moustaches destinées à le grimer. La cérémonie se déroulerait dans la petite chapelle orthodoxe de Londres, où nul ne serait admis. Seuls, Achille et Maria avaient été prévenus de ce qui se tramait. Tous deux avaient décliné l'invitation de leur père, qui n'avait pas insisté davantage, craignant des incidents de dernière minute entre sa future femme et ses enfants.

La veille du mariage, Satrapoulos donnait à Paris en son hôtel de l'avenue Foch un dîner d'affaires très important. Des armateurs australiens dont la société était en déconfiture. Le Grec voulait la racheter à tout prix mais laisser croire à ses hôtes que la transaction ne l'intéressait pas. Les Australiens, de leur côté, avaient un besoin pressant de liquider afin d'éviter la faillite et des poursuites judiciaires à l'échelle internationale.

Jeu classique entre acquéreurs et vendeurs qu'illustrait parfaitement la chanson folklorique française : *Je te tiens... Tu me tiens... Par la barbichette...*

A 9 heures précises, les Australiens faisaient leur entrée dans le salon, un peu gauches et intimidés par le luxe raffiné de la pièce, les Rubens et le Tintoret discrètement mis en valeur par des projecteurs. La Menelas, toute à sa joie, les accueillit comme s'ils avaient été de vieux amis de la famille, masquant sa réprobation devant leurs costumes de parvenus, épaules trop larges, pantalons trop étroits, couleurs trop voyantes. D'ailleurs, dans leur groupe, tout était « trop » : ils étaient trop grands ou trop petits, trop gros ou trop maigres, dépareillés comme pour un sketch de comique troupier. Seulement, ces pantins pesaient vingt millions de dollars. La Menelas en compta huit qui s'inclinèrent lourdement devant elle : même aux antipodes, les barbares étaient au courant de sa gloire. Pendant que deux maîtres d'hôtel servaient le whisky, ils se tortillaient sur le bord de leur fragile chaise Louis XV et la Menelas pariait avec elle-même que les plus gros briseraient la leur avant de passer à table. Le Grec déployait ce charme célèbre qui lui avait valu la moitié de sa fortune, allant de l'un à l'autre, plaisantant, flattant, mettant en condition ses futures victimes. Quand cette bizarre assemblée eut vidé deux bouteilles de scotch, un majordome en gants blancs vint annoncer que Madame était servie. On s'assit autour de la longue table rectangulaire dont les cristaux resplendissaient sous le grand lustre.

— Puisque vous êtes en France, j'ai voulu que vous ayez un dîner typiquement français... minauda la Menelas alors que deux maîtres d'hôtel déposaient avec une certaine brusquerie une soupière en vieux limoges. Le Grec, qui avait l'œil à tout, le remarqua et se promit de tancer Mme Norbert qui avait essayé de lui casser les pieds les jours précédents avec ses salades domestiques.

— J'espère que vous aimez la bisque de homard... demanda la Menelas à la cantonade.

Bien sûr, tout le monde l'aimait, ils en raffolaient même. Le Grec aiguilla la conversation sur le « beau pays » de ses hôtes, évitant soigneusement de faire la moindre allusion à l'affaire qui les avait amenés là. Il était placé en bout de table, la Menelas lui faisait face et les Australiens, quatre par quatre, se partageaient les deux côtés latéraux. Tous calquaient leurs gestes sur ceux de leur hôtesse, un peu perdus dans cette avalanche de couverts dont la multiplicité les laissait perplexes. Ils auraient préféré de très loin manger avec leurs doigts — et le Grec aussi. Socrate avait prévu comme tactique de les abreuver avec des mélanges de vins. Surtout les laisser venir... Quand ils seraient à moitié ivres, il attendrait encore qu'ils fassent le premier pas et abordent eux-mêmes le sujet qui leur tenait à cœur. Au moment des alcools, il porterait l'estocade, jetterait ses chiffres d'un air négligent, rirait de ceux qu'on lui proposerait et signerait en trois minutes, d'un air de dupe contrariée et surprise, au plus bas prix. En attendant, le potage était terminé depuis belle lurette et aucun maître d'hôtel n'apparaissait à l'horizon. Le Grec jeta un regard furtif et agacé à la Menelas. Elle appuya du bout du pied sur le bouton placé sous la table. Malgré le raffut infernal que devait faire la sonnerie dans les cuisines, la suite n'arriva toujours pas... Elle attendit deux minutes encore et se leva, s'excusant d'un sourire auprès de ses invités. Socrate relança la conversation et profita de son absence pour en raconter une bien bonne :

— C'est un Australien... Excusez-moi, mais ce n'est pas de ma faute si votre virilité est proverbiale dans le monde... Un Australien donc, qui propose à une Américaine de l'emmener chez lui prendre un verre... Pourquoi faire ? demande-t-elle. Il répond : « Je vous ferai des choses qu'on ne vous a encore jamais faites. » Elle dit : « Quoi par exemple ? » Il dit : « Je vous lècherai le nombril. » Elle répond : « Mais on m'a déjà léché le nombril des douzaines de fois ! » (à cet endroit de l'histoire, certains des invités se mirent à rire... Le Grec passa à la chute)... Alors, le type répond : « De l'intérieur ? »

Les visages se figèrent dans une concentration douloureuse. Le Grec répéta : « De l'intérieur, vous vous rendez compte ! » Et il se tapa sur les cuisses. Après un instant d'hésitation, les autres firent chorus avec d'autant plus de puissance qu'ils n'y avaient rien compris. Subrepticement, Satrapoulos jetait les yeux en direction de la porte qui menait aux cuisines : que faisait donc Olympe ? Elle l'abandonnait seul avec tous ces cons ! Bientôt, il n'y tint plus :

— Chers amis, excusez-moi... Il a dû se produire un petit incident... Je vais voir...

Dès qu'il fut hors de vue des Australiens, son visage se crispa de colère : pourquoi est-ce qu'il payait du personnel ? Où étaient-ils ? Au pas de charge, il galopa dans le couloir, vaguement inquiet. Il poussa la porte des cuisines : la Menelas était étendue sur le carrelage, raide comme un cadavre, d'une paleur de cire, le visage couvert de vomissures. Il se précipita, s'agenouilla, vit qu'elle respirait encore et tenta de la ranimer par de petites gifles. Ce faisant, il appelait à la rescousse les maîtres d'hôtel toujours invisibles. La Menelas ouvrit un œil, essaya de dire quelque chose et repartit dans son évanouissement. Fébrilement, le Grec chercha une bouteille de vinaigre, remua les tiroirs, balaya des étagères, explora des placards. Rien. Il revint à la Menelas, quitta sa veste, la roula en boule et la lui mit sous la tête. Elle avait les narines pincées et ne réagissait toujours pas. Enfin, son corps fut parcouru d'un tremblement... Elle ouvrit les yeux...

— Ma chérie !... Que se passe-t-il ? Parlez-moi !...

Faiblement, elle détourna la tête comme si elle eût craint de faire craquer ses vertèbres. D'un doigt flageolant, elle désigna un écriteau accroché au-dessus des fourneaux, sur lequel une main vengeresse avait tracé, à grands coups de rouge à lèvres :

ON FOUT LE CAMP
ON A PISSE DANS LA SOUPE

Elle eut un hoquet et vomit à nouveau. Le Grec la tenait contre lui, lui soulevant la tête, la consolant, la berçant.

Pendant ce temps, les Australiens s'inquiétaient. Leur doyen, au nom de la communauté, décida d'aller aux nouvelles. Il erra au hasard dans les couloirs vides, trouva la porte de la cuisine et embrassa la scène d'un coup d'œil : le Grec penché sur la Menelas secouée par des spasmes, et l'écriteau. Surmontant un haut-le-cœur, il se porta au secours de ses hôtes. Trois minutes plus tard, tous ses associés étaient dans la cuisine, surmontant leur dégoût, feignant de n'avoir pas lu la redoutable pancarte. Le Grec les pria de retourner à table, il allait tout leur expliquer... Ils vinrent se rasseoir, l'appétit coupé, les yeux rivés à la soupière dans laquelle... Pouah !... Pendant qu'Olympe se refaisait une beauté dans une salle de bains, S.S. les rejoignait, l'air jovial :

— C'est une blague des domestiques. Un différend qu'ils ont eu avec ma gouvernante ! Bien entendu, ce que vous avez lu est stupide ! D'ailleurs... A la grande horreur des Australiens, il plongea la louche d'argent dans le récipient précieux...

— ... j'en reprends ! Je l'ai trouvée délicieuse !

Il toisa ses commensaux d'un œil dur :

— En voulez-vous encore ?

Ils se dévisagèrent, gênés, comprenant toutefois que le Grec leur imposait l'épreuve de force et que la signature de leur contrat était à ce prix-là. Le doyen donna le ton :

— Nous allons tous en prendre. Cette soupe est un vrai régal !

Pas fou, il servit d'abord ses proches voisins et fit circuler la soupière. Chacun se retrouva en tête à tête avec le liquide rougeâtre et suspect.

— Messieurs...

Sous l'œil aigu et attentif du Grec, il plongea bravement sa cuillère dans son assiette. Surmontant une nausée, il porta la bisque à ses lèvres et avala, maudissant le dieu des affaires qui lui infligeait un supplice pareil. Les uns après les autres, ses alliés l'imitèrent. Quand les assiettes furent vides, Satrapoulos prit la parole :

— Tant pis pour le reste du dîner ! Je suis désolé. Je vous propose d'aller continuer notre repas chez *Maxim's*.

La Menelas refusa de se joindre à eux. Elle avait un teint de plâtre. Elle s'affala dans un énorme canapé en cuir et lapa la moitié d'une bouteille de whisky, à petites gorgées, en faisant la grimace.

Deux heures après, le Grec était de retour, furieux. L'affaire était ratée. Il s'était montré agressif, intransigeant et avait refusé d'accompagner les Australiens qui avaient voulu finir leur soirée au *Crazy Horse*. Il attaqua sans préambule :

— C'est intelligent ! Tu m'as fait louper dix millions de dollars !

Bien qu'éméchée, la Menelas se rebiffa :

— Comment oses-tu ?... On ne m'a jamais traitée de la sorte !

Bientôt, les injures des bas quartiers d'Athènes volèrent sous le lustre en cristal du grand salon. Excédée, Olympe prit son manteau et hurla :

— Je fous le camp !

Au lieu de la retenir, le Grec, oubliant qu'ils devaient se marier le lendemain, aboya en écho :

— C'est ça ! Et pisse dans la soupe !

Au moment où la porte claquait, la sonnerie du téléphone retentit. Socrate la négligea, se proposant d'aller finir la nuit au *George-V*. Il n'avait plus remis les pieds au *Ritz* depuis la mort de sa mère.

Peut-être même, en buvant un verre dans une boîte, trouverait-il des filles trop heureuses de venir lui calmer les nerfs à domicile.

582

La sonnerie du téléphone insistait, lancinante. Avec colère, il alla décrocher :

— Oui ? Quoi ?

Au bout du fil, une voix flûtée de petite fille inquiète :

— C'est moi...

— Peggy ! Mais d'où appellez-vous ?

— New York... Socrate, c'est affreux ! Il faut absolument que vous fassiez quelque chose pour moi !

— Tout ce que vous voudrez Peggy ! Je vous écoute.

— Il faut absolument que vous m'épousiez.

Il considéra l'appareil d'un air ahuri, comme si sa contemplation eût pu lui fournir les réponses aux questions folles qui se pressaient dans sa tête... Il bredouilla...

— Pardon ?

— Epousez-moi ! J'ai dit à ma belle-famille que nous allions nous marier... Il faut le faire Socrate !

Il déglutit avec peine :

— Mais Peggy...

— Vous acceptez ?

— Je...

— Socrate, c'est très grave... J'ai pris mes responsabilités... Prenez les vôtres !

— Eh bien...

— Socrate, mon chéri, oui ou non ?

— Mais oui, bien sûr !...

— Quand ?

— Attendez, je vous entends mal...

Il avait très bien entendu. Elle répéta :

— Quand ?

Il tenta d'avaler sa salive qui restait bloquée dans sa gorge :

— Quand vous voudrez.

— Oh ! Socrate ! Vous êtes merveilleux ! Vous m'avez compromise vous savez ! Tout le monde est au courant ! Toute la famille Baltimore... Nut aussi !

— Ah ! Nut aussi...

— Chéri, j'arrive !

— Où ça ? bégaya-t-il.

— A Paris ! Il faut que nous parlions de tout cela dans le détail... Nous avons tellement de questions à régler ! Il faut que nos avocats se rencontrent !

— Peggy ?...

— Oui ?

— Etes-vous sérieuse ?

— Oui ! Je vous aime. Je veux vivre avec vous.

— Peggy...

— Oui ?

— Moi aussi.

— Oh ! mon amour, j'arrive !

— Je téléphone immédiatement à New York pour qu'on mette un avion à votre disposition...

— Chéri, vous pensez à tout !

— Peggy !

— Oui ?

— Je vous aime.

— Ne bougez pas, j'arrive !

La communication fut coupée. Pensivement, le Grec desserra le nœud de sa cravate. Il se servit un whisky et s'assit à l'endroit même où il avait trouvé la Menelas quand il était rentré de chez *Maxim's*. Tout allait trop vite, même pour lui... Malgré ce que lui avait laissé entendre le Prophète, il n'avait pas douté un instant qu'il serait le mari de la Menelas dès le lendemain. Mais la Menelas était partie. Il la connaissait assez pour savoir qu'elle ne reviendrait pas de sitôt, jamais peut-être. Et Peggy s'était manifestée... Peggy l'inapprochable, Peggy l'unique pour laquelle il avait pris des leçons d'hypnose, Peggy qu'il avait sautée dans son bateau comme n'importe quelle putain. Il s'en souvenait maintenant... Au moment où son propre plaisir allait le submerger, il lui avait craché dans la gueule sans savoir pourquoi, sans comprendre que ce geste le libérait en rendant à la « Veuve de l'Amérique » des dimensions humaines, charnelles. Elle lui avait demandé :

— Socrate ?... Pourquoi ?...

Ne sachant quoi répondre, il avait éclaté d'un rire vainqueur, le rire du mâle qui a soumis la femelle. Mais de là à envisager qu'elle puisse un jour devenir sa femme ! Il jubila à l'idée de tous les nouveaux ennemis que ce mariage allait lui attirer. L'homme le plus riche du monde n'épouse pas impunément la femme la plus célèbre de la terre ! Il imagina avec délectation la tête de Kallenberg, ce pauvre Kallenberg qui, en amour et en affaires, devait se contenter de ses restes : comment encaisserait-il la nouvelle ? Sous le coup de cette émotion trop forte, peut-être aurait-il le bon goût de crever ? Quant à Achille et Maria, qu'ils se méfient ! Le Grec ne supporterait pas de leur part la plus petite réticence ! Mieux, s'ils étaient normaux, ils ne pourraient qu'être fiers d'un père de soixante-deux ans capable encore de séduire le numéro un de la planète. Pour peu que Dieu soit indulgent, Socrate pouvait espérer atteindre, en se soignant bien, l'âge de cent ans. Plus peut-être ? En tout cas, cela lui laissait un minimum de vie de trente-huit années ! Fantastique ! Etourdi de bonheur, il médita sur ce qui lui arrivait. A peu de chose près, c'était une version améliorée du nez de Cléopâtre : des loufiats en révolte pissent dans une soupière et le destin vous prend par la main pour vous emmener haut, très haut, aux limites de l'impossible.

33

Le Grec est dans son bureau. Seul. Il marche de long en large et parle à haute voix en direction des deux grands fauteuils en cuir qui font face à sa table de travail. Parfois, sa main droite, enfouie dans sa poche, se crispe sur la liasse de billets. Il se fait véhément, affirme, prouve, ironise. Il ponctue son discours de coups de poing rageurs sur les objets qui sont à sa portée. Pourtant, dans les fauteuils, il n'y a personne. Le Grec répète. Chaque fois qu'il s'apprête à jouer une partie, il en envisage toutes les possibilités et mime la scène à haute voix pour des interlocuteurs absents. Il joue leur rôle, il s'attaque et se défend dans des feux croisés de demandes et de réponses qui, tour à tour, l'embarrassent et qui, tour à tour, trouvent leur solution. Maintenant, il n'a plus rien à dire, ses vis-à-vis invisibles sont convaincus. Il décroche son téléphone intérieur :

— Achille ? Je vous attends dans mon bureau, toi et ta sœur.

Il va s'asseoir à sa place, met la tête entre ses mains et se concentre. Les deux jumeaux entrent. Achille, en pull de cachemire et blue-jeans ressemble à un étudiant sage. Il a un pli buté et vertical qui lui barre le front, entre les deux sourcils. Maria est en jupette de tennis, chemisier blanc, chaussures et chaussettes blanches.

— Asseyez-vous.

Maria se laisse tomber dans son fauteuil. Achille s'assied sur le dossier du sien. Entre-temps, le Grec a oublié son début improvisé qui était pourtant fort brillant. Chaque fois qu'il est concerné dans ses affections, il perd ses moyens. Ça ne rate pas : il ne sait plus par quoi commencer. Il dit :

— J'ai une grande nouvelle à vous annoncer.

Achille et Maria ne bronchent pas. Le Grec continue :

586

— A plusieurs reprises, à tort ou à raison, vous avez cru devoir vous immiscer dans ma vie privée. Vous vous êtes conduits d'une façon détestable avec une femme que j'ai aimée et qui avait toujours été très bonne avec vous.

Il interroge du regard les deux jumeaux. Ils restent impassibles.

— A cause de vous, j'ai rompu avec Olympe. Au passage, je lui tire mon chapeau pour la patience dont elle a fait preuve à votre égard. Aujourd'hui, j'ai une très grande nouvelle à vous annoncer... Je vais me remarier. Et cette fois, vous ne pouvez pas ne pas être d'accord !

Achille et Maria mangent des yeux le visage de leur père. Il a l'air hilare. Maria, la première, comprend. Elle se jette à son cou :

— Oh ! Papa ! C'est fantastique ! Tu vas épouser maman !

Achille bondit de joie :

— Hourra ! Bravo ! Tu es formidable !

Il se jette lui aussi dans les bras de son père qui essaie de les écarter. Il sent qu'il va les décevoir tellement qu'il n'a plus le courage de rien leur dire. Son visage se durcit. Il se jette à l'eau :

— Qui vous parle de maman ?... Je vais me marier avec Peggy Baltimore !

Voilà, c'est lâché, advienne que pourra ! Instantanément, les jumeaux se sont éloignés de lui comme s'il avait la peste. Achille le regarde avec horreur. Maria a les larmes aux yeux. Elle dit :

— Qui ça ? Répète ?

Le Grec se tortille :

— Peggy Baltimore. Pensez-vous qu'il y ait au monde une femme plus digne qu'elle ?

Achille fait celui qui n'a rien entendu. Tout cela ne l'intéresse plus :

— Tu viens Maria ? Je vais faire un set avec toi.

Le Grec s'empourpre de colère :

— En voilà assez ! Vous n'avez pas à me dicter ma conduite ! Elle est le numéro un ! Le numéro un !

Mais, déjà, les jumeaux ont quitté la pièce.

C'est au moment où le Boeing, sur le point de décoller, arrivait à son point fixe que le commandant de bord reçut le message radio : « Ordre de la Compagnie... Retournez sur l'aire de départ et débarquez les passagers. »

Dans son dos, le commandant sentait la prodigieuse poussée des milliers de chevaux qui allaient arracher du sol les cent trente tonnes de son appareil. Il n'avait qu'à libérer un petit bouton pour que les réacteurs déchaînent toute leur puissance. Il prit son micro :

— Commandant à tour de contrôle... Répétez...

— Retournez sur l'aire de départ... Débarquez les passagers...

— O.K. Compris.

Il leva les sourcils en direction de son copilote :

— Merde ! Il doit y avoir une bombe à bord ! On ne part plus les gars !

— Tu veux que je prévienne les hôtesses ?

— Pas encore.

A bord de ce vol régulier, il y avait cent trente passagers qui partaient de New York pour rallier Athènes sans escale. La radio crépita à nouveau :

— Prenez la piste six, gagnez le parking onze, garez-vous, coupez les moteurs, restez à vos postes et attendez les ordres. Parlez !

— Compris.

— Bob, va dire à Lily qu'elle fasse une annonce !

— Qu'est-ce qu'elle doit leur dire ?

— Sais pas. Je m'en fous. N'importe quoi.

Prévenue, Lily annonça de sa voix chaleureuse :

— Mesdames, Messieurs... Un incident technique nous oblige à revenir à notre point de départ. Le décollage est donc légèrement retardé. Veuillez, je vous prie, vous munir de vos bagages en attendant que Grecian Air Line mette à votre disposition un nouvel appareil. Merci !...

Les passagers se dévisagèrent d'un air étonné pendant que le Boeing faisait demi-tour pour regagner une aire de parking. Certains protestèrent. Lily ajouta :

— Vous êtes priés de ne pas détacher vos ceintures avant l'arrêt complet de l'appareil. Merci !

Elle était trop troublée pour avoir songé à prononcer la formule rituelle. Elle fonça dans la cabine :

— Pourquoi on débarque ?

Fataliste, le radio haussa les épaules :

— Si on le savait...

Le commandant coupa les moteurs. Du ventre et de la queue, le Boeing vomit son chargement humain que des autocars attendaient sur la piste. Des hommes en salopette marquées dans le dos au sigle de la Compagnie, G.A.L., transférèrent les bagages de la soute à bord d'un train de chariots. Quand tous eurent disparu, le commandant reçut un nouveau message :

— Tour de contrôle à G.A.L. 112... Rallumez les moteurs. Vous décollez dans dix minutes, même destination... Parlez...

588

— G.A.L. 112 à tour de contrôle. Bien reçu.

— Ils sont fous ou quoi ? demanda Lily...

En réponse à sa question, elle vit grossir trois voitures sur la piste. Elles fonçaient vers l'appareil et s'arrêtèrent sous ses ailes dans un crissement de coups de freins.

— Qui c'est ? interrogea l'un des stewarts.

— Pas n'importe qui en tout cas ! Les passagers étaient fous de rage. Il y en a deux qui ont parlé de procès... murmura Pat, une autre hôtesse qui écarquillait les yeux pour mettre un nom sur la ravissante silhouette féminine qui escaladait l'échelle d'un air décidé, un enfant à chaque main.

— Ça alors ! C'est Peggy Baltimore !

Derrière Peggy, trottinaient sa propre mère, Mme Beckintosh, et Nut. Puis, deux nurses et une gouvernante. Quatre gorilles fermaient la marche, semblant encadrer un homme grand et maigre qui était peut-être un secrétaire. Dix personnes en tout. Le nombre de leurs valises était tout simplement fabuleux ! Presque autant que pour les cent trente passagers normaux ! Encore la radio :

— Soignez vos passagers comme vous n'avez jamais soigné personne. Ordre de la Compagnie. Parlez !

— Bien reçu ! maugréa le commandant de bord.

— Bon voyage !

Il coupa le contact de son propre micro et fit rouler son Boeing vers le point fixe :

— Grouillons-nous ! Au cas où ils auraient oublié leur caniche...

— C'est demain qu'il l'épouse !

— M'en fous ! Ça fait une drôle de publicité pour la Compagnie !

— Boph !... Qu'est-ce que ça peut nous faire ? Après tout, elle appartient au Grec...

Pat prépara des plateaux, caviar et Dom Pérignon...

— Ah ! Ce n'est pas pour moi qu'un homme débarquerait cent trente passagers pour me laisser leur place ! C'est beau, l'amour !

Sa voix fut couverte par le sifflement aigu des réacteurs. L'appareil se cabra et frémit avant de piquer vers le ciel.

— Non je n'irai pas ! Pas dans l'état où tu m'a mise !

Irène désignait un bleu sous son orbite qu'un savant maquillage n'était pas totalement parvenu à cacher. Kallenberg haussa les épaules :

— Tant pis. J'irai seul.

— Non ! Je t'interdis !

Il leva un sourcil menaçant :

— Toi, tu m'interdis ?

— Oui ! Je défends ma famille moi ! Je n'irai pas parader devant un type qui a fait souffrir ma sœur !

— Ta sœur, c'est une salope ! Et tu la détestes !

— Tu as été bien content de l'épouser !

— Boph... Elle ou toi, une salope et une conne, ça sortait pas de la famille !

— Socrate t'a ridiculisé toute ta vie ! Tu ne vois pas qu'en t'invitant, il te tend un nouveau piège !

— Tu prends bien mes intérêts à cœur brusquement ?

— Je n'irai pas ! Je n'irai pas et toi non plus !

— Ça suffit, fous le camp !

— Je le dirai à maman !

Herman la toisa avec mépris :

— A ton âge... Tu t'es regardée ? Tu appelles encore ta mère ?

— Je lui dirai ce que tu m'as fait ! Tu verras !

— Elle est gâteuse ta vieille ! Et toi, tu es tarée... La prochaine fois que je me marie, j'épouserai une fille de vingt ans. J'en ai marre de ta gueule de vieille. Tu es moche !

— Et toi tu es cocu ! Cocu !

— Pas par toi en tout cas, tu en serais bien incapable !

— Lena ou moi, c'est la même chose !

— C'est bien vrai ! Dans le même sac !

Il était 8 heures du soir, le 2 septembre 1968, veille des noces du Grec et de Peggy Baltimore. Malgré les propos tenus, Kallenberg et Irène ne se disputaient pas à proprement parler. Entre eux, ce genre de phrases était devenu banal, quotidien. A tel point que les domestiques, blasés, ne prenaient même plus la peine d'écouter aux portes : ils connaissaient leur répertoire par cœur.

Le matin du mariage, Serpentella ressemblait à une forteresse. Depuis le jour où la Menelas y avait été effrayée par un serpent, l'île avait bien changé ! Une armée d'horticulteurs, d'ingénieurs agronomes, de paysagistes et d'architectes en avaient bouleversé l'apparence. Toute la partie ouest où se dressaient les bâtiments d'habitation était devenue une pelouse plantée de fleurs, émaillée de citronniers, d'orangers, d'oliviers et d'eucalyptus amenés par bateaux entiers. Pendant des mois, des bulldozers avaient fait sauter la roche et nivelé le terrain qu'on avait recouvert de milliers de tonnes de bonne terre. Ça et là, on avait creusé de gigantesques citernes que des cargos venaient une fois par semaine emplir d'eau douce. Malgré les soins conjugués des géologues et des sourciers, on n'avait pas pu en trouver une seule goutte. Pourtant, des jets d'eau tournoyaient à longueur de journée dans une fraîche vapeur irisée et la piscine était alimentée par une véritable cascade. Avant que les terrassiers n'entreprennent le travail, des avions-cargos avaient saupoudré sur l'île d'énormes quantités de mort-aux-rats et d'insecticide, si bien qu'on aurait cherché en vain le moindre moustique, scorpion ou araignée.

Seules, quelques colonies de fourmis étaient tolérées par les deux cents personnes qui veillaient en permanence sur la perfection de ce paradis : jardiniers, cochers — il y avait six pur-sang pour les promenades — masseurs, coiffeur, cuisinier, standardistes, maîtres d'hôtel, secrétaires, traducteurs, barmen, palefreniers, valets de chambre, médecin, gouvernantes, infirmières, économes, maître-nageur, professeurs de culture physique, sommeliers, sans oublier une équipe de trois spécialistes en feux d'artifice dont le Grec était friand. Episodiquement, pour la moindre fête, on déplaçait un orchestre de Paris ou de Rome, qu'un avion spécial allait chercher où il se trouvait. En haut de la pente douce glissant dans l'eau verte et pure de la mer, la maison de maître, une merveille de sobriété construite dans le style grec — Satrapoulos s'était finalement rendu aux arguments des architectes et de ses propres enfants qui, contre son propre avis, n'avaient pas voulu des colonnes doriques qu'il proposait sur fond de Parthénon miniature en marbre. On avait conservé son aspect sauvage au reste de l'île, cyprès, pins parasols, tamaris, gentiane et absinthe. Quand S.S. était dans son bureau, de tous côtés, il pouvait voir la mer, cette mer qui avait fait sa fortune. Sur sa gauche, en plein sud, abrité des vents qui soufflaient l'hiver et en août, le port capable d'accueillir les navires de plus gros tonnage. Une dizaine de yachts y tenaient au large. Sur un terre-plein circulaire en béton, la piste d'atterrissage pour hélicoptères dont les hangars étaient taillés dans une anfractuosité de la roche. Et, partout, des milliers d'oiseaux en liberté chantant à longueur de journée, relayés la nuit par des rossignols. Dans une enclave spéciale, des poules, des canards, des chèvres, des paons, des biches, des chiens et des chats. Le bâtiment principal comportait également un bloc opératoire, une salle de cinéma où des troupes de théâtre, parfois, venaient donner la représentation, une infirmerie et une salle de concert que la Menelas, dans ses jours de bouderie, transformait en thébaïde.

La religion était présente sous forme d'un pope vivant dans une aile de la petite chapelle orthodoxe bénie et consacrée par un archimandrite, au bout d'une allée de cyprès. Quand les journalistes du monde entier avaient appris l'existence de cet éden, ils avaient déferlé du large pour prendre des photos. Mais le Grec veillait. En temps normal, il était impossible à quiconque d'approcher sans montrer patte blanche. Des commandos de marins, dressés à ne pas répondre aux questions qu'on leur posait, montaient des gardes vigilantes à bord de vedettes rapides assez puissantes pour arraisonner un croiseur. Les plus audacieux s'étaient découragés après avoir tout essayé, la séduction, la corruption, les menaces, le chantage : il était impossible de savoir ce qui se passait réellement à Serpentella. Et ceux qui savaient ne parlaient jamais.

Ce jour-là, jour du mariage, on avait doublé les rondes sur terre et sur mer. Des marins en blanc, matraques à la main, parcouraient le rivage dès l'aube pour en chasser les éventuels importuns que la tenue d'homme-grenouille ne rebutait pas. Des journalistes de *Life* avaient même tenté un parachutage de nuit, éventé par une patrouille de chiens policiers. Les marins avaient rejeté à la mer les deux reporters et détruit leur matériel. Le gouvernement grec avait donné l'ordre à tous les appareils, civils ou militaires, de quelque nationalité qu'ils fussent, de ne pas survoler l'île ni la mer dans un rayon de cinq milles. Deux chasseurs et un hélicoptère de la gendarmerie maritime veillaient à son exécution.

Le Grec, qui se flattait d'avoir l'œil à tout, n'avait oublié qu'une chose, la veille : mettre un avion à la disposition de Peggy ! Il avait senti ses cheveux se dresser sur la tête quand un appel reçu de New York du directeur de sa Compagnie l'avait informé de la catastrophe : Peggy et sa suite étaient déjà arrivées sur l'aéroport sans que rien eût été prévu pour eux !

— Que dois-je faire Monsieur ?

— Trouvez-moi un Boeing tout de suite, bon Dieu !

— J'ai déjà essayé ! Tous sont en l'air !

— Et nos avions réguliers ?

— Il n'y en a qu'un seul aujourd'hui. Il décolle dans deux minutes.

— Arrêtez-le, bordel !

— Bien Monsieur. Mais il est plein... Qu'est-ce que je fais des passagers ?

— Videz-les !

— Combien voulez-vous que j'en fasse sortir... heu... si c'est possible...

— Videz-les tous ! Tous, vous m'entendez !

— Mais Monsieur... C'est difficile... heu...

— Vous voulez garder votre place ?

— Evidemment...

— Alors, nettoyez-moi ce foutu Boeing, au lance-flammes s'il le

592

faut, je m'en fous ! Je me marie, moi, vous comprenez ça, crétin ?...
Exécution !

— Rappellez-moi dès que vous aurez tout arrangé !

Un peu plus tard, un appel l'avait rassuré, Peggy s'était bien envolée ! Quand elle avait atterri à Athènes, le Grec l'attendait, un bouquet de fleurs à la main, intimidé comme un collégien. Il avait donné des instructions pour qu'on cache la presse pendant quelques jours. C'était un tollé général. Un journal britannique avait même titré son éditorial à la une :

PEGGY, VOUS N'AVEZ PAS HONTE ?

Les autres articles de quotidiens étaient du même tonneau, agressifs, méchants, fielleux, du style : « Elle épouse un homme qui pourrait être son père », ou : « L'idole descend de son piédestal », ou encore : « La veuve de Scott Baltimore déshonore l'Amérique. » Il y en avait comme cela des centaines dans tous les magazines du monde. Deux ou trois seulement avaient pensé qu'après tout, ce mariage était l'affaire de ceux qui le contractaient et qu'ils n'avaient de comptes à rendre à personne. Peggy embrassa Socrate sur les joues avec gaucherie :

— Puis-je vous présenter maman ?

Le Grec, qui avait pourtant l'âge de sa future belle-mère, se sentit régresser brusquement à dix ans. Il n'arrivait plus à lâcher la main de Margaret Beckintosh qui le sondait jusqu'au fond de l'âme, l'air sévère. Finalement, elle articula en le regardant droit dans les yeux :

— Me jurez-vous de rendre ma fille heureuse ?

Bêtement ému, Satrapoulos hocha la tête à plusieurs reprises, de bas en haut, avant de pouvoir prononcer :

— Oui... Je vous le jure.

A son tour, elle l'embrassa. Peggy poussa ses deux garçons devant elle :

— Chéris, embrassez donc Socrate !

S.S. se pencha sur l'aîné qui se tenait raide comme un piquet, mais qui le laissa faire. Quand le Grec voulut recommencer l'opération avec le plus jeune, l'enfant se mit à pleurer et à chercher refuge dans la mini-jupe de sa mère :

— Voyons Christopher ! Qu'est-ce qui te prend ?

Mais le gosse s'accrochait farouchement aux cuisses de Peggy, cachant son visage dans ses mains tout en sanglotant. Peggy essayait de le calmer :

— Tu vas voir ! Tu viens d'arriver dans le plus beau pays du monde ! Tu vas être tellement heureux !

Socrate essaya de le prendre dans ses bras. L'enfant eut un véritable soubresaut et cria :

— Non ! Non ! Je ne veux pas ! Je ne veux pas ! Maman !

Une nurse voulut s'interposer. Le Grec l'arrêta d'un geste. Peggy lui fit une moue navrée et amusée. Le Grec dit :

— Laissez-le s'habituer à moi... Je l'aimerai tellement qu'il finira bien par me voir...

En bout de piste, deux hélicoptères les attendaient pour les emmener à Serpentella. Ils s'y rendirent dans trois limousines. Quand les appareils s'élevèrent, leurs passagers eurent une vue panoramique de l'aéroport : il était cerné par des cordons de police contenant une foule énorme. Au loin, on apercevait la mer. Peggy prit tendrement la main de Socrate et lui murmura :

— Vous verrez... Moi aussi, je vous rendrai heureux...

Le soir, après le dîner pris en famille, Socrate emmena Peggy dans son bureau. Deux hommes les y attendaient déjà. Le pélican long et maigre qui avait voyagé avec elle et un petit gros à lunettes. Tous deux comptaient parmi les gloires du barreau mondial. Le pélican était le conseil de Peggy, la petite boule défendait les intérêts du Grec. Malgré leur fatigue, la boule et le pélican se levèrent pour accueillir les fiancés : depuis deux mois, chacun des deux avait trimé avec son équipe de juristes internationaux pour mettre au point le plus fantastique, le plus extravagant des contrats de mariage.

Tout était prévu, même l'imprévisible : la mort, les accidents, les séparations éventuelles, les maladies, les études des enfants, le nombre de leurs gardes du corps, la nationalité des nurses, l'argent de poche du personnel, toutes les possibilités d'invalidité, de folie, d'infirmité — y compris l'impuissance — les différentes résidences où le couple passerait les vacances, et quand, les limites de la liberté des deux conjoints, les médecins à consulter en cas de blessures, les hôtels où descendre, les frais de garde-robe de la mariée, ses allocations de massage, de pédicure, d'esthéticienne, de produits de beauté, de chaussures, de dessous, bref, quatre-vingt-dix pages tapées sans interligne et bourrées d'alinéas, de renvois, de notes correctives aussi serrées que les barreaux d'une prison. Dans un additif de trente pages figuraient, sur des feuillets séparés, les biens respectifs de Peggy Baltimore et de Socrate Satrapoulos : vingt-huit pages à lui tout seul symbolisant, sous forme de sociétés, d'actions, de biens immobiliers, d'or, de participations, de tonnage de pétroliers, de banques, de compagnie aérienne, de terrains, de toiles de maîtres et de dépôts liquides, toutes les possessions qu'un homme, devenu Dieu, peut tenir sous sa coupe. Même les notes d'électricité étaient prévues, et le gaz, les impôts, le téléphone, les transports, le chauffage, l'entretien des différentes propriétés sans parler du nombre de timbres-poste alloués mensuellement par le Grec à Peggy.

Soit, en tout, 1 327 points précis allant du yacht à une paire de jarretelles.

Peggy ne voulut pas lire, mais le Grec insista tellement que le pélican tourna pour elle les pages du contrat, pointant du doigt ce qui lui paraissait essentiel, par exemple, qu'en cas de mort de son mari, Peggy toucherait cent cinquante millions de dollars. Son allocation annuelle, s'inscrivant en plus de ce qui précédait à la rubrique « Frais divers », s'élevait à un million de dollars. Autre paragraphe : le droit absolu d'acheter chez trois joailliers européens — Paris, Londres, Athènes — tout ce qui lui ferait plaisir, en d'autres termes, un gigantesque chèque en blanc pour les produits les plus coûteux du monde, les bijoux.

— Si vous voulez bien signer... dit la boule.

En dessous de la mention « Lu et approuvé », Peggy apposa son paraphe décidé et enfantin. Elle se récria :

— Socrate ! Et le nombre de jours hebdomadaires où nous devons faire chambre à part ?

— Page 72, alinéa 827... se rengorgea le pélican.

Il serra la main de la boule. Le Grec embrassa tendrement Peggy :

— Ne vous inquiétez pas ma chérie... Tout, absolument tout a été prévu.

Sauf ce qui allait arriver.

Le Grec était si ridicule qu'il en devenait touchant. Plus que jamais, il avait l'air de sortir de la boutique d'un fripier. Par une superstition obscure, cet homme qui ne jetait jamais rien avait tenu à revêtir pour la cérémonie le costume en alpaga noir qu'il portait le jour de son mariage avec Lena, exactement vingt ans plus tôt. Il se flattait d'avoir gardé la même silhouette que jadis. Seul, le visage portait témoignage du temps écoulé. Des cheveux plus rares, qui avaient viré au blanc, des poches sous les yeux plus marquées, des sillons plus profonds à la commissure des lèvres. Mais quand il souriait, le ravinement s'effaçait comme par enchantement et ses yeux bruns d'homme à femmes irradiaient de jeunesse et de séduction. Il avait vieilli parce qu'il ne croyait plus aux hommes — comment y croire lorsqu'ils cassent devant vous ? — mais était resté juvénile parce qu'il ne croyait pas qu'à l'argent, mais à la beauté charnelle, aux dieux, aux miracles, à la chance, à sa propre immortalité, aux retournements de la providence et à certaines valeurs si anciennes dans sa mémoire qu'il n'aurait su dire d'où elles lui venaient.

Il avait tenu à ce que son union fut célébrée selon le rite orthodoxe. On étouffait dans la minuscule chapelle dont l'odeur d'encens prenait à la gorge. Seules, une vingtaine de personnes avaient pu y pénétrer en se tassant tant bien que mal contre les parois latérales. Le Grec était debout devant l'autel, un cierge allumé dans la main gauche, la droite serrant la main de Peggy qui, elle aussi, portait un cierge. Le pope de Serpentella assistait l'archimandrite du monastère de Corfou. Derrière Peggy, ses enfants, Christopher et Michaël, un peu effrayés, impressionnés par la cérémonie nuptiale, les cantiques chantés en grec, la barbe des religieux, l'or des icônes, l'immobilité des participants, les raclements de gorge étouffés lorsque l'archimandrite, cessant de chanter, psalmodiait ses prières. Peggy était aussi émue que Socrate, bien que son recueillement fut troublé par une idée obsédante : la robe stricte et blanche qu'elle portait n'était-elle pas trop courte ? Machinalement, elle tirait dessus comme pour la rabattre sur ses genoux découverts, entraînant dans son mouvement la main du Grec qu'elle tenait prisonnière. Lui, du bout des doigts, frôlait l'arrondi de la cuisse de Peggy, refusant les pensées sacrilèges qui l'assaillaient à ce contact. Kallenberg était niché dans le fond de la chapelle, seul, colossal, trop grand pour elle. Il s'était rendu par défi à l'invitation du Grec qui l'avait convié pour les mêmes raisons. Sans qu'ils se soient adressés la parole, Socrate avait dit : « Viens donc à mon mariage, tu verras qui j'épouse, comme je suis heureux et à quel point je t'emmerde ! » Barbe-Bleue, par sa présence même et parce qu'il avait relevé le gant, répondait : « Je suis là, tu ne me fais pas peur, ton bonheur ne vaut pas le mien et moi aussi je t'emmerde ! » Bien entendu, Irène s'était abstenue. Elle avait ressenti le fait d'être conviée à la fête comme un soufflet, une injure personnelle et un affront global pour le clan des Mikolofides. Herman acceptant de participer aux réjouissances, ce n'était de sa part qu'une trahison de plus.

Dans l'abside, baissant les yeux comme s'ils voulaient rester étrangers au spectacle, Maria et Achille, que leur père avait dû très sérieusement menacer pour qu'ils participent à la cérémonie. Lors des présentations, ils s'étaient inclinés devant Peggy d'un air froid et distant, sans serrer la main qu'elle leur tendait avec innocence. Non loin d'eux, Nut, étourdissante dans une robe en mousseline blanche de chez Givenchy, en proie à des sentiments ambivalents et contradictoires, ravie d'avoir contribué à unir sa meilleure amie et son ancien amant, un peu amère aussi d'abandonner sa mainmise sur le Grec qu'elle espérait vaguement, un jour ou l'autre, transformer en mari pour son propre usage. Quant à la mère de Peggy, Mme Arthur Erwin Beckintosh, elle affichait un superbe sourire de porcelaine qui ne la quittait pas depuis la veille, très exactement depuis l'instant où sa fille avait signé le fabuleux contrat de ses noces.

Se tenant toujours par la main, Peggy et S.S. tendirent leurs cierges allumés à des assistants. L'archimandrite leur présenta les anneaux nuptiaux qui reposaient sur l'Evangile. Selon la tradition, les alliances furent échangées à trois reprises. Le prélat prononça ensuite la formule rituelle orthodoxe :

— Le serviteur de Dieu, Socrate, est uni par les liens du mariage à la servante de Dieu, Peggy, au nom du Père, du Fils et du Saint-Esprit.

L'espace de trois secondes, il éleva au-dessus de la tête des nouveaux époux des couronnes où s'entremêlaient des fleurs sauvages et des feuillages. Après quoi, Socrate et Peggy burent trois gorgées de vin en faisant trois fois le tour du pupitre où s'étalait le livre saint : cette fois, ils étaient réellement mariés.

En plein soleil, devant la porte d'entrée de la chapelle, se pressait la foule des invités qu'un service d'avions spéciaux avait acheminés dans l'île de tous les coins du monde. Dodino fit la grimace en feignant de découvrir Raph Dun :

— Tiens... Un passager clandestin !

— Tout ce qu'il y a de plus officiel, au contraire !

— Ah ! bon... Tu fais partie des anciens amants de la mariée, je présume ?

— Pas du tout ! Je suis invité personnellement par la fille du futur marié. En qualité de futur amant.

— Tu pourrais te taper ce boudin farci de dollars ?

— Pourquoi pas ?

— Quitte à me prostituer au grand capital, je préférerais épouser son frère. Il est plus bandant !

Une longue rumeur joyeuse accueillit les nouveaux mariés qui sortaient de la chapelle. Avec allégresse, les invités jetèrent enfin sur eux les poignées de riz et d'amandes au sucre qui leur poissaient les doigts. Vieux symbole grec : le sucre, pour le bonheur, le riz, pour la fécondité. Passe encore pour le bonheur ! Mais la fécondité... Nul d'entre eux n'était au courant de la clause 9 du contrat de mariage : « En aucun cas, Peggy Satrapoulos ne pourra donner d'héritier à son époux. » Un détail qui faisait la différence entre se mettre l'Amérique à dos et ne jamais plus pouvoir y remettre les pieds.

Malgré la solennité de l'instant, « Barbudo », le secrétaire privé du Grec, vint se placer à sa hauteur, fit quelques pas à ses côtés et lui glissa dans la main un petit morceau de papier. Sans que personne ne remarque rien, Socrate le glissa dans sa poche. Il attendit le moment où Peggy était ensevelie par la foule de ses amis qui la félicitaient pour y jeter un coup d'œil discret. C'était un télégramme. Il comportait neuf mots :

VOUS SOUHAITE DE CREVER TRES VITE TOUS LES DEUX.

Pas de signature. Avec une nuance de nostalgie, le Grec pensa que la Menelas ne l'avait pas oublié.

CINQUIÈME PARTIE

34

Au large de Mykonos, perdue dans la mer des Cyclades, il y a une petite île belle à couper le souffle. Elle s'appelle Ixion. Kallenberg l'a payée deux millions de dollars dix ans plus tôt au gouvernement grec. Pour l'aménager à son goût, il en a dépensé quatre autres. Vue d'avion, l'île a vaguement la forme d'un os, un long rectangle mince bloqué à ses deux extrémités par une espèce de renflement.

Au moment de l'achat, Irène, par superstition, avait insisté pour que ce bout de rocher sauvage soit débaptisé. Par défi autant que pour la contrarier, Barbe-Bleue avait refusé. Esprit fort ou tout au moins se voulant tel, il avait ri de l'ancienne légende mythologique faisant de cet endroit un lieu de malédiction évité par les pêcheurs du pays qui passaient au large. La légende veut en effet que Ixion, roi des Lapithes, ait subi dans l'île le châtiment réservé aux ingrats dans les enfers. A l'aide de serpents, Hermès l'avait attaché à une roue tournant sans relâche au fond du Tartare, cet abîme insondable protégé par « la triple barrière d'airain » que décrit Homère dans *L'Iliade*.

Mais Kallenberg se foutait d'Homère comme de sa première chemise. Il avait réussi ce qu'il voulait : faire de l'île un paradis égal ou supérieur en tout à Serpentella, l'île du Grec.

Leurs invités communs auraient été bien embarrassés si on leur avait demandé de faire un choix entre les deux merveilles. Aussi, se cantonnaient-ils dans une attitude prudente : en présence de Satrapoulos, on ne mentionnait jamais le nom d'Ixion et, devant Kallenberg, le mot Serpentella était évité comme une injure grave.

Ce soir-là, Irène était seule dans l'immense maison blanche bourrée de toiles de maîtres et d'objets rares, c'est-à-dire, seule avec la trentaine de domestiques qui veillaient à la bonne marche de la machine. Elle avait vidé une demi-bouteille de whisky pour combattre le petit coup de cafard qui l'avait saisie après le départ pour Londres de ses deux enfants. Une heure à peine s'était écoulée depuis le décollage de leur hélicoptère qu'un autre atterrissait dans un grand bruit de turbines maltraitées. Irène écarta le rideau de sa chambre et vit Herman sauter à terre, tendant galamment la main à une fille blonde, longue et souple, qu'elle n'avait encore jamais vue. Elle se passa rapidement un coup de peigne, fit un raccord à son maquillage, enfila une robe de chambre chinoise par-dessus ses vêtements, s'allongea sur le lit et s'empara d'un livre à la gloire de saint Thomas d'Aquin qu'elle feignit de lire avec une expression de concentration profonde et pieuse. Quelques secondes plus tard, Kallenberg poussait le battant de la porte qui cognait avec fracas contre le mur...

En voyant Irène, il eut une moue dégoûtée :

— Ah ! tu es là...

— Tiens, tu es rentré ?...

Il haussa les épaules :

— Comme si tu ne l'avais pas entendu ! Les enfants sont partis ?

— Oui, tout à l'heure. Tu es seul ?

— Qu'est-ce que ça peut te faire ?

— Rien... C'est pour le dîner...

— Je dînerai avec une amie.

— Sans moi ?... minauda-t-elle.

— Oui, sans toi. Tu me coupes l'appétit.

— Qui est... cette amie ?

— Ça te regarde ? Une nouvelle collaboratrice quadrilingue. Mensurations : 90-52-92, tour de poitrine, tour de taille et tour de hanches.

— Tu l'as trouvée dans un bordel ? interrogea Irène d'un air exquisement suave.

— Oui chérie, ce genre d'endroit où je n'aurais jamais pu te rencontrer. Tu n'aurais pas fait un rond, tu es trop moche.

Saint Thomas d'Aquin alla fracasser les flacons d'une coiffeuse et Irène lança d'une voix glaciale :

— Tu vas prier cette radasse de sortir de chez moi immédiatement ! Si tu ne t'en charges pas, c'est moi qui irai la virer !

— Marina dînera avec moi en tête à tête. Nous avons des choses à régler. Maintenant, un mot de plus et je te boucle dans ta chambre !

Vivement, il retira la clé de la serrure, fit un bond dans le couloir et, de l'extérieur, remit la clé dans le pène. Pour ne pas être enfermée, Irène se rua sur lui. Chacun des deux tirait sur la porte de tout son poids et Kallenberg pouffait de rire, sûr de sa

victoire quand Irène intercala son pied. Barbe-Bleue continua à tirer...
Irène hurla :

— Arrête !... Tu me casses la cheville ! Brute !

Il s'y laissa prendre et relâcha son effort. Elle en profita pour
passer sa jambe libérée par l'entrebâillement et lui ajusta un terrible
coup de pied dans les parties :

— Tiens ! Avec mes compliments à ta Marina !

Herman poussa un grognement de douleur et de rage. Il ouvrit
la porte en grand. Irène n'eut pas le temps de l'éviter, elle valdingua
dans la chambre...

— Salope ! Tu vas me le payer !

Il avança sur elle, cramoisi de souffrance, se tenant les organes
génitaux à deux mains. Irène ricana, partagée entre la joie et la
terreur, marmonnant entre ses dents :

— Bien fait ! Va la baiser maintenant, va !

Les mains toujours crispées sur son bas-ventre, Kallenberg la
bourra de coups de pied dans le ventre, le plexus, les côtes, les seins,
les cuisses. Tout en roulant sur elle-même, elle continuait à l'insulter :

— Bien fait salaud ! Bien fait !...

Herman s'arrêta de frapper par crainte de la voir perdre connaissance. Il se pencha sur elle, gigantesque, et lui balança deux gifles
en plein visage. Elle ouvrit un œil égaré. Il tourna les talons, sortit
de la pièce et donna un double tour de clé. Irène resta étendue,
immobile, la respiration courte et saccadée, les yeux brillants et fixes.
Elle se retourna sur le ventre, resta un moment le nez enfoui dans
le tapis. Puis elle rampa en direction de la commode. Toujours allongée,
elle s'empara de la bouteille de whisky — en fait, une bouteille de
parfum français marquée Guerlain — et, au goulot, avidement, en
avala une longue lampée. A chaud, elle n'avait pratiquement pas
senti les coups. Maintenant, elle commençait à avoir mal dans tous
les muscles. En gémissant, elle prit sa boîte de pilules, la vida
entièrement dans la paume de sa main, enfourna le tout dans sa
bouche et fit passer avec une nouvelle rasade de scotch. Elle se
sentait partir dans le cirage. Elle fit un dernier effort pour refermer
son flacon d' « Heure Bleue » — nul ne devait savoir qu'elle y camou-
flait son alcool. Avant de sombrer, son ultime pensée fut pour son
mari :

— Cette fois, Herman a dépassé les bornes !

Peggy avait six ans et elle était reine. Elle ordonnait, on obéissait.
Elle exigeait, on pliait devant elle. Elle souhaitait, elle était exaucée

En épousant le Grec, elle n'avait jamais imaginé que le monde pourrait être à ses pieds à ce point-là. Pour ses déplacements, elle avait un Boeing à elle toute seule. Les plus grands couturiers se déplaçaient avec armes, mannequins et bagages dès qu'elle manifestait son désir de voir leur collection. Voulait-elle un bijou, les joailliers d'Europe ou d'Amérique se précipitaient. Quoi qu'elle fasse, où qu'elle aille, quoi qu'elle veuille, elle n'avait qu'à signer, c'est tout. Socrate payait les notes.

Evidemment, il y avait eu parfois de petits accrochages. Mais d'une façon générale, son mari cédait et elle avait le dernier mot. Quand il était très en colère, il disparaissait pendant plusieurs jours sans que personne ne sache où il se trouvait. Il fallait attendre que les chroniqueurs mondains rendent compte pour apprendre qu'on l'avait vu à Paris, chez Régine ou chez Castel, à Rome, avec une blonde, à Munich ou à Londres, dans un restaurant à la mode. Leur lune de miel avait duré un an, bien qu'elle eût été gâchée en partie par les meutes de journalistes lancés en permanence à leur trousse. Le plus ingénu des reporters photographes n'ignorait pas qu'une série de clichés du couple le plus célèbre du monde lui rapporterait de quoi vivre de ses rentes pendant plusieurs années. Aussi, des opérations, très simples pour le commun des mortels, aller à une séance de cinéma, un match de boxe ou un bon bistrot, se transformaient-elles régulièrement pour Socrate et Peggy en une course poursuite qui s'achevait en pugilat. Heureusement, ils n'étaient pas toujours ensemble ! Le lendemain de son mariage, le Grec, à l'indignation de Peggy, avait dû se rendre à Tokyo pour une affaire de deux millions de dollars. A peine était-il de retour à Serpentella qu'il repartait pour Copenhague. Peggy, sans attendre qu'il revienne, s'envolait pour New York où ses enfants, rentrés au bercail quelques heures après la noce, lui avaient déclaré par téléphone « qu'elle leur manquait ». Après avoir rempli ses devoirs de mère, elle avait débarqué à Londres où Socrate lui avait donné rendez-vous. Ils avaient passé deux jours merveilleux, prenant rendez-vous à Nassau pour la semaine prochaine. Bien que mari et femme, ils se comportaient en amants, fixant leurs rencontres au gré de leur emploi du temps, se cachant pour se rencontrer à cause des journalistes, voguant d'une capitale à l'autre comme on se rend chez l'épicier. Les frictions avaient commencé précisément le jour où ils avaient mené à bord du *Pégase* une existence commune. En un temps record, Peggy s'était fait haïr du personnel et de tous les domestiques sans exception. Elle n'hésitait pas à réveiller son valet de chambre à 4 heures du matin pour lui faire changer l'éternelle bouteille de champagne qui n'était plus assez frais. Elle avait un goût violent pour la décoration qui la poussait à faire déranger, à toute heure du jour et de la nuit, des pièces du mobilier. Elle avait ses têtes. Lui déplaire équivalait à une condamnation sans appel dont l'échéance était plus ou moins proche selon la résistance qu'opposait le Grec à ses caprices. Une femme de chambre était-elle trop jolie : renvoyée ! Un plat n'était pas à sa convenance, on changeait le chef, ce qui enrageait Socrate, car, de peur de grossir, Peggy grignotait de la salade et un steak, se contentant de humer ou goûter vaguement les plats compliqués qu'elle commandait. Sur le yacht surtout, les scènes étaient violentes. Satrapoulos, partagé entre la crainte de déplaire à son épouse et l'angoisse de passer pour un faible aux yeux de ses maîtres d'hôtel, poussait parfois de grands coups de gueule dont il était seul à être dupe.

En fait, Peggy régentait tout et son mari, comme Napoléon, n'avait qu'une ressource, la fuite. En cachette, il avait revu la Menelas pour lui « expliquer » son mariage. Episodiquement, il se donnaient rendez-vous à Milan ou à Paris et allaient dîner « en copains » dans les restaurants qui leur rappelaient le passé. Peggy, qui revoyait beaucoup ses anciens amis de New York, ne lui en tenait pas trop rigueur. Se sachant unique, et l'étant, elle se comportait comme une déesse au-dessus de la mêlée, sans rivale. Il ne se passait pas de jour sans que des centaines de journaux dans le monde ne leur consacrent des articles. Le fait d'être à court d'informations ne les gênait nullement : ils en inventaient. Les Satrapoulos ne réagissaient pas davantage que la reine d'Angleterre qui ne répond jamais à aucune attaque. Comme elle peut-être, se sentaient-ils eux aussi d'essence divine. Il leur arrivait de donner le même soir, chacun de son côté, une party différente dans un pays différent. Quand ils se retrouvaient, chacun félicitait l'autre des bons échos qui lui étaient parvenus de la fête. Périodiquement, on annonçait leur divorce, ce qui faisait grimper le tirage des magazines. Vis-à-vis d'eux, le public avait la même réaction que les enfants à qui l'on raconte une histoire cent fois : encore ! Leurs divorces bidons et les pseudo-grossesses de Peggy faisaient les choux gras de la presse internationale depuis près de quatre ans, date de leur mariage. Avec un peu de chance, cela pouvait durer trente ans encore puisque leurs enfants respectifs, héritiers de leur immense fortune, prendraient bientôt leur succession le jour où ils seraient trop usés ou casseraient leur pipe.

Mais il était écrit que les choses ne se passeraient pas de cette façon. Un engrenage fatal allait mettre en branle un enchaînement d'événements extraordinaires. En apparence, le premier de la série ne concernait pas Socrate, et encore moins Peggy. Pourtant, quand il éclata comme une bombe, les aigris, les jaloux et les superstitieux eurent l'intuition que ses retombées n'épargneraient personne.

Comme si, quelque part, un croupier invisible avait crié la

formule rituelle annonçant aux joueurs que la boule est partie, et qu'elle est folle : « Rien ne va plus ! »

Après avoir expédié son dîner avec sa nouvelle collaboratrice — Miss 90-52-92 — Kallenberg se retira dans son bureau. Il était d'une humeur de chien et avait des élancements dans les parties, là où l'avait atteint le coup de pied d'Irène. On frappa à la porte. C'était Alain, son valet de chambre personnel :

— Monsieur, il faut que vous veniez tout de suite ! Jeanine a trouvé Madame dans sa chambre, par terre.

— Comment ça, par terre ?

Kallenberg se leva et suivit le larbin...

— Montons vite, Monsieur... Jeanine est très inquiète...

A leur arrivée, Jeanine se leva. Elle se tenait accroupie près d'Irène et avait les larmes aux yeux :

— Vite Monsieur ! Il faut faire quelque chose... Un docteur...

— Allons donc ! Ce n'est pas la première fois que Madame a ce genre de malaise !

Herman saisit Irène dans ses bras, la souleva et la posa sans ménagement sur le lit. Il vit qu'elle était toute froide. Pourtant, il eut l'impression que son pouls battait faiblement. Très faiblement.

— Allez chercher des sels... Je vais tâcher de la ranimer... Irène !... Irène !... Tu m'entends ? Jeanine, aidez-moi... Soulevez-la un peu...

Il lui envoya des gifles légères sur les joues, sans autre résultat que lui faire ballotter la tête de droite à gauche.

— Irène !... Allons Irène... Reviens... Alain, les sels !... Jeanine, où est l'infirmière ?

— Madame lui avait donné congé ce matin...

— Bon Dieu !... Attendez... Soulevez-la encore... Irène !...

Il y eut comme une palpitation dans les paupières d'Irène...

— Vous voyez, ça y est ! Ça va aller mieux !... Etendez-la, on va la laisser se reposer... Alain, appellez le professeur Kiralles... Qu'il vienne vite... Je lui envoie l'hélicoptère... Il a l'habitude...

Dix minutes plus tard, Alain revenait.

— Vous l'avez eu ?

— Il n'est pas encore rentré Monsieur. On l'attend d'une minute à l'autre... J'ai demandé qu'il vous appelle dès son retour. Voulez-vous que je prévienne le docteur Salbacos ?

— Je voudrais surtout qu'on soit discret et qu'on n'ébruite pas cette affaire, compris ? Puisque mon ami Kiralles va revenir incessamment, autant l'attendre. Pour gagner du temps dites au pilote de décoller pour Athènes.

Jeanine hésita :

— Et Madame, Monsieur ?

— Nous allons rester avec elle. Vous avez autre chose à proposer ?

— Non Monsieur.

— Si elle bouge, appelez-moi. Je vais encore essayer de joindre le professeur Kiralles...

Kallenberg abandonna la femme de chambre, dévala les marches et composa le numéro privé du professeur... Kiralles n'était toujours pas rentré. Barbe-Bleue essaya alors de contacter le docteur Salbacos : il venait de sortir.

Au bout de trois quarts d'heure de tentatives infructueuses, Kallenberg remonta dans l'appartement d'Irène pour relayer Jeanine. Il la trouva en pleurs.

— Alors ?

— Madame est morte, Monsieur.

La femme de chambre le regardait stupidement, le prenant à témoin d'un événement qui lui paraissait inconcevable. Kallenberg fit trois pas vers le lit, contempla le visage d'Irène qui avait la couleur de la cire, lui posa la main sur le front. En bas, le téléphone sonna. Alain dut décrocher car le bruit se tut presque instantanément. Jeanine éclata en sanglots, se leva et sortit de la pièce. Elle croisa Alain qui montait l'escalier...

— J'ai eu le docteur... Il va arriver...

— Trop tard... c'est trop tard...

Les larmes l'étouffèrent. Une heure plus tard, le docteur Salbacos faisait son entrée dans le salon.

— Où est-elle ?

Jeanine sanglotait toujours, soutenue par deux cuisinières et un majordome. Elle secoua la tête d'un air égaré, ne put pas dire ce qu'elle voulait dire mais s'engagea dans l'escalier et lui ouvrit la marche. Salbacos comprit qu'il n'aurait aucune intervention à faire. Sans même serrer la main de Kallenberg, il se pencha sur le corps d'Irène, lui souleva une paupière, tâta son pouls et renonça à coller son oreille contre sa poitrine : tout ce qu'il pouvait dire, à vue de nez, c'est que cette femme était morte depuis deux heures au moins.

— Comment est-ce arrivé ?

Barbe-Bleue désigna simplement la boîte de pilules vide.

— Barbituriques ? demanda Salbacos.

Barbe-Bleue hocha la tête affirmativement.

— Il y en avait beaucoup dans la boîte ?

— Elle en prenait à longueur de journée.

— Vous n'avez pas essayé de la faire vomir ?

— Vous savez... Cela s'est passé si vite... Pourquoi s'est-elle suicidée ?... Pourquoi ?...

— Monsieur Kallenberg... Vous voyez ces traces, là, sur le visage ? Ce sont des traces de coups. Qui a trouvé Mme Kallenberg inanimée ?

— Jeanine, sa femme de chambre.

— Votre épouse a-t-elle eu une altercation avant sa mort ? Avec quiconque ?

Kallenberg eut l'air sidéré

— Vous voulez parler des gifles ? Mais c'est moi ! D'ailleurs, Jeanine et Alain vous le diront... J'ai essayé de la ranimer...

Jeanine et Alain hochèrent la tête avec vigueur. Alain précisa :

— Dès l'instant où Jeanine a trouvé Madame, Monsieur a fait l'impossible pour la ranimer.

— C'est vrai, approuva Jeanine. Tout !

— Puis-je téléphoner, Monsieur Kallenberg ?

— Alain, conduisez le docteur dans le salon.

Pendant que Salbacos faisait son appel, un hélicoptère atterrit non loin de la maison. Par la fenêtre dont il écarta un coin de rideau, Barbe-Bleue vit avec soulagement qu'il s'agissait du professeur Kiralles. Kiralles était l'un de ses plus vieux amis ; il avait même participé au financement de sa clinique.

— Cher ami !... Il paraît que j'arrive trop tard !

— Hélas !...

A son tour, Kiralles examina Irène superficiellement, vit les traces mais ne fit aucun commentaire. Il prit entre les doigts la boîte vide de pilules et eut une expression navrée :

— Pauvre Irène... Elle n'a pas dû pouvoir surmonter sa dépression.

— Elle était dans tous ses états. Nos enfants venaient de repartir pour Londres.

— Professeur... salua le docteur Salbacos qui venait d'entrer dans la pièce.

— Comme c'est triste !... répondit Kiralles en jetant un coup d'œil dans la direction d'Irène. Et à Kallenberg :

— Mon pauvre ami... Comme je vous plains... Malheureusement, chacun de nous est impuissant devant le suicide.

Salbacos leva un sourcil.

— Professeur, avez-vous vu les traces de coups sur le visage de Mme Kallenberg ?

— Je vous ai déjà dit que je l'avais giflée pour la ranimer !... intervint Barbe-Bleue... Mes domestiques vous l'ont dit aussi !...

— Cher confrère, lança Kiralles avec une certaine ironie, les barbituriques pardonnent moins qu'une paire de claques. Si vous voulez bien me suivre, nous allons rédiger le certificat de décès et signer le permis d'inhumer.

— Très bien professeur. Je vous suis.

— Pourquoi ne m'épouses-tu pas ?

— On dirait que j'en veux à ton argent.

— Quel argent ? Pour m'empêcher de vivre avec toi, papa m'a coupé les vivres !

— Oui mais, tu hériteras un jour. Les gens sont dégueulasses, tu sais...

— On s'en fout des gens ! On vit pour nous, non ?

— Je suis trop vieux pour toi.

— Arrête ton cinéma Raph ! J'ai encore trouvé deux lettres de minettes amoureuses au courrier de ce matin !

— Au courrier ?

— Enfin, dans tes poches...

— Pourquoi fouilles-tu dans mes poches ?

— Tu m'avais demandé ton briquet...

— Bien fait pour moi. La prochaine fois, je me carrerai une boîte d'allumettes dans le nombril.

— Raph...

— Oui Maria...

— Pourquoi n'essaies-tu pas... avec mon père ?

— Il me dirait que tu pourrais être ma fille !

— Et alors ? Toutes les femmes qu'il a eues lui-même auraient pu êtres ses filles ! Même maman !

— C'est différent. Il était riche, lui ! Moi, pas.

— Raph, je t'en prie, tente notre chance, demande-lui ma main !

— Pour quoi faire ? On n'est pas bien comme ça ? On s'est passé de son autorisation jusqu'ici !

— Je voudrais faire ma vie avec toi, Raph...

— C'est précisément ce que tu fais !

— Pas comme ça, non !... Officiellement !

— Tu t'imagines que notre liaison n'est pas « officiellement » connue de tout le monde ?

— Je voudrais un enfant de toi, Raph...

— Mais tout de suite Madame ! Déshabillez-vous !

— Non Raph, c'est très sérieux !

Raph Dun eut un mouvement de colère :

— Ecoute Maria, ça suffit ! Tu sais très bien que, si j'allais voir ton père, je me ferais éjecter comme un demandeur d'emploi ! A ses yeux, je ne suis qu'un journaliste minable même pas capable de gagner ses dix millions de dollars par an, comme tout le monde !

— Parfait... Eh bien, c'est moi qui irai lui parler... Si je t'ai un rendez-vous, tu iras ?

— Pourquoi pas ?...

— Très bien, je m'en occupe.

Dun sourit dans sa barbe. Elle était sensationnelle, cette petite, elle l'aimait ! Depuis deux ans, il vivait avec elle, de palace en palace, espérant que Satrapoulos, écœuré par tant de constance, le supplierait de régulariser et de devenir son gendre. Encore allait-il falloir qu'il se dépêche : les fonds étaient sérieusement en baisse malgré l'indiscutable crédit que lui valait la passion avouée de la plus riche héritière de la terre. Pour les créanciers qui le relançaient, Dun avait un petit sourire mystérieux assorti de cette phrase sybilline : « Attendez encore un peu... Peut-être êtes-vous en train de faire un placement formidable ?... »

Jusqu'à présent, ça avait marché. En outre, il était sur un coup fumant dont la revente allait lui rapporter une fortune — si l'affaire réussissait, évidemment. Après tout, Maria était à sa charge, bien qu'elle lui ait fait cadeau d'une Aston Martin et de différents bijoux de grande valeur dont la vente éventuelle couvrirait les investissements consentis à la donzelle à titre d'avances sur frais d'entretien. Il se doutait bien que le Grec ne voudrait jamais de lui pour gendre. Mais sait-on jamais ? Le vieil axiome lui revint à la mémoire : le journalisme mène à tout, il suffit d'en sortir.

En dehors du coffre-fort ambulant qui lui servait de compagne, le journalisme ne l'avait pas encore mené à grand-chose. Il fallait pourtant qu'ils se dépêche. Il allait avoir cinquante ans !

— Tu crois que ton oncle est triste de la mort de sa femme ?

— Je n'en sais rien. Il est ni plus ni moins salaud que les autres.

— Plus salaud que ton père ?

— Ils se valent. D'ailleurs, à ce degré d'argent et de puissance, les notions traditionnelles sont faussées. Dans les affaires, on n'emploie pas le mot salaud. On emploie le mot « efficace ».

— Et toi, pourquoi n'es-tu pas un salaud ?

— Je le suis autant qu'eux puisque je ne suis pas capable de vivre en dehors de leur système. Tout ce que je sais, c'est que Kallenberg n'aimait pas ma tante.

— Qu'est-ce qu'il aimait alors ?

— Lui-même. L'idée qu'il se fait de lui-même. Et l'argent. Dans le fond, mon père est pareil. Entre ses affaires, ses enfants et sa femme, il a aimé ses affaires.

— Vous n'avez jamais manqué de rien.

— Si. D'amour. Quand on est gosse, on en meurt.

— Tu vois bien que tu n'es pas mort !

— D'une certaine façon, si. Parfois, d'ailleurs, je me demande si je suis en vie ! De toute évidence, je sais que je mourrai jeune.

— Idiot ! Tu cherches à me faire peur ?

— Non, c'est un sentiment. Tu vois, les types de cette génération, ils ont dû trop en baver lorsqu'ils étaient gosses. C'est anormal de vouloir se prouver sa puissance à ce point-là.

— Comment il a débuté, ton père ?

Achille resserra son bras autour du cou de Joan. Elle lui embrassa les mains.

— Mystère. Le genre de sujet qui est tabou dans la famille. Tellement de gens savent des choses sur mon père... Et moi qui suis son fils, je ne sais presque rien.

— Ton grand-père était armateur ?

— Non. Commerçant, je crois.

— Et ta grand-mère ?

— Elle est morte quand j'avais deux ou trois ans. Là aussi il y a un secret... Tu vois, du côté de maman, on sait tout sur les ancêtres. Mais chez les Satrapoulos, on n'a pas d'existence tant qu'on n'a pas été riches. Papa ne m'a jamais parlé ni de son père ni de sa mère. Comme s'il était né orphelin.

— Tu as essayé de lui poser des questions ?

— Non.

— Pourquoi ?

— Sais pas. Remarque, un jour ou l'autre, il faudra bien...

— Tu n'as pas envie de savoir ?

— Si. Et en même temps, ça me flanque la trouille. Si on ne m'a rien dit, c'est qu'il n'y a pas lieu d'être fier !

— Pourtant, vus du dehors, les membres de ta tribu semblent avoir tout pour être heureux !

— Sûrement pas ! Leurs victoires leur donnent trop d'appétit. Et ils ont une boulimie de victoires. Ce sont des cannibales dans un cercle vicieux ! Faut toujours qu'ils bouffent quelque chose ou quelqu'un. Quand ils n'ont personn' à se mettre sous la dent, ils se bouffent eux-mêmes !

611

— Tu trouves pas ça horrible, avoir tant de pognon et s'emmerder ?

— Faut pas en avoir trop. C'est un choix. La vie ou le pognon, l'amour ou le fric. Ça va pas ensemble ! Allez, assez déconné, on va survoler les îles, tu vas être dingue de mon nouveau zinc !

Achille pilotait depuis l'âge de seize ans. Parfois, au-dessus de la mer, il branchait le pilotage automatique et lui faisait l'amour en plein ciel.

— Je me recoiffe et j'arrive !

— Grouille-toi ! Je ne veux pas rater le coucher de soleil !

— Monsieur, si je vous ai reçu, c'est parce que ma fille a insisté. Je ne vous cache pas que je le fais avec répugnance. En outre, vous comprendrez qu'avec ce qui se passe actuellement, j'ai très peu de temps.

Dun fut littéralement douché par cet accueil agressif et injurieux. Il ne s'attendait certes pas à ce que le Grec le serre sur son cœur en lui disant : « Dans mes bras mon gendre ! » mais tout de même, il espérait un peu plus de courtoisie. Après tout, que ce vieux prétentieux le veuille ou non, il faisait un peu partie de la famille et n'allait pas se laisser bluffer.

— Puis-je savoir ce que vous avez contre moi ?

— Au fait Monsieur ! Mes sentiments ne sont pas en cause. Que voulez-vous de moi ?

Dun était de plus en plus déconcerté...

— Maria ne vous a-t-elle pas dit ?...

— Quoi donc ? Qu'elle couchait avec vous ?... Je le déplore, mais que voulez-vous que j'y fasse ? Elle a toujours été amoureuse de fantasmes, un torero, un coureur automobile, un attaché d'ambassade... et maintenant, vous !

— Le passé ne m'intéresse pas.

— Quand on le connaît, on peut apprendre beaucoup de choses sur l'avenir.

— Vos leçons ne m'intéressent pas non plus. J'étais venu vous demander la main de votre fille. Devant votre attitude, je vous informe simplement que je vais l'épouser.

— Toutes mes félicitations. Je suppose que vous êtes venu m'emprunter l'argent pour sa robe de mariée ?

— Monsieur, je ne vous permets pas !...

612

— Ne faites pas semblant de monter sur vos grands chevaux, crétin ! Vous n'êtes qu'un vieux play-boy raté qui cherche à se caser pour ses vieux jours !

— Ça suffit ! Vous vous êtes regardé ?

Le Grec s'avança sur Dun, menaçant, et l'attrapa par les revers de sa veste (une merveille de Ciffonelli, à Rome, dont il avait reçu la facture un mois plus tôt).

— Je vais vous dire... Puisque vous allez épouser cette pauvre Maria, il faut que vous sachiez... Vous êtes un escroc minable, un petit journaliste mondain de trou du cul et de trou de serrure... Un gigolo... Si je ne vous ai pas fait mettre une balle dans la tête il y a vingt ans, quand vous avez fait mourir indirectement ma mère, c'est parce que je n'ai pas voulu souiller mes mains du sang d'un pourri !

Raph sentit le sang en question se retirer de son visage... Comment le Grec avait-il su qu'il était à l'origine du rapport de Kallenberg sur la vieille Tina ?... Il bégaya :

— Qu'est-ce que vous racontez ?... Qu'est-ce que vous dites ?... Votre mère ?...

— Fous le camp, salope ! Tant qu'elle sera avec moi, Maria n'aura jamais un rond de moi, rien ! Pas un rond ! Et toi méfie-toi !... Ce qui ne t'est pas arrivé autrefois, ça pourrait t'arriver aujourd'hui, demain, n'importe quand !... Un accident ! Qui te regrettera, avec toutes les putasseries que tu as faites ?...

Raph ne connaissait du Grec que sa légende d'homme à femmes et de mondain de la « jet-society ». Et brusquement, il avait un fauve devant lui, un gangster qui s'exprimait comme le voyou des quais qu'il avait dû être... Il essaya une ultime manœuvre pour sauver ce qui lui restait de dignité :

— Monsieur... En ce qui concerne votre mère...

— Barre-toi !

— Quant à Maria...

— Fous le camp !

Devant l'expression du Grec, Dun comprit qu'il valait mieux se taire plutôt que se faire tuer sur place. Il sortit du bureau. Plus tard, lorsque Maria lui demanda comment s'était passée l'entrevue, il lui répondit d'un air négligent que son père « semblait débordé, énervé, et que de toute évidence, ils devraient avoir une seconde conversation ». Maria sut que le côté officiel de sa romance était définitivement raté.

35

— Achille, c'est toi ? C'est Herman, ton oncle...
— Oui...
— Tu m'entends ?
— Oui.
— Alors écoute bien, c'est très grave. En raison du deuil qui me frappe, j'ai décidé de te parler.
— Je vous écoute.
— Ton père est un salaud, tu m'entends ?
— Oui.
— T'a-t-il jamais parlé de ta grand-mère ?
— N... Non...
— Tu n'es pas curieux, Achille ! Quand tu étais enfant et que tu jouais sur mon bateau, tu l'étais davantage... Irène et moi, on t'aimait beaucoup tu sais... Eh bien, demande à ton père pourquoi il a laissé crever sa mère de faim ! Demande-lui aussi comment elle est morte ! Tu sais comment elle a été enterrée ?
— Non.
— Ton père se fera sans doute un plaisir de te l'apprendre ! Une dernière chose, Achille... Ta tante Irène t'adorait... Maintenant qu'elle est au ciel, je veux que tu saches que rien n'est changé pour toi. Si tu as besoin de quoi que ce soit, d'un conseil, d'argent, d'une assistance, je suis là, tu peux compter sur moi... Je sais combien ton père est injuste avec toi, à propos de Joan... Tu vois que je suis au courant... N'oublie pas ! Le moindre problème et Kallenberg arrive à la rescousse !
— Merci, mon oncle.
Achille raccrocha. Brusquement, quelque chose ne tournait plus

rond dans l'existence. Trop de choses, en trop peu de temps, contradictoires, épuisantes, humiliantes. Les obsèques d'Irène s'étaient déroulées un mois plus tôt et depuis, son père avait flanqué à la porte le soupirant de Maria, Raph Dun, ce pantin superficiel, joueur, coureur, endetté jusqu'au cou et imbu de sa personne.

Sur sa lancée, Socrate voulait maintenant refaire le même coup à Achille, comme si on pouvait assimiler Joan à ces fantoches mondains ! Jusqu'à présent, il avait tout essayé pour les faire rompre, intimidations, chantage, menaces d'être déshérité. Il avait même essayé d'acheter Joan ! Joan qui, pour le suivre, se serait contentée de boire de l'eau et de manger du pain, Joan qui préférait les blue-jeans aux robes du soir, les petits bistrots pas chers aux restaurants à la mode, Joan, qui se moquait de l'argent au point de se mettre en danger !

Discrètement, Achille, qui était l'homme d'une seule femme, avait souscrit une assurance-vie sur sa tête en faveur de la jeune femme. S'il lui arrivait quoi que ce soit, elle serait parée pour le restant de son existence. Elle toucherait cinquante millions de dollars. Evidemment, Achille ne lui avait rien dit. Il craignait qu'elle ne se fâche quand il serait obligé de lui avouer le montant extravagant des primes qu'il avait dû payer.

Il regarda sa montre. C'était l'heure de partir. Il était navré du rendez-vous que lui avait imposé son père. Navré d'avoir, une fois de plus, à lui dire non. Navré aussi qu'il ne comprenne rien à son amour pour Joan. Désolé d'avoir dû écouter jusqu'au bout les atroces insinuations de son oncle.

Toutes ces histoires étaient lamentables et il commençait à comprendre qu'elles ne le concernaient pas. Lui, il n'avait jamais trahi personne, il n'avait jamais menti, il n'avait pas demandé à être ce qu'il était. Alors, qu'on lui foute la paix ! Désormais, il ne supporterait plus d'observations de quiconque, ni de conseils.

Tant pis pour son père s'il se mettait en travers de ses projets !

Il y eut un long silence où leurs regards s'affrontèrent. Chacun des deux avait le sentiment, pour des raisons qui lui étaient propres, que la bataille qui allait se jouer serait décisive et que l'autre ne céderait pas.

Achille parce qu'il jouait son statut d'homme à part entière. Socrate parce qu'il refusait d'abandonner la mainmise gagnée de haute lutte sur ce fils unique dont il voulait faire son successeur et son légataire universel.

Sur l'invitation muette de son père, Achille s'était assis dans le fauteuil qui faisait face à son immense bureau. Pas du tout impressionné. Pour la première fois de sa vie, au contraire, il le toisait d'un œil critique. Il trouvait même qu'il avait l'air minuscule, précisément parce qu'il avait choisi ce bureau ridiculement trop grand. Le Grec attaqua le premier, méprisant, hautain :

— Pauvre type !

Achille ne broncha pas. Chose curieuse, sans le savoir, il avait repris à son compte le tic de son père : il fourrageait nerveusement dans la poche de sa veste où il avait fourré deux lettres que Joan lui avait écrites. Au même instant, le Grec tripotait la liasse de billets de banque qui ne quittaient jamais la poche droite de son pantalon.

— Tu te prends pour un homme parce que tu baises une femme assez vieille pour être ta mère !

Achille l'arrêta calmement :

— Tu épouses bien des femmes assez jeunes pour être tes filles !

Le coup était si direct — jamais Achille n'avait osé lui parler sur ce ton — que Socrate feignit de ne pas avoir été atteint. Il passa outre :

— Non seulement elle est âgée, divorcée, usée, mais en plus, tu l'entretiens !

C'était faux. Achille se retint pour ne pas le lui crier au visage. Il préféra rester impassible et le défier :

— Ma foi... ce doit être un tic de famille.

Le Grec bondit et rugit :

— Tu vas la fermer !... Tu n'es qu'un petit con ! Et elle aussi te prend pour un con ! Elle se fout de toi ! Je sais tout ! L'assurance, les cinquante millions de dollars sur sa tête, tout !... Tu es cinglé ? Tu crois que je vais tolérer que mon fils foute en l'air, pour une putain, le pognon que je me suis crevé à gagner !...

Achille avait l'impression de vivre un rêve. Plus exactement, d'assister à une scène de cauchemar où quelqu'un d'autre, à sa place, aurait affronté son père et lui aurait dit en face ce qu'il n'avait même pas osé penser en secret. Il entendit cet « autre » répondre calmement :

— Après tout, je ne te demande pas pour qui tu dépenses ton argent.

Suffoqué, Socrate ouvrit des yeux ronds et martela les mots :

— Qu'est-ce que tu dis ?... Depuis quand ai-je des comptes à te rendre ?... C'est moi qui t'entretiens ou c'est toi qui me fais vivre ?

— Tu m'entretiens peut-être, mais je ne vis pas que d'argent !

— Pauvre petit couillon ! Si tu étais sans un, tu ne garderais pas ta Joan dix minutes !

— Essaie d'être fauché toi-même ! Tu verras si tu garderas ta Peggy !

Le Grec marqua un temps d'arrêt. Ce dialogue le pétrifiait.

— Qu'est-ce que ça veut dire ? dit-il.

— Rien. Je me comprends.

Sous le coup, le visage du Grec sembla s'affaisser. Achille eut un élan de pitié quand il le vit se prendre la tête à deux mains et demeurer immobile, les yeux dans le vague. Il eut la force de ne pas y céder. Il était encore trop fragile pour se permettre ce luxe. Il bredouilla :

— Papa...

Le Grec ne répondit pas. Achille répéta :

— Papa...

Des mots sortirent des lèvres de Socrate, comme s'il parlait seul :

— Ta sœur se laisse manœuvrer par un gigolo... C'est une fille... Mais toi, tu es mon seul garçon... Je te voyais autrement... J'avais d'autres projets pour toi...

— Je suis désolé, papa... Mais je ne peux pas vivre ta vie pour toi. Et tu ne peux pas vivre la mienne à ma place... Ce n'est pas tout...

Le Grec releva la tête, intrigué...

— C'est la première fois que nous avons ce genre de conversation, et je souhaite que cela soit la dernière. Je voudrais qu'on vide l'abcès une bonne fois...

— Qu'est-ce que tu veux dire ?

— Pendant des années, Maria et moi on s'est posé des questions... Toi, tu étais toujours en voyage... Maman n'était pas souvent à la maison... Parfois, on entendait parler les domestiques... On faisait semblant de ne pas entendre. En fait, on voulait surtout ne pas entendre. Des bribes, des riens, mais qui nous mettaient la puce à l'oreille... A vingt-quatre ans, je me doute que tu n'as pas bâti ta fortune en te comportant comme un enfant de chœur... Je m'en doute, papa, mais je voudrais savoir, il faut que tu me dises... C'est trop grave... Je ne peux plus vivre comme ça...

Le Grec lui fit signe de continuer :

— Parle.

— Je voudrais que tu me parles de ma grand-mère.

— A quoi bon ? Quand elle est morte, Maria et toi aviez deux ans.

— Justement. Je n'en parlerai pas à Maria si tu veux, mais il faut que tu me dises... entre hommes...

Le Grec hocha la tête et murmura avec amertume :

— Entre hommes...

Alors, Achille s'entendit dire :

— Pourquoi l'as-tu laissé mourir de faim ?

En un instant, Satropoulos reprit sa gueule de lutteur. Il cria :

— Qui t'a raconté cette connerie ?...

— Peu importe... continua Achille d'une voix douce et têtue... Est-ce que c'est vrai ?

Socrate garda le silence. Achille insista :

— Est-ce que c'est vrai, papa ?

— Oui, c'est vrai ! hurla le Grec... Et alors ?

— Pourquoi ?

— De quoi te mêles-tu ? Qu'est-ce que tu crois ?... Est-ce que tu sais ce que j'ai dû faire pour devenir ce que je suis ? Tu penses que ça s'est fait seul ? Je suis né pauvre, moi ! J'ai traversé des horreurs ! Tu n'as eu que la peine de venir au monde et tu as le culot de me demander des comptes, de t'ériger en juge ! Ça ne te regarde pas, mon passé ! Ni toi ni personne ! Maintenant, sors d'ici et va rejoindre qui tu veux, je m'en fous, tant pis pour moi !

— Papa...

— Il t'emmerde, papa ! Puisque tu veux jouer à l'homme, débrouille-toi tout seul !

Achille laissa tomber de sa petite voix posée cette phrase terrible :

— Même si je me débrouillais seul, je ne te laisserais jamais crever de faim.

Le Grec encaissa le coup mais planta ses yeux dans ceux de son fils :

— Parfait ! Puisque tu insistes, tu vas tout savoir ! Il y a certaines vérités que j'aurais voulu t'épargner ! Tant pis ! Puisque c'est le jour du grand déballage !... Ouvre tes oreilles ! Tu vas voir de quelle illustre lignée tu descends ! Tu ne le sais peut-être pas puisque tu as toi-même la citoyenneté américaine, mais moi je suis né dans les faubourgs de Smyrne... Dans une baraque en planches, sans fenêtre, avec de la toile goudronnée en guise de toit... En Turquie, les Grecs étaient considérés comme les juifs d'Asie Mineure... Des métèques, des étrangers ! Les Grecs de Grèce nous vomissaient d'avoir quitté le pays, mais il fallait bouffer, hein... Et les Turcs nous en voulaient à mort de proliférer sur leur territoire ! De temps en temps, quand ils en avaient marre de nos gueules, ils nous massacraient ! Depuis des siècles, c'est nous qui servions de tampons dans toutes les guerres ! Au moindre litige, toute la colonie grecque y passait ! A l'âge de six ans, l'âge que tu avais lorsque je t'ai offert ton premier voilier, j'ai vu quatre de mes oncles se faire pendre !... Des frères de

618

mon père !... Ce n'est pas tout ! Ceux qui ne crevaient pas assassinés mouraient de faim ou de maladie ! On était tellement pauvres que, pour bouffer, ma mère jetait un chou dans un chaudron !... On appelait ça la soupe !... Ça nous faisait trois jours !... Je me suis juré d'avoir ma revanche ! Que, plus jamais, je ne serais pauvre, que je ferais n'importe quoi pour échapper à ça, la mort lente ou les massacres !...

Le Grec se tut, à bout de souffle. Achille était figé, les traits du visage tendus, pâle. Il n'osait plus questionner. D'une voix cassée et monocorde, son père reprit :

— A douze ans, j'ai foutu le camp, sur un cargo pourri... J'ai fait le mousse. Je pelais des patates aux cuisines et on me récompensait à coups de pied dans le cul... Ça a duré trois ans, c'était dur !... Un jour, on a fait escale au Venezuela... Je ne suis jamais remonté à bord... Ce n'est même pas certain qu'ils s'en soient aperçus... Je me suis retrouvé à Caracas, toujours sans un rond en poche mais avide d'en gagner... Huit ans plus tard, je fêtais mon premier million de dollars !... Je l'avais pas volé !... J'ai tout fait !... Trois fois par semaine, je ne me couchais pas du tout, j'avais un boulot de nuit et un boulot de jour... Je réfléchissais, je ne dépensais rien, je jouais sur tout, je rencontrais beaucoup de gens... Je te raconterai ça un jour, calmement... Sache seulement que j'avais une telle fringale que mille ans de vie ne l'auraient pas épuisée !... Et aujourd'hui encore, certains jours, j'ai faim... C'est vrai, quand on a enterré ta grand-mère, je ne l'avais pas vue depuis trente ans...

— Où est-elle enterrée ?

— C'est la mer qui lui a servi de cimetière. C'était son désir depuis toujours. Elle voulait que ses cendres soient immergées au large des côtes de Grèce... Le destin a voulu qu'une fois revenue en Grèce, elle ne soit jamais plus ressortie de son village, sauf pour aller mourir à Paris... Au *Ritz* !... Ce que je te dis, tout le monde le sait dans la famille, ta mère, certains de mes employés et ton ordure d'oncle, Kallenberg... Si elle est morte, il en est la cause !

Achille avoua timidement :

— C'est lui qui m'a demandé de te poser des questions sur elle...

— Je le savais. Il a voulu se venger.

Accablé, Achille déglutit avec haine.

— Papa...

— Oui ?...

— Tu dis que tu n'avais pas revu ma grand-mère... pendant trente ans ?

— C'est vrai. Tu veux savoir pourquoi, hein ? Si je t'affirmais que c'était parfaitement justifié, mais que je ne te donne pas d'explications, me croirais-tu sur parole ?

— Oui... Mais je veux savoir.

— Bon. Eh bien, quand j'avais six ans...

Le Grec hésita, se tut, c'était horrible pour lui, cette montée des souvenirs qui l'assaillaient, et qu'il croyait avoir enfouis pour l'éternité... Il était le dernier à savoir cette chose épouvantable... Tous ses témoins étaient morts... Il se racla la gorge, baissa la tête et articula avec une souffrance indicible :

— ... Quand j'avais six ans, après avoir pendu mes oncles et roué mon père de coups, j'ai vu les Turcs violer ma mère, devant moi... sous mes yeux... Ils devaient bien être trente... Ensuite, j'avais beau être enfant, chaque fois que je regardais son visage, je ne pouvais pas m'empêcher d'entendre ses cris... J'aurais tant voulu qu'elle soit morte... Je ne pouvais plus la voir, tu comprends ?...

Bouleversé, blême, Achille se leva de son fauteuil, étreignit silencieusement les mains de son père dont les yeux étaient brouillés de larmes, et s'enfuit du bureau. Comme un fou.

En arrivant sur l'aéroport privé, Achille essaya de se composer un visage normal. Il serra le frein de sa voiture et fit quelques pas pour pénétrer dans un bâtiment crépi à la chaux et tout en longueur. C'est là qu'il trouverait la réponse aux questions qu'il se posait. Il pénétra dans une pièce marquée « Direction », traversa un vestibule peuplé de secrétaires qui le regardèrent passer en lui jetant des regards énamourés et ouvrit une porte : il avait de la chance, Jeff était seul. Celui qui avait été l'un des premiers pilotes de son père était resté à son service. Il dirigeait maintenant une filiale de la compagnie aérienne spécialisée dans les avions-taxis. C'est lui, en personne, qui avait donné à Achille ses premières leçons de pilotage. Achille fit l'impossible pour masquer l'altération de sa voix :

— Jeff ! J'ai un truc à te demander...

— Vas-y !

— On est copains ?

Le vieux pilote sourit :

— Tu as besoin de pognon ou tu es poursuivi par un mari jaloux ?

— C'est toi qui pilotais mon père quand on a immergé les cendres de ma grand-mère ?

Le visage de Jeff se ferma instantanément. Ordre lui avait été donné de ne jamais faire mention de cet épisode. A quiconque.

620

Il adorait Achille mais éprouvait une sainte terreur pour son père. Que faire ? Il prit un air faux-jeton et biaisa :

— Qui t'a dit ça ?

— Oh ! Jeff, joue pas au con, quoi ! J'ai plus six ans ! Ça fait des années que je suis au courant ! Papa m'avait cassé le morceau le jour de ma majorité !

— C'est tellement vieux tout ça... En effet, c'est peut-être bien moi...

— Bon ! Je vois que tu te méfies encore...

— Tu as gagné ! Accouche ! Qu'est-ce que tu veux savoir?

— A quel endroit a-t-on balancé les cendres à la flotte ?

— Attends... Viens voir...

Il contourna son bureau et s'approcha d'une grande carte murale qui couvrait un mur entier...

— Tu vois ce point de la côte, ici ?... Tu connais ?

— Oui, j'ai déjà survolé ça...

— On est parti de là... Ton père m'avait demandé de voler à basse altitude et à vitesse constante, droit vers l'ouest...

— Quelle vitesse ?

— J'avais l'hélicoptère... Disons à une centaine de miles.

— Pendant combien de temps ?

— Ça, je m'en souviens. Une demi-heure. Qu'est-ce que tu veux faire ?

— Il faut que j'essaye le Bonanza pour les réglages... Là ou ailleurs, j'ai pensé que je pourrais repérer le coin... Ça me fera un but...

— Tu prends le zinc maintenant ?

— Oui...

— Tu le ramènes dans combien de temps ?

— Une heure ou deux... L'aller et retour.

— Ça va être trop tard pour que j'y colle les mécanos... Surveille le badin, j'ai l'impression qu'il déconne.

— Je vais voir ça... Bon, à tout à l'heure. Et merci !

— A tout à l'heure ! Hé !... Joan est avec toi ?

— Non, j'y vais seul.

— Tu veux que je t'accompagne ?

— Non papa ! Merci !

Trois quarts d'heure plus tard, Achille survolait le paysage fantastique d'où, vingt et un ans plus tôt, le convoi funéraire s'était envolé pour gagner le large. Il tournoya un moment au-dessus des quelques bicoques du village, imaginant mal la vie de ceux qui s'y abritaient. Il vira et, d'un coup d'aile, survola le promontoire rocheux d'une blancheur éclatante, apercevant au passage la silhouette d'un berger gardant quelques chèvres éparpillées dans la rocaille. Dans deux heures, il ferait nuit. Il régla les gaz jusqu'à ce que le cadran des vitesses indique cent miles et prit pour cible le soleil rougeoyant qui entamait déjà son mouvement de bascule sur l'horizontale de la mer. Il vérifia l'heure, crispé sur son siège, et se mit à réfléchir intensément à tout ce passé qu'on lui avait caché. Maintenant qu'il était seul, il subissait à retardement l'émotion qu'il avait voulu contenir pendant le récit de son père. On se croit protégé, à l'abri, sans histoire, et l'on s'aperçoit que les événements qui vous ont précédé ont été chaotiques, avec des larmes, de la folie, des meurtres, des viols, du sang. Il se sentait bizarrement relié à cette trame mystérieuse qui l'avait pris en charge avant même qu'il ne soit né et qui se soudait brusquement à sa peau, le rendant solidaire des autres maillons de la chaîne, l'obligeant malgré lui à en être l'inévitable aboutissement.

N'étant pas passé par les mêmes expériences, n'ayant pas vécu les mêmes luttes, il comprenait mal que des hommes aient pu se battre pour un peu d'argent et tant de vanité, qu'ils se soient déchirés pour la conquête d'une puissance relevant beaucoup plus de l'imaginaire que du réel. Le réel, ce n'était pas l'abstraction des bilans, la considération de ses contemporains ou les chiffres d'affaires de millions de tonnes de pétrole transportées sur toutes les mers du monde. Le réel, c'était le soleil, les vagues, le sable, les cheveux de Joan.

Il volait depuis trente minutes : c'était là. Il décrivit des cercles concentriques, réduisant sa vitesse au maximum, volant si bas qu'il frôlait les vaguelettes, imaginant de toutes ses forces ce qui s'était passé à cet endroit précis alors qu'il était encore au berceau. Il vit son père, sa mère — un jour où elle était vêtue d'une robe blanche et qu'elle l'avait pris dans ses bras en riant bien qu'il fut couvert de boue — il « vit » aussi des poignées de cendres qui s'éparpillaient au vent. Les larmes lui vinrent aux yeux...

— Merde !

Quelque chose venait de caler dans le moteur ! L'aile droite laboura la mer... Achille redressa le Bonanza qui grimpa de quelques mètres, tournoya sur son erre et piqua soudain du nez comme une pierre.

Il se fracassa si vite contre la surface de l'eau qu'Achille n'eut le temps ni de desserrer ses sangles ni de lancer un S.O.S.

Des projecteurs fouillaient la nuit, accrochant des traînées de lumière blafarde à la crête des vagues. Les recherches duraient maintenant depuis quatre heures. La mer grouillait de vedettes rapides prenant pour point de ralliement un aviso de la Marine nationale que survolaient des hydravions et des hélicoptères patrouillant sans relâche dans un rayon de plusieurs milles. Certains appareils rasaient les flots, à la recherche du moindre indice pouvant signaler un éventuel point d'impact, tache d'huile ou débris de l'appareil.

Il était hors de question que le Bonanza se soit écrasé à terre. Les sauveteurs avaient exploré les moindres recoins de la ligne de vol suivie par Achille. De village en village, la gendarmerie avait été alertée pour ratisser le terrain : personne n'avait rien vu, ni entendu ni trouvé quoi que ce soit. Seul, un berger du nom de Spiro avait déclaré qu'il avait vu, peu avant le coucher du soleil, un avion tournoyer au-dessus de son troupeau et piquer vers le large, droit vers l'Ouest. Tiré de sa cabane par des soldats de l'Armée de l'Air, il leur avait indiqué la direction prise par l'appareil. Il avait voulu ajouter que, vingt ans plus tôt, alors qu'il était encore enfant, c'est un convoi entier d'hélicoptères noirs qui s'était envolé du même endroit pour accomplir vraisemblablement un trajet identique. Mais les soldats étaient pressés et Spiro avait préféré se taire. En le quittant, ils ne l'avaient même pas remercié.

C'était Jeff qui avait déclenché le cirque. Inquiet de ne pas voir Achille revenir sur le terrain dans les délais, il avait attendu deux heures mortelles. Puis, fou d'inquiétude, il avait prévenu le Grec, lui rapportant mot pour mot le dialogue qu'il avait eu avec son fils. Pas une seconde, il n'avait pensé à son propre sort, n'envisageant même pas que son aveu allait lui coûter sa carrière. Jeff aimait Achille. Quand le gosse avait eu ses quatorze ans, il lui avait servi de mentor, de nounou, de conseiller et de gorille, choisissant lui-même avec un soin de mère jalouse les premières filles qu'il avait mises dans son lit. A vrai dire, il n'avait pas eu grand-chose à lui apprendre. Achille montrait de telles dispositions que ses partenaires sortaient hagardes de ses bras, exigeant un supplément financier pour les prouesses sexuelles auxquelles elles avaient été contraintes.

A l'annonce de la catastrophe, le Grec avait eu une réaction de lutteur. Il avait immédiatement organisé les recherches à l'échelon national, montant lui-même à bord de son hélicoptère personnel pour diriger les opérations. Il pensait que le Bonanza avait pu avoir une avarie au large. Mais son fils était un pilote trop aguerri pour y laisser la vie. Achille avait dû réussir à se poser en vol plané et à quitter son avion avant qu'il ne coule. Le silence de sa radio de bord était éloquent : il n'avait pas perdu une seconde pour envoyer un message. A l'heure actuelle, il devait se trouver quelque part au large, attendant que les sauveteurs le retrouvent. Là encore, pas de danger : Achille était un remarquable nageur capable de tenir l'eau pendant des heures. Seulement, où ?

A 5 heures du matin, l'aube se leva. Un brouillard bleuté sembla monter de la mer. Quelques instants plus tard, presque sans transition, le soleil apparut dans un nuage doré.

A 8 heures, on n'avait toujours rien trouvé.

A 10 heures, le Q.G. installé à bord de l'aviso reçut le message radio d'un avion de chasse :

— Tache d'huile repérée à...

Suivaient les coordonnées. Ce fut la ruée des vedettes. Sur un diamètre d'une centaine de mètres, l'huile formait une croûte liquide circulaire, moirée de noir, de violet et de bleu vert. Tous les bateaux mirent en panne. Le Grec demanda qu'on sonde la mer pour en évaluer la profondeur : quinze cents mètres. A ce niveau-là, il était pratiquement impossible de renflouer une épave, au cas improbable où on aurait pu la repérer.

Comme il était impensable que Achille eut pu en être le prisonnier, il fallait donc qu'il se trouvât ailleurs. En tout cas, c'est le raisonnement que tint son père au commandant de l'aviso. Les officiers échangèrent un bref regard et le commandant ordonna de poursuivre les recherches en surface.

Quant au Grec, sans même vouloir entendre les timides objections qu'on lui opposait, il exigea qu'on mette en branle un énorme dispositif pour commencer les opérations de renflouage :

— Il va nous falloir beaucoup de temps...

— N'en perdez pas davantage ! Commencez tout de suite, jour et nuit !

Des remorqueurs partirent de la côte, traînant dans leur sillage des docks flottants hérissés de grues. On ne savait pas s'ils pourraient jamais remonter quoi que ce soit, en tout cas, ils étaient en route. Sur place, les pontonniers de la marine de guerre installèrent leurs radars et jetèrent leurs sondes. Sur des kilomètres, une nuée d'avions de reconnaissance faisaient du rase-vagues à la recherche du naufragé. Quand tomba la première nuit, Achille n'avait toujours pas été retrouvé. On décida de poursuivre les recherches à la lueur d'énormes projecteurs. Pendant ce temps, les spécialistes essayaient en vain de localiser l'épave. Figé, granitique, le visage comme mort, le Grec était partout à la fois. Il n'avait pas dormi depuis quarante-huit heures. Au cours de son existence, il avait passé des nuits entières sans prendre le moindre repos, pour devenir le plus riche, le plus puissant. Maintenant, ces efforts lui paraissaient minuscules, dérisoires. La peur abominable qui le tenaillait lui donnait brusquement le sens du relatif : le vrai trésor, celui qu'on néglige parce qu'il nous semble un dû, c'était la vie.

En pleine nuit, vers les 4 heures du matin, on lui apporta un message qui lui arracha un rictus nerveux. Il était signé Kallenberg et précisait :

TERRIBLEMENT INQUIET. TOTALEMENT A TA DISPOSITION
POUR TOUT CE QUE TU VOUDRAS. CORPS ET BIENS

Le Grec en fit une boulette qu'il ne jeta même pas, elle glissa simplement de ses mains.

A l'aurore du deuxième matin, Peggy vint le rejoindre et fut effrayée par sa mine blême, sa barbe de deux jours et les filaments rouges qui lui striaient les yeux, quand il ôta ses lunettes un instant pour les essuyer. Il ne la vit même pas. Elle insista pour qu'il prenne un peu de repos. Il lui répondit d'un air absent qu'il allait y penser. Il se rendit auprès du commandant et lui demanda de cesser les recherches, prétextant que son dispositif personnel était en place. Mais l'officier ne voulut rien entendre et répondit que le gouvernement n'avait rien à refuser à l'armateur. S.S. haussa les épaules. Ne semblant pas s'apercevoir que Peggy s'accrochait à son bras, il grimpa dans son hélicoptère. A peine Jeff décollait-il que le Grec s'abîmait dans un sommeil de bête.

36

Dans l'après-midi du troisième jour, on détecta l'épave de l'appareil. Quand le Grec apprit la nouvelle, il volait dans son avion personnel vers le Portugal. Au steward qui lui tendait le message, il répondit qu'on mette tout en œuvre pour que la carcasse du Bonanza soit remontée le plus vite possible. Il était certain que le corps d'Achille ne s'y trouvait pas. Le fait qu'on ne l'ait pas encore retrouvé ne signifiait pas fatalement qu'il ait perdu la vie. Des naufragés avaient pu tenir au large pendant deux semaines, sans vivres et sans eau, dans des conditions météorologiques beaucoup plus mauvaises.

De toute façon, il allait savoir à quoi s'en tenir. Avant d'entrer dans la maison du Prophète, il renouvela ses instructions au chauffeur de la Rolls : au moindre coup de téléphone, qu'on vienne le chercher. Par surcroît de sécurité, il avait laissé à son état-major trois endroits où on pouvait le joindre à tout instant : par radio dans son Mystère XX et par téléphone, soit dans la Rolls au cours du trajet aéroport de Lisbonne-Cascaïs, soit dans la résidence du Prophète.

Il pénétra dans le petit salon d'où l'on voyait la mer scintiller, au delà des collines parsemées de fleurs, de bougainvillées et d'eucalyptus. Sans mot dire, le Prophète lui étreignit longuement les deux mains. Le Grec hocha la tête et alla s'asseoir.

— Les cartes !...

Elles glissèrent, soyeuses, sur le tapis bleu nuit. S.S. les regardait, hypnotisé, n'attendant rien d'autre d'elles que le verdict qu'il avait décidé qu'elles rendraient : Achille vivant ! Comme le silence se prolongeait, le Grec s'énerva :

— Alors ?

— Il n'y a plus beaucoup d'espoir... dit le Prophète avec circonspection.

— Qui vous parle d'espoir ?... Je ne vous demande pas un
« peut-être » ! J'exige un « oui » ou un « non » ! Et je sais que
c'est oui ! Parlez !

— Vous savez bien que ce n'est pas moi qui parle...

— Mon fils est-il mort, oui ou non ?

Depuis vingt-cinq ans qu'il le connaissait, le Prophète n'avait jamais
vu le Grec perdre son sang-froid. Pourtant, il le sentait sur le point
de craquer, prêt à tout. Il fallait surtout ne pas le heurter de front,
mettre de l'huile, beaucoup d'huile. Les cartes étaient formelles :
Achille n'était plus de ce monde. Il était arrivé au Prophète de se
tromper, et il souhaitait de toutes ses forces que ce fût le cas. Mais
non, impossible, trop d'indices se recoupaient et concordaient. Le
jeu entier puait la mort, il la voyait rôder dans la pièce, accrochée
au veston de son visiteur. Comment le lui dire ? Comment le lui
faire accepter ?

— Ecoutez... Attendez encore un peu... Je ne peux pas être
formel... Il faut que vous sachiez... Il y a d'autres choses qui vous
concernent... des menaces...

Le Grec crispa ses poings fermés sur le rebord de la table :

— Pour la dernière fois, je vous pose la question : Achille est-il
en vie, oui ou non ?

Il avait crié les derniers mots. Le Prophète hésita trois interminables secondes et décida de dire la vérité, « sa » vérité :

— Je crains que non.

Satrapoulos se redressa avec la force d'un ressort. Pendant que
sa chaise s'écrasait sur le sol, il balaya la table d'un revers de la
main. Les tarots voltigèrent par terre, au hasard, et malgré lui, le
Prophète ne put s'empêcher de constater avec horreur que, là encore,
la mort était présente. Le Grec hurla :

— Charlatan ! Je n'en veux pas, de votre mort ! Vous n'y
connaissez rien ! Achille est vivant !

Abasourdi, le Prophète n'osa faire un mouvement ni ouvrir la
bouche. S.S. tourna les talons et se précipita hors du salon comme un
sanglier. En lui, une autre idée venait de ·naître. Puisqu'il ne pouvait
plus compter sur les secours de la voyance, il allait solliciter les
faveurs de la religion : l'Eglise orthodoxe ne pourrait pas lui refuser
un miracle ! Pas à lui ! Il s'engouffra dans la Rolls :

— A l'aéroport !

Pendant que le chauffeur démarrait sur les chapeaux de roues,
il décrocha le téléphone et eut en ligne son officier radio. D'une
voix brève et saccadée, il lui donna ses ordres :

— Faites savoir que je veux donner une conférence de presse
ce soir, à 19 heures, dans ma maison d'Athènes. Je ferai une déclaration

627

publique en présence de l'archimandrite de Corfou ! Qu'on aille le chercher tout de suite ! Répétez !...

L'officier répéta.

— Parfait ! Préparez-vous à décoller. J'arrive !

Avec rancune, le Grec se jura qu'il ne remettrait jamais plus les pieds à Cascaïs.

Kallenberg trouvait que Médée Mikolofides ressemblait de plus en plus à un saurien. Dans la peau tannée et morte de son visage, seuls les yeux restaient vigilants, bien que, par instants, ils semblassent se recouvrir d'une taie qui en voilait l'expression. Barbe-Bleue avait été reçu on ne peut plus froidement après avoir fait des pieds et des mains por obtenir ce rendez-vous.

Il faut dire que Médée n'avait pas tous les torts en considérant que Kallenberg lui avait pris ses deux filles sans faire le bonheur d'aucune. Ces mots magiques « affaires urgentes » l'avaient finalement persuadée de lui ouvrir sa porte. Herman plaidait maintenant depuis une demi-heure :

— Voyons, nous sommes tous deux de la même race ! Nous sommes des réalistes ! Sur un coup de mélancolie, nous allons laisser perdre ce que nous nous sommes donné tant de mal pour conquérir ?

— Il s'agit de mon petit-fils.

— Et de mon neveu, ne l'oubliez pas ! D'abord, rien ne nous prouve qu'il soit mort..

— Il n'y a presque plus d'espoir...

— Allons donc ! On a vu des choses plus miraculeuses ! Seulement, quand on retrouvera Achille, il sera trop tard ! Nos concurrents nous auront bouffé !

— Que voulez-vous exactement ?

— Satrapoulos perd les pédales ! Il va couler et nous entraîner dans sa chute ! Dans la Persian Petroleum, il a quarante-neuf pour cent des actions. Je sais que vous en avez vingt. J'en possède moi-même vingt et un.

— Où sont les dix restants ? questionna la grosse femme qui retrouvait toutes ses facultés dès qu'on lui parlait chiffres et qu'il s'agissait de compter.

— Ils sont six à se les partager. Un Français, trois pour cent, deux Anglais qui ont chacun deux pour cent et trois autres industriels qui détiennent trois fois un pour cent.

— Et alors ?

— Chacun d'eux a accepté de vendre. J'ai fait une offre supérieure à cinq fois la valeur réelle de leur capital. Si vous acceptez de mettre en commun votre avoir et le mien, j'achète leurs parts. Vous et moi nous devenons majoritaires, nous prenons les commandes !

— Combien pour vous, combien pour moi ?

— Moitié-moitié ! Nous formons une nouvelle société. Bien entendu, vous supportez avec moi la plus-value de mon offre aux petits porteurs.

— Ils sont prêts à traiter quand ?

— Quand je veux. Chacun est flanqué de l'un de mes fondés de pouvoir qui ne le lâche pas !

— Pauvre Socrate... C'est bien malheureux...

— Atroce !... Quand il sera au courant, s'il reprend son sens des affaires, il devrait nous remercier !

— Les hommes sont ingrats... Croyez-vous que l'opération puisse s'effectuer demain ?

— Evidemment, si j'ai votre accord. Son succès dépend de la rapidité à laquelle nous traiterons.

— Eh bien, allez-y. Carte blanche. Et sachez que si j'agis de la sorte, c'est pour le bien de mes petits-enfants !

— Croyez-vous que j'en doute ?

Kallenberg savait maintenant qu'en faisant mordre la poussière à Satrapoulos, il réalisait de surcroît un joli coup fourré : il roulait la vieille ! Il n'avait proposé aux petits porteurs que deux fois la valeur réelle des actions qu'ils possédaient.

Il ne pouvait pas deviner que la « veuve », de son côté, se promettait de l'avoir. Au moment de signer, elle refuserait de prendre à sa charge le montant de la plus-value. Elle laissait ce petit supplément — deux millions de dollars — au bon cœur de l'ex-mari de ses deux filles. Après toutes les conneries qu'il avait faites, il lui devait bien ça !

— Dis donc ! On boit pas beaucoup ici !

— C'est vrai ça ! Où est le bar ?

— Mets-toi d'abord une jupe de barmaid, j'irai chercher les bouteilles !

Depuis vingt minutes, un majordome glacial et réprobateur avait introduit dans le grand salon la centaine de journalistes débarqués à Athènes du monde entier. La plupart étaient sur place depuis l'annonce de la catastrophe. Au lieu de les inciter à la tristesse ou à la pudeur, la raison tragique de leur présence les poussait à en remettre dans le sarcasme. Ils en avaient trop vu pour se laisser avoir et se foutaient éperdûment de tout ce qui ne les concernait pas : comédie !

Comme une volée de corbeaux, ils s'étaient abattus sur la résidence du Grec sitôt connue son intention de donner une conférence de presse.

— Au lieu de lui poser des questions sur la mort de son fils, j'aurais préféré faire des photos du cul de sa femme !... lança une espèce de play-boy américain portant en sautoir autour des épaules plusieurs caméras et leurs flashs électroniques. Rires...

Pendant des années, quand ils n'avaient rien à se mettre sous la dent parce que la vie sentimentale de leurs victimes traversait une période de calme, ils avaient amusé leur public avec des révélations bidons. Ils étaient contents, les caves, pourvu qu'ils trouvent à leur petit déjeuner leur ration de Satrapoulos, Peggy, Kallenberg ou Menelas. Ça les faisait rêver, ça les mettait en condition pour affronter huit heures de boulot et les récriminations de leur chef de service.

Et voici que, d'un seul coup, deux scoops leur tombaient sur les bras, deux histoires simultanées et juteuses dont leurs rédacteurs en chef prévoyaient qu'elles feraient monter le tirage de leurs canards respectifs, de trente pour cent !

Dans le fond de l'appartement, une porte s'ouvrit, laissant apparaître deux valets porteurs d'une statuette de la Vierge en marbre blanc, haute d'un mètre environ.

— A genoux mes frères ! ironisa un Allemand.

— Au fait, pourquoi nous a-t-il réunis ? On sait déjà qu'il est foutu, son fils...

— Il devait être rond, quand il pilotait !

— Tu es dingue ? Je le connaissais le môme ! Il ne buvait que de l'eau.

Les valets se retirèrent après avoir déposé leur fardeau sur une petite estrade. La porte se rouvrit aussitôt.

— Vos gueules ! Les voilà !

Un prélat de l'Eglise orthodoxe fit son entrée solennelle, vêtements sacerdotaux, componction et barbe blanche. Derrière lui... Peggy !

— Merde ! Je me la ferais bien cette salope ! Tu as vu ce cul !

Derrière Peggy, fermant la marche, le Grec, son éternel alpaga noir, chemise blanche, cravate et lunettes noires, cheveux paille de fer rouillée, fidèle dans les moindres détails à son personnage, cigare en moins. Seulement, lorsqu'il ôta ses lunettes, on s'aperçut qu'il était méconnaissable, pâle, les traits tirés, les yeux lourdement cernés. Des caméras ronronnèrent, brisant discrètement le silence qui avait suivi son entrée. Chacun comprit que le séducteur venait de subir une métamorphose. L'ecclésiastique et Peggy s'assirent derrière une petite table. Le Grec resta debout. On entendit la réflexion aigre d'un photographe :

— John ! Ton trépied me gêne !

Une jeune rédactrice à l'allure délurée chuchota :

— Il a pris un sacré coup de vieux !

— Messieurs !... commença le Grec... J'ai l'honneur de vous présenter Mgr Corybantes, archimandrite de Corfou. Monseigneur a bien voulu me faire la grâce d'être témoin des déclarations que j'ai à vous faire. Je l'en remercie, ainsi que d'une autre faveur miséricordieuse. C'est sur son autorisation que la Vierge Blanche — il désigna la statue — a pu quitter le monastère de Corfou où les fidèles, depuis six siècles, viennent lui adresser leurs prières. Peut-être entendra-t-elle la mienne aujourd'hui, en ces heures d'angoisse...

— Merde, ce cul, c'est pas vrai !... s'extasia le play-boy américain, pendant que continuait le bla-bla-bla...

— Vous avez devant vous, continua le Grec, un homme brisé. J'ai un fils, un fils unique, Achille. A l'instant où je vous parle, j'ignore où il se trouve. J'ignore même s'il est en vie. Sa vie m'est plus précieuse que ma propre vie.

— Ah ! ce cul !

— La ferme, quoi ! Vous ne respectez rien ! se révolta la rédactrice délurée.

— Voilà ce que j'avais à vous dire... poursuivit le Grec... Si Dieu a rappelé mon fils à Lui, je me retire des affaires et du monde. Ma femme est entièrement d'accord avec cette décision. (Sourires dans les coins, mouvements divers.) Mais si, par miracle, par la grâce de Dieu, par bénédiction de la Vierge Blanche, je retrouvais Achille vivant, je jure solennellement — là, le Grec s'adressa à l'archimandrite Corybantes — ... je jure solennellement que je remettrai tous mes biens, je dis bien TOUS, à notre Sainte Mère l'Eglise.

— Pour cette clause, c'est moins sûr que sa femme soit d'accord ! ironisa un mauvais esprit.

— Messieurs, conclut le Grec, je vous remercie. Les recherches continuent.

La séance était close. Avant même que le prélat ne soit descendu de son estrade, la moitié des journalistes avait quitté la pièce pour se ruer au téléphone. Les femmes surtout. Quant aux hommes, ils patientaient quelques secondes encore. Pour voir sortir Peggy. De dos.

Le Grec toisa Lewis d'un air courroucé : depuis quand se mettait-il en travers de son chemin ?

— Qu'est-ce que vous voulez ?

— C'est important, Monsieur...

Le secrétaire privé prit une mine de chien battu mais ne s'écarta pas pour autant du passage. Intrigué, l'archimandrite lui jeta un regard curieux. Peggy l'entraîna.

— Alors ? aboya Socrate... Vous ne voyez pas que je raccompagne Monseigneur ?

— C'est très grave, Monsieur...

— Que peut-il y avoir de plus grave que ce que je souffre en ce moment ?

— Je sais Monsieur, rien, seulement...

— Accouchez !

— C'est à propos de la Persian Petroleum...

— Vous perdez la raison, ou quoi ? Je viens d'annoncer que je renonçais définitivement à tout ! Et d'abord, à mes affaires ! Qu'est-ce que vous voulez que ça me fasse, .votre Persian Petroleum ?

— C'est M. Kallenberg, Monsieur...

— Qu'est-ce que vous racontez ?

— Et Mme Mikolofides...

— Quoi, qu'est-ce qu'il y a ?

— Ils viennent de s'associer, Monsieur ! Ils vont essayer de vous couler !

— Ils se détestent !

— Peut-être. En tout cas, ils rachètent les parts des petits porteurs pour fusionner et devenir majoritaires.

Le Grec devint encore plus pâle.

— Les salauds ! Vous êtes sûr ?

— Certain, Monsieur.

— Ils osent ! Ils savent que je suis en train de crever et ils osent !

— C'est pour cela qu'ils osent.

— Ah non ! Jamais ! Ne serait-ce que par respect pour Achille, jamais !... Qu'est-ce qu'on peut faire ?

— Tout se joue sur deux actions. Il faut les empêcher de les avoir toutes. Me permettez-vous de m'en occuper ?

— Allez-y Lewis ! Vous avez pleins pouvoirs ! Démolissez-moi ces vautours !

Depuis huit heures, avec des précautions infinies, centimètre par centimètre, on halait l'épave. Les grutiers n'avaient pu garantir qu'ils arriveraient à la tirer complètement hors de l'eau. A quinze cents mètres de profondeur, il est impossible de savoir dans quelle partie du métal ont mordu les crocs d'acier qui balaient le fond de la mer à l'aveuglette. Une traction trop forte, un mouvement trop brutal et tous les efforts seraient réduits à néant : la carcasse du Bonanza s'engloutirait à nouveau et, plus jamais, nul ne pourrait la remonter de son écrasante prison liquide.

La Marine grecque avait posté des hommes-grenouilles tout au long des câbles jusqu'à une profondeur d'une centaine de mètres. Dans la mesure du possible, leur mission était d'arrimer l'épave plus solidement et de la soutenir jusqu'à la surface.

Tête nue sous le soleil, debout dans l'une des vedettes qui se balançait sous la houle, le Grec attendait, étranger à tout, les yeux rivés à ces filins d'acier s'enroulant à une lenteur infinie sur les treuils, dans l'immense silence que troublaient à peine le grincement des poulies et le cri angoissant des mouettes. Soudain, une énorme bulle d'un rouge vif vint s'étoiler sur l'écume des vagues : le signal... Cela signifiait que l'épave venait de passer au niveau du plongeur situé le plus profondément. Encore une demi-heure et l'on saurait si les débris de l'avion servaient de cercueil à Achille.

Malgré eux, tous ceux qui participaient à l'opération observaient Satrapoulos à la dérobée.

Depuis six jours, dans un rayon de cent kilomètres, chaque mètre carré de la mer avait été labouré des dizaines de fois par une multitude de bateaux. Il était impensable qu'un naufragé éventuel ait pu passer à travers les mailles de ce filet. En tout cas, tous les sauveteurs en avaient la conviction formelle. Tous sauf le Grec. Aucun raisonnement n'avait pu ébranler sa certitude intérieure fondée sur le commerce intime qu'il entretenait avec ses dieux personnels. Vingt ans plus tôt, ils avaient exigé de lui qu'il ensemence le même endroit avec les cendres de sa mère. Par conséquent, il était impossible aujourd'hui qu'ils permettent à la mer de lui garder, en offrande supplémentaire, le corps de son fils. Il y a des lieux peuplés de signes. Celui-ci en était un. Il ne l'avait pas choisi et, pourtant, pour la deuxième fois, il y jouait sa vie. La première fois, la mort de l'autre l'avait fait renaître. Aujourd'hui, si elle était confirmée, elle le ferait mourir.

Un homme-grenouille émergea brusquement et fit de grands signes pour qu'on manœuvre plus doucement encore. Les matelots ralentirent le rythme des treuils. Sur le pont arrière de l'aviso, côte à côte sans s'adresser la parole, épaule contre épaule sans se voir, Lena et Peggy, l'ancienne femme et la nouvelle, crispèrent leurs mains d'un même mouvement sur la lisse de la rambarde. Geste identique pour des raisons opposées : Peggy, parce qu'elle avait l'habitude de la mort, Lena, parce qu'elle n'avait jamais été effleurée par le malheur. Et que, pour ce baptême, il s'agissait de son fils.

Au coup de sifflet d'un contremaître, toutes les embarcations légères s'écartèrent pour faire cercle autour des trois câbles d'acier tendus comme des cordes de guitare. Sous l'eau, on aperçut vaguement une immense forme grise dont la réverbération rendait les contours incertains, flous et mouvants. Seul, le canot du Grec n'avait pas bougé. Satrapoulos avait eu un geste si impératif que l'officier n'avait pas osé entreprendre la manœuvre. Il y eut un remous. La queue de l'appareil apparut, marquée du sigle G.A.L. des Graecian Air Lines. Un énorme crochet d'acier était fixé dans l'aileron horizontal dont on apercevait la déchirure. Le fuselage s'arracha ensuite à la masse liquide, laissant apercevoir le second crochet mordant le ventre de l'appareil.

Dans une seconde, on allait pouvoir distinguer le cockpit. Le Grec étreignit à la broyer la tête de pierre de la statue de la Vierge. La dernière mâchoire d'acier creva doucement la surface, soutenant le bout de l'aile droite dont on sentait les vibrations. Ainsi hissé, l'avion émergeait de l'eau aux trois quarts, dans un angle bizarre, déséquilibré par rapport à un plan horizontal, nez en bas, invisible encore, comme s'il s'était figé dans son mouvement en amorçant un tonneau en piqué.

Le plexiglas de la partie visible du cockpit était obscurci par une espèce de buée empêchant le regard de pénétrer à l'intérieur.

— Halte ! hurla l'officier qui commandait la manœuvre.

Les hommes d'équipage bloquèrent les treuils. Maintenant, c'était aux pontonniers de jouer. Ils allaient passer des bouées sous l'épave pour la maintenir à la surface. Ensuite, on hisserait l'appareil à bord d'un dock flottant.

Alors, dans le fantastique silence, se déroula quelque chose de stupéfiant.

Le Grec allongea la main et toucha un bout de l'aile. Il s'y accrocha. Son bateau pivota faiblement sous sa traction. Un marin fit un mouvement pour intervenir. D'un regard furibond, le Grec le figea sur place. Avant que quiconque ait pu bouger pour l'en empêcher, il empoigna à deux mains la bordure de l'aile, fit un rétablissement et se mit à ramper en direction de la carlingue...

— Monsieur ! cria d'une voix angoissée le commandant de l'aviso...

Le Grec ne l'entendit pas. Même à coups de canon, on n'aurait pu l'empêcher de faire ce qu'il avait à faire : il fallait qu'il sache ! Sous son poids, la carcasse du Bonanza se mit à vibrer. Il était trop tard pour que quiconque put désormais s'interposer. Le moindre poids supplémentaire et le métal où griffaient les crochets se déchirait comme une soie pourrie.

Lentement, le Grec se mit à progresser sur l'arête de l'aile, glissant parfois sur l'aluminium humide... Suspendus à ses gestes, fascinés, les témoins retenaient leur souffle. Il semblait qu'un seul mot prononcé un peu fort suffirait à provoquer une irréparable rupture. Pourtant, le Grec parvenait à saisir le montant du cockpit... Il chercha un appui pour ses pieds, ne le trouva pas et s'accrocha à pleins bras au dôme de plexiglas sur lequel il se jucha à califourchon.

Le commandant fit une deuxième tentative. D'une voix qu'il tenta vainement de rendre naturelle, il lança :

— Monsieur !... Laissez-vous glisser sur l'aile et revenez à votre point de départ ! Laissez faire nos spécialistes...

Cette fois, le Grec l'entendit. Dans sa rage d'être dérangé, il fit un geste violent qui le déséquilibra presque, à la grande horreur de Peggy. La carcasse de l'avion frémit et eut un balancement menaçant. Le Grec s'essuya le front. Il fallait maintenant qu'il fasse glisser la portière que la pression de l'eau avait dû refermer. Tête en bas, à plat ventre, il se pencha de plus en plus pour atteindre l'emplacement de la poignée. Il l'effleura du bout des doigts, s'y cramponna et pesa sur elle de tout son corps. Sous sa poussée, il la sentait vibrer dans son logement... Il fallait qu'elle s'ouvre, qu'elle livre son secret !... Un effort encore... Il sentit que ça y était, qu'elle venait... Elle pivota lentement et s'ouvrit, maintenue en équilibre par le Grec qui la retenait de toutes ses forces. Il devait maintenant passer la tête dans la carlingue, essayer de s'y glisser si le poids de cette foutue porte ne le faisait pas tomber à la mer...

Sur la passerelle de l'aviso, muette, Lena pleurait doucement. Peggy gardait les yeux secs mais, mieux que des larmes, la crispation de ses muscles exprimait son angoisse, sa peur abominable, son désarroi. Elle vit son mari basculer en avant dans un ultime effort et s'engouffrer à l'intérieur de la carlingue comme s'il y avait été aspiré. Avec un bruit sourd et feutré, la porte se referma sur lui. C'est à cet instant précis que l'aileron de la queue céda en premier. L'extrémité de l'épave s'abattit sur la mer dans une gerbe d'écume. De dix poitrines jaillit le même cri :

— Attention !

Presque aussitôt, le métal de l'aile sembla se froisser et le câble qui le retenait voltigea vers le ciel avec un sifflement. L'espace d'une seconde, tout le poids de l'appareil fut supporté par le dernier filin accroché sous la carlingue. Il se brisa net. Personne n'eut le temps d'esquisser le moindre mouvement.

Nez en avant, l'avion piqua dans l'eau à la verticale à la vitesse d'une pierre. Sur le pont de l'aviso, Peggy détourna le visage, poussa une longue plainte et se mordit les poings. Quand ele se força à regarder à nouveau, la mer était vide. Là où se trouvait l'appareil un instant plus tôt, il n'y avait plus rien. Plus rien qu'un puissant remous faisant tanguer les vedettes, et dont les ondulations souples s'éloignaient en cercles concentriques vers le large.

ÉPILOGUE

Kallenberg se tamponna le front à l'aide d'un mouchoir de soie marquée à ses initiales. On crevait de chaleur dans la chapelle et l'odeur de l'encens l'incommodait jusqu'à lui donner envie de vomir. Avec ce huitième mariage, il talonnait de près le recordman du monde de la catégorie, feu Gustave Bambilt, l'homme qui avait convolé onze fois. Il se souvint du plongeon qui lui avait coûté la vie à New York, dans sa piscine du soixantième étage, le jour de son divorce avec Nut. Avec agacement, il revécut aussi la scène déplaisante où le Grec, son cher vieux rival, était devenu ce héros d'un jour de pacotille, « l'homme à la rose ».

Seulement, qu'en restait-il de « l'homme à la rose » ? Aujourd'hui, ses os en poussière gisaient depuis un an au large des côtes grecques, par quinze cents mètres de fond. Sa veuve avait refusé que l'on fit une seconde tentative pour renflouer l'épave qui lui servait de cercueil. Les autorités avaient respecté son chagrin et s'étaient inclinées devant ce désir. Le destin avait donc rendu à la mer ce qui était né de la mer et avait vécu de la mer, regroupant dans la mort au même endroit ces trois êtres qui s'étaient si peu vus au cours de leur vie : la mère, son fils, et le fils de son fils. La faune sous-marine y reconnaîtrait les siens. Tout cela était bien déprimant... Parfois, lorsque Barbe-Bleue évoquait cette implacable chaîne de deuils dramatiques, il hochait la tête avec tristesse mais ne pouvait s'empêcher d'esquisser, malgré lui, l'ombre fugace d'un sourire. Après tout, il était bien vivant, lui, en grande forme ! Il n'allait pas permettre à ces pensées lugubres d'envahir son esprit et de troubler sa digestion. Il avait toujours son appétit de grand carnassier, buvait comme un trou et continuait à amasser des fortunes fabuleuses, grignotant petit à petit l'empire financier de Médée Mikolofides, son ex-belle-mère. A près de quatre-vingts ans, elle s'obstinait à ne pas mourir, refusant de passer la main, s'accrochant à la vie, empoisonnant tout le monde avec sa longévité suspecte.

Kallenberg reporta les yeux sur la ravissante silhouette de celle qui, dans une minute, allait devenir sa femme. Bien que longue et mince, elle paraissait minuscule à côté de lui. Vu de loin, le couple évoquait un papa attentionné qui est allé chercher sa petite fille à l'école et la tient tendrement par la main. Pour célébrer cette union, le Phanar n'avait pu moins faire que déléguer à Ixion le plus considérable de ses représentants, l'archimandrite Halirrhotios, venu tout spécialement d'Istanbul. Avec beaucoup d'argent d'un côté et un peu de bonne volonté de l'autre, des arrangements sont toujours possibles avec les serviteurs du Ciel. Un décret qui ferait jurisprudence dans les annales religieuses avait stipulé que Kallenberg, par le fait même de son veuvage, retrouvait une virginité de célibataire.

La mort d'Irène l'avait délié, en quelque sorte, de tous ses divorces précédents.

— Qui est le vieux hibou, là-bas ?... demanda Amore Dodino en désignant un vieillard maigre au crâne chauve et luisant. Raph Dun sembla surpris :

— Sans blague, tu sais pas ? C'était le conseiller astral de Satrapoulos !

— Pauvre chose ! Ça ne lui a pas réussi ! A la place du grand singe, je me méfierais !

— Boph... Il paraît qu'il utilise aussi ses services.

— N'importe quoi, ces gens sont déments ! Ah ! S'ils connaissaient ma voyante ! Et ta petite fiancée, horrible coureur de dots ?

— Maria ? Pas vue depuis la mort de son père... C'était pas mon genre... L'argent, c'est bien beau, mais il ne faut pas le payer trop cher ! Brrr... Passer ma vie avec ce boudin !

— Un peu de classe. Ne crache pas dans la soupe !

— Tu as vu si la mariée jubile ! En voilà une qui n'a pas raté le coche !

— Elle n'en est pas à son coup d'essai cette chérie !

— Qu'est-ce qui te fait loucher ma jolie ?

— Rien... Le diamètre du cierge qu'elle tient dans la main. Tu te rends compte ?

— Ne rêvons pas !

— Oui, tu as raison, ce n'est pas raisonnable...

— Sacrée fille de joie ! sourit Dun... Au moins, toi, tu ne changes pas !

— Hé non !... La vie continue !

Un enfant de chœur agita une clochette pour annoncer le triple échange des anneaux nuptiaux.

Dans le silence devenu total, l'archimandrite Halirrhotios se racla discrètement la gorge. Il allait maintenant prononcer la formule consacrée qui allait faire de la jeune femme la huitième épouse de Herman Kallenberg.

Sa superbe voix de basse s'éleva avec majesté sous les voûtes de la chapelle, ciselant la phrase rituelle de l'Eglise orthodoxe :

— Le serviteur de Dieu, Herman, est uni par les liens du mariage à la servante de Dieu, Peggy. Au nom du Père, du Fils et du Saint-Esprit.

ACHEVÉ D'IMPRIMER
LE 28 MAI 1973
SUR LES PRESSES DE
L'IMPRIMERIE HÉRISSEY
A ÉVREUX (EURE)
POUR LES ÉDITIONS
ROBERT LAFFONT

Nᵒ d'éditeur : 5095
Nᵒ d'imprimeur : 13460
Dépôt légal : 2ᵉ trimestre 1973